LAS CHICAS DEL GUETO

Planeta

V. S. ALEXANDER

LAS CHICAS DEL GUETO

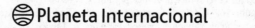
Planeta Internacional

Título original: *The war girls*

© 2022, V. S. Alexander

Publicado por primera vez por Kensington Publishing Corp.
Derechos de traducción negociados por Sandra Bruna Agencia Literaria, SL

Derechos reservados

Traducción: Alejandro Romero

Diseño de portada: Planeta Arte & Diseño / Daniel Bolívar
Fotografía de portada: © Ildiko Neer / Trevillion Images
Imagen de contraportada: © iStock
Fotografía de V. S. Alexander: archivo del autor

© 2023, Editorial Planeta Mexicana, S.A. de C.V.
Bajo el sello editorial PLANETA M.R.
Avenida Presidente Masarik núm. 111,
Piso 2, Polanco V Sección, Miguel Hidalgo
C.P. 11560, Ciudad de México
www.planetadelibros.com.mx

Primera edición en formato epub: mayo de 2023
ISBN: 978-607-39-0109-3

Primera edición impresa en México: mayo de 2023
ISBN: 978-607-39-0080-5

Impreso en los talleres de Litográfica Ingramex, S.A. de C.V.
Centeno núm. 162-1, colonia Granjas Esmeralda, Ciudad de México
Impreso y hecho en México − *Printed and made in Mexico*

Para Emanuel Ringelblum, quien luchó con palabras.

PRÓLOGO A LA GUERRA

Ni en sus sueños más oscuros hubieran predicho lo que el futuro les tenía preparado. El agosto del verano de 1939 fue como cualquier otro, con el calor que parecía emanar de las calles, las rosas que florecían al final de la estación y los nublados atardeceres en tonos rosa y carmesí que se desvanecían hasta convertirse en noche. La única diferencia fue las conversaciones llenas de temor y los rumores de una guerra.

A Stefa no le habían contado mucho de lo que ocurría en la Alemania nazi porque su padre no quería alterarla, ni al resto de la familia, en especial a su madre. Las pocas noticias de la guerra que recibía provenían de su impulsivo hermano menor.

El esposo de Janka era casi igual de silencioso, aunque ella notaba que una parte de él recibiría de buena manera una guerra inminente. «Los nazis harán lo que tengan que hacer», le advirtió él, y también le dijo que se preparara para una «gran invasión». Según él, estarían listos para sacarle provecho a la guerra; los ganadores se llevarían el botín.

La hermana mayor de Stefa, Hanna, se había marchado de Varsovia en enero para mudarse a Londres, ya que no soportaba las restricciones de su familia tradicional. Los había abandonado para irse a vivir con la hermana de su madre y su esposo. Inglaterra estaba al borde de entrar al conflicto, pero Hanna trataba de evitar las fuerzas destructivas que se movían más allá de su control; estaba feliz de ser libre y de disfrutar de la vida fuera de

Varsovia. Ninguna de ellas hubiera imaginado lo que estaba a punto de ocurrir. Sólo Hitler lo sabía. Ninguna de ellas hubiera imaginado que se convertirían en *las chicas del gueto*.

Alta Silesia, después de las 8:00 p. m. del 31 de agosto de 1939

—Dispárale.

El oficial de las SS asintió y volteó a ver a Franciszek, «el Polaco» Honiok, quien yacía tirado cerca de la entrada de la estación de radio en Gleiwitz. Las altas torres de transmisión se elevaban hacia el cielo a ambos lados del modesto edificio de piedra, como pilares que embellecían la entrada de un templo.

Un solo disparo en la nuca y Franz, como lo llamaban, sería enviado al otro mundo, a cualquiera al que Dios decidiera enviarlo. De cualquier modo, tan drogado como estaba, el Polaco no notaría la diferencia. En las horas que transcurrieron después del arresto de Franz el día anterior, los hombres de las SS llegaron a apreciarlo, a charlar con él, a bromear sobre su afinidad con los polacos a pesar de ser ciudadano alemán. Qué lástima que terminó del lado equivocado de la guerra. Con accionar el gatillo, todo terminaría, y el mundo se enteraría de que unos polacos nacionalistas habían atacado una estación de radio alemana y golpeado a los empleados para comunicar su mensaje de odio antialemán. Este suceso daría lugar a la muerte justificada de Franz a manos de los protectores alemanes.

Antes de disparar su revólver, el oficial tuvo tiempo de reflexionar acerca de los errores tácticos cometidos durante la Operación Himmler, la excusa nacionalsocialista para aniquilar Polonia. «A la menor provocación, destruiré Polonia sin advertencia y en tantos pedazos que no quedará nada», había dicho el Führer antes de ese mes. Pero la operación había salido bien. La estación era sólo un puesto de relevo transmisor, no una estación de radio. Los agitadores de las SS no pudieron encontrar un micrófono y sólo había un canal de emergencia disponible para la transmisión de su mensaje antialemán breve. ¿Cuántas personas lo estarían escuchando? En definitiva, no los cientos o miles de personas que el Führer esperaba. Gleiwitz, una ciudad alemana soñolienta en una llanura salpicada de árboles con el primer rubor del otoño, registraría, quizá, la primera muerte de la guerra que se avecinaba.

«¡Dispárale!». La orden resonaba como un eco en la cabeza del hombre de las SS. Franz, quien seguía sedado, gimió, movió la pierna y levantó la cabeza aturdida. Sus ojos revolotearon y luego se cerraron de nuevo.

El protector nazi apretó el gatillo; el cuerpo de Franz se sacudió cuando la bala entró en su cerebro, la sangre se acumuló alrededor de la herida y luego escurrió por su rostro.

La policía local tomó fotos del cuerpo, pero Berlín no estaba satisfecho. Una muerte no era propaganda lo suficientemente buena. Ni siquiera un segundo cuerpo y más fotografías lograron convencer a la Gestapo de que se había hecho bastante para persuadir al público alemán de que Polonia debía caer ante la maquinaria de guerra nazi.

Wieluń, Polonia, 5:40 a. m. del 1 de septiembre de 1939

Irritado por el zumbido, Tomasz se cubrió con la manta de lana, se dio la vuelta y se acurrucó en el cálido capullo de su cama. La habitación estaba a oscuras; el único foco que colgaba del techo permanecía apagada durante la noche. En algún momento después de la medianoche, se humedeció los dedos con saliva y apagó la mecha de la pequeña vela que a menudo encendía para hacerle compañía mientras se quedaba dormido. La charla sobre la guerra que intercambiaron sus padres durante la cena le había puesto los nervios de punta y lo había mantenido despierto. Cuchicheaban acerca de un acorazado alemán cerca de Danzig, y de tropas y tanques nazis aglutinados en la frontera polaca. Ahora, en medio de la noche, sus padres dormían en la habitación contigua en el segundo piso.

Cuando se sentía solo —a sus once años no tenía hermanos ni hermanas—, miraba fijamente el cuadro de la Virgen que su madre había colgado en la pared frente a su cama, como un recordatorio de que debía ser un buen niño lleno de devoción, piedad y sentido del deber. El pecado era para los malvados. Los hombres y las mujeres malvados pasarían la eternidad en el infierno; sin embargo, Dios cuidaría y protegería a los devotos. Su madre se lo había repetido tantas veces que él podía repetir sus palabras como si estuvieran inscritas en uno de sus libros de texto.

Los ojos de la Virgen siempre parecían seguirlo, sin importar en qué parte de la habitación estuviera, en especial si pensaba en niñas y en sus curiosas figuras tan diferentes a la suya. A menudo se preguntaba si el corazón herido de María, atravesado por una espada y envuelto en rosas blancas, le dolía. Pero, más que nada, se veía serena, envuelta en su túnica azul, y el halo dorado detrás de su cabeza iluminaba su rostro angelical.

El zumbido se hizo más fuerte, taladrando sus oídos. Tiró la manta y se incorporó, esforzándose por ver a la Virgen en la pared verde oscuro. Un destello de luz amarilla iluminó su imagen, seguido de un estallido atronador que sacudió la casa. El yeso y las nubes de polvo cayeron del techo sobre su cabeza y su ropa de cama.

Su madre y su padre gritaron desde su dormitorio. Lo que escuchó no era normal: sus voces eran agudas y frenéticas, llenas de temor. El padre de Tomasz, un artesano, nunca tenía miedo, nunca había expresado tal sentimiento, ni siquiera cuando se cortó la punta de su dedo con un hacha. «Es solo sangre y un poco de carne», dijo entonces su padre, envolviendo el muñón sangrante con un pañuelo.

Empujó la manta y plantó los pies sobre la alfombra trenzada. Más ondas de choque expansivas golpearon la casa y, en algún lugar no muy lejano, llegó el sonido de disparos rápidos y gritos. En ese momento, se preguntó si lo que estaba oyendo y viendo era una pesadilla. Imaginó que se despertaría sudando y estaría a salvo en su cama, como le había sucedido muchas veces, cuando comía demasiado pastel de chocolate.

Sintió que algo caía sobre él; el peso, la presión, atravesando la atmósfera en una ola monstruosa. Pasó zumbando por encima de su cabeza y explotó con un rugido ensordecedor, y la casa pareció levantarse de sus cimientos y volver a caer a la tierra con un ruido sordo. Todo en la habitación rebotó en el aire y luego cayó, incluida la imagen de la Virgen, cuyo marco protector de vidrio y madera se hizo añicos en el piso. Tomasz se encontró boca abajo sobre la alfombra, cubierto de trozos de yeso y piedra. La sangre chorreaba por su brazo y pierna derechos, pero se estiró y aún podía moverlos. Era una buena señal.

—Mama… Tata. —No alcanzaban a escuchar su voz por encima del estruendo de los aviones y las explosiones.

Se levantó del suelo y luego se dio cuenta de que la habitación estaba inclinada en un ángulo extraño. Su cama era lo único que le había impedido rodar hacia la ventana que daba al tejado. Se arrastró por el piso hasta la puerta del dormitorio, la abrió y gritó. El resto de la casa había volado por los aires: las escaleras yacían en una masa desordenada cuatro metros más abajo, llamas anaranjadas saltaban de lo que solía ser la cocina, de la estufa de su madre, ahora enterrada. Miró a la izquierda, hacia la puerta de la habitación de sus padres y sólo vio un espacio vacío. El cielo, apenas visible a través del humo y la neblina, lucía negro, con una escasa capa de estrellas.

Se tambaleó hacia su cama, avanzando a tientas entre la madera astillada y la piedra. Se deslizó sobre el colchón, que había quedado apoyado contra la pared, cerca de la ventana. Con dificultad, levantó el pestillo, abrió el marco y, con cuidado de no cortarse la mano con los cristales rotos, salió al techo inclinado. La caída desde el alero hasta el camino del pueblo que serpenteaba en la penumbra era de unos pocos metros.

Mientras descendía, vio los contornos plateados y negros de los aviones que daban vueltas alrededor de la ciudad. A su derecha, el hospital ardía y los cuerpos yacían en la calle; las batas blancas de los pacientes estaban salpicadas con manchas oscuras. En el horizonte, pero acercándose rápidamente, una forma parecida a una aguja escupió fuego de sus alas. Tomasz se cubrió la cabeza y se pegó a las losas de piedra. El avión rugió sobre él y escuchó el sonido de las balas que zumbaron a su lado, y que penetraban dondequiera que aterrizaran.

Nunca antes había visto un arma aérea como esa. Cierto día, él y su padre habían visto cómo un biplano polaco atravesaba el cielo con pocas nubes, pero nunca imaginó que existieran en los cielos creaciones tan rápidas y feroces.

No era seguro estar en el techo. Tomasz se deslizó hacia abajo y su pijama se enganchó en una de las baldosas irregulares. La tela se desgarró y él trató de sujetarse a cualquier cosa para amortiguar su caída. Aterrizó sobre las ramas de un árbol que la bomba había partido por la mitad y, con cautela, se dejó caer al suelo.

La primera neblina amarillenta se deslizaba desde el horizonte, pero la luz emergente no ofrecía nada a sus ojos. Si podía ver claramente era a causa del fuego que ardía a su alrededor. Su casa había sido diseccionada por la fuerza de la explosión. El techo había colapsado en la habitación derrumbada de sus padres. El impacto repentino de ver las vigas y los escombros revueltos envió una ola de miedo a través de su cuerpo. Volvió a llamar a su madre y a su padre, pero no respondieron.

—¡Tomasz, Tomasz, entra, no te quedes expuesto afuera! —gritó un vecino a través de una ventana rota al otro lado de la calle.

Otra explosión sacudió su cuerpo con tanta fuerza que pensó que sus huesos cortarían su piel como cuchillos. El avión pasó velozmente sobre él, se detuvo y desapareció en un cielo que empezaba a aclararse con el amanecer.

Corrió en su pijama, ensangrentado, lejos del centro de la ciudad, lejos de las bombas y de los aviones que ametrallaban a cualquiera en las calles, y se refugió en una arboleda hasta que la noche cayó. Luego caminó de regreso a su casa para encontrar más destrucción: los hombres y las mujeres de Wieluń llorando a sus muertos.

Su vecino le dijo que las bombas nazis habían matado a doscientas personas del pueblo durante el día, sus padres estaban entre ellos. Él miró hacia las estrellas y lloró.

CAPÍTULO 1

1 de septiembre de 1939

Cuando las bombas cayeron cerca de la calle Krochmalna en Varsovia, Izreal Majewski llamó a su familia a refugiarse debajo de la pesada mesa del comedor. Le preocupaba que su esposa, Perla, que a menudo sucumbía a los nervios porque la noticia de la guerra ya se había apoderado de su mente, pudiera gritar y salir corriendo a la calle, que no era un lugar seguro para estar en esos momentos. Aaron, su hijo, haría todo lo contrario y correría hacia la ventana para observar a los bombarderos.

—Rápido, bajo la mesa —ordenó Izreal, mientras las sirenas antiaéreas zumbaban con su canción atronadora.

—No nos protegerá de las bombas nazis —dijo Aaron. Como sospechaba Izreal, su hijo, que era pequeño para sus doce años, delgado y larguirucho, con los pantalones ceñidos a la cintura y la camisa blanca colgando a su alrededor, se dirigió a la ventana.

—¡Oh, Dios! ¿Por qué nos está pasando esto? —dijo Perla, arrastrando los pies alrededor de la mesa, masajeándose las sienes y llevándose los dedos hacia el pañuelo que cubría su cabello negro—. ¿Dónde está Stefa? ¿Dónde está esa chica? Justo en el *sabbat* vienen a bombardearnos.

—Salió a caminar —dijo Izreal, mientras le imploraba a Aaron que se alejara de la ventana.

Aaron volteó a verlos con una amplia sonrisa.

—Fue a ver a su novio.

Perla se detuvo y lo señaló.

—Nunca vuelvas a deshonrar a tu hermana diciendo esa clase de cosas. Stefa ocupa un lugar en esta familia como una niña obediente, que sigue las leyes.

Izreal se rindió ante su propia curiosidad, un rasgo que le había inculcado a su hijo, y se paró frente a la ventana. Las nubes bajas y grises colgaban sobre Varsovia, con parches ocasionales de cielo azul que sucumbían a la nubosidad casi tan pronto como aparecían. La calle normalmente transitada se había paralizado: los peatones se habían detenido y tenían la mirada puesta en el cielo; las cabezas de los cocheros estaban inclinadas hacia arriba; los conductores de automóviles también se habían detenido, con las puertas abiertas, y miraban por la ventana lateral. Los vecinos de los muchos edificios que se extendían por Krochmalna estaban en sus balcones o resguardados detrás de las ventanas de sus hogares.

Aaron corrió hacia el pequeño balcón que sobresalía de su departamento en el último piso de su edificio. Izreal lo sujetó del brazo y lo empujó hacia la mesa.

—Quédate aquí —dijo Izreal—. Yo iré a ver qué está pasando.

—No es justo —respondió Aaron, y su madre lo jaló debajo de la mesa a su lado.

—La vida está llena de injusticias —respondió Izreal mientras abría las puertas dobles del balcón. Salió y apoyó las manos en la barandilla de hierro forjado que le llegaba hasta la cintura. Por encima de él, la cabeza tallada en piedra de un hombre sonriente miraba hacia abajo desde la torre decorativa de la estructura de cincuenta años. Una brisa cálida lo golpeó, alborotando los bordes abotonados de su camisa y casi levantando la kipá de su cabeza.

Apenas podía creer lo que estaba viendo y escuchando, las bombas caían sobre la ciudad. Las explosiones parecían lejanas, casi oníricas, y la leve turbulencia de los bombarderos sonaba más como abejas zumbando sobre flores de primavera. Pero incluso él, un civil sin entrenamiento, podía darse cuenta de que las condiciones climáticas nubladas habían inhibido un bombardeo prolongado. Polonia debería arrodillarse y suplicar a Dios para que tuvieran días y días de lluvia que convirtieran los cami-

16

nos en lodo y detuvieran los tanques, la artillería y la Wehrmacht de Hitler, que protegieran a la ciudad de los bombarderos.

Los nazis estaban muy conscientes de sus limitaciones militares ese día, pensó. Si septiembre había sido claro y cálido, y el ejército polaco había sido ineficaz para rechazar el avance alemán, el mes siguiente sería infernal. Hitler había dejado claro que tenía la intención de aplastar a Polonia. Con o sin lluvia, sería mejor que la familia estuviera preparada. Odiaba pensar en una situación así de inimaginable: una mente educada y analítica, arrancada de su enfoque en la familia y la tradición.

Al otro lado del río Vístula, al este, una explosión vibró en el aire, seguida de una columna ascendente de humo blanco grisáceo. No había visto la mota negra de una bomba cayendo; la imprevista, invisible y absolutamente aleatoria mano de la Muerte lo asustó sin previo aviso y sacudió su confianza. Sin embargo, sabía que tenía que ser fuerte por el bien de su hijo y su esposa.

Salió del balcón y volvió a la mesa para encontrar a Perla sentada debajo de ella, con el rostro ruborizado y los ojos enrojecidos por las lágrimas; Aaron estaba frente a ella, ambos acurrucados contra las pesadas patas de roble. Sus rostros apenas eran visibles a través del ligero trabajo manual del mantel de encaje. Izreal se puso de rodillas y se deslizó entre ellos.

—Estoy preocupada por Stefa —dijo Perla, y procedió a sonarse la nariz con un pañuelo blanco.

—Pronto estará en casa, a salvo. Estoy seguro —dijo Izreal—. Es un bombardeo errático; no representa una gran amenaza.

—Daniel la protegerá. —Aaron sonrió y apoyó la espalda en una de las patas de la mesa.

—Hijo, tú conoces a este Daniel mejor que nosotros —dijo Perla—. Debo hablar con Stefa. Está demasiado interesada en este hombre, más de lo que debería. Si va a tener un esposo, este debe provenir exclusivamente de un arreglo que hagamos nosotros. —Hizo una mueca pensando en su otra hija, quien se había ido de Varsovia por la misma razón.

Otra bomba cayó más cerca de Krochmalna y todo el edificio se estremeció.

—¿Quién puede pensar en el matrimonio en un momento como este? —Perla se preguntó después—. Al menos, me alegro de que Hanna esté a salvo en Londres, a pesar de cómo me partió el corazón verla marcharse. Ahora me preocupa que no tendrá nada por lo que volver a casa.

Izreal fingió no escuchar a su esposa; deseaba regañarla por siquiera imaginar lo peor, pero Perla siempre había sido sensible. Lo supo desde el momento en que la conoció, cuando ella ni siquiera se había atrevido a mirarlo. Se veía más bonita de lo que él esperaba cuando se reunieron en la granja de su familia en las afueras de Varsovia; su piel lucía enrojecida por el trabajo al aire libre, y su cuerpo era delgado y firme. Su rostro tímido captaba las sombras de los fresnos que rodeaban la casa, junto con un juego de luces de sol que destellaban sobre su cuerpo. A pesar de la muestra de modestia de Perla en este matrimonio arreglado, él sabía que ella y su familia estaban orgullosos de él: un *mashgiach*, un hombre educado que supervisaba la *kashrut* de un restaurante de Varsovia, un hombre que daba su bendición a la matanza *kosher* de animales.

Su profesión y las habilidades domésticas de su esposa les habían permitido construir una familia con sólo algunas tragedias en el camino: la muerte fetal de una niña entre Stefa y Aaron, y la partida de su hija mayor, Hanna, quien se fue nueve meses atrás a Londres para quedarse con unos parientes; sin embargo, nunca regresó. Pero él no quería preocuparse por Hanna mientras caían las bombas en Varsovia, ella estaba a salvo mientras comenzaba la guerra. Su hija mayor también le había arrancado el corazón, y no lo hizo tan cuidadosamente como él lo habría hecho cuando era más joven y trabajaba como *shojet* —carnicero— en el matadero.

—Esto es una tontería —dijo Aaron—. Si nos cae una bomba, atravesará el techo y destrozará el edificio. ¿Qué caso tiene quedarnos debajo de esta mesa?

—Silencio —dijo Perla, y sacudió la cabeza—. Los jóvenes no le temen a la muerte.

Aaron suspiró.

Izreal agachó la cabeza y dobló las piernas debajo de su torso. Sentarse con el cuello arqueado contra la base de la mesa era incómodo, pero al menos ofrecía cierta protección en caso de que el techo se rompiera. Después de diez minutos de agonía, estaba a punto de aceptar la sugerencia de su hijo y abandonar el refugio cuando, de pronto, se abrió la puerta del departamento. Stefa había regresado; podían ver sus robustas piernas bajo el vestido gris que le llegaba hasta las pantorrillas, y sus pies en los zapatos negros de tacón bajo que Perla le había comprado.

Aaron se llevó un dedo a los labios.

Stefa llamó a sus padres; el pánico era perceptible en su voz cada vez que gritaba. Cuando se acercó lo suficiente a la mesa, Aaron estiró una mano por debajo del mantel de encaje y agarró el tobillo de su hermana. Stefa gritó y se alejó saltando, aterrorizada. Riendo, Aaron se deslizó de debajo de la mesa, a través del piso de roble pulido, mientras su hermana se sentaba en una silla.

—¡Te asusté!

Izreal y Perla asomaron la cabeza desde debajo de la mesa.

—¡Mocoso endemoniado! —Stefa se abanicó las mejillas rojas con las manos; un mechón de cabello castaño claro sobresalía de su pañuelo que ondeaba en la brisa—. Te mataré algún día. —Se detuvo y se llevó las manos a la boca, repensando en sus palabras mientras las bombas seguían cayendo.

Con el cuerpo acalambrado, Izreal salió de la mesa. Se puso de pie y revisó sus pantalones y chaqueta para ver si tenían polvo, pero no encontró nada; un testimonio de la inmaculada limpieza de su esposa. Perla siguió a su esposo, inspeccionando con aprensión el techo antes de reprender a Stefa.

—Por fin llegas. Estaba muy preocupada.

—Me siento más segura afuera que aquí —dijo Stefa—. En la calle puedo huir.

—Nunca podrías correr tan rápido como Hanna. —Aaron apoyó la cabeza en sus manos entrelazadas, y estiró su cuerpo sobre el suelo—. ¿Cómo te fue con Daniel?

Stefa resopló.

—Sólo salí a caminar, e incluso si lo viera, no sería asunto tuyo.

—Tenemos que hablar de este hombre —dijo Perla.

19

Stefa levantó la mano.

—Ya sé lo que vas a decir, mamá, sobre arreglos y ritos matrimoniales, y lo que una mujer debe hacer por su marido. —Miró su regazo—. Pero no estoy lista para el matrimonio…, y ahora la guerra parece haber comenzado.

—Tu madre y yo haremos los arreglos —dijo Izreal, sopesando la incomodidad de su hija. Las palabras de Stefa lo inquietaron porque le recordaban a Hanna y su ruptura autoimpuesta con la familia. Dos hijas de ideas afines no le traerían consuelo alguno.

Ella lo miró fijamente; sus ojos color avellana brillaban.

—Sí, vi a Daniel hoy desde el otro lado de la calle, yo de un lado y él del otro. Él piensa que soy hermosa, y yo creo que él es guapo. Nos gustamos. ¿Eso no cuenta?

Izreal se giró y miró a través de los techos de los edificios que bordeaban Krochmalna y el cielo gris arriba. La familia debe permanecer firme y fuerte. ¿Qué importaba a esas alturas? La guerra era real ahora, podía sentirla en sus huesos y en su alma; nadie podía hacer nada para detenerla. Tenía poca confianza en que el ejército polaco pudiera igualar a los soldados alemanes. Hitler había dejado de mentir sobre amasar una maquinaria de guerra nazi: los bombarderos, los aviones de combate, los millones de tropas y armamentos que había pedido, mientras el mundo le ofrecía regalos de apaciguamiento. Aún rezaba para que Alemania recuperara la razón, pero ese pensamiento se destruyó rápidamente, en cuestión de un día, en la víspera del *sabbat*.

Anhelaba la comida del sábado, siempre esperaba la puesta de sol del viernes y el encendido de las velas del aparador por parte de Perla. Podía oler la comida que ella había preparado: el pollo al horno, las papas, la calabaza de verano que se serviría esa noche y el *chólent* que se cocinaría a fuego lento durante la noche para comer en el almuerzo el sábado después de la sinagoga.

Izreal miró a su hija, que seguía sentada en la silla. Ella, de dieciséis años, era la segunda hija después de Hanna, más obediente que su hermana mayor, pero acostumbrada a conseguir lo que quería. Tenía un temperamento fuerte y podía ser terca, pero también usaba su piel clara y su modestia para encantar, lo cual era un misterio a veces para él, como si hubiera nacido de otra madre y otro padre. Stefa tenía un rostro más suave y redondo que Perla, mientras que la estructura facial de Hanna era más alargada y de líneas angulosas.

En unas pocas horas, sería la puesta del sol y el momento de la bendición, las oraciones y los cantos. El zumbido de los bombarderos parecía haberse alejado, frustrados por el tiempo nublado.

Se preguntó qué veía Stefa en este hombre, Daniel, al que tal vez incluso amaba. No le diría nada a Perla aún, pero los nazis lo habían cambiado todo, incluido el amor. ¿Duraría la felicidad en los años venideros? ¿Terminaría la lucha rápidamente? Los matrimonios arreglados podrían ser cosa del pasado, como la paz, en un futuro demasiado terrible para contemplar. Tal vez había llegado el momento de ser flexible ante el desastre.

—Levántate —le dijo a Aaron, quien seguía desparramado a los pies de su hermana—. Miremos hacia Varsovia. Veamos lo que podamos antes de que el mundo…

Observó los rostros de su esposa e hijos y oró en silencio para que Dios los salvara de un mundo consumido por la guerra, preguntándose si su oración funcionaría.

Los sonidos de las bombas se apagaron y la tarde se hizo larga, oscureciendo las nubes y su espíritu.

Perla tuvo unos momentos a solas en el dormitorio antes del atardecer y aprovechó ese tiempo para calmar sus nervios y sus manos temblorosas. Se sentó en la cama y las sujetó firmemente en su regazo, consciente de que la carne se había vuelto más frágil, y de las primeras manchas marrones débiles que habían aparecido irregularmente entre la muñeca y los dedos; consciente de que, a los treinta y ocho años de edad, estas distracciones menores sólo empeorarían. El único lujo que podía permitirse era una lata de vaselina, que se aplicaba ligeramente dos veces a la semana para mantener las manos suaves. Cuando eran más jóvenes, Stefa y Hanna quedaron fascinadas con esta rutina. Su hija menor se parecía a ella, y había comprado en secreto un frasco de *krem kosmetyczny*, crema para el rostro. Perla había encontrado el recipiente de porcelana blanca escondido en el fondo de un cajón. No le había dicho a Izreal y no lo haría, a menos que Stefa se volviera demasiado derrochadora, pero eso era poco probable.

Mientras contemplaba por la ventana la luz gris cada vez más tenue, dio unas palmaditas en la colcha de la cama y pensó en lo maravilloso que sería caer en un sueño profundo y despertar en cualquier momento antes de ese día. El sol brillaría más, el sol de primavera sería más cálido, la nieve del invierno caería suavemente sobre sus hombros y se derretiría en su abrigo frente a una chimenea. Trató de desterrar los recuerdos de la tarde: las sirenas, las bombas, los vecinos gritando en los pasillos mientras la destrucción llovía del cielo. ¿Cómo era posible que la vida cambiara tan rápido? Sin embargo, lo que había sucedido era real. Esperaba que las tropas polacas se unieran, que dieran su vida para salvar a su patria, pero ¿sería suficiente?

Pasó un dedo por el intrincado patrón de la colcha, un regalo de bodas de su abuela húngara. Flores de color amarillo, rojo y azul brotaban de las enredaderas verdes entrelazadas. Izreal permitió esa exhibición ornamental, ese punto brillante en la casa, porque la hacía sentir feliz. No era tan buena con la aguja como su madre y su abuela, aunque había tejido con ganchillo el mantel de encaje que adornaba la mesa. Ella y su esposo habían juntado lo que podían para decorar su hogar. En el salón había dos paisajes de la Tierra Santa. El *mizrach* en alabanza a Dios tenía su lugar de honor en la pared que se encontraba en dirección al este, entre las ventanas. En el aparador y en un pequeño armario colocado contra la pared del comedor estaban los objetos más preciosos de su vida religiosa: los candelabros del *sabbat*, el plato del Séder, una caja de especias de madera y la copa de *kidush* de plata, todos tan necesarios y significativos para ella como cualquier miembro de su cuerpo. Y, cuando no estaban en uso, escondidos en el cajón superior del aparador, estaban los cuchillos de Izreal, con su acero reluciente y hojas libres de muescas, hoyos u otras obstrucciones que irían en contra de las leyes de la matanza. A su manera, esos instrumentos eran los más preciados de todos porque su uso, primero como carnicero y después en el uso litúrgico, había permitido que la familia prosperara.

Sus manos volvieron a temblar al pensar en su futuro en Varsovia; sus vidas amenazadas, tal vez, a punto de desaparecer. Un loco alemán les había impuesto ese horror. Si los líderes europeos no hubieran capitulado, si Gran Bretaña y los rezagados Estados Unidos hubieran hecho frente a la intimidación de Hitler, Polonia podría seguir disfrutando de veranos agradables y otoños cálidos. Ahora, todo era incierto. Incluso los informes de radio les habían dado cierta esperanza, sin mencionar ni una sola vez la amenaza de una invasión o el comienzo de una guerra. Las transmisiones siempre trataban sobre Hitler: los delirios de un hombre obsesionado con el poder de Alemania.

Se levantó y pasó un dedo por la sencilla manta gris que cubría la cama de su marido. La funda de la almohada de algodón y la sábana que se extendía más allá de la manta estaban planchadas y tan blancas como el cegador sol del desierto. Todo estaba en su lugar.

«Se está haciendo tarde. Debo encargarme de mis deberes». Y caminó, con la cabeza agachada, desde la habitación hasta la mesa.

«Paz interior y el espíritu de la alegría. La santidad. Mi familia. Estamos aquí, sentados a la mesa».

Izreal sonrió, con la esperanza de levantar el ánimo de su familia. Se suponía que el *sabbat* era alegre, pero esta noche, el primero de septiembre, fue diferente. El *sabbat* era un tiempo para hacer a un lado los problemas, tener comunión con Dios y contemplar las bendiciones otorgadas desde lo alto.

Perla mantuvo la cabeza gacha y los ojos cerrados, como si las lágrimas fueran a brotar si miraba a su esposo. Stefa se veía hosca y fuera de sí, cargando el peso del mundo sobre sus hombros, probablemente preocupada por el bienestar de Daniel. Sólo Aaron, con la ingenuidad y frescura característica de la juventud, parecía tener los ojos brillantes, listo para la comida. Izreal se preguntó si su hijo podría haber disfrutado el primer día de la guerra, comparándolo con un juego en el que participaban adultos en lugar de niños.

Izreal puso sus manos sobre la cabeza inclinada de Aaron, descansando sus dedos sobre la kipá negra de su hijo.

—Que Dios te haga semejante a Efraín y Manasés. —Caminó hacia el otro lado de la mesa y colocó sus manos sobre la cabeza de Stefa—. Que Dios te haga como Sara, Rebeca, Raquel y Lea.

Regresó a la cabecera de la mesa y se quedó un momento mirándolos, sus hijos a cada lado, y Perla frente a él. ¿Qué podría ofrecer como oración personal? ¿Algo que pudiera alegrar la noche, algunas palabras de esperanza sin aflicción ni desesperación?

—Doy gracias a Dios por las muchas bendiciones que nos ha dado —comenzó, juntando las manos—. Incluso en este día, que las generaciones futuras marcarán como una mancha oscura sobre la humanidad, pero no pensemos en eso ahora. Alegrémonos y disfrutemos nuestro tiempo juntos como familia, el tiempo que Dios nos ha dado. Debemos ser fuertes y saber que Dios nos protegerá de nuestros enemigos, como siempre lo ha hecho en el pasado. Eso es todo lo que podemos hacer: tener fe y alabarlo por nuestras muchas bendiciones. Recordemos la luz como la hemos tenido a través de las generaciones.

Con su pañuelo en su lugar, Perla se levantó de su silla y se paró frente a las velas sobre la mesa. Encendió una cerilla, y con ella una de las velas. Luego, hizo tres círculos con las manos y atrajo la luz hacia ella, cerró los ojos y recitó la bendición:

—Bendito seas, oh, Señor Nuestro Dios, Rey del Universo, que nos has ordenado encender las velas del *sabbat*. —A través de los años, ella y su esposo habían trabajado como dos personas religiosas separadas, inculcando las sagradas tradiciones a sus hijos. Aun protegiéndose los ojos, Perla encendió el segundo cirio. Izreal recitó:

—Observen el día del *sabbat*.

Izreal dijo la bendición sobre el vino y el pan antes de comenzar la comida. La charla habitual en la alegre mesa se limitaba a Izreal y su hijo. Perla y Stefa comían lentamente; Perla miraba a menudo hacia la ventana para ver si Varsovia sufriría de nuevo por los bombarderos nazis.

—Me gustaría haber visto… —comenzó a decir Aaron con la mirada iluminada. Perla lo fulminó con la mirada, con suficiente severidad como para cortar sus palabras.

—No hables de guerra esta noche. Sé lo que desearías haber visto. —Ella apoyó el tenedor en su plato—. Mucha gente murió hoy, estoy segura de ello, nadie a nuestro alrededor, pero ¿qué pasa con nuestros parientes en el campo, nuestros primos en Cracovia o los que viven en la frontera polaca? ¿Sus cuerpos habrán sido destrozados? Nadie debería desear la explosión de las bombas.

La emoción en los ojos de Aaron se apagó, y este agachó la mirada hacia su pollo y papas.

—Lo siento, madre. Rezaré por nuestros familiares.

Perla asintió.

—Y también por tu hermana, Hanna. Ella merece nuestras oraciones; todavía es miembro de esta familia. —Levantó su tenedor y lo colocó en su mano de modo que los dientes apuntaran hacia Izreal.

Hanna abrió una profunda brecha entre Izreal y su esposa en enero, el momento más problemático y conflictivo de sus vidas de casados, cuando se fue a vivir a Londres con una de las cinco hermanas de Perla, una mujer que había renunciado al judaísmo y se había convertido a la religión de su marido, episcopalismo. Sus otras hermanas estaban dispersas por toda Polonia.

Hanna se había marchado de Varsovia al día siguiente de cumplir dieciocho años, el ocho de enero. El «complot», como lo llamó Izreal, había sido clandestino y deliberado. El programa de viaje incluso había sido organizado por la hermana de Perla, Lucy, su nombre de pila. Sólo hubo un día y una noche terrible para considerar las consecuencias de las acciones de Hanna.

—Ya no serás mi hija —le había dicho Izreal, haciendo lo posible por mostrarse de corazón duro ante ella.

—No amo al hombre que han elegido para mí. Siempre amaré a mi familia, pero él no será mi esposo. No criaré a sus hijos, no lavaré su ropa, ni cocinaré o limpiaré para él. Gran parte de la vida se nos impone. El mundo está cambiando —le suplicó Hanna a su madre—. ¡Mira a tu hermana! ¡Feliz y despreocupada en Londres! Le supliqué que me dejara ir y, después de muchas lágrimas, cedió. Fue la decisión más difícil de su vida. No quería lastimarlos, después de haber pasado por el mismo problema cuando dejó a la familia. —Hanna miró a Izreal—. Mi tía espera que puedas perdonarme algún día.

Stefa y Aaron habían permanecido sentados en silencio durante la discusión, antes de que les ordenaran que fueran a sus habitaciones. El argumento de Hanna no logró derretir el escudo de hielo que protegía a Izreal. La moderada compasión de Perla por Hanna se sumó a su irritación.

—Entonces, ¿te marchas? —fue todo lo que Perla pudo preguntar—. ¿En verdad irás a casa de mi hermana?

—Sí, mamá. La tía Lucy ha trabajado con el Servicio de Inmigración y será mi patrocinadora. Puedo trabajar en Inglaterra siempre y cuando no tome el trabajo de un ciudadano que lo necesite —Hanna miró su vestido azul oscuro—. Míranos. ¿Podríamos ser más monótonos?

La pregunta hizo estallar a Izreal, como si lo hubieran insultado personalmente.

—¡Monótonos! Eres una hermosa mujer judía que hemos criado para honrar las leyes y tradiciones establecidas en la Torá. Sin embargo, nos escupes en la cara.

Hanna se enderezó; su espigada figura estaba a la altura de la de él.

—Papá, nunca te escupiría en la cara. Sabes que te amo más que a la vida misma, pero si me quedo aquí, moriré, ¿y de qué nos serviría eso, a cualquiera de los dos? Eso lo sé con absoluta seguridad. —Pasó sus dedos por su largo cabello negro.

Perla dio un grito ahogado e Izreal apartó la mirada. Reprimiendo su ira, permaneció en silencio. Las palabras intentaron salir de sus pulmones, pero se le atascaron en la garganta, una enloquecedora combinación de furia e incredulidad le impidió hablar y lo obligó a abrir las puertas del balcón y arrojar los puños al aire helado de enero. La aguanieve salpicó su abrigo, pero, después de un rato, no sintió el frío en absoluto, sólo una rabia temblorosa que sacudió su cuerpo hasta que, finalmente, se calmó como un terremoto que termina.

Cuando regresó a la sala de estar, las puertas de los tres dormitorios estaban cerradas. Hanna había entrado al cuarto que compartía con su hermana para pasar su última noche en el departamento.

Empujó suavemente la puerta de su habitación para abrirla. Perla yacía en la cama, de espaldas a él, con las piernas dobladas cerca del cuerpo y cubriendo su rostro con las manos. Un rayo de luz plateada proveniente de una farola caía como un cuchillo sobre las mantas. Izreal tocó su hombro. Ella se estremeció y contuvo las lágrimas.

—No volverá —balbuceó—. Nunca la volveremos a ver. Moriré y nunca volveré a ver a mi hija, pero debo obedecer a mi esposo.

Él se quitó el abrigo, lo colocó sobre una silla, se sentó en el borde de la cama y suspiró.

—Volverá. —No dijo nada por un rato, pero luego se rio entre dientes—. Es una chica fuerte, siempre lo he sabido. Usa su cerebro tanto como su cuerpo, siempre nadó y corrió a nuestras espaldas porque yo no lo permitía, por preservar la modestia. La niña hizo cosas que ninguno de nosotros podía hacer. Una mente aguda puede meterte en problemas.

Perla hizo bolas un pañuelo que tenía en la mano y volteó a verlo con los ojos empañados en la oscuridad.

—Pensé que se había amansado, que había llegado a conocer su religión y a sí misma como sólo una mujer puede hacerlo, pero estaba equivocado —dijo él. Cuando sus ojos se acostumbraron a la oscuridad, se recostó en la cama y miró el techo moteado de blanco—. La chispa siempre estuvo ahí, pero pensé que ella la había controlado. El convenio: Josef debe de haber sido la gota que derramó el vaso.

—El matrimonio no es una mera gota —dijo Perla.

—Es una unión eterna santificada por Dios.

—Izreal, no necesitas sermonearme. Conozco la ley casi tan bien como tú. No soy feliz, pero quiero que mis hijos sean felices. Si eso significa que deben seguir su propio camino, que así sea: no me interpondré en su camino, sin importar cuán doloroso sea. A la larga nos dejarán por sus esposos y esposas sin importar lo que hagamos o digamos. No necesitas darle tu bendición, pero necesitas entenderla.

—No sé si pueda, pues lo que soy es todo lo que sé.

Perla se dio la vuelta hacia la ventana mientras él se desvestía. Izreal se deslizó en la cama y las sábanas frías le pusieron la piel de gallina. Miró el techo durante una hora y luego la luz que caía sobre el cuerpo de Perla, observando cómo su pecho subía y descendía bajo las sábanas hasta quedarse dormido.

Izreal se levantó temprano y se fue a trabajar. La casa estaba quieta y en silencio, mientras cerraba la puerta del departamento. Vio a Hanna en su mente mientras caminaba por las calles oscuras y vacías: desde su nacimiento en ese frío día de enero de 1921, pasando por toda su educación y sus maestros diciéndole lo talentosa que era, lo afortunada que era por aprender idiomas con tanta facilidad —podía hablar polaco, yiddish y alemán sin dificultad, así como algo de inglés—. También pensó en la hermosa mujer en que se había convertido su hija… hasta ayer.

Todo ese tiempo, la mecha estuvo ardiendo y él no lo sabía. Ese día, cuando regresó, Hanna se había ido.

Las bombas cayeron sobre Varsovia, mañana, tarde y noche del mes de septiembre. Stefa se formaba para comprar pan cerca de la casa de Daniel en el distrito de Praga, al otro lado del Vístula, mientras que Aaron permanecía cerca de casa. Ambos hermanos se sintieron algo culpables por tomar dos raciones de pan para la familia. No se estaban muriendo de hambre; sin embargo, las sobras del restaurante donde trabajaba Izreal se habían convertido en su principal fuente de alimentación, ya que los alimentos básicos desaparecieron durante el asedio.

—Debimos haber tomado más precauciones —se lamentó Perla un día, abatida por no estar preparada para la guerra. Izreal sacudió la cabeza y murmuró que temía que la guerra empeorara, y les contó que las mujeres que cosechaban papas en los campos alrededor de Varsovia habían sido asesinadas por aviones nazis.

—Tenemos suerte de tener comida. Esas mujeres se arriesgaron antes que morirse de hambre. Al final, los nazis se aseguraron de que no importara.

Los alemanes bombardearon la ciudad el 8 y el 15, en la víspera del *sabbat*, pero vivir en Varsovia se había convertido en una cuestión de supervivencia, no de respetar los días festivos. Izreal trató de mantener unida a la familia mientras se desvanecía la esperanza de una paz temprana. Las oraciones del *sabbat*, las velas, las bendiciones y los cantos parecían vacíos, dirigidos a un Dios al que no le importaba si vivían o morían.

Stefa le gritó a Daniel mientras ayudaban a los hombres y a las mujeres de Varsovia a cavar barricadas fortificadas alrededor del centro de la ciudad.

—Excava más fuerte, *drogi*.

Daniel sonrió al escuchar la palabra polaca de afecto, levantó el gorro de lana que llevaba para descubrir su rostro y se secó la frente con un pañuelo.

—¿Excavar más? Prefiero estar en el ejército. —Clavó su pala en una zanja y observó cómo la fila de voluntarios, hombres reclutados que habían regresado de perder batallas, movía la tierra—. Mi padre dice que somos de la nación judía, no de los polacos. Le dije que era judío polaco y que estaría feliz de ir a la guerra. —Sujetó el mango de la pala, sacó la hoja de la tierra y la sostuvo como una lanza frente a él. Un hombre del ejército polaco, de quien colgaba un rifle del hombro y se encontraba ataviado con la chaqueta marrón del uniforme y la gorra de ala ancha, le lanzó una mirada de disgusto a Daniel.

Él siguió cavando y esquivó la mirada del hombre.

Stefa sabía que sus padres se enfadarían si los encontraban juntos ese domingo 17 de septiembre. Su padre estaba en el trabajo, su madre se había quedado en la cama después de sufrir un dolor de cabeza mientras intentaba descubrir cómo aprovechar al máximo sus suministros restantes. Stefa se había excusado para dar un paseo, mencionando la fila del pan, a pesar de que la mayoría de las panaderías estaban cerradas los domingos. Ella pensó que los padres de Daniel también se enojarían si se enteraban que estaban juntos. Los había conocido brevemente una vez.

Fueron corteses, pero distantes, dejándole claro a Stefa que ella no estaba en la lista de sus pretendientes.

—Sería lindo si… —Su voz se apagó.

—¿Qué? —preguntó Daniel, mientras cavaba más profundo y arrojaba la tierra marrón con fuerza a la parte superior de la zanja.

—Estaba pensando que sería bueno si pudiéramos dar un paseo solos y ser felices. —Calle abajo, vio el armazón ennegrecido de un edificio bombardeado. Apenas una cuadra se había librado de la destrucción. Los laboriosos polacos recogían y amontonaban los escombros siempre que era posible, pero ahora las vías del tren estaban siendo arrancadas de la tierra y colocadas en ángulos de 45 grados cerca de las trincheras para detener el avance anticipado de los tanques nazis.

La Varsovia de su infancia había sido encantadora: hermosos edificios altos de piedra pálida con franjas rojas que adornaban sus fachadas; majestuosos edificios habitacionales con cornisas talladas y balcones de hierro forjado; edificios gubernamentales e iglesias abovedados; parques verdes con abundancia de begonias de verano y rosas de todos los colores; una judería animada con tanta gente que no podía contarlos, y una sinagoga magnífica. Pero tantas cosas habían cambiado desde el primer día de septiembre. El humo de las bombas incendiarias se había convertido en algo común, y las odiosas nubes llenaban los cielos de Varsovia día y noche. Cenizas blancas, grises y negras caían como lluvia a todas horas y se sumaban a la sensación de que el mundo estaba en llamas. Su padre le contó sobre otro desarrollo en la guerra alemana, uno que no se había usado antes: una bomba pesada que atravesaba edificios sin detonar, hasta que su temporizador desencadenaba una explosión retardada. Cientos de personas habían sido asesinadas por esta nueva atrocidad.

Ahora, los alemanes estaban a las puertas de Varsovia, y parecía que nada podía detenerlos.

Daniel se detuvo por un momento y la miró. La chispa salvaje en sus ojos la asustó; su estado de ánimo había pasado de una feroz resistencia a un abyecto horror. Sabía por experiencia propia que la desesperación sería lo siguiente: caer por un agujero en la tierra, sin fondo a la vista, agitarse en la oscuridad hasta ser devorado, como si estuviera bajo el agua y luchara por respirar.

—Mi padre vio algo terrible ayer —dijo Daniel—. Un hospital católico cerca de nosotros fue bombardeado el viernes pasado, en Erev Shabbat. Las madres y sus bebés estaban siendo atendidas en ese hospital. Algunos de los niños resultaron heridos antes de que los médicos y las enfermeras tuvieran tiempo de llevarlos a un lugar seguro en el sótano. —Descansó un momento contra su pala—. Durante el *sabbat*, mi padre fue y se ofreció a ayudar. Dejó de lado sus diferencias. En lo que a mí respecta, no importa si somos católicos o judíos, nos necesitamos unos a otros. Algunos de los bebés tenían sólo cuatro días de nacidos: vaya época para nacer. Nadie esperaba que llegara esto. ¿Quién lo hubiera creído?

Los ojos de Daniel se nublaron, como si hubiera viajado a algún lugar lejos de Varsovia. Una sombra, una oscuridad lo cubría a menudo, y Stefa lo amaba por eso. Para ella, esto era como una fortaleza en lugar de una debilidad. Al principio, su capacidad para la melancolía le había asustado, pero a medida que llegó a conocerlo mejor, en los momentos insólitos en los que podían estar juntos, se dio cuenta de que sacaba coraje de estos estados de ánimo sombríos. Ese estado de melancolía lo desafiaba, y superar la adversidad sería una ventaja en los tiempos difíciles que se avecinaban. Desde luego, no fue sólo su temperamento lo que la atrajo a él; sus rasgos le parecían hermosos: un hombre de diecisiete años, un poco más alto que ella. Llevaba una barba, más negra que la de su padre, que complementaba el arco oscuro de sus cejas. La piel oscura debajo de sus ojos se desvanecía a un blanco pálido, con un toque de rosa en las mejillas por encima de la línea de la barba. Usaba anteojos con montura metálica cuando leía, lo que le daba un aspecto intelectual y sofisticado que ella amaba.

—Él los ayudó a limpiar algunos de los escombros del hospital, a mover algunas camas que no estaban dañadas, y ellos estaban agradecidos —continuó él, sin sospechar en lo que ella estaba pensando—. Las ventanas habían volado, el techo agrietado estaba a punto de colapsar, los vidrios rotos y los escombros cubrían todo, pero también hubo algunas sorpresas: sobrevivió una palmera en una maceta, al igual que el crucifijo en la pared, estaba colgado sobre una ventana rota.

Stefa tomó una pala de repuesto y cavó, forzando la hoja con el pie levantó la carga y la arrojó a la parte superior de la zanja. Los pedazos de roca y tierra rodaron hacia ella, pero no le importó. Ella estaba con Daniel, haciendo algo bueno por su ciudad.

El ruido sonaba como un insecto enojado al principio, pero el zumbido se intensificó rápidamente. Varios hombres arrojaron sus palas y miraron al cielo detrás de ellos. Uno señaló una mota negra que se hacía más grande con cada segundo que pasaba, y el rugido de una máquina pronto retumbó en sus oídos.

Daniel arrojó su pala, tomó a Stefa de la cintura y la llevó al costado de la trinchera, frente al avión que se aproximaba. Extendió su abrigo sobre sus cabezas y aterrizó encima de ella, protegiéndola con su cuerpo.

Su cálido y frenético aliento rozó su mejilla, mientras ella agarraba sus puños cerrados. Rezó para que no murieran en la orilla de esa ladera, para que pudieran tener vida en lugar de una muerte prematura. Extrañamente, se preguntó qué pensarían sus padres, más allá de su dolor, si sus cuerpos fueran descubiertos juntos. ¿Se permitirían llorar por dos chicos muertos que no tenían motivo de estar juntos? ¿O su enojo por tal tontería moderaría su dolor?

Después del alboroto inicial, la fila de personas reunidas en la trinchera se calmó, aunque todos seguían atemorizados. No se oía nada por encima del silbido de los aviones de caza que se movían a gran velocidad y del sonido de las balas disparadas contra todo lo que se interpusiera en su camino. Las explosiones, lejos al principio, y luego cada vez más cerca, retumbaron por toda la ciudad, sacudiendo el suelo debajo de ellos.

Daniel apretó su cuerpo mientras las ondas de choque se acercaban. Llovieron terrones y pedazos de piedra sobre ellos.

Stefa creyó oír el grito ahogado de alguien que sufría. El sonido fue pronto borrado por las máquinas de la muerte nazis que rugían en lo alto.

En unos minutos, lo peor pareció haber pasado, porque los combatientes avanzaron hacia otras partes de la ciudad.

Daniel rodó para quitarse de encima de ella y acercó su rostro.

—¿Estás bien?

Ella asintió y se levantó de la tierra.

—Puede que los Stukas regresen por más —dijo, buscando en los cielos.

A unos tres metros de donde estaban, un hombre yacía despatarrado en la parte superior de la trinchera. La sangre se filtraba de dos agujeros en la parte posterior de su abrigo marrón. Stefa pensó que el hombre había recibido dos cartuchos de la ametralladora en la espalda, tratando de escapar tras el pánico. Varias personas se inclinaron sobre él, pero era claro que estaba muerto.

Daniel se arrastró hasta el otro lado de la zanja y se asomó por el borde.

—¡Mira!

Stefa se acercó.

A muchas cuadras de distancia, la cúpula del Castillo Real de Varsovia ardía: las llamas amarillas y naranjas brotaban de su capitel en forma de cebolla, mientras que el reloj de la torre se detuvo en la hora del ataque. Un grupo de hombres, impotentes para detener las llamas, se concentraron en la calle hasta que pudo llegar un cuerpo de bomberos, pero no había mucho que hacer para salvar la estructura. Las misiones alemanas habían destruido las líneas de agua, lo que había causado cortes en toda la ciudad. El agua se había convertido en un recurso escaso.

Daniel se puso de pie, inspeccionó los daños y sacudió la cabeza.

—Nazis bastardos.

Stefa nunca lo había oído maldecir. Se secó las lágrimas mientras Varsovia ardía.

CAPÍTULO 2

—¿Hanna?

Los golpes confiados de la tía Lucy retumbaron contra su puerta.

—Hora de desayunar.

—Estaré allí en un santiamén. —Estiró los brazos por encima de la cabeza, se dio la vuelta y miró la hora radiante en el despertador de su mesita de noche. Era poco antes de las 8 a. m. del domingo 17 de septiembre. Hanna sólo tenía que pasarse un peine por el cabello, ponerse un vestido, las pantuflas y bajar las escaleras hasta el desayunador junto a la cocina. La vida era mucho más agradable en Londres que en Varsovia.

«Agradable».

Incluso esa palabra había adquirido un significado diferente desde que Gran Bretaña declaró la guerra a Alemania, dos días después de la invasión nazi. Ahora, los periódicos de Londres estaban llenos de historias de guerra: cómo los corresponsales en la línea del frente en Polonia, apenas escapando con vida, habían sacado de contrabando sus noticiarios fuera de las zonas de guerra para que pudieran mostrarse entre las películas de los cines: historias del valiente ejército polaco siendo derrotado por las implacables fuerzas nazis; historias de bombardeos y el horror que se vivía en Polonia y Varsovia.

Hanna trató de ignorar la mezcla de miedo y culpa que le revolvía el estómago cuando pensaba en la guerra. En los meses transcurridos desde su llegada a Croydon, a unos quince kilómetros al sur del centro de Londres, había hecho todo lo posible por convertirse en una chica londinense; había mejorado su inglés e incluso había insertado algunas palabras a su habla, adoptando varias de las expresiones más comunes, como «*lie in*» para referirse a una siesta, y «*film*» cuando hablaba de una película.

Abrió las cortinas opacas, caminó hacia el tocador de nogal, se sentó en el taburete frente al espejo de tonos azules y tomó el cepillo con mango de perla. Su cabello tenía el color correcto ahora: con ayuda de Lucy, y algo de peróxido, había aclarado las trenzas oscuras con las que había crecido y su cabello había adoptado un color marrón dorado como el trigo maduro. Varias veces, antes de irse de Varsovia, Hanna había soñado con erradicar todo rastro de su herencia judía, pero no podía hacer nada con sus ojos marrones y mucho menos con las tradiciones religiosas que llevaba en su memoria. En esta tierra extranjera, rechazar su herencia fue más difícil de lo que había imaginado. El pasado persistía.

El cepillo se deslizó suavemente a través del cairel sobre su frente y por el cabello rizado que iba desde la coronilla hasta su cuello. Se puso un poco de rubor en las mejillas, luego encontró un vestido verde hiedra que pensó que sería perfecto para la mañana y, finalmente, se puso las pantuflas. Sólo temía una cosa mientras se preparaba para bajar las escaleras: los periódicos del domingo por la mañana que el esposo de Lucy, Lawrence Richardson, estaría leyendo en la mesa del desayuno. Más noticias de guerra, más informes terribles de Polonia, más amenazas de Hitler. Lucy, por supuesto, intentaría calmarla, mientras que Richardson les informaría sobre los titulares con naturalidad y el tradicional aplomo inglés. Qué suerte que Lawrence y Lucy trabajaran con sus conexiones y el Servicio de Inmigración para tenerla ahí. De lo contrario, podría haber terminado en un campo de internamiento en la Isla de Man como algunos judíos que huyeron a Inglaterra.

Lucy, Lawrence y Charlie, su perro Cavalier King Charles Spaniel, ya estaban comiendo cuando llegó. El clima era lo suficientemente cálido como para que su tía abriera las puertas del patio, y una brisa fresca sopló a través de la habitación en su camino a las ventanas del frente de la casa.

—Buen día —Hanna arrastró la silla más cercana a la puerta y se sentó entre su tía y su tío.

—¿Dormiste bien, querida? —El tono de voz de su tía en esa última palabra le recordó a la palabra polaca *drogi*, que quiere decir querido.

—Sí, gracias.

Hanna recordaba poco de su tía Lucy en su infancia porque, de entre los hijos de los abuelos de Hanna, Lucy era la que se había ido de la casa para nunca volver, la que jamás mencionaban. Su madre hablaba de lo que había pasado con ella sólo en breves recuerdos susurrados.

Su tía había descartado su nombre hebreo de Liora, Lucyna en polaco, y había optado por la versión inglesa, Lucy, que combinaba bien con el nombre de su esposo, Lawrence. Hanna sabía que existía un vínculo de amor fraternal entre su madre y su tía, y que incluso habían intercambiado cartas.

Lo poco que sabía de Lucy era por la vaga imagen que Perla había pintado de ella. Su tía se había adaptado bien a la vida inglesa y se había casado con un subdirector de banco de clase media a quien había conocido en Polonia por casualidad y del que se había enamorado perdidamente, para consternación de su padre. La irónica puñalada en el corazón provino de que el padre de Lucy había organizado la reunión para ayudar a financiar sus operaciones agrícolas fuera de Varsovia, y había llamado a un banco de Londres como parte de las negociaciones. Lucy describía su encuentro como un verdadero caso de «amor a primera vista».

La ruptura familiar pronto se convirtió en una herida tácita y enconada que nunca debía ser tocada o atendida, sino ignorada. Por su parte, Lucy había abrazado la vida anglicana, adoptando sus peinados y moda, usando maquillaje, preparando desayunos ingleses, adorando a su esposo, cocinando, administrando la casa y manteniéndola impecable mientras su esposo viajaba a Londres. Sin embargo, no tuvieron hijos. Aparentemente, había sido un acuerdo mutuo entre marido y mujer, porque Lucy nunca había mencionado querer herederos para la pequeña fortuna de los Richardson.

Lucy le sirvió té a su esposo mientras él le pasaba una rebanada de salchicha a Charlie debajo de la mesa. El tranquilo perro color blanco y miel se relamió el hocico ante el ansiado bocadillo.

—¿Té? —preguntó Lucy.

—Sí, gracias —respondió Hanna, que siempre intentaba conservar la formalidad inglesa cuando estaba en presencia de Lawrence Richardson. Al principio, cuando llegó a Croydon, trató de replicar la cercanía de su familia tradicional, pero pronto descartó la idea. La relación con su tía era más formal de lo que había anticipado. No eran como hermanas, ni amigas, sino como madre e hija; a menudo se preguntaba si Lucy mantenía cierta distancia debido a la culpa, ya que se veía a sí misma como una traidora aún mayor a la familia ahora que había accedido a ayudar a Hanna. Ese tema aún no se abordaba.

Su tía sirvió el té, colocó la tetera sobre un salvamanteles de porcelana y la tapó con una funda.

Lawrence pasaba las páginas de su periódico entre bocados de salchicha y huevos. Hanna y Lucy se sentaron en silencio; no querían perturbar su concentración. Para él, el domingo era sacrosanto, un día de descanso, y valoraba la paz y la tranquilidad por encima de cualquier otra cosa durante esas horas preciosas. Dios ayude a la persona que interrumpiera la lectura de su periódico dominical.

Hanna observaba el rostro anguloso de su tío político entre el papel del periódico; los ojos azules comprimidos colocados en ambos lados de una nariz aguileña; la rectitud de la espalda contra el respaldo de la silla; el cabello rubio ralo, resbaladizo por la pomada y peinado hacia atrás para dejar su frente al descubierto; el saco gris y la corbata roja que usaba para un fin de semana «relajante». Lucy y Lawrence eran muy jóvenes cuando se casaron y, a pesar de sus cortos dieciocho años, Hanna se preguntaba si alguna vez encontraría al hombre adecuado para casarse.

Las fuerzas de Hitler cerca de Varsovia. El titular la paró en seco: se detuvo a mitad de un bocado y puso el tenedor en el plato.

Lucy extendió una mano cálida hacia ella. Lawrence notó la acción de su esposa, dobló el periódico cuidadosamente y lo colocó junto a su plato.

—Es una hermosa mañana —dijo, como disculpándose—. Tal vez salga a caminar después del desayuno, por si alguien quiere acompañarme.

Más allá de las puertas, una bandada de gorriones parloteaba y saltaba sobre los pedazos irregulares de pizarra incrustados en los terrenos del jardín. Los pájaros no eran nada nuevo para la familia Richardson. Hanna había visto a su tía tirarles migas de pan en muchas ocasiones. Un pequeño sauce crecía dentro de la cerca de ladrillo que rodeaba la propiedad; fuera de eso, el césped estaba lleno de flores y plantas perennes que prosperaban en el patio mayormente sombreado.

—Lamento las noticias —dijo Lawrence—. Es muy angustioso.

Lucy asintió. Sus ojos brillaban con lágrimas contenidas.

—Si hubiera sabido que iba a estallar la guerra, no habría venido —dijo Hanna—. Pero ahora me tienen aquí, les guste o no —se rio nerviosamente, consciente de que estaba viviendo en la casa de sus parientes gracias a su buena voluntad.

—Me preocupa —Lucy tomó su cuchillo—. Mis padres, mis hermanas y hermanos, mis primos, nuestra familia, todos están allá, y Dios sabe lo que estén pasando.

—Calla, Lucy —dijo su marido, a modo de leve reprimenda—. Nuestros muchachos se encargarán de Hitler cuando llegue el momento. Todo lo que podemos hacer por ahora es esperar y observar cómo progresa la guerra.

—Tu familia está a menos de cien kilómetros de distancia, a salvo en Inglaterra. Hanna y yo nos preocupamos todos los días por nuestros familiares.

Su tía rara vez hablaba en yiddish, pero cuando lo hacía era porque algo o alguien le había tocado el corazón. Cuando Hanna escuchó las noticias sobre la invasión nazi y el comienzo de la guerra, las oraciones de Lucy se dirigieron a toda la *mishpacha*, su familia extendida, pero en lugar del alivio de las invocaciones, la oscuridad envolvió a Hanna. Había tomado su decisión y no se podía hacer nada al respecto. La retrospección llegó trágicamente tarde. Se había ido de Varsovia por muchas razones, pero ninguna de ellas parecía lo suficientemente buena una vez que comenzó la guerra. Todos parecían tan mezquinos y egoístas en ese terrible día, que sólo miraba los titulares de los periódicos o escuchaba la radio con horror y pensaba que venir a Londres había sido un error.

Con sus orejas moviéndose al ritmo de sus patas, Charlie salió saltando por las puertas del jardín y dispersó a los gorriones en una ruidosa formación.

—Le avisaremos a la familia, haremos todo lo que podamos —dijo Lawrence—. Ojalá pudiéramos hacer más —Se rascó la frente—. Tal vez Hanna debería escribir más cartas a sus padres para que no estemos en la oscuridad.

Hanna le había escrito a su madre varias veces desde enero, pero no había recibido respuesta, ni para ella ni para Lucy. Lo más probable es que su padre hubiera impedido que Perla escribiera. No lo sabía con certeza, pero la repentina ruptura de la familia parecía ser algo que Izreal apoyaba. O tal vez a su madre le dolía demasiado escribir; después de todo, era una madre de lo más sentimental y sensible. Es posible que a Perla le resultara difícil tomar la pluma y escribir con tantas lágrimas.

Lawrence terminó su desayuno con entusiasmo y se limpió la boca con la servilleta.

—¿Dónde está Charlie? Si está cavando cerca del sauce… —Al salir, sacó una pipa de su bolsillo y la encendió mientras buscaba al perro—. Ah, ahí está, con las patas embarradas como de costumbre. Le pondré la correa y lo llevaré conmigo. Nos hará bien el aire fresco. No hay necesidad de molestarlas a ustedes dos.

Hanna se comió lo que le quedaba de salchicha y luego ayudó a su tía a limpiar la mesa. Pusieron los platos en el fregadero y, con el humo gris dando vueltas alrededor de su cabeza, observaron a Lawrence ponerle la correa a Charlie. El sol de media mañana brillaba sobre las casas adosadas al otro lado de la calle y la luz se reflejaba en las ventanas. Su tía tenía suerte de tener una casa en la esquina con un poco de espacio privado, a diferencia de las unidades estrechas al otro lado de la concurrida calle.

Su tío se dirigió a la puerta, pero se detuvo en seco y regresó al antecomedor, junto con Charlie.

—Estoy pensando en comprar un refugio Anderson. —Dio una fumada a su pipa, y unas cuantas brasas rojas volaron por el aire antes de quitársela de la boca.

Hanna no tenía idea de lo que estaba hablando; Lucy parecía igualmente perpleja.

—No quiero ser alarmista, pero creo que la intención de Hitler es acabar con Gran Bretaña —Señaló al cielo, sujetando la pipa con el puño—. Pueden caer bombas y quiero estar preparado. El refugio nos costará siete libras, pero vale la pena para nuestra tranquilidad. Ese sauce tendrá que irse para hacerle sitio... Ni siquiera sé cómo llegó ese árbol aquí. Podemos plantar vegetales encima del refugio. —Le sonrió a Lucy—. Como solías hacer en la granja que tenías en las afueras de Varsovia, excepto por el Anderson. —Volvió a llevarse la pipa a la boca, dio media vuelta y se alejó.

Lucy colocó un recipiente en el fregadero y abrió el agua caliente. Las burbujas dieron vueltas alrededor del jabón. Su tía levantó primero la cristalería y la sumergió en el agua.

—Es un buen hombre, un verdadero *mensch* —dijo, mientras pasaba una toallita por los bordes del vidrio—. Él cuidará de nosotras..., aunque no entienda en su totalidad por lo que hemos pasado..., lo que hemos sacrificado para vivir nuestras vidas. ¿Cómo podría?

Hanna asintió mientras colocaba un vaso en el tendedero de madera y observaba a los gorriones regresar al jardín para picotear las semillas de hierba.

Hanna tendió su cama, se sentó en su tocador y miró a través de la ventana hacia las casas al otro lado de la calle. Se sentía en desacuerdo consigo misma, particularmente después de que Lawrence les informara que necesitaban un refugio Anderson. Abrió uno de los cajones y sacó los recortes de periódicos del primer día de septiembre.

Su nueva familia le había cedido el dormitorio de la parte delantera de la casa. Este daba a la calle que, desde el lunes hasta la madrugada del domingo, estaba rebosante del bullicio de la gente y el traqueteo de los automóviles. Su tía y su tío político dormían en habitaciones más tranquilas en la parte trasera de la casa. El ruido no la molestaba mucho, ya que había crecido en

Krochmalna, una calle bastante concurrida. Lo que no esperaba era la melancolía que experimentó en Croydon una vez que el impacto de lo nuevo disminuyó. Aunque septiembre en general había sido más cálido y seco de lo habitual en Inglaterra, fue necesario acostumbrarse al clima más húmedo y a los diferentes patrones climáticos.

Las nubes estaban más bajas sobre Londres que en Varsovia. Tenían una luminosidad ondulante en el verano para la que no estaba preparada, a diferencia de las tormentas eléctricas más fuertes y audaces que azotaban su ciudad natal. En primavera, la niebla cubría Croydon, reduciendo sus edificios a manchas de humo gris con formas difíciles de definir. Un recién llegado podría perderse en la oscuridad. Cuando llovía, las gotas caían a cántaros, o poco a poco durante días y días, empapándolo todo e inutilizando a los paraguas; la única protección del frío era una resistente capa impermeable.

El día prometía ser hermoso, pero ella no tenía compañía para esa mañana. Sus amigas estaban en la iglesia episcopal, donde había asistido a algunos servicios con su tía y Lawrence. La atmósfera dentro de su techo abovedado, con arcos de piedra y bancos de madera, le resultaba sombría, extraña y no era de su agrado. Su tía probablemente tenía la misma opinión, a juzgar por su respuesta poco animada. Por lo tanto, pasaba los domingos principalmente en el hogar y no en la iglesia.

Los pocos chicos ingleses con los que había salido —todos recomendados por sus amigas— eran todo lo contrario a solemnes: criaturas bulliciosas, ruidosas y fumadoras con cabello lacio, que bebían whisky barato y vestían los trajes más caros que podían permitirse, en un esfuerzo por impresionar en sus citas. En su mayoría, parecían listos para servir a Inglaterra al estallar la guerra. Esa actitud se sumaba a su propensión a «vivir al máximo» mientras pudieran.

Después de unos meses de estar en Inglaterra, se le ocurrió que vivir cerca de Londres era lo opuesto a vivir en Varsovia. En casa, el *sabbat* era un día alegre marcado por el agradecimiento a Dios por sus bendiciones. Se entonaban oraciones y cánticos; sin embargo, los hombres de su religión mantenían una actitud modesta, reflexiva y, a menudo, sombría. Aquí, los domingos eran sobrios y, después de la iglesia, los hombres volvían inmediatamente a sus costumbres libertinas. La vida era muy diferente en Croydon, pero eso era lo que ella quería.

Ahí sentada frente a la cómoda, se puso a contar las razones detrás de su decisión, mientras repasaba los titulares que había recortado: *Los nazis invaden Polonia, Alemania en guerra, Europa en llamas.* Las palabras se apoderaron de ella y le provocaron algo de náuseas por el desayuno. Durante años, todo le había indicado que se alejara de su familia: un matrimonio arreglado con un hombre al que no podía amar, criar hijos, lavar, cocinar, honrar continuamente las tradiciones que le habían inculcado desde la infancia, incluso tener la temeridad de desayunar un chorizo de cerdo. Sabía que era diferente desde una edad temprana, pero le tomó años actuar al respecto. Saber que quería una vida diferente, deshonrar a su familia, trastornar las expectativas de su futuro, todo esto mantenía sus emociones en un estado de flujo constante, hasta que se acercó a su tía, la *oysvorf* de la familia, la marginada.

Hanna revisaba las pocas cartas que Lucy le había enviado a su madre; así encontró la dirección de Croydon. Le temblaba la mano mientras escribía sus primeras cartas a los dieciséis años. Cada palabra tenía que mantenerse en secreto. Hanna le rogó a su tía que no le respondiera directamente, sino que transmitiera sus sentimientos en oraciones codificadas en las cartas a su madre. Sentía una gran emoción cuando su tía le respondía en cartas sucesivas, enviando sus mejores deseos para Stefa y Aaron, pero agregando estas palabras para Hanna:

Dile a tu hija mayor que extraño verla convertirse en mujer. Estoy segura de que tiene un gran futuro por delante, sin importar lo que haga. Espero que algún día pueda viajar a Inglaterra, sería un reencuentro feliz.

El corazón de Hanna dio un vuelco cuando su madre leyó las palabras, y sintió como si le hubieran quitado varias piedras pesadas de encima. Con el tiempo, ahorró lo suficiente del escaso dinero que tenía para gastos como para llamar a Lucy y concretar los planes.

Volvió a guardar los titulares en el cajón, frustrada por su incapacidad para llorar, congelada por la ansiedad que se apoderaba de ella. El sol estaba más alto en el cielo, y una cálida brisa se filtraba a través de su ventana. Quería salir y ver a sus amigos después de la iglesia, pero la preocupación por su familia en Polonia la obligó a mirar las casas al otro lado de la calle y preguntarse si algún día bombardearían Croydon.

«No les importa a quién maten».

Las bombas caían sobre Varsovia como hojas de octubre, explotando al este y al oeste del Vístula; los proyectiles de artillería también retumbaban en lo alto y las explosiones eran interminables. Las paredes del departamento de Janka Danek temblaron, y las ventanas se doblaron hacia adentro por las ondas de choque, a punto de romperse. Después de una detonación cercana especialmente perniciosa, Janka se agarró al marco de una puerta para evitar caer al suelo.

Su esposo, Karol, estaría a salvo en la planta procesadora de cobre donde trabajaba, una industria donde el metal precioso se transformaba en latón para casquillos de cartuchos. Los gerentes construyeron refugios, en caso de que hubiera ataques alemanes y almacenaron provisiones por si los trabajadores no podían regresar a casa. Es posible que hicieran falta horas extra para la producción de municiones, es decir, si es que la planta resistía los últimos bombardeos nazis. Los ataques comenzaron a las ocho de la mañana. Karol se presentaba a trabajar a las siete y terminaba su turno a las tres. Durante varias noches después del trabajo, ella no lo veía hasta tarde, porque él se detenía en un bar cercano. Dependiendo de su estado de ánimo, las acciones de sus empleadores y las unidades de artillería y la fuerza aérea nazi, Karol podría aparecer borracho después de las once o no aparecer en absoluto.

«¡Malditos sean, que se vayan al infierno!».

Durante una breve pausa en el asedio, corrió hacia la ventana, la abrió y se asomó. Las columnas de humo se elevaban enroscadas sobre la ciudad. A su izquierda, las llamas atravesaban las ventanas y los techos de varios edificios en Krochmalna. Los escombros de las estructuras bombardeadas se habían derramado en la calle como cascadas de piedra. Los residentes asustados, aquellos que habían escapado con vida, se quedaron paralizados en la calle, sin saber a dónde ir ni qué hacer. Los hombres abrazaban a sus esposas. Muchas personas, cubiertas de polvo y ceniza, se arrodillaron en la calle, con las manos cubriendo sus rostros. Otras extendieron sus brazos al cielo en súplicas a un Dios misericordioso. A su derecha, al otro lado del río, la vista era muy parecida: humo, fuego y, ciertamente, como acompañamiento de ambos, la muerte.

Janka maldijo al cielo y juntó las manos con tanta fuerza que los nudillos se le pusieron blancos. Cada segundo en el departamento se sentía como horas mientras las bombas golpeaban la ciudad. Una vocecita le dijo: «Mejor estar en medio de la calle a que el edificio se derrumbe sobre ti».

Preocupada de que el departamento pudiera explotar en cualquier momento, tomó su abrigo y bajó las escaleras, dejando la puerta abierta. No había nada de valor para robar de todos modos.

A partir de entonces, cada día en Varsovia se había vuelto más infernal a medida que avanzaban los nazis. Los hombres del ejército, ya veteranos de esta nueva y terrible guerra, regresaron cojeando a casa para ayudar a los civiles a excavar trincheras y fortificar los sectores vulnerables de Varsovia, en un débil esfuerzo por evitar los ataques. Pero poco se podía hacer contra las constantes oleadas de bombarderos alemanes y el armamento superior de la Wehrmacht. Los suministros médicos eran limitados. Los hospitales habían sido destruidos y los médicos y las enfermeras estaban abrumados con la cantidad de pacientes, muchos con heridas críticas.

El agua escaseaba porque las tuberías habían volado o se habían cerrado por completo para detener las inundaciones, lo que resultó en largas filas en las pocas fuentes disponibles. Algunos incluso habían tomado agua del Vístula, para lo cual hirvieron el líquido sobre fuegos rudimentarios con las menguantes reservas de madera disponible. La escasez de agua sólo contribuyó a los incendios provocados por las bombas.

El hambre también había comenzado a carcomer la ciudad. Los caballos muertos —la mayoría del comercio de carruajes—, algunos de ellos asesinados mientras servían en la caballería polaca, eran descuartizados para obtener carne para una población hambrienta. A Janka se le revolvía el estómago al ver a los hombres aserrando los cuartos traseros de los hermosos animales, pero entendía que sus conciudadanos estaban orillados a tomar tales medidas. El hambre era un motivador poderoso.

Al pie de las escaleras, abrió la puerta de un empujón, y pasó rozando a algunos vecinos que también habían decidido buscar seguridad en medio de la amplia calle adoquinada.

—¡Miren! —gritó una mujer que vivía en el piso de arriba.

Janka levantó la cabeza hacia un cielo gris con remolinos de humo. A intervalos, el sol atravesaba la espesa neblina. Una escuadra de bombarderos voló por encima, y ella se quedó sin aliento al ver las bombas caer de sus vientres mecánicos. La ceniza y el humo volvieron a oscurecer su visión, mientras que el olor fuerte y acre de la madera quemada llenó sus fosas nasales.

Inclinó la cabeza hacia la izquierda y vio a un chico, no lo suficientemente mayor para ser un hombre, en un balcón del cuarto piso calle abajo. Estaba inclinado hacia delante, apoyándose en el barandal con tanto ímpetu que Janka temió que pudiera caer al vacío. Su juvenil curiosidad lo había superado en su deseo de saber qué estaba pasando en su ciudad. Su madre, supuso Janka, apareció detrás de él, rápida como un disparo. Era una mujer nerviosa que agitaba los brazos salvajemente y tiraba de los hombros de su hijo, antes de que él cediera.

Antes de cerrar las puertas del balcón, el joven, ataviado con pantalón largo y camisa blanca, echó una última mirada a la calle. Sus ojos se encontraron. Algo en su rostro la animó, como si el chico supiera que sobreviviría a la guerra, que lo que sucedía a su alrededor era algo para contemplar con asombro, como un juego para disfrutar. Sólo importaba la vida, y él tenía mucha por delante. El chico sonrió a pesar de la guerra que se desarrollaba a su alrededor y Janka lo saludó con la mano en un gesto desesperado, sin importarle si era judío o católico, sintiéndose animada por su demostración de confianza.

Las puertas se cerraron y él se fue. Su desaparición la entristeció, pero fijó la ubicación del departamento en su mente. Tuvo poco tiempo para pensar en otra cosa, porque, de pronto, una mano la agarró bruscamente por el hombro.

—¿Eres idiota? —Se giró para encontrar a su esposo mirándola con los ojos inyectados de sangre ya empañados por la bebida.

—¿Tan temprano?

—Sí. No tiene nada de malo. El jefe nos dejó ir. Mi amigo compartió un poco de su cantimplora. Muy buena. No sé si volveremos. Malditos nazis. Es posible que tengas que ir a trabajar para que yo pueda permitirme beber. —Balbucía, y cada oración corta venía acompañada de una ráfaga de aliento alcoholizado.

Karol la sujetó del brazo y la arrastró desde la calle hasta la puerta.

—Entra.

Ella sabía que no debía contradecirlo, especialmente después de que había estado bebiendo.

Más al oeste, en Krochmalna, una serie de explosiones hizo que las paredes se derrumbaran sobre la calle y una ola de humo y polvo se precipitara hacia ellos.

—Rápido —ordenó Karol, y la empujó hacia dentro. Él se agarró a la puerta detrás de ellos mientras los vecinos intentaban entrar.

Las asfixiantes olas pasaban arremolinándose junto a ellos, cubriendo a los que aún estaban afuera con arena y ceniza.

—Tontos —dijo Karol—. Que sufran. Uno debe cuidarse a sí mismo.

Una andanada de maldiciones e insultos los siguió por las escaleras cuando la puerta finalmente se abrió. Los rezagados tosían sin parar detrás de ellos.

—¡Cállense, idiotas! —les gritó a las figuras fantasmales en los escalones—. Esto es una guerra, no un circo.

Cerró la puerta del departamento.

Janka, abatida e infeliz porque su esposo estaba borracho tan temprano, se dejó caer en el sofá y lo miró fijamente. La camisa y los pantalones de trabajo, que había lavado en el fregadero el domingo y planchado con una plancha calentada en la estufa, estaban cubiertos de barro y ceniza oliendo a humo. Habría que volver a limpiarlos por la mañana para que Karol fuera a trabajar.

Él se sentó en su silla favorita cerca de la ventana y encendió un cigarro.

—¿Por qué diablos estabas en la calle?

—Tenía miedo de que el edificio se derrumbara.

—A veces puedes ser tan tonta. —Le dio una calada al cigarro y luego exhaló una espiral blanca de humo.

—Tengo miedo de las bombas. —No sabía si mirarlo con lástima u odio. Cuando se conocieron, Janka pensó que Karol era el hombre más guapo del mundo. Su mandíbula era fuerte, casi esculpida; su cabello abundante, negro y ondulado y sus ojos de un azul diabólico. Se consideraba afortunada de haber encontrado a un hombre tan guapo que se dignara a mirarla. Incluso sus padres le habían dicho lo afortunada que era de encontrar a un buen católico con un trabajo decente que la mantuviera. «No encontrarás a nadie mejor», le había dicho su madre.

Cuando Janka se miraba en el espejo todas las mañanas, su breve noviazgo con Karol volvía rápido a su mente. Últimamente, siempre parecía como si acabara de levantarse. Su cabello era un desastre rebelde porque no podía darse el lujo de arreglarlo, ni siquiera en las tiendas más baratas; odiaba su tez blanca, demasiado pálida por la falta de sol y su confinamiento conyugal en su departamento de tres habitaciones. Bajo el estricto control de Karol sobre las finanzas del hogar, no había dinero para banalidades como maquillaje o vestidos nuevos. Al principio de su matrimonio, él le había dicho que no quería niños, al diablo con el catolicismo. «No podemos permitirnos ningún mocoso», dijo. «Ya somos lo suficientemente pobres».

Él había usado preservativos al principio, a pesar de las objeciones de ella. Entonces, el sexo se había secado. A menudo se preguntaba si él se consolaba con otras mujeres, en especial con aquellas que merodeaban por el bar donde bebía.

¿Por qué la había mirado en primer lugar? A medida que pasaban los años, una sola respuesta siempre llegaba a su mente. Karol la veía como una propiedad, algo para ser poseído y manipulado; tal vez pensó que sus padres tenían más dinero que ellos. Era vulnerable e intimidada por los hombres. La dominaba con soltura, con la mirada, con las palabras duras que salían de su boca. Por más que lo intentaba, no podía liberarse. No había lugar a dónde ir; nadie, ni siquiera sus padres la aceptarían de nuevo, porque creían que el lugar de una esposa estaba al lado de su esposo. Ahora, la guerra había estallado. Se estremeció al pensar que tal vez él la necesitaba, aunque fuera un poco.

—Tráeme algo de tomar —le ordenó Karol.

Ella se levantó obediente, consciente de que resistirse era inútil. Él la derrotaría con sus palabras. Nunca la había golpeado, aunque se había acercado con el puño derecho por encima de la cabeza. Ella no sabía qué haría si él lo hiciera.

Caminó hacia el gabinete sobre la estufa, lo abrió y sacó una botella de vodka. Hasta el licor escaseaba desde que los nazis habían invadido. Ese pensamiento hizo que una sonrisa apareciera en su rostro, de espaldas a él. Cogió un vaso e inclinó la botella para verter el líquido.

—Ya casi no queda vodka —dijo ella, y volvió a guardar el licor en la despensa.

—Eso es un crimen —respondió él, mientras apagaba su cigarro—. Al demonio con los nazis. Ojalá terminaran con esto ya. No podemos ganar. Que terminen de conquistar y repartan el botín. Tal vez así pueda conseguir algo de licor.

—Estarás de rodillas ante ellos. —Ella le entregó el vaso.

Él bebió un trago de vodka.

—Quizá… sobrevivir…, todo se trata de sobrevivir.

Janka ocupó su lugar en el sofá y suspiró.

—También nos matarán de hambre.

—Te preocupas demasiado. Nos llevaremos bien. Les gustan los católicos.

—¿Cómo lo sabes? Odian a los polacos.

—Matarán a algunos, a los que se resistan, a los que no acepten la forma nazi de hacer las cosas. El gobierno debería haberlo sabido. No hay necesidad de ir a la guerra. Nos invadirán como lo hicieron con Austria y el Sudetenland. —Tomó su copa y la levantó hacia el techo—. Todos saluden a los héroes conquistadores.

Janka se recostó en el sofá desvencijado y lleno de rasgaduras que sus padres les dieron como regalo de bodas.

—Buscaré trabajo cuando nos conquisten.

Se miraron sin nada más que decir. Las paredes del departamento retumbaron mientras las bombas seguían cayendo.

Menos de una semana después, Polonia se rindió y la Wehrmacht entró en Varsovia al anochecer.

Janka observó la procesión de tropas y artillería desde su ventana. Los nazis habían respetado la planta de cobre porque sabían que sería útil más adelante. Karol estaba en su asiento habitual en el bar, por lo que ella sola presenció la caída de la ciudad.

Le resultó difícil creer que el desfile de abajo estaba ocurriendo en realidad; la vista de Krochmalna la golpeó como una horrible pesadilla, sólo que no estaba dormida, era real. Un vecino le había dicho que lo que estaba pasando frente a ella no era nada comparado con otros eventos en la ciudad. Las divisiones del ejército polaco derrotado habían inundado Varsovia, junto con refugiados polacos y judíos de las ciudades y el campo de los alrededores.

Ella cerró las cortinas de encaje que había hecho para el departamento y se mantuvo alejada de la ventana; prefería no ser tan obvia como lo había sido el chico de enfrente seis días antes, durante los atentados.

Un tanque alemán avanzaba con estruendo por Krochmalna, seguido por una pequeña unidad de soldados de la Wehrmacht que caminaban a paso regular con los rifles sobre los hombros; sus uniformes gris verdoso y sus cascos de acero se confundían con la luz moribunda. Unos cuantos hombres con uniformes un poco más oscuros y largos abrigos de cuero también patrullaban la calle, girando la cabeza al ritmo de sus pasos. Estos hombres parecían particularmente peligrosos, algo en ellos gritaba maldad, como si sus ojos pudieran perforar las paredes de los edificios que no habían destruido.

Detrás de ellos, una camioneta de caja abierta rodaba sobre los adoquines, transportando aún más soldados en la parte trasera, con sus rifles apuntando al cielo.

Su estómago se revolvió mientras contemplaba un futuro bajo el dominio alemán. Karol le había contado los rumores sobre la forma en que Hitler podría tratar a los judíos. De hecho, algunos vecinos habían expresado con vehemencia sus opiniones sobre el tema. El país «estaría mejor sin ellos», dijeron, señalando que sería bueno deshacerse de ellos. Eran como piojos, parásitos que se alimentaban de la sangre vital de otros, quitándoles trabajos a polacos y católicos que los merecían, y robando el dinero ganado con tanto esfuerzo de otros trabajadores, para enriquecer sus propios bolsillos. Su esposo asintió al escuchar esto, dejando en claro sus sentimientos. Ella sólo se había dado la vuelta; no estaba dispuesta a mostrar su disgusto ante él o ante los demás.

Ahora, mientras giraba la cabeza de un lado a otro, la caída de Varsovia la golpeó en la cara, y se preguntó para qué demonios había sido todo eso. La ambiciosa guerra de Hitler había destruido una hermosa ciudad capital, matado a miles de civiles inocentes y forzado la rendición del gobierno, pero ¿para qué? Janka no había oído hablar de ningún gran plan para Polonia y sus ciudadanos. ¿Y qué se iba a hacer con los judíos, los católicos y los polacos que Hitler no necesitaba? No tenía respuesta para esas preguntas, pero se le encogió el estómago al considerar las aterradoras posibilidades. Era un loco que no veía obstáculos a su poder. Con el pueblo de Alemania detrás de él, se sentía invencible, de eso estaba segura.

Se apartó un poco de la ventana, horrorizada por lo que veía, con la esperanza de superar su ansiedad lo suficiente como para cenar un poco; en cambio, una mancha en el rabillo de su ojo captó su atención. Se dio la vuelta. Un joven corría hacia el oeste en Krochmalna, y ella creyó reconocerlo de inmediato. Sí, conocía a este chico: su forma delgada y compacta, los pantalones negros y la camisa blanca confirmaron su identidad. No debería estar fuera, era demasiado peligroso.

Sin dudarlo, tomó su abrigo y bajó corriendo las escaleras.

«Abre la puerta lentamente. Sal a la calle, que no se fijen en ti».

Antes de salir al aire de la tarde, esperó hasta que pasó un camión lleno de soldados. El humo de los fuegos aún encendidos, combinado con los gases de escape de la maquinaria militar, se le metió en la nariz y luchó contra las ganas de estornudar. Los soldados pasaron junto a ella, pero ninguno se acercó desde el otro extremo de Krochmalna.

Al final de la cuadra, cerca de la casa donde vivía el chico, alguien forcejeaba en las sombras. Uno de los oficiales de bata larga sostenía al chico en sus brazos, sacudiéndolo con tanta violencia que pensó que el joven, que estaba agarrando su pecho con fuerza, podría estar destrozado. Ella corrió hacia ellos.

—¡Karol! ¡Karol! —No podía pensar en ningún otro nombre con su mente acelerada.

El oficial lo soltó y sacó una pistola de una funda debajo de su abrigo.

—*Halten Sie!*

Janka sabía suficiente alemán para entender que el oficial le había ordenado que se detuviera. También podía notar, por el tono frenético de su voz, que lo decía en serio. Se giró para mirarla y la luz de una ventana iluminó su rostro. Era un hombre apuesto con una mandíbula cuadrada y una boca firme, sus ojos se clavaron en ella como balas.

—Karol, hijo mío, te dije que no salieras esta noche. No molestes a este educado oficial alemán —habló en polaco, esperando que el hombre entendiera algo.

Como si estuviera ensayado, él respondió en polaco.

—Pronto aprenderás alemán.

—Sé un poco y me encantaría aprender más.

Sujetó el brazo del joven y preguntó en un polaco entrecortado:

—¿Es su hijo?

Ella asintió.

—Lo envié a hacer un mandado. Está tan fascinado por la guerra y todo lo nacionalsocialista. Ha estado observando su avance con placer todos los días.

El oficial volteó a ver al chico.

—No deberías estar afuera ahora. ¿Dónde vives?

Janka y el chico señalaron la misma casa.

—A unas cuantas casas de aquí —dijo él.

—Está bien, continúa, pero ten cuidado. Tu mundo cambiará, para mejor, muy pronto. —Volvió a guardar su pistola y se alejó para alcanzar a sus compañeros.

Janka pasó un brazo alrededor del joven, girándolo hacia la casa y obligándolo a caminar rápidamente.

—Te vi en tu balcón el lunes pasado, estoy segura.

—Mi nombre es Aaron. —Metió una mano debajo de la camisa y sacó un paquete blanco—. Estaba comprando pollo en el restaurante donde trabaja mi padre. Él lo compra y mi madre lo cocina.

Llegaron a su casa. Aaron se detuvo por un momento antes de hablar.

—¿Le gustaría subir y conocer a mi madre?

—Ahora no, es demasiado peligroso. Debes tener más cuidado.

—No sabíamos que los alemanes marchaban hoy.

—Debes estar preparado en todo momento ahora que hemos sido conquistados. —Ella puso su mano en su hombro—. Conoceré a tu madre pronto. ¿Vives en el cuarto piso?

Aaron la estudió, observándola de pies a cabeza.

—¿Eres católica polaca?

—Sí.

—Nosotros somos judíos polacos. Nuestro apellido es Majewski.

Janka pensó en lo que habían dicho sus vecinos sobre los judíos y metió las manos en los bolsillos.

—Aaron Majewski. Me gusta tu nombre. Me recuerda al Antiguo Testamento. ¿No fue Aaron...?

—...el hermano de Moisés.

Aaron sacó una kipá de su bolsillo, tocó la mezuzá del lado derecho de la puerta, se llevó los dedos a los labios y los besó.

—Soy Janka Danek. Ten cuidado con los nazis. —Señaló la columna de soldados que desaparecía, luego dio media vuelta y corrió a casa. Con el corazón palpitante, se detuvo en lo alto de las escaleras y se preguntó por qué había acudido al rescate del chico. No era propio de ella ser tan impulsiva y ponerse en peligro, pero la sensación de que había hecho algo, así fuera ese pequeño y breve intercambio con un soldado alemán que podría haber salvado a un niño, la regocijaba. Estaba cansada de ser nada: la sirvienta de un marido que amaba la botella más de lo que la amaba a ella.

«Dios no quería que el hombre matara», pensó. Dios quería que el hombre ayudara y amara a los demás. Por eso había corrido en ayuda de Aaron. Era lo correcto y lo había hecho voluntariamente y a su manera.

CAPÍTULO 3

Stefa pensó que sus padres hicieron todo lo posible por preservar las festividades de septiembre a pesar de los bombardeos y los rumores de la rendición del ejército polaco.

Perla encendió las velas al atardecer en la víspera de Rosh Hashaná y recitó la bendición *shehecheyanu*; apenas pudo controlarse mientras entonaba las palabras sagradas. Debido a los bombardeos, Izreal decidió que era demasiado peligroso ir a la sinagoga para el servicio vespertino y, en vez de asistir allí, intercambió saludos festivos en casa con la familia.

La víspera de Yom Kippur tuvo una sensación de melancolía similar. Perla estuvo angustiada la mayor parte del día porque la familia no pudo asistir a la sinagoga otra vez. En cambio, encendió velas en memoria de los muertos mientras Izreal recitaba oraciones y ofrendas solemnes. Normalmente, habría hecho *kaporos* antes del atardecer y sacrificado un pollo según el ritual. El ave se cocinaría y se comería para la cena. Stefa conocía el significado de la antigua ceremonia y cómo la vida del ave sería un sustituto de la muerte y los pecados del portador.

—Ojalá tuviéramos un pollo —dijo Stefa. «Si alguna vez un pájaro puede ser sustituido por una vida humana, ahora es el momento».

Pasaron el Día de la Expiación entre oraciones y ayuno. Sin embargo, Aaron pudo romper el ayuno porque tenía menos de trece años. Stefa concluyó, después de la meditación sobre la ex-

54

piación, que perdonar a los nazis era ridículo. A pesar del día, los enemigos no iban a convertirse en amigos. Y por primera vez desde que comenzó la guerra, Stefa pensó en Hanna y en lo que podría estar haciendo en Londres. Podía perdonar el desafío de su hermana, sus diferencias con sus padres y también las peleas que tuvo con su hermano, pero ¿cómo podría perdonar a Hitler por sus asesinatos indiscriminados? De hecho, ¿cómo podría perdonar al pueblo alemán, o a los simpatizantes de los nazis, sin importar dónde residieran, por apoyar a un loco tan cruel? No tenía idea de lo que sus padres pensaban sobre estos asuntos y no se atrevía a plantear tales preguntas en un día festivo; en cambio, buscó controlar sus emociones mientras las horas de silencio la envolvían.

Antes de Yom Kippur, Izreal bendijo a Stefa y Aaron, en preparación para la declaración de *Kol Nidre*. Nuevamente, Stefa pensó en su hermana y también en Daniel, un hombre al que había llegado a amar. En años anteriores, habrían estado en el servicio de Kol Nidre, pero este año, Izreal sintió que era su deber pronunciar las palabras en casa.

Mientras su padre declaraba que los votos y las obligaciones no cumplidas quedan perdonados, nulos y sin efecto, Stefa reflexionó sobre el verdadero significado de la declaración. Si un judío fuera forzado u obligado a hacer algo en contra de la religión judía, Kol Nidre anulaba esa obligación. Cuando los judíos fueron subyugados como cristianos, muchos, para salvar sus propias vidas, continuaron practicando en secreto su religión. Hanna no fue perdonada por estas palabras; se había ido por su propia voluntad, pero los judíos, en circunstancias normales, de acuerdo con la ley judía, respetaron la tradición de la declaración. Pero, ¿y si ella y Daniel resistían la ocupación nazi? ¿No se les aplicaría la declaración de Kol Nidre? ¿Y si ella o Daniel tuvieran que matar a un hombre, o incluso a una mujer?

Por un momento, se estremeció en su silla cuando la oscura sensación de matar la invadió. Su padre había matado casi todos los días de su vida cuando era carnicero, pero esas muertes eran animales destinados a encontrar un lugar en la mesa. Miró a Izreal, con su manto de oración sobre sus hombros y su cabeza meciéndose mientras pronunciaba una bendición en silencio. ¿Podría matar a un hombre y perdonarse a sí mismo?

Ahora estaban en el tiempo de Sucot, la Fiesta de los Tabernáculos, una fiesta para regocijarse. Ahora que los nazis estaban en Varsovia, construir cabinas sucá al aire libre sería arriesgado, si no es que prohibido.

A última hora de la tarde del último día de Sucot, Stefa notó que había oficiales alemanes parados afuera del edificio. Su padre estaba en el trabajo y Aaron no había llegado a casa de la yeshivá.

—Mamá, mira. —Se asomó por el balcón y le indicó a su madre que se acercara.

—¿Quiénes son? —preguntó Perla; la preocupación en su voz era notoria.

—No lo sé, pero se ven importantes y peligrosos. No son soldados.

Tres hombres, dos vestidos con uniforme gris y el otro con un traje marrón, estudiaban los nombres que aparecían en el directorio de departamentos. Uno de los hombres sacó un cuchillo del costado de su abrigo y arrancó la mezuzá de madera de su lugar en el marco de la puerta. La tiró al suelo y la aplastó con su bota, mientras el hombre del traje marrón garabateaba en un cuaderno.

Stefa empujó a su madre hacia dentro, para no correr el riesgo de ser vistas. Cerró las puertas de vidrio y se quedó mirando, conteniendo la respiración por un momento, y escuchó los pasos que subían por las escaleras. Entonces, vio a su hermano que se acercaba por el lado este de Krochmalna.

—Espera adentro —le indicó a su madre. Abrió las puertas lo más silenciosamente que pudo, con la esperanza de que su hermano mirara hacia el balcón.

Aaron, vestido con su ropa de la escuela y su kipá, levantó la cabeza brevemente después de ver a los hombres, y luego bajó la mirada. En esos preciosos segundos, Stefa agitó las manos hacia la derecha, instando a su hermano a que siguiera caminando de frente cuando pasara por su departamento. Para su alivio, él lo hizo. Ella se deslizó dentro y vio desde una ventana cómo su hermano desaparecía detrás de un montón de escombros que aún no habían sido recogidos de la acera.

—¿Quién era? —preguntó su madre—. ¿Era Aaron? —Perla agarró un mechón de cabello que se le había caído del pañuelo y lo colocó en su lugar—. ¿Lo viste?

Stefa asintió.

—Pasó caminando. Vio a los alemanes en la puerta. —Estudió el rostro de su madre mientras Perla se dirigía hacia el sofá que había sido colocado años atrás contra una pared interior para que la tela verde acolchada no se desvaneciera con el sol. La débil luz de la tarde mostró lo mucho que se había demacrado su madre desde que comenzó la guerra. Perla siempre había sido menuda, más delgada que sus hijas, pero los huesos comenzaban a notarse bajo la carne de sus brazos. Su rostro había adquirido una apariencia de tiza; las aflicciones del mundo habían quedado grabadas en los pliegues que formaban telarañas en su piel, junto con los círculos oscuros debajo de sus ojos y su cabello ahora estaba salpicado de mechones grises.

Stefa se sentó al lado de su madre, mientras ambas escuchaban atentas a cualquier movimiento en las escaleras. Perla agarró las manos de su hija; los dedos de su madre se sentían fríos y huesudos contra los suyos.

Esperaron y escucharon, mientras el reloj de pared hacía tic-tac en sus oídos y los minutos pasaban. Finalmente, escucharon gritos y golpes en las puertas, y algunas que crujían al abrirse. Luego, las puertas se cerraron con un ruido sordo.

Incluso sin oír los pasos, sabían que los hombres estaban en el pasillo: el crujir de su ropa y el susurro de sus abrigos contra el aire anunciaban su presencia. Stefa se preguntó si estarían observando las mezuzá en todas las puertas. Podía sentir que uno de ellos apretaba el puño y golpeaba la puerta con fuerza, casi derribándola por el golpe. Un pie calzado con una bota fue lo siguiente que escucharon: este astilló el pomo y la cerradura, y los hombres lograron entrar a raudales.

Un fuerte golpe la devolvió a sus sentidos. Estaban en la puerta principal al otro lado del pasillo, en el departamento de su vecina, la señora Rosewicz. Era viuda, tenía más de ochenta años, llevaba varios meses con problemas de salud y había vivido en Krochmalna durante más de cuarenta años.

Uno de los hombres gritó en polaco.

—¡Abran!

Perla respiró hondo y Stefa se llevó un dedo a los labios. Pensó en Daniel y en lo que él haría en esta situación. Cargaría contra los hombres, tal vez incluso pelearía con ellos, obligándolos a bajar las escaleras. ¡Ridículo! Una fantasía ingenua en el mejor de los casos. Daniel estaba desarmado y no sería un rival para tres nazis.

Los golpes continuaron hasta que la puerta de la vecina se abrió y la pequeña voz de la señora Rosewicz se escuchó en el pasillo. Stefa le susurró a su madre que permaneciera sentada. Caminó con agilidad felina hasta su propia puerta y colocó una oreja firmemente contra la madera.

La señora Rosewicz habló primero, y les preguntó a los hombres qué querían.

—¿Quién eres tú? —respondió uno de ellos bruscamente.

La vecina respondió en voz baja.

—¿Vives sola?

—Sí. Mi marido está muerto. Mis dos hijos viven en Cracovia.

—Son judíos... como tú —el hombre dijo esto como un hecho, no como una pregunta.

La señora Rosewicz no respondió.

—¡Hazte a un lado! —le ordenó el hombre.

Se produjo una pequeña conmoción cuando la mujer murmuró una débil objeción. Stefa escuchó voces apagadas, muebles moviéndose, raspando contra el piso de madera. La vecina y los hombres continuaron hablando, pero Stefa no podía entender lo que decían.

Regresó al sofá para unirse a su madre cuando la puerta se cerró. Su puerta traqueteó con una avalancha de fuertes golpes.

Stefa iba a responder, pero Perla, con el terror brillando en su mirada, la agarró del brazo.

—Madre, tenemos que responder —susurró Stefa.

Perla negó con la cabeza; su rostro estaba invadido por el pánico.

El pomo de la puerta hizo ruido, y luego, el ruido cesó. Un terrible silencio las envolvió. Stefa rezó para que su hermano se mantuviera alejado del edificio, que se hubiera dado cuenta de que los hombres habían entrado.

Contuvieron la respiración mientras el silencio se prolongaba.

—Volveremos más tarde —dijo uno de los hombres en polaco. Finalmente, descendieron las escaleras. El aire silbaba a través del pasillo mientras se marchaban. Después de unos minutos, Stefa se levantó del sofá, caminó hacia el balcón y miró hacia la calle. Los tres hombres marchaban casi al unísono hacia el este, la dirección de donde venía Aaron.

—Ya se fueron —dijo Stefa—. Voy a ver cómo está la señora Rosewicz.

Perla murmuró:

—Ten cuidado, hija. —Apretó los puños y miró por la ventana.

El pasillo estaba vacío y silencioso, sin indicios de que los hombres hubieran estado allí. Habían desaparecido como los demonios de un mal sueño, sólo que eran reales. Los vio y oyó; el recuerdo estaba grabado en su mente.

Stefa llamó a la puerta de su vecina y susurró:

—¿Señora Rosewicz?

Después de unos momentos, la mujer respondió:

—¿Stefa? ¿Eres tú?

—Sí.

La puerta se abrió con un crujido y el rostro hundido de la mujer apareció por el borde.

—¿Está bien? —Stefa tocó la mezuzá y luego besó sus dedos.

—Sí…, entra. Mira lo que hicieron.

Nada había sido dañado en el departamento, pero todo se veía revuelto, fuera de lugar, muy distinto al espacio inmaculado que tenía la señora Rosewicz habitualmente. El sofá había sido movido de la pared, las puertas del armario estaban abiertas de par en par; los hombres habían saqueado la despensa.

—Pensaron que alguien podía estar escondido aquí —dijo, sacudiendo la cabeza—. ¿Puedes imaginarme a mí, una anciana, tratando de esconder a alguien de los alemanes?

Stefa se puso tensa. Si los nazis ocupaban la ciudad durante algún tiempo, temía que esa pregunta se convirtiera en una rutina. ¿Podría la máquina de guerra alemana permanecer en Polonia durante los próximos años? Apartó el pensamiento de su mente y se ofreció a ayudar a la mujer a colocar los muebles de vuelta en su lugar.

—Deje que me encargue de eso —le dijo a la agradecida señora Rosewicz.

Quince minutos después, todo en el departamento estaba como antes: el sofá descansaba nuevamente contra la pared, las puertas del armario y la despensa estaban aseguradas, la cama desordenada estaba hecha y las alfombras enderezadas. Mostrando nada más que intimidación, los nazis habían hecho un lío.

Después de despedirse, Stefa salió al pasillo y casi chocó con Aaron mientras este subía corriendo las escaleras.

—¿Los viste? —preguntó con una voz vertiginosa que se acercaba a la virilidad.

Hizo pasar a su hermano. Perla se levantó del sofá y se apresuró a abrazar a su hijo.

—Sí, pero nos quedamos calladas —respondió Stefa—. No los dejamos entrar.

—Bien —dijo Aarón—. Habrían destrozado nuestro departamento.

Stefa le dio una palmada en el hombro.

—Sí, pero volverán. Debemos estar preparados.

Perla se sentó en una silla y se tapó el rostro con las manos.

—¿Cómo? ¿Cómo podemos detenerlos?

—Son nazis, madre —dijo Stefa.

Perla negó con la cabeza.

—No quiero hablar de eso, ni escuchar ese nombre. Ninguna desgracia vendrá a esta casa. ¿Por qué invocar al diablo?

—Madre, es posible que tengamos que desafiarlos lo mejor que podamos. —Stefa sonrió para animar a su madre y habló con un tono más ligero—. No te preocupes, papá sabrá qué hacer. Tenemos dos hombres que nos protegen. —Incluso mientras hablaba, dudaba de sus palabras, pero el bienestar de su madre era más importante que decir una mentira piadosa.

Aaron le sonrió a su hermana.

—Cumplo trece en marzo.

—Sí, eres un hombre en lo que a mí respecta.

Perla frunció el ceño.

—Sigue siendo un niño, hasta que sea declarado un hombre.

Stefa se retiró a su habitación, pensando en la ocupación alemana. Los Majewski necesitaban un plan.

Daniel sabría qué hacer, si tan sólo pudiera verlo. Se sentó en su cama e imaginó a Hanna disfrutando de la vida en Londres. ¿Habría renunciado Hanna a la fe judía? Tal vez su hermana fumaba, bebía, salía con hombres y, tal vez, incluso, había cambiado el color de su cabello. Ella no sabía si estas cosas eran ciertas. La comunicación con su hermana había sido escasa. Su madre había recibido algunas cartas, y las únicas palabras que dijo al abrirlas fueron: «Les envía sus mejores deseos».

Se reclinó hacia atrás, apoyando la cabeza en la almohada, mientras Hanna flotaba como un ángel sobre ella. Sostuvo todos esos pensamientos sin malicia ni celos hacia su hermana. Hanna había elegido la vida que quería y Lucy y Lawrence habían elegido hacerle la vida más cómoda a su sobrina. Su madre y su padre no podían cambiar eso.

¿Hanna pensaría en ellos a menudo? Los ojos de Stefa se cerraron.

No muy lejos, en Krochmalna, Janka caminaba a casa bajo la luz mortecina, después de un día de recorrer los escaparates. Metió la llave del departamento en la cerradura; ya sabía lo que encontraría. Karol, todavía vestido con su sucio uniforme de trabajo, estaba estirado en el sofá con un brazo colgando perezosamente sobre sus ojos; sus ronquidos retumbaban por la habitación.

No se atrevió a despertarlo; le bastó olfatear una vez para darse cuenta de que había estado bebiendo. El olor penetrante del vodka barato impregnaba la habitación. Molestar a su esposo borracho a esa hora incitaría la ira y los insultos, algo que no quería escuchar ese día.

Su mañana había sido lo suficientemente desalentadora sin el estrés adicional de su esposo. Si hubiera capitulado ante las imágenes y los sonidos de Varsovia, habría sido fácil perder la compostura. Sus viajes la llevaron a edificios destruidos que alguna vez admiró, y sus fosas nasales se llenaron con los olores acre del aceite y el humo, la fetidez persistente de los explosivos que aún se aferraban al aire, el hedor desgarrador de los caballos muertos en las alcantarillas y los cuerpos aún no levantados de los escombros. La oportunidad de estar fuera del departamento, vestirse y usar algo de maquillaje, dar un paseo a pesar de la destrucción y ver a otros que habían sobrevivido a los bombardeos, mantuvo su tristeza bajo control. Por supuesto, también le llamó la atención la creciente presencia nazi: uno en cada esquina de la calle, y hasta en medio de la cuadra. Tanques, camiones y tropas seguían llegando.

La peor parte había sido su incapacidad para encontrar trabajo. Muchas tiendas todavía estaban cerradas, y las que no lo estaban no necesitaban sus habilidades limitadas. Sólo una modista judía que buscaba una «costurera calificada» parecía ser una posibilidad. Sin embargo, se había apartado del cartel escrito a mano pegado en la ventana. Con la cabeza agachada y sujetando su bolso, sentía que muchas más mujeres, particularmente judías, eran mucho más capaces de coser que ella.

Resistió el impulso de caer en la desesperación mientras caminaba hacia su casa, consciente de que Karol probablemente se había detenido en el bar después del trabajo. La rutina de su vida era enloquecedora, incluso mientras agradecía a regañadientes las bendiciones de tener un marido y un hogar, por miserables que pudieran ser.

Karol estaba en casa cuando regresó. Janka pasó junto a él como de costumbre. Rara vez se despertaba de su estupor inducido por el alcohol y, si lo hacía, por lo general resoplaba, se ponía de lado y se dormía otra vez. Sin embargo, exigía que su cena siempre estuviera lista cuando se despertara, casi siempre a las ocho de la noche. Luego de comer, se desvestía, a veces se bañaba, aunque ahora menos debido a la escasez de agua, y se metía a la cama sin siquiera darle un beso a Janka.

Una vez en el dormitorio, ella se quitó el abrigo, lo colocó suavemente sobre una percha en el armario y se cambió el vestido y los zapatos. Las manecillas del reloj del dormitorio marcaban las siete: la evidencia de una cena inconclusa.

Se escabulló hasta la despensa y encontró unas cuantas latas de sopa y un poco de leche enlatada. Los suministros disminuían a medida que aumentaba el punto de apoyo nazi, y había rumores de racionamiento, incluso prohibiciones en la venta de carne. Ese día, no había tenido tiempo de ir al mercado y esperar en la larga fila. Karol se enojaría cuando descubriera que no había pollo ni carne para la cena. No había nada que hacer al respecto. Había unas pocas zanahorias flacas y varias papas de tamaño mediano en el cajón de las verduras; a una de las papas le habían comenzado a brotar zarcillos de color blanco verdoso. Su esposo tendría que conformarse con una papa frita y un caldo de res; no precisamente una comida digna de un rey.

Después de sacar en silencio una sartén del armario, sumergir los dedos en una lata de manteca de cerdo a medio terminar y untar la grasa en el fondo de la sartén de hierro fundido, encendió una cerilla, prendió la estufa y se limpió la mano con una toalla.

Había recogido dos cántaros de agua que debían durar el mayor tiempo posible. Janka no se molestó en lavar la papa, porque el agua era un recurso precioso; en cambio, la limpió con un paño húmedo y comenzó a cortarla en silencio en la mesa de la cocina ya perforada por el filo del cuchillo.

La grasa chisporroteaba, pero no lo suficiente como para despertar a su marido. Estaba a punto de dejar caer las rodajas de papa en el aceite caliente cuando un fuerte golpe hizo que su corazón latiera con fuerza en su pecho.

Resoplando, Karol se despertó.

—¿Qué diablos está pasando? —Su voz pasó de un gruñido soñoliento a la irritación.

Se escuchó otro golpe en la puerta. Karol, aún medio dormido, gritó:

—¡Bueno, con un demonio, ve quién es! Si son esos vecinos de mierda, se lo pensarán dos veces antes de volver a tocar esta puerta.

Janka dejó el cuchillo, apagó la estufa y luego se alisó el vestido mientras caminaba hacia la puerta.

Cuando la abrió, había tres hombres frente a ella. Dos estaban vestidos con los uniformes grises de los oficiales alemanes, y el otro vestía un abrigo que cubría parcialmente un traje marrón.

—¿Frau Danek? —preguntó el hombre del traje marrón en alemán.

Ella asintió mientras los demás se concentraban en su esposo, quien se estaba levantando del sofá. Los hombres vestidos de negro lo miraron casualmente, pero con interés, como un conductor de tren podría ver a un pasajero mientras le pide ver su boleto.

—¿Podemos entrar? —preguntó el hombre de traje marrón en perfecto polaco.

Janka volteó para mirar a su esposo, quien, con un movimiento de cabeza, les dio permiso a los hombres para entrar a su casa; ella sospechaba que negarse habría sido inaceptable.

—¿Qué puedo hacer por ustedes, caballeros? —preguntó su esposo, sonriendo y enfatizando la manera obsequiosa de su pregunta. Karol plantó sus manos firmemente contra el sofá y se levantó, fingiendo estar sobrio. Janka ya había visto este comportamiento antes.

Los tres hombres entraron y ella cerró la puerta detrás de ellos.

—Tenemos algunas preguntas —continuó el hombre del traje marrón—. Como fundadores de un nuevo gobierno para el pueblo polaco, estamos realizando un censo. Esto tomará poco tiempo, mientras los oficiales que me acompañan echan un breve vistazo alrededor. El Partido Nacionalsocialista quiere asegurarse que se sienta cómodo. Estoy seguro de que no tendrá ninguna objeción.

Karol asintió y señaló el sofá.

—¿Gusta sentarse?

El hombre miró la tela verde algo sucia y arrugó la nariz.

—No, prefiero estar de pie. —Los agentes se pusieron en marcha para registrar el departamento.

—No hay mucho que ver —les dijo su esposo mientras pasaban.

—Comencemos con sus nombres.

Karol le lanzó una mirada a Janka que parecía decir: «Mantén la boca cerrada mientras hablo».

—Karol y Janka Danek.

—¿Dónde trabaja usted?

—En la planta de procesamiento de cobre, no muy lejos, al oeste en Krochmalna.

—Sé exactamente dónde está. Bien..., un trabajador esencial. ¿Y su mujer?

El hombre garabateó en su cuaderno, ignorando a Janka. Ella no se atrevía a responderle ni a interrumpir el interrogatorio.

—Es ama de casa.

—Así que cuida de su esposo, como todas las mujeres buenas deben hacerlo. En Alemania, las mujeres tienen hijos y ofrecen lealtad eterna al Reich... y a sus maridos. Algunas pueden trabajar, pero sólo si el Reich necesita que se aparten de su marido.

Una sonrisa apareció en el rostro de Karol y se sentó de nuevo en el sofá. La puerta del armario se cerró de golpe en el dormitorio.

—Así es como debe ser —respondió su esposo—. Mi Janka es una buena esposa y siempre leal, incluso a nuestros nuevos amos. Haremos lo que nos pida; hasta puedo ser de utilidad para ustedes.

El hombre miró a Karol con ojos penetrantes, como de ave de rapiña.

—Se está adelantando, Herr Danek. Soy cauteloso con los hombres que se desmoronan cuando ni siquiera saben lo que esperamos o queremos. Aun así, haré una nota al respecto. En breve se hará un anuncio de que todos los hombres y mujeres polacos en edad de trabajar deben estar empleados. Su esposa tendrá que encontrar un trabajo.

Los dos oficiales regresaron de su búsqueda en el pequeño departamento y se pararon junto al interrogador. Él los miró; su rostro indicaba claramente lo que quería saber.

—Nada —dijo uno de los hombres.

—Algunas preguntas más. ¿Son judíos?

Karol se rio y señaló el dormitorio.

—¿Vio el crucifijo colgado sobre nuestra cama? ¿Judíos? No, odio a esa sucia escoria. Son sinvergüenzas, toman nuestro dinero y trabajos. Todos ellos deberían recibir un disparo en lo que a mí respecta. —Miró a uno de los otros hombres.

Sin levantar una ceja, el hombre escribió notas adicionales.

—¿Es católico?

Karol asintió.

—Me parece extraño que no tengan hijos. Los católicos, como los judíos, se reproducen.

El rostro de su esposo se sonrojó y, por primera vez, parecía como si no tuviera respuesta a las preguntas del hombre.

Janka interrumpió.

—Soy estéril.

Los tres alemanes se volvieron hacia ella con miradas que iban desde la lástima hasta el asco. El hombre de traje marrón parecía ser el más comprensivo.

—Ya veo.

—Queremos tener hijos, pero no podemos —dijo Janka, continuando con la mentira. Karol era el que siempre se había opuesto a tener niños: eran desordenados, ocupaban demasiado tiempo y devoraban el dinero de la familia. Aunque la verdadera razón de su disgusto era su forma de beber y su exigida libertad de la responsabilidad familiar; no quería gastar recursos preciosos en nada más que licor.

—Calla, Janka —dijo Karol—. No les interesa saber eso.

—No, es información útil —respondió—. Una última pregunta. ¿Alguna vez han hecho amistad con los judíos o les han dado consuelo?

—Eso nunca sucedería en esta casa —respondió Karol rápidamente; sus ojos se abrieron como si estuviera sorprendido por la implicación. Su mirada se desplazó hacia Janka—. Mi esposa tampoco lo haría, puede estar seguro de eso. Somos polacos, polacos católicos que entienden lo que están tratando de hacer en Varsovia.

El hombre cerró su libro.

—¿Y qué es lo que estamos tratando de hacer?

—No lo sé, pero lo apoyo —respondió Karol.

—Que siga siendo así. —Se dirigió a la puerta con los demás, pero antes de abrirla, miró hacia atrás y agregó—: Sería útil que aprendieran alemán, en especial usted, *Herr* Danek. Muy útil.

En un instante se fueron y comenzaron a golpear la puerta de un vecino.

Karol se levantó del sofá y se dirigió hacia ella.

—¿Estás loca? ¿Por qué dijiste que eres estéril, tonta? —Su cara roja hacía juego con sus ojos inyectados de sangre. Levantó la mano, como hacía a veces cuando estaba enojado, y la mantuvo suspendida sobre su rostro.

Ella se dio la vuelta, sin retroceder.

—¿Querías que supieran la verdadera razón? Los nazis se encargarán de que cualquier cosa sea asunto suyo, incluso la razón por la que no tenemos hijos. Dije una mentira para protegerte. Era obvio que no podías pensar en nada que decir.

El rostro de Karol se suavizó y bajó la mano.

—No lo pensé de esa manera.

—No, no lo hiciste, eso podría habernos metido en problemas.

Frotándose la frente, volvió al sofá y se hundió en él.

—¿Qué hay de cenar?

—Caldo y papa frita. —Encendió una cerilla y volvió a prender la llama de la estufa bajo la grasa fría.

—Caldo y una papa. Debí haberme quedado en el bar.

—Entonces te habrías perdido la visita de nuestros salvadores —dijo ella de espaldas a él.

Él rio.

—No te acerques a ningún judío, ¿entendiste?

Ella asintió, consciente de que ya había cometido un error potencialmente mortal.

CAPÍTULO 4

El clima se volvió más frío a finales de octubre en Croydon. Los árboles habían perdido la mayor parte de sus hojas. Incluso el pequeño sauce del jardín tenía un color amarillo enfermizo en sus ramas caídas. Permaneció enraizado porque Lawrence aún no había recibido las partes del refugio Anderson que iba a construir.

Hanna había escrito tres cartas a su madre desde la invasión alemana, pero no había recibido respuesta. Las noticias de Polonia seguían sorprendiéndola, mientras que la mayoría de sus amigas inglesas se lo tomaban con calma y le decían que no se preocupara: Hitler no llegaría muy lejos, y la guerra contra los nazis terminaría tan pronto como Gran Bretaña pudiera aumentar sus fuerzas de combate.

Con ayuda de su tío, Hanna pudo conseguir un trabajo de turno vespertino, cuatro días a la semana en una librería de antigüedades, principalmente de martes a viernes, y algunos fines de semana cuando era necesario. El anciano dueño de la tienda, el señor Cheever, era un jubilado que rara vez entraba en la tienda que había fundado antes de la Gran Guerra. La mantenía operando en beneficio de sus clientes más antiguos. Su familia estaba bien financiada por otros emprendimientos y no quería, o no necesitaba, una vieja y mohosa tienda de curiosidades.

A Hanna le encantaba el frágil olor a papel de los libros, el crujido de las páginas al pasarlas, las percepciones y el drama que se desarrollaban en su interior. Los libros más valiosos se guardaban bajo llave en un armario de vidrio en la parte trasera de la tienda, y el señor Cheever tenía la única llave. Sólo unos pocos clientes selectos habían visto estos libros, únicamente con cita previa con el propietario. La posesión más preciada de la tienda era una copia de la segunda edición de *The Monk*, de Matthew Lewis, publicada en 1796. En sus dos semanas en el trabajo, ningún cliente había solicitado ver ningún artículo raro.

También le encantaba curiosear por la tienda cuando no había clientes; tocaba las encuadernaciones rojas, azules, verdes y negras, hojeaba los libros con reverencia, sintiendo la textura áspera o resbaladiza de las páginas entre sus dedos. Los libros, en su mayoría usados, en buenas condiciones y a un precio módico, estaban cuidadosamente catalogados, según el tema, en los desgastados estantes de roble.

Había espacios para ficción, historia, medicina, arte, negocios, idiomas y muchas categorías más. Le interesaba en especial la sección de idiomas, en particular los libros escritos en alemán y los pocos en hebreo. Su madre había alentado un poco su habilidad innata, reconociendo su propensión al habla. El polaco y el yiddish eran algo natural para ella por su familia. Dio el salto al alemán sin mayores dificultades por su similitud con el yiddish. En su juventud, por voluntad propia, había elegido estudiar algunos de los grandes textos decimonónicos de escritores alemanes. Se encontró perdida en sus palabras, apoyándose con un diccionario alemán, durante las largas noches de invierno en Varsovia.

Mientras trabajaba, sus amigas, a quienes conoció a través de la amistad de Lucy con sus madres, la visitaban en diferentes momentos del día dependiendo de sus propios horarios escolares o laborales. Las hermanas Margaret y Ruth Thompson a menudo la visitaban juntas. Margaret, una vivaz pelirroja de cabello largo, sonrisa deslumbrante y actitud despreocupada, le recordaba a una estrella de cine. Trabajaba como secretaria para un abogado de Croydon, aunque le había dicho a Hanna muchas veces que el trabajo no le agradaba. La mayor parte del tiempo echaba de menos la emoción de los casos judiciales, ya que sus deberes estaban relegados a atender la recepción, la taquigrafía y archivar documentos. Era una mujer joven con mayores expectativas en mente, aunque no tenía muy claro cuáles eran. Hanna sospechaba que incluían casarse bien.

La hermana de Margaret, Ruth, era un poco como su hermana mayor, pero mucho más sensata, con los pies bien plantados en la tierra. Ruth, no tan alta como su hermana, tenía el cabello castaño rojizo, más rojizo que castaño y un agradable rostro ovalado. Trabajaba en el departamento de ropa de mujer en una tienda local. Hanna no tenía idea de cuáles eran los sueños de Ruth. Su amiga parecía más que feliz con su trabajo y su posición en la vida. Hanna sospechaba que también quería casarse, pero estaba esperando el momento y el hombre adecuado, con o sin dinero.

La última joven del cuarteto era Betty Martin, quien, a pesar de su pequeña estatura, apoyaba el esfuerzo de guerra y quería, más que nada en el mundo, ofrecerse como voluntaria para cualquier tipo de servicio militar disponible para mujeres. Cuando se vieron, Betty le dio a Hanna la información más actualizada sobre la guerra; ya había iniciado un club de tejido compuesto por mujeres locales, donde elaboraban calcetines, bufandas y otros artículos que los uniformados podían usar, además de remendar su propia ropa como medida de conservación. Aunque Betty la había invitado a unirse, Hanna no era miembro del club. Stefa era mucho mejor que ella con la aguja y el gancho y, francamente, le resultaba aburrido sentarse durante horas a coser, remendar y chismear sobre la guerra y los hombres.

Betty había adoptado una especie de estilo militar en su vestimenta, pantalones y chaqueta, y llevaba un bolso de mano grande en caso de que fuera necesario meter en él pertenencias familiares durante los anticipados ataques aéreos nazis. Siempre tenía el rímel en su lugar, las mejillas pintadas y su largo cabello negro recogido, mientras escaneaba los cielos en busca de bombarderos alemanes.

Hanna estaba en la tienda un viernes por la tarde cuando vio a Betty a través del gran escaparate. Su amiga apagó el cigarro que estaba fumando y se metió un chicle en la boca, dejando caer el envoltorio de aluminio brillante en el bolsillo de su chaqueta. Cuando Betty abrió la puerta, la campana de la tienda tintineó.

La boca de su amiga se curvó en una extraña sonrisa, como si Betty supiera algo, o anticipara lo que Hanna pronto sabría.

—¿Cómo va el negocio? —preguntó Betty, acercándose sigilosamente al mostrador.

—Hoy está tranquilo. ¿Cómo estás?

—No podría estar mejor, pero estaré incluso mejor esta noche en el *pub*.

Sus planes para la noche intrigaron a Hanna, y se inclinó sobre el mostrador hacia su amiga.

—¿Ah, sí? ¿Tienes una cita?

—¿Una cita con un tipo? —preguntó Betty recatadamente.

—Sí.

—No —respondió ella mientras mascaba su chicle—. Ya quisiera…, pero deberías venir. Me gustaría que conocieras a alguien.

Hanna sospechaba que Betty estaba tratando de arreglar una cita para ella, así que negó con la cabeza.

—No esta noche. Prefiero estar en casa.

—Si sigues así, te convertirás en un ratón y sólo podremos sacarte de tu agujero con un pedazo de queso. —Sonrió; sus dientes blancos estaban rodeados por un óvalo de lápiz labial rojo—. Y no se trata de un tipo, si eso es lo estabas pensando, sino de una mujer. Le he hablado de ti.

Hanna se sentó en la silla detrás del mostrador, fascinada por lo que sonaba como la trama de una novela de misterio.

—Prosigue.

Betty dejó caer su enorme bolso sobre el mostrador, lo abrió y sacó un trozo de papel.

—No entraré en detalles ahora. ¿Cierras a las cinco?

—Sí.

—Nos vemos en Stag's Horn a las siete en punto. El número de teléfono y la dirección están en la nota, en caso de que no puedas asistir. —Le entregó a Hanna el papel doblado—. No seas ratonil, te esperamos. Es importante que vengas. Betty le lanzó un beso, recogió su bolso y salió por la puerta.

Hanna abrió la nota. Todo lo que necesitaba saber estaba escrito con la pulcra letra de Betty. De hecho, Hanna sabía exactamente dónde estaba ubicado el *pub*, en el centro de Croydon. Lo que no entendía era por qué conocer a esta mujer misteriosa era tan importante como había dicho Betty. Había planeado pasar la noche con su tía y su tío después de la cena, pero este compromiso parecía demasiado interesante para dejarlo pasar.

El Stag's Horn se construyó siglos atrás, cerca del cruce de dos carreteras principales en Croydon. Su techo de pizarra, viejos ladrillos cómodos y reservados, y largas mesas de madera habían escuchado y conservado las risas, lágrimas y secretos de los lugareños durante generaciones. No era el único *pub* de la ciudad, pero, como el más antiguo, seguía siendo un lugar de reunión popular para aquellos que amaban Croydon y celebraban su historia.

Hanna se disculpó con su tía y su tío y se fue después de cambiarse de ropa y retocar el maquillaje que había usado para ir al trabajo. Después de casi diez meses en Londres, todavía no estaba segura de que sus elecciones de vestimenta y cosméticos fueran correctas, aunque nadie había dicho nada malo al respecto. Su tía la había guiado con mano amable, pero eso era de esperarse de alguien en la familia. Sus amigas no habían hecho comentarios despectivos. Se consideraba un tanto intermedia: ni tan glamorosa como Margaret, ni tan seria como Betty. Su estado emocional era el problema.

Hizo falta mucho valor para dejar Varsovia, pero ¿en realidad la había dejado atrás? Las tradiciones, las enseñanzas del judaísmo y toda una vida con su madre, padre, hermana y hermano no podían borrarse en sólo diez meses. Sin embargo, había hecho todo lo posible por eliminar las apariencias de su antigua vida. Incluso fumaba uno que otro cigarro a escondidas de vez en cuando; había probado la cerveza y tomado algunos tragos de licor en lugar de vino; había experimentado con el color del cabello; probado varios tonos de lápiz labial, polvos, y rubor, todo con el fin de hacerse bella y diferente de su antiguo yo. Había intentado desterrar la modestia y todo lo que esta implicaba.

Sin embargo, mientras caminaba hacia el *pub*, seguía teniendo dudas. Su padre aparecía ante ella a veces, con mirada dulce; otras veces, frunciendo el ceño con una intensidad casi demoniaca. Ese rigor de la religión, esa obstinada asfixia sin tregua, era lo que había disparado sus pensamientos de separación en primer lugar. ¿Qué tenía de malo hacer una nueva vida? Responder a esa pregunta era más difícil de lo que nadie pudiera imaginar.

Se detuvo un momento frente al Stag's Horn y miró, a través de una rendija en las cortinas opacas, hacia la cálida luz amarilla que se filtraba por la ventana. Rostros sonrientes y una neblina de humo de cigarro. La gente bebía cerveza a sorbos o tragos. Todo eso la esperaba al entrar. El *pub* estaba tan alejado ese viernes por la noche de la víspera del *sabbat* como Varsovia lo estaba de Londres. El pensamiento la congeló y aplastó cualquier alegría que intentara sentir.

Con las manos heladas por el viento de finales de octubre, se levantó el cuello del abrigo y se asomó para encontrarse con Betty y con la mujer desconocida. Las vio en una mesa de la esquina, cerca de una chimenea crepitante. Su amiga había añadido una sorpresa: un apuesto militar con un fino bigote, probablemente de veinticinco años, que estaba sentado frente a las dos mujeres.

La idea de dar marcha atrás cruzó su mente, pero se armó de valor y jaló la manija de bronce de la puerta. El calor del *pub* la envolvió, eliminando el frío de sus manos y rostro. Se quitó el abrigo, lo colgó de un gancho cerca de la puerta y caminó hacia ellos con su bolso a un costado. Betty la vio y la llamó con un movimiento vigoroso.

Hanna se acercó. El único asiento disponible estaba a la derecha del soldado. Él se levantó y le ofreció el lugar a su lado. Ella se deslizó por el tablón de roble pulido; se sentía cómoda y cálida, pero un poco acorralada.

—¿Una cerveza? —preguntó Betty.

—¿Por qué no? —respondió Hanna, dejándose llevar por las convenciones: todos los presentes tenían frente a ellos un vaso alto del brebaje oscuro, tan cálido como la temperatura dentro del *pub*.

Betty levantó la mano y una camarera se acercó: era una chica menuda de cabello y ojos oscuros que lucía como si llevara demasiadas horas trabajando. Todos pidieron otra ronda.

Después de una pausa incómoda, Betty golpeó su vaso con la parte inferior del anillo de su mano derecha.

—Hanna Majewski, o debería decir Richardson, me gustaría presentarte a Rita Wright y Phillip Kelley.

—Hola. Encantada de conocerlos. —Hanna se sentía algo incómoda, abrazando su bolso, sin saber qué decir a continuación.

—Un placer conocerte —respondió el soldado con una sonrisa.

Ella le devolvió la sonrisa, sin tener idea de lo que hacía o cuál era su rango en las fuerzas armadas.

Rita Wright, por otro lado, la estudiaba, con una mirada tan determinada que Hanna desvió la mirada hacia Betty.

—Hace bastante frío esta noche —dijo Hanna, tratando de iniciar una conversación inocua que desviaría la atención de ella.

—No tanto —dijo Rita sin rodeos.

Hanna se sonrojó y agachó la mirada. Después de otro momento incómodo, pensó en lo que su padre solía decirle de niña, cuando se burlaban de ella en Varsovia por ser demasiado alta y desgarbada: «Nadie es mejor que tú. Somos judíos orgullosos. Siempre recuerda eso».

Levantó la cabeza.

—En mi opinión, hace frío.

—Entonces no sabes lo que es el frío —respondió la mujer.

—¿Disculpe? Claro que sé. Crecí en Varsovia. —La irritación se arrastró desde su pecho hasta su garganta, y se incrementó a medida que la tensión entre las dos aumentaba y el aire se sobrecalentaba.

—Hace suficiente calor aquí —dijo Betty, abanicándose con una servilleta.

Rita sacó una caja dorada y un encendedor de su bolso y encendió un caro cigarro francés. Torció la boca y exhaló el humo en un rizo cuidadosamente elaborado en medio del aire brumoso del lugar. Una sonrisa bastante sarcástica apareció en sus labios, pero desapareció tan rápido como se había formado.

Hanna estudió el rostro de piedra de Rita Wright. La mujer era bonita, con ese estilo majestuoso de la clase alta. Su cabello negro caía sobre sus hombros desde una onda sobre su frente y formaba un peinado circular alrededor de su rostro aristocrático. Hanna notó que tanto el lápiz de cejas como el rímel y el lápiz labial rojo oscuro estaban perfectamente aplicados, como si hubiera pasado horas frente al espejo, o como si alguien con gran habilidad la hubiera ayudado. Su piel estaba empolvada, casi blanca, lo cual acentuaba sus facciones. El rostro de Rita, del cuello para arriba, se parecía al antiguo busto de una mujer griega adinerada que uno se podría encontrar en algún museo.

Las cejas de Betty se movieron hacia abajo y le guiñó un ojo a Hanna antes de deslizar un cenicero sobre la mesa hacia Rita.

—Háblame de ti —le dijo la mujer a Hanna, con una voz monótona que no parecía tener ningún significado oculto.

—¿Le importaría a alguien decirme qué está pasando? —preguntó Hanna—. ¿Esto es una entrevista? Porque ya tengo trabajo.

La camarera cansada trajo la pinta de Hanna y la segunda ronda de bebidas para los demás. Ella levantó su vaso y bebió un sorbo, pero no le gustaba el sabor cálido y amargo de la cerveza oscura.

—Ojalá pudiéramos —respondió Phillip, mientras alcanzaba su segunda pinta—. Digamos que nos interesas.

—¿Yo? ¿Les intereso?

Rita sonrió y Hanna pensó que su rostro podría quebrarse debajo del polvo.

—Si no tienes nada para nosotros, será evidente, y podremos ir por caminos separados sin dañar a nadie.

—Responderé a sus preguntas, si ustedes responden a las mías.

—Lo siento, no funciona así —dijo Rita, después de dar una calada a su cigarro—. Betty tuvo la amabilidad de organizar esto porque cree que podrías ser un activo para el esfuerzo de la guerra, particularmente contra los nazis en Polonia.

—Mi familia está en Varsovia. No he sabido nada de ellos desde que comenzó la guerra. —Sus manos temblaban un poco mientras sujetaba su vaso.

—Lo sabemos —dijo Rita, balanceando delicadamente el cigarro entre el segundo y el tercer dedo de su mano derecha.

—Estoy en desventaja. —Hanna se apoyó en el respaldo con paneles detrás de ella.

Rita continuó con sus preguntas.

—¿Cuántos idiomas hablas?

Hanna suspiró.

—No sé por qué me pregunta esto, hablo polaco, mi lengua materna, yiddish y un poco de alemán e inglés, me las ingenio.

—El alemán nos resulta interesante —dijo Phillip—. Un talento para esos idiomas podría ser de gran ayuda.

Rita se tocó el cabello lacado a un lado de la cabeza y luego colocó el cigarro en el cenicero.

—¿Participaste en deportes cuando eras joven?

—Nadé, corrí, pero para mi propio deleite. Me gustaba estar fuera siempre que era posible… —Hizo una pausa, recordando los momentos en que no podía hacer las cosas que amaba porque estaban prohibidas para las mujeres, sin importar si era *sabbat* o algún día santo. En las raras ocasiones en que podía escaparse, les ocultaba esas actividades a sus padres.

—Pareces estar en buena forma —comentó Rita—. ¿Algún problema médico?

Hanna negó con la cabeza.

Rita la estudió de nuevo antes de hablar. Hanna le devolvió la mirada.

—Estaremos en contacto a través de Betty —dijo finalmente la mujer.

Hanna empezó a hablar, pero Rita levantó la mano.

—Estás llena de preguntas que desearía, con todo mi corazón, poder responder, pero el gobierno está lidiando con una situación delicada en este momento. Puedo decirte que esto es sólo el comienzo. La guerra es real. Acabo de regresar de Varsovia y la devastación es horrible. Necesitamos gente en el frente.

—¿Está sugiriendo…?

—No estoy sugiriendo nada, pero si acaso solicitamos tu ayuda en una fecha posterior y decides apoyarnos, el gobierno estaría agradecido en extremo.

El soldado volteó hacia ella y le puso la mano suavemente en el brazo.

—Considera lo que te estamos pidiendo. Piénsalo bien; así, cuando llegue la pregunta, estarás lista.

—Es suficiente por una noche —dijo Rita, mostrando una hilera de finos dientes blancos a través de la curva de sus labios rojos—. ¿Qué les parece si redirigimos nuestra atención a los dioses de la cerveza?

Betty dirigió rápidamente la conversación a su club de tejido y la forma en que ayudaba a los chicos en casa, aunque en realidad no estaba pasando nada en Gran Bretaña, como señaló Rita. Después de algunas bromas sobre los preparativos para la guerra, terminaron sus pintas. Rita pagó la cuenta y todos se levantaron.

Phillip ayudó a Hanna a ponerse el abrigo en la puerta.

—Fue un verdadero placer conocerte. Espero que nos volvamos a encontrar.

Rita y Phillip se alejaron en direcciones diferentes al salir. Por su parte, Betty y Hanna se apretujaron contra una pared de ladrillos contigua que las protegía del viento.

—¡Caramba! —dijo Hanna, repitiendo como un loro una palabra que Lawrence usaba a menudo—. ¿Qué fue eso? La cabeza me da vueltas.

Betty arqueó el cuello, aspirando profundas bocanadas de aire frío.

—Es guapo, ¿no crees?

—No estás respondiendo a mi pregunta.

—Tú tampoco.

—Está bien. Supongo. Sus ojos eran de un agradable color azul pálido, casi translúcidos, cabello negro ondulado, buena figura, sonrisa alegre, y no fumaba, lo que es agradable para variar. —Si no hubiera estado tan absorta en el misterio de la noche, podría haber prestado más atención al hombre a su izquierda. Parecía amistoso e interesado en ella, pero ¿con qué propósito?

—No deberías arrojar piedras, tú también fumas de vez en cuando.

—Solo de manera experimental. —Se giró hacia su amiga—. ¿Quiénes son esas personas?

—No puedo decir más.

—Todo suena tan secreto, tanta intriga y misterio. ¿Hasta qué rangos llega todo esto?

Betty sacó unos guantes de su bolso y se los puso.

—A los más altos.

Hanna la miró perpleja.

—Hasta Chamberlain y un hombre del que quizá no hayas oído hablar mucho: Winston Churchill.

—Entonces es un asunto serio. Esta noche no fue una farsa. ¿Cómo los conociste?

—Muy serio. —Betty envolvió su cuello con su bufanda—. Tengo contactos.

—La verdad, es bastante sorprendente.

Se separaron con un beso en la mejilla. Hanna caminó hacia su casa bajo las nubes grises que se movían rápidamente en la oscuridad, consciente de que la conversación que había tenido con Rita Wright era real y significativa. El hecho de que fuera un asunto tan secreto la inquietaba, y aceleró el paso, mirando hacia atrás por encima del hombro y hacia el cielo, como si los bombarderos alemanes pudieran aparecer en cualquier momento. El rostro blanco de Rita Wright dominaba sus pensamientos. Se preguntó si esta misteriosa mujer podría cambiar su vida, pero descartó la posibilidad. Estaba más preocupada por Polonia y por su familia que por su propio futuro.

Las delgadas bandas de metal cortaban las manos de Perla mientras se esforzaba por evitar que el agua saliera de los baldes. El líquido era demasiado valioso para desperdiciarlo, especialmente en preparación para el próximo *sabbat*. Hacía falta agua para cocinar y limpiar, y cada día la asfixiante presencia nazi hacía que aventurarse a salir fuera más peligroso.

Incluso el baño ritual, la mikve, parecía incierto. Corrían rumores de que los nazis sabían de su importancia para los judíos. Los alemanes detestaban las leyes rabínicas sobre la pureza familiar, tanto física como espiritual, pero, por el momento, sólo acosaban y se burlaban de aquellas mujeres que se atrevían a aventurarse allí. Los baños pusieron a prueba a los verdaderos creyentes. El agua, además de ser escasa y potencialmente contaminada, estaba fría ya que las fuentes de calor habían desaparecido.

Perla se detuvo por un momento y descansó al costado de un edificio, apoyando su cuerpo cansado contra el ladrillo. Sus manos temblaban por el peso. Había estado de pie durante casi dos horas, a primera hora de la tarde, para sacar agua de un grifo; uno de los pocos que funcionaban en Varsovia. Nadie de la familia pudo ayudarla. Izreal estaba en el trabajo, Aaron en la yeshivá y Stefa en busca de pan. Perla imaginó que podría encontrarse con ella en la calle. Qué lindo sería si Stefa pudiera ayudarla con los cubos pesados.

Krochmalna seguía siendo un revoltijo de edificios derrumbados, intercalados con los que se habían salvado de las bombas. Nadie podía caminar por la calle sin sortear montones de escombros. Perla notó algo diferente ese día mientras regresaba de recoger el agua.

Los soldados de la Wehrmacht, con rifles apuntando a sus sorprendidas víctimas, estaban obligando a todos a abandonar lo que estaban haciendo, con la única excepción de los pocos niños polacos que estaban afuera, y les daban palas a los trabajadores reclutados mientras gritaban órdenes en alemán. «¡Pónganse a trabajar! ¡Despejen las calles! ¡Más les vale que trabajen como si su vida dependiera de ello!».

Un grupo de polacos y judíos había sido rodeado sin contemplaciones a unas pocas casas de su departamento en Krochmalna. Tres soldados montaban guardia mientras los trabajadores levantaban rocas y ladrillos de la calle con las manos y arrojaban los desechos al cráter del edificio destruido. Otros cavaban en los escombros con sus palas, levantándolos y llevándolos al creciente montículo de ruinas.

Perla se ajustó el pañuelo, agachó la cabeza, recogió los cubos de agua y cruzó la calle con la esperanza de no llamar la atención de los soldados. Levantó la mirada por un instante y vio a otra persona que no estaba bajo el dominio de los nazis: un joven judío que estaba parado frente a su edificio. Estaba de espaldas a los trabajadores, mirando tranquilamente las placas de identificación en otro edificio. Pasó junto a él, con la cabeza agachada, hasta que escuchó una voz áspera que gritaba en alemán:

—¡Judíos, vengan aquí! Sus amigos necesitan ayuda.

Su primer impulso fue fingir que no había escuchado la orden y seguir caminando, pero sabía que era una idea temeraria y quizá mortal. Se detuvo y miró al joven que estaba cerca de ella.

El soldado se enfureció por su renuencia.

—¡Ustedes dos, vengan aquí! ¡Y traigan sus baldes!

—Haz lo que dicen —susurró el joven.

—Pero… mi agua —respondió Perla—. Si no tengo mi agua, no puedo honrar el *sabbat*.

—El *sabbat* tendrá que esperar —respondió el joven—. No habrá *sabbat* que honrar si estás muerta.

Caminaron lentamente por la calle hasta el oficial que les apuntaba directamente con su rifle. Era un hombre alto que portaba una casaca gris cuyas charreteras, botones y casco brillaban al sol. Sus dos compañeros alemanes observaban con una risa ahogada mientras sus miradas alternaban entre Perla y los trabajadores. El soldado sonrió; su cabello rubio brillaba debajo de su casco y sus duros ojos azules resplandecían como metal. Un gesto de crueldad atravesó su rostro, y cerró la boca por un momento después de que la sonrisa desapareciera.

—¿Qué tienes ahí, mujer? —preguntó, bajando su rifle.

Perla apoyó los baldes cerca de sus pies.

El soldado tocó las agarraderas de los baldes con el cañón del rifle y golpeó uno de ellos con su bota.

—¿Agua?

Perla asintió.

—Necesito…

El joven la agarró del brazo, silenciándola.

—¿Necesitas? —objetó el soldado, alzando la voz—. No necesitas nada. —Alzó la pierna y pateó el balde, salpicando el vestido y los zapatos de Perla. Oscuros riachuelos del preciado líquido escurrieron por la calle.

Mientras sus compañeros observaban, el soldado recogió el otro balde y arrojó el agua sobre los trabajadores. Los hombres y mujeres aullaron y temblaron por el frío. Los guardias se rieron y los llamaron judíos débiles.

—Necesitan refrescarse después de todo su arduo trabajo —dijo el soldado que los había llamado, una vez que las risas se apagaron—. Ahora es su turno. Pónganse a hacer algo. Denles uso a esas manos.

Perla miró con incredulidad al hombre, quien les dio la espalda, los desafió a atacarlo por la espalda en venganza.

—Ven —susurró su joven compañero—. Te ayudaré.

La condujo al otro lado de los escombros, lo más lejos posible de los guardias. Aun así, estaban al alcance de la vista y del oído de los alemanes.

—Recoge algo ligero y llévalo a la pila —dijo el hombre—. Asegúrate de que te vean. —Juntó los brazos, se inclinó y reunió un montón de ladrillos—. Cerdos.

Perla hizo lo que le ordenó y lo siguió hasta el borde del cráter.

—Conocía a muchas de las personas que vivían aquí: un anciano y una familia joven. Me pregunto si todavía están vivos.

El joven reunió fuerza en sus brazos y balanceó los ladrillos en el aire. Cayeron en una danza desordenada, golpeando la pila y levantando una nube gris de polvo. Varios de ellos rodaron hasta el fondo.

—Esos amigos no pueden hacer nada por nosotros ahora —respondió—. ¿Cuál es tu nombre?

—Perla Majewski.

Ella vio sus ojos agrandados y el rubor que se extendía por sus mejillas. Era guapo, pensó Perla, con su cabello oscuro y ojos conmovedores. La expresión de su rostro era fuerte, pero no de una manera vengativa o dominante como la de los alemanes. Era un hombre que se conocía a sí mismo, que destilaba fuerza a través de su confianza. Por sus manos callosas y brazos poderosos, se notaba que estaba acostumbrado al trabajo duro. Ella estaba feliz de tenerlo a su lado. Caminaron juntos hacia los escombros esparcidos.

—¿Cuál es tu nombre? —preguntó ella.

Él dudó, como si estuviera revelando algo; tal vez no quería decírselo. El sol le dio en la cara y parpadeó.

—Daniel... Daniel Krakauer... Krakowski, señora Majewski.

Perla entendía la distinción entre los apellidos yiddish y polacos, pero lo más importante era el nombre de pila del joven. Su intuición le dijo que este era el hombre que Stefa había estado viendo. De repente, tuvo sentido que hubiera estado esperando frente a su edificio. Al parecer, los nazis habían interrumpido una reunión secreta.

—Eres... —Se inclinó para recoger más rocas, y sintió una ligera tensión en la espalda.

—Sí. He estado viendo a su hija —Continuó con el trabajo, acunando más escombros entre sus brazos. Una gruesa capa de polvo cubría la mitad inferior de su chaqueta—. Lamento que tuviéramos que encontrarnos de esta manera. Stefa quería que los conociera a usted y a su esposo, pero la guerra se interpuso en el camino.

Los guardias gritaron más órdenes, exhortando a los hombres y a las mujeres a trabajar más rápido. El que los había llamado amenazó con golpear a un anciano con la culata de su rifle. Regresaron al cráter y arrojaron los escombros.

—No puedo decir en voz alta lo que estoy pensando —dijo Daniel en su camino de regreso—. Deberíamos ser buenos judíos y perdonarlos, pero no puedo encontrar el perdón en mi corazón. Esta guerra acaba de comenzar y ya los odio. No soporto ver sus rostros arrogantes y burlones, la forma en que caminan altaneramente por nuestras calles, que se apoderen de nuestros edificios y comercios. Nos mentirán y luego nos matarán.

Perla se estremeció ante la idea, sacudió la cabeza y dejó caer las rocas que había levantado.

—Sólo estás empeorando las cosas; no debemos pensar de esa manera. Seguramente Dios cuidará de nosotros.

Daniel se detuvo a mitad del camino, giró la cabeza y miró a Perla con ojos tristes.

—Lo siento. No debí haberle dicho esas horribles palabras. Pero, como Stefa sabe, a veces no puedo evitarlo. Nada bueno puede salir de esto. ¿Quién sabe qué harán los nazis a continuación? Nada me sorprende de ellos, ya han demostrado que no tienen respeto por la vida, humana o animal. —Señaló el cadáver podrido de un caballo calle abajo que los carroñeros habían dejado limpio hasta los huesos blancos.

—¡Sin hablar! —Un soldado disparó un tiro por encima de sus cabezas. La bala se estrelló contra la pared de un edificio adyacente y levantó una nube de polvo.

Daniel se levantó, miró al soldado y adoptó la posición de firmes.

—¡Sí, señor!

Perla lo agarró del brazo y tiró de él para que se sentara a su lado.

—No los provoques.

—Podría matarte a tiros, sucio judío. —Palmeó su rifle—. Vuelve al trabajo.

Una vez advertidos, continuaron trabajando sin hablar hasta que los escombros disminuyeron y el sol comenzó a ponerse. Un camión se detuvo en medio de Krochmalna. Los guardias recogieron las palas, las arrojaron en el camión y partieron por la parte trasera, mientras encendían sus cigarros y se reían de los pobres judíos. Y así de fácil, desaparecieron calle abajo, como si las personas a las que habían subyugado nunca hubieran estado allí.

Los trabajadores, polacos y judíos, cansados y aturdidos, se alejaron en la extraña calma. Perla se enderezó y se frotó la espalda.

—No estoy acostumbrada a levantar rocas. —La fuerza que había tenido toda la tarde se desvaneció, y un repentino agotamiento se apoderó de ella—. No he hecho nada para el *sabbat*, y ahora no tengo agua.

—Iré y le traeré los cubos llenos, señora Majewski.

Los cubos plateados estaban vacíos en la oscuridad, y la luna casi llena sobresalía por encima de los edificios al este. Perla se secó la frente con un pañuelo.

—Eso es muy generoso de tu parte, pero no podría pedírtelo.

—¡Mamá! —La voz pasó de un susurro a un grito—. He estado tan preocupada. —Stefa corrió por la acera a sus brazos—. Vi a los guardias cuando volvía a casa. Me desvié del camino para evitarlos y, por suerte, encontré a Aaron para que no cayera en sus manos. Hemos estado sentados en casa, esperando —Entonces, Stefa dio un paso atrás, sorprendida por el hombre que se encontraba al lado de su madre—. ¡Daniel!

—Sí, ya nos conocimos. Estuve con tu madre toda la tarde.

—El señor Krakowski se ha ofrecido a traernos agua, pero es demasiado peligroso.

Stefa asintió.

—Sí…, no deberías salir después del anochecer. Están buscando judíos, cualquiera que se pase de la raya. —Tomó las manos de su madre entre las suyas—. Nos las arreglaremos sin el agua. Papá sabrá qué hacer.

—Sí, sí —respondió Perla débilmente—. Su padre. Estoy cansada, vámonos a casa.

—¿Puedo ver a su hija el domingo, señora Majewski?

Perla inclinó la cabeza, observando los ojos oscuros tan llenos de vida que se clavaron en los de ella.

—Hablaré con mi marido. Todavía no hemos considerado qué debe hacer Stefa, cuál será el arreglo, pero no creo que haga ningún daño si vienes a visitarla, siempre y cuando sepas en tu corazón que nada es seguro.

—Mamá —dijo Stefa—, vamos, estás cansada.

—Gracias —dijo Daniel—. Te veré el domingo, Stefa. Buen *sabbat*.

—Buen *sabbat* —respondieron Perla y Stefa al unísono.

Daniel se dirigió al este, mientras ellas recogían los cubos y caminaban a casa.

Cuando se acercaron a la puerta, Perla dijo:

—Me agrada. Se nota que es un buen hombre.

Stefa apoyó la cabeza en el hombro de su madre.

—A mí también me agrada, mamá.

CAPÍTULO 5

La iglesia católica a la que asistían Janka y Karol, cuando Karol se obligaba a levantarse de la cama después de haber pasado la noche del sábado bebiendo, se encontraba algo lejos de su casa. La iglesia había sobrevivido a los peores bombardeos, pero había sufrido algunos daños cuando las explosiones cercanas arrojaron escombros contra el techo del transepto norte.

Janka había faltado a misa el 3 de diciembre de 1939, así que se dirigió a la iglesia a media tarde del día siguiente, lunes, y encontró las puertas del nártex abiertas y la nave casi vacía. A pesar de su educación católica bastante rigurosa y estricta, no le gustaba asistir a misa sola, porque la hacía sentir como una viuda o, peor aún, una futura divorciada. Conocía a las mujeres que asistían de manera regular con sus maridos y le parecían algo santurronas, como un club que no la aceptaba. Si lo consideraba detenidamente, no quería tener nada que ver con ellas de cualquier modo. Debido a su timidez natural, no tenía nada que decirles.

Rezó una oración por la paz, encendió algunas velas en memoria de los familiares fallecidos y observó cómo los trabajadores trepaban como arañas por los andamios interiores para reparar el techo. El sacerdote, vestido con su sotana negra y de ondeante cabello plateado, como una melena, miraba desde abajo y gritaba órdenes de vez en cuando a los hombres.

Ella presionó la espalda contra el rígido banco y trató de no pensar, pero obtuvo el efecto contrario; su mente estaba muy acelerada. El peso que cargaba no era por asistir a la iglesia o por lo que pensaran los demás en la parroquia, sino por algo primordial. Se preguntó, con un miedo creciente, cómo iban a sobrevivir ella y su esposo. No había podido encontrar trabajo desde que recibieron la orden del 26 de octubre, en la que se notificaba que todos los polacos entre catorce y sesenta años debían trabajar. Los trabajos eran escasos y ella no estaba calificada para hacer gran cosa.

Todo estaba desapareciendo: el agua, la comida, el buen humor e incluso el civismo entre vecinos. En lugar de cuidarse unos a otros, los vecinos se vigilaban entre sí. Todo el mundo se había convertido en enemigo del Reich, o al menos, en personas en las que no se podía confiar. Y no era difícil determinar la causa de este cambio; comenzó el primero de septiembre con la invasión, y había continuado desde ese día.

Karol admitió que no confiaba en los alemanes, mientras hacía todo lo posible por congraciarse con su club mortal. Las cosas iban mal en el trabajo, con más horas y nuevos programas de producción instituidos bajo la dirección nazi. «Por supuesto, nos dicen que nuestro gerente de planta está cambiando las reglas», le dijo. «Pero nosotros sabemos lo que pasa. Esos uniformes negros que pululan por la planta son nazis, no polacos. Nosotros somos polacos. Nos odian tanto como odian a los judíos. Pero no te preocupes, los tendré comiendo de mi mano como perros hambrientos en poco tiempo». Ella no había preguntado cómo planeaba lograr este objetivo tan descabellado.

La cena era su preocupación más inmediata. Recogió su bolso, se arrodilló para hacer la señal de la cruz y se dirigió a casa.

El día estaba fresco, algo frío, pero agradable. Los rayos sesgados del sol atravesaban las nubes blancas movidas por el viento, calentando sus hombros, pero no su espíritu.

Vio la figura delgada al otro lado de la calle mientras se acercaba a su departamento: era el joven Aaron, si es que lo recordaba correctamente. «Debe estar volviendo a casa de la escuela», pensó. Su andar tenía un rebote natural característico de la frescura de la juventud, y caminaba a zancadas lo suficientemente grandes para un niño. De cualquier modo, estaba en la cúspide, y su energía y entusiasmo por la vida no parecían haber sido disuadidos por la guerra.

Janka lo llamó y él se detuvo, protegiendo sus ojos del sol con una mano.

—Karol —volvió a llamar. No quería tildarlo de judío por si los alemanes estaban acechando en los recovecos de los edificios. Sin embargo, vio el brazalete blanco con la estrella azul de David en el brazo derecho de su abrigo.

Cruzó la calle y se pararon cerca de una panadería que no tenía nada en el aparador excepto estantes vacíos. Antes de la invasión, todo el pan habría estado agotado a esa hora de la tarde, pero ese no era el caso ahora. La harina y el bicarbonato de sodio escaseaban. El panadero probablemente había guardado todo para su familia y ella no lo culpaba.

—Hola, señora Danek —dijo recordándola—. Me alegra verla.

Ella miró su cuerpo juvenil.

—Estoy impresionada. A mí me cuesta trabajo recordar nombres. Conozco a alguien y, un minuto después, no tengo ni idea de cómo se llama. Es vergonzoso. Mi esposo dice que es porque soy… —Hizo una mueca y luego miró la acera por un momento antes de levantar la cabeza—. Eres Aaron, ¿verdad? ¿Cómo estás? ¿Y tu familia? ¿Vienes de la escuela?

Él levantó el cuaderno grande que llevaba, casi tan ancho como su pecho.

—Sí, de la yeshivá, pero se supone que debo ayudar a mi padre esta noche en el restaurante. —Apartó la mirada y sus mejillas se sonrojaron.

—¿Mentiras piadosas? —preguntó ella—. Puedes decirme. No soy tu madre.

Él volteó la cabeza para mirarla, y el color desapareció de sus mejillas.

—Sé lo que está pasando, mi familia necesita ayuda. Busco cosas que puedan sernos útiles. A mi madre no le gusta que llegue tarde, pero no se lo dice a mi padre. Siempre estoy en casa antes que él.

Janka miró a ambos lados de Krochmalna, para asegurarse de que ningún alemán o vecino entrometido los estuviera viendo.

Pasaron varios peatones, algunos sonreían con superioridad porque Aaron llevaba la marca de un judío.

—¿Qué estás buscando?

—Dinero. Cuchillos. Armas. Estamos en guerra. Mi padre evita la verdad, para mantenernos felices. Cree que nos está protegiendo, pero sabe que las cosas empeorarán. Los alemanes se encargarán de eso. Estamos lejos de morir de hambre, pero ¿cuánto tiempo podremos seguir? Pronto tendremos cartillas de racionamiento.

Quería tomar su delgado cuerpo entre sus brazos y asfixiarlo con un abrazo. Un joven, un chico como Aaron, no debería tener que vivir con la muerte colgando sobre su cabeza. Nadie debería. Sin embargo, los nazis cortejaban a la muerte y la mantenían cerca de sus corazones. Sólo había que mirar la calavera y las tibias cruzadas en las gorras de algunos de los oficiales. Muerte. La imagen cubrió su mente con oscuridad, y sacudió la cabeza para deshacerse de esa imagen maldita. Le sorprendió que el joven estuviera buscando *zlotys* y armas. ¿Realmente entendía el peligro de sus acciones?

—No es seguro estar afuera.

—Soy pequeño. Puedo desaparecer. Encuentro cosas y luego las escondo detrás del edificio.

Vio a dos alemanes que se acercaban rápidamente en su dirección. Si la veían hablando con un judío, habría problemas.

—Rápido, a mi departamento. No hay tiempo.

—No debería, señora Danek —dijo Aaron, tratando de ocultar su brazalete con el cuaderno.

—Mi esposo no está en casa. Puedes esconderte hasta que pasen. Ponte detrás de mí.

Ella se colocó a su lado para ocultarlo de la vista de los soldados, y lo guio por la calle, rezando para que nadie de su edificio estuviera en las escaleras o en el pasillo. No podía ver a través del vidrio esmerilado, así que escuchó durante unos segundos antes de abrir la puerta. No había nadie ahí.

—Camina en silencio.

Pronto estuvieron dentro.

Aaron se quedó de pie, congelado, claramente incómodo por entrar en el departamento de una desconocida.

—Quítate el abrigo, si quieres. —Caminó hacia la ventana, manteniéndose a cierta distancia de ella, y miró hacia la calle, moviendo la cabeza de un lado a otro. Los edificios de Krochmalna habían bloqueado el sol y una nube negra de oscuridad se extendía por toda la calle. Algunas luces amarillas ardían en otros departamentos, porque ya no había necesidad de un apagón. Los dos alemanes continuaron alejándose con sus enérgicos pasos, eso era todo lo que alcanzaba a ver.

—Tal vez deberías dejarte el abrigo —dijo ella, reprimiendo un escalofrío y sin voltear a verlo—. Hace frío aquí.

—No puedo quedarme mucho tiempo. Me iré cuando se hayan ido. Tiene razón, es demasiado peligroso estar afuera.

Los alemanes por fin desaparecieron. Janka se alejó de la ventana y encendió una lámpara de pie cerca del sofá. Con la luz que se filtraba a través de la pantalla de tela manchada, pudo ver al chico. Había abierto algunos botones de su abrigo. La prenda lo ahogaba. Era delgado, como un mendigo: los pantalones se tragaban sus piernas; las muñecas esbeltas y los dedos delgados, se aferraban a su cuaderno; su pecho era plano, como el de un chico que aún no se ha convertido en un hombre y sus ojos oscuros sobresalían de la blancura de su rostro.

—Quería agradecerle por salvarme de los nazis la última vez —dijo él—. Ahora, lo ha vuelto a hacer. Debería conocer a mi madre. —Miró alrededor de la habitación, observando cualquier cosa que pudiera interesarle—. ¡Tiene una vitrola!

Había visto el gabinete rectangular de roble que estaba cerca de la ventana.

—Mi madre nos lo dio a mi esposo y a mí. Cuando nos casamos, solíamos escuchar grabaciones todas las noches. —Pasó un dedo por la tapa y la punta quedó cubierta con una capa gris de polvo acumulado. Ella se frotó los dedos y vio el polvo flotar hasta el suelo.

—Las cosas han empeorado, ¿verdad? Para los judíos.

Aaron asintió.

—Mi padre nos dijo que todos los negocios judíos tienen que exhibir la estrella de David en puertas y ventanas, incluso en su restaurante, porque atienden principalmente a judíos. Los nazis también han empezado a ir ahí porque la comida es buena. Por eso tenemos suficiente para comer. Los nazis se aseguran de que les entreguen la comida. —Señaló su brazalete—. Cualquier judío mayor de doce años tiene que usar esto. Cumpliré trece en marzo. Mi padre dijo que debería usarlo para estar seguro.

—Esa es la ironía. No te hace estar seguro. Te hace el objetivo.

—Lo sé, señora Danek. No estoy asustado. Me enorgullece ser judío. —Abrazó el cuaderno contra su pecho—. ¿Cómo están ustedes? Los polacos, quiero decir.

—La vida podría ser mejor. Es difícil encontrar comida para todos. Y el invierno está empeorando las cosas. Enciendo la estufa de vez en cuando para calentarnos. El carbón para calentar el edificio es escaso. Mi marido y yo nos envolvemos en mantas para mantenernos calientes, aunque la mayor parte del tiempo son innecesesarias. —Dejó el pensamiento inconcluso. Aaron no entendería que Karol a menudo se desmayaba y sudaba toda la noche.

—Quiero que conozca a mi familia. Mi padre podría traerle las sobras de comida del restaurante como agradecimiento por ser tan amable conmigo.

—Eso es muy gentil de tu parte. —La puerta de abajo se abrió y una tos resonó desde la parte inferior de las escaleras—. Él no debe verte —susurró ella, apresurándose a apagar la lámpara—. Haz lo que te diga. —Lo sujetó del brazo y lo condujo al armario de cedro del dormitorio—. Quédate ahí y no digas una palabra. —Cerró las puertas dobles de espejo y el olor aromático de la madera se extendió por la habitación.

Segundos después, Karol apareció en la puerta, tosiendo por el frío. Empujó la puerta. Janka se quitó el abrigo y se sentó en el sofá. Entró encorvado, rígido y descuidado, pero no borracho.

—Llegaste a casa temprano, ¿no te detuviste en el *pub*?

—No, demasiados malditos nazis. De repente les gusta el vodka polaco. No estoy de humor.

Se quitó el abrigo y lo tiró encima del de ella.

—Acabo de llegar a casa —dijo ella—. Volveremos a comer frijoles enlatados.

—Mierda. Tengo que orinar. —Se dirigió al pequeño baño, junto al dormitorio, y cerró la puerta.

—Colgaré nuestros abrigos —dijo ella. Recogió los dos y se dirigió al dormitorio. Luego, arrojó el suyo sobre la cama y abrió las puertas del armario. Se llevó un dedo a los labios, cubrió a Aaron con su abrigo, lo sacó del armario y lo acompañó rápidamente a la entrada del departamento. Moviéndose en silencio, lo dejó salir y se apresuró a regresar al dormitorio.

Poco después, la puerta del baño se abrió y apareció Karol con el ceño fruncido, como una sombra en la penumbra.

—No hay suficiente agua para descargar el inodoro. Escorias nazis.

—Haré la cena —dijo, asomándose por la puerta del dormitorio.

—¿Por qué estamos viviendo en la oscuridad? —Ahogó un bostezo y se rascó el pecho.

—Para ahorrar en la factura de la luz. —Ella colgó su abrigo.

—Frijoles otra vez. No me preocupo por la electricidad. Me preocupo por la comida. Tienes que hacer algo al respecto.

—Estoy haciendo mi mejor esfuerzo. ¿Tus amigos en la planta no pueden compartir lo que tienen?

Él resopló.

—Recuerda quién dirige este país. Mis amigos no tienen nada que compartir.

Pasó rápidamente junto a él hacia la sala de estar y encendió la lámpara de nuevo.

—Es posible que pueda obtener mejores cortes de carne de res y pollo, a pesar del racionamiento.

Él se giró y la miró con desconfianza.

—¿Cómo harás eso?

—¿Eso importa? Estamos en guerra.

Él bostezó.

—Supongo que no, mientras mi estómago esté satisfecho.

Antes de ir a la cocina, se acercó a la ventana delantera y miró los tonos púrpura que perfilaban la calle. Al mirar hacia el oeste, pudo distinguir la pequeña figura de Aaron de pie en el balcón de su departamento, contemplando el mismo mundo desorbitado y cansado en el que ambos vivían.

Stefa vio a Daniel el domingo anterior, pero él no mencionó lo que le molestaba. Sin embargo, ella notó que no era el mismo de siempre; era evidente en su caminar lento y encorvado, su humor sombrío y la oscuridad que llenaba sus ojos marrones. Ese martes, el día antes de Janucá, él le había suplicado que saliera media hora para que pudieran estar solos.

Ella no necesitó de una excusa o, más bien, de una mentira, como en el pasado, para salir de su casa. Ahora que su madre había conocido a Daniel y lo aprobaba tácitamente, no sentía la necesidad de exagerar la verdad. Stefa le prometió a su madre que regresaría mucho antes de la puesta del sol para ayudar con la cocina y otras tareas. Perla accedió a regañadientes, a pesar de que estaba preocupada y angustiada porque a la familia le faltaba una vela de Janucá.

—Nos las arreglaremos, tu padre encontrará una a tiempo —le dijo su madre—. Odia que lo molesten en el restaurante.

Un viento frío y las omnipresentes nubes de diciembre asfixiaban la ciudad. Este sería un Janucá como ningún otro. El mundo había cambiado después de la invasión nazi. La ironía de la festividad no pasó desapercibida para Stefa: la conmemoración del asedio que terminó con la reconquista del Templo en Jerusalén, la lucha por la libertad religiosa liderada por Judas Macabeo. Ahora, frente a los soldados con botas altas que se abrían paso por las calles de Varsovia, gritando órdenes y quitándoles las libertades que los judíos habían disfrutado durante años en la ciudad, ¿qué judío podría tener espíritu festivo? En cambio, Polonia sufría como una nación dividida: los nazis en el oeste y el Ejército Rojo en el este. ¿Sería este su último Janucá en familia? Tales pensamientos eran dañinos y no hacían ningún bien. Se puso el abrigo, asegurándose de que la estrella de David fuera visible en su brazo derecho, y besó a su madre en la mejilla.

—Te prometo que no tardaré mucho. Daniel tiene noticias.

Su madre no dijo nada, sólo pasó con fuerza un trapo de pulir sobre el aparador.

Mientras Stefa bajaba los escalones, se le ocurrió que las noticias de Daniel podrían ser malas. ¿Y si había decidido terminar su relación? ¿Y si sus padres se habían opuesto? Se detuvo en la puerta y apretó su pañuelo, preparándose para cualquier noticia que pudiera traer.

Él estaba parado al otro lado de la calle, cerca de la ventana de la panadería, con una mano metida en su abrigo largo y las solapas de su gorra de fieltro bajadas hasta las orejas. Levantó la otra mano con un gesto manso y suave, como para no llamar la atención.

Stefa cruzó la calle y se paró junto a él.

—Caminemos hasta el parque Saski —dijo él—. Ahí podremos estar solos.

—Tendremos que colarnos —respondió ella—. Está prohibido para los judíos.

—Si no logramos entrar, iremos a otro lado —respondió él estoicamente.

Incluso un paseo inocente podía ser peligroso con nazis en cada esquina, pero Stefa estaba dispuesta a correr el riesgo. El gran y acogedor parque, con su gran fuente central, esculturas ornamentadas y senderos de piedra, estaba a poco más de un kilómetro de distancia. La fuente también era un lugar de encuentro para parejas jóvenes.

Caminaron hacia el este por Krochmalna, por la alcantarilla, como exigían los nazis.

—No somos una pareja —dijo Daniel—. Si nos detienen, somos hermanos. Si veo peligro, quiero que te alejes y me dejes.

A ella se le erizó la piel de todo el cuerpo al escuchar sus palabras, a pesar del calor de su abrigo.

—¿Dejarte? Nunca haría eso.

—Camina con paso seguro y no hagas contacto visual. No quiero que se fijen en nosotros.

Ella aceleró el paso para seguirlo. Pasaron a toda velocidad junto a los edificios de viviendas y negocios que mostraban la estrella de David en sus puertas. Antes de llegar al parque, pasaron por la plaza Mirowski, el hogar de los mercados que alguna vez fueron bulliciosos, pero ahora se veía apagada, con los restos de algunos edificios de estilo clásico bombardeados.

Una vez allí, Daniel pareció relajarse. No había nadie a la vista. La condujo por un sendero, hacia lo profundo de una hilera de árboles con sus ramas desnudas en el aire frío y gris. Algunos ya habían caído y habían sido talados para hacer leña. A pesar de eso, el parque permanecía como antes de la guerra. Stefa se preguntó cuánto tiempo sobrevivirían las estatuas, la magnífica fuente y los árboles desnudos bajo el dominio nazi. La probable destrucción del parque la deprimió.

Daniel encontró refugio dentro de un grupo de troncos y la atrajo hacia él.

—Quítate el brazalete, disfrutemos de un momento de libertad. —Él se quitó el suyo y se lo guardó en el bolsillo.

La pena por no llevar la estrella de David incluía el arresto y la prisión, e incluso la muerte, pero ella se quitó la suya y se deleitó con la ola de desafío que la invadió. Quería que él la besara, pero no habría estado bien.

—Tengo dos cosas que decirte —dijo él.

—Buenas noticias, espero. —Se alejó cuando una pareja de polacos pasó junto a ellos en el camino más cercano.

Él le indicó que regresara.

—Aquí podemos disfrutar de nuestra compañía.

—¿Cómo? —preguntó ella. Daniel seguía sorprendiéndola—. ¿Como amigos…, o algo más?

Él sonrió; era la primera vez que lo había visto así en más de una semana.

—Estoy tratando de decirte que te amo. Quiero que estemos juntos.

El corazón de Stefa se aceleró con sus palabras, pero el breve salto de alegría terminó precipitadamente, como si hubiera sido atraída al borde de un acantilado. Ella se alejó con tristeza.

—¿No estás feliz? —preguntó él—. ¿No me amas?

Se había admitido a sí misma muchas veces que creía estar enamorada de Daniel, al menos eso era lo que le decía su corazón, pero nunca se había sentido lo suficientemente segura como para admitirlo ante los demás, en especial ante sus padres. Había mucho que resolver. Y ahora, con la guerra, su futuro parecía aún más incierto.

—Estoy feliz, pero… —dijo, mirando cómo temblaban las hojas secas en racimos alrededor de sus zapatos— mis padres…, tus padres. La guerra.

Él rodeó sus hombros con un brazo, instándola a adentrarse en la arboleda.

—Lo que piensen nuestros padres sólo es asunto de ellos, no de nosotros. A nosotros nos corresponde la última palabra.

El pensamiento la aterrorizó. ¿Cómo podía ir en contra de su padre y de su madre como lo había hecho Hanna? Los mataría. Ella había visto el resultado: la culpa, la recriminación, el silencio de su padre, lo mucho que había afectado todo a Perla: nunca volvió a ser la misma desde que su hija mayor se marchó.

Arrancó una rama muerta de un arbusto y la pasó entre las hojas caídas a sus pies.

—No es tan fácil, Daniel. Sabes lo difícil que es ir contra ellos. Hanna tomó su decisión y les dolió. Ya te he hablado de ella: mi madre y mi padre estaban decididos a arreglar un matrimonio que Hanna no quería. Eso la alejó…, bueno, una de las cosas. Después de que nos dejó a todos llorando, juré que nunca le haría eso a mi familia. Honraré esa promesa.

Un viento cortante le enfrió el rostro, llenando sus pulmones con aire vigorizante y estimulando su corazón ya acelerado, como un animal enjaulado que intenta escapar. Ella codiciaba el poder y la determinación que su hermana había utilizado para liberarse y, por un instante, los reclamó. Pero luego, su estado de ánimo volvió a agriarse. No podía hacer lo que había hecho Hanna, particularmente en ese momento tan incierto. Su relación con Daniel tendría que desarrollarse con cautela, si es que podía hacerlo para empezar. No obligaría a sus padres a aceptarlo.

—Nunca he admitido ante nadie que te amo —dijo ella—, pero tendremos que trabajarlo poco a poco…, haremos ver a mis padres que es lo que ambos queremos, y que nuestra decisión es la mejor. Tenemos que tomarnos nuestro tiempo.

—Mis padres están de acuerdo con que me case con la hija de un *mashgiach*, y considerarían un honor tener como pariente a un hombre tan culto y respetado. —Tomó la rama de sus manos, la arrojó al suelo y la acercó a él una vez más.

Estaban juntos bajo la luz pálida, debajo de las ramas desnu-das; los únicos colores en sus ojos eran las hojas marrones mar-chitas y los troncos grises de los árboles.

Daniel ahuecó sus manos alrededor de su rostro y la besó, dócilmente al principio, y luego, con más pasión.

A pesar de la naturaleza prohibida de ese contacto, ella se per-mitió viajar a un paraíso de luz y color, un mundo de amor y fe-licidad, lejos de ese parque y de Varsovia. Cuando abrió los ojos, estaba presionada contra él, y sus mejillas se tocaban.

—Debería contarte mis otras noticias —dijo, casi sin alien-to—. También es importante.

Lo que fuera que tuviera que decirle no podía ser más impor-tante que lo que ya le había dicho.

—¿Conoces a Adam Czerniaków? —preguntó él.

Stefa había escuchado a su padre mencionar el nombre, en términos bastante ambiguos, algo sobre la posición del hombre en el Consejo Judío. Había visto de lejos a Czerniaków, un hom-bre de cara redonda, calvo y con anteojos, y le había llamado la atención su porte autoritario y su andar majestuoso. Aparte de eso, sabía poco sobre él.

—He oído hablar de él —respondió ella, sin transmitir el des-agrado implícito de su padre.

—Ha sido nombrado jefe de Judenrat —dijo Daniel—. El Consejo Judío está reclutando miembros para una policía judía. He aplicado.

Ella lo miró con curiosidad, insegura de cómo se sentía acerca de esta última sorpresa.

—¿El Judenrat no está controlado por los nazis? —Sacó el brazalete de su bolsillo y lo colocó sobre la manga de su abri-go—. Debo ir a casa.

—Bueno, los nazis lo controlan todo —respondió él, mien-tras sacaba su propio brazalete—. Mi posición no es muy segura: quieren hombres que hayan servido en las fuerzas armadas, lo que yo no he hecho, pero tengo la educación que requieren.

Una vez que comprobaron que no había nadie cerca en ese día frío, salieron de la arboleda y caminaron por el sendero que conducía a la entrada del parque y a Krochmalna.

—¿Es peligroso?

—¿Vigilar a tu propia gente? Supongo que es tan peligroso como cualquier trabajo que implique el cumplimiento de la ley.

—Mi padre ha hablado con mi madre sobre el Judenrat. Solía llamarlo *kehilla*, el consejo comunitario. Mis padres no hablan mucho de política porque mi padre siente que no es propio que una mujer escuche esas cosas, pero dijo que Czerniaków es un títere creado por los nazis para mantener a los judíos bajo el control de los alemanes: a los animales no les molestarán las jaulas si tienen un amo benévolo. Ahora lo llama el Judenrat alemán, porque él sabe la verdad. —Caminó más rápido después de salir del parque—. Está oscureciendo y le dije a mi madre que regresaría antes de la puesta del sol. Estará frenética.

Daniel se apresuró para alcanzarla y la tomó del brazo.

—Los alemanes no nos darán armas. Incluso, dudo que tengamos uniformes, pero piensa en lo que significaría si me aceptan. Será más fácil conseguir comida, ya que tienen que alimentar a la policía, y puedo tomar decisiones que… —Soltó su brazo y se quedó atrás.

Ella miró por encima del hombro.

—¿Qué? ¿Qué tipo de decisiones puedes tomar? ¿De vida o muerte? ¿Tú decidirás si alguien vive o muere?

Murmuró una maldición por lo bajo, que Stefa ignoró.

—Pues sí. Quiero que tú y nuestras familias vivan, que nosotros vivamos.

Ella se detuvo y lo miró.

—Tú no eres así, Daniel. Podría entender si tomas un arma contra los nazis, pero ¿unírteles? ¿Estar bajo su control?

—Eso no es lo que quiero, ni lo que estoy pensando. —Se llevó las manos entrelazadas al pecho—. Nunca me rendiré ante ellos; lo único que importa es salir vivos de esto.

—¿A qué costo? ¿Quién morirá para salvarnos? —Ella se alejó, mirando hacia el cielo turbio, que ahora se tornaba índigo a medida que el sol se hundía.

—¡Lo que estoy haciendo es bueno para nosotros! —le gritó él, y luego, con voz estrangulada, como un susurro al borde de ser un grito—: Cuidado.

Dos oficiales nazis se acercaron desde la dirección opuesta, riendo y fumando cigarros. Ella redujo la velocidad, mientras Daniel se deslizaba a su lado; ambos se movieron hacia la cuneta para dejar espacio para que pasaran los hombres. A medida que los oficiales se acercaban, Stefa y Daniel se detuvieron y se inclinaron ante ellos, como se les había indicado que hicieran. De lo contrario, podrían ser golpeados.

—Buenos judíos —dijo uno de los hombres—. Llegarán lejos así. —Los hombres pasaron rápidamente con sus abrigos largos, apenas mirando en su dirección, y siguieron contando una historia en alemán que los tenía muy entretenidos.

Stefa y Daniel caminaban en silencio, mientras crecía un abismo entre ellos que ella odiaba, particularmente en la víspera de Janucá. Sin embargo, su ira se enconó. Se dio la vuelta cuando los dos alemanes se alejaron y le lanzó un beso, a pesar de su molestia. Habían llegado al punto en el que tenían que ir por caminos separados.

—Feliz Janucá —dijo ella—. Te veré pronto.

—Feliz Janucá —respondió él—. Piensa en lo que te dije.

—Lo haré. —Una mezcla confusa de ira y amor llenó su mente. Dio media vuelta y corrió hacia su casa, donde sabía que su madre estaría mirando ansiosamente por el balcón esperando su regreso.

—Bueno, ¿qué te parece? —preguntó Lawrence. Se apoyó en la pala y se secó la frente con un pañuelo, a pesar del día fresco y brumoso de diciembre.

Hanna y Lucy se asomaron desde el antecomedor hacia el jardín y vieron un hoyo empapado de un metro y medio de profundidad.

—Es todo un desastre, ¿no crees? —dijo Lucy. Giró la cabeza hacia Hanna y susurró—: Ese pobre sauce…, esperaba que lo salvara. Me gustaba mucho. —El sauce yacía en pedazos sobre el césped verde, cerca de la pared trasera de ladrillos: una víctima de la nueva ubicación del refugio Anderson cerca de la puerta del jardín delantero. Charlie, el perro spaniel, olfateó el hoyo y lamió el agua marrón que había dentro antes de decidir que no le gustaba el sabor fangoso.

—¿Cómo se supone que eso nos protegerá? —le preguntó Hanna a Lucy, mirando la «U» invertida de paneles de acero corrugado que su tío político había colocado en una posición temporal al lado del pozo.

Lawrence escuchó la pregunta.

—El acero absorbe la peor parte del impacto y te protege de la explosión, mucho más que el concreto en este caso, excepto por un impacto directo. En ese caso, estamos muertos. —Se rio de su morboso pronóstico.

—¡Larry! —Los ojos de Lucy se abrieron, horrorizada ante la idea.

—Eso no sucederá. Los Jerries no tienen a los Richardson en la mira de sus bombas, lo garantizo. Está demasiado húmedo ahora, pero después forraré los lados con sacos de arena y luego cubriré la parte superior con tierra. Lucy, puedes plantar algo bonito, incluso vegetales encima. Entonces, estará listo para usarse, en caso de que lo necesitemos.

Hanna atravesó el sendero del jardín y miró dentro de la estructura curva.

—Estaremos bastante apretados.

—Los paneles en ambos extremos lo sellarán. Uno es la entrada, por supuesto. Los tres cabemos cómodamente dentro. —Lawrence vio a Charlie, que estaba haciendo sus necesidades en el sauce caído—. Y el perro, claro.

—Acogedor —se burló Hanna, y de inmediato se arrepintió de su tono. Su tío político estaba haciendo todo lo posible para proteger a la familia. No tenía derecho a pensar lo contrario, sobre todo porque su propia familia estaba ahora bajo el dominio nazi y no podía hacer nada para ayudarlos. Durante la última semana, el Janucá había cruzado por su mente, pero le avergonzaba siquiera admitir que recordaba las fechas exactas, hasta que vio una historia al respecto en uno de los periódicos de Londres.

—El punto es salvar nuestras vidas —dijo, mientras tomaba su chaqueta de una silla del jardín y sacaba su pipa. La encendió y el humo aromático y amaderado flotó en el aire—. Es suficiente por hoy, el día está demasiado nebuloso. Necesitamos algo para quitarnos el frío. ¿Quizás una taza de té?

Las largas orejas de Charlie se levantaron de repente y corrió hacia la puerta de la cocina.

—Agárralo, Hanna —dijo Lucy—. Sus patas están mojadas. Hay alguien en la puerta.

Hanna le puso el collar al perro justo cuando estaba a punto de pisar el suelo de baldosas. Él se retorció en sus brazos, luchando por liberarse.

—Charlie es un buen perro guardián —dijo Lawrence—. ¿Quién podría ser un domingo por la tarde? —Recogió una toalla de la cocina y se puso a limpiar las patas del perro mientras Hanna sostenía al animal—. No tiene sentido rastrear la suciedad a través de la casa. A Lucy tampoco le gusta.

Su tía reapareció con una mirada de asombro en su rostro.

—Alguien viene a verte, Hanna. Es una mujer, una mujer muy arreglada llamada Rita Wright.

—¿Rita está aquí? —Por lo general, si llegaba a tener compañía un domingo por la tarde, se trataba de Betty o de las hermanas Margaret y Ruth. Le entregó Charlie a Lawrence.

—¿Quién es ella? —preguntó su tía.

—Betty Martin me la presentó. Te hablaré de ella más tarde. —Hanna se detuvo en la puerta de la sala de estar—. ¿Les importaría esperar en la cocina? De lo contrario, tendré que llevarla arriba para que podamos hablar en privado. Estoy segura de que eso es lo que ella querrá. ¿Puedo usar uno de tus ceniceros, tío Lawrence?

Ambos fruncieron el ceño y la miraron de manera extraña. Lawrence asintió y se sentó en la mesa de la cocina.

—Tomaremos té —dijo.

Hanna cerró la puerta de vidrio entre la cocina y la sala de estar, captando su reflejo antes de salir a recibir a Rita. Ciertamente no se veía muy bien ese día. Su vestido era de una tela plisada color turquesa, con bolsillos y había sido cortado sin patrón; no se había maquillado porque nadie se habría aventurado a salir, ni siquiera a la iglesia; su cabello estaba recogido en una cola de caballo.

Por otro lado, Rita, sentada frente a ella, parecía haber llegado de una elegante fiesta de sábado por la noche que se había prolongado hasta el domingo por la tarde. La visitante iba ataviada con una falda azul marino, un corpiño blanco y una chaqueta bolero; le sonrió al entrar en la habitación. Rita ya se había hecho sentir como en casa, sentada rígidamente en uno de los sofás favoritos de Lawrence, con un cigarro encendido y el cenicero de cristal sobre la mesa de nogal frente a ella.

Hanna estaba sin palabras cuando tomó asiento frente a ella. La habitación estaba bastante oscura a la luz de la tarde. Sólo la tez blanca y los labios rojos de Rita parecían iluminar el espacio.

—*Guten Tag.* —El saludo alemán de Rita fue formal y preciso.

Hanna respondió de una forma más familiar, con la esperanza de que su acento yiddish no se interpusiera en el camino. Rita la estaba poniendo a prueba.

—*Ich hoffe, Sie haben Zeit gehabt über unser letztes Gespräch nachzudenken* —dijo Rita.

— Sí, tuve tiempo para reflexionar sobre nuestra última conversación, pero no estaba segura de qué pensar al respecto —Hanna respondió en alemán.

—Bien, excelente. —Rita cambió de idioma y se llevó el cigarro a los labios con un gesto lento y contenido—. ¿Les has escrito a tus padres últimamente?

—Sí, pero no ha habido respuesta. Estoy preocupada por ellos.

—¿Lo suficientemente preocupada como para hacer algo al respecto? —Acunó el cigarro en el cenicero y apoyó las manos sobre su falda—. ¿Tu tía y tu tío no pueden escucharnos? —preguntó, inclinando la cabeza hacia la puerta de la cocina.

—No. Están tomando el té.

—Bueno. Lo que voy a decir es confidencial, sólo para tus oídos. Ni siquiera para los de Betty. Sería mejor si te lo guardas para ti, con la posible excepción de *sir* Phillip Kelley.

—¿*Sir* Phillip?

Rita sonrió.

—Sí. Prefiere que su título permanezca privado, con la excepción de algunos confidentes. Si decides cooperar con nosotros…, ayudarnos, por así decirlo, entonces pasarías a ser parte de ese grupo de confidentes. Le agradaste lo suficiente después de nuestra reunión inicial, como para pensar que podrías ser adecuada para este trabajo.

Hanna se enderezó contra el duro respaldo de la silla Chippendale.

—Necesitamos a una mujer como tú —continuó Rita—. Necesitamos a alguien familiarizado con Varsovia, con Polonia, que pueda hablar alemán y yiddish sin problema. Necesitamos una mujer dispuesta a correr riesgos, a dar su vida, incluso, para actuar como mensajera entre nuestros propios agentes, la resistencia y el gobierno aquí. —Frunció el ceño y aparecieron algunas líneas debajo del polvo blanco—. No te pintaré un cuadro color de rosa. La guerra está empeorando, y aún no se ha establecido un cronograma firme para la acción. Sin embargo, se te pagará por este trabajo y también se te capacitará. Te unirías a un cuerpo de élite de patriotas que están haciendo el mejor trabajo posible por Inglaterra y por el mundo. Porque si los nazis ganan su batalla contra la humanidad... —Recogió su cigarro, dio una calada y exhaló en la habitación—. Bueno, las consecuencias son demasiado horribles para imaginarlas.

Hanna pensó en sus padres. ¿Dónde estaban ahora? ¿Cómo estaban su hermano y su hermana? Una sensación de fatalidad, como unos brazos fríos, la envolvió. Se quedó pensando por un momento.

—¿Puedo ayudar a mi familia?

—Una pregunta obvia... a la que debo responder de manera oficial. —Hizo una pausa, estudiando a Hanna de nuevo, como si estuviera juzgando su carácter—. La respuesta es no, tu trabajo principal será transmitir información cuando y donde se necesite, espiar a los nazis, ayudar en los esfuerzos de la resistencia siempre que sea posible, ya que habrá resistencia dentro de la población en algún momento. Tus padres y tus hermanos están separados de tus deberes.

—Ya veo —dijo Hanna con un suspiro.

Rita ladeó la cabeza, aparentemente consciente de las dudas de Hanna.

—Una vez que llegues a Varsovia, estarás sola la mayor parte del tiempo. El contacto con nuestra sede será limitado. Lo que suceda allí, fuera de tu función oficial, dependerá de ti, pero se recomienda actuar con precaución. Podrías poner en peligro toda nuestra operación si te capturan o si…

Rita dejó esa idea incompleta, pero Hanna conocía la extensión lógica. Bajó la mirada y pensó en su tía y su tío en la habitación de al lado, más allá de los cristales que bloqueaban sus voces. Lucy había corrido muchos riesgos para casarse con el hombre que amaba, aislándose de la familia. Hanna había hecho lo mismo, sabiendo que, una vez que diera ese paso, rompería los lazos, posiblemente sin posibilidad de repararlos. Llevaba casi un año en Inglaterra, apenas había tenido oportunidad de conocer el país, ¿y ahora el gobierno británico la quería como espía?

—Tengo que pensarlo —dijo Hanna—. Hay mucho que considerar.

—Entiendo —dijo Rita, y se levantó de su silla. Abrió su bolso, sacó una tarjeta de presentación y se la entregó a Hanna. En ella escribió una dirección en Londres, junto con un número de teléfono—. No esperaba que tomaras una decisión hoy. Como dije, hay un largo camino por recorrer antes de que se tomen medidas.

Rita se puso el abrigo y se detuvo en la puerta.

—Por favor, mantén todo esto en secreto, sé muy discreta. Queríamos plantar la semilla en tu mente con la esperanza de que pudiera crecer. Que tengas buena tarde. —Se volteó sin mirar atrás, abrió la puerta y se subió al asiento trasero de un sedán negro que se alejó de la acera; los tubos de escape del vehículo resoplaron en el aire húmedo.

Hanna miró el cigarro de Rita reducido a cenizas, con sus manchas de lápiz labial rojo cubriendo el papel amarillento. La ceniza la hizo pensar en Varsovia y la destrucción que había sufrido. Rita Wright le estaba pidiendo que fuera una heroína, que se hiciera cargo de algo para lo que no estaba preparada en absoluto. Había tomado la decisión de venir a Londres, y hoy lo estaba pagando de una manera que no podía haber imaginado cuando se marchó.

Ahora, tenía que enfrentar a su tía y a su tío, encontrar una excusa para la visita de la extraña mujer.

Se acercaba el año de 1940.

Ningún diciembre había sido más solemne que ese, según recordaba Stefa. Izreal había adquirido una vela de Janucá para reemplazar la que faltaba. Incluso la *menorá* plateada parecía silenciada en la mesa del comedor cuando su padre encendió la vela *shamash* y luego la que correspondía a la primera noche, recitando una oración. Stefa miró a su hermano menor mientras se pronunciaban las palabras: «Padre Todopoderoso, tu espíritu protegió a nuestros antepasados y los condujo a salvo a través de todos los peligros». Su mente se detuvo, su cuerpo estaba rígido por el miedo y las lágrimas se acumulaban en sus ojos. ¿Qué hay de Daniel, su padre y Aaron? Los hombres sufrirían más, pensó. El mundo se había convertido en un lugar feo, y el Dios que los protegió durante cinco mil años los había abandonado, dejándolos en manos de esos lobos inhumanos conocidos como nazis.

Izreal y Perla dieron el *gelt* de Janucá que habían logrado conseguir, considerando que el mundo estaba en guerra. En ocasiones pasadas, como cumpleaños, daban regalos. Aaron y Stefa podían comprar bufandas nuevas para el invierno, la de Aaron de un tono azul profundo y la de ella negra. Una vez, su padre recibió un abrigo nuevo que le había costado muy caro a su madre. Recientemente, Stefa y Aaron habían buscado zapatos nuevos para el cumpleaños de Perla, pero, debido a la escasez, no pudieron encontrar un par que le quedara bien. En cambio, le habían obsequiado sal *kosher*, un producto difícil de encontrar que estaba desapareciendo lentamente de su cocina. La idea de los zapatos parecía tan simple y aburrida. Su madre debería haber recibido una joya o tal vez un vestido nuevo. Ahora, todas las celebraciones parecían apagadas y la separación de Stefa de Daniel sólo aumentó su melancolía.

A finales de diciembre, antes de *Asarah b'Tebet*, el día de ayuno que conmemora el asedio de Jerusalén y la proximidad del nuevo año, se paró un momento en el balcón y contempló el silencio que ahora impregnaba a Krochmalna esa noche.

Se abotonó el abrigo y revisó los alfileres que sujetaban su pañuelo en su lugar, le picaban los ojos y los oídos por el viento helado. Pocos se aventuraban a salir después del anochecer ahora. Calle abajo, los centinelas nazis entraban y salían de la luz y la sombra como un rollo de película aleteando bajo el haz incandescente de una sala de cine.

Esperaba ver a Daniel pronto, pero sus esperanzas se vieron interrumpidas por los gritos de los soldados alemanes a la distancia. Los gritos fueron seguidos por tres disparos, un grito y el bramido de una mujer llorando. Vino otro disparo y el llanto cesó.

Su mente completó las imágenes perturbadoras. Salió del balcón y, al entrar, fue recibida por las miradas preocupadas de su familia.

—Lo escuchamos —dijo Aaron.

Su padre y su madre asintieron y, después, no se dijo ni una palabra más.

CAPÍTULO 6

Abril de 1940

La peor parte del largo invierno había llegado a su fin.

Janka abría las ventanas en los pocos días soleados de principios de primavera y el ruido de Krochmalna se filtraba en el departamento: peatones parloteando, el sonido de los timbres de los tranvías en las calles distantes, el golpeteo ocasional de los cascos cuando un carro, tirado por caballos, se abría paso entre el tráfico humano. Pero algo más estaba sucediendo durante la nueva temporada que da la bienvenida a la vida: un muro rodeaba las calles cercanas. Había notado la construcción en Pawia, al norte, en Sienna al sur, e incluso en Krochmalna. El muro bordeaba los mercados populares de la Plaza Mirowski y la entrada al Parque Saski. La mano de obra judía había sido reclutada para el trabajo. Comenzaron el primer día del mes y trabajaban todos los días sin importar si llovía, si la niebla ahogaba la ciudad o si el sol primaveral los calentaba hasta el sudor y el agotamiento. La mayoría de sus vecinos polacos ignoraban las implicaciones de esto; estaban preocupados por su propio bienestar y no por el de los judíos, pero Janka entendía lo que estaba pasando: esa parte de Varsovia, predominantemente judía, estaba siendo aislada del resto de la ciudad. Haría falta tener una mente muy débil para no darse cuenta de que ese era el objetivo del muro de ladrillos que se elevaba más cada día, hasta que la fea barrera superó a los trabajadores.

Cuando mencionó el muro a Karol, él respondió: «Deja que se cocinen en sus propios jugos». Esa declaración la dejó con un sabor amargo al considerar su inhumanidad. «Lo peor es que los nazis están reuniendo judíos fuera de Varsovia y enviándolos aquí», continuó. «Ya tenemos más de lo que podemos manejar. Los traen de los pueblos del campo. Los polacos tendremos que mudarnos. Ese es el rumor. No es justo que tengamos que dejar nuestra casa e ir a otro lado». Golpeó el brazo del sofá con el puño. «¡Por Dios, nuestra casa no! Me aseguraré de eso».

Janka no estaba segura de cómo su esposo resolvería ese problema. Sin embargo, tampoco tenía ganas de moverse. Un golpe en la puerta interrumpió sus pensamientos. Abrió y se encontró a una mujer joven y robusta con una sonrisa agradable y brillantes ojos color avellana de pie en el pasillo.

—¿Señora Danek? —Unos mechones de cabello castaño claro enmarcaban el rostro de la visitante.

—¿Sí?

—Stefa Majewskianka.

Janka reconoció el nombre, al menos parte de él. Stefa se había referido a sí misma como una mujer soltera.

—¿Eres la hermana de Aaron?

—Sí. Aaron Majewski. Lo siento, no quise confundirla.

—No lo hiciste. —Janka pensó en lo maravilloso, aunque triste, de ser judío en Varsovia, ser tan joven, con tanta vida por delante, pero en tiempos tan inciertos. Stefa portaba un abrigo sin la estrella de David en la manga derecha.

La joven la sorprendió mirándole el brazo.

—Me la quité para cruzar la calle. —La sacó de su bolsillo.

—Eso es peligroso, podrían arrestarte.

—O peor. —Stefa dirigió la mirada escaleras abajo, hacia la puerta de vidrio esmerilado—. No puedo quedarme mucho tiempo, señora Danek. Vine como un favor a mi madre. ¿Tiene tiempo para conocerla? Aaron nos contó que lo ha rescatado dos veces. A ella le gustaría agradecerle.

Janka se dio la vuelta y miró involuntariamente hacia el departamento, buscando la aprobación de su marido. Él estaba trabajando y faltaban muchas horas para que volviera, pero la culpa de hacer algo tan desafiante la carcomió por un momento. Karol le había prohibido interactuar con judíos, pero lo había hecho dos veces. Sólo podía quedarse en casa o ir de compras a los mercados que estaban casi vacíos gracias al racionamiento. «¿Por qué no?».

—Déjame buscar mi abrigo.

Stefa se quedó afuera mientras Janka corría hacia el guardarropa. Se puso el abrigo, recogió su bolso y se reunió con su visitante.

—Iré sin el brazalete y el pañuelo —dijo Stefa—. Así podremos caminar juntas. Si hay algún problema, tendrá que alejarse.

Janka se maravilló de la valentía de la joven, desafiando a los nazis, consciente de que acciones simples como cruzar la calle sin un brazalete eran actos de resistencia.

Pronto, iban en camino al departamento de los Majewski, que estaba cerca de ahí.

—Mi hermano está en la escuela y mi padre en el trabajo —dijo Stefa mientras se abrían paso entre la multitud.

Si había alemanes o miembros de la Gestapo en Krochmalna, habían sido absorbidos por la aglomeración de peatones. El sol atravesaba el cielo nublado de vez en cuando, esparciendo una luz parpadeante por la calle. Siguiendo de cerca a su visitante, Janka pensó que la joven podría pasar por una polaca con el cabello claro y sus ojos color avellana. Tales características podrían serle útiles en el futuro.

Llegaron al departamento en pocos minutos. Stefa estudió la multitud, como también lo había hecho Janka antes de que entraran. No se veían alemanes, al menos ninguno con uniforme.

Stefa ignoró la mezuzá en la entrada del edificio e hizo pasar a Janka. El pasillo estaba oscuro, pero el olor a pan recién horneado llenaba el aire.

—Colocamos otra mezuzá; los nazis destruyeron la que estaba allí. No la besé porque…, bueno, no hay necesidad de explicarlo. Ellos las quitan, nosotros las ponemos.

—Otro acto de desafío —dijo Janka.

Stefa asintió de una manera que parecía decir: «Sabemos el riesgo que estamos tomando».

—Mi madre se llama Perla. Ella la está esperando. —La joven se detuvo afuera del departamento, tocó la mezuzá y se llevó los dedos a los labios. «Qué costumbre tan extraña», pensó Janka, «pero no más extraña que hacer una genuflexión ante la cruz».

Stefa golpeó suavemente y abrió la puerta.

La habitación estaba más ventilada y luminosa de lo que Janka esperaba. Había una amplia extensión de ventanas que daban al sur; a la izquierda, el balcón de filigrana de hierro forjado se alzaba sobre la bulliciosa calle. Los muebles eran escasos, pero hablaban de un linaje de prosperidad en su discreta elegancia. Janka sólo podía soñar con tener muebles tan finos en su vivienda. También envidiaba las ventanas que capturaban la luz, sin importar el clima, y la conducían al interior, brindando al lugar calidez y comodidad. ¡Algo así le daría tanta alegría! En cambio, ella vivía en medio de la oscuridad sin alma de su departamento.

Una mujer frágil estaba sentada en el sofá, con las manos cruzadas, mirando por las ventanas la danza entre el sol y las sombras que cubría Varsovia. Giró la cabeza ligeramente cuando entraron a la habitación.

—Mamá, ésta es la señora Danek —dijo Stefa en voz baja, como para calmar la mente de su madre.

La sonrisa de la mujer era melancólica, tal vez un accesorio permanente, a juzgar por las arrugas que rodeaban su boca.

—Hola, señora Danek. Por favor siéntese.

—Por favor, llámeme Janka.

Perla falló de nuevo al tratar de esbozar una sonrisa convincente.

—Está bien, lo haré, pero sólo si aceptas mi invitación para llamarme Perla.

Janka asintió.

—Las dejo a solas —dijo Stefa—. ¿Puede volver sola a casa, señora Danek?

—Estaré bien. Tengo que hacer unas compras.

Stefa asintió, caminó hacia su habitación y cerró la puerta.

Janka se sentó en una silla frente al sofá y miró a la mujer pálida sin maquillaje. Los delgados mechones del cabello negro de Perla, mezclados con mechones grises, se extendían desde sus sienes hasta los recovecos de su pañuelo blanco.

Como no tenía nada de qué hablar más que del tiempo, Janka guardó silencio durante un rato, hasta que Perla habló.

—Tengo entendido que has rescatado a mi hijo dos veces de los alemanes —dijo Perla, con las manos aún cruzadas sobre su regazo.

—Es cierto, pero no me atribuyo el mérito de algo que cualquiera habría hecho.

Perla negó con la cabeza.

—No… no cualquiera…; sólo alguien con valor y bondad. —Separó las manos y las colocó sobre su corazón—. Quería agradecerte por lo que has hecho. Actuaste como una verdadera amiga, incluso más de lo que aquellos cercanos a nosotros podrían haberlo hecho, considerando el mundo en el que vivimos. Verás, aunque mi hijo es pequeño, es un joven aventurero. Temo que su espíritu lo meta en problemas y no haya nadie para rescatarlo. Mi esposo trabaja y Stefa y yo no podemos seguirlo como perros.

—Es un buen chico —dijo Janka, y luego miró a su derecha, hacia el aparador donde la menorá plateada emanaba luz. Pensó por un instante que no quería tomar más crédito por el rescate de Aaron—. Tienes una casa preciosa.

Perla suspiró y un inesperado estallido de tristeza brotó de nuevo.

—Sí, me encanta estar aquí. Hemos estado en este departamento durante la mayor parte de la vida de nuestros hijos. Aaron cumplió trece años en marzo.

Janka sabía que Perla estaba preocupada por perder su hogar, si es que los rumores que le había contado Karol eran ciertos. Mantuvo la conversación enfocada en Aaron.

—¿Tuvieron alguna celebración? —Janka no estaba segura de cómo llamarlo.

—Un Bar Mitzvá. —Perla puso las manos a ambos costados del cuerpo, como para apoyarse—. Sí, no fue la gran cosa, fue una celebración tranquila de oración y acción de gracias, algunos regalos…; mi hijo leyó la Torá. Todo es tan diferente ahora. —Los ojos de Perla se llenaron de lágrimas mientras hablaba de Aaron y de cómo había cambiado la vida—. La tuvimos en el sótano del restaurante donde trabaja mi esposo —continuó Perla, agachando la mirada—. Era más seguro allí que en la sinagoga: invitamos a algunos amigos y vecinos en los que podíamos confiar. Ni siquiera podíamos caminar en grupos. Era demasiado peligroso —sacó un pañuelo del bolsillo de su vestido y se secó los ojos, sin dejar de mirar su regazo—. Y cuando terminó, Stefa y yo caminamos juntas, mientras Aaron e Izreal nos seguían, todos en la cuneta en caso de que alguno de ellos estuviera cerca. —Se sonó la nariz, volvió a guardar el pañuelo en el bolsillo y miró directamente a Janka—. Mi hijo ahora es considerado un judío comprometido por el resto de su vida.

—No estoy familiarizada con sus costumbres —dijo Janka—. Soy católica, pero todos tememos lo que está pasando.

Perla alzó la mirada y se hundió en el sofá.

—No hablamos mucho de eso. Mi esposo y mi hija tratan de protegerme, pero es mi hijo quien trae la guerra a nuestra puerta con su entusiasmo por la vida. Me preocupo mucho por él. Por eso quería agradecerte. Te lo ruego, si lo ves en la calle, o lo ves actuando de una manera que pueda causarle daño o vergüenza, vela por él…; si es que nosotros no podemos.

—Por supuesto. —Las palabras salieron de su boca de forma natural, pero se preguntó qué podía hacer realmente ante los nazis. No se sentía fuerte ni valiente, pero aquí había una familia que la necesitaba. No había experimentado nada parecido en su vida, ni siquiera con sus padres, quienes siempre habían gobernado con estricta mano religiosa en lugar de expresiones de amor. Tal vez podría ser de ayuda para los Majewski. Sería su forma de resistir los horrores que estaban ocurriendo en Varsovia. Pero mientras el pensamiento fluía por su cabeza, se preguntó cómo podría hacer algo de valor por alguien, especialmente con Karol y las fuerzas alemanas vigilándola con sus miradas frías y siguiendo cada uno de sus movimientos.

—Debo decirte una cosa —dijo Perla—. Tenemos un dicho: si salvas una vida, es como si hubieras salvado al mundo entero.

Janka respiró hondo. ¿Acaso Perla había leído su mente?

—Estás casada con un hombre al que no le agradan los judíos. —Los labios de Perla se fruncieron cuando dijo esas palabras que le resultaron desagradables—. Aaron nos dijo que lo escondiste de tu marido.

Janka no tenía intención de ocultar la verdad.

—Mi esposo bebe demasiado y dice cosas que no debe, pero esa es mi carga, no la suya. —Era su turno de sentir que el mundo se había vuelto contra ella—. Todo lo que he dicho debe quedar entre nosotras, como amigas que guardan secretos.

—Nuestras palabras nunca saldrán de esta habitación —dijo Perla, y su voz se suavizó—. Lamento que no nos hayamos conocido antes, pero no he estado bien.

Janka se inclinó hacia delante cuando Perla bajó la voz. Claramente, la mujer había sufrido, como lo reflejaban sus brazos delgados, su palidez de tiza y las oscuras medias lunas debajo de sus ojos.

—No he visto a Aaron en semanas. Estaba empezando a preocuparme.

—Los nazis han prohibido las oraciones comunitarias. Ni siquiera podemos reunirnos en la sinagoga. Todo debe hacerse en secreto.

Janka no había oído hablar de tal prohibición.

—Lo siento.

—Dios nos acompañará. Siempre lo ha hecho. —La voz de Perla se animó un poco, pero sus palabras estaban teñidas de preocupación—. Tengo algo para ti. —Se levantó del sofá, con las manos apoyadas en los cojines, como una anciana que lucha por erguirse.

Janka se preguntó cuántos años tenía en realidad. ¿Tendría unos sesenta y tantos años, como cabía suponer al mirarla? Su hija y su hijo eran demasiado jóvenes. Si acaso tenía cuarenta y tantos años; la vida no había sido amable con ella.

—Ven a la cocina.

Janka siguió a Perla a un espacio inmaculado lleno de luz. Sobre un mostrador había una hogaza de pan recién horneado cubierta con papel de estraza blanco y un paquete plano envuelto de la misma manera.

—Una hogaza de pan y pollo *kosher* para ti —dijo Perla.

Janka miró los dos regalos, sorprendida de su suerte. La comida escaseaba, tanto si eras judío como si eras polaco, y los cortes de ternera o pollo eran delicias que pocos podían permitirse.

—No puedo quitarles esto de la boca. ¿Cómo le explicaré estos tesoros a mi esposo?

Perla casi se echa a reír.

—Puedes decirle que los judíos que viven en esta calle te dieron un regalo, un regalo *kosher*. Coman mientras puedan.

Ella recogió los dos paquetes.

—Gracias, Perla. Me has facilitado la vida esta noche.

—Quizá tú nos hagas la vida más fácil algún día, Janka.

Sin saber si debía abrazar a la mujer, ofrecerle la mano o dirigirse hacia la puerta, Janka se decidió por lo último.

Se despidieron y ella bajó las escaleras, asombrada por su buena fortuna, con la mente llena de todas las posibles mentiras que tendría que decirle a Karol sobre cómo había logrado encontrar una hogaza de pan tan hermosa y unas piezas de pollo tan perfectas.

Aaron caminó frente a su hermana, con la esperanza de mantenerse fuera de la vista de los soldados alemanes y la policía polaca, mezclándose con la multitud en Żelazna, entre ella, la presencia militar y policial que parecía estar en todas partes.

—Está trabajando en el muro cerca de Sienna —le susurró Stefa a su hermano. Ella había recibido una nota más temprano ese día. Al encontrarse con Aaron después de la yeshivá, que ahora se llevaba a cabo en secreto, partieron juntos: Aaron en su entusiasmo por ver qué estaba pasando en Varsovia, Stefa en su búsqueda para ver a Daniel.

Cuando giraron hacia la calle, a Aaron le llamó la atención lo avanzado que iba el muro; algunas secciones ya eran más altas que los trabajadores. Iba subiendo, ladrillo a ladrillo, con un pilar aquí y allá que servían de soporte a las puertas. Los trabajadores judíos formaban los ladrillos, sus cinceles y martillos resonaban con golpes sordos y las paletas raspaban contra las capas de piedra mientras alisaban el cemento en la parte superior, como el glaseado de un pastel. El muro parecía extenderse eternamente hacia el este, junto con los hombres que trabajaban en él.

Stefa buscó a Daniel entre los muchos trabajadores que corrían como hormigas en sus puestos de trabajo.

—Allí —dijo, señalando a su novio cuando habían caminado a la mitad de la calle. Por fortuna, no había guardias alemanes a la vista. Algunos miembros de la Policía Azul polaca estaban frente a la pared, fumando cigarros y charlando.

Ella corrió hacia él y Aaron la siguió. Sólo había oído hablar del hombre que su hermana tanto admiraba, pero nunca antes lo había conocido.

Daniel se dio la vuelta, dejando a los trabajadores en la pared, y se paró frente a ella.

—No puedes quedarte mucho tiempo —dijo él—. Sospecharán y habrá problemas.

Aaron estaba emocionado por sus palabras; la sensación de peligro llenaba el aire. Aquí había un hombre real, como su padre, pero uno que estaba más preocupado por la vida real que por ir a trabajar. El trabajo de su padre proporcionaba dinero y comida, pero ¿qué bien podía tener aislarse en un restaurante cuando los nazis tenían el control?

—Quería verte —dijo Stefa.

—Yo también quería verte. —Hizo una pausa y se miró las manos, que estaban rojas y agrietadas por trabajar sin guantes—. Me duelen muchísimo, pero todos tienen el mismo problema.

Stefa quería agarrar sus manos, apretar sus dedos y masajearlos para aliviar el dolor.

—¿Alguna novedad sobre el puesto de policía?

—Todavía no. El Judenrat me puso en este trabajo para ponerme a prueba. Me hicieron supervisor de cuadra. Soy responsable de ver que esta parte del muro se termine y se haga correctamente. Si hago un buen trabajo, podría obtener un puesto como policía en otoño.

—Sabes lo que están haciendo, ¿verdad? —preguntó Aaron, mirando el brazalete con la estrella de David en la manga de la camisa de Daniel en lugar de su abrigo—. Nos están amurallando —continuó Aaron.

Daniel asintió.

—Sí, amurallándonos. Conforme llegan más judíos, es más fácil controlarnos y más fácil...

—Basta —dijo Stefa—. No quiero pensar en eso ahora. ¿Podemos pasar un minuto sin pensar lo peor? Los alemanes dicen que es porque hay una epidemia.

—Eres como papá —dijo Aaron—. Mamá también sabe lo malo que es, pero se guarda sus sentimientos.

—Deberías irte —dijo Daniel—. No puedo quedarme parado sin hacer nada, o me reportarán y no conseguiré el trabajo de policía.

—Te ayudaré —dijo Aaron.

—No, tú ven a casa conmigo —dijo Stefa, tirando del brazo de Aaron.

—Me quedaré aquí, soy un hombre. Puedo ayudar a Daniel. ¿Cuánto tiempo trabajas?

—Hasta el atardecer —dijo Daniel.

Stefa soltó su brazo.

—Mamá se enfadará.

—No le digas que estoy aquí. Está acostumbrada a que llegue tarde.

—Lo acompañaré a casa —ofreció Daniel—. Ahora que es un hombre, puede tomar sus propias decisiones.

Stefa sacudió la cabeza consternada.

—Está bien, no puedo luchar contra los dos, pero ten cuidado. —Le sonrió a Daniel y se dirigió a casa.

Aaron lo saludó mientras su hermana desaparecía entre la multitud de trabajadores.

Daniel extendió su mano.

—Estoy feliz de conocerte. No eres tan pequeño como dijo tu hermana.

Aaron frunció el ceño.

—¿Te gustaría trabajar o supervisar? —preguntó Daniel.

—Trabajar.

—Está bien, pon tu abrigo allí junto al mío, pero asegúrate de ponerte el brazalete en la camisa. —Daniel señaló un parche de hierba verde—. No hay problema aquí. Los nazis aparecen cada media hora para mantenernos alerta. La Policía Azul no presta atención. —Daniel caminó hacia una pila de ladrillos y recogió dos—. Toma tantos como puedas. Tenemos que asegurarnos de que encajen firmemente uno contra el otro.

Aaron dobló su brazo izquierdo y puso un ladrillo en el hueco creado por su codo. Apiló otro encima de este y presionó su brazo contra su pecho. Llevaba un tercero en su mano derecha. El peso hizo que se inclinara ligeramente hacia atrás, pero estaba agradecido de estar haciendo algo útil, a pesar del resultado previsto.

Daniel se detuvo en la pared y apiló sus ladrillos en el suelo. Aaron hizo lo mismo. Estaban de pie junto a un hombre judío de mediana edad en una escalera, que aún traía su abrigo y gorra de fieltro bajo el sol, y que untaba cemento en los ladrillos que se habían colocado sobre la pared con cuidadosa precisión.

—Asegúrate de que los bordes estén lisos para que queden pegados —le dijo Daniel a Aaron—. Toma este pico y elimina cualquier protuberancia, sin importar cuan pequeña sea. —Le entregó el instrumento.

Aaron estudió el ladrillo por ambos lados y encontró algunas áreas irregulares. Comenzó su trabajo y golpeó la piedra con la punta de metal. Las piedritas de color salmón volaron por el aire. Después de haber adosado tres, volvió a recoger más.

Daniel siguió al albañil y colocó los ladrillos firmemente en su lugar, limpiando el exceso de cemento con una llana y luego sacándolo de la hoja de metal con el dedo antes de volver a dejarlo caer en la mezcladora.

Después de aproximadamente una hora de trabajo, la frente de Aaron comenzó a sudar. Habían puesto dos hileras de ladrillos en el área que supervisaba Daniel. Aaron no podía llegar a la parte superior de la pared, así que le entregó los ladrillos a Daniel, quien se subió a una escalera y los colocó en su lugar.

Regresaron a la pila por más.

—¿Hay huecos? —preguntó Aaron; su voz apenas era más fuerte que un susurro.

—¿Huecos? —Daniel lo miró como si Aaron se hubiera vuelto loco—. No bajo mi supervisión. —Entrecerró los ojos y frunció el ceño—. Ah, ya veo a lo que te refieres. —Levantó cuatro ladrillos con sus robustos brazos—. Tu hermana tiene razón, estás ansioso por tener problemas.

Aaron recogió tres y lo siguió hasta la pared.

—Es una pregunta justa. Los huecos, lugares donde el muro no está tan sólidamente construido como aquí, podrían ser útiles si los nazis tienen la intención de encerrarnos como animales de zoológico.

—Escucha, Aaron, no quiero decirte lo que debes hacer ni hablarte con aires de superioridad porque eres más joven que yo, pero debes tener cuidado. Sé lo que estás pensando... o planeando. Si nos amurallan, ¿qué crees que les sucederá a los que escapen?

—Serán arrestados o, más probablemente, fusilados.

Daniel subió la escalera y colocó tres ladrillos sobre el cemento fresco, y luego bajó.

—Acércate.

Aaron se acercó a él, tanto que podía oler la arena terrosa en el cuerpo de Daniel.

—Finge que estamos trabajando. —Daniel tiró de su barba, dio la vuelta a uno de los ladrillos y los golpeó suavemente con un cincel—. ¿Por qué crees que he solicitado un puesto de policía? Déjame decirte por qué, para poder proteger a nuestras familias. De esa manera, tendré algo de influencia a la hora de decidir quién vive y quién muere. —Levantó la cabeza y miró a los otros trabajadores para asegurarse de que no estaban escuchando—. No le he mencionado esto a nadie, excepto a Stefa y, francamente, no estaba muy contenta.

—Creo que es valiente.

Daniel sonrió.

—Me alegra que lo pienses, pero no estoy seguro de que mi rabino, o cualquier otro rabino, esté de acuerdo. Es egocéntrico y no es la forma en que los judíos deberíamos pensar.

—¿Qué quieres decir?

—Dios quiere que ayudemos a los demás, pero no quiere que emitamos juicios sobre quién debe vivir o morir; matar o dejar vivir a alguien es jugar a ser Dios.

—¿Qué hay de la defensa propia? Haría cualquier cosa por mi familia, y no me importa quién lo sepa. Por eso pregunté por los huecos. —Aaron tomó un ladrillo y estudió uno de sus extremos. El albañil se había movido varios metros más allá de ellos, hacia el este.

—Tenemos que ponernos al día —dijo Daniel, mirando directamente a Aaron—. Por favor, no te hagas el héroe, por tu bien y el de tu familia. Estos son tiempos peligrosos y eres mucho más valioso y útil con vida. Estoy siendo honesto. Déjame la protección a mí. Es posible que, cuando llegue el momento, tengas que ser el joven que nos guíe fuera del desierto.

Aaron asintió.

—Vienen los nazis.

Daniel giró la cabeza hacia el oeste. Se acercaban dos soldados de la Wehrmacht: uno blandiendo un bastón y el otro con su rifle desenvainado y apuntando a los trabajadores.

—No hablemos más —dijo Daniel—. Hay que seguir trabajando. No hay huecos aquí.

En poco más de una hora, el sol poniente de la tarde había sumido la pared en profundas sombras y ralentizado el trabajo del día. Daniel hizo una inspección rápida de su sección y luego, fiel a su palabra, escoltó a Aaron de regreso a Krochmalna.

En el camino, Aaron se detuvo varias veces para examinar partes del muro que ya se habían construido.

—Sé lo que estás haciendo —dijo Daniel—. Vamos, tu madre estará preocupada.

Aaron corrió hacia él, intentando no llamar la atención sobre sus inspecciones.

—Buscando huecos.

Daniel puso su brazo alrededor de los hombros de Aaron y lo atrajo hacia sí.

—No más por hoy.

Aaron estuvo de acuerdo, pero, cuando llegó a casa, grabó en su mente la ubicación de varios «agujeros» que había encontrado en la pared cerca de Krochmalna, donde el cemento era delgado y se podían ver grietas alrededor de los ladrillos. Esos lugares podrían serle de utilidad en el futuro. Estaba feliz por el día que había tenido, emocionado por haber trabajado como un hombre y animado porque Daniel estaría allí para proteger a su familia en el futuro. Había comenzado a pensar en él como un hermano mayor, y eso lo hizo sonreír.

El Hotel Wicekról, el Viceroy, se construyó en la década de 1870 en la calle Jasna con el gran estilo arquitectónico de la época. Izreal Majewski atravesaba su enorme entrada todos los días hábiles, empujaba sus puertas de roble de tres metros de altura y se maravillaba con los paneles laterales con vitrales que representaban frondosos bosques de pinos y nobles ciervos de suave pelaje, así como con la luz del ventilador semicircular de arriba que permitía que el sol entrara en el vestíbulo.

El Viceroy exudaba el encanto del Viejo Mundo, a pesar del letrero neón *art deco* en azul pálido sobre la entrada que anunciaba la ubicación del hotel. Dos candelabros laterales verticales de diseño similar y en el mismo estilo colgaban a cada lado de las puertas. Pero para Izreal, lo más sorprendente del Viceroy era su capacidad constante para mantener su presencia sólida y majestuosa: la pesada construcción de piedra y las ventanas arqueadas que bordeaban su frente se sumaban a su solidez, sin importar el clima o la época del año. En invierno, una alegre chimenea de mármol daba la bienvenida a los invitados al vestíbulo, así como a los que se dirigían al Palais, el restaurante del hotel ubicado en un patio aislado en la parte trasera del edificio. Allí, una telaraña de celosía de hierro sostenía un techo de vidrio que permitía que las palmeras ornamentales y otros árboles y flores exóticos recibieran el sol y crecieran durante todo el año.

En verano, un pronunciado frescor impregnaba el Viceroy, quizá porque su fachada era de piedra blanca. Tenía la sensación húmeda de un patio cerrado donde se mezclaba el olor de la comida y las palmeras.

Como *mashgiach*, Izreal supervisaba todos los procesos que hacían que el Palais fuera *kosher*. Los judíos adinerados, los primeros clientes y los polacos que llegaron después siempre encontraban el restaurante tan estable como sus cimientos, ofreciendo comida y vinos finos para todos los gustos. En su trabajo, se aseguraba de que los platos mantuvieran un alto y estricto estándar. Comenzó su vida laboral como *shochet*, un matadero ritual, y se abrió camino hasta su puesto actual. Durante años, el hotel y el restaurante habían sido propiedad de un judío. Ese hombre en particular tenía la extraña habilidad de comprender a su público y «predecir» el futuro. Cuando Hitler subió al poder, lo vendió a un nuevo propietario polaco que quería continuar con el exitoso negocio. El trabajo de Izreal estaba asegurado gracias al nuevo dueño y a la clientela adinerada, pero se preguntaba cuánto tiempo duraría su posición ahora que los nazis estaban al mando.

El hotel había sufrido poco durante la invasión, además de algunas grietas en las piedras, que fueron reparadas rápidamente. Incluso el techo de cristal sobre el restaurante había sobrevivido; su único sacrificio tras el conflicto había sido una gruesa capa de polvo y ceniza que lo cubría. Los detritos habían sido lavados después de que Polonia capituló.

Ahora, los nazis cenaban bajo la brillante luz del día y en los oscuros recovecos de la noche. Venían de todos los tamaños y formas, en su mayoría, oficiales de la Wehrmacht altamente condecorados que disfrutaban del buen oporto y los puros; mesas de hombres uniformados de gris que Izreal sólo conocía como SS o SD, que miraban y susurraban sobre los otros comensales con desdén y, finalmente, los sonrientes hombres de la Gestapo vestidos de marrón, que se reían de su propia fortuna y disfrutaban de la buena comida mientras otros morían de hambre, bromeando sobre «extirpar a los traidores». De vez en cuando, el restaurante recibía la visita de hombres del Einsatzgruppe: un cuerpo designado que ningún judío o polaco deseaba hacer enojar. A estos comensales no les importaba si la comida era *kosher*, sólo que fuera excelente, e Izreal había contribuido a esa excelencia. Debido a que los alemanes comían en el Palais, la comida que no estaba disponible para nadie más en Varsovia fluía hacia el hotel.

Sin importar la hora, de día o de noche, siempre que el restaurante abría, las mesas estaban repletas, como los cuadrados de un tablero de ajedrez, de nazis con esvásticas, cenando entre los polacos ricos y los pocos judíos con dinero que habían logrado evadir el escrutinio nazi.

En uno de los maravillosos días de fines de mayo, cuando el aire estaba limpio y lleno de la promesa de la primavera, Izreal fue interrumpido por el chef, un gran hombre polaco que agradeció los esfuerzos de su *mashgiach* y a los clientes a los que servía.

Izreal, vestido con su chaqueta oscura, camisa blanca de algodón, pantalones negros y sombrero de fieltro, había terminado de revisar los huevos en busca de manchas de sangre, y ahora estaba de pie en el mostrador de las verduras, revisando la lechuga para asegurarse de que estuviera libre de enfermedades e insectos. Las horas solían ser largas después del cierre del restaurante, y el proceso *kosher* se extendía hasta las primeras horas de la mañana siguiente. A veces llegaba a casa hasta las dos o las tres, mucho después de que Perla se hubiera acostado.

El chef le puso su mano carnosa en el hombro.

—El jefe dice que hay un hombre que quiere verte.

—¿Quién? —preguntó Izreal, asombrado de que alguien lo buscara a las dos de la tarde. El ajetreo del almuerzo había terminado. Había llegado a trabajar a las diez y estaba cansado—. Dile al jefe que estoy ocupado. Si este hombre quiere verme más tarde, cuando termine el día, es bienvenido.

—Puede que lo conozcas. —Caminaron hacia los portales de vidrio en las puertas de la cocina que daban al comedor—. Ahí, en la esquina, al lado de la palma. ¿Lo conoces?

—No lo creo —respondió Izreal. El hombre tenía un rostro amable y ovalado, con ojos profundamente hundidos debajo de las cejas oscuras y los labios delgados que parecían haber sido hechos para sonreír. Vestía un traje oscuro y una corbata con alfiler. Era la clase de hombre que encajaba bien en el Palais, una persona inteligente que podría pasar por un maestro. Parecía vagamente familiar, Izreal podría haberlo visto en el restaurante o en la sinagoga. No sabía si era judío o polaco, pero tenía la sensación de que el hombre podría ser alguien importante.

Caminó hacia el fregadero y se lavó las manos.

—Regresaré en unos minutos. Debo ver qué es lo que quiere.

El chef asintió y caminó hacia una fila de ollas y sartenes.

«¿Y si es un nazi o un informante? ¿O si alguien está en problemas?». Estas preguntas ocuparon su mente mientras atravesaba las puertas y se dirigía al comedor, donde algunas personas no habían terminado de almorzar. A su alrededor, los camareros con chaquetas blancas se movían por el espacio discretamente y con una eficiencia que siempre lo impresionaba, ya fuera tomando un pedido, entregando o recogiendo platos, o sirviendo café y postre.

Izreal se enderezó la chaqueta y luego juntó las manos frente a él mientras se acercaba a la mesa.

El hombre levantó la vista sin sonreír.

—¿Señor Izreal Majewski?

Él asintió.

El hombre se levantó de la mesa todavía atestada de platos del almuerzo.

—Emanuel Ringelblum. Le daría la mano, pero entiendo su trabajo. —Se sentó de nuevo—. La comida en el Palais siempre es excelente, al igual que el servicio, siempre *kosher*. —Su sonrisa se ensanchó—. Sólo he estado aquí unas pocas veces porque realmente no puedo pagarlo. Además, tienen una nueva clase de comensales que no me agradan mucho. Sin embargo, parecen apreciar la buena comida.

—No quiero ser grosero, pero estoy ocupado. ¿Qué desea?

—¿Puede sentarse unos minutos? Tengo algo que quiero decirle solo a usted.

Izreal inspeccionó el comedor que, afortunadamente, estaba libre de oficiales alemanes, a excepción de una mesa cerca de la puerta. Los pocos comensales que quedaban estaban dispersos, lejos de la mesa del rincón, entre una palmera y la pared.

—Prefiero estar de pie. Sólo tengo unos minutos. Tengo mucho trabajo que hacer.

Emanuel se acomodó en su silla y la empujó hasta quedar debajo de las hojas que se balanceaban sobre su cabeza.

—Lo conozco por su reputación, y sé que es un buen hombre, pero primero debe saber algo sobre mí. —Golpeó su vaso de agua y uno de los camareros de bata blanca apareció con una jarra—. Como el oro —continuó después de que el mesero volviera a llenar el vaso y se fuera—. Ojalá todos los judíos pudieran darse el lujo de venir aquí —Bebió un trago y volvió a dejar la copa de cristal sobre el mantel blanco—. Soy historiador. Me gradué de la Universidad de Varsovia en 1927 con una tesis doctoral sobre la historia de los judíos de Varsovia en la Edad Media. Mi familia y yo fuimos reubicados recientemente en la ciudad por los nazis, después de haberla dejado. —Su mirada se tornó más oscura—. Verá, la historia es importante para mí. Necesitamos un registro para poder contar la verdad sobre lo que les está pasando a los judíos en Polonia.

Izreal movía los pies impaciente; sentía que debía regresar a la cocina. Lo que ese hombre estaba diciendo no tenía sentido.

—No entiendo. ¿Le puedo ayudar en algo?

Emanuel se inclinó hacia él.

—Tiene una ventaja única —dijo, bajando la voz—. Observa personas en este restaurante que la mayoría no ve: alemanes, polacos, algún judío de vez en cuando, y podría registrar cómo ellos y la ciudad cambian a medida que avanza la guerra. Alguien debe registrar nuestra historia para que no sea olvidada. Si nadie lo hace, nadie entenderá la verdad y no seremos más importantes que el polvo del que estamos hechos.

Sus palabras le provocaron a Izreal un escalofrío que recorrió su espalda.

—¿Me está pidiendo que registre, que escriba, lo que veo? Hace que parezca que todos vamos a morir, que no quedará nada de nosotros.

Emanuel asintió.

—Eso es lo que nosotros, como judíos, tenemos que esperar. No es el único al que le he pedido que participe en este proyecto. Debemos registrar nuestra historia para las generaciones futuras. Nadie creerá lo que ha sucedido, a menos que lo contemos.

Izreal negó con la cabeza.

—No soy escritor. Nunca podría hacer lo que me pide. Además, estoy demasiado ocupado. Trabajo muchas horas y cuento con poco descanso.

Emanuel sujetó la manga de Izreal.

—Piense en lo que hemos pasado. ¿Necesito enumerar todo lo que ha sucedido? No creo, ¿verdad? Los nazis no van a permitirnos publicar obituarios. Incluso se habla de un impuesto de sucesión en los entierros judíos. ¿Quién puede permitirse eso?

Izreal asintió.

—Nos vimos obligados a quemar nuestros libros para calentarnos este invierno. Las condiciones empeorarán. No podemos visitar las bibliotecas públicas, y eso ni siquiera es lo peor. —Su opresión en el antebrazo de Izreal se hizo más fuerte—. No sólo hemos sido humillados, obligados a someternos a trabajos esclavizantes, forzados a abandonar nuestra religión; nuestra gente ahora está siendo masacrada.

Se alejó de Emanuel, y sus palabras resonaron en sus oídos.

—Entiendo su reticencia, señor Majewski —continuó Emanuel—, pero debemos enfrentar la verdad. En noviembre pasado, los judíos de Ostrów Mazowiecka fueron masacrados. Los obligaron a sentarse al borde de pozos que la policía de Prusia Oriental cavó. Las SS ordenaron fusilarlos y los policías los mataron a todos. Cayeron en los pozos y fueron enterrados, algunos todavía vivos. Más de doscientos fueron arrestados aquí en Varsovia en enero para ser llevados al bosque de Palmiry y fusilados. Los nazis arrojaron a una mujer judía de un tranvía en movimiento en febrero. Es posible que no haya escuchado de estas cosas porque nos mantenemos en la oscuridad en nuestro pequeño mundo que se vuelve más pequeño cada día. Nos van a encarcelar detrás de un muro. —La voz de Emanuel pasó de ser un susurro a una súplica de ayuda.

Izreal había oído rumores, pero estos flotaban por la ciudad como nubes. Nadie sabía si lo que estaba sucediendo era real, a excepción del muro. Izreal miró a los oficiales alemanes cerca de la puerta; estaban acurrucados alrededor de la mesa, hablando en voz baja y llevándose los tenedores con pastel a la boca.

—Yo no hablo de estas cosas. No puedo hablar de las atrocidades. Eso mataría a mi esposa.

—Tiene una familia, dos hijas y un hijo, además de su esposa, ¿verdad?

—No, sólo un hijo y una hija.

Emanuel bebió un sorbo de su agua.

—Ya veo. Hanna se fue a Inglaterra, pero Stefa es una mujer joven que está madurando, al igual que su hijo, Aaron, que acaba de convertirse en hombre. —Hizo una pausa—. Antes de que me pregunte cómo sé tanto sobre usted, permítame mencionar el nombre de Daniel Krakowski. Su padre apoya este proyecto. Usted puede hacer lo mismo.

Izreal reconoció el nombre de Daniel de inmediato, aunque no lo conocía personalmente.

—Lo que pide no es posible.

Emanuel se puso de pie.

—Lamento haberlo molestado. —Su mirada se dirigió hacia la mesa cerca de la puerta—. Este proyecto va en contra de todo lo que representan. Este registro nos permitirá vivir mucho más allá de nuestros años en la Tierra. Al menos piénselo, señor Majewski. Stefa podría escribir lo que usted le diga. —Parpadeó—. O tal vez podría escribirlo ella misma. Creo que ella reconocerá la importancia de esta tarea.

Se quedó con la cabeza agachada, mirando el suelo de baldosas.

—Mi hija es fuerte, y honra sus tradiciones a diferencia de su hermana. Yo aún hablo por ella y lo consideraré.

Emanuel sacó un papel de su bolsillo y se lo entregó.

—Puede encontrarme en esta dirección o comunicarse a este número de teléfono. De cualquier manera, quémelo una vez que haya tomado su decisión. No debe contarle a nadie lo que hemos hablado. Si lo hace, los judíos morirán. —Bebió otro sorbo de agua—. Terminé mi comida y estoy cansado de esconderme de ellos. Después de pagar la cuenta, saldré a donde el aire es libre.

Izreal regresó a la cocina, con la cabeza inundada de pensamientos sobre ese intrincado proyecto. El chef le preguntó quién era el hombre, pero Izreal descartó la pregunta.

—Era un viejo amigo que no había visto en muchos años. No lo reconocí.

Caminó hacia el mostrador de la carne, donde un juego de cuchillos estaba colocado en una esquina limpia. Lo abrió, mirando fijamente los instrumentos que servían tan bien a los cocineros, cuidadosamente embalados en sus fundas. «Nadie sabrá la verdad y no seremos más importantes que el polvo del que estamos hechos». Las palabras de Emanuel lo inquietaron mientras seguía trabajando.

CAPÍTULO 7

El verano de 1940 no había sido bueno para Gran Bretaña, como Lawrence Richardson, citando los periódicos de Londres, le señalaba diariamente a Hanna y Lucy.

Hanna lloró cuando supo que París había caído en junio. La Wehrmacht había entrado en la ciudad sin resistencia. También llegaron noticias inquietantes de Polonia. Los reporteros habían arriesgado sus vidas para llevar información a Inglaterra, donde sus historias fueron noticia de primera plana. Hubo informes de «campos» establecidos en la campiña polaca para detener a los presos políticos. Se desconocía su propósito exacto. ¿Habían sido construidos para poner a los detenidos a «trabajar»? En septiembre, los tranvías «Sólo para judíos», con una estrella amarilla de David, comenzaron a circular por las calles de Varsovia. En octubre, a los mismos judíos se les prohibió salir de sus casas por la noche. El único horario legal para trabajar o comprar era de ocho de la mañana a siete de la tarde. Hanna se preguntó si su padre habría perdido su trabajo en el restaurante.

El final de la «guerra falsa», que había durado un año, fue inmediato y amenazador para la ciudad de Croydon. Los primeros bombardeos nazis en Londres y sus alrededores marcaron el comienzo de la verdadera guerra en la isla. Los avistamientos de bombarderos alemanes, reales o imaginarios, incitaron a Lawrence a terminar el refugio Anderson para jardín a principios de agosto; ajustó bien todas las partes, colocó sacos de arena a los lados, apiló césped en la parte superior y construyó unas literas improvisadas en el interior, en caso de que la familia necesitara refugiarse durante la noche. Lucy incluso había plantado violetas en la parte superior para «embellecerlo un poco».

A mediados de agosto, Hitler demostró que hablaba en serio cuando una docena de bombarderos Messerschmitt destruyó el aeródromo de Croydon. Lawrence había visto los aviones desde el jardín una tarde de verano. Antes de que tuviera tiempo de reunir a Hanna, Lucy y Charlie en el refugio, los aviones habían dejado caer su carga letal y habían pasado. Luego, cuando ya era demasiado tarde, la advertencia de un ataque aéreo sonó con su chillido monótono y vacilante al que Lawrence bautizó como «Gaby Gritona».

Unas semanas después, el 7 de septiembre, llovió más destrucción de los cielos cuando trescientos aviones alemanes atacaron hacia el final de la tarde. Las bombas incendiarias apuntaron a los Muelles Reales y los Muelles Comerciales de Surrey, provocando incendios que los pilotos alemanes utilizaron como puntos de referencia para los objetivos de ataque. El cuerpo de bomberos hizo lo que pudo, pero el incendio se salió de control.

Todos estaban en casa ese sábado y corrieron al refugio. Durante una pausa en el bombardeo, Hanna salió del Anderson, asombrada por el humo negro y grasiento que flotaba en el cielo hacia el norte. En otras dos horas, todos fueron conducidos de regreso al refugio, agarrándose de sus costados mientras caían las bombas guiadas por los incendios. Las grandes explosiones, a muchos kilómetros de distancia, sacudieron la tierra incluso en Croydon. La incursión continuó hasta el amanecer, devastando no sólo los muelles, sino también el East End, Woolwich, Deptford, West Ham y Whitechapel. Murieron más de cuatrocientas personas, incluidos diecisiete bomberos. El Blitz había comenzado oficialmente.

Los londinenses parecían haber abandonado la vida social, como si caminaran sobre una cuerda floja, mientras una tediosa asfixia se apoderaba de ellos y se preparaban para el próximo ataque aéreo. Incluso la optimista y glamorosa Margaret usaba menos maquillaje, usaba medias y le decía a Hanna lo agradecida que estaba de tener su puesto como secretaria en la oficina legal, a pesar de que anteriormente había dicho lo contrario. Ruth y Betty la visitaban menos, ahora que habían comenzado las redadas. Aunque, a principios de octubre, las bombas cayeron más cerca de Croydon. Lucy y Lawrence intentaron mantener los ánimos, pero la tensión se reflejaba en sus rostros arrugados, junto con una palidez poco saludable causada por no haber dormido lo suficiente.

Unas semanas después, luego del crepúsculo, con el apagón aún vigente, las sirenas antiaéreas volvieron a sonar. Lawrence, sentado en la sala y fumando su pipa, suspiró y dejó su libro.

—¿No podemos tener una noche tranquila? —preguntó, mientras Charlie temblaba a sus pies por el ruido—. Consigue algunas mantas limpias, en caso de que tengamos que pasar la noche en el refugio —le indicó a su esposa.

Lucy subió las escaleras hacia el armario de la ropa blanca mientras Hanna levantaba a Charlie del suelo y lo sostenía tembloroso, en sus brazos.

—Llévalo al jardín para que pueda hacer sus necesidades antes de refugiarnos —le dijo Lawrence.

Hanna obedeció y soltó a Charlie en el jardín, donde, de mala gana, olfateó cerca de la pared trasera. Una extraña quietud flotaba en el aire. La brisa del día había amainado y el cielo cambiaba de un azul brillante al tono oscuro del anochecer. Las primeras estrellas vespertinas habían aparecido con una luz parpadeante. Hannah ladeó la cabeza para tratar de captar cualquier sonido ahora que las sirenas se habían desvanecido. Se le erizó la piel de sus brazos y de sus hombros desnudos. Pensó en ir por un *jersey*, pero decidió que la manta sería suficiente en el refugio. Su tío político aún no había instalado un calefactor por temor a que pudiera ser demasiado peligroso en espacios reducidos. Sin embargo, el invierno se acercaba.

Su tíos aparecieron en la puerta del jardín; Lucy traía tres mantas en sus brazos. Lawrence había vaciado la cazoleta de su pipa y aún sujetaba la boquilla entre los dientes apretados, pero no brillaban ascuas ni salía humo del recipiente ennegrecido. Charlie corrió hacia él y se estremeció contra su pierna.

—Vamos, Charlie —dijo él—. Adentro.

—Odio esto —dijo Lucy, mientras pasaba junto a Hanna.

Charlie corrió hacia la puerta y fue el primero en llegar al refugio, seguido de Lucy y Lawrence, quien tuvo que agacharse para entrar. Aprovechando las últimas bocanadas de aire, antes de resignarse a la atmósfera viciada y al calor pegajoso del refugio, Hanna caminó hacia la puerta blanca y miró hacia el este. Los tonos púrpura florecían en el cielo, a excepción de unos pocos rayos de sol que teñían de rosa las nubes altas.

Una fila de puntos negros apareció en el horizonte y, a medida que pasaban los segundos, aparecieron más a la vista: oleadas de bombarderos que se extendían por el cielo como alas de langostas gigantes. Era imposible contar los aviones. Eran más de los que jamás había visto, más de los que podría haber imaginado.

A medida que la cresta de la ola se acercaba cada vez más, unos destellos de luz golpearon el horizonte, seguidos por el estruendo. Las llamas anaranjadas y amarillas se encendieron y luego retrocedieron; los bombarderos cubrían ya una cuarta parte del cielo. Elevándose desde Londres, hacia el norte, los rayos del fuego antiaéreo se adentraron en la oscuridad, dejando resplandecientes estelas detrás de ellos. Los estruendos aplastaron a Hanna como un tanque en movimiento. Hanna entró al refugio.

El techo de metal corrugado, de unos dos metros de altura, le rozaba el cuero cabelludo. Lucy se sentó sobre una manta en la parte trasera, acunando a Charlie entre sus brazos. Lawrence se había reclinado en una de las literas, con sus largas piernas estiradas hasta el suelo de tierra. Una vela colocada en posición vertical en un frasco lleno de arena arrojaba una luz parpadeante sobre las paredes de su prisión plateada.

Lawrence se inclinó hacia ella; su rostro estaba bañado en el brillo ámbar.

—¿Cuántos bombarderos?

Hanna tomó una manta y se sentó cerca de la puerta del refugio.

—No muchos —mintió para no preocupar a su tía. Muy pronto, las explosiones de la incursión llenarían sus oídos y Lucy sabría la verdad.

No dijeron nada mientras los bombardeos aumentaban en intensidad. Hanna se cubrió el cuerpo y la cabeza con la manta y empujó la lana en sus oídos mientras el estrecho espacio temblaba con las vibraciones. La tela amortiguaba los sonidos del exterior, pero podía imaginar claramente lo que estaba pasando.

Las bombas incendiarias aullaban desde los cielos, aterrizaban en los techos, a veces los atravesaban y encendían todo lo que tocaban. Incluso si caían inofensivamente en la calle, sin detonar hasta aproximadamente un minuto después del impacto, según lo diseñado, los objetos cercanos explotaban en llamas blancas incandescentes. Los árboles, los vehículos, cualquier cosa de madera eran rociados con productos químicos inflamables.

Las casas y los edificios crujían mientras ardían. La mampostería se partía y las ventanas se hacían añicos por el calor. Los tanques de gasolina de los autos reventaron en grandes bolas de fuego. Manzanas enteras, de varios kilómetros cuadrados, quedaban destruidas.

Las pesadas bombas explosivas generalmente venían a continuación, y derribaban las líneas de agua que usaban los bomberos. Hanna les temía más. El ruido era ensordecedor y la destrucción catastrófica. No dejaban más que cráteres, ladrillos, piedras destrozadas y madera astillada. Un golpe directo significaba la muerte. No se podía escapar de su poderosa devastación, ni en una casa, ni en un refugio Anderson, ni en una estación del metro.

El aire chisporroteaba a su alrededor, y Hanna volteó a ver a Charlie, esperando que esto calmara sus nervios. En cambio, vio la cara aterrorizada del animal, y sus ojos marrones muy abiertos por el temor. Parecía reconocer que esta incursión era diferente. Reprimió el miedo que amenazaba con inundarla. Podrían morir de calor y asfixia en el refugio si un incendio los rodeaba. La idea de que la casa de su tía se incendiara hizo que su corazón latiera con fuerza. Todo por lo que la familia había trabajado sería destruido. Lawrence había invertido gran parte de su dinero en la propiedad, así como en su remodelación. Él había proporcionado el salario, pero su tía había convertido la casa en un hogar.

Escucharon mientras los incendiarios rebotaban en la calle con una serie de sonidos metálicos, seguidos por el silbido explosivo, la señal de que la bomba de termita al rojo vivo había estallado fuera de su carcasa de magnesio.

—Debería salir —dijo Lawrence, levantándose de la litera—. Puedo apagar los incendios con tierra antes de que quemen la casa.

Lucy lo sujetó del brazo.

—No harás tal cosa. Es muy peligroso.

Lawrence negó con la cabeza y suspiró, resignado a que era impotente contra las bombas.

Se sentaron durante unos minutos y una quietud momentánea llenó el refugio. Incluso Charlie bajó la guardia por un momento y sus ojos se suavizaron a la luz de las velas.

—Tal vez ya. —Las palabras de Hanna fueron interrumpidas por una explosión tan severa que sintió como si sus entrañas se hubieran retorcido y su cuerpo flotara en el aire. La suciedad y la oscuridad se levantaron ante sus ojos cuando todos en el refugio desaparecieron detrás de un velo grueso.

No supo cuánto tiempo estuvo inconsciente. Al emerger de la oscuridad, vio el contorno borroso de las llamas en algún lugar a su derecha. Gimió y trató de mover las piernas, pero estaban cubiertas por algo grande y pesado.

Gritó, pero nadie respondió. Hanna sintió que perdía el conocimiento de nuevo y, en poco tiempo, la sensación de malestar en su estómago se movió hacia sus pulmones, luego a su garganta y, finalmente, a su cabeza.

Se atragantó y el mundo desapareció.

Un manto de densas nubes cubrió Varsovia después de que compartieron un almuerzo escaso. Stefa había ayudado a su madre con los platos y estaba sentada en su habitación cuando entró su padre.

—Quiero hablar contigo antes de irme al trabajo —dijo—. No volveré a casa hasta tarde.

Stefa asintió. Sabía de las largas horas que ahora trabajaba su padre para su jefe polaco. Frunciendo el ceño, su padre entró en la habitación y cerró la puerta, como si lo que quería decir fuera un asunto privado.

—Hace unas semanas, tuve una charla con un hombre. Sus palabras me perturbaron en ese momento, pero ahora, me perturban incluso más. No dije nada porque he estado pensando en lo que dijo.

—¿Quién, padre?

—Emanuel Ringelblum.

Stefa negó con la cabeza.

—¿Quién es él? No lo conozco.

—Es un amigo del padre de Daniel.

Stefa lo miró fijamente, sorprendida de que su padre mencionara el nombre de su novio.

—¿Daniel es policía ahora? —preguntó Izreal.

—Sí.

Tiró de su barba recortada, se sentó a los pies de la cama de Stefa y miró a través de la pequeña ventana que daba a Krochmalna.

—La calle puede estar tranquila o ruidosa ahora —dijo—. Solía estar llena todo el tiempo. No sé cómo Hanna… —Hizo una pausa, consciente de que había mencionado el nombre de su hermana delante de su padre. Aunque Izreal no le había prohibido a la familia hablar de su hermana, todos evitaban el tema—. Me quedé dormida. Supongo que nos acostumbramos a las cosas.

—Quiero conocer a este hombre, a Daniel.

—Por supuesto, padre. Me alegro. Él quiere conocerte. —Quería decirle que su madre ya lo había conocido, pero sintió que era mejor mantener ese encuentro en secreto, así como la reunión entre Janka y su madre. Como en toda familia, había cosas que era mejor no decir.

—¿Le está yendo bien como policía?

Ella agachó la mirada, algo avergonzada por la pregunta. Era un grado de intimidad sobre Daniel que no esperaba de su padre.

—Sí. Ahora tiene un uniforme. A mí me pone nerviosa, pero él quiere facilitarnos las cosas.

—Lo entiendo y lo admiro —dijo Izreal, manteniendo la mirada fija en la ventana antes de voltear hacia ella—. Te entiendo mejor que a cualquiera de mis hijos. Aaron ya es un hombre. Puedo instruirlo y guiarlo, pero ¿escuchará? —Sus ojos brillaban mientras hablaba—. No tengo ninguna duda de que te convertirás en una *eishes chayil*, una mujer de valor, como lo es tu madre. Pero tu madre y yo nos estamos haciendo mayores. Ella es más frágil de lo que solía ser. Esta guerra no ha sido amable con ella.

—No ha sido amable con nadie, padre. —Se preguntó si su padre pensaba en Hanna todos los días, o si, de alguna manera, se las había arreglado para separar el pasado del presente.

—Sí. Eso es lo que Emanuel Ringelblum quería decirme. —Puso las manos en el borde de la cama, como si esto le brindara algún tipo de consuelo—. Quiere que registre lo que veo, que registre nuestra vida judía para las generaciones futuras. Al principio, pensé que estaba loco, una especie de chiflado que exageraba, pero desde que hablamos, hace meses, los nazis se han apoderado de la mayor parte de Europa. Se ha levantado un muro cerca de nosotros. Tenemos prohibido salir de nuestras casas por la noche. Las cosas han empeorado para todos.

—Pero ¿qué tiene esto que ver conmigo?

—No soy escritor. Tú serías una mejor opción para registrar nuestra historia. Podrías escribir lo que tengo que contarte, e incluir tu propia historia, incluso la de Daniel, si quieres.

No supo qué decir. Nunca había oído hablar de tal idea.

—Él llama a su proyecto *Óneg Shabat*. Piensa registrar lo que hemos vivido los judíos de Varsovia.

Un pensamiento inquietante apareció en su mente y, por el movimiento rápido de la cabeza de su padre, supo que él sabía lo que estaba pensando.

—Esta es la parte difícil —dijo él—. Quiere registrar nuestra historia en caso de que...

—En caso de que muramos.

—... de que todos muramos.

Un nudo, frío como acero, se instaló en su estómago.

—¿Crees que moriremos?

Él tomó sus manos.

—He visto una brutalidad que nunca hubiera imaginado. Judíos humillados, sus barbas afeitadas y recortadas por los nazis. Ancianas empujadas al suelo. Hombres y mujeres obligados a trabajar como esclavos. Hasta ahora me he salvado porque a los nazis les encanta el Palais y el propietario me mantiene por su buena voluntad. Si eso termina, no estoy seguro de lo que sucederá. Si nos llevan a ese campamento amurallado, las cosas empeorarán. Estoy seguro de eso. —Él palmeó sus manos—. Piénsalo. Quiero darle una respuesta. Puedo decir que no.

Ella besó sus manos.

—Lo pensaré, padre.

—No le digas nada a Daniel sobre Ringelblum todavía, aunque su padre está involucrado. El hombre quiere mantener su proyecto en secreto. Si los nazis se enteran, las consecuencias podrían ser letales.

Ella asintió.

Izreal salió de la habitación, la dejó pensando en lo que había dicho. Había visto a Daniel vestido para trabajar como policía. Verlo así la había sorprendido al principio y no estaba segura de cómo se sentía acerca de su papel de ejecutor. Después de esa conversación, se preguntó si Daniel tenía razón. Quizás él podría ser una salida para todos ellos, un protector para la familia. ¿Habría llegado su momento de contribuir también?

El rescate de Hanna se desarrollaba como una pesadilla cada vez que lo revivía.

Había manos sujetándola, como garras clavándose en sus brazos. Gritos. El agua fría de las mangueras contra incendios empapaban la cabeza y la espalda; las luces apenas visibles a través del barro; la mugre que nublaba sus ojos; las sirenas que no se escuchaban, ya que sus oídos parecían tapados con algodón. Sin embargo, los camiones de bomberos estaban a sólo seis metros de distancia en la calle llena de escombros y las mangueras de agua serpenteaban sobre los montones de piedra y pizarra.

Un rostro le resultó familiar al inclinarse sobre el suyo, pero lucía diferente a la luz chillona de las llamas que se extendían en la oscuridad. ¿Era su amiga Betty? Los labios de la mujer eran rojos, pero el rostro tenía un brillo blanco, como si estuviera iluminado por un reflector. El cabello negro de Betty, generalmente recogido para prepararse para la guerra, caía suelto alrededor de su cuello y su rostro. Su amiga le gritaba, le pedía que aguantara, que fuera fuerte, que le iban a quitar los escombros de las piernas y la iban a liberar.

No podía recordar cuánto tiempo llevaban ayudándola, era un grupo de amigos, vecinos y hombres del Servicio Auxiliar de Bomberos. El tiempo perdió todo sentido mientras ella perdía y recuperaba el conocimiento una y otra vez. En un momento gritó y un par de manos le sujetaron la cabeza, acariciando su cabello y sus mejillas, como si quisieran calmar a un animal asustado. Apretó los dientes y gritó aún más. ¿Y su tía y su tío? ¿Y Charlie? ¿Estaban vivos o muertos?

Giró la cabeza hacia atrás, pero sólo pudo ver las cabezas sudorosas y los brazos agitados de los hombres que cavaban para liberarla de la insoportable carga que cubría sus piernas. La piedra, los ladrillos y la madera que levantaban no parecían hacer una diferencia en el peso. ¿Podía siquiera sentirlos? ¿Estaban allí?

Vomitó bilis en el barro. El miedo de que nunca volvería a caminar la consumía.

—Respira hondo —dijo alguien—. Te sacaremos de aquí.

La oscuridad se apoderó nuevamente de ella y, al despertar, estaba en una camilla cerca de la acera; Betty estaba a su lado, sosteniendo su mano, y había una enfermera al otro, colocando una bolsa intravenosa.

—Mi tía, mi tío… —Forzó a las palabras para que salieran de su garganta, pero la frase parecía estar atascada como humo.

Betty articuló algo que no entendió. Hanna sujetó la mano de su amiga, rogándole que se inclinara para poder entenderla.

—¡Todavía no los encontramos! —gritó su amiga—. El Anderson fue destruido, y tú saliste volando.

No tenía lágrimas, porque su cabeza parecía tan seca como un desierto.

Mientras retiraban la camilla, Hanna giró la cabeza hacia un lado y abrió la boca con horror y tristeza.

Iluminada por la luz anaranjada del fuego, vio la casa destrozada. Todo lo que quedaba eran los armazones rotos de las paredes y las vigas que sobresalían de los escombros como cerillas quemadas. La bomba había golpeado la mitad trasera de la residencia casi de lleno, empujando los escombros hacia delante, como una gigantesca excavadora, hasta que un enorme trozo de lodo, madera y roca cubrió todo el jardín, incluido el refugio. Y para empeorar las cosas, una cañería de agua se había roto en la parte trasera de la casa, inundando el jardín y convirtiendo los escombros en lodo. Eso era todo lo que recordaba, hasta que se despertó aquella tarde en el hospital. Intentó hablar con una enfermera que vestía un uniforme blanco almidonado, medias de seda y un gorro circular, pero la mujer se llevó un dedo a los labios y le indicó que volviera a dormir.

—Descanso es lo que necesitas. Tus amigos te han visitado, pero has estado dormida.

—Mi tía y mi tío… ¿mis piernas?

La enfermera arrugó la boca, eligiendo sus palabras con cuidado.

—Los buenos doctores salvaron tus piernas. Fue un procedimiento delicado. Tendrás que aprender a caminar de nuevo. Pero no sé nada de tus parientes. Nadie ha preguntado por ti. Tal vez tus amigos puedan contarte más. —La enfermera se marchó.

La cama de Hanna estaba situada en una habitación grande llena de pacientes cuyas camas estaban rodeadas por cortinas blancas. La suya estaba cerca de una ventana en el segundo piso del edificio. Podía ver el césped verde y, un poco más allá, los árboles que aún tenían las hojas marrones del otoño.

El borrón de días y noches pasó lentamente. ¿Fueron días? ¿Semanas?

Una tarde, cuando el sol se ponía detrás de las nubes color pizarra, alguien fue a visitarla. Al principio no reconoció a la elegante mujer, vestida con un abrigo negro que ceñía su cuerpo desde el cuello hasta las pantorrillas. Llevaba un bolso a juego con asa metálica. La mujer sonrió, se desabrochó el abrigo y se sentó en una silla de metal cerca de la cama.

—Me dijeron que no debía fumar, así que no tardaré mucho. Sacó su cigarrera dorada del bolso y la golpeó con sus uñas rojas, como si el mero contacto con el contenedor le diera alguna conexión con su precioso contenido.

La audición de Hanna se había aclarado un poco, pero muchas conversaciones todavía sonaban como si se llevaran a cabo bajo el agua. Le indicó a la mujer que se acercara.

—¿Te acuerdas de mí? —preguntó la mujer, levantándose y empujando la silla hacia delante con un elegante movimiento.

—Sí, pero me resulta difícil recordar su nombre.

—Rita... Rita Wright. —Se sentó de nuevo.

—Claro. —Los dos encuentros anteriores con Rita aparecieron en su mente, el último en la casa de su tía.

—¿Cómo estás?

Hanna intentó sentarse, pero el esfuerzo fue demasiado grande y cayó hacia atrás, hundida por la tensión en la espalda.

—No te esfuerces. Debes mejorar.

—He estado aturdida. ¿Qué día es?

Rita levantó la caja de oro, la miró y no dijo nada.

—Tiene malas noticias, ¿verdad? —Hanna esperaba lo peor, pero nunca imaginó que la mensajera de la muerte, magníficamente vestida y con manicura perfecta, estuviera sentada frente a ella.

Rita cruzó las piernas y apoyó el estuche en los pliegues de su vestido.

—Sí. He estado en contacto con Betty. Ella no quería decírtelo. Ha sido un momento complicado para todos. Incluso Phillip estuvo aquí. Creo que se preocupa por ti más de lo que debería, algo que no debe alentarse.

Hanna no estaba preocupada por los visitantes.

—Están muertos, ¿verdad? Mi tía, mi tío y Charlie.

Rita asintió.

—Tu tía y tu tío no tuvieron posibilidad alguna de salir con vida.

Las lágrimas se acumularon en los ojos de Hanna.

Rita suspiró.

—Trata de verlo de este modo..., fueron muertes misericordiosas, tan misericordiosas como los nazis pueden proporcionarlas. Tu tía y tu tío no sufrieron. Tú fuiste arrojada; la onda expansiva hizo volar la puerta. La mitad trasera del Anderson, donde estaban sentados Lucy y Lawrence, quedó enterrada. Fueron aplastados por la explosión cuando el agua los cubrió.

—¡Oh, Dios mío! —susurró ella, desviando la mirada hacia su propio reflejo pálido en los cristales ahora oscuros. La rabia la consumía y quería maldecir a los nazis y luego a Dios por permitir que ocurriera tal tragedia—. ¿Y Charlie?

—Murió en los brazos de tu tía.

Hanna se apoyó sobre sus codos y se estremeció de dolor.

—Tengo que encargarme de los cuerpos, tengo que salir de aquí.

Rita se inclinó hacia delante y su mirada se suavizó, aunque su rostro aún transmitía la expresión severa de alguien que está a cargo.

—Es demasiado tarde para eso. Ya se encargaron de ellos, fueron enterrados con las otras víctimas de Croydon. No hubo tiempo para los servicios funerarios o para el duelo. Las bombas siguen cayendo. —Hizo una pausa—. Lo lamento muchísimo.

Hanna luchó por mover las piernas, pero con cada movimiento, por leve que fuera, el dolor se agolpaba en su pecho. ¿Cómo podría hacer algo, cualquier cosa, después de esto? Ni siquiera estaba segura de poder caminar.

—Por favor, dime qué día es. —Una lágrima se deslizó por su mejilla.

Rita miró su reloj.

—Quiero que pienses en lo que ha sucedido. Los nazis te hicieron esto a ti y a tu familia. Las condiciones en Varsovia empeoran cada hora. No te digo esto para destruir tu espíritu. Mi consejo es que canalices tu ira hacia algo que hará que el mundo sea mejor para todos. Puedes ser una mujer de la guerra como el resto de nosotras, alguien que se enfrente a los nazis y luche por la libertad. Marca este día, el día en que descubriste lo que realmente le sucedió a tu familia, como una insignia de honor, para Dios y el país. —Se levantó de la silla, abrió su bolso, sacó su tarjeta y la colocó en la mano de Hanna—. Luchar contra ellos y defender lo que es correcto son la mejor manera de honrar a tu tía y a tu tío y al resto de tu familia.

Rita se dio la vuelta para marcharse, pero se detuvo en las cortinas que ocultaban a Hanna de los otros pacientes.

—Preguntaste qué día es. Han pasado diez días desde el bombardeo. Los músculos y tendones de la parte inferior de tus piernas fueron aplastados y magullados. Tienes una fractura en la pierna izquierda. Estas lesiones necesitan tiempo para sanar. El hospital te cuidará bien, pero no olvides lo que te he dicho. Estaré esperando tu respuesta.

Rita corrió las cortinas y Hanna se quedó sola. Durante los últimos días, sus piernas habían zumbado con electricidad, como si le estuvieran clavando agujas en la piel. Un médico le había dicho que era una buena señal, aunque tenía que tomar un medicamento para aliviar el molesto dolor por las noches y poder dormir.

Miró la tarjeta. Era idéntica a la que Rita le había dado antes: la letra impecable en manuscrita que detallaba su dirección y número de teléfono.

Ahogó los sollozos, sin saber si debía romper la tarjeta en pedacitos o apoyarla contra su pecho. Ahora no tenía familia en Londres, sólo unos cuantos amigos, ningún lugar dónde vivir y ninguna forma de contactar a sus padres, excepto a través de cartas que probablemente no recibirían respuesta. Era fácil culpar a su madre y a su padre por su situación: sus exigencias y restricciones la habían orillado a huir de Varsovia. Y era fácil culpar a un Dios ausente, que podría haberlos salvado a todos de la tragedia si tan sólo hubiera extendido su mano todopoderosa. Sin embargo, Rita tenía razón: los nazis tenían la culpa.

Un cansancio repentino se apoderó de ella mientras colocaba la tarjeta debajo de la almohada y sopesaba las palabras de Rita. «Puedes ser una chica de la guerra como el resto de nosotras, alguien que se enfrente a los nazis y luche por la libertad». Mientras cerraba los ojos, con la esperanza de soñar con la venganza, con el ojo por ojo, diente por diente, se preguntó qué debía hacer una vez que pudiera volver a caminar.

CAPÍTULO 8

Poco después del mes hebreo de Jeshván, en noviembre de 1940, unos pasos resonaron en el vestíbulo del departamento de Krochmalna, junto con gritos violentos y súplicas de piedad. El llanto hizo que Perla se tapara los oídos y se hundiera en el sofá, consternada.

Stefa había soñado con lo que se avecinaba, escuchó los rumores de Daniel y notó el triste cambio en el rostro de su padre. Incluso Aaron parecía distraído y perplejo por lo que estaba sucediendo, su entusiasmo por la guerra cambió a inquietud y miedo.

Stefa se apresuró a calmar a su madre, palmeando su mano y acariciando su pálida mejilla.

—Veré lo que está pasando. Quédate aquí.

Perla extendió las manos, con el rostro hundido por el terror, suplicando en silencio a Stefa que se quedara con ella, pero había llegado el momento de enfrentar el mal que acechaba afuera. Ella y su madre habían visto la fila desesperada de rezagados en Krochmalna, la marcha de judíos expulsados del campo y de los suburbios de Varsovia hacia el área de reasentamiento, ahora conocida como «el gueto». Stefa no tenía idea de la cantidad de personas que habían visto: hombres tirando de carros cargados con ropa de cama, ollas, sartenes y ropa; mujeres con niños, muchas sosteniendo bebés contra sus pechos; viejos con barba y abrigos largos sujetando a sus esposas; caballos, burros y perros avanzando con la multitud. El éxodo parecía interminable, y eso

141

no incluía a los refugiados que habían entrado al gueto desde otras calles. ¿Cómo iban a vivir todos los judíos en esa diminuta área amurallada por los nazis?

Stefa quería obligar a su padre a hablar sobre lo que le preocupaba, lo que guardaba en su interior. Habían oído el anuncio por altavoz el 12 de octubre: todos los judíos debían trasladarse al gueto para fin de mes. Su padre le había dicho que no se preocupara, que eso no aplicaba a su edificio en Krochmalna, él tenía todo «bajo control». Todo saldría bien, debido a su puesto en el Palais. Los alemanes que cenaban allí lo adoraban y lo felicitaban siempre que el chef les contaba con qué amoroso cuidado Izreal Majewski trabajaba la comida. A veces, su padre acompañaba al dueño y al chef cuando ofrecían una botella de vino a los nazis de alto rango. Uno de los oficiales autorizados comentó que ellos eran los buenos judíos, aunque los otros dos hombres eran católicos.

Incluso Aaron había atacado la aparente timidez de su padre en la cena unas cuantas veces, sólo para ser rechazado con una mirada fría y las palabras «No pienses en eso». Su padre le había dado algunos pensamientos para escribir en el «diario» de Emanuel Ringelblum, pero la mayoría de las veces, Stefa terminaba escribiendo sus propias palabras en la página. Era fácil ver lo que sucedía fuera de su ventana y escribir las historias que contaban Daniel y su hermano.

Los estruendos se hicieron más fuertes en el pasillo.

—Quédate conmigo, Stefa —dijo su madre, retorciendo las manos.

Una nueva serie de golpes fuertes en la puerta las sacudió a ambas.

—Iré —dijo Stefa, con el corazón latiéndole en el cuello y una picazón seca llenando su boca. Respiró hondo y corrió hacia la puerta.

Alguien pateó la madera, casi astillándola.

Stefa la abrió de golpe. Un oficial de las SS uniformado estaba parado afuera, rodeado por cinco hombres de la Wehrmacht. El oficial sostenía un sujetapapeles, mientras los militares le apuntaban con sus rifles.

—¿Esta es la casa de Izreal Majewski? —preguntó el oficial de las SS en alemán.

Stefa asintió.

El hombre cambió a polaco, sacó un trozo de papel de su sujetapapeles y se lo dio.

—Tienen veinticuatro horas para trasladarse a una nueva dirección en Krochmalna.

Miró la dirección y luego a los hombres.

—¿Veinticuatro horas? Eso no es suficiente tiempo.

El oficial de las SS acercó su rostro al de ella y se llevó la mano derecha a la pistola que tenía al costado.

—Escucha, judía, tienen suerte. Han tenido más que tiempo suficiente. Y tienen otro departamento al que ir. Otros los alcanzarán ahí. —Hizo una pausa—. Veinticuatro horas. —Miró su reloj—. Para el mediodía de mañana. ¿Eso es una radio? —Señaló la máquina que descansaba sobre el aparador.

Stefa asintió.

—Se suponía que debían entregarlo a las autoridades correspondientes. —Hizo una señal a uno de sus hombres para que tomara la radio. Cuando lo hizo, el oficial levantó la mano rígidamente en un saludo al Führer y luego dirigió su atención a la puerta de la señora Rosewicz.

Golpeó la puerta, y la anciana apareció unos momentos después, con el rostro manchado de lágrimas y el cabello despeinado. Stefa escuchó mientras el oficial repetía las mismas instrucciones a la señora Rosewicz, pero no le ofreció ningún papel. El oficial de las SS se dio la vuelta y los hombres del ejército lo siguieron, bajando las escaleras como el agua sobre las piedras de un río.

La señora Rosewicz, atónita por lo que había sucedido, se quedó parada en su puerta, con los ojos muy abiertos y rojos. Puso sus manos sobre sus mejillas hundidas.

—No tengo adónde ir. ¿Qué puedo hacer?

Stefa cruzó el pasillo y sostuvo a la mujer temblorosa en sus brazos. Era como un caparazón translúcido a punto de romperse, toda piel y huesos, con poco calor en su cuerpo. Trató de asegurarle a su vecina que todo estaría bien, pero no estaba segura, no después de lo que acababa de escuchar.

—Le encontraremos un lugar, tal vez con nosotros. Si no, en otro lugar seguro y cálido.

—Pero ¿un día para empacar mis cosas? Todo lo que tengo está aquí. Toda mi vida está en este departamento. Todos mis recuerdos.

Perla apareció en la puerta, igual de frágil, con los brazos y las piernas temblando, luchando por ponerse de pie mientras se aferraba al marco de la puerta.

—¿Qué haremos? —preguntó su madre—. Tu padre tendrá la respuesta.

Su madre siempre confió en su padre, pero esta vez era diferente. No se trataba de qué preparar para la cena, a qué pariente visitar o si era necesario ir a la sinagoga: era una cuestión de vida o muerte, la destrucción de su hogar. Una voz extraña entró en su cabeza. «Esto es más que la destrucción de un hogar: nos quieren matar. Quieren borrarnos de la faz de la Tierra para que nadie se acuerde de quiénes fuimos. Ringelblum tiene razón. Debemos perdurar aunque sólo sea en la memoria del mundo».

Quería olvidar todo lo que había ocurrido desde la invasión, pero no se hacía ilusiones de que los nazis fueran una pesadilla creada por una mente perturbada. Había visto personalmente lo que los alemanes podían hacer y, a diferencia de un mal sueño que termina por la mañana, el papel que sostenía en la mano era real. Cada día traía consigo un nuevo horror.

Stefa sostuvo las manos de la señora Rosewicz y le dijo que empacara lo que pudiera.

—Hablaré con mi padre.

Cuando se volteó, Perla había desaparecido. Stefa volvió al departamento y cerró la puerta. Su madre estaba inclinada sobre el aparador, con las manos aferradas a la menorá, y luego, a los cubiertos de plata colocados con tanto cuidado dentro de los cajones.

—Así que la radio se ha ido. Qué llevar..., qué llevar. —Perla se llevó una mano a la garganta, como si fuera a colapsar.

Stefa tomó el brazo de su madre.

—Esperemos a papá. Él nos guiará para salir de este desierto.

Las cejas de Perla se arrugaron con preocupación y sus ojos grises se llenaron de lágrimas. Se derrumbó en los brazos de Stefa y lloró.

«Dios nos proteja… Dios nos guíe para salir de este desierto». Las palabras rebotaban débilmente en su cabeza, y se preguntó si Él le respondería con amabilidad o si la oración desaparecería en el vacío, junto a millones de oraciones iguales a la suya.

Janka Danek también había visto la procesión de judíos abriéndose camino por las calles hacia el gueto. Ella había sido testigo de este acto cruel desde su ventana con vistas a Krochmalna. Esas filas de humanidad que se arrastraban fueron objeto de golpes por parte de guardias armados, de insultos por parte de los polacos e incluso de abusos por parte de la Policía Azul. Los gritos se filtraban por la ventana; podía ver cómo trataban a las personas y las escuchaba sollozar. Si se movían demasiado despacio eran aporreados; si se movían demasiado rápido y algo caía de un carro o de sus brazos, eran azotados si se detenían a recogerlo.

«¡Muévanse más rápido, judíos!», espetaban los guardias, con expresiones crueles y severas. Parecía un juego para los nazis, pero era algo más, la palabra «juego» no era una evaluación justa. Lo que estaba pasando en Varsovia era mucho más que un deporte perverso; una infección que se había extendido, a través de las tropas alemanas, a los polacos y a cualquiera que sintiera que los judíos debían ser ridiculizados, escupidos o borrados.

Estos reasentamientos ocurrieron durante el día, cuando Janka estaba en casa o de compras. Todos los que no estaban involucrados podían observar lo que estaba pasando. Nunca habían visto una procesión por la noche: era ilegal que los judíos estuvieran en las calles después de las siete, a menos que fueran escoltados por un guardia, lo cual implicaba una situación igualmente mala. Aquellos que fueran descubiertos afuera después del anochecer serían arrestados y castigados. Incluso Karol se había reído de su difícil situación y se había burlado de aquellos capturados por los nazis después del anochecer, aunque rara vez estaba en casa durante el día para presenciar lo peor.

Una tarde, minutos antes de las siete, mientras esperaba a que su esposo regresara a casa del bar, se tomó un descanso de la cocina para mirar por la ventana. La cena consistía en tres salchichas y algunas alubias que había comprado en secreto a un carnicero polaco. Desde su ventana, pudo ver dos figuras sombrías emerger de la oscuridad hacia un parche de luz que no pudieron evitar. Reconoció a una de las figuras, era Aaron. No estaba segura de si habían visto al alemán que se dirigía por la calle hacia ellos.

Apagó la estufa, dejando que la carne chisporroteante se guisara en sus jugos y bajó corriendo las escaleras.

Las dos figuras se agazaparon detrás de los escombros de un edificio bombardeado.

—¡Oficial…, oficial…! —gritó ella, sin saber cómo dirigirse al soldado que se acercaba.

El hombre cruzó la calle con pasos largos, sujetando el rifle que colgaba de su hombro. Se desabrochó el abrigo con cautela, sacó una pistola y le apuntó. A pesar de eso, ella no tenía miedo. No era más que un chico con mejillas sonrojadas y una barba de un día que necesitaba una buena afeitada.

—¿Habla polaco? —preguntó ella en alemán.

—*Ein bisschen* —respondió él. «Un poco».

Ella señaló calle abajo, al este, lejos de las figuras que se habían refugiado detrás de los escombros.

—¡*Jude!* —repitió varias veces con voz apremiante—. *Z mojego okna.* —«Desde mi ventana».

El joven soldado bajó el arma y apuntó con un dedo delgado en la misma dirección que Janka.

—*Ja* —dijo ella.

—*Danke.* —El hombre echó a correr calle abajo, apuntando con la pistola, mirando de izquierda a derecha en busca del judío errante.

Tan pronto como el soldado desapareció, Janka cruzó la calle hasta el montón de piedras. Se asomó detrás y encontró a Aaron y a un hombre pegados a los escombros.

—Todo está bien. Ya se fue.

El joven se levantó de entre las rocas; al hombre mayor le costó más trabajo. Aaron le ayudó a levantarse.

—Señora Danek —dijo Aaron—. Íbamos camino a casa cuando vimos al soldado… —Hizo una pausa, como avergonzado por lo que quería decir—. Este es mi padre, no había tenido oportunidad de presentárselo.

Aaron tenía razón, ella no lo conocía. Se esforzó por ver al hombre en la penumbra; su abrigo oscuro se mezclaba con las piedras y las sombras. Tenía una barba canosa recortada que le cubría la mayor parte del rostro, el cual era apenas visible entre el ala del sombrero y el pañuelo que le cubría el cuello.

—Entra ahora —le ordenó Izreal a su hijo—. Ayuda a tu madre. Entraré pronto.

Después de asegurarse de que no hubiera alemanes cerca, Aaron saltó sobre las piedras y desapareció.

Izreal se sacudió el polvo del abrigo.

—¿Quién es usted? —Parecía desconfiado, como si nadie en su sano juicio fuera a ayudar a un judío por la noche.

—Janka Danek…; mi esposo y yo vivimos al otro lado de la calle. —Señaló el techo de su edificio de departamentos, que sobresalía por encima de los escombros—. Conocí a su hijo antes y… —Se detuvo, sin saber si debía mencionar que conocía a Perla y Stefa.

—Ah…, es usted —Se llevó un dedo a la sien—. No me habría enterado, pero el pollo y la carne desaparecieron. Mi esposa no es buena para decir mentiras. Aunque mi hijo es mucho mejor, pero logré sacarles la verdad después de que la comida desapareció.

—Estoy agradecida. Todo es tan difícil de conseguir en estos días. —Se estremeció y se frotó los brazos porque no llevaba abrigo—. Mi esposo cree que lo compré…, que pude hacer un trato con el carnicero o con el diablo.

—Gracias por deshacerse del soldado, señora Danek —dijo él—. Probablemente yo no habría tenido problema con aquel hombre, ya que trabajo en el Palais…, pero mi hijo. No puedo quedarme mucho tiempo. Tenemos que dejar nuestro departamento mañana al mediodía.

Janka se quedó sin aliento.

—Mi hijo vino a buscarme. Desde que llegaron los nazis, no se puede confiar en los teléfonos de los hoteles.

Janka conocía el restaurante, pero nunca había puesto un pie adentro porque era demasiado caro para ella y Karol.

—¿Los están obligando a mudarse, como a los otros judíos?

Izreal asintió.

—Sí, como a todos los demás y hasta a algunos polacos. Me sorprende que no la hayan obligado a irse. —Él la observó con una inquietante mirada de indiferencia.

Ella se movió nerviosamente.

—Mi esposo, Karol, trabaja en la planta de cobre. Me dijo que por eso todavía tenemos nuestro departamento. Se le considera esencial ahora que los nazis la manejan. A mí me han pasado por alto, porque no tengo trabajo.

Él levantó su sombrero, se pasó la mano por el cabello ralo y se lo volvió a poner.

—Nosotros los judíos somos como suciedad para los nazis. —Su mirada se desvió hacia la calle—. Tengo que irme. Gracias de nuevo, señora Danek. Ya no recibirá más comida de nosotros. —Se encaminó hacia Krochmalna cuando pasaron unos cuantos polacos.

—Señor Majewski —dijo ella, deteniéndolo mientras se preparaba para partir—, gracias. Si necesita algo, recuerde mi nombre: Janka Danek, en Krochmalna. Espero que todo vaya bien para su familia. Ojalá pudiera hacer más.

Él la miró antes de desaparecer y dijo:

—Lo recordaré, Janka Danek.

Él ya había salido de detrás de los escombros, cruzado la calle y sujetando el pomo de la puerta cuando una voz aguardentosa llamó a Janka por su nombre.

—¿Qué demonios estás haciendo? —preguntó Karol, tropezando cerca de ella mientras abría la puerta—. ¿Estabas con un hombre?

—No..., debes de estar equivocado.

Karol chocó con ella y la empujó hacia dentro. Ella aterrizó bruscamente contra la barandilla de la escalera.

—¿Por qué estabas fuera en plena noche? —La astringencia ácida de su aliento mezclado con vodka le picó el rostro.

—Pues... yo... —Karol la había atrapado desprevenida y no se le ocurría ninguna buena excusa. Cualquier cosa que pudiera decir o inventar sonaría como una mentira.

Él levantó la mano, con la palma abierta, como si fuera a golpearla, mientras ella se escondía en las escaleras.

—No mientas. Lo vi. Un judío sucio, con esa barba. ¿Por qué? —Sus mejillas enrojecieron bajo el único foco que ardía en la entrada.

Ella agachó la cabeza, derrumbándose bajo su mirada brutal. Karol nunca la había golpeado antes, pero ella temía que lo hiciera en su ira borracha, tal vez por las lecciones que había aprendido de los nazis invasores.

La única salida era la verdad, pero un poco adornada. Se apoyó contra los escalones y, reuniendo todo el valor que pudo, lo enfrentó.

—¿Alguna vez te preguntaste de dónde sacamos la carne que nos ha mantenido con vida? No fue del carnicero polaco. Fue de los amables judíos que me agradecieron por ayudar a su hijo.

Él se tambaleó contra la puerta y el color de sus mejillas se desvaneció de rojo a blanco, estupefacto por sus palabras.

—¿Ayudaste a un judío?

—Sí, y lo haría de nuevo para que nosotros..., para que tú pudieras tener algo que comer, para tener algo que poner en nuestra mesa, además de unas pocas papas y zanahorias.

Karol acarició su barba recortada.

—¿Hemos estado dándonos la gran vida gracias a un judío?
Ella asintió.

—Y deberías considerarte afortunado de tener tales regalos.
Él se inclinó como para reír, pero en cambio, murmuró:

—¿Qué vamos a cenar esta noche?

—Tres salchichas de un carnicero polaco. Me dijo que tuve suerte de conseguirlas. —Su cuerpo se sentía pesado, sin vida, y cada pie como una pesa mientras caminaba penosamente hacia el departamento—. Se están enfriando en sus propios jugos.

Él la siguió escaleras arriba.

—¿Qué hiciste para ganarte tal favor de un judío?

Bajó la voz para que los vecinos no la escucharan.

—Justo después de que comenzara la guerra, lo protegí de un soldado alemán haciéndolo pasar por mi hijo.

Karol escupió en el rellano.

—¿Tu hijo? —El disgusto en su voz era palpable—. ¿Cuál es su nombre?

Ella se detuvo en la puerta y lo miró fijamente. El rubor del alcohol había regresado a sus mejillas y sus labios se curvaron en una media sonrisa sardónica. Un escalofrío se apoderó de ella. Sabía lo que él estaba pensando: su marido estaba tramando algún ardid peligroso. Si existía alguna manera de obtener ganancias o de protegerse de los nazis, Karol lo haría. Convertiría el hecho de conocer a una familia judía en una ventaja para él.

—No sé sus nombres —respondió ella.

—Estás mintiendo.

—No. Sentimos que sería más seguro para todos. —Abrió la puerta y el olor a grasa los envolvió—. De todos modos, no importa, los van a enviar a la zona amurallada. No habrá más comida de su parte.

Karol se quitó el abrigo, se acomodó en el sofá y puso los pies sobre la mesa de café.

—Qué mal. —Apoyó la cabeza en la tela verde—. Prácticamente podemos darlos por muertos.

Janka encendió la estufa y se quedó mirando la salchicha marrón ahora fría y cubierta con una fina capa de aceite gris. Clavó un tenedor en uno de los trozos y desvió la mirada hacia su marido.

Con los ojos cerrados y los brazos cruzados, Karol se veía al borde del sueño, aunque la sonrisa permaneció en sus labios y Janka supo que estaba pensando en los Majewski. No importaba si sabía o no sus nombres, de alguna manera, usaría esto a su favor.

Stefa, atónita, al darse cuenta de que su tiempo en el hogar de su infancia estaba llegando a su fin, observaba, con una mezcla de incredulidad y resignación, cómo la familia intentaba encontrarle sentido a la nueva y extraña vida que les esperaba al día siguiente.

Su padre, a menudo un hombre de pocas palabras, ofreció sólo una breve explicación, dirigiéndose a ellos mientras se reunían a su alrededor en la sala de estar después de la cena.

—Ha llegado el momento de dejar nuestro hogar. No tenemos opción. El Gobierno General y el Judenrat lo han dejado claro. Hemos tenido suerte hasta ahora. Tomen sólo lo que necesiten. Debemos olvidar los sentimentalismos. Yo tomaré la decisión final sobre lo que se va o se queda.

Perla había pasado la mayor parte de la noche llorando, abriendo cajones y mirando todo tipo de objetos, ya fuera en la cocina, el comedor o la sala. Izreal había tratado de ser comprensivo con su esposa, pero le había advertido que sólo tomara lo necesario para su nuevo hogar, mientras le daba un abrazo reconfortante de vez en cuando. El tiempo se escapaba rápidamente y el mediodía, la hora señalada del día siguiente, pesaba mucho sobre ellos.

Tal vez quien la tenía más fácil era Aaron, pensó Stefa. Ella lo había visto en su dormitorio y lo había observado mientras guardaba ropa y algunos libros en una maleta y la cerraba de golpe. No tenía mucho para tomar, manifestó Aaron. Sin embargo, era posible que hubiera perdido algo más valioso que todos ellos: su juventud había sido arrancada y su futuro arrojado a una realidad incierta.

Stefa había intentado, con ojos perspicaces, quedarse sólo con lo necesario: ropa de abrigo, bufandas, guantes, tres pares de zapatos. Aunque quería llevarse los pocos vestidos bonitos que tenía, se preguntaba qué tan prácticos serían en el gueto. ¿A cuántas cenas, ceremonias religiosas especiales u ocasiones festivas asistiría? Una parte de ella ardía con el deseo de una vida mejor, un optimismo ilimitado de que el mundo mejoraría. Varios pensamientos ilusorios revoloteaban por su cabeza como mariposas: los británicos los invadirían y los salvarían; las naciones esclavizadas se rebelarían y se levantarían contra sus captores nazis; su familia escaparía de algún modo del gueto; sin embargo, nada de eso se basaba en los hechos. Lo poco que sabía sobre los acontecimientos mundiales confirmaba que todo estaba empeorando. Hitler y sus fuerzas habían barrido Europa Occidental, superando una resistencia fallida. Ningún ejército de liberación vendría a salvar a las naciones caídas, y mucho menos a los judíos de Varsovia.

Estaban exhaustos cuando se metieron en la cama cerca de la medianoche, con pocas esperanzas para el futuro, a pesar de las palabras de aliento de Izreal. Durante la larga noche, los recuerdos la inundaron, la acumulación de toda una vida de diecisiete años, mientras lamentaba las posesiones que dejaría atrás. Los dormitorios estaban en silencio, y el departamento estaba extrañamente silencioso. Finalmente, cerca de las cuatro, cayó en un sueño irregular.

Todavía estaba oscuro a las seis de la mañana cuando la familia se reunió en la cocina. Habían encendido las luces del departamento, pero no pasó nada. Izreal concluyó que se había cortado la electricidad del edificio. No había agua en el baño. Aaron probó con el grifo del fregadero: emergieron unas cuantas gotas borboteantes que se deslizaron por la porcelana blanca hasta el desagüe.

Perla encendió velas y preparó un desayuno de pan y mermelada. Izreal bendijo la comida y comieron, conscientes de que sería su última comida en casa.

Los primeros rayos del amanecer brillaron a través de las amplias ventanas poco después de que terminaron.

—Yo recogeré la comida —dijo Perla.

—Te ayudaré a envolverla en los pañuelos —dijo Stefa.

—Tenemos dos bolsas cada uno.

—Yo tengo una —dijo Aaron, interrumpiendo a su padre.

—Excepto mi hijo, quien tiene una —dijo Izreal—. No tenemos carreta, ni burro, ni carro, así que debemos cargar lo que podamos llevar. Cualquier cosa pesada debe quedarse.

—¿La silla de la casa de mis padres? —preguntó Perla.

—No —respondió Izreal.

—La plata —suplicó ella.

—La menorá, mis cuchillos *shochet*, la plata y las tarjetas de racionamiento están en una maleta —dijo Izreal—. Y en la otra, tengo mi ropa.

—Las fotos…

—Nuestros recuerdos tendrán que bastar.

Las palabras de su padre le recordaron a Stefa que no había empacado el diario de Ringelblum que guardaba en el cajón de la mesita de noche. Corrió a su habitación, localizó el libro y lo enterró en su maleta debajo de su ropa. Un debate rugía en su cabeza sobre otro tema. Por fin se decidió. Abrió el cajón de la cómoda, tomó el frasco de crema facial que había estado escondido con tanto cuidado allí y lo colocó en su maleta.

—El mundo mejorará —dijo, mientras cerraba la tapa—. Tiene que mejorar.

Un trío de funcionarios alemanes, ninguno de los cuales Stefa había visto antes, llegó poco antes del mediodía, comenzó su visita oficial en el primer piso y subió las escaleras de mármol hasta la parte superior. A diferencia de las visitas anteriores, cuando los gritos abatidos acompañaban a los nazis, esta inspección fue diferente: un simple golpe en la puerta, una sonrisa de un oficial de las SS, seguido de una suave orden en polaco pidiendo a los Majewski que salieran a la calle. Luego, los hombres se dirigieron a casa de la señora Rosewicz. Izreal les preguntó por qué habían cortado la electricidad y el agua.

—Todo tiene que empezar de nuevo para las familias alemanas que se mudarán a este edificio —dijo un oficial con aires de autoridad—. Queremos que la transición sea lo más fluida posible. Estoy seguro de que las viviendas están impecables, pero tenemos que inspeccionarlas y desinfectarlas. —Dio un paso adelante y miró dentro del departamento; su abrigo crujía contra sus piernas—. Muy bien. Vas a dejar los muebles, sin duda.

—Por supuesto —dijo su padre—. No podemos llevarlos en la espalda.

El hombre volvió a sonreír con los labios ligeramente entreabiertos.

—Soy *mashgiach* —dijo Izreal—. No hay necesidad de desinfectar nuestra casa.

El oficial apretó sus dientes blancos y su mandíbula se tensó.

—Un hogar *kosher*. Supongo que comprenderá que tenemos órdenes que debemos obedecer. No es nada personal. Todos los departamentos deben limpiarse para las nuevas familias alemanas. —Saludó, taconeó y regresó de nuevo hacia el departamento vecino.

—Es hora de recoger nuestras cosas —dijo Izreal en un tono inusualmente alto, como si instara a su familia a emprender la formidable tarea—. ¿La comida está lista?

Perla asintió, pero Stefa pensó que su madre podría colapsar por la tensión. Su rostro había adoptado un tono cenizo al ver a los hombres.

—¿Podemos llevar la silla? —volvió a suplicar su madre, como lo había hecho la noche anterior—. Es todo lo que tengo para recordarlos.

—No —respondió él—. Tenemos que dejarla.

Los ojos de Perla se enrojecieron y se llevó las manos a la boca para sofocar los sollozos.

—Vamos, madre, no tenemos tiempo para eso —dijo Stefa—. Faltan sólo unos minutos para el mediodía.

Perla trató de recomponerse mientras Aaron, jadeando, arrastraba las maletas hasta la puerta. Su rostro estaba rojo por el pesado maletín de su padre, lleno de plata.

Stefa llenó los bolsillos de su abrigo y el de Perla con la comida envuelta.

—Quédate quieta mientras te pongo esto. —Su madre obedeció. Entonces, Stefa colocó una mochila improvisada cargada con productos enlatados en la espalda de Perla. Luego, fue su turno de hacer lo mismo.

—Me llevé las mejores joyas —le dijo Perla a Stefa, mientras tomaba una de sus maletas—. Quiero que tengas algo después de que me haya ido.

—No digas eso —dijo Stefa—. Deberías disfrutarlas ahora. —Le dio una palmada en el hombro a su madre—. Puedes usarlas en nuestro nuevo hogar. —Qué extrañas se escuchaban aquellas palabras. Por mucho que quisiera permanecer optimista, dudaba que su madre tuviera algún uso para las joyas, aparte de convertirlas en una fuente extra de dinero. La cuenta bancaria de su padre había estado congelada durante casi un año, lo que permitía a la familia usar sólo los *zlotys* que recibía del trabajo. Le pagaban con billetes de baja denominación para evitar la supervisión nazi.

Se formaron en el pasillo, listos para comenzar la caminata por las escaleras hacia la calle. Todos llevaban dos abrigos y una maleta en cada mano. La única que tenía una mano libre era Perla porque Aaron se había llevado una de las maletas de su madre.

Se quedaron parados en la puerta, mirando los muebles que tuvieron que dejar atrás, silenciosos y fantasmales. La mesa del comedor bajo la cual se habían refugiado cuando comenzó la guerra, el sofá verde que daba a la hilera sur de ventanas, la silla que Perla deseaba tan desesperadamente llevar, el aparador que había contenido sus objetos más preciados, todo estaba vacío y triste, como objetos en una naturaleza muerta.

La puerta de enfrente se abrió con un chirrido y la señora Rosewicz se paró como una estatua frente a ellos. Sus delgados brazos cargaban una maleta y el peso la jalaba hacia abajo. Era evidente que no había dormido desde que recibió la orden de reasentamiento. Su cabello gris, normalmente peinado hacia atrás en un moño, fluía a un lado de su rostro en ondas rebeldes; el gorro de lana azul brillante y la bufanda que usaba no podían ocultar las líneas de desesperación grabadas en su rostro. Perla ya había puesto un pie en el primer escalón cuando vio a su vecina, y volteó hacia atrás.

—Dame mi maleta, Aaron. Toma la de la señora Rosewicz.

La anciana suspiró y su mirada oscura se elevó hacia el cielo con alivio. Aaron le dio la maleta a su madre y tomó la de la anciana.

—Tome mi brazo, señora Rosewicz —dijo Aaron, mientras bajaban las escaleras. Izreal iba a la cabeza, seguido de Perla y Stefa.

La mujer sujetó el brazo de Aaron como si se estuviera aferrando a un bote salvavidas dentro de un mar tempestuoso.

—Gracias. No sé qué haré…, a dónde iré.

—¿No le dieron una dirección? —preguntó Aaron.

La anciana negó con la cabeza.

Izreal llegó al final de las escaleras. Los buzones habían sido despojados de los nombres judíos; estos habían sido borrados o arrancados de los soportes de metal. La mezuzá había sido destruida y habían recibido la orden de no colocar otra, de lo contrario, podían ser acusados de un delito castigado con la muerte.

A pesar del aire frío, el sol otoñal los iluminó cuando pisaron Krochmalna. Stefa se sentía acalorada e incómoda envuelta en sus abrigos, cargando comida en los bolsillos y en la espalda, además de las maletas. ¿Qué estaría sintiendo su madre? Pero no había nada que ella pudiera hacer para mejorar las cosas. Por unos segundos, se molestó con Hanna por dejarlos, la imaginaba a salvo con Lucy y Lawrence, viviendo una vida de comodidad y seguridad con la que sólo podía soñar ahora que la guerra los había destrozado.

No estaban solos. La calle estaba llena de judíos con brazaletes blancos. Otros no llevaban marcadores que los distinguieran. Eran polacos, supuso, a quienes los nazis habían decidido reubicar también en el gueto, tal vez por casarse con judíos. Había visto corrientes de judíos que fluían hacia la ciudad amurallada antes, pero nada como eso.

—Padre, ¿cómo van a caber todas estas personas adentro? —preguntó ella.

Él la hizo callar y dirigió su atención a los guardias armados que bordeaban la calle. Por un momento, la multitud se quedó inmóvil, las voces bajaron y todo quedó en silencio, excepto por el viento que soplaba en Krochmalna. Las cabezas giraron hacia el oficial de las SS que había llamado antes a la puerta. Se paró en una gran caja de zapatos colocada en el centro de la calle.

—¡Judíos y polacos! —gritó—. Están en camino a sus nuevos hogares dentro del Distrito Residencial Judío. Lo encontrarán tan cómodo y acogedor como las casas que dejan. Los estamos protegiendo contra las epidemias que han estallado en la ciudad después de la gloriosa invasión. Descubrirán, si aún no lo han hecho, que nuestra principal preocupación es su salud y bienestar. —Se detuvo y levantó su pistola, con el cañón apuntando hacia el cielo—. Podemos darles la bienvenida, pero ustedes también deben dar la bienvenida a sus protectores. La policía, polaca y judía, los asistirá y los guiará a sus nuevos hogares. Así que sigan adelante este día del *sabbat*, viernes 15 de noviembre, si son judíos, sin miedo y con las mejores esperanzas de una vida mejor, cortesía de un Führer amoroso y de la generosidad del nacionalsocialismo.

Observó a la multitud y luego señaló a los guardias que vigilaban a los refugiados.

—Ahora, avancen rápido, tan rápido como puedan. Estaremos vigilando para asegurarnos de que lleguen a salvo.

Izreal los reunió a todos, incluida la señora Rosewicz, y deambularon por la calle como ganado al que llaman al establo para pasar la noche. Los guardias, algunos sonrientes, otros con los labios apretados y siniestros, imitaron sus movimientos a lo largo de Krochmalna. Los rifles colgaban de sus costados; no les apuntaban directamente, pero estaban listos para levantarlos a la menor provocación. Stefa mantuvo la mirada fija frente a ella o al cielo; muchos de sus compañeros agacharon la cabeza y marcharon con una sombría determinación en su paso.

Stefa miró hacia arriba y vio a Janka Danek de pie, detrás de la ventana de su departamento. Mantuvo la cabeza desviada, esperando que Janka la viera en la calle y que los guardias no notaran su comportamiento. Era imposible saludar o hacer cualquier gesto que pudiera alertar a los soldados.

Una figura fantasmal detrás de la ventana, el pálido reflejo de Janka, se desplazó hacia un lado. Stefa se detuvo un momento, bajó sus maletas y se tocó la parte superior de su cabeza. ¿Fue suficiente para llamar la atención de la mujer?

Recogió sus maletas, se encontró con su familia y miró hacia atrás por un momento, miró el departamento. Janka estaba de pie, con una mano en la boca y la otra señalándola. ¡La había visto! Su corazón dio un pequeño vuelco, al darse cuenta de que al menos una persona en el lado ario del gueto sabía a dónde iban. Esa mujer polaca podría ser de ayuda algún día.

La irreversibilidad de la situación de su familia le pesaba tanto como las maletas. Los negocios vacíos, muchos con la estrella de David pintada en la puerta, estaban en silencio a cada lado de Krochmalna, un testimonio de que sus dueños habían dejado la ciudad o ya estaban en el gueto. Calle abajo, un muro de ladrillos de más de tres metros de altura, rematado con alambre de púas y pedazos irregulares de vidrios rotos que brillaban bajo el sol como diamantes mortales, encerraba las calles de Varsovia que solían estar abiertas.

La señora Rosewicz tropezó con un adoquín y Aaron la sujetó del brazo. Gritó como si le hubieran disparado y dijo:

—¿Qué puedo hacer? Soy una anciana. Todo se ha ido.

Stefa corrió a su lado y, junto a Aaron, intentó consolarla.

—Aguante —dijo su hermano—. Es sólo un poco más lejos. No dejaremos que le pase nada.

—Sí —añadió Stefa—. Nosotros la cuidaremos.

Los guardias condujeron a la multitud a la izquierda y pronto se pararon frente a una alta puerta de alambre en la calle Chłodna, que constaba de doce paneles, seis a cada lado. Esta entrada estaba custodiada por las SS, los soldados de la Wehrmacht y la Policía Azul. Los guardias que los habían acompañado se separaron y dejaron a la multitud en control de quienes ahora fungían como amos del gueto.

—¡Aquí! —gritó un hombre alto de las SS, y movió un brazo en un amplio círculo alrededor de su cuerpo. Tenía una barbilla afilada y parecía un asta de bandera envuelta en uniforme.

La multitud avanzó como una oruga y se reunió alrededor del oficial de las SS, que permanecía erguido y sin mostrar emociones.

La puerta permaneció abierta, pero Stefa sabía que pronto se cerraría con un sonido metálico, sellándolos dentro de las paredes. Este era el Distrito Residencial Judío, el aire era denso y el mundo aislado. A pesar de haber crecido en estas calles, caminar por sus aceras, ir de compras incontables horas con su madre y con Hanna, este nuevo mundo parecía extraño. Puso sus maletas sobre los ladrillos y abrazó a Aaron.

—Bienvenidos a su nuevo hogar —dijo el hombre de las SS sin ninguna pretensión de calidez—. Algunos de ustedes tienen vivienda asignada, otros no. —Estiró los brazos, indicando los dos grupos diferentes de soldados que esperaban sus instrucciones—. Aquellos que no tengan alguna tarea deben seguir a estos hombres al norte. Todos los demás, diríjanse hacia el sur.

La señora Rosewicz se aferró al brazo de Aaron, y un espasmo de terror se extendió por su rostro.

—Señor Majewski… —susurró—, ayúdeme. No tengo adónde ir.

Su padre sujetó a la mujer y la colocó a su lado. El hombre de las SS no prestó atención a esa pequeña distracción.

—Si no tienen trabajo, lo encontrarán —continuó el hombre—. El trabajo es necesario. Necesitarán sus papeles y permisos para moverse. Si obedecen las instrucciones y hacen lo que les digan, todo estará bien. Váyanse ahora. ¡Atención! —Saludó a los soldados, que habían pasado de una posición de descanso a una de servicio activo, como si hubiera encendido un interruptor—. ¡Los del norte!

Reuniendo sus cosas, aproximadamente la mitad del grupo se separó hacia donde estaban los soldados.

—Izreal —suplicó la señora Rosewicz—, haga algo.

—Señor, señor. —Su padre levantó la mano y llamó la atención del hombre de las SS, quien, esta vez, frunció el ceño ante la interrupción.

—Coronel para ti. ¿Qué sucede? Habla rápido.

Izreal dudó por un momento antes de hablar.

—Ella es nuestra vecina. No le dieron dirección y puede vivir con nosotros.

El coronel se abrió paso entre la multitud y extendió su brazo cubierto de cuero.

—Tu asignación.

Izreal palpó sus bolsillos.

—El papel… ¿Quién tiene el papel?

—Yo lo tengo —dijo Stefa.

—Dáselo al oficial —ordenó su padre.

Lo había colocado en su abrigo para mantenerlo a salvo, ya que los alemanes se lo habían dado. Después de buscar un poco entre la comida en su bolsillo, finalmente encontró el papel arrugado y se lo entregó al oficial. Este lo estudió con desdén por un momento y luego lo arrojó hacia atrás.

—¿Cuál es tu nombre? —le preguntó a la señora Rosewicz, entrecerrando los ojos bajo el borde de su gorra negra—. No me mientas.

—Rosewicz —respondió ella mansamente.

—Tu nombre no está en la lista. —Tiró de la mujer para alejarla del lado de Izreal, y la empujó a través de la multitud hacia los soldados.

El grupo se separó cuando la mujer cayó de rodillas, rasgándose las medias y ensangrentándose las rodillas.

159

—¡Levántate, sucia bruja judía!

—¡Basta! —Aaron apretó los puños.

El coronel volteó hacia la multitud con una mirada furiosa.

—¿Quién dijo eso?

El oficial retiró la fusta a su costado y se paró sobre ella como un bruto enfurecido a punto de golpear a un animal acobardado.

—Preguntaré una vez más. ¿Quién dijo eso?

Izreal miró a su hijo, advirtiéndole que no dijera una palabra. Aaron se separó de su padre y corrió hacia el oficial.

—Fui yo. Tengo su maleta.

—Tráela aquí.

Aaron recogió la maleta de cuero marrón y la colocó cerca de los pies de la mujer que lloraba.

—Ahora mira lo que sucede cuando cuestionas una orden dada por tus superiores. —Levantó la fusta con un movimiento irascible por encima de su cabeza y golpeó a la señora Rosewicz en la espalda, una, dos, tres, cuatro veces.

Stefa se dio la vuelta, el silbido del cuero y los gritos de la anciana le revolvieron el estómago. Aaron se quedó aturdido al lado de la señora Rosewicz.

—Recógela, judía inútil —ordenó el hombre—. Recoge tus miserables pertenencias. De cualquier modo, pronto serán nuestras.

Aaron ayudó a la mujer a ponerse de pie, y sus gritos de ayuda se convirtieron en sollozos apagados.

El coronel colocó su fusta sobre la maleta y ordenó:

—Levántala.

Alguien pasó junto a Stefa y envolvió sus brazos alrededor del pecho de su padre.

Stefa tardó un momento en darse cuenta de que ese alguien era Daniel, vestido con su uniforme de policía, parado frente a ella, abrazando a Izreal y susurrándole al oído. Estaba reteniendo a su padre, diciéndole que no interfiriera, pensó.

—¡Largo! —le gritó el coronel a Aaron, quien corrió hacia su padre.

—¿Puedes ayudarla? —le preguntó Aaron a Daniel.

Él sacudió la cabeza.

—Sólo le causaría más dolor.

Haciendo una mueca, la señora Rosewicz se agachó para recoger su maleta, pero no pudo sostenerla; la maleta cayó al suelo y se abrió, vaciando el contenido sobre los ladrillos.

—Déjala —dijo el oficial, y la empujó a los brazos de uno de los soldados que esperaban—. Ya hemos perdido suficiente tiempo. Muévanse. —El soldado hizo una mueca, como si hubiera tocado algo sucio, y la empujó.

El rostro de Izreal se enrojeció e intentó liberarse de Daniel.

—¿Quién eres tú? Déjame ir.

—Soy Daniel Krakowski, de la Policía del Gueto Judío.

Los forcejeos de Izreal disminuyeron y se volteó para mirar el rostro del hombre a quien Stefa había estado viendo durante más de un año.

—Papá, él es Daniel.

Como muchos otros policías judíos, vestía un abrigo de lana cruzado ceñido, pantalones oscuros, zapatos de cuero y una gorra de estilo militar. Lo único que lo marcaba como judío era el brazalete blanco que llevaba en la manga derecha.

—¿No puedo hacer nada? —preguntó Izreal—. Soy hombre a quien los nazis elogian, ¿y no puedo hacer nada? ¿Un hombre que asegura la excelencia de la comida que devoran?

Daniel dio un paso atrás, abrió su abrigo y dijo en voz baja:

—¿Ve algún arma, señor Majewski? No podemos hacer nada por ahora. Pero después…

La señora Rosewicz desapareció de su vista; los soldados la arrastraron hasta que se perdió entre la multitud. Sólo las pertenencias derramadas de su equipaje, entre ellas una fotografía de su esposo, quedaron en el suelo. Un policía polaco caminó casualmente hacia la maleta y la revisó. Arrojó la ropa al suelo e inspeccionó las pocas piezas de joyería en el estuche. Stefa quería estrangularlo.

Era hora de que ellos abandonaran la reja. El segundo grupo de soldados los movió hacia el sur, con precisión militar, hacia la parte amurallada de Krochmalna. Pronto, estaban en la calle, buscando la dirección que les habían dado los oficiales alemanes.

—Debe de estar cerca de aquí —dijo Izreal, protegiéndose los ojos del sol.

—Muy cerca —dijo Daniel—. Los escoltaré allí. Todos estamos viviendo juntos.

Stefa no podía creer lo que estaba escuchando.

—¿Qué?

—Te dije que había beneficios por ser policía —dijo Daniel.

—¿Tú arreglaste esto? —preguntó Izreal—. ¿Cuántos de nosotros estamos en este departamento?

—Ustedes cuatro, mis padres y yo, siete en dos habitaciones. Tenemos suerte. La mayoría de los judíos viven seis o siete en una habitación. Puede que otros se nos unan después. No tengo control sobre eso, pero el Judenrat accedió a mi petición. Conocen su reputación, señor Majewski.

—Me da gusto —dijo Aaron, mirando a Daniel con un poco de alegría en sus ojos.

Stefa no quería admitirlo, pero también estaba feliz. Daniel estaba a sólo una puerta de distancia. Ahora podría verlo tantas veces como quisiera y, lo que era más importante, sus padres lo conocerían mejor. Si hubiera una forma de salir de esta guerra, podría casarse con el hombre al que amaba, en lugar de uno que eligieran sus padres.

Daniel se abrió paso entre la multitud, sacó un trozo de papel de su abrigo y se lo entregó a un soldado.

—Esta es la dirección de los Majewski. —El hombre gruñó y apuntó su rifle al edificio.

Era una triste estructura de cuatro pisos que se veía como si llevara muchos años descuidada. Algunas de las ventanas se habían roto en el bombardeo y estaban cubiertas con tablones de madera; la fachada de piedra, que solía ser blanca, estaba cubierta de sucias vetas negras. Lo único bueno del edificio era que miraba hacia el sur, hacia el sol invernal.

—Su nuevo hogar —dijo Daniel, y los condujo por los escalones de piedra.

«Hogar…, hogar…». No se parecía en nada a lo que Stefa había imaginado. Tendría que sacarle el mayor provecho posible.

CAPÍTULO 9

A mediados de noviembre, los médicos de Hanna estaban satisfechos con su recuperación, aunque este contento no significaba que el dolor se hubiera marchado.

Su estadía en el hospital había comenzado con casi dos semanas de descanso mientras luchaba por mover las piernas y recuperar la audición. A principios de noviembre, ya se había levantado de la cama y caminaba, primero con la ayuda de enfermeras y luego con muletas. Nunca antes se había roto un hueso, por lo que esos palos de madera debajo de sus brazos le resultaban incómodos y difíciles de manejar. Sin embargo, el personal le había dicho, hasta el punto de la desesperación, que el movimiento era la mejor medicina posible y, a pesar del clima bastante miserable que asfixiaba a Inglaterra, de vez en cuando cojeaba por los terrenos del hospital.

La recuperación fue sólo uno de sus muchos problemas. Primero, el dolor la consumía. La muerte de su tía, su tío y de Charlie, el King Charles Spaniel, ocupaba sus pensamientos y sueños. En segundo lugar, le preocupaba que sus padres se enteraran de que la hermana de su madre había muerto en el bombardeo. La inevitable falta de dinero y de vivienda también se cernía sobre ella: las propiedades de Lawrence seguramente estaban destinadas a sus parientes, y no a ella ni a la familia polaca que Lucy había abandonado.

Un día frío pero soleado, Betty visitó el hospital y le ofreció a Hanna la habitación libre en la casa de sus padres, asegurándole que no era una imposición para ellos.

—Es lo menos que podemos hacer, has pasado por mucho —dijo Betty. Hanna aceptó agradecida; al menos tendría la oportunidad de quedarse en la tranquila buhardilla, donde podría rehacer su vida.

—El ejercicio me hará bien —dijo Hanna sobre la posibilidad de subir escaleras—. Tengo que volver a ponerme de pie.

Margaret y Ruth también pasaron a charlar, además de *sir* Phillip. Hanna estaba un poco desconcertada por la visita no anunciada del soldado. Ella y el oficial no hablaron mucho, aparte de los detalles mundanos de su estadía en el hospital y el estado general de la guerra. Mientras se preparaba para irse, tomó su mano y dijo: «Espero volver a verte». Su cálida mirada tocó algo en ella, y respondió con una mirada amorosa que normalmente la habría avergonzado. Todo había cambiado ahora, no había razón para retener nada. El toque de su mano permaneció en sus dedos.

Aun así, estaba programado que pasara al menos otras semanas en el hospital, hasta que sus médicos estuvieran seguros de que podía irse a casa. Un día, a finales de noviembre, mientras la niebla se extendía sobre el Támesis, extendiendo sus zarcillos grises hacia el sur, hasta Croydon, Hanna se sentó frente a un calentador eléctrico en el vestíbulo del hospital, con las muletas a un lado, y se puso a escribir una carta en un escritorio portátil. La temperatura exterior era demasiado cálida para que nevara, pero demasiado fría para estar cómoda. El aire frío apuñalaba sus piernas, por lo que le resultaba doloroso caminar por los jardines. Extender las piernas hacia las cintas al rojo vivo del fuego metálico era mucho más placentero.

Una serie de pensamientos la ocuparon mientras ponía la pluma en el papel y escribía a la única dirección que tenía: el departamento en el que creció. No había tenido noticias de sus padres en mucho tiempo. Temiendo lo peor, se preguntó si estarían vivos. ¿Cómo podía contarles lo que había pasado sin incurrir en la pluma editorial de los censores británicos o, peor aún, en las miradas indiscretas de los nazis? Sus palabras tendrían que ser elegidas con cuidado, sin despertar sospechas, particularmente en torno a una elección apremiante que sentía necesaria hacer.

Desde el bombardeo de Croydon, cada ataque aéreo nazi la ponía nerviosa. La mayoría de las veces, los pacientes del hospital se dirigían dolorosamente al sótano. Los afortunados podían caminar o cojear allí solos. Otros eran transportados en camillas por un personal ya exhausto. La recuperación de un solo ataque aéreo tomaba horas para lograr que todos regresaran a sus lugares, incluso si el daño era mínimo, como había sucedido en el hospital.

Su miedo a la guerra, la sensación de que había perdido todo lo que buscaba ganar al venir a Inglaterra, y la vaga esperanza de que sus padres de alguna manera estuvieran vivos y necesitaran su ayuda, la abrumaban. Una noche, se despertó a las 3:30 y descubrió que los rayos plateados de la luna se posaban a los pies de su cama. Un revoltijo de pensamientos ansiosos se filtraron a través de su cerebro mientras intentaba recuperar el sueño, sin embargo, no logró tranquilizar su mente. Rita Wright, como un ángel militar, se cernía sobre ella como un fantasma a la luz de la luna. La aparición no dijo nada, pero no necesitaba hacerlo. El mensaje que comunicó a través de su postura dura y su rostro blanco y acerado indicaba claramente que Hanna sólo tenía una opción: servir a su país adoptivo.

Y, esa noche, tomó la decisión. Tan pronto como pudiera caminar, o fingir caminar con cierta normalidad, prometió buscar a su ángel y aceptar la oferta. Serviría a Inglaterra y haría lo que pudiera para ayudar a sus padres, porque no había otra opción, sólo la salida del cobarde. Si se quedaba sin hacer nada, perdería su dignidad y su paz mental. Ya no podía permanecer en silencio después de lo que los nazis le habían hecho a ella y a su familia.

Arrastró la punta de la pluma en una hoja de papel para que la tinta azul fluyera y comenzó:

Mis queridos padres:
Espero que esta carta los encuentre bien.
Han pasado tantas cosas desde la última vez que escribí. Desafortunadamente, tengo malas noticias. La tía Lucy y el tío Lawrence murieron en un bombardeo en Croydon. Lamento mucho que hayan muerto. Todos aquí lloran la pérdida. Sobreviví con heridas en las piernas, pero debería tener una recuperación razonable.

A partir de diciembre, viviré con una amiga. No les daré la nueva dirección en esta carta, pero pueden escribir a Lucy y Lawrence en la dirección anterior y me reenviarán la carta.

Sé que han pasado muchas cosas en Polonia y Varsovia. El tío Lawrence nos mantuvo informados sobre los últimos acontecimientos de la guerra. Espero que todos estén bien y que estén sobrellevando todo lo mejor posible.

Se detuvo, colocó la pluma sobre el escritorio portátil y observó cómo la niebla condensada se acumulaba en las ventanas, se convertía en agua y se deslizaba en caminos irregulares por los cristales. ¿Cómo terminar lo que había comenzado? ¿Cómo podría ella inspirar algo de esperanza en su familia? No podía dar la dirección de Betty por temor a que los nazis se apoderaran de la carta. El mundo se había vuelto demasiado peligroso, demasiado asesino, y ella estaba a punto de entrar en la boca del lobo. Tomó la pluma.

Una amiga me dijo algo recientemente que se me quedó grabado. Dijo que debería hacer del mundo un lugar mejor. Me dijo que fuera fuerte y me volviera una mujer de la guerra. Te dirijo esta carta a ti, mamá, pero dile a Stefa que se mantenga fuerte. Somos mujeres, todas podemos ser de la guerra, juntas.

Espero verte tan pronto como pueda. Los amo, papá, Aaron y Stefa.

Por favor, resistan por su bien y por el mío.

Su amada hija,
Hanna

Dobló la carta, segura de que no había revelado nada, y estiró los pies hacia el calentador. La temperatura en el vestíbulo no se sentía más caliente. Necesitaba caminar, hacer ejercicio, sentir la sangre corriendo por sus piernas. Si iba a trabajar para Rita, necesitaba estar en buena forma.

Después de volver a leer la carta y de verificar la dirección en el sobre, caminó tambaleándose hacia la recepción. Una chica de la guerra: una mujer que se opone a los nazis y lucha por la libertad. Dejó la carta con la recepcionista, rezando para que, de alguna manera, se la entregaran a sus padres después de atravesar un continente devastado por la guerra.

Stefa decidió sacarle el mayor provecho posible, ¿qué otra cosa podía hacer? Decidió hacer que la única habitación que ella, su hermano, su madre y su padre ahora llamaban hogar fuera lo más cómoda posible. Si ella y Aaron tenían que buscar muebles tirados en las calles, que así fuera.

Mientras subía las sucias escaleras de madera con las maletas en la mano, su madre se había echado a llorar. El pasillo olía a polvo, humedad y a excrementos humanos. El baño que usaban todos los residentes del edificio se encontraba al final del pasillo de la planta baja. Sólo el viento fresco de noviembre, que entraba desde el patio cerrado en la parte trasera del edificio, evitaba que las escaleras apestasen como un pozo negro. Stefa se preguntó a qué olería en un día de verano sofocante sin brisa. ¡Cómo extrañarían el lujo de un baño privado!

Daniel pasó una puerta en el segundo piso y abrió la que estaba al lado.

—Les he dejado la habitación más grande —dijo—, porque tienen un familiar más. —Señaló una puerta de conexión en el interior de la pared este—. Mis padres están fuera. Volverán pronto, pero… —Suspiró y apretó la mandíbula— tal vez deberíamos tomarnos nuestro tiempo para conocernos, para que no se sienta tan lleno…, tan de pronto.

Izreal bajó sus maletas.

—Es una buena idea. —Metió la mano en el bolsillo de su chaqueta y esta formó un montículo dentro de la tela—. Tengo una tarjeta de identificación del Palais y un permiso de trabajo; los guardias deberían aceptarlo.

—Lo acompañaré hasta la puerta —ofreció Daniel—. Hay una más al sur que sale más cerca del Viceroy.

Izreal asintió.

—Gracias. —Su padre se acercó a Perla, que había dejado caer las maletas al suelo y permanecía en silencio mirando por una de las ventanas que daban a la calle. Le dio una palmada en los hombros—. Todo estará bien.

Perla no respondió, pero mantuvo la mirada fija en un objeto que sólo ella podía ver.

—Volveré después del trabajo —dijo Izreal—. Tengo permiso para salir después del anochecer, pero las cosas cambian.

—No se sorprendan si mis padres regresan —les dijo Daniel a los demás y caminó hacia Stefa—. Me alegra que estés aquí. —Él e Izreal se fueron, y sus pasos resonaron por las escaleras de madera.

Aaron suspiró y miró alrededor de la habitación.

—Bueno, no es el Hotel Bristol, ni siquiera el Viceroy.

—Cállate —le dijo Stefa y se acercó sigilosamente a su hermano—. No molestes a mamá. Todos tenemos que vivir aquí, queramos o no.

Él arqueó una ceja y se alejó en busca de un pedazo de la habitación para él.

Por supuesto, Aaron tenía razón. La habitación era austera, poco atractiva y olía levemente a madera podrida. Las dos ventanas que daban a una parte amurallada de Krochmalna habrían sido suficientes, incluso hermosas antes, pero ahora, después de meses de abandono, sus cristales estaban empañados con mugre y la tierra salpicada de la guerra. El otrora satisfactorio empapelado de estrellas plateadas dentro de diamantes rojos se había decolorado y, en algunos puntos, se había desprendido de la estructura de soporte. Un viejo radiador de vapor, ahora desconectado, estaba tirado en un rincón, y su pintura blanca se descascaraba en carámbanos oxidados. La única fuente de calor, por lo que Stefa pudo ver, era una estufa de leña bastante deteriorada que se ventilaba a través del ladrillo en la pared oeste. La luz del sol no lograba calentar la habitación. Ella se estremeció y se frotó las manos sobre el abrigo de lana.

No había muebles en la habitación: ni un hermoso sofá para relajarse, ni una mesa de comedor ni una cocina. La parte superior de metal de la estufa tendría que ser suficiente para cocinar. No había sillas bordadas, ni siquiera una como el rústico asiento de madera que su madre había querido rescatar de su infancia.

Dos feos colchones manchados de gris yacían en la esquina junto a la pared este. Eran las camas que tendría que usar la familia: una para Izreal y Aaron, la otra para Stefa y su madre. Stefa caminó hacia ellos, se arrodilló y metió los dedos en la tela sucia. El olor a piel sucia subió hasta sus fosas nasales. Antes de que pudieran dormir en esas cosas mugrientas, tendrían que lavarlas y secarlas; seguro estaban llenos de chinches y piojos.

—Ven, Aaron, tenemos trabajo que hacer —dijo, pensando en todo lo que tenían por delante. Tendrían que recolectar desechos de madera para el fuego (los libros desechados también podrían funcionar) o cualquier mueble que pudieran encontrar y sacar agua de algún grifo disponible.

Su hermano se levantó del polvoriento suelo de madera y asintió.

—Mucho trabajo que hacer. ¿Cuándo volverán las cosas a la normalidad?

Stefa entrecerró los ojos, molesta porque su hermano hiciera una pregunta tan impertinente frente a su madre.

—Pronto. Vamos. —Se volteó hacia Perla—. ¿Estarás bien?

Todavía envuelta en sus abrigos, Perla asintió y se sentó en una de sus maletas.

—No tardaremos mucho —dijo Stefa.

Una vez afuera, Stefa sujetó el brazo de Aaron.

—¡No hagas preguntas como esa! «¿Cuándo volverán las cosas a la normalidad?».

—Tal vez sea una posibilidad —respondió Aaron, alejándose—. Ella se lo está tomando a pecho. Si no podemos luchar, al menos podemos tener esperanza.

—Todos nos lo estamos tomando a pecho, no sé cuándo mejorará la situación, pero tiene que hacerlo.

—Buscaré muebles y madera, las cosas pesadas. Tú consigue el agua.

Se dirigieron al sur, hacia la frontera del gueto de Sienna.

—Ni siquiera tengo un balde —dijo Stefa, golpeándose la cabeza con la palma de la mano—. ¿Qué estoy pensando?

—No te preocupes, encontraré uno en alguna parte, incluso si tengo que robarlo.

—Eso es lo que me preocupa. —Estaba enfadada con su hermano y también hambrienta. Tal vez Aaron tenía razón, tal vez era hora de cuestionarse qué era normal.

Miró los edificios fríos y las pocas personas que andaban por Krochmalna con la cabeza agachada. Se dieron prisa porque el sol había cruzado el cenit, así que sólo tenían unas pocas horas para reunir las cosas que necesitaban antes del anochecer.

Sí, los había visto con sus propios ojos. Stefa había llamado su atención al detenerse y tocarse la cabeza. Cuando Janka miró a través de la ventana hacia la calle, también había visto a Perla, Aaron e Izreal, enmarcados por el sol brillante. Su corazón se hundió, porque sabía que estaban siendo detenidos y enviados al Distrito Residencial Judío, como lo había llamado Karol.

Pensó en maldiciones polacas que podría dirigir a los nazis, pero se contuvo e impidió que estas pasaran por sus labios. Era lo más piadoso y católico que podía hacer. Pero ver a los judíos y polacos ahí reunidos la había horrorizado, y se preguntó por qué ella y su esposo se habían salvado de la reubicación. La única explicación razonable que se le ocurrió fue el trabajo de Karol en la planta de cobre.

No formaban parte de la lista de enemigos de los nazis: miembros del ejército polaco que los alemanes habían aplastado, la intelectualidad polaca o cualquier persona relacionada con un movimiento de resistencia. Sin embargo, otros polacos, algunos de su mismo edificio, habían recibido la orden de reasentarse en el gueto. Circulaba el rumor de que aquellos nacionales de herencia dudosa estaban siendo detenidos. Los nazis habían trasplantado su obsesión por las normas y los reglamentos de Berlín a Varsovia, incluida la teoría de la contaminación racial, tal como se describía en las Leyes de Nuremberg.

Cuando Karol llegó a casa esa noche, sólo un poco ebrio —ella siempre podía medir cuán borracho estaba por su estado de ánimo y su dificultad para hablar—, le preguntó sobre su día con una voz agradable que desmentía algún motivo oculto.

—¿Cómo estás? —preguntó él, casi efusivamente.

Ella negó con la cabeza al principio, negándose a responder, y se dio la vuelta. Pero él se aproximó hacia ella, envolviendo sus brazos alrededor de su cintura; su cálido aliento infundido con vodka le erizó el vello de la nuca.

—¿No estás feliz de que no tengamos que abandonar nuestra casa, dejando todo atrás como esos miserables judíos? ¿O esos polacos impuros?

Sabía a qué se refería: el Distrito Residencial Judío. Quería que ella admitiera que había visto a los Majewski, tristes y arrastrando sólo lo que podían cargar, dejando su hogar en un hermoso día cuando el sol brillaba sobre ellos. ¿Por qué su marido y el mundo eran tan crueles? Quitó sus brazos de su cintura y caminó hacia la estufa.

—No hay mucho para cenar esta noche. Un poco de pan y frijoles. Tengo que ir muy lejos para conseguir comida ahora que todos los negocios han cerrado —dijo, refiriéndose a las panaderías judías y a los mercados de carne que ahora estaban clausurados.

—Oh, al diablo con ellos —dijo Karol—. No los necesitamos de todos modos. El comandante me dijo que ninguno de sus trabajadores pasará hambre. Puedo obtener tantas tarjetas de racionamiento como quiera, tal vez incluso algo de carne. Él sabe que no puedes encontrar trabajo; no sirves para mucho, además de cocinar. —Lanzó este insulto como si fuera un hecho casual mientras caminaba hacia el sofá—. Mientras sea amigo de él, estaremos bien. —Janka podía sentir sus ojos en su espalda mientras imaginaba la blancura de su otrora atractivo rostro hinchado por el alcohol.

Encendió la estufa con un cerillo y luego lo apagó. El humo gris se enroscó sobre ella.

—Bueno, ¿los viste? —La emoción burbujeaba en la voz de Karol.

—¿A quiénes?

Golpeó la palma de su mano sobre la mesa del comedor.

—¡Sabes muy bien a quiénes me refiero! Tus amigos judíos. Escuché que se desharían de ellos hoy. A juzgar por el edificio oscuro al otro lado de la calle, nuestros conquistadores tuvieron éxito. Hasta nunca.

171

Sabía que resistirse o desafiarlo sólo desataría la violencia latente dentro de él, que llevaba creciendo desde que comenzó la guerra. Nadie podía razonar con él, y ella no tenía la energía para hacerlo. Sólo le escupiría en la cara por simpatizar con los Majewski. Cualquier argumento que pudiera dar fracasaría. Karol no se dio cuenta de que a ella le agradaban. Había ayudado a Aaron en varias ocasiones y, a cambio, la familia le había proporcionado comida, que Karol había aceptado a pesar de su desagrado por los judíos. Pero lo más importante es que Janka los admiraba por ser una familia unida por el amor, algo que ella no había sentido en años. Eran sus amigos en su mundo solitario, no en el de él, y no tenía ningún deseo de compartirlos. Lo mejor que podía hacer era cuidarlos. Conforme pasaban los días, pensaba cada vez más en ellos y en lo que podría hacer para ayudar. Había tantas personas a quienes ayudar, pero si pudiera salvar aunque fuera a uno, los Majewski se habían convertido en sus aliados.

Le dijo la verdad.

—Sí, los vi. Estaban reunidos en la calle con otros. Todo fue ordenado y preciso.

—¿Qué más podrían hacer esos judíos sinvergüenzas? —preguntó él—. ¿Golpear a los guardias en la cabeza con sus maletas? No tienen armas.

Janka ahogó una risa. La idea de Stefa estrellando su maleta contra la cabeza de un soldado de la Wehrmacht apareció en su mente. Apartó la imagen, reprendiéndose por haberlo pensado. ¿Qué decía la Biblia? ¿«Pon la otra mejilla»?

—Pronto tendremos una pistola —dijo Karol.

Ella se apartó de la estufa y la piel de los brazos se le puso de gallina.

—¿Qué?

—Te dije… Estoy en buenos términos con el comandante. Quiere que su pueblo esté armado… en caso de que haya problemas.

Sus palabras cimentaron cuán profundamente servía su esposo a los nazis y lo mucho que se habían distanciado. Ella no quería ser parte de la violencia; de hecho, la idea de un arma en la casa con un marido borracho la hizo temblar. Gracias a Dios, todavía no la tenía.

Se volteó hacia la estufa y revolvió los frijoles que burbujeaban en la olla. El pequeño trozo de cerdo que flotaba en la mezcla marrón le recordó que solía preparar tocino y huevos revueltos para el desayuno. Esos días eran ya recuerdos lejanos.

—La cena estará lista pronto. —Janka miró por encima del hombro. Karol seguía sonriendo con satisfacción ante su sorpresa.

Una náusea repentina se apoderó de ella y viajó desde su estómago hasta su tráquea. Farfullando, se agarró la garganta y obligó a la sensación desagradable a bajar. Respiró hondo, se sujetó de la estufa y se obligó a calmarse. No quería tener nada más que ver con él.

Si seguía su rutina habitual, Karol comería, se iría a la cama y la dejaría sola por el resto de la noche.

El alba se elevó sobre Varsovia con una ferocidad helada; el viento aullaba por Krochmalna; el sol brillaba a través de ráfagas de cristales blancos, tiñendo el aire de un blanco nacarado mientras una ligera mezcla de aguanieve y nieve caía sobre la calle casi desierta. Janka había preparado el desayuno para Karol y luego se quedó temblando frente a la estufa, indecisa entre ir a comprar comida o meterse de nuevo en la cama para evitar el frío. Pero volver a la cama, supo, sólo la deprimiría y retrasaría los asuntos que necesitaba atender. Karol se enojaría si no lograba comprar nada durante el día.

Empapó una toallita en el agua fría del grifo del baño y se frotó la cara vigorosamente, tratando de aliviar el escozor del aire fresco en la piel. El agua caliente era esporádica esos días. Después de hacer lo mismo en sus brazos y piernas expuestos, fue corriendo al guardarropa en busca de ropa abrigada. Se puso su vestido de lana y su cálido abrigo con cuello de piel de cordero, luego tomó su sombrero, guantes y bolso. Parecía lista para una expedición al Ártico.

Al pie de las escaleras, abrió la puerta y una ráfaga de viento gélido golpeó su rostro, casi levantando el sombrero de su cabeza. Krochmalna estaba desierta, a excepción de unos pocos peatones y los guardias alemanes casi invisibles que habían tomado posiciones ocultas lejos de las ráfagas heladas.

Se sorprendió al ver a un niño o un hombre pequeño —la mayoría de sus rasgos estaban ocultos por el pañuelo que le envolvía la cara y el cuello, y por el gorro de lana con solapas que le llegaba hasta las orejas—. Sólo su nariz y sus ojos marrones eran visibles. No se habría detenido, pero por un momento pensó que la figura solitaria que rondaba tan cerca de la puerta podría ser Aaron.

Dijo hola en polaco, y se sorprendió al descubrir por su voz que se trataba de un niño.

—Me gustaría entrar. Necesito hablar con alguien. —Levantó los brazos hasta el pecho y se inclinó ligeramente para evitar que el viento golpeara su cuerpo—. He estado esperando a que se abra la puerta.

Janka se puso rígida y alerta. ¿Por qué querría este niño ver a alguien en el edificio?

—¿A quién estás buscando?

—A una mujer llamada Janka. No recuerdo su apellido.

Ella no reveló nada, ningún indicio de sorpresa, ni levantó las cejas.

—¿Por qué?

—Tengo un mensaje para ella.

Dándole la espalda al viento, su irritación aumentó. El chico ofrecía información en trozos preciosos.

—¿De quién?

—Ella lo conoce. Necesito verla. —Se hundió contra el edificio; su cuerpo delgado casi era devorado por la ancha unión entre los bloques de piedra.

Ya había tenido suficiente.

—¿Quieres que llame a la policía? ¿O a los alemanes? ¿Quién eres tú? —Después de acercarse, pudo ver que su piel se había enrojecido por los días de frío, sus labios estaban llenos de ampollas y sus pupilas marrones estaban enmarcados por cuencas oscurecidas.

—Zeev —dijo con algo de orgullo—. Soy amigo de Aaron Majewski. Solía ir a la yeshivá con él.

—¿Eres judío? —No llevaba brazalete, no se veía kipá debajo del sombrero que cubría la parte superior y los lados de su cabeza.

Él asintió, pero no dijo nada.

—Camina conmigo. Soy Janka Danek.

—Eso esperaba, señora Danek, se parece a la mujer que él describió.

Caminaron hacia el oeste por Krochmalna, pasaron las tiendas tapiadas con la estrella de David pintada en las ventanas y el eslogan: «Sólo se permiten judíos». Los negocios que estaban abiertos tenían letreros pintados sobre sus puertas que decían: «No judíos». Estos no le servían de nada a Janka y, de hecho, no eran de ninguna utilidad para la mayoría de los polacos porque vendían papelería, ropa vieja o baratijas inútiles, artículos de poco interés para un estómago hambriento.

—Dime, Zeev, ¿conoces algún mercado que esté abierto?

—Un carnicero en Wolska, cerca de las vías del tren. Creo que está sobornando a los alemanes locales.

Nunca había tenido que caminar tan al oeste por Wolska, pero conocía el camino. Cuando el viento venía del noroeste podía oír el estruendo de los motores y sus silbatos a través de una ventana abierta.

—Es polaco, pero es un hombre justo, o al menos eso es lo que solían decir mis padres.

—Ven conmigo. Te compraré algo. Podemos alejarnos un poco del frío —Dudó en preguntar por sus padres, sospechando que habían muerto en el bombardeo o que los nazis ya se los habían llevado—. Entonces, ¿cuál es el mensaje de Aaron?

Pasaron por una intersección y al lado de un soldado alemán acurrucado contra la esquina de un edificio. En todo caso, parecía un bulto blanco congelado, infeliz en su papel de guardián en una ciudad de polacos, caminando en círculos para calentarse y fumando un cigarro. Les dirigió una mirada rápida y luego se dio la vuelta mientras avanzaban hacia el norte, hasta la calle Wolska.

—Aaron quiere que sepa que están a salvo en esta dirección. —Él le entregó un pedazo de papel, que Janka rápidamente metió en su bolsillo—. Cualquier ayuda que pueda brindarles será bienvenida. No se mueren de hambre porque su padre trabaja en el Palais. —Dijo el nombre del restaurante de manera melosa, como si le resultara desagradable—. Todavía se sienten un poco de clase alta, pero ¿cuánto tiempo estará allí el señor Majewski?

Ella sujetó su brazo y tiró de él hacia ella.

—Dime, ¿ha pasado algo?

Él miró hacia arriba con los ojos muy abiertos.

—¿No sabe?

—Vi cuando los conducían al gueto.

—Tienen suerte. He estado viviendo en la calle. Mis padres murieron en los bombardeos.

Su irritación con el chico disminuyó.

—Lo siento. Muchos han muerto. —Volvieron a girar hacia el oeste por Wolska, dejando atrás los delgados armazones de los edificios bombardeados. Los escombros, en su mayor parte, estaban amontonados en los cráteres para poder despejar las aceras y la calle. El trabajo forzado de los judíos y los polacos había sido eficiente.

La nieve se arremolinaba alrededor de su rostro y ella agarró el cuello de piel de cordero y tiró de él con fuerza alrededor de su cuello.

—¿Todo este tiempo has estado viviendo en la calle?

—No todo el tiempo. Después de los bombardeos, traté de buscar familiares fuera de Cracovia, pero era demasiado peligroso. Los nazis están en todas partes. He oído los disparos, los gritos, incluso me persiguieron por el bosque. Contuve la respiración en un río helado y los perros pasaron junto a mí. —El chico hizo una pausa—. Logré regresar a Varsovia, pero nadie me pudo ayudar. Me quedé con amigos por un tiempo antes de que las cosas se pusieran realmente mal. Nadie puede comprar comida, ni agua, ni electricidad. He estado viviendo junto al Vístula con otros durante un mes. Cuando se estaba construyendo el muro, Aaron y yo encontramos grietas por donde podíamos pasar, donde los ladrillos no eran sólidos. Me entregó la nota ayer por la tarde.

—¿No pueden acogerte los Majewski? —preguntó ella.

Él la miró con ojos tristes mientras caminaban.

—No podría pedirlo, señora Danek. Ellos tienen sus propios problemas…, al igual que todos en Varsovia. —Señaló una pequeña tienda en el lado norte de la calle—. Ahí está el mercado de Nowaks.

El lugar estaba entre dos edificios industriales bajos con techos de hojalata, y si Janka no hubiera sido dirigida hacia él, podría haber pasado al lado sin saber que estaba allí. El letrero que marcaba la tienda también era discreto: letras pintadas a mano en un tablero pequeño que colgaba sobre la puerta.

Cinco mujeres con bolsas de compras esperaban afuera. Janka sabía que a medida que el día se prolongaba, la fila se haría más larga. Tomó su lugar y acercó a Zeev al calor de su cuerpo, y pensó que la suerte la acompañaba hoy. Mucha gente seguía en la cama por la hora y el clima.

No hablaron mientras esperaban porque era demasiado peligroso hablar delante de extraños. Todo el mundo en Varsovia tenía una historia, incluso los niños pequeños. Después de media hora de pie, por fin entraron a la tienda.

El aire caliente olía a carne cruda, un olor que le desagradaba a Janka, aunque el calor que convertía la nieve de su abrigo y su sombrero en agua se sentía bien. Un hombre corpulento de cabello negro estaba detrás del mostrador, atendiendo a un cliente. Una mujer más joven, con el cabello igualmente oscuro, recogido hacia atrás y cayendo en cascada por su espalda desde una banda blanca ceñida, estaba inmóvil, esperando a que se acercaran los clientes. Tenía una mirada dura, como si la guerra le hubiera endurecido el alma.

Janka empujó a Zeev hacia delante, hacia la mujer.

—Quisiera un poco de carne y dos hogazas de pan.

La mujer la miró fijamente y señaló los estantes de vidrio.

—¿No tienes ojos? —Negó con la cabeza de manera despectiva—. Sólo tenemos pollo o cerdo esta mañana.

—Está bien —dijo Janka, ignorando el mal humor de la mujer—. Dos chuletas de cerdo y dos pedazos de pan.

Una vez más, la mujer negó con la cabeza.

—Dos chuletas y un pedazo de pan para cada cliente. —Abrió la puerta de cristal y se agachó para tomar la carne—. Serán seis *zlotys*, con su cartilla de racionamiento.

—¡Seis! —Su esposo se enfurecería si descubría cuánto había gastado. Tendría que mentir, o esperar que él no preguntara.

—Tómalo o déjalo. Tienes suerte de conseguirlo —dijo la mujer mientras dejaba caer las chuletas en un trozo de papel de estraza marrón—. A las diez ya no habrá nada.

Janka miró el sombrero de Zeev. Él no dijo nada, pero se movió contra el calor de su abrigo.

—¿Tiene chocolate?

—No, diez piezas de *krówka*. Eso es todo.

—Deme uno entonces.

Con la bufanda debajo de sus labios, Zeev arqueó la cabeza hacia atrás y sonrió, sabiendo que el dulce era para él.

—Un *zloty* extra —dijo la mujer.

—Por un trozo de caramelo —dijo Zeev—. Eso es…

—Silencio —le dijo Janka.

La mujer le entregó la carne envuelta, el pan y el pequeño dulce.

Janka encontró el dinero en su bolso y le pagó a la mujer. Aunque el costo fue alto, sintió una pequeña sensación de alivio, una brizna de bienestar que envolvió su cuerpo en su propio calor. Salieron al frío penetrante. El sol estaba más alto, al este, pero no más cálido. Condujo a Zeev calle abajo a un edificio que parecía desierto.

—Toma —dijo ella, entregándole el dulce y partiendo el pan por la mitad—. Le diré a mi esposo que sólo me dieron media barra.

Él envolvió sus delgados brazos alrededor de su cintura.

—Aaron tenía razón, es usted un ángel. —Guardó el pan en el bolsillo de su abrigo, asegurándose de que quedara cubierto por la solapa—. Déjeme mostrarle dónde puede encontrarlo. —Él la sujetó del brazo y con renovada energía la condujo calle abajo.

El viento golpeaba sus espaldas cuando llegaron al lugar donde Zeev dijo que se podían quitar los ladrillos para que alguien pequeño pudiera pasar.

—Allí, entre S'liska y Sienna, no está lejos de su antiguo hogar en Krochmalna.

Pasaron frente a las rejas y, manteniéndose alejados de los guardias, giraron cerca del borde sur de la muralla.

—Tengo que irme a casa ahora —dijo Janka—. Ojalá pudiera hacer más por ti.

—Estaré bien mientras no me muera de frío. Estamos quemando todo para mantener el calor. —Palmeó el bolsillo de su abrigo—. Esto ayudará, señora Danek. Me lo guardo para mí.

—Bien por ti —dijo ella—. Gracias por entregar la nota. Espero verte de nuevo. ¿Cuántos años tienes?

—Pronto cumpliré catorce años, pero soy lo suficientemente mayor para pelear.

Les llamó la atención una mujer polaca que bordeaba los ladrillos, cien metros al este. Parecía cualquier otra mujer, pero su atención a la pared era tan obvia que incluso Janka se dio cuenta. Llevaba botas blancas y un abrigo de paño cuyo color azul oscuro destacaba sobre la nieve.

Un soldado alemán dobló la esquina tras ella.

La mujer se abrió el abrigo, arrojó una hogaza de pan por encima de la pared y siguió caminando.

El soldado se detuvo, se llevó el rifle al hombro y disparó.

La cabeza de la mujer se partió violentamente en un chorro rojo mientras el disparo se escuchaba calle abajo.

Los pocos peatones que estaban cerca se agacharon y se alejaron a toda prisa.

Janka se agachó para agarrar a Zeev, pero ya no estaba. Ella giró en círculo buscándolo, pero él se había desvanecido en la luz brillante.

El soldado golpeó el cuerpo de la mujer con su rifle, y la sangre cubrió la nieve alrededor de su cabeza como un glaseado rojo. Luego, la dejó ahí, como si nada hubiera pasado.

Janka sofocó el horror que crecía en su pecho y se apresuró a volver casa.

Se quitó el abrigo, memorizó la nueva dirección de los Majewski y luego quemó la nota, sosteniéndola sobre el inodoro. Después de que los pedazos carbonizados cayeron al agua, tiró de la cadena. Temblando, se sentó en el sofá y sollozó. Por más que lo intentaba, no podía borrar de su mente la horrible imagen de la mujer asesinada por arrojar una hogaza de pan sobre el muro del gueto.

CAPÍTULO 10

Marzo de 1941

La imponente fachada del número 64 de Baker Street en Londres se veía tan sombría como el clima cuando Hanna se paró frente a sus ventanas oscurecidas.

Las nubes bajas y una lluvia fría habían convertido la piedra gris en riachuelos de ébano. Captó su reflejo en una de las muchas ventanas oscuras y se preguntó por qué había hecho tanto alboroto en casa de Betty para hablar con Rita Wright. El clima había reducido sus esfuerzos. Su cabello rizado escurría alrededor de su cuello y de sus hombros por la humedad, a pesar del paraguas. Su abrigo estaba húmedo de la cintura para abajo y sus zapatos de cuero rechinaban cuando caminaba. Afortunadamente, su maquillaje había salido ileso.

Del bombardeo de cinco meses atrás, sólo le quedaban unas pocas cicatrices, que poco se notaban gracias a las cremas curativas que usaba devotamente cada noche, además de una leve cojera en su pierna derecha. Su audición había vuelto a la normalidad, excepto por un chasquido ocasional en sus oídos. La temporada navideña había sido difícil sin sus tíos y sin noticias de sus padres, mientras otros celebraban. Betty y su familia la habían hecho sentir lo más cómoda posible en su casa de Croydon. Incluso había vuelto a trabajar en la librería unos días a la semana.

Los bombardeos nazis continuaron sin cesar, pero de una manera extraña, se habían convertido en parte de la vida. Los días y las noches se conducían de manera estricta, los ingleses sabían qué hacer y cómo hacerlo. El pánico parecía una rareza ahora y los británicos afables se resignaron a resistir sin importar cuán terribles fueran las circunstancias.

Mientras se recuperaba en casa de Betty, Hanna había pensado mucho en la decisión de trabajar con la SOE, Dirección de Operaciones Especiales. Semanas después de su visión en el hospital, que luego atribuyó a los medicamentos que estaba tomando, reconoció la locura de aceptar un fantasma como una señal para su futuro. La insistencia no tan sutil de Betty y una creciente ansiedad por su familia en Polonia la llevaron a decidir entrevistarse, ya no con el espectro de Rita Wright, sino con la SOE.

Cerró y sacudió el paraguas, dudando un poco antes de abrir la puerta. Nada estaba grabado en piedra, incluso después de entrar al edificio, pero presentarse en Baker Street número 64 significaría que unirse a la SOE era más que una fantasía.

Un hombre vestido con un uniforme marrón y una corbata cuidadosamente metida dentro de su camisa, levantó la vista de su máquina de escribir cuando ella entró. Varios trabajadores, hombres y mujeres, estaban sentados en los escritorios circundantes, todos absortos en el papeleo. La habitación olía a humo rancio de cigarro y a la tinta acre del mimeógrafo.

—¿Puedo ayudarle, señora? —preguntó el hombre, y sonrió tan débilmente que Hanna apenas reconoció el gesto como una sonrisa.

—Tengo una cita a las dos con Rita Wright. —Apoyó el paraguas mojado contra su pierna y se desabotonó el abrigo.

Él miró casualmente su reloj, levantó el teléfono y marcó una extensión.

—¿Su nombre?

—Hanna Majewski. —Había considerado decir Richardson, pero esa fase de su vida había terminado.

—Hanna Majewski está aquí para verla. —Escuchó atentamente por un momento y respondió—: Por supuesto —antes de colgar el teléfono.

—Ella la recibirá ahora —dijo él, señalando una escalera oscura cerca de la parte trasera del edificio—. Segundo piso, segunda oficina a la derecha, en la parte trasera. Puede tomar el ascensor si gusta.

—Gracias, caminaré. —El hombre regresó a su trabajo mientras Hanna se dirigía a las escaleras. Cuando llegó a los escalones de mármol, ennegrecidos por el flujo constante de pasos, respiró hondo para calmarse. Cada paso le provocaba dolor en la pierna derecha, mucho más que una molestia. «Tienes que hacerme saber que estás ahí, ¿verdad?», le reclamó a su pierna.

El penumbroso segundo piso estaba iluminado por una hilera de focos solitarios que emitían una débil luz amarilla. Varios sonidos tenues emanaban de las puertas cerradas: las máquinas de escribir retumbaban, las delgadas voces flotaban por el pasillo, un pedazo de tiza raspaba una pizarra.

Segunda oficina a la derecha. La puerta era de nogal, lisa, sin ornamentación ni letrero que identificara a su ocupante. Hanna tocó suavemente, ya que no quería molestar en caso de haberse equivocado de oficina. La voz de Rita la llamó para que entrara.

La oficina era tan aburrida como el propio edificio, atenuada por el día cenizo. La persiana sombría había sido levantada y sólo una luz pálida se filtraba por la ventana porque la habitación daba a otro edificio de piedra. Rita estaba sentada frente a un gran escritorio, y frente a este, habían colocado sillas de caoba. Hanna se sorprendió al ver a *sir* Phillip Kelley en una de las sillas. Él se levantó cuando entró Hanna.

Rita permaneció sentada, con una sonrisa discreta en su rostro, observando a Hanna de pies a cabeza.

—Lamento que el día sea tan desagradable —Inclinó la cabeza hacia un perchero cerca de la puerta—. Cuelga tus cosas ahí.

Hanna lo hizo, se alisó el vestido y se sentó frente a Rita.

—Es un placer volver a verte —dijo Phillip. Estaba en uniforme, luciendo el mismo bigote fino; sus ojos inquisitivos de color azul pálido la miraban.

—Bienvenida a la calle Baker —dijo Rita, sacando un cigarro de su cigarrera dorada—. Has estado en Londres muchas veces, ¿verdad?

—Este es mi primer viaje desde el bombardeo. —La sorprendió la ira ardiente que floreció en su cuello y su rostro al recordar esa terrible noche. Apartó la mirada de Rita por un momento para recuperar la compostura.

—Hablamos en el hospital, pero quería expresar nuevamente mis condolencias por tu pérdida —dijo Phillip—. Ha sido duro, pero veo que estás mejor.

Hanna no sabía cómo responder. Por supuesto que había sido duro. Nadie podía entender realmente por lo que había pasado: ya había tenido suficientes problemas para racionalizar por qué ella estaba viva y su familia adoptiva muerta. Incluso había llorado por el pobre Charlie, pero nada podía traerlos de vuelta. Toda la compasión del mundo no podría reaparecerlos. A veces, antes de quedarse dormida en casa de Betty, cuando el mundo era más oscuro de lo que nunca había sido, se preguntaba si Dios la estaba castigando por dejar atrás a su familia. Si ese era el caso, Dios estaba castigando a todos al permitir que continuara la guerra.

Todo lo que pudo decir fue:

—Gracias. —Pero el sentimiento fue poco entusiasta. Quería que sus tíos vivieran, que el mundo volviera a ser como era antes de que comenzara la guerra, que sus piernas funcionaran como antes del bombardeo.

Como si pudiera leer la mente de Hanna, Rita dijo:

—Sé lo que estás pensando. Tienes razón. Ninguna cantidad de dolor o lágrimas los traerá de vuelta. Están muertos por culpa de los nazis.

—Rita… —Phillip frunció el ceño después de su objeción—, ¿no podemos dejarlos descansar en paz?

—No hay tiempo para sentimentalismos. —Encendió el cigarro que había estado sosteniendo, y el humo floreció hacia arriba en una nube opaca—. Odio tener que decirlo, pero debo hacerlo. Si vas a trabajar con nosotros, la muerte será tu compañera constante y buscará a las personas que conoces y amas. Hitler no derrama una lágrima por los que mueren. Sólo se preocupa por sí mismo, o por aquellos que puedan serle de utilidad. Se agranda con palabras y discursos apasionados e incita a otros a matar por él. Cree que está libre de culpa mientras defienda una causa superior.

Phillip asintió.

—Un maníaco sin moral.

Rita giró hacia la ventana por un momento, y contempló la lluvia fría que caía.

—Seamos honestos. Te invité a unirte a la SOE porque puedes ayudarnos, pero no hay certeza de que ganaremos esta guerra o de que volverás con vida si aceptas esta misión. —Volteó su intensa mirada a Hanna—. La ira, la venganza y la voluntad de matar deben guiarte, de ser necesario; de lo contrario, debes recoger tus cosas y salir por la puerta para no volver jamás.

Phillip juntó las manos, apoyó los codos en los brazos del sillón y se llevó las yemas de los dedos a la barbilla.

Hanna se tomó un momento para digerir lo que había dicho Rita; estaba furiosa con los nazis, incluso con el endeble refugio Anderson de su tío que no estaba diseñado para sobrevivir a un ataque con bombas de alto impacto. Su recuperación había silenciado parte de la ira: los medicamentos, los ejercicios y la terapia hospitalaria; todo sedó sus emociones. La lucha por ponerse de pie había sido más importante que lidiar con su ira.

La elección era suya ahora.

Rita dejó el cigarro en el cenicero y se enderezó en su silla; lucía tan inescrutable como una muñeca de porcelana.

—He estado enojada, pero también triste por la pérdida de mi familia —dijo Hanna—. No estoy segura de qué me ha traído aquí hoy, tal vez un sentido del deber, mi creencia de que puedo marcar la diferencia.

—Oh, claro que puedes —dijo Rita—, pero un sentido del deber o creerlo no es suficiente. Una vez que tomes esta decisión, no puedes mirar hacia atrás, porque serás demasiado valiosa para nosotros. Debes querer esto más que cualquier cosa que hayas considerado. —Rita señaló a Phillip—. Mi amigo oficial cree en ti, al igual que tu amiga Betty.

Hanna miró a Phillip, quien la estudiaba con ojos tan enigmáticos como los de Rita. Al igual que la mujer que tenía enfrente, no ofreció ninguna indicación sobre si debía o no aceptar el puesto.

—Ya tomé una decisión de la que estoy segura y no miraré hacia atrás. Pero antes, ¿qué tareas haré?

—Necesito tu respuesta primero —dijo Rita.

Un pensamiento llenó su mente: valía la pena salvar los recuerdos y a las personas que los generaron, y eliminar los recuerdos de Londres y de su tía. Vio a su familia reunida alrededor de la mesa del Séder, disfrutando de la comida, las sonrisas de Stefa y Aaron, la familia celebrando las festividades principales y los cumpleaños, ella irritada por la inflexibilidad de su padre y la devoción a menudo exasperante de su madre por su esposo, la sensación de que se estaba asfixiando mientras el mundo pasaba corriendo. Y recordó que así era la vida como ella la conocía, antes de Londres. Buenos o malos, esos recuerdos, y las personas que los habían formado, la habían traído hoy a la calle Baker número 64. Sólo tenía que reunir el valor necesario para servir.

—Sí.

Rita dio una calada a su cigarro y lo apagó. Hizo una pausa por un momento y luego abrió un archivo en su escritorio.

—Trabajarás como nuestro contacto con la resistencia polaca e informarás sobre las actividades nazis en Varsovia y sus alredededores. Te entrenarán en lectura de códigos, operaciones encubiertas, transmisiones de radio, armas, artillería y paracaidismo.

—¿Paracaidismo?

—Si tienes en mente una forma más segura de ingresar a Polonia por la noche, avísanos —dijo Rita, sin la menor ironía.

—Estaré contigo durante tu entrenamiento inicial —dijo Phillip, con el rostro iluminado.

Hanna nunca había estado en un avión, y mucho menos saltado de uno. Sus entrañas se apretaron y se preguntó si sus piernas serían capaces de soportar la tensión de un salto. Se imaginó a sí misma cayendo a través de un cielo negro, el viento azotándole la cara, las estrellas y una luna creciente arriba, el suelo oscuro cada vez más cerca mientras caía en picada.

—Comenzarás en pocas semanas, aunque no hemos determinado exactamente dónde —dijo Rita—. Tal vez aquí en Londres, en Essex o en Escocia. Estaré en contacto. —Se levantó de la silla y extendió la mano.

Hanna se la estrechó y se giró para recoger su abrigo y paraguas.

Phillip también se levantó de su silla.

—Te acompañaré afuera.

Cuando llegaron a la puerta, Rita dijo:

—Un momento, Hanna.

Ella se detuvo, con la mano en la perilla.

—Ni una palabra de esto a nadie. Ni siquiera a Betty. Pronto descubrirá que estás con nosotros, pero no necesita saber nada sobre tus actividades con la SOE. Una vez que comiences, no podrás verla. Hanna asintió.

—Por supuesto.

Phillip colocó su mano en la parte baja de su espalda y la guio hacia la puerta. Cuando cerró la puerta, Hanna estaba en el pasillo tenuemente iluminado con el oficial. Caminó hacia las escaleras y se sujetó del pasamanos para bajar.

—Déjame ayudarte —dijo Phillip, tomando su brazo izquierdo.

—Gracias, puedo arreglármelas.

—Ella te puso a prueba, ¿lo entiendes? —Le soltó el brazo, pero permaneció a su lado mientras bajaban las escaleras.

—¿Qué quiere decir?

—Bueno, eso del paracaidismo. Muchos de nuestros agentes lo hacen, pero no todos. Algunos van en barco y luego en tren. —Él sonrió—. Muchos dirían que no de inmediato si les dijeran que tienen que lanzarse en paracaídas en territorio ocupado. Caso cerrado. Saltar de un avión no es para todos. La SOE decidirá después de tu formación cómo conseguir que entres en Polonia.

—A salvo —dijo ella.

Él sonrió.

—A salvo.

Hanna se detuvo al pie de las escaleras y miró a través de la oficina llena de gente. El humo de los cigarros se elevaba de los ceniceros, el tintineo metálico de las teclas de la máquina de escribir contra los platos reverberaba en la habitación.

—Por un momento, me vi cayendo por el aire —dijo—. Pero lo que están pasando mis padres es mucho peor que saltar de un avión. Yo tendría un paracaídas para amortiguar mi caída. Ellos no tienen nada.

—Me alegro de que estés a bordo, pero no subestimes lo que estás haciendo. Será difícil y peligroso. —Él tomó su mano entre las suyas como si fuera a estrecharla, pero la sostuvo en su lugar, entrelazando sus dedos con los de ella. Una sombra cruzó su rostro juvenil, llenándolo de tristeza por un momento—. Te veré cuando recibas tus órdenes. Ojalá pudiéramos reunirnos antes de esa fecha, pero ahora es imposible, va en contra de la política.

Hanna lo estudió. ¿Qué estaba sintiendo? ¿Melancolía? ¿Una atracción que ninguno de los dos había podido definir aún? Betty tenía razón: tenía una figura elegante, con su cabello negro ondulado, los ojos azules y el bigote bien recortado, pero no había razón para esperar nada más que una relación profesional y formal con *sir* Phillip. ¿Cómo podría esperar un romance en un momento como este?

—Yo también desearía que pudiéramos reunirnos —dijo ella, mientras cruzaban la habitación.

Phillip la ayudó a ponerse el abrigo y mantuvo la puerta abierta. La lluvia caía a cántaros, formando charcos alrededor de sus zapatos. Ella le dio las gracias, se despidió y se dirigió al metro. Inclinó el paraguas hacia atrás, dejando que las frías gotas le cayeran en el rostro, mientras observaba pasar rápidamente las nubes deprimentes por encima.

«Imagina caer a través de ellas. Francotiradores en el bosque. Alemanes en el suelo, esperándome». Se estremeció y sacudió la cabeza. Ya no había vuelta atrás.

Hicieron falta varias semanas de trabajo para que la casa en Krochmalna fuera habitable. Los Majewski y los Krakowski tenían suerte de vivir en dos habitaciones porque la mayoría tenía siete o más personas en una. Stefa y los demás agradecieron que Daniel, en su puesto de policía, lo hubiera arreglado así.

En los primeros días después del cierre del gueto, Stefa y Aaron lograron reunir tres sillas de madera y un taburete. Habían buscado en vano un sofá, sin encontrar nada similar para sentarse. Durante el invierno, la gente había quemado muebles como combustible y luego tirado los resortes y bobinas carbonizados a la calle. Los Majewski lograron salvar sus sillas, aunque estuvieron a punto de quemarlas. Si eso hubiera ocurrido, no habrían quedado más que colchones en el suelo.

Las maletas que habían traído consigo se convirtieron en baúles para sus pertenencias. Stefa y Perla intentaron embellecer su entorno austero colocando platos y libros en algunos estantes hechos a mano con cajas vacías. Aaron encontró una vieja pintura al óleo, una escena de un bosque polaco oscuro y lúgubre, y la colgó en la pared frente a la estufa. Su tema sombrío proporcionaba poca calidez, pero era mejor que mirar el papel tapiz plateado desteñido.

Después de una semana de limpieza, con agua difícil de conseguir y amoníaco, que Izreal trajo del restaurante, los colchones finalmente fueron desinfectados. Mientras la tela se secaba, ambas familias dormían en el suelo.

Ahora que los judíos habían sido reasentados en el gueto, Stefa notó que la vida diaria estaba volviendo a la normalidad, si se le podía llamar así. No había reuniones públicas autorizadas y las horas de toque de queda todavía estaban vigentes, pero los nazis no tomaron medidas enérgicas contra las prácticas religiosas mientras se llevaran a cabo en privado. Las compañías teatrales habían comenzado a actuar poco después de que se cerraran las puertas, y en diciembre, se realizó una presentación en el teatro: *El Dorado en la calle Dzielna*, sin interferencia de los ocupantes. En los comedores populares que habían surgido se discutía de política y, a menudo, se realizaban pequeños eventos culturales como lecturas de poesía.

Lo normal consistía en judíos hacinados en el gueto, tanto que caminar por las calles principales era como abrirse paso entre una manada de ganado. Lo normal eran mujeres y niños que vendían brazaletes con la estrella de David; zapateros que ofrecían sus productos; madres pobres que cambiaban las ollas y sartenes con los que cocinaban por comida; mendigos que rasgaban sus abrigos y vendían la tela para comprar un pequeño trozo de pan. Lo normal era atender a miles de personas en el comedor social del número 40 de la calle Leszno. Stefa no tenía idea de la cantidad de judíos en el gueto, pero un funcionario nazi en el Palais le había dicho a Izreal que «medio millón de ustedes se han reunido aquí para recibir un trato respetuoso. Los protegemos de la enfermedad, y de sus peores características».

Todas estas observaciones, junto con las notas de su padre, quedaban registradas en su diario para Ringelblum y su proyecto *Óneg Shabat*. Sin embargo, en él no incluía aquello que atormentaba sus sueños. Nadie habría creído el sufrimiento sobre el que escribía a menos que pudiera presenciarlo con sus propios ojos. A finales del invierno, con el clima duro lleno de vientos amargos y ráfagas de nieve, nada podía borrar de la vista a los niños hambrientos en la calle, sin un lugar adónde ir y con poca ropa para protegerlos; su piel delgada se pegaba a sus cráneos y pómulos. Muchos eran huérfanos que habían sido abandonados.

Entre sus súplicas de ayuda y gritos pidiendo comida, las personas hambrientas emitían un gemido sobrenatural que le chamuscaba los oídos como el calor de un fuego furioso. Niños vestidos con harapos andrajosos, acurrucados en los portales, tendidos en las alcantarillas para dormir hasta que la muerte los reclamaba. El mundo debe de haber pensado que los judíos del gueto de Varsovia eran crueles. ¿Cómo podían pasar junto a los pobres y no hacer nada? Nadie podía ayudar a estos niños abandonados porque los judíos no podían ayudarse a sí mismos. La mayor parte de la gente adinerada, con sus abrigos de piel y zapatos elegantes, miraba hacia otro lado y a menudo pasaban junto a los hambrientos como si fueran basura en la calle. Los judíos ricos daban cuando podían, o cuando les apetecía, pero había tantos pobres y hambrientos que era imposible ayudar a todos. Y uno nunca sabía cuándo podrían ser arrebatadas las riquezas que poseía. Aquellos que caían en la pobreza tampoco podían hacer nada.

Stefa ofreció sus servicios en el comedor de beneficencia de la calle Leszno. Fue uno de los muchos formados por individuos y organizaciones de servicio dentro del gueto. Al principio, los trabajadores habían revisado las ruinas en busca de ollas, sartenes y comida para poner en marcha la cocina, y servían lo que podían. A medida que aumentó el número de personas, surgió un mercado negro de alimentos y apoyo. Stefa escuchó que el propio

Ringelblum había contribuido a la causa. Ella se negó a aceptar el pago de sus turnos porque sabía lo afortunada que era de tener comida y una familia viviendo bajo un mismo techo.

Cuando podía, Stefa les decía a los niños demacrados que podían ir a la cocina a buscar comida, que ella se aseguraría de que les sirvieran, pero algunos estaban tan débiles que sólo podían gemir después de escuchar sus palabras. Cuando trataba de ayudarlos a levantarse, se derrumbaban como muñecos de trapo en sus brazos. Sus cuerpos estaban infestados de piojos y olían a muerte. A menudo, morían durante la noche, y para la mañana, se habían desvanecido como la niebla bajo el sol. En otras ocasiones, los cadáveres yacían en la acera hasta que llegaba el carro funerario marcado con la estrella de David para llevarlos ignominiosamente a la fosa común del cementerio judío, al noroeste del gueto. Si eras rico podías comprar una parcela, pero aquellos que vivían en la calle no podían permitirse un entierro tradicional.

La gente había quemado todo lo que podía para sobrevivir al invierno. Los árboles habían desaparecido, les cortaban hasta las raíces. Los perros y gatos callejeros, incluso algunos caballos o burros que no estaban en un establo, habían sido asesinados y devorados por los hambrientos. Las promesas de ayuda del Gobierno General Nazi se escuchaban huecas. Todos sufrían y pagaban el precio bajo la ocupación. Stefa anotaba todos estos detalles en su diario.

Los permisos de trabajo eran tan básicos como la comida y el agua. Las personas que no encontraban trabajo, o que estaban enfermas o débiles, a menudo desaparecían o morían en las calles. Una noche, la conversación se dirigió a Perla y lo que ella podría hacer. Era una precaución adicional. Izreal ya había registrado a su esposa y a sus hijos bajo su permiso. Daniel abordó el tema, ya que sentía que podría ser necesario para garantizar la seguridad de Perla.

En marzo, se reunieron en la habitación más grande del departamento. Con los abrigos puestos, se apiñaron alrededor de la estufa porque era la única fuente de calor del departamento. Los padres de Daniel, Jakub y Wanda, fueron invitados a sentarse junto a la estufa después de una cena escasa. Stefa pensó que Jakub parecía un hombre que se sentiría más cómodo enseñando en una universidad que trabajando como cortador de ropa en una tienda de propiedad alemana en la calle Leszno. Él y su esposa eran personas tranquilas. Jakub siempre parecía tener un libro a la mano, ya fuera un texto religioso o un estudio académico sobre ciencias naturales. Pasaba la mayor parte de las tardes leyendo junto al fuego, con las gafas de montura metálica sobre la nariz, las largas piernas estiradas y, de vez en cuando, alborotando su cabellera negra. Su esposa, que trabajaba en otra planta del gueto, se sentaba tranquilamente a su lado a remendar calcetines, pantalones y chaquetas para las familias; era la misma clase de trabajo que hacía, la mayor parte del día, con los uniformes militares alemanes. Tenía un rostro redondo, nada desagradable, pero su cabello oscuro caía de su pañuelo y envolvía sus facciones como un marco de ébano, lo que le daba una apariencia severa. No llevaba maquillaje en su rostro sin color.

—Le conseguiré a Perla una postulación en la tienda —dijo Wanda, dejando la aguja y el hilo por un momento—. La traeré mañana. ¿Puede hacer algo con la aguja, señora Majewski?

Su madre se había puesto un chal sobre la cabeza y los hombros para evitar el frío en la espalda. Últimamente, Perla parecía preocupada por todo y por nada, como si estuviera en cualquier otro lugar menos en la habitación. Muchas veces, Stefa tenía que hacerle la misma pregunta dos veces antes de obtener una respuesta. La respuesta de Perla a la pregunta de Wanda no fue diferente: un humilde sí, después de una segunda insistencia.

—La postulación podría costarle, señor Majewski —le dijo Jakub a Izreal, quien había tenido una inusual noche libre en el Palais.

—Mil *zlotys*, si tengo suerte, señor Krakowski —respondió Izreal—. Las familias han pagado hasta veinte mil por un permiso de trabajo. Luego descubren que el negocio no existe y los alemanes se han quedado con el dinero. Terrible.

—Los nazis están detrás de eso —dijo Daniel. Se sentó lo más cerca que pudo de Stefa sin ofender a sus padres—. Deberíamos ahorrar nuestro dinero en caso de que realmente lo necesitemos.

—Deberíamos ocultar los fondos que tenemos —dijo Izreal. Arrojó un precioso trozo de madera a la estufa, parte de una rama grande que había encontrado detrás del hotel de un árbol que había muerto en el invierno.

Ese tiempo en familia era una rareza debido a lo diferentes que eran sus vidas, aunque las regulaciones nazis los habían juntado. Izreal tenía permiso para trabajar hasta tarde en el hotel, ya que aún era uno de los favoritos de los polacos que podían pagarlo, a pesar de su segregación de los oficiales alemanes. Daniel, como policía, podía estar fuera más tarde del toque de queda si estaba trabajando en asuntos del Judenrat o con la Policía Azul. Esos hombres tenían la mayor libertad del grupo. Los demás estaban obligados por el trabajo y las reglas estrictas.

Stefa miró a Aaron, que se había apartado de la conversación y estaba sentado, encorvado sobre el colchón en un rincón. Ella sospechaba que estaba tramando algo.

Su padre también se dio cuenta y le dijo:

—¿En qué estás pensando, Aaron?

Todos lo miraron.

Él levantó la cabeza lentamente.

—En nada.

La leña chisporroteaba en el fuego.

—Ahora sé que mientes —dijo Izreal—. Tu cabeza siempre está pensando.

Aarón negó con la cabeza.

—No. De verdad, en nada.

Daniel levantó una ceja y miró a Stefa.

Izreal fijó la mirada en su hijo.

—Aléjate del muro del gueto y de esos amigos tuyos. Es peligroso. Podrías morir.

Daniel asintió.

—Tu padre tiene razón.

—¿Qué haremos cuando nos estemos muriendo de hambre? —preguntó Aaron—. ¿Quién nos traerá comida?

Izreal apretó los puños y los puso sobre su regazo.

—No nos estamos muriendo de hambre. Y no lo haremos.

Perla miró hacia arriba; el chal alrededor de su cuello y su cabeza mantenía sus facciones pálidas en la sombra.

—La vida mejorará, ¿verdad?

Stefa quería asegurarle a su madre que el mundo sería mejor en primavera, cuando pudieran abrir las ventanas y disfrutar del cálido sol.

—Sí, madre, así será.

Aaron se rio.

Izreal le lanzó una mirada fulminante.

—Sí, así será. —Izreal volteó la mirada hacia Wanda—. Obtenga esa solicitud, señora Krakowski. Por favor, asegúrese de que sea algo que ella pueda hacer.

Perla agachó la cabeza, aislándose nuevamente.

—Encontré algo, señor Majeswki —le dijo Daniel a Izreal—. Todos aquí deberían verlo. —Hizo un gesto a Stefa e Izreal para que lo siguieran. Se levantó y los condujo al pasillo.

—Aquí —susurró, y golpeó suavemente un panel que cubría el final del corredor, cerca de la curva de las escaleras.

Stefa pegó la oreja a la madera.

—Está hueco.

Daniel tomó una costura y tiró de la madera suavemente hacia delante. Un espacio negro y vacuo apareció detrás.

—Nunca lo encontrarías a menos que sepas que está aquí. Cubre el cableado que corre por la parte trasera del edificio. Hay vigas entre los cables, un pedazo de madera para pararse y suficiente espacio para que una persona pueda entrar. La señora Majewski, Aaron y mi madre podrían esconderse fácilmente, uno a la vez, por supuesto.

—¿Podemos esconder nuestro dinero allí también? —preguntó Izreal.

Daniel miró dentro de la cavidad oscura.

—No, no hay nada que evite que se caiga.

Stefa volvió a la habitación, consternada porque la vida había llegado al punto de tratar de encontrar escondites de los nazis. Se sentó al lado de su madre, preguntándose si el agujero que Daniel había descubierto podría contenerla. Había perdido peso desde que comenzó la guerra, pero siempre había sido más baja y robusta que Hanna y dudaba que el panel la protegiera. Se llevó la mano a la frente y se secó unas gotas de sudor. Hacía calor cerca del fuego, pero en la esquina, lejos de este, el frío apuñalaba los huesos. ¿Por qué Daniel y Aaron siempre estaban pensando en el futuro, siempre planeando su siguiente maniobra para burlar a los nazis? Ella simplemente trataba de ayudar a las personas y registrar los terribles eventos que ocurrían. Tal vez debería ser más reflexiva, más consciente de lo que podría pasar, en lugar de esperar. Por un instante, se imaginó con un rifle en la mano, apuntándole a un soldado alemán parado en Krochmalna. El pensamiento la aterrorizó. ¿Podría ella matar a un hombre? ¿Tendría el valor? Si se trataba de salvar a su familia, sólo había una respuesta.

«Sí».

Esa noche, como en los últimos meses, la puerta interior entre las dos habitaciones permaneció abierta. Durante el invierno, era una necesidad: los Krakowski se congelaban en sus camas si la puerta estaba cerrada.

Izreal y Aaron dormían en la cama de la esquina más cercana a la ventana. La única luz que entraba en la habitación procedía de la luna en sus ciclos cambiantes. Su hermano dormía pegado a la pared exterior, cubriéndose la cabeza y el cuerpo con mantas. Su trabajo era levantarse en medio de la noche y avivar el fuego, si tenían algo que quemar. Un viaje al baño significaba bajar las heladas escaleras hasta el primer piso y sentarse sobre el agujero que cubría el pozo negro de abajo. El aire estaba rancio, la tabla de madera, fría y alisada por los traseros de innumerables personas. Nadie iba ahí a menos que fuera una urgencia.

Perla y Stefa dormían en el otro colchón, Stefa junto a la puerta interior que comunicaba las dos habitaciones. Cuando se volteaba, podía distinguir la forma sombría de Daniel en la penumbra, dormido de costado.

Una noche de invierno, se despertó para encontrar su mano cerca de la suya. Ella extendió su brazo debajo de las sábanas y entrelazó sus helados dedos con los de él por un momento, consciente de que esa acción, tan poco ortodoxa, molestaría tanto a sus padres, como a los de Daniel.

Una fuerza azul, como una chispa eléctrica, fluyó de su mano a la de ella. Stefa se preguntó si él habría experimentado la misma sensación, aunque, a juzgar por la fuerza con la que él sostenía su mano, supo que así fue.

A partir de ese día, cada noche, por unos minutos, llevaban a cabo el ritual de ponerse al alcance el uno del otro, pero sin tocarse. Cada vez que Stefa participaba en este simulacro de tomarse de las manos, la noche parecía un poco menos solitaria, un poco menos siniestra.

Perla tomó la carta entre sus manos temblorosas; las lágrimas formaron un brillo húmedo sobre sus ojos.

—Es de Hanna. —Su madre se quedó sin aliento. De alguna manera les había llegado. El Judenrat se hacía cargo de la entrega de correo de los alemanes desde principios de año, lo que hacía que las entregas fueran más confiables.

—Ábrela —dijo Stefa, abrumada por una extraña mezcla de anticipación y ansiedad. Estaban solas en el departamento.

—No puedo. ¿Y si son malas noticias?

—Dámela, te la leeré.

Perla le entregó la carta. Stefa la abrió y se dio cuenta de que tenía sellos de Croydon. Se le formó un nudo en la garganta mientras escaneaba las palabras rápidamente antes de leerlas en voz alta.

—Mamá... —Se detuvo y devolvió la carta, incapaz de continuar. Sentía un nudo en la garganta tan pesado como una roca.

—Dios mío —dijo Perla. Su voz no era más que un chillido. Se derrumbó en una silla cerca de la estufa—. Mi hermana, mi Liora.

Stefa sostuvo sus manos y la carta cayó al suelo.

—Lo siento mucho, mamá. —No había conocido a su tía tan bien como Hanna. Lucy era un recuerdo lejano, evocado ocasionalmente, como la imagen descolorida de una fotografía antigua.

Perla agachó la cabeza y sollozó. Las lágrimas corrían rápidamente por sus mejillas.

—¡Pero Hanna está bien! —dijo Stefa, tratando de animar a su madre—. Ella sobrevivió al bombardeo. —Se reprendió a sí misma por no saber que Londres había sido atacada por los nazis. Todo este tiempo se había imaginado a su hermana viviendo lujosamente en casa de Lucy mientras ellos sufrían en Polonia. Qué equivocada estaba.

Stefa recogió la carta, le dio la vuelta y leyó parte de un párrafo.

> Una amiga mía dijo recientemente algo que se me quedó grabado. Dijo que debería hacer del mundo un lugar mejor. Me dijo que fuera fuerte y fuera una chica de la guerra. Stefa también debe mantenerse fuerte. Todas podemos ser mujeres de la guerra, juntas.

Sollozando se paró detrás de su madre con la esperanza de consolarla. Su tía estaba muerta, pero Hanna estaba viva. Se mantendría fuerte por el bien de Daniel, de su hermana, de su familia. Resistiría para honrar la memoria de sus tíos.

«Somos mujeres, pero todas podemos ser mujeres de la guerra, juntas».

Se preguntó qué significaba ser mujeres de la guerra. Lo dijo en voz alta y su madre la miró como si hubiera perdido la cabeza. ¿Podría una mujer luchar contra los nazis? Todo parecía imposible en su prisión del gueto.

Tal vez una mujer al otro lado del muro también podría llamarse así: una mujer que había mostrado fuerza ayudando a su hermano: Janka Danek.

CAPÍTULO 11

—No soportan a los tontos por gusto, ni a nadie más —le dijo Karol a Janka una noche después de una cena que lo dejó, de alguna forma, feliz y satisfecho. En Nowaks, el mercado al que Zeev la había llevado, ya no vendían carne. Sin embargo, como Janka podía pagar un poco más que los demás clientes, y se esforzaba siempre por llegar temprano a la tienda, el dueño y la chica de cabello oscuro detrás del mostrador le reservaban algunas salchichas selectas y otros cortes de carne. Janka podía hacer esas compras por la estrecha asociación entre Karol y su jefe nazi, pues mantenía el dinero fluyendo.

—¿Quién? —preguntó ella, completamente consciente de a quién se refería su esposo. Secó los platos de la cena con un paño manchado de grasa mientras Karol se recostaba en el sofá, con la cabeza y el cuerpo en dirección hacia ella. Dio una calada a un cigarro barato y bebió de una copa de brandy aún más barato. El hedor mordaz del humo y el fuerte olor a alcohol llenaron la habitación.

—¿Quién? —Karol soltó una carcajada a su manera desaliñada—. Los nazis. Los pobres y patéticos judíos. —Sacó las palabras de sus labios a la fuerza—. Y los pobres y patéticos polacos que no se alinean. —Hizo una pausa—. ¿Quieres escuchar una historia divertida? —preguntó, acurrucándose contra el sofá como si fuera su amante.

Ella no estaba de humor para historias divertidas. El invierno había extendido sus garras heladas sobre Polonia desde el reasentamiento. Los días y las noches sombríos y deprimentes, escuchando a su esposo roncar, la inquietaban. Todo era más difícil. Incluso con las conexiones de Karol, su departamento a veces carecía de calefacción, el agua corría como si estuviera controlada por un capricho y la escasez de alimentos era común. Apenas podía imaginar lo difícil que debían de ser las cosas para los judíos confinados en el gueto.

Al estar sola tanto tiempo, Janka pensaba a menudo en los Majewski, rezaba para que hubieran logrado sobrevivir. Recordó lo que Perla había dicho sobre salvar a una persona, que era como salvar el mundo. Esas pequeñas buenas acciones que había emprendido, a pesar de los nazis y de su esposo, le daban energía y fuerza durante el invierno. Echaba de menos tener conversaciones con personas que demostraban decencia común en lugar de malevolencia astuta. Sin embargo, el clima y los disparos que había presenciado la mantenían alejada de los muros del gueto.

Ella asintió, consciente de que era inútil objetar la historia divertida de su marido borracho.

—El comandante me dijo que las sorpresas apenas comienzan.

Con el estómago revuelto, Janka limpió el último plato y lo colocó encima de los demás en el gabinete. «No quiero escucharlo. ¡No quiero escucharlo!». Caminó hacia la ventana y levantó un poco el marco, a pesar de que la noche de abril era fresca. El invierno todavía tenía a Varsovia entre sus garras.

—¿Qué estás haciendo? —bramó Karol—. Hace frío afuera.

—El humo del puro me lastima los ojos. Continúa con tu historia. —Miró hacia la calle tranquila.

—Bueno, la semana pasada le dispararon a un policía judío llamado Ginsburg.

Janka giró hacia él. «Stefa tiene un novio que es policía. ¿Cuál era su nombre? ¿Lo estoy imaginando?». Ella apretó los puños, esperando que él continuara.

—El tonto le pidió a un par de soldados de la Wehrmacht que le devolvieran un saco de papas que le habían quitado a una mujer judía. —Se rio—. ¿Puedes imaginarlo? Le clavaron sus bayonetas y luego le dispararon. Obtuvo lo que merecía.

Ella se quedó en silencio, y una frialdad de mármol inmovilizó su cuerpo.

—Luego, unos días después —continuó—, una mujer loca del gueto, una judía, por supuesto, que merecía morir de todos modos, se puso a bailar. La hicieron bailar para su deleite, para hacerlos reír. Movía los brazos y las piernas en el aire como una loca. —Formó una pistola con la mano derecha, apretó el gatillo imaginario y soltó una bocanada de aire—. Bum. Adiós. La mataron en el acto. —Volvió a reír, esta vez con tanta fuerza que se agarró los costados—. ¿No crees que eso es gracioso? —Se deslizó del sofá y sus pies tocaron ligeramente el suelo. Luego, levantó su cuerpo lentamente, con un aire de amenaza.

—No. Es asqueroso. Debería darte vergüenza. —Miró al hombre al que una vez había amado y que ahora, a sus ojos, no era mejor que los animales nazis que invadían la ciudad. Si hubiera tenido un lugar adónde huir, si hubiera algo de justicia en el mundo, habría salido por la puerta para no volver jamás.

Balanceándose, Karol se levantó del sofá y se acercó a ella.

—Yo tendría cuidado con lo que pienso y hago. —La señaló con un dedo manchado de ceniza de cigarro—. No puedo tener una esposa amante de los judíos. Y, por tu bien, es mejor que no sea el caso. Lo arruinarás todo. Yo soy el que te mantiene a salvo —se acercó a un palmo de ella, el sudor de su frente brillaba a la luz y su aliento ácido golpeaba su rostro—. ¡No lo olvides! —Sus mejillas enrojecieron—. O estarás en la calle. —Se tambaleó hacia atrás, como si un pensamiento divertido lo hubiera golpeado.

A Janka le asustaba la sonrisa sardónica que se formó en sus labios tanto como sus amenazas de violencia.

—O mejor aún, podría entregarte por ayudar a los judíos. Si pasas un tiempo en prisión, podrías apreciar el pan que tienes sobre la mesa. —Regresó al sofá, apoyó el cigarro en el cenicero y bebió lo que le quedaba de brandy—. Los guardias saben cómo tratar a una dama. —Apoyó la cabeza contra la tela, cerró los ojos y pareció caer en un sueño profundo; su cuerpo temblaba con cada respiración.

Ella había visto la reluciente Luger que le dio su jefe nazi. Karol la guardaba debajo de la almohada por la noche y la llevaba al trabajo durante el día. Pero ¿dónde estaba ahora? Un pensamiento horrible pasó por su cabeza, uno que nunca podría haber imaginado antes de que estallara la guerra. Lo vio muerto en el sofá, con una bala atravesando su corazón y una mancha roja extendiéndose por su camisa azul. Janka dio un grito ahogado y se llevó las manos a la boca. Sus piernas se estremecieron contra los cojines.

«Dios, perdóname. Por favor, Dios, perdóname». Caminó hasta el dormitorio, abrió la puerta del armario y lo revisó de arriba a abajo, pero no encontró ningún arma.

El sol de la mañana atravesaba las nubes, calentándole los hombros a través del abrigo. Durante meses, Janka había evitado el gueto por temor a presenciar otro tiroteo o ponerse en peligro. Karol le había advertido que se mantuviera alejada del muro y ella lo había obedecido, siempre preguntándose si los Majewski habían sobrevivido al reasentamiento.

Esta mañana fue diferente. Envalentonada por la luz y el calor que se extendía sobre ella como un bálsamo reconfortante, decidió caminar cerca de la pared, evitando los peligros evidentes. Había salido tarde del departamento, ya que se quedó en la cama por un rato después de prepararle el desayuno a Karol. No hacía falta visitar Nowaks, ya que la despensa tenía suficiente comida para el día.

Caminó por Krochmalna, luego hacia una puerta a unos trescientos metros por encima del punto donde la pared más al sur giraba hacia el este y se detuvo cerca del lugar del asesinato motivado por un pedazo de pan. Janka casi esperaba ver a Zeev correr hacia ella o tirar de su abrigo, pero sólo había adultos polacos en la calle, ni un niño.

A la sombra moteada de un roble, cuyas hojas acababan de empezar a emerger, se apoyó contra su corteza estriada y respiró hondo. Miró su reloj: eran casi las diez. Fue glorioso alejarse de su sofocante departamento, que ya no le traía buenos recuerdos, y liberarse de sus problemas. El muro se alzaba, siniestro, al otro lado de la calle. Los ladrillos, unos pálidos como el yeso, otros rojos a la luz primaveral, la invitaban a imaginar cómo era la vida en la prisión que habían construido los nazis. ¿Seguirían vivos los Majewski y tendrían suficiente para comer? Eran dos de las preguntas que se planteó y, lo que era más importante, ¿podría ayudarlos? ¿Qué podría hacer?

Janka estaba a punto de darse la vuelta, para no llamar innecesariamente la atención de los guardias, cuando un hombre salió de detrás de una barricada de alambre de púas cerca de la puerta de entrada. Llevaba la estrella de David en la manga del abrigo y caminaba con paso decidido hacia ella. Supuso que se dirigía a trabajar fuera del gueto.

Cuando se acercó, lo reconoció: era un hombre con el que, antes, había hablado una vez, Izreal Majewski. Su abrigo desabrochado flotaba alrededor de su cuerpo, mostrando el traje que llevaba puesto. Un pañuelo de lana azul claro le cubría el cuello y un sombrero de fieltro cubría parcialmente su frente. Janka pensó que se veía más sombrío; las líneas alrededor de su boca se habían acentuado y la barba, antes larga, había sido recortada. ¿La habría cortado para disminuir los ataques de los nazis rabiosos?

Ella jugueteó con su bolso para darle oportunidad de acercarse más. Sí, era Izreal. Los guardias habían desaparecido detrás de la puerta. Janka decidió arriesgarse.

Lo llamó por su nombre, consciente del peligro de juntarse con judíos. Él siguió caminando, pero su paso se hizo más lento y miró hacia atrás por un momento. No estaba segura de si la había reconocido o si, incluso, recordaba la noche en que se conocieron, hacía tantos meses. Ella recordó que él trabajaba en el Palais; caminaba en esa dirección.

—No puedo hablar con usted aquí —dijo, sin detenerse—. No es seguro.

—Deténgase cuando pueda —dijo ella—. Yo lo seguiré.

Caminaron varias cuadras hasta que pasaron el gueto. Izreal desapareció entre las sombras de dos edificios, tan rápido que Janka pensó que se lo había tragado la tierra. Entonces se asomó bajo la luz turbia y luego entró de puntillas en un sucio callejón.

—¿Señor Majewski? —susurró ella, mientras sus ojos se acostumbraban a la oscuridad. El callejón, lleno de restos de cajas de madera desintegradas, terminaba en una pared de ladrillos.

Él asomó la cabeza desde su escondite.

—Señora… ¿Danek? —preguntó él con una voz igualmente suave.

—Sí.

—Estoy feliz de verla. Tengo una carta para usted.

Estaba desconcertada. ¿Por qué Izreal tendría algo para ella?

Pasó junto a él, mezclándose también con la oscuridad, con el corazón latiéndole con fuerza en el pecho. Si los atrapaban, un hombre judío y una mujer polaca en un callejón del que no podían escapar, ambos serían encarcelados, posiblemente ejecutados. Karol sería el primero en testificar en su juicio, si es que había uno.

—Lo siento —dijo él—. Este es el único lugar seguro entre el gueto y el hotel que conozco; he pasado cientos de veces por aquí. Pero hay que apurarse. —Metió la mano en su abrigo—. Stefa me dijo que esto pasaría. No le creí. «Si no sucede, no estaba destinado a suceder», me dijo ella. —Y colocó la carta en su mano.

Bajo la luz sombría, Janka pudo ver que la carta iba dirigida a una mujer en Croydon, Inglaterra.

—Stefa cosió un bolsillo falso en mi abrigo. He estado cargando esta carta durante algunas semanas. —Suspiró y se apoyó contra la caja que los ocultaba—. Es una copia de una carta a mi… hija…

—¿Sí? —Janka se preguntó por qué le costaba tanto terminar su oración.

—Mi hija, Hanna. Se fue a Londres hace más de un año y resultó herida en un atentado. Escribió hace poco, preocupada por nosotros. Stefa escribió una respuesta y se la dio a nuestro cartero, que es judío, pero los nazis aún leen el correo. Está dirigido a la hermana de mi esposa, que fue asesinada.

«Nadie está a salvo mientras Hitler esté en el poder».

—Lo siento. ¿Hanna está bien?

—Así parece. —Miró alrededor de la madera y luego se llevó un dedo a los labios.

Pasaron unas voces por el callejón y luego se desvanecieron.

Cuando todo volvió a estar en silencio, dijo:

—Estaba enojado…, decidido a nunca pronunciar su nombre otra vez, pero cuando leí su carta, lloré… —Su voz se contrajo—. Ella necesita saber que estamos a salvo por el momento. Stefa puso un retorno falso en el sobre. Si los nazis lo abren, no habrá nada que ver, ningún nombre. Es un mensaje inocuo. «Estamos bien. Espero verte pronto». No revelamos nada. —Se abotonó el abrigo—. Hace frío en las sombras.

—Hemos estado en las sombras durante demasiado tiempo —dijo ella.

Él volvió a mirar alrededor de la caja.

—Tengo que irme. No puedo llegar tarde al trabajo. La mencionan a usted en la carta, pero sólo de una manera muy vaga. No se da ningún nombre. Stefa quería que lo supiera.

Un escalofrío le recorrió la espalda.

—¿Por qué a mí?

—Para ser un contacto para Hanna, si regresa a Varsovia. Le dije a Stefa que era una locura. Ella dijo que no la subestimara.

—¿Cree que Hanna volverá?

—No quería preocupar a Stefa…, pero dudo que veamos de nuevo a Hanna.

Janka asintió y guardó la carta en el bolsillo de su abrigo.

—Gracias. Dios la bendiga. —Volvió a salir al callejón, pero ella lo sujetó del brazo.

—Déjeme ir primero, es más seguro de esa manera. ¿Tienen suficiente para comer? ¿Todos están bien?

—Me preocupo por mi esposa y Aaron, igual que cuando nos conocimos. Estamos bien y tenemos suficiente comida por ahora: somos afortunados. He tratado de mantenerme optimista, pero cada día se vuelve más oscuro.

—Quiero volver a ver a su familia. Que Dios los bendiga también.

—Eso es imposible. —Observó el camino fangoso—. Stefa cree que podría ayudarnos… en el futuro. No sé cómo, pero eso espero. —Levantó la cabeza—. Stefa la considera una chica de la guerra, alguien que es valiente y luchará por lo que es correcto.

Ella estaba desconcertada por su evaluación y por el apodo; bajo la opresión de Karol no se sentía ni valiente ni fuerte. ¿Podría ser valiente? Tal vez, si se lo proponía y no le importaba un comino su marido. Este era otro paso, tomar el nombre como un cumplido.

Janka lo dejó, evitando el lodo creado por la nieve derretida y mirando a ambos lados del final del callejón para asegurarse de que no había nadie a la vista. Había algunas personas caminando a la distancia. Contó los segundos y le indicó que se acercara; su figura sombría emergió de la oscuridad.

Janka se alejó rápidamente mientras Izreal giraba en la otra dirección, reanudando su viaje hacia el Palais.

Desafortunadamente, el barro había manchado sus zapatos negros, algo que tendría que remediar una vez que llegara a casa. Un poco de suciedad estaba bien, pero demasiado barro en su calzado, normalmente cuidado, despertaría las sospechas de Karol.

Cuando llegó, limpió sus zapatos y colocó la carta sin sellar sobre el mostrador; tenía que leerla antes de que su esposo llegara a casa.

> Mi querida hermana,
>
> Lamentamos leer sobre tu reciente desgracia. Estamos bien, pero en una nueva dirección. Si vienes, te rogamos que visites a nuestra amiga en Krochmalna. Enviamos todo nuestro amor y te deseamos una pronta recuperación y el fin de la guerra.
>
> Tu amada familia

Eso era todo lo que decía. Izreal tenía razón, nada incriminatorio en lo más mínimo, pero podía leer las líneas. Nuestra amiga en Krochmalna. Las palabras ciertamente se referían a ella. ¿Hanna la contactaría en algún momento? Aun así, ¿cómo podrían encontrarse en una calle tan grande?

El pensamiento le provocó un escalofrío… ¿de emoción o de terror? Llevó la carta copiada al baño, le prendió fuego y arrojó sus cenizas ardientes en el inodoro, tal como había hecho con la nota de Zeev que contenía la dirección de los Majewski.

Habían pasado casi seis largos meses desde el bombardeo de Croydon. Milagrosamente, los largos días y noches del Blitz, como se le conocía, parecieron terminar en mayo de 1941. Pero, como sabía Hanna, las apariencias nazis podían ser engañosas. La mayoría esperaba que continuaran las redadas.

Su amiga Betty, vestida con uniforme militar para un puesto en el Servicio Territorial Auxiliar del que nunca hablaron, despidió a Hanna en la estación de tren. Betty siempre lucía elegante con la falda de su uniforme y la túnica cruzada que se ceñía por encima de la cintura con un ancho cinturón. Hanna estaba convencida de que su amiga también podría estar en la Dirección de Operaciones Especiales.

—Hitler está tramando algo —dijo su amiga mientras esperaban el tren.

Hanna llevaba un vestido estampado, sencillo, como los que la mayoría de las mujeres inglesas usaban durante el día. El bombardeo había reducido significativamente su guardarropa, sin embargo, la vestimenta era lo último que tenía mente, a diferencia de Margaret y Ruth, quienes todavía perseguían tales intereses con tanto vigor como la guerra se los permitía.

Betty sacó un pañuelo y una polvera de su bolso y, usando el espejo, se limpió una mancha de lápiz labial sobre el labio superior.

—Está tramando algo. Enfocando su atención en otra parte, guardando su armamento para otra víctima. Si tuviera que adivinar, diría que Rusia.

—¿No tiene un pacto de no agresión con Stalin? —preguntó Hanna.

Betty se burló.

—Le importan un comino los pactos o acuerdos. Mira lo que hizo después de Múnich. Chamberlain era un tonto. —Expresó su opinión demasiado alto y un hombre en la plataforma le lanzó una mirada de desaprobación—. Oh, al diablo con Hitler. Cuídate y saluda a ese apuesto oficial, *sir* Phillip Kelley.

—¿Cómo sabes que estará en Roydon? —Ella le había revelado gran parte de su futuro a Betty. Para ser honesta, había pensado en Phillip de vez en cuando, desde la entrevista en Baker

Street número 64. Por medio de una llamada telefónica, le había llegado la noticia de que había sido aceptada y asignada a una residencia no especificada cerca de Roydon, en Essex, aproximadamente a una hora y treinta minutos al norte de Londres en tren. Tuvo un pensamiento reconfortante: si las cosas se ponían demasiado incómodas, podría tomar el tren a casa desde el pueblo y estar de regreso en Croydon en dos horas.

—No lo sé, pero sospecho que podrías encontrarlo allí. —Betty se inclinó y besó la mejilla de Hanna.

—Tu pañuelo y tu polvera —le pidió Hanna.

Betty se rio y le entregó los artículos. Hanna estudió su reflejo en el espejo y limpió el contorno de los labios de Betty de su mejilla.

Al sur, un punto brillante relucía en los rieles. Hanna levantó su maleta que contenía todas las pertenencias que podía llevar: algunos vestidos, pares de zapatos, ropa interior, un frasco de crema de noche, un tubo de lápiz labial que podría aplicarse de vez en cuando y un tomo sobre historia alemana que había encontrado en la librería donde trabajaba. El propietario estaba triste de verla marcharse y se lo había dado como regalo de despedida cuando expresó su interés por el libro. Si iba a hacerse pasar por alemana, necesitaba saber todo lo posible sobre el país.

Betty la tomó de las manos.

—Tienes un dormitorio esperándote si lo necesitas, pero espero que no vuelvas. Eso significará que has tenido éxito.

Hanna abrazó a su amiga, y sus nervios aumentaron un poco cuando el tren se detuvo con un chirrido. Después de desearle buena suerte a Betty, subió a su vagón de tercera clase para emprender el corto viaje y se acomodó en su lugar, preguntándose si alguien más en el tren se dirigía al mismo sitio.

El paisaje cambió poco a medida que el tren avanzaba hacia el norte, pasando por los suburbios de Londres, con sus casas grises y las hileras de plantas manufactureras. De vez en cuando, un campo verde aparecía, iluminado por los rayos de un sol intermitente fracturado por nubes hinchadas. Abrió su maletín y sacó el libro, con la esperanza de dejar de pensar en el trabajo que le esperaba. ¿Era una misión o una aventura? Según Rita Wright, sería un trabajo, uno peligroso que podría acabar con su vida. Tenía que pensar positivamente o no hacerlo en absoluto, de lo contrario, saltaría del tren en la próxima parada y regresaría a casa de Betty.

Cambió de tren en Londres después de una breve espera y volvió a dirigirse hacia el norte. Cuando pasó Cheshunt, la tierra se abrió a una amplia llanura llena de lagos, campos de labranza y caminos rurales. El tren siguió adelante, llevándola más al norte de la ciudad de lo que nunca había estado.

Hanna, dos hombres y otra mujer, todos vestidos de civil, bajaron del tren en la estación Roydon. Dos sedanes verdes los esperaban afuera de la pequeña estructura de madera. El conductor de uno era *sir* Phillip Kelley, quien sonrió y saludó vigorosamente a las mujeres mientras se apoyaba contra la puerta del pasajero.

—¡Hanna! ¡Dolores!

La mujer que había llegado con ella le devolvió el saludo. Hanna adoptó un enfoque más cauteloso.

—Suban al auto —dijo—. Los caballeros esperarán otro transporte.

Dolores caminó delante de ella, balanceando su maleta de cuero marrón en una mano. Era más baja que Hanna, pero de constitución poderosa, con piernas fuertes y brazos atléticos. Por lo que Hanna pudo ver, la mujer era lo suficientemente atractiva, pero mostraba un comportamiento como de halcón, el cual se veía intensificado por su boca fruncida y sus ojos muy juntos.

—En el asiento trasero —les indicó Phillip—. Esta puede ser la única vez que seré su chofer. —Les abrió la puerta trasera.

—No, claro que no —dijo Dolores—. Oficial al mando o no, yo voy al frente.

—Está bien —accedió él—. Hanna, en la parte de atrás. —Abrió el maletero y metió el equipaje dentro.

Hanna se deslizó en el asiento trasero. El sol había calentado el interior y el auto olía a cuero tibio, un olor agradable que nunca había experimentado antes de venir a Inglaterra. Dolores se sentó con gracia en el asiento del pasajero, mientras Phillip tomaba su lugar al volante.

—Pensé que les gustaría tener la oportunidad de conocerse en el asiento trasero, damas —dijo.

Dolores miró por encima del hombro a Hanna.

—Tendremos mucho tiempo para eso en nuestros aposentos.

El asiento chirrió cuando Hanna se inclinó hacia delante.

—¿Compartiremos habitación?

—Por lo que veo, nuestro contacto no te informó muy bien —dijo Phillip, mientras el motor del automóvil se encendía con un suave zumbido—. Dolores será tu compañera de cuarto durante estas semanas de entrenamiento. Pueden o no seguir juntas, dependiendo de qué tan bien lo hagan. —Ajustó el espejo retrovisor y salió a la carretera; el auto con los hombres iba detrás de ellos.

Sintiéndose como si hubiera sido emboscada, Hanna observó con cierta inquietud cómo pasaban las suaves olas de tierra, un plácido arroyo de color azul acero, los álamos con hojas tempranas y los altos pinos que formaban parabrisas. Phillip bajó la ventanilla y el cálido aire primaveral llenó el auto.

—Después del almuerzo, ya no serán Hanna y Dolores —dijo Phillip—. Responderán sólo a sus nuevos nombres. Tengan cuidado con cualquier persona que las llame por su nombre de nacimiento. No respondan.

Habían recorrido una corta distancia cuando llegaron a una puerta de hierro. Un guardia permanecía a pocos metros de la entrada, que estaba flanqueada por pilares de ladrillo rematados con urnas clásicas. El soldado resultó ser un compañero acogedor que hizo señas a los del otro automóvil para que pasaran sin dudarlo. Pronto llegaron al frente de la casa.

Hanna se quedó paralizada, mirando el edificio al que estaba a punto de entrar.

—Bienvenidas a Briggens House —dijo Phillip mientras abría la puerta. Giró la cabeza y le guiñó un ojo a Hanna—. A partir de ahora, nadie sabe que están aquí.

Primero, se instalaron en su habitación en el tercer piso, la cual tenía vista al césped y a los jardines en terrazas en la parte trasera de la casa. Dolores entró y tomó la cama más cercana a la ventana, por lo que Hanna se acomodó cerca de la puerta. Se preguntó si este matrimonio forzado duraría. Dolores parecía no tener modales en absoluto, un defecto que el difunto tío político de Hanna habría despreciado.

Desempacaron casi sin dirigirse la palabra y luego fueron a la sala común para almorzar. Las escaleras eran de una magnífica madera oscura; las extensas paredes interiores conservaban el empapelado verde bosque que parecía haber estado en su lugar, por lo menos, unos cincuenta años y, finalmente, varios paisajes bucólicos en marcos dorados adornaban las paredes.

Hanna vio a Phillip sentado en una mesa frente a una ventana grande. La habitación era espaciosa y llena de luz y se había convertido en algo parecido a un comedor militar desde que la casa había sido requisada.

Hanna afirmó su propia autoridad y aceleró el paso para asegurar el asiento junto a Phillip. Él se puso de pie y acercó la silla para ella, al parecer complacido de que hubiera elegido el asiento contiguo. Los labios de Dolores se fruncieron cuando tomó asiento frente a él.

—El almuerzo está allá —dijo él, señalando una mesa de bufet con platos plateados cerca del fondo de la habitación—. No está mal para ser comida de la SOE, como les gusta decir a los estadounidenses. Perdón por no esperarlas, pero tengo una reunión en unos minutos. —El plato frente a él contenía los restos de algún tipo de carne molida, puré de papas y salsa marrón. A pesar de la apariencia bastante desagradable, el olor y la vista de la comida despertaron el hambre de Hanna.

—Me muero de hambre —dijo Dolores, levantándose de la mesa.

—Antes de que te vayas —dijo Phillip, indicándole que se sentara—, hay algo que debemos discutir.

Dolores entrecerró los ojos y tomó su lugar. Él empujó su asiento hacia atrás para poder dirigirse a ambas.

—Ahora tienen nombres clave. Deben usarlos en todo momento y no responder a ningún otro. Un pequeño error podría acabar con su vida. Si un hombre dice «Hanna» en Varsovia y hay el más mínimo indicio de reconocimiento: una mirada hacia atrás, un giro de la cabeza o un paso vacilante, la Gestapo te arrestará, te torturará hasta que obtenga lo que quiere o te matará directamente. —Él alternaba su mirada entre ellas, aparentemente juzgando su reacción ante tal escenario. Hanna notó el hormigueo nervioso en la parte posterior de su cuello. En muchos sentidos, las cuatro horas que habían transcurrido entre Croydon y Briggens House la habían empujado a un mundo tan extraño que se sentía sola y vulnerable, como cuando llegó a Londres el año anterior.

—Si quieren dar marcha atrás, ahora es el momento —continuó—. Si se quedan, serán puestas a prueba. —Pasó un dedo por el bigote, sacó un papel del bolsillo de su chaqueta y sonriendo revisó la nota que tenía delante—. Por cierto, ambas tienen maridos ahora.

—Eso es reconfortante —dijo Dolores.

Miró a Hanna.

—Tu nombre es Greta Baur, originaria de Múnich. Trabajas como mecanógrafa en Varsovia, Volksdeutsche. Eres de etnia alemana, pero no vives en Alemania. Tu esposo, Stefan, nunca está cerca porque es un conductor privado que trabaja para los nazis… ¿Entendido?

—Greta Baur —respondió Hanna—. De Bavaria, Múnich para ser exactos. Esposo: Stefan.

—Bien. —Se volteó hacia Dolores—. Eres Maria Zielinski de Varsovia, costurera, esposa de un carnicero. Él murió en los bombardeos de 1939. Su nombre polaco es, o era, Boris.

—Oh, Boris. —Miró un momento la mesa y luego, en perfecto polaco, saludó a una persona imaginaria, relatando la calle y la dirección donde vivía en Varsovia.

Los labios de Hanna se abrieron con asombro.

—¿Hablas polaco?

—¿Por qué crees que estoy aquí? —dijo Dolores con aire de suficiencia—. Mira alrededor.

No se había tomado el tiempo para hacerlo; su atención se había centrado en Phillip. Las mesas estaban llenas de hombres y mujeres, algunos vestidos de uniforme, otros de civil, tomando un descanso o trabajando con la cabeza agachada sobre cuadernos. El inglés y el polaco flotaban por la habitación, junto con una pizca de francés.

—Tenemos documentos polacos falsificados, así como miembros de la resistencia polaca —dijo Phillip—. Eso es todo lo que puedo decir. Los verán en la casa y en los terrenos. Si todavía están con nosotros cuando se vayan de Briggens House, no tendrán que preocuparse por sus documentos de identificación. —Hizo una pausa por un momento y miró a Dolores—. ¿Quién eres tú?

—Maria Zielinski, esposa de Boris, mi querido carnicero muerto.

—Excelente.

—¿Y tú? —le preguntó a Hanna.

Ella entró en pánico por un momento, después de haber bajado la guardia para observar la habitación.

—Greta… eh… Baur.

Phillip frunció el ceño.

—Tienes que ser más rápida, menos tensa y decir tu nombre como si fuera tuyo. La más mínima vacilación conducirá a problemas.

—Lo siento —dijo ella, con las mejillas ruborizadas, particularmente después de la actuación estelar de su compañera de cuarto.

—Tienen esta tarde libre —dijo él—. Un miembro del personal les mostrará los alrededores. El Cuarto Barón de Aldenham y su familia viven aquí bajo un privilegio especial. Esa parte de la casa está prohibida. Empezamos en serio mañana a las cero seiscientas horas. El desayuno es media hora antes. —Se levantó de su silla y recogió su plato de comida a medio comer—. Debo asistir a una reunión. Disfruten de su comida.

El sol de la tarde entraba oblicuamente por la ventana, y la luz se reflejaba en los platos de plata. Hanna siguió a Dolores a la mesa, más allá de las filas de hombres y mujeres, todos los cuales parecían diligentes y absortos en su trabajo. ¿Tendría el coraje de hacer este trabajo, de enfrentarse a la muerte de manera arrogante como parecían hacerlo estas personas?

211

Tomó un plato y observó cómo Dolores se servía abundantes raciones de carne y papas. El racionamiento no estaba vigente aquí. Su apetito disminuyó cuando la realidad la golpeó de lleno.

Briggens House permanecía a oscuras; mantenían el apagón en caso de que los bombarderos nazis regresaran con su fuego destructivo. El aire de la noche entró en la habitación a través de una ventana entreabierta, y los rayos de luz de la luna menguante se filtraron a través de las ondulantes cortinas y se esparcieron sobre su dormida compañera de cuarto.

Hanna y Dolores se habían retirado a media tarde, ya que empezarían temprano a la mañana siguiente. A Hanna le costaba dormir, pues no paraba de pensar en reuniones familiares en las calles de Varsovia, batallas imaginadas con agentes de la Gestapo y soldados de la Wehrmacht. ¿Sería la realidad tan cruel? Phillip había insinuado que, aunque el peligro era real, el objetivo de un agente de la SOE, en particular de una mujer, era recopilar información. Había que mezclarse discretamente con Polonia para llevar a cabo una misión de reconocimiento. Enviar a las mujeres al combate, aparte de su defensa personal, era el último recurso.

Hanna se encontraba pensando en todo aquello cuando la puerta se abrió de golpe y el haz de luz de una linterna eléctrica iluminó el rostro de un soldado. Ella puso un cuchillo en su garganta, pero un par de manos se lo arrebataron y otras manos la detuvieron.

—¿Hanna Majewski? —preguntó la voz áspera—. Responde con la cabeza, sí o no.

—¿Hanna Majewski? —cuestionó otro hombre, en tono aún más amenazante.

Dolores se incorporó de golpe en la cama.

—¿Qué está pasando?

—Esto no te concierne. —La forma de una pistola apareció en su mano—. Cállate o serás la siguiente.

¿Estaba soñando? Las voces parecían reales. La luz dispersa de la linterna delineó las formas de dos hombres vestidos de negro, con el rostro cubierto con capuchas que revelaban sólo la boca y los ojos.

El hombre retiró su mano enguantada de su boca, aún esperando una respuesta.

En medio de la conmoción y el pánico, iba a responder que sí, pero luego reaccionó, y recordó que ya no era Hanna Majewski. Era Greta Baur. No estaba en Croydon, estaba en Briggens House, bajo la custodia de dos hombres.

Ella sacudió la cabeza.

—Mi nombre es Greta Baur.

—Ven con nosotros —dijeron.

La empujaron fuera de la habitación, la arrastraron por el pasillo oscuro y, escaleras abajo, casi levantando sus pies del suelo, la llevaron a una habitación muy lejana del resto de la casa. Uno de los hombres abrió una puerta, la empujó adentro y le dijo que tomara asiento.

El hombre que sostenía la linterna arrancó la malla de tela que cubría la luz y, en el haz que se extendió, Hanna vio una silla de madera de respaldo recto al final de la habitación. Era negra y ominosa, y se mezclaba con las paredes casi del mismo color.

—¿Qué quieren? —preguntó ella, temblando en su camisón. El suelo estaba frío y húmedo sobre sus pies descalzos.

—Nosotros hacemos las preguntas —respondió otro hombre con un leve acento alemán.

—¿Quién eres tú? —preguntó el hombre.

Ella se sentó, mirando fijamente a la luz.

—Ya les dije. Mi nombre es Greta Baur. Soy alemana, nacida en Múnich.

Una cerilla se encendió en la oscuridad, y luego se desvaneció hasta convertirse en un resplandor naranja al final de un cigarro.

—¿Gustas uno? —La voz era casi amable, apelando a cualquier debilidad, cualquier simpatía que pudiera intercambiarse entre ella y sus captores.

—No fumo —respondió ella—. Las mujeres alemanas no deberían. El Führer lo dice.

La luz rebotó y se acercó a su rostro.

—¿A qué te dedicas?

—Soy mecanógrafa.

—¿Para quién?

La pregunta la tomó desprevenida. No recordaba ninguna empresa de secretarias en Varsovia. Entonces, su mente hizo clic: el nombre de su compañera de cuarto.

—Trabajo para Zielinski en Krochmalna.

—No hay ningún Zielinski en Krochmalna. No me mientas.

—No estoy mintiendo.

—Ya veremos.

Se sentó en silencio, mirando fijamente a la luz, esperando la siguiente pregunta. Una ráfaga de aire frío le golpeó la cara, seguida de una descarga eléctrica en el cuello y la espalda. El hielo triturado se deslizó en su piel; le habían vaciado un cubo de cosas congeladas encima. Se retorció en su silla, aturdida por la temperatura punzante que le enfrió la espalda y se asentó en un aglutinamiento ártico en la base de su columna.

—Sabemos lo que estás haciendo —dijo el hombre.

—Soy mecanógrafa, no he hecho nada. Revisen mis papeles y verán.

—Eso no es suficiente.

Otra ráfaga de aire la golpeó y un segundo cubo de hielo le cayó por la espalda. Se retorció en la silla, pero logró permanecer sentada.

—No estoy mintiendo —jadeó—. Soy Greta Baur.

—Trabajas para los polacos, ¿verdad? —El hombre hizo una pausa, lo que amplificó la sensación de amenaza y el silencio se hizo mortal.

—No sé a qué se refieren. Miren mis papeles.

La luz se acercó y luego se apagó.

La oscuridad llenó sus ojos antes de que se encendiera un banco de luces en el techo. Entrecerró los ojos por el dolor, mientras estos se ajustaban al resplandor. Los dos hombres que la habían sacado de su habitación se quitaron las máscaras: oficiales del ejército reclutados para el entrenamiento.

El hombre que había hecho las preguntas estaba sentado en un pequeño escritorio al fondo de la sala. Era bajo y calvo. Apagó el cigarro en un cenicero de cristal y se levantó.

—Eso fue satisfactorio, no está mal para un recluta. —Le arrojó una toalla—. Puedes irte, pero no le digas a nadie sobre esto. Estos ejercicios son clasificados. Perdón por la humedad, pero si te atrapa la Gestapo, será peor, mucho peor.

—Gracias —dijo ella, sin saber qué más decir. Encontró el camino de regreso a la habitación después de navegar por el laberinto de pasillos y escaleras. Cuando abrió la puerta, encontró a Dolores, con la boca abierta, sentada en la cama.

—¡Dios mío, mírate! Pensé que te habían secuestrado, pero eso no tenía sentido.

Hanna se miró en el espejo del tocador. Tenía las mejillas enrojecidas por el frío, el pelo escurriendo en mechones lacios y el camisón empapado pegado al cuerpo.

—¿Qué sucedió? —preguntó Dolores.

—No puedo decírselo, señora Zielinski —dijo, frotándose la toalla por el cuello y la cabeza—. Hay gente aquí que nos quiere muertas.

—Maravilloso. Justo para eso me inscribí.

—Yo también. —Hanna se derrumbó en la cama, y se percató de que sus pruebas apenas comenzaban.

CAPÍTULO 12

Perla cerró suavemente la puerta del departamento para no molestar a Wanda Krakowski, quien se había quedado en casa porque no se encontraba bien. Las escaleras crujieron bajo sus suaves pasos, aunque quiso evitarlo. En el primer piso, se tapó la nariz con un pañuelo para sofocar el olor ácido de los excrementos humanos que salía del inodoro. Cuando abrió la puerta, el brillante sol de principios de junio la golpeó en uno de los días más cálidos del año. Estaba feliz de estar fuera del departamento. Nadie la extrañaría de todos modos. Encontrar a su antigua vecina había estado en la mente de Perla desde que Aaron le dijo en marzo que una señora Rosewicz vivía en algún lugar de la calle Pawia, muy cerca de la prisión del gueto.

«Extraño a la señora Rosewicz. Ella era una buena vecina. A nadie le importa dónde estoy». Aaron estaba en la escuela, si se podía llamar así; las reuniones en el aula no eran tan formales como las del yeshivá. Stefa estaba en el comedor de beneficencia la mayor parte del día. Izreal estaba en el trabajo, al igual que Daniel y Jakub. Ambas familias habían tenido suerte en ese aspecto, excepto ella. Wanda había conseguido una solicitud para Perla, pero no había funcionado.

«Mi jefe dice que no hay suficientes trabajos para las personas que los necesitan», le había dicho Wanda. «Sin embargo, lo mantendrá en el archivo de prospectos».

Esto fue de poco consuelo para Perla. A pesar de que ella era la esposa de un marido que trabajaba, todo el mundo decía que los permisos de trabajo brindaban protección adicional contra los nazis y el Judenrat, que recibía órdenes de los alemanes. No se podía descartar la importancia del papeleo. Las mujeres solteras del gueto buscaban maridos para tener la seguridad de los papeles del matrimonio y un ingreso.

Perla se abotonó el suéter a pesar del calor, disfrutando de la calidez que se sentía como una manta alrededor de sus hombros. El frío la había atravesado durante todo el invierno, permitiéndole apenas moverse unos metros de la estufa. Cuando se acababa el combustible, se cubría con todas las mantas disponibles y dormía todo el día.

Giró hacia el norte, hacia Pawia, y pasó junto al juzgado y por el orfanato dirigido por Janusz Korczak, un hospital de aspecto industrial. El gueto era una ciudad dentro de una ciudad, aunque todo se había deteriorado desde septiembre de 1939. Muchos negocios vacíos estaban cubiertos con persianas de celosía, y las ventanas tenían capas de mugre. También había carteles enyesados en sus fachadas. El letrero del taller de reparación de máquinas de coser, blanco con letras rojas, colgaba en un ángulo inclinado de su poste. El edificio necesitaba una buena limpieza y pintura, pero los valiosos suministros que podían aliviar esos problemas eran tan escasos como el oro. La placa de metal que marcaba el consultorio de un dentista había devenido a un color púrpura opaco durante el invierno. Nada estaba como antes de que los nazis entraran en Varsovia.

Frente a ella, dos niños y su madre pedían limosna en los escalones desiertos de una librería cerrada. Todavía se vendían libros, pero ahora, en la calle, junto con brazaletes, mantas, taburetes de madera y unas cuantas preciosas hogazas de pan.

Perla se detuvo más allá de la familia mendicante, horrorizada por lo que veía.

«Debí haberme quedado en casa. No puedo mirar. No puedo soportar esto».

Apartó la mirada de los cadáveres en la calle, fingiendo que no existían. El carro funerario a veces era rápido, pero, otras veces, iba rezagado en comparación con el número acelerado de muertes. Incluso policías como Daniel tenían que cargar cuerpos, con las extremidades flojas y apilados unos encima de otros como ropa desgastada. Pero hubo algo de lo que no pudo apartar la vista: un joven vestido con harapos, sosteniendo una taza de hojalata, despatarrado como una cruz sobre las grandes piedras blancas que formaban la acera; los vendajes cubrían sus pies y muñecas. No había sangre, pero su rostro la miraba como si se tratara de una calavera cubierta de carne. Las moscas con alas plateadas habían comenzado a entrar y salir de su nariz y de su boca.

Sintió como si sus ojos fueran a estallar cuando vio a tres niños, también vestidos con harapos, correr en círculos alrededor del cadáver, haciéndole cosquillas en el cabello fino de la cabeza mientras jugaban a perseguirse.

—¡Fuera de aquí! —gritó ella—. ¡Tengan un poco de respeto por los muertos! ¡Déjenlo en paz!

Volvió a taparse la nariz con el pañuelo. Los niños se dispersaron frente a sus pasos enojados.

Mientras caminaba, las lágrimas surcaban su rostro. «No es justo, Dios, ¿qué hemos hecho para merecer esto? Ten piedad de nosotros». Pensó en dar la vuelta, pero no deseaba abandonar a la señora Rosewicz y caminó penosamente hacia Pawia.

Cuando llegó a la dirección que Aaron le había dado, se encontró con un edificio bajo de piedra, de construcción modesta, cuyas ventanas daban a la calle. Parecía como si todos en el gueto se hubieran congregado aquí: mujeres en batas de casa, jóvenes descalzos vestidos con suéteres con tirantes, hombres y mujeres vendiendo lo que podían. El mundo entero se había vuelto loco.

Pasó con cautela por la puerta. «Departamento 14». Eso era todo lo que sabía. No había nombres listados en la entrada. Los departamentos del uno al once estaban en el primer piso. El aire apestaba a carne en descomposición y al mismo olor fétido de excremento humano que llenaba el hueco de la escalera de su casa.

En el segundo piso, a la izquierda, encontró una puerta marcada con el número 14 en pintura negra. Tocó y nadie respondió. Después de un segundo golpe, la puerta chirrió al abrirse.

Una chica joven, de no más de catorce años, pensó Perla, se asomó. Sus ojos color ciruela, en un rostro delgado y blanco, estudiaron a Perla con recelo. La niña no dijo nada, sólo la miró con tristeza.

—Estoy buscando a la señora Rosewicz. Me dijeron que vive aquí.

—La anciana —dijo la niña—. ¿Qué quieres con ella?

—Éramos vecinas. Quiero asegurarme de que está bien.

Los dedos delgados de la joven se deslizaron como patas de araña alrededor del marco de la puerta, manteniendo aún su distancia con Perla.

—Está casi muerta, apenas sobrevivió al invierno. Ella no tiene a nadie. Hubiera sido mejor si hubiera muerto.

Perla empujó la puerta y la niña cayó hacia atrás con la misma facilidad con la que el viento esparce una hoja muerta.

La pequeña habitación estaba llena de cajas y cajones vacíos, la mayoría utilizados como camas, por lo que Perla podía ver. Montones de ropa vieja y mantas estaban apilados en el suelo o tirados sobre los pocos muebles que funcionaban; apenas había espacio para moverse.

—¿Dónde está? —Perla se encontraba en un camino mugriento formado entre los detritos.

La joven señaló un rincón cerca de la ventana.

—Hace frío allá. Eso es lo que casi la mata.

Avanzó con cautela y pasó junto a dos niños esqueléticos sentados en un montículo de basura. La miraban desde una gorra y un sombrero. Sus cuerpos le recordaron el cadáver que había visto en la calle; carne estirada que cubría los huesos.

—¿No tienen nada para comer? —preguntó Perla.

—Sólo lo que los dos hombres traen de vuelta. Vivimos nueve personas aquí. No sobra nada.

En el rincón oscuro, Perla distinguió la figura de una mujer cuyos brazos y piernas le recordaron a palos de escoba. Una manta gris sucia cubría el cuerpo delgado que descansaba sobre un periódico amarillento.

Perla dio un grito ahogado.

—Kachna… Kachna, ¿qué te han hecho? Toma mi mano.

La señora Rosewicz giró su cabeza nervuda y canosa, y la luz en sus ojos brilló brevemente antes de apagarse. Sus delgados dedos se arrastraron sobre el papel de periódico.

—¿Me reconoces, Kachna? Soy yo…, Perla.

—Ya veo… Ya veo —respondió la débil voz—. Se llevaron todo.

«Tu vida. Tu dignidad. Sí, te lo quitaron todo, a todos nosotros».

—Oh, por Dios, Kachna… Cómo quisiera poder ayudarte… —Cayó de rodillas y sujetó la mano fría de su amiga; las venas se erguían como túneles azules bajo la carne—. ¿Qué puedo hacer?

—No puedes salvarla —dijo la chica desde el otro lado de la habitación—. Nadie puede salvarnos.

Perla dejó caer los dedos delgados y, sollozando, se tapó el rostro con las manos. ¿No había nada que ella pudiera hacer? «Izreal sabrá qué hacer».

—No llores, Perla… Sé que no me olvidarás. Eso es lo que quieren. Quieren que seamos olvidados.

—Oh, Kachna, no te olvidaré.

—Estoy tan cansada…, debo dormir. —La señora Rosewicz se subió la manta hasta el cuello y volteó el rostro hacia la esquina.

Perla se levantó del suelo; sentía como si su cuerpo estuviera lleno de plomo. Miró la ropa desordenada junto a su amiga y, sacando un par de pantalones de la pila, formó una almohada con el material. Levantó la cabeza de la señora Rosewicz, la nuca fría, la carne liviana por el hambre, y colocó la tela debajo de ella. No había nada más que hacer, no podía traer nada para comer, había tan poco en su propia casa. Enviaría comida con Aaron, pero ¿de qué serviría? ¿Cómo podía estar segura de que le llegaría a su amiga? No podía alimentar a nueve personas, los siete que vivían en su departamento apenas tenían suficiente para comer.

¡Daniel! Él se encargaría de que Kachna consiguiera algo de comer, él la protegería.

—Gracias —le dijo a la joven mientras regresaba a la puerta—. Cuiden de ella. Enviaré comida.

—Oh, una ricachona —respondió ella—. Suerte para ti, aunque no la tendrás por mucho tiempo.

El tono de la joven sorprendió a Perla: la finalidad, la convicción endurecida de sus palabras, como si supiera que todo en el gueto sería borrado y ningún judío quedaría con vida. Lo peor es que la niña en verdad lo creía y eso era exasperante.

Cerró la puerta, contenta de estar fuera de la habitación estrecha y miserable.

La calle Pawia estaba tan ocupada como cuando llegó, pero en esos pocos momentos con la señora Rosewicz, algo cambió en su mente. Su cuerpo estaba aturdido por una sensación de entumecimiento, como la sensación de un ladrillo en su cabeza. Sus pies se arrastraron por la acera.

«La niña tiene razón. No saldremos vivos de esto».

Caminó como un cadáver hacia su casa, con la esperanza de no ver más cuerpos en la calle.

—*Der Melech iz toyt* —susurró Aaron en yiddish a través de la grieta en los ladrillos. «El rey está muerto», las cuatro palabras que él y Zeev habían elegido como su código.

El sol se había puesto en la noche de finales de junio y la oscuridad se acercaba rápidamente, junto con ella, el temor de estar fuera después del toque de queda, arriesgando su vida para darle dos rebanadas de pan a su amigo hambriento. Si lo atrapaban, no quería pensar en lo que le harían. Su padre estaba en el trabajo, pero los demás, con la posible excepción de Daniel, estarían en el departamento, las habitaciones sofocantes y aburridas donde no pasaba nada más que tristeza y lágrimas. Incluso los días de reposo ya no eran alegres. Le resultaba difícil orar por la paz o el perdón mientras su padre continuaba con el ritual, ni siquiera en una mesa, sino de pie con los demás en un círculo alrededor de las velas parpadeantes en la habitación más grande. Las dos familias preferían mantenerse a solas, lejos de los demás, sin siquiera aventurarse a las sinagogas del gueto. Sin embargo, el aislamiento y la claustrofobia lo asfixiaban. Cómo anhelaba los días en que podía abrir las puertas de los balcones y caminar, como si estuviera sobre el aire, hasta la barandilla de hierro sin importar la época del año. Extrañaba mirar a través de un Krochmalna lleno de gente e imaginar la ciudad como propia. Se preguntó cómo le iría a la señora Danek con su loco marido.

—*Himil iz brukh* —respondió la voz. «Bendito sea el cielo», la respuesta adecuada.

Aaron inspeccionó todo desde su punto de vista, en una esquina interior apartada del muro, entre la plaza Mirowski y el parque Saski, ambos lugares fuera de los límites del gueto. Aquí, un borde dentado, un ángulo de cuarenta y cinco grados en la construcción, le permitía fundirse con las sombras. No había ninguna entrada vigilada cerca. Y el tráfico peatonal era ligero en comparación con otras calles. Zeev había descubierto una falla en uno de los ladrillos, lo que permitía sacar y reemplazar a voluntad un pequeño cuadrado de aproximadamente medio metro de cada lado.

Los ladrillos se levantaron con un rasguño y Aaron pudo distinguir el cabello desaliñado que se rizaba en bucles alrededor de la cabeza de su amigo, el único rasgo significativo que reconocía en la oscuridad cercana. Los ojos y el rostro estaban oscurecidos por la sombra.

—Toma —dijo Aaron, y sacó el pan de sus bolsillos y lo metió por el agujero.

—Gracias, amigo mío —dijo Zeev, tomando la preciada comida.

—¿Cómo va el trabajo? —preguntó Aaron, refiriéndose a un plan para abrir una sección más grande de la pared que le permitiría viajar al lado ario.

—Peligroso —respondió Zeev—. Sólo puedo trabajar en la oscuridad unos minutos porque viene un oficial, la Policía Azul o los nazis. Los polacos no son lo suficientemente estúpidos como para mostrar sus rostros después del atardecer.

—Como nosotros.

Zeev se rio entre dientes.

—¿Y tú?

Aaron suspiró.

—Estaríamos muertos si no fuera por mi padre y mi hermana. Todavía trae a casa algo de comida, junto con lo poco que puede comprar en el restaurante. Stefa rara vez come sopa, no sobra mucho.

—Agradece tus bendiciones. Tienes más que la mayoría. Escuché que la gente se está muriendo en la calle.

—Cientos al día. Mi padre dijo que la gente se está muriendo de hambre y de tifus, y sólo empeorará a medida que aumente el calor del verano.

—Lo he visto —dijo Zeev; subió la voz y luego la bajó al darse cuenta—. Es terrible. Malditos piojos. La gente se vuelve loca con un sarpullido y se caga encima. Yo me meto al Vístula para tratar de mantener alejados a los bichos.

—Me tengo que ir —dijo Aaron—. Mi padre aún no está en casa, pero si me descubre después del toque de queda, no tendré que preocuparme de que los nazis me maten.

—Hay que vernos en cuatro días, puede que tenga el pasaje listo para entonces. —Los rizos oscuros desaparecieron tras los ladrillos, un acto de desaparición tan hábil como el truco de un mago.

Aaron asintió, aunque sabía que Zeev no podía verlo. En cierto modo, envidiaba a su amigo. Vivía fuera del infierno del gueto, libre de moverse si no lo tildaban de judío, libre de hacer lo que quisiera, sin que nadie lo detuviera, excepto los nazis. Vivir debajo de un puente no era placentero, buscar comida no era divertido, dormir en el frío era peligroso y estar huyendo de la posibilidad de ser arrestado era estresante, pero Zeev era libre de vivir o morir.

Corrió rápidamente desde las sombras hacia Krochmalna, se dirigió a su casa y pasó cerca de la comisaría de policía judía.

Un brazo lo agarró por el hombro cuando estaba a unas cuantas casas de distancia de la puerta de su casa. La mano se deslizó hacia arriba, agarrándolo por el cuello y deteniéndolo.

—¿Qué estás haciendo?

Aaron reconoció la voz y bajó la cabeza, avergonzado por haber sido atrapado, pero agradecido de que fuera Daniel quien lo hubiera hecho.

—Iba a casa —respondió él mansamente.

Daniel, vestido con su uniforme de policía, lo soltó y se colocó a su lado.

—¿Estás loco? —Señaló la camisa blanca de Aaron—. Te verán fácilmente con esa ropa clara. Sin brazalete, después del toque de queda. Tienes suerte de que los nazis no te hayan atrapado. Stefa y Perla deben de estar muy preocupadas.

—Saben que estoy loco. Es mi padre quien me regañaría mucho. —Siguió caminando—. Tú estás fuera después del anochecer.

—Mi turno acaba de terminar. Vamos, apresúrate. No quiero que los guardias nos atrapen.

Caminaron rápidamente hacia el oeste, sin ser vistos; las sombras de los edificios débilmente iluminados sirvieron para ocultarlos. En unos momentos, llegaron a la puerta principal.

El pasillo estaba más fresco que el aire exterior, pero húmedo, y todavía apestaba a inodoro. Aaron subió corriendo las escaleras y Daniel lo siguió, dos pasos a la vez, hasta que llegaron a la puerta. Extendió su mano e impidió que Aaron la abriera.

—¿Cuál es nuestra historia? —preguntó Daniel—. Necesitamos una excusa.

—¿Salí tarde de la escuela?

—No. Demasiado endeble…; nos encontramos en la estación después de la escuela para que pudiera mostrarte los alrededores. Nunca habías estado dentro. ¿De acuerdo?

—De acuerdo.

Daniel abrió la puerta y empujó a Aaron adentro.

—Miren lo que encontré.

Perla, con el rostro sombrío e implacable, estaba sentada en una silla cerca de la estufa fría. Stefa miró por encima del libro que estaba leyendo; sus ojos color avellana lo vieron como dos carámbanos helados. Wanda levantó la vista de su costura, así como Jakub del volante en sus manos. Pero la figura que lo hizo temblar fue su padre, quien estaba sentado frente a su madre. El rostro de Izreal se había enrojecido hasta el punto de la ira y las venas de su cuello sobresalían.

—Estás en casa —dijo Aaron, como si estuviera sorprendido.

—¡Claro que estoy en casa! —Izreal golpeó la estufa con la mano—. ¿Dónde has estado tú?

Perla se secó los ojos con un pañuelo.

—Mira lo que has hecho. Has enfermado de preocupación a tu madre.

Daniel enganchó su brazo alrededor del hombro de Aaron.

—Me temo que es mi culpa.

Stefa se aclaró la garganta y cerró el libro. Miró a Daniel como si no creyera una palabra de lo que estaba diciendo.

—¿Cómo es eso? —preguntó Izreal.

—Aaron se reunió conmigo en la estación y lo llevé a pasear. Le mostré cómo es mi día. Es muy curioso y creo que sería un buen policía.

—Tiene que ser un hombre primero. —Su padre se acercó, con el rostro ardiendo, hasta que Aaron pudo oler el jabón en sus manos, el olor a limpio que Izreal siempre tenía a pesar de su trabajo con la comida.

—Tienes catorce años, y todavía eres un niño ante mis ojos, no un hombre —continuó Izreal, inclinándose hacia él—. Sé lo que estás haciendo cuando llegas a casa justo antes del toque de queda. No estás estudiando ni jugando ni haciendo nada de lo que haría un chico normal. Estás hurgando, ¡no eres mejor que un pirata del mercado negro, un contrabandista! Los nazis les disparan a los contrabandistas. Pronto les dispararán a los judíos que intenten salir del gueto. No les importa si eres un niño o un adulto. ¡Te prohíbo que hagas esto! Te encerraré en esta casa si es necesario.

Aaron se separó de Daniel y lo hizo a un lado; su propia ira empezaba a hervir.

—¿Qué haremos cuando se acabe la comida? ¿Quién se deslizará a través de la pared hacia el lado ario para conseguir suministros? La cocina de Stefa depende del mercado negro. —Apretó los puños y gritó más preguntas en la cara de su padre—. ¿Quién cuidará de la familia cuando ya no tengas trabajo? ¿Debemos depender de Dios? ¡Dios nos ha declarado la guerra!

Izreal golpeó con fuerza a su hijo en la mejilla izquierda.

Aaron se tambaleó hacia atrás, pero Daniel lo sujetó por el brazo y lo sostuvo.

—¡Padre! —Stefa se levantó del suelo y corrió al lado de su hermano.

Izreal sacudió el puño hacia su hijo.

—¡Los nazis le han declarado la guerra a Dios matándonos! ¡Somos los Hijos de Israel! —Agachando la cabeza, su padre regresó a su silla y se sentó, cubriéndose el rostro con las manos. Después de un rato, miró hacia arriba, con lágrimas brillando en sus ojos—. Lo siento. Eres mi único hijo. Te amo con todo mi corazón y no quiero perderte. Todos queremos que vivas, no que mueras… Estoy haciendo lo mejor que puedo. —Giró hacia su esposa, sollozó y tomó sus manos entre las suyas y habló sin mirar a Aaron—. Eres demasiado inteligente para tu propio bien —dijo entre respiraciones ahogadas—. Eso es algo desafortunado en este momento, hijo mío.

Aaron se frotó la mejilla. Su padre nunca lo había golpeado o reprendido frente a los demás. Se sentó en su colchón en la esquina, sin decir nada, y, para su sorpresa, empezó a sollozar. Su cuerpo se tensó, conteniendo las lágrimas que querían brotar. La ira floreció dentro de él, y sintió que se volvería loco si no la liberaba. Tenía que hacer algo, cualquier cosa para salvarles la vida y vengarse de los nazis.

Se volteó hacia la ventana y esperó hasta que se apagaran las luces y su padre se metiera en la cama. Aaron se quedó helado al sentir el cuerpo a su lado. Se quedó viendo las nubes que pasaban sobre el edificio, revelando algunas estrellas brillantes mientras la noche se asentaba, y se imaginó lejos de Varsovia y del gueto.

Hanna apenas se dio cuenta de que el verano había pasado. No importaba si el calor y la humedad hacían que Briggens House se sintiera como un invernadero, o si el día estaba cubierto por una lluvia torrencial o una densa niebla. El entrenamiento continuó sin interrupción.

Había recibido una carta desde Varsovia, enviada de la dirección de Croydon a Briggens House. La nota era delgada, pero confirmaba que su familia estaba viva y estaba agradecida por eso. Una serie de palabras la golpearon: «Te rogamos que visites a nuestra amiga en Krochmalna». Eso valía la pena recordarlo. ¿Pero a quién?

Ni ella ni Dolores hablaban mucho, preferían mantener sus conversaciones educadas y superficiales. Su compañera de cuarto usaba demasiado maquillaje, un error si estaba asignada a Polonia, y sus modales eran demasiado bruscos para hacerla atractiva para cualquiera, excepto, tal vez, para un confiado soldado de la Wehrmacht. Hanna se preguntó si ese era el objetivo de la SOE para Dolores: una mujer fatal, transformada en una fría y calculadora asesina de nazis. Se estremeció ante la idea.

Incluso se mantenía alejada de los polacos nativos, que habían llegado a Inglaterra como un cuerpo de élite de falsificadores y combatientes. Rita Wright y Phillip le habían advertido que se mantuviera apartada y por eso mantenía con ellos los mismos intercambios que con Dolores.

Hanna a menudo le preguntaba a Phillip cómo le estaba yendo durante el entrenamiento, pero sólo aparecía una sonrisa en su rostro juvenil, seguida de las palabras: «Sigue así».

Se cruzó con Rita un día de julio. La mujer pasó junto a ella en el pasillo en penumbra, asintió una vez y no dijo nada. Cuando Hanna la reconoció y miró hacia atrás, Rita había desaparecido, deslizándose dentro de una habitación. Fue la única vez que vio a la agente que la había reclutado en Briggens House.

Sus cursos incluían idiomas, código Morse y aprender a usar el transmisor de radio. Le tomó muchos días acostumbrarse a esta extraña forma de comunicarse y, aunque pasó sus pruebas, los puntos y las rayas se sentían incómodos bajo sus dedos. Practicó muchas noches en su habitación, escribiendo códigos en la parte superior de la cómoda o en su libro de historia alemana. Aprobó fácilmente la parte de idioma de su capacitación: el alemán, el polaco y el yiddish no le costaban trabajo. El instructor le había dado calificaciones aprobatorias en los tres, con una advertencia para que continuara estudiando su alemán, en particular el subjuntivo y los verbos conjugados.

Sorprendentemente, la instrucción en armas y el combate le atrajeron más que el entrenamiento en el aula. Tal vez era un recuerdo del tiempo que pasaba al aire libre en su juventud, corriendo o nadando, cuando podía escabullirse de sus padres. Las horas pasadas en compañía de una pistola Browning en el campo de tiro la emocionaban más que sentarse frente a un transmisor de radio. Estar fuera del gran centro de entrenamiento, al aire libre, fue refrescante. Hanna se imaginó a sí misma en una casa segura en el campo polaco cerca de Varsovia o en Krochmalna, donde creció. A veces, cuando la oscuridad se apoderaba de las largas tardes de verano y se imaginaba a sí misma en Polonia, el peligro de su misión volvía a su mente. Este entrenamiento era necesario para salvar su vida. Ella tendría que matar, quizás, algún día.

Aprendió la técnica: nunca ser atrapada con un arma, si fuera posible, esa era la excusa perfecta para que los nazis te arrestaran; usar la palma de tu mano, no tus nudillos, en una pelea; acercarse al opresor; empujar y cortar, no apuñalar y usar lo que tuviera a mano para defenderse, ya fuera un palo o un ladrillo.

Un día de verano, cuando el sol brillaba, los sacaron a entrenar con el cuchillo en los amplios jardines de la parte trasera de la casa. Ya habían practicado con maniquíes antes, pero ese día fue diferente. Ella, Dolores y los demás, vestidos con sus monos de entrenamiento, recibieron cuchillos de madera que se veían y pesaban igual que sus contrapartes de metal reales.

—Una tarea simple hoy —dijo Jack, su entrenador, quien parecía más un tabernero que un luchador; era un poco regordete, con un gran bigote curvo sobre su labio superior—. Cortar la garganta de su oponente. Cortar, no apuñalar. Si logran matar a más de uno, bien por ustedes. —Señaló una mancha roja fresca, una pintura a base de agua que cubría la hoja del cuchillo—. Y no se dejen engañar: el objetivo es mantener el cuello limpio. Usen los árboles y arbustos como cobertura. —Señaló los terrenos más allá de los escalones de la terraza—. Está bien, sepárense. ¿Listos? Buena caza. —Como si estuviera dando un paseo casual, sonrió y añadió—: Estaré observando.

—Bueno, parece que esta vez va en serio —le dijo Hanna a Dolores, pensando en lo horrible que se sentiría cortarle la garganta a alguien. Pensó en su padre, que nunca hablaba de trabajo en la mesa. Todos sabían acerca de su primer trabajo, por ejemplo, sabía cortarle la garganta a un pollo adecuadamente para que no sufriera. Ahora, se aseguraba de que todo fuera *kosher*, al igual que Jack, el entrenador.

—Sí, a cazar —exclamó Dolores, sosteniendo el cuchillo en su mano extendida.

Hanna pensó que estaba disfrutando demasiado el ejercicio.

Con un chasquido de los dedos de Jack, el grupo se separó, y los alumnos se movieron en direcciones separadas hasta que todos estuvieron solos. Hanna se colocó detrás del tronco de una gran haya cuyo follaje creaba un dosel de telaraña de ramas retorcidas y abundantes hojas verdes. El nudoso tronco, tan ancho como dos hombres, estaba partido en dos. Tomó aire y se preparó.

Algo crujió cerca de ella: un pie que quebró una rama. Era una locura, pensó, saltar y enfrascarse en una pelea con cuchillos. Decidió esperar, agacharse y, cuando fuera el momento adecuado, atacar.

No pasó mucho tiempo para que el momento se presentara.

Hanna no tenía idea de quién se acercaba. El único pensamiento que cruzó por su mente fue hacerse invisible. Su corazón latía con furia y un pico de adrenalina le provocó un hormigueo en los nervios. Los pasos se acercaron a su escondite.

Vio su perfil y lo reconoció como uno de los luchadores polacos: un hombre fuerte y atlético con cabello negro y ojos oscuros que, en circunstancias normales, podría derribarla sin problema. Pero ella tenía el elemento sorpresa a su favor. Él estaba mirando al frente, sin darse cuenta de la posición de ella en el árbol. Un error letal.

Él alcanzó a verla de reojo al pasar, pero ya era demasiado tarde. Hanna saltó de su escondite y le cortó el cuello con el cuchillo de madera. El ataque lo conmocionó tanto que se tambaleó hacia atrás, agarrándose el cuello. La mancha de pintura roja era claramente visible cuando dejó caer el cuchillo al suelo.

El hombre maldijo en polaco, palabras que Hanna conocía, pero que nunca habría repetido frente a ningún miembro de la familia.

De la nada, Jack saltó bajo el amplio dosel de hojas, con una sonrisa debajo del tupido bigote.

—Excelente, Greta, un trabajo de primera. El elemento sorpresa puede ser muy efectivo.

La víctima se puso en cuclillas angustiado y espetó unas cuantas maldiciones polacas más.

—Mala suerte, Alek —comentó, ofreciéndole una mano al hombre—. Guarda la ira para más tarde. Mañana lo haremos de nuevo, con todo el equipo. No será tan fácil ocultarse. —Le guiñó un ojo a Hanna.

—Qué estúpido de mi parte —se quejó el hombre—, haber sido vencido por una mujer.

—Anímate, vivirás para pelear de nuevo —dijo Jack—. Hay que seguir adelante. Reúnete con el grupo en los escalones.

Alek, malhumorado, se limpió la mancha de la garganta mientras caminaban hacia la terraza. Unos pocos reclutas los esperaban. Aquellos que habían sido asesinados, eran fáciles de reconocer por la pintura en sus cuellos. Una de ellas era Dolores, quien, a pesar de su aspecto bastante triste, parecía estar disfrutando de la compañía de su asesino masculino, otro miembro de los combatientes polacos. Él sonreía y reía; en definitiva, se veía más feliz que el compañero de Hanna.

Jack llegó con el resto del grupo aproximadamente media hora más tarde, se sentaron en el césped y diseccionaron las muchas técnicas de sus asesinatos.

Las carreras y caminatas se intensificaron durante el verano, y la pierna de Hanna sufrió la peor parte del ejercicio. A menudo regresaba a Briggens House cojeando por el esfuerzo. Jack era famoso por usar la frase: arriba ese ánimo, y, muchas veces, iba dirigida a ella.

El día después de haber despachado a Alek, Hanna fue derrotada por Dolores de una manera alegre cuando su compañera de cuarto saltó sin ser detectada de la maleza espesa. El marcador ahora era de uno a uno para las mujeres, siendo el elemento sorpresa el factor determinante en ambas matanzas. Hanna se preguntó si su muerte con el uniforme completo podría sacarla del entrenamiento y ser enviada al *cooler*, donde los agentes que no habían logrado la calificación eran interrogados y enviados a casa.

Nada sucedió de inmediato. Su entrenamiento continuó con simulacros centrados en los mensajes, que había que dejar en lugares secretos de la ciudad o enrollarlos en cigarros que pudieran ser fumados si era necesario. Las pruebas de evocación agudizaron su memoria, junto con la prueba ocasional de identidades. Siempre recordaba su nombre y las frases alemanas apropiadas.

Una noche, cuando la luna llena proyectaba sombras sedosas sobre el césped, Phillip le pidió que dieran un paseo. Ella accedió con gusto, feliz por su compañía en la noche bochornosa. Sentía que su tiempo en Briggens House podría llegar pronto a su fin.

—He disfrutado de mi entrenamiento —expresó Hanna, mientras se alejaban de las columnas de la entrada del hogar. Phillip se detuvo en un banco cercano que daba al este y le indicó que se sentara. Vieron salir la luna brillante; su luz blanca constante resplandecía sobre el horizonte púrpura.

—Fue demasiado breve —respondió él de manera algo formal. Cambió su mirada del cielo a ella—. Mañana, todos lo sabrán —dijo sin ninguna indicación de lo que quería decir.

—¿Saber qué? —En la luz que se desvanecía, miró su rostro juvenil, que aún lucía bronceado por el sol de verano. No era fácil llegar a conocer a Phillip, a pesar de su proximidad en Briggens House. Los días eran una mancha borrosa de entrenamiento, comida y sueño, con poco tiempo para socializar. De hecho, sólo podía recordar que compartieron un par de almuerzos durante toda su estadía en el lugar.

—Si son seleccionados.

—¿Y yo fui seleccionada?

—No lo sé, y no podría decírtelo si lo supiera. Eso depende de los altos mandos aquí. Desde luego, Rita se encuentra entre ellos. —Hizo una pausa y se acercó a ella—. Es difícil. Estamos entrenados para mantenernos separados, para mantener nuestra distancia como miembros de la soe, y por una buena razón. Si estás apegado a alguien, es imposible dejarlo ir, es inimaginable saber que ha sido torturado o que ha muerto a manos de esos monstruos. No quiero que eso te pase a ti, a nosotros.

Ella estaba un poco nerviosa por sus palabras. ¿Estaba confesando una atracción? Hanna miró fijamente a la luna. Lo único que se le ocurrió fue preguntar:

—¿Por qué?

—Porque eres extraordinaria. —Volteándose casualmente a su lado, la miró—. Lamento que no nos conociéramos mejor, que no pudiéramos pasar más tiempo juntos. Lamento que nuestros trabajos sean más importantes que nuestras vidas.

Hanna miró a la gloriosa luna.

—Entiendo cómo se supone que debemos actuar para mantener nuestros sentimientos bajo control. —Ella volteó a verlo—. ¿Qué pasa ahora?

—Si continúas, lo más probable es que te asignen una casa en Escocia para el entrenamiento final. Dolores podría estar allí también, pero yo no. Mi asignación me mantiene en Briggens House.

Ella asintió.

—Lo siento, no volveremos a vernos.

Él tomó sus manos entre las suyas.

—Tal vez sí, cuando termine la guerra, si los dos sobrevivimos.

Ella suspiró.

—No hay promesas que cumplir. La gente está muriendo y hay una guerra que ganar. Los dos estamos involucrados. —Ella soltó sus manos—. A menudo me he preguntado si cometí un error al dejar Varsovia. ¿Qué me trajo aquí? ¿La culpa? ¿El odio a los nazis? Tuve que irme de mi casa, espero que puedas entender eso. Sentimientos que no pude controlar me empujaron a Inglaterra. No podía ser feliz hasta que dejara todo atrás. Mi tía supo por lo que estaba pasando porque tomó la misma decisión. Otros nunca lo entenderían. Y ahora, me voy a casa, tal vez.

Él sacó una nota del bolsillo de su pantalón y la deslizó en la palma de su mano.

—Jack me dio esto. Dijo que mantuvieras lo que estaba escrito ahí en absoluto secreto; tu vida misma puede depender de ello.

Hanna miró el trozo de papel blanco doblado, bastante común. ¿Qué estaba escrito en él? ¿Su próxima tarea? ¿Algún código secreto que sólo ella conocía?

De repente, el cielo se volvió negro cuando le pusieron un saco sobre la cabeza y lo ataron detrás de su cuello. La tela áspera le arañó los párpados, obligándolos a cerrarse, mientras escupía las fibras ásperas que volaban a su boca.

—Hazte a un lado, Kelley, no es asunto tuyo. No hagas ningún movimiento. —Reconoció la voz de Jack, el entrenador de habilidades de combate—. Pero prepárate en caso de que necesitemos tu apoyo.

—¿Qué está pasando? —preguntó Hanna en alemán, genuinamente asustada por la capucha sobre su cabeza. Esto tenía que ser un ejercicio o una broma. No había otra explicación verosímil. Deslizó la nota en un bolsillo de su vestido.

—La tengo —respondió una voz en alemán cuando un par de manos la agarraron por la cintura y la empujaron hacia el camino frente a la casa. Sus pies resbalaron en la grava. Cegada, perdió el equilibrio antes de que alguien la levantara por los brazos.

—¿Dónde está el mensaje? —preguntó un hombre en alemán.

—No sé de qué estás hablando. —Luchó contra el impulso de vomitar cuando la oscuridad asfixiante se cerró alrededor de su rostro.

La capucha le cortó el oxígeno; ella tragó bocanadas de aire, luchando por respirar.

—Te lo preguntaré una vez más. ¿Dónde está el mensaje? Sabemos que estás trabajando con la resistencia.

—No lo sé. No tengo ningún mensaje.

—Regístrenla.

Se hizo un extraño silencio, y en lugar de manos recorriendo su cuerpo, no sintió nada. Entonces un sonido, al principio débil, se deslizó a través de la tela. Era un automóvil que se acercaba rápidamente. Estaba de pie en medio de la carretera, en la oscuridad, con una capucha negra sobre el rostro.

—Por Dios —irrumpió la voz de Jack en inglés—. ¿Dónde está la linterna? ¡No nos verán si no les hago una señal!

—¿Dónde está el mensaje? —gritó otro hombre en alemán.

—Al diablo con el mensaje —espetó Jack. Su voz temblorosa se elevó con preocupación—. ¿Dónde está la maldita linterna? ¡Te dije que trajeras una!

—No la tengo —respondió un hombre.

—¡Mierda! ¡Quítate del camino!

Hanna se dio cuenta de que el coche corría por el camino, acelerando hacia ella; las ruedas escupían tierra y rocas.

—¡Muévete! —Un último grito de Jack.

Se quedó clavada en su lugar en el camino y se armó de valor para recibir el golpe. Era inútil moverse, no sabía si el coche se desviaría o hacia qué dirección iba. Ella podría saltar accidentalmente en su camino: dos toneladas de metal a toda velocidad contra ella. No quedaría nada de sí. Los ingleses lograrían hacerle lo que las bombas nazis no consiguieron.

El coche patinó hasta detenerse, arrojando rocas punzantes y tierra contra sus piernas. A través de la bruma de la tela, vio dos faros fijos.

Alguien arrancó la capucha, cegándola temporalmente por la luz deslumbrante. Las luces se apagaron y su visión regresó poco a poco. Un grupo de hombres se reunió a su alrededor.

—Excelente control de los nervios —dijo Jack parándose frente a ella. Se volteó hacia la puerta y le gritó a un hombre que estaba allí—. Tranquilo. Abra las puertas y ventanas de la casa de nuevo.

Hanna se secó el sudor del rostro y miró hacia el banco, donde Phillip estaba de pie con una mirada desconcertada y la boca tan abierta como sus ojos.

—No te preocupes, él no sabía nada de esto —expresó Jack—. Y nadie más debería saberlo tampoco. Puedes entender por qué. —Le dio una palmadita en el hombro mientras los demás se dispersaban, incluido el conductor del automóvil, quien puso la caja de cambios en reversa y retrocedió por la carretera.

—Pensé que iba a morir —le dijo a Jack.

—No lo hiciste. Pero el punto es que no revelaste lo que estábamos buscando y no corriste, lo que habría sido un error fatal. —Él la tomó del brazo y la condujo hacia el banco—. No puedo decirlo con certeza, pero creo que estás de camino a Escocia. La valentía no se puede comprar.

—No sé si fui valiente, estaba aterrorizada, no podía moverme.

—No importa. No te quebraste.

Ella se derrumbó en el banco y Phillip se sentó de nuevo; la luna los iluminaba.

—Me despido por ahora —declaró Jack—. Tengo que escribir un informe.

Después de que los hombres se fueron, Hanna se volteó hacia Phillip y negó con la cabeza.

—¿No sabías nada de esto?

Sus ojos aún estaban muy abiertos y su voz un poco temblorosa.

—Nada. Lo juro. Jack sólo me dijo que te diera el mensaje.

Se inclinó hacia él, sacó el papel de su bolsillo y lo abrió. Estaba en blanco.

—Me habría puesto furiosa si hubieras estado involucrado.

—Yo también estaba asustado. Era todo lo que podía hacer para mantener mi distancia; sucedió tan rápido.

—Supongo que ese es el punto. Los nazis también actuarán rápido. —Ella miró sus piernas adoloridas y notó un oscuro hilo de sangre que corría desde su espinilla hasta su tobillo; se untó la mancha con la mano—. ¿También recibimos pago por el riesgo? —intentó bromear, sin saber cómo terminar la conversación con Phillip.

Él la tomó suavemente del cuello, la acercó a él y la besó como ningún otro hombre lo había hecho antes.

Ella atesoró el momento y se permitió perderse en el tiempo y llenarse de esa dulce emoción. Finalmente, sus labios se separaron.

—Te extrañaré —dijo él—. No olvides escribir. —Se puso de pie y le ofreció su mano.

Ella la tomó y, después de levantarse, respondió:

—No puedo hacerlo y usted lo sabe, *sir* Phillip Kelley, pero le enviaré un mensaje de una forma u otra.

Caminaron hasta la puerta y luego se fueron por caminos separados. Las piernas le escocían mientras subía las escaleras, pero no le importaba. Había pasado la prueba final y estaba segura de que Escocia era su próxima parada. Un poco de sangre en las piernas era un pequeño precio a pagar en comparación con lo que los nazis podrían infligir.

CAPÍTULO 13

Los rumores y las historias de muerte eran enloquecedores.

Stefa se ocupaba de los hambrientos que pululaban en fila continua en el comedor social, como hormigas protegiendo un poco de pan duro. Escuchaba también las historias que se filtraban al gueto, las cuales siempre terminaban haciéndola llorar y minaban la energía que aún le quedaba. Como todos en su familia, con la posible excepción de Aaron, Stefa tenía muy poco para dar después de un día agotador.

Las tragedias parecían interminables: judíos masacrados en Ucrania por el Einsatzkommando; cualquier intento de autopreservación era tratado sin piedad. Profesores, disidentes e intelectuales habían sido detenidos y ejecutados en Białystok, Polonia. Más judíos fueron asesinados en Bielorrusia, Lituania y Rumania, y Hitler había atacado la Unión Soviética, matando a miles de inocentes. La lista de atrocidades aumentaba día a día, aparentemente por hora, mientras la gente en el comedor de beneficencia susurraba y luego se alejaba a trompicones, asustada por su propia mortalidad. Los judíos del gueto de Varsovia tenían poca energía o recursos para luchar por la libertad.

Caminar al trabajo en el verano tenía su propio costo emocional. La muerte estaba por todas partes. Stefa estaba físicamente asqueada por lo que veía en las calles, lo que todos presenciaban, a menos que tuvieran la capacidad de ignorarlo. Algunos sí podían, aquellos hombres y mujeres ricos que todavía gozaban de los lujos del dinero, aunque las fortunas estaban desapareciendo rápidamente. Caminaban juntos, ataviados con sus trajes y zapatos de cuero y sus mejores vestidos, con joyas que adornaban sus solapas y dedos. Pasaban de largo, con la esperanza de conservar lo poco que les quedaba, con la esperanza de poder cambiar diamantes por una manera de escapar de la situación.

Ignoraban a los hombres vestidos con harapos, acurrucados contra edificios sucios, rezando en hebreo, murmurando palabras en yiddish y polaco hacia los cielos, a un Dios que ignoraba su sufrimiento. El calor había hecho que los mendigos se despojaran de sus andrajosos abrigos, sus sombreros y guantes, y de los zapatos que no eran más que restos de correas de cuero. Extendían sus manos, pero, por lo general, no recibían nada, porque no había nada que dar. Stefa se acostumbró a ignorarlos. Incluso había dejado de invitar a los niños a la cocina porque las instalaciones estaban desbordadas.

Un niño que se tambaleaba con muletas tendía la mano y pedía un trozo de pan. Ella no tenía nada para dar. Una niña pequeña estaba sentada medio desnuda en la acera, con un cuenco vacío y sucio a su lado; la piel de su rostro estaba reducida a una cubierta cenicienta. La niña miraba hacia arriba y hacia abajo, y de un lado a otro, sin lágrimas en sus ojos secos, esperando que alguien la ayudara. Otro niño tocaba una melodía con un violín chirriante mientras otros niños escuchaban y esperaban algo de comida para compartir.

Era la gente del gueto, la gente que tenía que ver, o borrar de su mente cuando iba del departamento en Krochmalna al comedor de beneficencia de Leszno. Sin embargo, si uno miraba hacia otro lado, todavía se llevaban a cabo celebraciones y conmemoraciones de artistas y poetas judíos, los teatros aún recibían invitados. La vida ganaba, a duras penas, una exigua existencia. Stefa podía cerrar los ojos e imaginar que el mundo no había cambiado tanto; podía imaginar y esperar hasta que le dolieran los ojos y las lágrimas corrieran por sus mejillas, pero cuando los abría, el gueto aún existía. Nada había cambiado. La miseria seguía reinando.

Le preocupaba que su madre no fuera lo suficientemente fuerte para sobrevivir, que la lucha la desgastara antes de que la guerra terminara. Stefa lloraba lágrimas silenciosas por la noche cuando estiraba su mano para tocar la de Daniel y, al no encontrarla, temía que también se lo arrebataran, que los nazis liquidaran a la policía judía y asumieran la responsabilidad ellos mismos. En abril, Heinz Auerswald, miembro de las SS, había sido nombrado comisionado del gueto, del Distrito Residencial, como declaraba su título, pero las condiciones no habían mejorado. En todo caso, habían empeorado. Le preocupaba que el trabajo de su padre pudiera terminar y, con él, su fuente principal de alimentos, lo que orillaría a su hermano a las calles, o incluso fuera de los muros del gueto, validando su trabajo como contrabandista.

Había tantas cosas de las que preocuparse que no podía recordar la última vez que había dormido bien. Los padres de Daniel, la frágil señora Rosewicz e incluso Janka Danek, que podría haberse ido de Varsovia, ocupaban su mente. ¿Y Hanna? Esperaba que la carta que había escrito para su hermana hubiera llegado, de algún modo, a Inglaterra.

A medida que avanzaba el verano, las colas en la cocina subían y bajaban como olas en el Vístula. Los cientos de muertes diarias por inanición y tifus hacían algo de mella en la multitud, sólo para ser reemplazadas por una nueva afluencia de gente medio muerta a la mañana siguiente.

Un día, Stefa estaba sirviendo sopa cuando otra mujer se ofreció para hacerse cargo.

—Alguien vino a verte —comentó, y señaló a un hombre que estaba parado cerca de la puerta. Parecía familiar, pero Stefa no estaba segura de quién era.

Se limpió las manos en el delantal y se paró junto a la puerta de la cocina; el calor sofocante emanaba del recinto de azulejos.

El hombre se acercó a ella, sosteniendo su sombrero en las manos.

—Emanuel Ringelblum. No hemos tenido el placer de conocernos.

Ella se sorprendió al conocer en persona a un hombre que conocía sólo por su reputación. Ataviado con un traje, parecía el hombre profesional e importante que su padre había descrito. Ella se pasó la mano por el pelo, tratando de hacer presentables, de algún modo, los mechones rebeldes humedecidos por el calor. Su delantal manchado tampoco le proporcionaba gran consuelo.

—¿Hay algún lugar donde podamos hablar en privado? —preguntó Ringelblum. Sus delgados labios parecían estar permanentemente presionados en una sonrisa. Debajo de las cejas arqueadas, sus ojos eran amables e indulgentes.

La única otra habitación disponible, además del pequeño comedor, era la cocina misma, un espacio estrecho y caluroso, lleno de trabajadores ruidosos, ollas y sartenes esmaltadas que resonaban.

—Hay un edificio desierto al final de la calle, podemos hablar en la puerta.

—Está bien —dijo él, y sonrió.

—¡Vuelvo en unos minutos! —le gritó a su compañera de trabajo.

Stefa se abrió camino entre la multitud, más allá de la fila que conducía a la cocina, hasta que encontraron la entrada desierta de lo que alguna vez fue una zapatería. La producción de esos bienes había sido transferida a las plantas alemanas del gueto para uso militar. De todos modos, muy pocos podían permitirse un nuevo par de zapatos. La entrada estaba apartada de la concurrida acera. Entraron en un pequeño recinto rodeado por un banco de ventanas polvorientas, estropeadas por carteles y las marcas descoloridas que lo identificaban como una tienda judía. Dos años antes, habría estado repleta de clientes, de zapatos nuevos y relucientes en el aparador, y del olor a cuero saliendo por la puerta.

—¿Cómo está tu familia? —preguntó él, de pie rígidamente frente a ella, sin recargarse en nada para evitar que su traje se cubriera de polvo—. No he visto a tu padre en meses.

La inocente pregunta sacó a la luz emociones enterradas dentro de ella. ¿Cómo estaba la familia de cualquiera en esos días? Incluso las inocuas formalidades sociales habían sido contaminadas por los nazis.

—Estamos sobreviviendo lo mejor que podemos.

—¿Está todo en orden? ¿Los permisos de trabajo y otros documentos? —Se volteó y miró por la puerta—. Debemos ser cuidadosos. Dos personas paradas en la entrada de una tienda desierta son sospechosas.

Un tinte de tristeza la envolvió.

—Sí, excepto los de mi madre.

Él se dio la vuelta, con una mirada inquisitiva en los ojos.

—Ella no está trabajando —continuó Stefa—. Claro, está cubierta por el permiso de mi padre, pero todavía estamos preocupados. Sería mejor si tuviera trabajo, si tan sólo pudiera...

—¿Pudiera?

—Desde que dejamos nuestro departamento, nuestro antiguo hogar, su salud ha decaído. A veces, es como si ella no estuviera presente, como si se hallase en otro lugar. Todos tenemos que lidiar con lo que está pasando, pero ella lo está pasando peor que el resto de nosotros. Me temo que podríamos perderla algún día frente a los nazis. Y ellos no perdonan.

Él tomó su mano, dejando que sus dedos se detuvieran sobre los de ella por un momento, y luego los soltó.

—Veré lo que puedo hacer, quizá no sea suficiente. Debemos estar preparados para cualquier cosa. —Bajó la mirada y se quedó contemplando las sucias tablas de madera bajo sus pies—. Ojalá pudiera ser más positivo. A veces siento que los que miran para otro lado, los que no reconocen aquello que enfrentamos, los que creen que los británicos nos rescatarán o que los nazis de alguna manera volverán en sí, son los más felices. —Miró hacia arriba—. Pero no puedo olvidar lo que ha sucedido, cómo nos invadieron y nos conquistaron con su inquebrantable voluntad de engañar y destruir. Y nosotros permitimos que sucediera. Algunos quieren armas, pero yo no tengo ninguna. Las únicas herramientas que tengo son mi pluma y las plumas de los demás.

Stefa asintió, presintiendo lo que él quería escuchar.

—Escribo cuando puedo, sobre todo por la noche, cuando toda la familia está en casa. He tratado de registrar lo que ha pasado en la calle, en el comedor social y en el trabajo de mi padre. Espero que sea suficiente.

Sus labios se apretaron antes de hablar.

—Estoy seguro de que lo es… Nos tienen. Debemos resistir de cualquier manera que podamos. Cuando sea el momento adecuado, y espero que nunca suceda, te pediré tu diario y lo ocultaré con los demás, para que otra generación lo encuentre. No habría comenzado este proyecto si hubiera creído que había otra salida. Otro par de ojos verán lo que pasó con los judíos de Varsovia. Y deben creernos…; tienen que hacerlo.

Stefa miró a la multitud que pasaba arrastrando los pies; pocas personas los notaban en su enclave sombrío.

—Espero que no nos olviden, pase lo que pase.

—Algo más antes de despedirnos —dijo él—. ¿Has escuchado los rumores de los judíos de Lvov?

Ella sacudió la cabeza.

—Por eso nuestro proyecto es tan importante. —Sus ojos amables e indulgentes se oscurecieron—. Los ucranianos, instados por el Einsatzgruppen, han matado a miles de judíos en nuestra tercera comunidad más grande. Los nazis no quieren que nadie sepa que ellos lo instigaron. Una unidad de la Wehrmacht incluso filmó los disturbios contra nuestro pueblo para poder documentar cómo los ucranianos odiaban a los judíos. El gueto de Lvov será aniquilado algún día y nos culparán a nosotros, a nuestra propia gente. Eso es lo que esperan que suceda aquí.

Un violento escalofrío la sacudió y se quedó temblando en la sombra, que ahora parecía fría a pesar del calor de julio.

—Nos matarán, ¿cierto?

Emanuel no respondió, sólo la miró con ojos tristes.

—Lucharé por mi familia y por mi vida cuando llegue el momento —afirmó ella.

—Gracias a Dios —dijo él—. Bendito eres tú, Señor, Dios nuestro, Rey del Universo, el juez justo.

Se puso el sombrero, salió de la entrada de la tienda y caminó en dirección opuesta al comedor social de Leszno.

Stefa también salió a la luz del sol, conmocionada por lo que había escuchado y convencida de que tal vez no viviría otros dos años para cumplir los veinte. Un entumecimiento hueco la inundó mientras caminaba de regreso a la cocina, junto con una vaga conciencia de que ella y Daniel nunca podrían casarse o tener hijos. ¿Por qué Dios había escogido a Varsovia para tales torturas? ¿Sería mejor suicidarse que entregar su vida a los nazis?

No podía abrumarse con tales pensamientos: los hambrientos y los enfermos se movían en su lenta fila hacia la cocina.

Un miércoles, la ventana estaba abierta.

Los sonidos de Krochmalna se filtraron, pero la vida debajo sólo sirvió para aumentar su soledad. Todos se habían ido: su esposo, su hijo, su hija y los Krakowski, incluido Daniel, a quien había llegado a querer por su amabilidad con la señora Rosewicz.

«Por supuesto, señora Majewski», le respondió Daniel cuando ella le preguntó si podía ver cómo estaba la anciana. Él le llevaba la comida que les sobraba de vez en cuando. «Haré todo lo que esté a mi alcance por usted y su familia».

Había estado tentada a dejar que él la llamara Perla, si así lo deseaba, pero su mente se había desviado hacia otro pensamiento antes de que pudiera pronunciar las palabras. Esos días, le costaba trabajo concentrarse. Incluso era difícil concentrarse en las tareas mundanas de lavandería, su tarea designada, ya que no estaba trabajando. Al menos sus manos en una tina de agua tibia mantenían su mente ocupada.

Perla sacó tres pares de calcetines del lavabo y los escurrió; el agua gris y tibia chapoteaba en la bañera. Incluso Aaron estaba trabajando ahora en el Palais, obligado por su padre, en lugar de ir a la escuela. Izreal le había contado cómo le suplicó al dueño que le diera a Aaron un trabajo limpiando mesas, lavando platos y haciendo tareas en la cocina para poder vigilarlo. El jefe se mostró reacio al principio y dijo: «No sé cuánto tiempo los nazis te permitirán quedarte. No les importa que la comida sea *kosher*, sólo que sea buena». Izreal argumentó en favor de ambos trabajos —los nazis pagaban por la buena comida— y, finalmente, su jefe cedió e incluso le proporcionó dos uniformes de un antiguo empleado que le quedaban bien a Aaron, quien los alternaba cada tres días en su semana laboral de seis días.

El rebuzno de un burro y el ruido de las ruedas de los carros flotaban en el aire de verano. Perla tomó los calcetines, se asomó por la ventana y los sujetó con pinzas de madera a la cuerda que Izreal había colgado del alféizar. Llegaba casi hasta el primer piso. En invierno, la ropa se secaba casi de inmediato, pero en el verano húmedo, tardaba más, ya que el sol se deslizaba hacia el norte, dejando la fachada a la sombra.

Dejó caer el tendedero y los calcetines mojados rebotaron contra la piedra. Antes, le encantaban los veranos en Varsovia: los arbustos en flor, las rosas, las begonias del parque, los árboles llenos de hojas y la brisa que entraba por las puertas abiertas del balcón del viejo departamento. Pero ahora, la vista frente a ella sólo profundizó su tristeza. Hombres y mujeres, moviéndose como sacos de ceniza, con la ropa colgando del cuerpo; caballos y burros demacrados y niños huérfanos: esas eran las imágenes que le revolvían el estómago y atormentaban su mente. Pocas personas habían muerto cerca del edificio, pero los mendigos se aventuraban a salir a la calle durante el día y atravesaban Krochmalna como moribundos, y sus espíritus se evaporaban con el calor.

«Tifus, tifus». Izreal lo había repetido con solemne convicción muchas noches. «Cuidado con los piojos y las pulgas. Mantente alejada de la gente. Deja que Daniel vaya al departamento de la señora Rosewicz. No es seguro. Tu trabajo es mantener limpio el departamento». Ella prestaba atención a sus advertencias, pero sentía que la estaba condenando a otra prisión. Los nazis los habían encerrado dentro del gueto y su marido le había ordenado que no saliera de la habitación. Ahora dedicaba su tiempo a buscar insectos en la ropa de cama, lavar la ropa y poner las cosas en orden para el *sabbat* y las festividades.

Regresó al lavabo, preparándose para lavar un par de pantalones, cuando escuchó que la puerta se abría abajo. Las voces que se escuchaban por el pasillo no hablaban yiddish ni polaco. Los gritos eran en alemán.

«¿Qué es lo que quieren?», se preguntó a sí misma mientras los hombres golpeaban la puerta de abajo. «¿Qué buscan?».

Ella entró en pánico; su mente estaba acelerada y su corazón latía con fuerza.

—*Was für ein Scheissloch* —dijo uno de ellos, y supo que se referían al olor que impregnaba el pasillo de abajo.

—*Öffne die Tür!* —gritó otro, mientras golpeaba el marco de madera hasta que casi se partió. El vecino de abajo, un judío polaco mayor, entre otros, respondió a gritos. El alboroto aumentó hasta que Perla creyó que de la puerta no quedarían más que astillas.

Corrió por la habitación buscando su tarjeta de registro, pero en su confusión, no encontró nada. Izreal, Aaron y los demás llevaban consigo sus documentos, era un requisito en caso de que los nazis los detuvieran.

«Creen que no los escucho cuando susurran, pero sí los escucho. Sé de los asesinatos. Oí los rumores de que seremos deportados a un lugar llamado campo de trabajo. ¿Nos llevarán ahora? Si me encuentran aquí, sola, me llevarán y no volveré a ver a mi marido, ni a mi Stefa ni a mi Aaron». Se tapó la cabeza con las manos, tratando de pensar en una solución. «¡El pasillo! ¡El escondite!».

El espacio secreto era su única salvación. Izreal y Daniel se lo habían mostrado. Había metido la cabeza en él cuando estaba sola para ver si podía manejar el panel de madera. La oscuridad la había asustado porque era como entrar al espacio sin nada a tu alrededor. Ni siquiera sabía si la pequeña viga soportaría su peso.

Los hombres estaban en el departamento del vecino de abajo. Tenía que actuar ahora. Se quitó los zapatos, los colocó junto al colchón y fue hacia la puerta, abriéndola tan suavemente como pudo. El olor execrable de la letrina perduraba en el hueco de la escalera mientras se dirigía al panel. El ruido de abajo se había calmado, lo que la obligó a andar de puntillas los pocos pasos que faltaban para llegar al lugar.

Levantó el panel suavemente, con las manos sudorosas, temiendo que la madera se le resbalara de los dedos húmedos y le golpeara los dedos de los pies o, peor aún, que cayera al suelo con un ruido sordo. Se las arregló para sujetar la madera, y el turbio espacio se abrió ante ella. Vio la pequeña viga de madera.

De espaldas a la pared, apoyó el panel contra su cuerpo y colocó un pie en el soporte. Luego, el otro pie, y finalmente, tiró con todas sus fuerzas para colocar la madera en su lugar. Una línea de luz diurna gris apareció en el borde de abajo. Aspiró una profunda bocanada de aire fétido y se apretó lo más fuerte que pudo contra la fría pared. Con un tirón en la parte posterior del panel, el rayo de luz desapareció.

Durante cinco minutos, que parecieron horas, presionó la espalda contra los ladrillos y el yeso desmoronado, casi sin respirar. Las hormigas se arrastraban por su cuello, ¿o eran arañas? Le empezó a picar el brazo, pero no pudo hacer nada al respecto.

Finalmente, las voces estallaron de nuevo, junto con pasos contundentes en las escaleras. Por lo que pudo deducir que había dos hombres. Perla no sabía si eran soldados, agentes de la Gestapo o miembros de las SS.

Pensó en flores de primavera para distraerse de los intrusos que se habían detenido frente a su puerta. La distracción sirvió de poco. Iban a encontrarla, arrastrarla y matarla. Su vida había llegado a esto: acurrucarse en un tortuoso agujero antes de ser arrastrada a la muerte. ¿Dónde estaba Izreal? ¿Dónde estaba Daniel? Sus pies temblaron sobre la tabla y una astilla de cemento suelto cayó en la oscuridad.

El pasillo quedó en silencio y ella sintió que los hombres se acercaban al panel.

La puerta del primer piso se abrió y se cerró, y sintió que la atención de los alemanes se desviaba del pasillo hacia su departamento.

Gritaron instrucciones, llamaron con fuerza y luego abrieron la puerta sin llave. Después, escuchó cómo las sillas rascaban el suelo y se produjo una conmoción general en la habitación. La bisagra de la estufa de leña crujía, y escuchó cómo arrojaban cosas.

Con el olor de la letrina emanando desde abajo, arañó los ladrillos, luchando contra la posibilidad de desmayarse, con la esperanza de no vomitar.

«Dios, ¿cuándo terminará esto? Mi madre solía cantarme cuando tenía miedo. Recuerdo las canciones, su voz era tan suave como la miel, como un bálsamo». Se concentró en las melodías de su cabeza, algunas alegres, otras llenas de siglos de tragedia.

Los hombres salieron de su departamento, pasaron junto a ella hasta el piso de arriba, donde no encontraron a nadie en casa. Después de unos minutos, se retiraron por las escaleras hasta que sus pasos se desvanecieron.

Perla esperó un rato hasta que estuvo segura de que se habían ido y luego, jadeando por aire, empujó el panel para abrirlo. Cayó con un ruido sordo al suelo, pero nadie más estaba alrededor para presenciarlo. Saltó de la viga y volvió a colocar el panel, feliz de tener los pies en el suelo nuevamente, feliz de haber escapado de los alemanes y sus planes para los residentes de la casa.

El departamento estaba hecho un desastre, con utensilios de cocina y libros esparcidos, los colchones volcados, mas nada había resultado dañado. Se podría limpiar con un poco de trabajo. Preguntándose qué estarían buscando los hombres, se acercó a la ventana y miró hacia abajo, habían desaparecido. Su vecino del primer piso caminaba de regreso a su departamento.

Cuando él entró, ella gritó desde el hueco de la escalera:

—¿Qué querían?

—¿Dónde estabas? —preguntó él—. Sabía que estabas en casa, pero no dije nada.

—Me escondí —respondió ella en voz baja, sin querer revelar su secreto.

Colocando los dedos sobre el pomo de la puerta, el hombre sacudió la cabeza.

—Yo era el único en casa. No estoy seguro de lo que querían, pero si tuviera que adivinar, estaban buscando rezagados como yo que no pueden trabajar. Escribieron los nombres y ocupaciones de todos los que viven aquí.

—¿Les dijiste?

Él se rio.

—Por supuesto. ¿Qué opción tenía? No puedes mentirle a la Gestapo. —Entró en su departamento.

Ella regresó al suyo y se sentó en la silla junto a la estufa, sin querer continuar lavando hasta que el miedo que burbujeaba dentro de ella se hubiera disipado.

Perla se miró las manos, enrojecidas por tanto lavar, y se preguntó: «¿Qué querían? ¿Rezagados? Vendrán a buscarme antes que a los demás. El escondite debe permanecer en secreto».

Suspiró, consciente de que su vida dependía de hacerse invisible.

Janka se puso el abrigo mientras se sentaba en el banco, rezando por la paz y la seguridad de los Majewski. Una sensación de inquietud se apoderó de ella mientras pronunciaba sus nombres. No había oído nada sobre ellos por medio de Zeev ni de nadie más; de hecho, no había tenido noticias desde que Izreal le había dado la carta de Stefa.

Deseaba poder hacer más: los polacos católicos y los judíos no se mezclaban naturalmente. Una larga historia de desconfianza se cocía a fuego lento entre ellos, pero Aaron la había enternecido. Ella había hecho algo bueno por el niño, tal vez lo salvó y esa pequeña resistencia contra los nazis se sintió como algo que nunca había experimentado. La sensación de peligro y logro la había dejado eufórica. Pero también había algo más. En los Majewski veía a la familia que no tenía y, mientras Karol cambiaba con la ocupación nazi, los Majewski se convertían en la familia que no podía tener. Aborrecía la idea de tener hijos con Karol. Deseaba poder hacer más por todos los encarcelados, pero los nazis lo hacían imposible.

El sacerdote de cabello plateado la escuchaba, en el confesionario que se encontraba en la parte trasera de la iglesia, pero estaba demasiado avergonzada y se sentía demasiado culpable para admitir el pecado de desear la muerte de su esposo. El confesionario se abrió casi en silencio, la celosía se deslizó sobre la tela roja, revelando el rostro sombrío de un hombre, y su voz serena llenó los oídos de Janka, quien agachó la mirada para no mirarlo a los ojos de ninguna manera. ¿Cómo podía alguien confesarle algo tan terrible a un sacerdote al que conocía desde hacía años? «Padre, perdóname porque he pecado». Sin dejar espacio a alguna respuesta, siguió hablando con lo que se le venía a la cabeza: «No prestarle suficiente atención a su esposo, abandonar sus deberes de esposa». Él parecía casi divertido por su confesión; ahogó una risa, pero se corrigió rápidamente y le administró una penitencia de avemarías y oraciones.

Después de la confesión, salió de la iglesia y se paró en la acera, mientras el sol otoñal luchaba con las nubes. Los rayos intermitentes de luz golpeaban su cuerpo de una manera casi celestial. Se acercaba otro largo invierno, uno sin comida ni combustible, terrible para los polacos, y mucho peor para los judíos encarcelados en el gueto.

Caminó hacia Nowaks; era más tarde de lo habitual. Encontró la tienda casi desierta, excepto por el dueño y su hija. Los estantes también estaban vacíos.

—Es posible que tengamos que cerrar pronto —le dijo el hombre—. Ni siquiera los católicos estamos comiendo. —Si la situación era tan mala para los católicos polacos, sólo podía imaginar por lo que estaban pasando los Majewski.

Janka pensó en caminar más allá del gueto; tal vez se encontraría con Zeev o con a alguien de la familia, pero consideró el peligro y regresó a casa. Como había visto, los nazis no dudaban en dispararle a cualquiera que pareciera sospechoso. Podría ser arrestada por cualquier cosa, incluso por ser una simple observadora. Si quería ponerse en contacto con ellos, tendría que pensar en otra forma.

La tarde se fue arrastrando. No había compras que hacer. Ocupó su tiempo preparando una olla de fideos y carne enlatada. A Karol le molestaría, pero si había consumido su cantidad habitual de alcohol antes de llegar a casa, se enfurecería por otra comida de mierda o estaría lo suficientemente borracho como para que no le importara.

Estaba en algún punto medio entre esos extremos cuando llegó, poco antes de las siete. Ella, acostumbrada a oler el humo y el vodka que impregnaba su ropa, lo dejó solo y se refugió en la cocina. Él se sentó en su lugar habitual de la mesa, en la silla que miraba hacia las ventanas, con una sonrisa borracha en el rostro.

—¿No vas a cenar esta noche? —preguntó ella, mientras preparaba su plato.

—Ya comí —respondió él secamente, mientras ella se sentaba frente a él. Su silla miraba hacia la parte trasera del departamento, en dirección al baño y al dormitorio.

Él se inclinó sobre la mesa, la sujetó del brazo justo por debajo del codo y frotó los dedos bruscamente sobre su piel.

—Basta —dijo ella—. Me vas a dejar moretones por todo el brazo.

Él soltó su brazo como si este estuviera en llamas y frunció el ceño ante la comida que tenía delante.

—Bazofia. —Levantó la cabeza y sonrió—. No te preocupes, ya no tendremos que comer esta mierda por mucho tiempo.

—¿Qué quieres decir?

Hizo girar los fideos en su tenedor, se los comió y se reclinó en la silla. Algunas mujeres aún podrían considerarlo guapo a primera vista, pensó, aunque sus mejillas estaban hundidas por el exceso de alcohol y su cabello negro ondulado había perdido gran parte de su brillo; ahora, lucía engomado y aceitoso por las horas de trabajo. Sin embargo, en la superficie y debajo de la piel, su personalidad se había torcido de manera perversa y su sonrisa era sardónica, a menudo, cruel. Sus pensamientos lo habían transformado de un hombre apuesto a uno lleno de desprecio y odio. Janka sabía que, muchas veces, ese desdén estaba dirigido a ella.

—Recibí un ascenso —respondió él, algo orgulloso—. Ahora puedo usar el arma. Las cosas van a cambiar pronto.

Karol notó la mirada horrorizada en sus ojos.

—¡Ganaré más dinero!

—¿Cómo? —preguntó ella, temblando por dentro, porque en realidad no quería saberlo. Su mente se llenó de terribles pensamientos.

Él tomó otro bocado de fideos.

—No puedo decirte más. El jefe dice que tengo que callarme. Pero llegará dinero extra.

—Vas a dispararle a la gente. ¡A los judíos! —Lamentó de inmediato haber expresado esa conjetura.

—Consígueme una cerilla. Estoy exhausto. Necesito un cigarro para quitarme este asqueroso sabor de la boca.

Karol estaba con una actitud indiferente. Ella se levantó, tomó la caja y la arrojó sobre la mesa.

Él golpeó el paquete contra su palma abierta, sacó una cerilla y la encendió.

—Tienes buena imaginación; sabes lo que hay que hacer. Sin embargo, déjame contarte un verdadero secreto.

Una altiva complacencia cruzó su rostro y apretó los labios.

—Tus amigos judíos no van a durar mucho tiempo más. Los nazis planean reasentarlos nuevamente, en un lugar más adecuado para trabajar. El gueto está demasiado lleno, hay demasiados judíos.

—¿Quién te dijo eso?

Él se reclinó en su silla, y las patas delanteras de esta se levantaron del suelo.

—El jefe. ¿Quién más? Él confía en mí. —Inhaló y expulsó una gran bocanada de humo hacia el techo—. ¿Tenemos brandy?

Janka negó con la cabeza.

—¿Vodka?

—Un poco.

—Tráeme la botella. Un trago más antes de ir a la cama.

Ella hizo lo que le ordenó con un solo pensamiento en mente: nadie podría salvar a los judíos si los nazis ponían en marcha sus planes, pero ella podría advertirle a los Majewski. Era lo menos que podía hacer. Pero ¿cómo?

Karol sirvió el vodka, agitando el líquido claro hasta que llegó al borde del vaso.

—¿Mencioné las ejecuciones? Van a empezar a dispararles a los judíos. A los que salten el muro ilegalmente. —Tragó el licor—. Será como cazar patos.

—Patos —repitió ella, regresó a la estufa y se quedó mirando el plato poco apetecible que aún estaba en la sartén. «Piensa que son animales para ser sacrificados. Tengo que advertirles».

Miró por encima del hombro a su marido, que seguía comiendo y bebiendo lo que quedaba del vodka, meciéndose en la silla como un colegial.

—Tampoco tendrán piedad de los amantes de los judíos. —Se desabrochó la camisa y la miró fijamente. La pistola enfundada estaba atada a su hombro.

A la mañana siguiente, después de que Karol se fue al trabajo, Janka se asomó al armario en busca de su mejor vestido. Los que usaba para ir de compras no eran lo suficientemente buenos, empezaban a deshilacharse alrededor de los dobladillos y las mangas; no podía andar por Krochmalna con ninguno de los tres vestidos de casa que usaba mientras limpiaba o cocinaba. Por otro lado, su vestido de novia, cuidadosamente envuelto en papel marrón, tenía un vínculo sentimental y no había sido tocado desde que se casó con él. ¿Funcionaría? El vestido azul oscuro con cuello de encaje blanco y ribete a juego con las mangas sería lo suficientemente elegante para el Palais.

Aflojó el papel marrón y extendió el vestido sobre la cama. Ciertamente, aún le quedaba; era más delgada que cuando se casó. Incluso podría ser que le quedara demasiado holgado.

Janka lo sostuvo cerca de su cuerpo y estudió su reflejo en los espejos biselados de las puertas del armario. Animada por la posibilidad, se lo probó. El vestido fluía libremente alrededor de la cintura. Sin embargo, un cinturón ceñido y su abrigo podrían ayudarla a dar la impresión de ser una mujer con dinero, una mujer que encajaba en el Palais.

Después de vestirse, se paró frente al espejo del baño y se aplicó el lápiz labial pálido que había comenzado a endurecerse en pedazos quebradizos en su tubo. Durante años, Karol había considerado que el maquillaje era una extravagancia; esas tonterías reducían su dinero para comprar licor. Había perdido la ilusión de verse presentable cuando vio que no había necesidad de impresionar a su esposo ni a nadie más. Se cepilló el cabello y notó una intrusión de canas en las sienes. Cuando sintió que había hecho todo lo que podía, se puso el sombrero y el abrigo, salió del departamento y bajó las escaleras.

Le tomó unos treinta minutos llegar al Palais a pie. Evitó el muro del gueto, pero no pudo evitar mirar a la distancia la severa e imponente estructura que aislaba esa parte de la ciudad del mundo.

El aire era fresco y el sol estaba oscurecido por las altas nubes que flotaban sobre la ciudad como una sábana de seda. Había pasado por el Hotel Viceroy antes, pero nunca había estado dentro. Por supuesto, todo era demasiado caro. Los judíos ricos solían congregarse allí, junto con los polacos ricos. Karol no necesitaba a nadie con dinero, a menos que se lo ofrecieran.

Un portero con esmoquin negro y chaleco blanco mantenía las grandes puertas abiertas para una familia que salía del hotel. Dos niños rubios, acompañados por sus padres arios, salieron saltando. Un botones los siguió con el equipaje cuidadosamente colocado en un carro. Un hombre alto, delgado y erguido, que Janka supuso que era el marido, lucía una esvástica en la manga derecha de su abrigo. ¿Acaso sería un miembro del Alto Mando Alemán que había asistido al hotel para una reunión oficial? Ella nunca lo sabría. Pocas personas que no fueran militares llevaban la insignia en Varsovia.

Entró después de que la familia se fue, y el portero le dio la bienvenida con un rígido movimiento de cabeza. El vestíbulo, a pesar del día fresco, conservaba parte del bochorno veraniego. El olor de los muebles de cuero curtidos por años de uso, así como el olor penetrante del humo del cigarro, corría por el aire húmedo. Cuando preguntó por el restaurante, el hombre de la recepción la dirigió a la parte trasera del hotel.

Había planeado llegar temprano a almorzar para tener más privacidad. El reloj del hotel marcaba las 10:58, justo a tiempo. No tenía idea de si Izreal estaría trabajando, pero era un riesgo que tenía que correr. La tarea más importante era transmitir lo que Karol le había dicho. Tal vez la familia pudiera encontrar una salida del gueto antes de que fuera demasiado tarde.

Un *maître*, majestuosamente ataviado, la recibió y, cuando ella pidió que la sentaran para el almuerzo, la condujo a través del comedor casi vacío hasta una silla situada entre dos macetas con palmeras, exactamente lo que ella esperaba. No habría tantas personas para verla con Izreal.

El maître sacó la silla y ella se sentó. El acolchado cuero se sentía lujoso contra su cuerpo, el cristal y el metal se arqueaban sobre ella, y el único sonido eran los pasos amortiguados de los camareros. Se sentía como un canario en una ornamentada jaula.

Un camarero trajo un menú encuadernado en cuero, con las palabras El Palais, escritas en letras doradas sobre la cubierta.

—¿Puedo tomar su orden, señora? —preguntó él, y no volvió después de unos minutos.

Durante ese tiempo, Janka había abierto su bolso para verificar que tenía suficiente dinero para cubrir la cuenta del almuerzo. Había sacado *zlotys* de una lata en la cocina, un escondite oculto que había guardado a lo largo de los años para comprar la comida.

—Sí, gracias —respondió ella, mientras observaba los precios—. Tomaré la sopa de tomate para comenzar, seguida de la carne y las papas asadas. —Era uno de los platos principales menos costosos del menú del almuerzo.

—Muy bien. ¿Se le ofrece algo más?

—Sí, ¿está aquí Izreal Majewski?

—¿El *mashgiach*? —Las cejas del camarero se juntaron, perplejo por su pregunta.

Janka no tenía idea de lo que significaba la palabra, pero asintió.

—Le diré que desea hablar con él —dijo él.

—Después del postre.

—Desde luego.

Después de que el mesero se fue, ella elogió su propia actuación civilizada. Así vivían los ricos, así se las arreglaban a pesar de la guerra. Las palmeras, el ambiente tranquilo y la rica extensión de vidrio y metal resultaban reconfortantes, como si el mundo exterior estuviera muy lejos, como si la guerra y las matanzas fueran un mal sueño.

La comida llegó en poco tiempo, junto con una abundante porción de agua en una jarra de cristal. Ella saboreó cada bocado; la experiencia no se parecía a nada que hubiera conocido antes. La sopa estaba sazonada con la cantidad justa de especias, la carne asada caliente se derretía en su lengua y las papas nadaban en una sabrosa salsa; sus papilas gustativas estaban algo abrumadas. Cenar en el Palais era como estar de vacaciones. No había nada que limpiar. Pocas veces había experimentado tal lujo.

Estaba pidiendo una rebanada de pastel blanco con salsa de fresas para el postre cuando una cacofonía de voces llegó a sus oídos, como una parvada de cuervos en un parque cubierto de nieve en pleno invierno. Miró a su izquierda y su sangre se heló. Un grupo de alemanes uniformados, incluidos algunos con traje, estaban siendo dirigidos a dos mesas cercanas a la puerta. Los ocho hombres miraron alrededor de la sala, indicaron que estaban satisfechos con los asientos y luego ordenaron al mesero que les trajera cuatro botellas de Riesling, dos para cada mesa. Se pusieron cómodos en las sillas de cuero y encendieron sus cigarros y puros, mientras bromeaban de manera bulliciosa. Janka reconoció algunas de las palabras en alemán, pero la mayor parte de la conversación le resultaba ininteligible.

El mesero regresó con su postre.

—*Herr* Majewski saldrá en breve —le dijo, haciendo énfasis en la palabra *Herr*. Ella se preguntó si lo había hecho en beneficio de los nazis que estaban en las dos mesas.

Ella mantuvo los ojos enfocados en las puertas de la cocina, ahora preocupada de que su reunión con Izreal fuera un error. Sin embargo, necesitaba transmitir lo que Karol le había dicho.

Unos minutos después, las puertas con las ventanas de ojo de buey se abrieron y apareció Izreal, caminando tranquilamente hacia ella, ignorando a los nazis cerca de la puerta. Se detuvo y se paró a su lado, de espaldas a los hombres, protegiéndola de sus miradas.

—Mis felicitaciones por la comida —dijo, tratando de disfrazar el nerviosismo de su voz—. Todo estuvo perfecto.

Él se quedó ahí de pie, indiferente a sus palabras; lucía más delgado en su traje oscuro. Finalmente, susurró:

—Está corriendo un gran riesgo. —Se inclinó más cerca y expresó en voz más alta—. Me alegra que haya disfrutado la comida, señora.

Ella sonrió y miró a su alrededor, hacia los hombres. Parecían no prestar atención; todos estaban absortos en su conversación y su vino.

—Lo diré rápidamente y no lo repetiré —susurró ella—. Vine a advertirle. Planean reasentar a los judíos. Le dispararán a cualquiera que salte el muro ilegalmente.

—¿Cuándo?

—No sé. Mi esposo dice que sucederá pronto. Su jefe se lo dijo. No sé si alguien en el gueto lo sabe.

—El Judenrat sólo sabe lo que ellos ordenan. —Inclinó ligeramente la cabeza hacia atrás, en dirección a los hombres que estaban detrás de él y volvió a alzar la voz—. Pruebe el pastel. Me gustaría saber si es de su agrado.

Janka metió el tenedor en la ligera rebanada, se llevó el postre a la boca y lo probó.

—Está delicioso. La salsa de fresa es la mejor que he probado en años. —Se limpió la boca con una servilleta, miró la mesa y bajó la voz—. Tienen que abandonar el gueto.

—Creo que eso es imposible.

—Prométame que lo intentarán. ¿Qué hay de su hija en Londres? ¿Puede ayudarlos? —Tomó otro bocado de postre.

—No hemos sabido nada de ella. ¿Cómo podría ayudarnos?

—Si viene a Varsovia, dele mi dirección.

Él asintió y retomó su voz normal.

—Gracias por los cumplidos, señora. Es bueno verla otra vez. Espero que vuelva a visitarnos pronto.

—Por supuesto.

Se inclinó levemente y regresó a la cocina.

Ella se quedó sola otra vez. Parecía como si la soledad y la desesperación definieran su vida: esperando en el departamento a que regresara su malhumorado esposo, esperando en Nowaks un trozo de carne, esperando el final de una guerra que ahora parecía prolongarse hasta que Hitler conquistara a todos sus enemigos. Pensó en su marido y se estremeció al ver beber a los alemanes. Tenía que ser fuerte, más fuerte que los hombres en esas mesas. Nadie podría darle ese valor excepto ella misma. Tal vez podría ser una mujer de la guerra, como había dicho Izreal.

Janka terminó su postre tranquilamente, observando de manera discreta a los nazis cerca de la puerta. Algunos de ellos ahora parecían estar borrachos; se reían más fuerte y se balanceaban en sus asientos después de haber reducido bastante el líquido en la botella de vino.

El mesero le llevó la cuenta y ella la pagó. Se levantó, se abotonó el abrigo y se dirigió hacia la puerta. Sabía algunas frases alemanas básicas. Cuando pasó junto a los hombres, asintió y dijo:

—*Guten Tag.* —Tres de ellos se levantaron y respondieron con el mismo saludo. Los demás sólo asintieron, en particular los vestidos de gris, que mostraban una sutil sonrisa en sus rostros.

Janka atravesó lentamente el vestíbulo, pasó junto a la recepción y salió por la puerta. Cuando se encontró en la calle, mirando el cielo nublado, se dio cuenta de repente de los latidos acelerados de su corazón. En dos horas, había tenido la experiencia de su vida: emocionante y aventurera, pero también peligrosa y precaria. Su adrenalina estaba al límite, lo que la había hecho sudar de los brazos y el cuello. Se preguntó si podría dominar sus nervios porque tal vez se vería obligada a hacer algo aún más peligroso en el futuro. Ella había tomado una posición sin el conocimiento o la aprobación de su esposo, y la traición se sentía bien.

Caminó hacia su casa, feliz de haber ayudado a los Majewski.

CAPÍTULO 14

Noviembre de 1941

Daniel le había advertido a Stefa que su hermano podría estar traficando, a pesar de las terribles advertencias, de que no lo hiciera.

—No puedo vigilarlo todo el día —le dijo Daniel mientras se dirigía a sus rondas—. Tienes que vigilarlo cuando no está trabajando.

Aaron tuvo un lunes libre a mediados de noviembre y Stefa decidió seguirlo antes de ir al comedor social. Su hermano podía ser astuto cuando se lo proponía. Stefa observaba desde la ventana. Él le dijo que iba al baño, pero se había llevado el abrigo; después de todo, hacía más frío en la letrina que en el departamento. Sin embargo, después de unos minutos, lo vio salir del edificio vestido para el clima fresco.

—Me voy a trabajar —le indicó ella a Perla, el único miembro de la familia que se quedaba en el departamento. Era una mentira, sí, pero necesaria. Besó a su madre, que estaba sentada en una silla junto a la estufa; lucía perdida y masajeaba sus manos junto al metal caliente.

Stefa se puso el abrigo y salió de la habitación. Encontró a su hermano una cuadra más adelante. Claramente se dirigía hacia la plaza Mirowski, un lugar al que no tenía por qué ir. «¿Qué está haciendo?». Si lo atrapaba contrabandeando, lo iba a arrastrar de la oreja hasta su casa.

Trató de seguirle el paso, escondiéndose cada que Aaron miraba hacia atrás. «¿Cómo podía hacer algo tan estúpido? En efecto, no era tonto. ¿De verdad estaba haciendo esto para proteger a la familia?».

Tal vez ella tenía una falsa sensación de seguridad, una forma de evadir todo lo que estaba pasando para mantener la cordura. El tifus aún prevalecía, pero ya no representaba la amenaza que había sido en el verano. El clima frío y las conferencias públicas sobre la enfermedad ayudaron a frenar la infección. Su padre todavía podía conseguir comida, aunque las porciones eran cada vez menos generosas. Daniel los cuidaba y les daba a las dos familias la sensación de estar protegidas mientras él estuviera en el servicio policial. Pero el miedo y la muerte nunca estaban lejos de su mente.

Las historias que escuchaba en la cocina la helaban; historias tan horribles que eran difíciles de creer, contadas por los miembros del Óneg Shabat, el proyecto de escritura de Ringelblum, o por refugiados que habían llegado al gueto después de haber sido forzados a abandonar sus hogares. A finales del verano, por ejemplo, un carnicero judío en Lituania le mordió la garganta a un soldado del Einsatzkommando y lo mató. En represalia, el carnicero y dos mil judíos fueron fusilados. Se contaba también que los miembros de un consejo judío en Polonia habían sido ejecutados por cooperar con la resistencia, aunque se sabía que los judíos eran masacrados sólo por vivir en los territorios que invadían los nazis. Esas ejecuciones las llevaban a cabo lugareños que satisfacían su sed de sangre bajo la vista de las cámaras alemanas, quedando grabadas para la historia. Los miembros de la resistencia, los clandestinos o cualquiera que ayudara al enemigo firmaban sus propias sentencias de muerte.

Algunas historias eran tan aterradoras que se contaban en susurros. Se decía que los nazis habían ahogado a treinta niños del gueto, la mayoría de ellos mendigos sin hogar, en pozos llenos de agua cerca de la calle Okopowa. Las autoridades alemanas se habían referido a ellos como una plaga. A principios de octubre, después de la primera nevada, setenta niños fueron encontrados muertos en las calles, estaban congelados. Stefa no dudaba de la veracidad de estos horrores; había visto el sufrimiento con sus propios ojos.

Los asesinatos continuaron sin cesar, hasta que la mente se negaba a seguir creyéndolas. Ella notó que Daniel se había vuelto más hosco, más severo, no sólo con ella, sino con sus padres, como si intentara distanciarse. La oscuridad que siempre había sido parte de él había crecido. Algunas noches, se escabullía del departamento, por asuntos policiales, según él, pero Stefa dudaba que fuera verdad. Ella creía que se estaba reuniendo con miembros de la resistencia.

«Mi hermano». Era fácil perder el hilo de sus pensamientos bajo tanta presión. Aaron entraba y salía de la multitud, pasó por delante del cuartel general de la policía judía y se dirigió hacia el muro que bordeaba el parque Saski. Stefa recordó la vez que ella y Daniel conversaron en el parque y cómo la trastornó su noticia de convertirse en policía. Ahora, ella estaba agradecida. Tenía razón sobre la protección que ofrecía el puesto.

Aaron se detuvo en una esquina entre dos paredes; su abrigo negro destacaba como una lápida de mármol oscuro contra el ladrillo blanco rojizo. Se detuvo de frente a la pared, como si estuviera orinando sobre ella —aunque Stefa dudaba que ese fuera el caso—, y echó un vistazo por si alguna persona pudiera estar mirando.

Fue precavida, lo mantuvo a la vista y se escondió en la entrada empotrada de un edificio de viviendas, también al pendiente de los nazis o la Policía Azul que pudieran estar en el área.

Para su asombro, se abrió un cuadrado en la pared y una mano atravesó el espacio vacío. Aaron sacó de su abrigo un paquete envuelto en blanco y se lo dio a la mano incorpórea. La pared se cerró rápidamente y Aaron se giró de prisa para irse.

Era demasiado tarde. Un miembro de la Policía Azul vestido con su uniforme azul marino, gorra de visera plana y botas de cuero hasta la rodilla, atrapó a Aaron mientras intentaba escapar corriendo. Normalmente, la policía polaca estaba en las puertas; rara vez entraban al gueto, a menos que tuvieran una buena razón.

Stefa se quedó sin aliento cuando el hombre hizo girar a su hermano menor, apuntando con su bastón a la frente de Aaron. Una pistola enfundada colgaba a su costado. No tuvo más remedio que interceder.

Cuando se acercó a la pareja, el policía polaco que se elevaba frente su hermano exclamó:

—¿Qué estabas haciendo? No tienes nada que hacer aquí. ¡Te podrían haber disparado, idiota!

—Estaba... —El rostro de Aaron se contrajo cuando el policía tiró de su brazo detrás de su espalda.

—Mentir te costará una bala en la cabeza —dijo el hombre.

Stefa se armó de valor y se acercó al hombre.

—Oficial, este es mi hermano.

Él volteó y la estudió con ojos fríos.

—¿Eres parte de esto?

—No. Yo lo estaba siguiendo.

El hombre soltó el brazo de Aaron.

—¿Por qué?

—Porque quiere ayudar a la gente, incluso a los polacos del lado ario, y sospeché que se metería en problemas. —Stefa esperaba que su comentario sobre los nacionales despertara cierta simpatía.

El hombre se quitó la gorra y se alborotó el pelo.

—Bueno, al menos eres honesta. No se ve mucho de eso en estos días. —Empujó a Aaron hacia ella—. ¿Qué deslizaste a través de la pared?

—Pan —dijo Aaron, mirándose los pies.

—Pan. ¿A quién se lo diste?

—A mi amigo, se está muriendo de hambre. —Aaron abrió los ojos con determinación y miró fijamente al hombre. Su voz no se quebró y no dio indicación alguna de que estuviera mintiendo.

—Voy a decirte algo, y sería prudente que me escucharas —dijo el oficial, mientras volvía a colocarse la gorra en la cabeza—. Tienes suerte de estar vivo porque el que te vio fui yo. Estoy aquí comprobando los permisos judíos. Cualquier alemán te hubiera disparado en el acto. Voy a reportar esta brecha en la pared y será reparada. No vuelvas, porque alguien te estará observando.

Aaron asintió, pero Stefa tomó el gesto de su hermano como uno de condescendencia más que de arrepentimiento.

—Vámonos —dijo Stefa, tomando a Aaron por el brazo.

—Espera, no tan rápido —dijo el policía—. Hay que pagar una multa de cien *zlotys* o será arrestado.

Stefa apenas podía creer lo que escuchaba. El policía los estaba chantajeando. Sacudió la cabeza y le lanzó a Aaron una mirada, indicando que él los había metido en ese lío. El oficial había atrapado a Aaron, y no iba a escaparse de la culpa.

—No tengo cien *zlotys* —dijo Stefa mientras hurgaba en su abrigo. De hecho, no había nada en sus bolsillos excepto pelusa.

Aaron metió una mano dentro de su bolsillo, sacó el dinero y se lo entregó al oficial.

—No voy a preguntar cómo conseguiste eso —dijo el policía.

—Trabajo.

—Será mejor que se vayan —dijo el hombre, regresando su atención a la pared.

Stefa se alejó rápidamente con su hermano.

—¿Estás loco? —preguntó ella. La ira hervía dentro de ella—. Mira lo que te costó. —Volvió a mirar al policía, que estaba estudiando la zona donde se habían desprendido los ladrillos.

—Tú estás loca por seguirme —respondió él, con una voz llena de ira.

—No me culpes por tu estupidez. Te llevaré a casa antes de ir a trabajar. Puedes sentarte con mamá; ella nos necesita. —Lo sujetó del brazo, en caso de que él pensara en salir corriendo—. ¿A quién le diste el pan?

—A mi amigo Zeev.

Recordaba vagamente que Aaron había mencionado el nombre, pero no podía imaginarse al joven.

Estaban llegando a la comisaría de la policía judía cuando se escucharon disparos, seguidos de gritos ahogados. Stefa disminuyó la velocidad, manteniendo a su hermano bajo control; él estaba ansioso por ver qué había pasado.

A su izquierda, en la base de un muro salpicado de sangre, yacían los cuerpos de seis mujeres y dos hombres. Ella cubrió los ojos de Aaron con la mano, pero él le apartó los dedos y se quedó mirando a los cadáveres. Una de las mujeres se retorció y luego se quedó inmóvil, tan muerta como las demás que yacían a su alrededor. Los verdugos eran miembros de la Policía Azul, como el oficial que había atrapado a su hermano. Un grupo de soldados alemanes observaba, fotografiaba la escena, reía ante las muertes que se extendían cerca de sus pies calzados con botas.

A pesar de lo horrible que era la vista, apareció un horror aún mayor. Daniel estaba apoyado contra la puerta de la estación con las solapas de su abrigo manchadas de carmesí y su pañuelo ensangrentado presionado contra el rostro.

Ella dejó a Aaron y corrió hacia Daniel; deseaba abrazarlo.

—Dios mío, ¿qué pasó?

Él luchó por recuperar el aliento. El aire entraba y salía de sus pulmones en ráfagas humeantes sobre el aire frío.

—Los nazis me ordenaron que les disparara. Me negué y me golpearon. ¡Tengo suerte de que no me hayan disparado! Obligaron a la Policía Azul a matarlos.

Ella levantó el pañuelo. La mejilla derecha de Daniel estaba hinchada, con un gran hematoma púrpura; tenía un corte rojo que iba desde el centro de su frente hasta su ojo izquierdo.

—La policía polaca vio lo que me hicieron los nazis —continuó—. Después de eso, no tuvieron problema en matar a algunos judíos.

Las lágrimas brotaron de los ojos de Stefa, pero sentía algo más que tristeza: una rabia inmensa en su cuerpo. Todas las historias que había oído sobre la matanza de judíos se habían confirmado en cuestión de minutos. El gueto no era un lugar de reasentamiento ni de trabajo; era una prisión de muerte. Ahora sabía lo que los nazis planeaban para su futuro. La verdad le había llegado como un mensaje sangriento. Puso el pañuelo empapado en la herida de Daniel.

—Hay que vendarte —dijo ella—. ¿Dónde está Aaron?

Daniel señaló a la multitud que ahora había comenzado a reunirse.

Los alemanes gritaron:

—¡Miren lo que pasa cuando desobedecen! Esto podría pasarles a ustedes. Sean buenos judíos y quédense dentro de los muros. —Aaron estaba a unos metros de los muertos, mientras su joven mente trataba de asimilar la carnicería.

—Llévalo a casa —dijo Daniel—. No quiero que él vea esto. Te contaré más esta noche.

Caminó hacia su hermano y puso sus manos sobre sus hombros. Él no dijo nada mientras ella lo apartaba de los cuerpos y lo guiaba por la calle hacia su casa. Aaron se estremeció bajo su abrigo mientras caminaban.

Cuando llegaron, gritó:

—¡Los mataré! —y golpeó la puerta con el puño.

Él temblaba frente a ella y su madre; una terrible mezcla de rabia y tristeza enrojeció su rostro con furia. Stefa no hizo nada para detener su enfado porque ella lidiaba con su propia ira. Quizá la rabia era buena para ellos. No eran cobardes. Se opondrían a este terror tanto tiempo como pudieran, incluso si tenían que morir. Algo cambió en su interior, un interruptor en su mente que la hizo pasar de la complacencia a la acción. Lo sintió en su corazón y en su alma.

Al día siguiente, se colocaron carteles en el gueto explicando por qué esas ocho personas habían sido asesinadas. Daniel contó su historia esa noche, se había negado a hablar del tema el mismo día de las ejecuciones. Sus emociones estaban a flor de piel. Las familias se reunieron alrededor de la estufa, calentando su cuerpo para evitar el frío de noviembre.

—¿Por qué? —preguntó su madre, levantando la vista de su tejido.

—Salieron del gueto sin permiso —dijo Daniel, llevándose un paño húmedo a la mejilla magullada. Hizo una pausa—. Tenemos suerte de tener comida —agregó—. Los nazis están matando de hambre al gueto con su cuota de raciones. Han muerto tantos judíos enloquecidos por el hambre. —Se tocó el vendaje de la frente. La sangre coagulada había tornado la tela, que alguna vez fue blanca, en un marrón oxidado.

—Temo que el restaurante cierre pronto, incluso con el apoyo de los nazis —dijo Izreal—. Se alimentarán en otro lugar. —Asintió y miró a Daniel—. Honro tu coraje.

—No me trate como un salvador —dijo Daniel—. Muchos policías judíos me evitaron hoy porque tomé una posición. Se sienten incómodos porque decidí lo que ellos no pudieron. No podía matar a mis vecinos. Algunos me felicitaron por mis heridas de guerra.

Daniel vio a Aaron, silencioso e inmóvil, con las rodillas pegadas al pecho en su lugar habitual, en la esquina. Cómo deseaba que este joven, a quien consideraba un hermano menor, no hubiera visto los cuerpos expuestos. Stefa le contó cómo la Policía Azul había detenido a Aaron en el muro y le describió su ira después de ver los cadáveres. Daniel deseaba poder canalizar la rabia de Aaron hacia algo que no fuera la autodestrucción frente a los nazis, pero no estaba seguro de cómo hacerlo.

—Uno de los hombres era Yosef Peykus —dijo Daniel, y regresó su atención al grupo reunido alrededor de la estufa—. Tenía una esposa y un hijo pequeño. Doce días antes de ser ejecutado, trepó por un agujero en la pared para comprar pan para su familia. Lo arrestaron cuando regresó. Era tan joven para ir a la tumba. —Se inclinó hacia delante, entrelazando los dedos como si rezara.

El silencio en la habitación sólo era interrumpido por el crepitar de la madera ardiendo. Alimentaban la estufa con objetos que habían encontrado en la calle. No importaba qué: equipaje, ropa, cestas de mimbre, muebles desechados, la vieja estructura de la silla que ahora estaban quemando. Todo estaba desapareciendo a medida que las fuentes de calor se agotaban.

—¿Quiénes eran los otros? —preguntó Jakub. Su padre había envejecido desde que se mudaron, su cabello era más gris y su espalda encorvada como la de un hombre mucho mayor.

—Sé de dos —dijo Daniel—. Feyge Margolies. Tenía dos hijos, uno muy pequeño. Fue al lado ario a comprar bienes para venderlos aquí. Necesitaba comida para sus hijos. La otra era Dvoyre Rozenberg, una mujer que cuidaba a su madre enferma y a sus hijos. Ella metió carne de contrabando en el gueto para ganar un poco de dinero. Dvoyre ya había pasado tiempo en prisión por el mismo delito. No podía permitir que su familia muriera, así que volvió a contrabandear. —Él inclinó la cabeza—. No conocía a los otros. Ninguno de ellos tenía más de cuarenta años.

Su madre suspiró, mientras todos los demás en la habitación se quedaron sentados, con rostros atónitos. Stefa asintió, ofreciendo apoyo a sus palabras.

—Estaba indefenso —agregó él, mientras las lágrimas brotaban de sus ojos—. Los vi morir.

—Cerdos nazis. —Las palabras flotaron como un susurro desde la esquina. Todos se giraron para mirar a Aaron, que miraba por la ventana hacia la noche.

—La ira nos destruirá —dijo Izreal después de unos momentos.

—Dios nos destruirá —contestó Aaron.

Izreal se levantó, listo para enfrentarse a su hijo, pero Perla lo sujetó del brazo.

—Siéntate —le ordenó ella—. Déjalo en paz.

—Rezo por todos nosotros —agregó Izreal, tomando asiento nuevamente.

Daniel miró a Aaron; la espalda del joven estaba rígida, así como sus brazos a los costados, y los puños cerrados. Lentamente, Aaron levantó una mano y se la llevó a la cara.

Daniel estaba seguro de que el joven se había secado una lágrima.

Los secretos de la Dirección de Operaciones Especiales salieron a la luz cuando Hanna dejó los alrededores relativamente abiertos de Briggens House para ir a un lugar no revelado en la costa escocesa. Ella y Dolores habían sido seleccionadas y se encontraban en un pequeño autobús de transporte que viajaba de noche por el centro de Inglaterra rumbo al norte, pasando por Manchester y Glasgow. No se emitieron órdenes oficiales. Sólo seis aprendices de Briggens, cuatro hombres y dos mujeres, iban hacinados en el vehículo, junto con cajas de equipos y suministros.

El conductor, un militar, les dijo que los llevaría a la Casa A, donde pasarían la mayor parte del invierno elaborando sus identidades y aprendiendo a convertirse en agentes. Prefería esa palabra que el término espías. En una parada para repostar en Mánchester, les dijo que lo más probable era que regresaran ahí, al aeródromo de Ringway, para recibir entrenamiento en paracaídas, saltando primero desde un globo y luego desde un Armstrong Whitworth Whitley. Ella no tenía idea de lo que eso significaba y, en ese punto, realmente no quería saberlo; todo sonaba tan extraño, tan militar y desprovisto de cualquier conexión real con la humanidad, fuera de la guerra y la supervivencia. Ya había tenido suficiente de la guerra y la supervivencia a esas alturas; sólo quería una buena noche de sueño.

Miró al otro lado del estrecho pasillo a Dolores, que dormía acurrucada en un asiento; su cabeza rebotaba ligeramente contra la ventana y sus piernas estaban estiradas sobre las cajas de carga frente a ella. Incluso cubierta hasta el cuello con una manta del ejército, se veía bien, pensó Hanna. Sus labios tenían el tono perfecto de rojo, los mechones negros que caían contra el cristal parecían haber sido peinados en un salón de belleza. Sus zapatos, que se extendían desde debajo de la manta, tenían un tacón ligeramente más alto que los adecuados para terrenos difíciles; definitivamente, no estaban diseñados para un entrenamiento militar.

Sus cálidos alientos habían empañado las ventanas, a excepción del parabrisas. Hanna vio poco del campo mientras viajaban, pero cuando el autobús giró hacia el oeste, hacia la costa, el paisaje se oscureció. Sólo un rayo de luna proporcionaba una leve luz sobre el terreno.

Por un momento deseó que Phillip estuviera con ella. Su despedida había sido superficial: un beso rápido en la mejilla, luego un abrazo más largo adornado con promesas de verse cuando pudieran, junto con la esperanza de que los mensajes codificados, de una forma u otra, podrían llegar el uno al otro, a pesar de los nazis. Ella no derramó lágrimas al separarse y, hasta donde ella sabía, Phillip tampoco. Ambos se tomaban muy en serio aquello de mantener una distancia emocional. Hanna sospechaba que la formalidad inglesa también tenía que ver. Su separación era la forma adecuada de relacionarse en la soe.

Poco después de la medianoche, justo cuando se estaba quedando dormida, el transporte se detuvo en un camino de grava. Pasó la mano por el vidrio húmedo y descubrió que el autobús se había estacionado frente a una imponente mansión de piedra, enclavada en las oscuras colinas que la rodeaban.

—Despierten y salgan —dijo el conductor.

Dolores estiró los brazos, bostezó y arrastró una pregunta somnolienta:

—¿Ya llegamos?

—Sí —respondió el hombre—. Escocia. Apresúrense. Tengo que conducir de regreso a Mánchester esta noche mientras ustedes se acomodan en sus camas.

Hanna recogió su maleta y su bolso, luego se agachó y se dirigió hacia la puerta arrastrando los pies. Dolores y los hombres la siguieron, arrastrando su equipaje por el estrecho pasillo.

Unos cuantos hombres con uniforme militar cerca del transporte entraron en acción y abrieron las puertas traseras para sacar suministros.

Le llegó el olor del aire del océano y, en algún lugar, se escuchaba el débil sonido del agua arrastrándose hasta la orilla. La noche se había apoderado de todo y, gracias a la oscuridad total, la casa y el terreno circundante tenían un contorno gris bajo la tenue luz de la luna. Sin embargo, pudo ver que la estructura era al menos del mismo tamaño que la de Briggens, incluso más grande, posiblemente. Estaba construida como los edificios que había visto en Croydon y Londres, no en forma de cruz como una iglesia, sino como un edificio principal, sólido y centrado entre alas altas con empinados techos de dos aguas. Varias hileras de ventanas, como ojos oscuros, habían sido cortadas en la piedra. La mansión tenía un dejo gótico y parecía escalofriante en medio de la noche.

Hanna arrastró su maleta más allá de una de las impresionantes alas, hacia la entrada que los hombres señalaban. Una mujer estaba parada en la puerta y, para sorpresa de Hanna, reconoció la figura de Rita Wright, con su rostro tan blanco como la primera noche que la conoció.

Con un cigarro en mano, Rita se veía como si acabara de llegar de una cena, con su vestido negro ceñido al cuerpo. Salió de la entrada al porche de pizarra y le dio una calada a su cigarro; este ardió en la oscuridad y el humo rodeó su cabeza.

—Felicidades. Les doy la bienvenida a la Casa A.

Los seis alumnos siguieron obedientemente a Rita adentro, donde ella los dirigió a sus asientos en la gran sala. Unos grandes troncos de pino, de al menos un metro de largo, crepitaban en la chimenea central, lo que enviaba una agradable fragancia amaderada por toda la habitación. Hanna y Dolores ocuparon sus lugares en un lujoso sofá rojo frente al fuego.

Rita caminó desde el centro de la habitación hasta la chimenea y arrojó la ceniza de su cigarro al fuego.

—Hablaré con cada uno de ustedes individualmente esta noche. Luego, podrán irse a la cama para una pequeña siesta antes de que empecemos a las cero seiscientos. Sus habitaciones están en el segundo piso de esta ala, y sus nombres están marcados en una placa de puerta. Cada uno tiene una habitación separada. Desaconsejo la camaradería durante su estadía. —Caminó hasta una mesa de caoba que bordeaba la pared y cogió una carpeta y una pluma—. Entonces, empecemos. Comenzaré con las damas.

Rita caminó hacia el sofá, se paró frente a Dolores y Hanna y abrió el archivo. Enfocó su mirada en Hanna.

—¿Cuál es tu nombre?

—Greta Baur —respondió Hanna rápidamente, segura de su respuesta.

—¿A qué te dedicas?

—Soy mecanógrafa. —De nuevo, la respuesta correcta.

—¿De qué origen? —Rita sopló una bocanada de humo sobre la cabeza de Hanna.

—Volksdeutsche.

—¿Nombre del esposo?

La pregunta la tomó desprevenida. Phillip le había dado el nombre hacía meses, pero sólo lo había usado unas pocas veces en Briggens House. Sabía que comenzaba con una «S», pero la vacilación la estaba matando, en sentido figurado y, tal vez, literalmente a los ojos de Rita. Su rostro ardía y una fina capa de sudor brotó de su frente.

Unos cuantos nombres aparecieron en su mente frenética y probó con el más probable.

—Stefan.

Rita se echó sobre ella como un halcón sobre un conejo.

—¿Estás segura? No pareces segura.

—Sí.

Rita asintió.

—Stefan, pero la vacilación fue claramente evidente. Error número uno. —Rita revisó una página con deleite—. Estarías muerta o de camino a la sede de la Gestapo. Muy mal.

—Lo siento. Es tarde. —En el momento en que las palabras salieron de su boca, supo que Rita reaccionaría.

—¡Sin excusas! ¿Quieres vivir o morir?

Antes de que Hanna pudiera responder, Rita le entregó unos documentos, emitió un breve «puedes retirarte» y se dirigió a Dolores.

Sintiéndose como una tonta, recogió sus cosas y subió las escaleras hasta un pasillo poco iluminado. Encontró su habitación al final del pasillo y abrió la puerta. Dos velas ardían sobre soportes de madera extraídos de un viejo escritorio. La luz parpadeante era débil, pero proporcionaba suficiente iluminación para que pudiera ver la habitación con facilidad mientras sus ojos se acostumbraban. El alojamiento parecía muy inglés y antiguo, como si una habitación de un castillo medieval hubiera sido transportada a la Casa A. Abrió las pesadas cortinas que cubrían la única ventana de la habitación. Por lo que podía ver, tenía vista hacia el sur, a las colinas bajas y a una ensenada que brillaba a la luz de la luna. Había una pequeña chimenea, fría y oscura, en la pared, y una pesada cama con dosel envuelta en un edredón que se veía reconfortante, mientras el calor del transporte y de la gran sala se evaporaban.

Unos pasos apagados la hicieron asomarse al pasillo. Dolores estaba parada frente a su propia habitación.

—Realmente lo arruiné —dijo Hanna—. No saber el nombre de mi esposo… Rita debe de estar furiosa.

—Se calmará. ¿Viste tus papeles?

—No. Eché un vistazo a la habitación, eso es todo.

—Mejor revisa —agregó Dolores con una amplia sonrisa—. Es posible que tengas un nuevo color de cabello. —Entró a su habitación y cerró la puerta.

Un coro de relojes, dispersos por toda la casa, dio la una. Bostezando, Hanna regresó a su habitación y tomó el paquete de documentos de la cama. Lo acercó a las velas y vio su pasaporte alemán recién elaborado. Incluso en la penumbra, pudo ver que su cabello parecía algo más claro en la foto en blanco y negro, más corto y peinado hacia atrás.

Se preguntó cuándo sucedería eso y si Rita no había contado ese primer error en su contra.

El reloj de la cocina del Palais marcaba quince minutos después de las seis de la tarde cuando Izreal notó que Aaron no estaba.

Trató de no entrar en pánico. Sabía que su hijo de catorce años podría estar en cualquier parte del hotel, pero intuyó que se había ido. Desde que había presenciado las muertes en la comisaría, Aaron se había mantenido alejado de todos, apenas hablaba y actuaba como si ya no fuera un miembro de la familia.

En lugar de ponerse nervioso, Izreal inspeccionó los huevos que se usarían para varios platos y el gran trozo de carne que se estaba asando en el horno; este burbujeaba en el sartén, descargando sangre en un grado satisfactorio.

Izreal miró, a través de la ventana de ojo de buey, a los comensales polacos sentados en grupos entre las palmeras. El lugar estaba bastante concurrido para ser jueves y su hijo no se veía por ninguna parte.

—¿Sabes dónde está Aaron? —le preguntó a uno de los chefs.

El hombre negó con la cabeza y se limpió las manos con una toalla.

—No lo he visto en mucho tiempo. Estaba en los lavabos.

—Vuelvo en un minuto —dijo Izreal, temiendo lo peor. Se quitó el delantal, recuperó su abrigo y caminó lentamente hacia el cajón donde estaban guardados los cuchillos *shochet*. Los cocineros los usaban todos los días, pero él los había llegado a conocer tan íntimamente como el hermoso juego que había guardado cuando se mudaron del antiguo departamento. Sus primeros cuchillos: cómo brillaban bajo la luz del sol cuando abrió el estuche por primera vez. Ahora, estaban escondidos en el fondo de su equipaje.

Encontró el *chalaf* que estaba buscando: un instrumento forjado en acero fundido, tan pulido que podía ver su reflejo y cualquier imperfección que pudiera estropearlo, una hoja de veinte centímetros con un mango curvo como la empuñadura de una pistola. Lo sacó de su cubierta de satén por un momento, examinándolo en busca de rasguños o muescas, pasando una uña por ambos lados y por el borde cortante. El *chalaf* estaba en perfecto estado. Nadie en la cocina parecía darse cuenta de lo que estaba haciendo, así que deslizó el cuchillo envainado dentro del bolsillo de su abrigo. Llevaba un cuchillo todas las noches después del trabajo desde la masacre en la comisaría. Un *chalaf* sería inútil contra la potencia de fuego de los nazis, pero le daba una pequeña sensación de seguridad, algo que necesitaba durante esos tiempos sombríos.

Para asegurarse de que Aaron no se le había escapado, caminó por el aireado comedor y pasó junto a varios polacos adinerados y frente a un grupo de hombres de las SS y oficiales nazis que estaban sentados en sus mesas habituales cerca de la puerta. Su hijo tampoco estaba en el vestíbulo del hotel.

Izreal abrió las pesadas puertas y salió, sin saber a dónde se había dirigido su hijo. La sensación de hundimiento en su estómago sugería que Aaron estaba en el lado de Varsovia donde se encontraba el muro, contrabandeando suministros.

Decidió recorrer el perímetro del gueto, a pesar del peligro de salir de noche. Los alemanes estarían buscando actividad sospechosa. No le preocupaban los guardias polacos y nazis en la puerta cerca de su departamento. Habían llegado a conocerlo a él y sus horas extrañas, cuando llegaba tarde del restaurante. Izreal incluso había bromeado con ellos sobre algún cabo o ese Mayor que amaba la comida en el Palais. «Deberían ver cómo come». Los guardias no podían permitirse tal extravagancia, pero no estaba de más sembrar buenos sentimientos que pudieran ser útiles en el futuro. Sin embargo, rondaban otros nazis y policías azules, soldados que no dudaban en matar o torturar a cualquiera, incluso niños. Esa verdad corría por sus venas como el hielo.

Caminó hacia el norte, no tan rápido como para llamar la atención, pero sí lo suficiente como para encontrarse en el muro sur del gueto en cuestión de minutos. No estaba seguro de qué camino tomar, pero decidió que el este era lo mejor. Después de un giro hacia el norte, la ruta se dirigiría hacia el parque Saski, un área probable para realizar transacciones de contrabando entre los árboles estériles.

Se mantuvo entre las sombras, esquivando a un par de guardias que caminaban cerca de la pared. Absortos en su conversación sin fijarse en él.

Izreal giró hacia el parque y se mantuvo a una cuadra de la pared, sólo lo vislumbraba cuando aparecía como una barrera al final de una intersección. Nunca había visto el gueto desde esa perspectiva; la vista lo llenó de temor y remordimiento. La prisión en la que estaban encerrados parecía sacada de los barrios bajos del Londres victoriano, un escenario sacado de una novela de Charles Dickens que alguien le había descrito alguna vez: edificios oscuros perfilados contra un fondo negro de nubes y estrellas; puntos centelleantes de luz amarilla que brotan ocasionalmente de las fachadas de piedra; humo gris que se elevaba hacia el cielo desde algunas chimeneas de vecindad, no de todas, ya que el frío era una parte amarga del castigo del gueto. Su familia vivía no muy lejos, en aquel barrio bajo, y él no podía cambiar esas horribles condiciones. Tal vez podrían escapar, pero ¿a dónde irían? No tenían ningún lugar dónde esconderse, ningún refugio seguro.

Al norte de la calle Królewska, vio algo con el rabillo del ojo que le produjo un escalofrío a través de su cuerpo. Al principio, no estaba seguro de lo que estaba viendo: sombras retorciéndose, como un *ballet* silencioso, en un hueco de la pared.

Un guardia alemán, posiblemente de una entrada no muy lejana, estaba de pie con un joven pequeño que reconoció como su hijo. No había forma de confundir a Aaron y al soldado apuntaba con un rifle al pecho de su hijo.

Quería gritar, aunque sabía que era un error potencialmente fatal. En cambio, corrió lo más silenciosamente que pudo, con el cuchillo dentro de su abrigo golpeando contra sus costillas.

Murmuró una oración en silencio, preguntándose si matar a este hombre para salvar a su hijo cumplía con las condiciones de *pikuach nefesh*: preservar la vida de su hijo por defensa. ¿Lo perdonaría Dios por el pecado que estaba a punto de cometer?

Seguramente. Él entendería lo que tenía que hacer. Los miles de animales que había matado en rituales destellaron ante él. Había tenido mucho cuidado cuando era un *shochet* para asegurarse de que el cuchillo fuera bendecido, y de que la matanza fuera hecha con un solo corte en la garganta, entre la epiglotis y la tráquea, cortando las arterias carótidas, las venas yugulares y los nervios circundantes. La presa destinada a la mesa había muerto en silencio, desangrándose sobre la tierra ritual colocada en el suelo. No podía haber pausa en el corte, ni apuñalamiento; no se podía ni trocear ni rebanar, el *chalaf* debía trazar hábilmente un solo corte, con la parte posterior del cuchillo visible para el carnicero.

Aaron se dejó caer de rodillas, con las manos sobre la cabeza. El rifle ahora apuntaba a la base de su cuello.

Izreal no podía escuchar lo que decía el soldado, pero sabía que su hijo estaba a segundos de morir. Aparentemente, las respuestas que recibió el guardia no fueron suficientes para convencerlo de que el joven debía ser arrestado o liberado. En cambio, un solo disparo en la nuca, el método de ejecución preferido por los nazis, lo terminaría. Izreal sabía que el disparo del rifle vendría en cualquier momento.

Sacó el cuchillo, se colocó detrás del guardia y miró para ver si alguien más los estaba observando.

—¿Hay algún problema? —preguntó Izreal en alemán, una frase que conocía del restaurante.

El soldado comenzó a girarse, pero Izreal golpeó la cabeza del hombre hacia atrás, derribando la gorra y dejando al descubierto la suave carne debajo de la barbilla.

De un solo corte, de izquierda a derecha, rápida y limpiamente, cortó la garganta con la profundidad precisa para asegurarse de que el hombre muriera.

El soldado dejó caer su rifle, colapsando sobre sus rodillas y llevándose las manos a su garganta ensangrentada. Después cayó de costado en la acera y la sangre gorgoteó mientras su vida se agotaba.

En la luz turbia, Izreal pudo ver que el soldado era joven, un chico en realidad, de no más de dieciocho años, unos años mayor que su hijo. ¿Qué familia alemana había perdido su futuro?

¿Era de Berlín, de Múnich o de un pequeño pueblo cerca de la frontera con Francia? No importaba.

Su ira estalló cuando Aaron se encogió junto a la pared.

—Trae tierra —le susurró a su hijo.

—¿Qué?

—¡Haz lo que te digo, rápido!

Cualquier luz que quedara en los ojos del joven soldado se desvaneció. Sus piernas y brazos se retorcieron un par de veces, y luego, se quedó inmóvil.

Aaron se puso de pie, recogió un puñado de tierra cerca de la pared y se la llevó a su padre.

Izreal cerró los ojos, bendijo al hombre que había perecido frente a él y arrojó la tierra sobre la sangre que se acumulaba en las piedras.

Tomó a Aaron por el cuello de su abrigo y lo obligó a esconderse entre las sombras.

—¿Sabes lo que has hecho? —preguntó Izreal—. ¡He matado a un chico como tú! Dios, perdóname.

Aaron permaneció en silencio; su cuerpo temblaba contra el de su padre.

Un hombre se adentró en la oscuridad. Era polaco, vestía un abrigo gris y un sombrero; su rostro pálido apenas era visible.

Izreal se detuvo, atónito por la repentina aparición, con el cuchillo en la mano.

El hombre miró el cuerpo del soldado.

—Bien —dijo, y se alejó.

Izreal limpió el cuchillo ensangrentado en la hierba y lo guardó en su abrigo. Siguieron al hombre polaco mientras caminaba hacia el sur, antes de abandonarlo y girar hacia la entrada cerca de su edificio. Un pensamiento terrible acechó a Izreal mientras miraba a los guardias nazis y la Policía Azul conversando en la reja de alambre. Más de un joven soldado podría morir. ¿Qué pasaría si los nazis se vengaban de los judíos? La tierra sería una pista. Tendría tanta sangre en sus manos.

Antes de cruzar la calle, Aaron le dijo:

—Dios te perdonará, pero no sé si me perdonará a mí. Estaba buscando a mi amigo.

—No le cuentes a nadie sobre esto, ni siquiera a Daniel.

Izreal les dijo a los guardias, dos de los cuales conocía, que Aaron se había enfermado y necesitaba irse a casa. Les indicaron que pasaran.

Cuando llegaron al departamento, todos los miraron extrañados, como si hubieran regresado de entre los muertos. Quizá sus rostros blancos revelaron su dolor.

—Mantenlo a salvo —le dijo Izreal a Daniel—. Debo volver al trabajo. No regresaré a casa hasta tarde.

Aaron no dijo nada, pero se desplomó en su rincón, con la cara contra la pared.

Preguntándose cómo iba a limpiar la sangre del cuchillo y su vaina sin que nadie se diera cuenta, Izreal se marchó. Estaba a unas cuadras del soldado muerto, sabía que una vez que se descubriera el cuerpo, los nazis estarían buscando a un asesino.

CAPÍTULO 15

Enero de 1942

El viento invernal atravesaba el abrigo de Janka como si llevara una camisa fina.

Al regresar a casa, después de un esfuerzo por encontrar pan, abrió la puerta y subió las escaleras temblando, deteniéndose en la puerta al escuchar voces dentro del departamento. A uno de ellos lo reconoció; era su esposo, Karol, pero no alcanzó a reconocer la segunda voz. Los hombres, dos por lo que pudo identificar, habían estado bebiendo, sus voces estaban acompañadas de carcajadas forjadas por egos masculinos que se abrían paso a través de la puerta.

Se sintió tonta de pie en el pasillo con su abrigo, botas, guantes, gorro y bufanda; no tenía otra opción más que entrar. Hacía demasiado frío para vagar por las calles.

Janka abrió la puerta, obligándose a aceptar a un invitado inesperado y lo que pudiera necesitar. ¿Estaría esperando la cena?

La conversación se detuvo y Karol la miró como si hubiera cometido un acto de infidelidad atroz. El otro hombre, joven y bien parecido, que vestía un elegante traje, se puso de pie cuando ella entró en la habitación.

Después de limpiarse los pies en la pequeña alfombra junto a la puerta, colocó las dos hogazas de pan que había comprado en lo profundo de las sombras, donde no fueran visibles. Se quitó el abrigo y lo colocó sobre una de las sillas del comedor.

—Por fin llegas —dijo Karol—. ¿Dónde has estado?

—Ya sabes —dijo ella concisamente, sin esperar una respuesta. La comida prometida por «el jefe» había tardado en llegar, lo que hacía que las comidas de invierno fueran insignificantes—, buscando pan.

—No importa —expresó él, ignorando su comentario y tomando un vaso medio lleno de licor. El brandy francés que estaba sobre la mesa de café parecía caro. No era la marca barata que Karol solía tener en la casa.

Su marido señaló su vaso.

—Este es un regalo de *Herr* Mueller. Es francés.

—Uno de los beneficios de la ocupación —dijo el hombre—. Herbert Mueller, señora Danek. —Dio un paso adelante con rigidez, ofreciendo una leve reverencia, y luego, le besó la mano.

Su rostro enrojeció, no sólo por la falta de familiaridad ante tal gesto, sino por el hecho de que un joven tan apuesto lo hubiera hecho.

—Parece que a su esposo le gusta el buen brandy, así que quise complacerlo —comentó Herbert—. Hay suficiente en Francia para todos y Karol es un hombre importante que permanece bajo nuestra guía.

—Mi querida esposa, ¿sabes quién es *Herr* Mueller? —preguntó Karol, después de darle un trago al licor.

Janka negó con la cabeza.

—Es el asistente del doctor Josef Bühler, el secretario de Estado del Gobierno General. Está en Varsovia por negocios.

—Ya veo.

—Por favor, siéntese, señora Danek —dijo Herbert—. Me siento incómodo e incapaz de sentarme mientras usted esté de pie.

—No quiero que se sienta incómodo —contestó ella, acercando otra silla.

Herbert regresó al sofá. Había dos pistolas sobre la mesa, relucientes y pulidas. Ella reconoció la que yacía frente a Karol. Aparentemente, la otra era del invitado, aunque era una marca diferente. También, a los pies de Herbert, había un maletín abierto que contenía un fajo de papeles.

Janka se dio cuenta rápidamente de que la conversación no era de su incumbencia, al igual que una mujer a la que se le niega la entrada a un salón de fumadores para hombres. Sus nervios se tensaron y alternó su mirada entre los dos mientras bromeaban y reían como colegiales. Se preguntó si él también era un agente de la Gestapo, además de sus deberes como asistente del secretario de Estado.

—¿Puedo ofrecerle algo de comer? —preguntó ella por fin.

Herbert negó con la cabeza.

—Un buen brandy francés es suficiente comida.

Los dos hombres continuaron durante otra hora mientras ella escuchaba fragmentos de la conversación, esperando pacientemente a que Herbert se fuera.

—Nuestros muchachos abrieron fuego contra un cortejo fúnebre —relató Herbert con regocijo; sus ojos azules se dirigieron de la botella a Karol—. Mataron a dos de los cerdos y tuvieron que arrastrar a otros cinco. —Su sonrisa se desvaneció y, como una ocurrencia tardía, agregó—: Ellos nos dan amablemente sus pieles, abrigos y ropa, para que nuestros muchachos en el frente oriental no pasen frío. Son un pueblo tan generoso.

Por supuesto, estaban hablando de judíos, ¿quién más provocaría tanta alegría en un nazi?

—Quince de ellos fueron baleados en el patio de la prisión del gueto el mes pasado —continuó Herbert, como si estuviera hablando de una lista de compras en lugar del registro de las muertes—, en el primer día completo de... ¿cómo se llama esa maldita cosa judía en diciembre? Casi no quiero decir la palabra: es tan repulsiva.

—Janucá —dijo Karol con una sonrisa.

—Sí, eso. Mejor tú que yo. —Arquearon sus cuellos de risa—. Pero también nos ocupamos de ellos; un equipo de filmación vino a grabar a los trabajadores calificados en una de las plantas. Nuestras empresas en la patria pueden hacer uso de esa mano de obra si abren operaciones en Varsovia..., al mínimo costo.

Herbert desvió los ojos hacia Janka y, bajo su brillo y la sonrisa cruel, ella observó la verdad de su alma: un asesino despiadado y sin conciencia. Quería salir corriendo del departamento, pero en cambio, un poderoso terror la clavó en la silla.

—Ustedes, los nacionalsocialistas, son demasiado generosos —dijo Karol.

El rostro de Herbert se sonrojó. Janka no sabía si Karol había tocado un tema sensible o el hombre había bebido demasiado. Él se tambaleó un poco hacia su marido.

—Nuestra generosidad tiene un límite, y ese momento llegará pronto. El doctor Büller regresó recientemente de una conferencia en Wannsee, en las afueras de Berlín. La cuestión judía está a punto de ser resuelta. El secretario de Estado se aseguró de que Polonia sea la primera en responder cuando se trate de esa pregunta. —Toqueteó los papeles que sobresalían de su maletín—. Todo está aquí.

—¿La cuestión judía? —preguntó Karol.

Herbert le dio una palmada en el hombro.

—No te preocupes, no te concierne por ahora. Llegará tu momento y el dinero estará allí. Sólo asegúrate de traer tu pistola.

Karol tomó su arma y la sostuvo en sus manos extendidas, como si estuviera a punto de dispararle a alguien. Janka se estremeció y se levantó de su silla.

Herbert recuperó la otra pistola de la mesa y también se levantó.

—Creo que ya he extendido demasiado mi visita. —Le tendió la mano a Karol, quien se la estrechó—. Conserva la botella con mis saludos. —Giró hacia Janka y se inclinó de nuevo—. Fue un placer, señora Danek. —Hizo el saludo nazi, levantó su abrigo del brazo del sofá y salió por la puerta.

Karol, con la cara sudada por la bebida, se movió en el sofá y se levantó impulsándose con las manos. Las gruesas líneas de su rostro brillaban a medida que se acercaba, acentuando la fealdad de su mirada.

—Podrías haber sido más amable con *Herr* Mueller. Actuaste como una solterona de ochenta años.

—¿Qué se suponía que debía hacer, adorarlo a sus pies? —respondió ella, dándose la vuelta.

Él la sujetó por los hombros y la volteó hacia él.

—¡Escúchame! ¿Cuándo vas a meterte esto en la cabeza? ¡Los nazis nos salvarán! No los polacos. No los católicos. No Dios. Los nacionalsocialistas gobernarán el mundo. Y yo estaré en la cima con ellos con o sin ti.

—¡Matando judíos! —Su grito resonó por todas las habitaciones, lo suficientemente fuerte como para que los vecinos probablemente escucharan sus palabras.

Una rabia incandescente llenó los ojos de Karol. Levantó la mano y la golpeó con fuerza en la mejilla. Ella se tambaleó, y la dura porcelana de la estufa amortiguó su caída. Se agarró la mandíbula, se tranquilizó y miró fijamente al hombre que la había golpeado por primera vez.

—Prepárame la cena. —Se dio la vuelta y caminó encorvado hacia el sofá.

Quitó el tapón del brandy y el líquido ámbar volvió a llenar la copa de Karol.

Con las manos temblorosas, y la vergüenza y la ira hirviendo, ella giró hacia la estufa, preguntándose si debería salir por la puerta o preparar una última comida para Karol. ¿A dónde iría en una ciudad devastada por la guerra? No tenía refugio en un radio de cien kilómetros, ni amigos en los que pudiera confiar. Stefa y Perla Majewski podrían simpatizar con su situación, pero no estaban en condiciones de ayudar. Las dos hogazas de pan estaban donde las había dejado.

Janka decidió cortar uno de los panes y mojar las rebanadas en la grasa de las dos salchichas que quedaban en la casa. El otro pan se lo entregaría a Izreal mañana. El gélido invierno cubría Varsovia y los judíos morían de hambre. Si Izreal no necesitaba el pan, estaba segura de que se lo daría a quien pudiera.

«Sin lágrimas, sin lágrimas».

Encendió la estufa, la llama circular resonaba en el quemador como colinas azules. Se armó de valor para lo que estaba por venir. Según Herbert, la cuestión judía quedaría resuelta pronto, lo que sea que eso significara. Tenía que advertirle a Izreal otra vez. Mientras su cuchillo de cocina cortaba el pan, imaginó que era el cuello de Karol lo que estaba cortando, porque gradualmente, desde que comenzó la guerra, había llegado a despreciarlo. Si alguna vez la golpeaba de nuevo, ella podría matarlo con su propia arma. Odiaba estos pensamientos que no eran ni católicos ni cristianos, pero la guerra la había cambiado.

Se estaba convirtiendo en la mujer de la guerra que Izreal había descrito.

La sensación de caer no era tan aterradora como Hanna había imaginado, pero el entrenamiento de salto en paracaídas en la Casa A había comenzado desde un tobogán elevado que terminaba a unos dos metros del suelo, una caída relativamente pequeña. Caer y rodar, caer y rodar. Su cuerpo había sido atado a un arnés de paracaídas que la envió deslizándose suavemente hacia la tierra en las primeras pruebas. Sin embargo, el instructor tenía preparado algo más. Hizo girar a Hanna y a los demás, incluida Dolores, desde el tobogán hacia el aire y los dejó caer sin previo aviso, causándoles algunos rasguños y pequeñas lesiones.

Un aluvión, aparentemente interminable, de viento, nieve ligera, niebla y agua los mantuvo adentro durante la mayor parte de los primeros meses de 1942. En los días soleados, los entrenadores realizaban prácticas de tiro y ejercicios de salto, alertando a los alumnos de que su entrenamiento a gran altura en Ringway Aerodrome en Manchester sería mucho más difícil.

En los días tristes, todos, incluida Hanna, trabajaban en sus identidades, creando una personalidad tan arraigada que se convirtieron en la otra persona, como una actriz que se sumerge en su papel. Al principio, el proceso fue difícil e incómodo, pero con el paso de las semanas, Hanna se deslizó gradualmente en la personalidad de Greta, asumiendo nuevos gestos, y una nueva forma de ver la vida, a través de un lente distinto. Perfeccionó su acento alemán y su conocimiento histórico, con la aprobación consciente de un hablante nativo.

La transformación no fue sólo emocional. Su cuerpo se había vuelto más corpulento, despojándose de algunos de los ágiles rasgos de la juventud; un estilista le cortó y aclaró el cabello; le mandarían dos botellas de tinte en Polonia para mantener su nueva identidad. Su rostro también se transformó: le depilaron las cejas y les dieron un contorno diferente; le definieron los labios con lápiz a una forma más delgada y le empolvaron el rostro para que luciera más blanco, aunque mantuvieron el uso general de maquillaje mínimo. Todos estos cambios fueron revelados en el espejo de su habitación un día. Ella dio un grito ahogado; apenas se reconoció, y se preguntó si su familia en Varsovia tendría la misma reacción.

Sus interacciones con los otros aprendices eran limitadas, como había sugerido Rita. Sentados alrededor del fuego, por la noche, hacían preguntas y hablaban de sí mismos, construyendo sus historias, cimentando en sus mentes los hechos de sus nuevas identidades. Hanna se iba a la cama y hacía lo mismo al día siguiente, continuando con sus incansables estudios de código y operación de radio.

Una noche, después de quedarse dormida en el sofá rojo frente al fuego, Hanna se despertó y encontró a Rita sentada en uno de los sillones que se ubicaban a los costados de la chimenea. Sintió la mirada incómoda de la mujer, incluso a través del sueño; el rostro empolvado y las cejas oscuras las examinaban como a través de una lupa. No había nadie más en la habitación. Las manecillas del reloj alto en la esquina se acercaban a la medianoche. Los jarrones y otros objetos de cristal reflejaban las llamas. A través de una rendija en las cortinas corridas, las gotas plateadas de niebla brillaban en la ventana.

Sobresaltada, Hanna se levantó, con la espalda recta contra el sofá.

—Lo siento. Me quedé dormida.

Rita no dijo nada al principio, alternando su mirada entre la chimenea y el objeto de su atención. Extrañamente, su mano estaba libre de un cigarro encendido.

—¿Cómo te sientes, Greta? —preguntó Rita después de un silencio incómodo.

Hanna inmediatamente cambió al alemán.

—*Sehr tripa. Danke.*

Rita exhaló con los labios fruncidos.

—Puedes hablar inglés, Greta. Sabes algo de inglés, ¿no?

—Sí —respondió ella con acento alemán.

—Tengo algo importante de qué hablar contigo, se trata de alguien que conoces: Hanna Majewski.

Ella asintió a pesar del tono extraño de la conversación, como si Hanna no existiera en la habitación, y se preguntó si Rita había venido a despedirla después de dos meses de entrenamiento en la Casa A, o a sermonearla sobre algún aspecto de su pobre rendimiento.

Con manos tan blancas como su rostro, Rita agarró el extremo de los brazos del sillón. El gesto fue frío y calculador, como un movimiento que Hanna nunca había presenciado en la mujer. Lo que sea que estuviera pasando por la mente de Rita era de extrema importancia.

—Greta, hay algo que debes saber sobre Hanna.

—¿Sí? —La conversación era tan extraña en cierto modo, pero tenía sentido. Ahora era Greta y las partes de Hanna que veía por aquí y por allá estaban desapareciendo. Todo era para bien si quería completar su misión.

—Es difícil hablar de esto, Hanna puede estar molesta, pero tienes que ser fuerte por ella. —Por fin, sacó la cigarrera dorada del bolsillo de su vestido y la colocó sobre él—. Verás, Hanna tiene una familia encarcelada dentro del gueto y puede sentir que es necesario, o una prioridad, salvarlos, ayudarlos a escapar.

Hizo una pausa.

—Son judíos y están siendo aterrorizados por los nazis, tu gente. No sabemos mucho, pero Hanna no puede ceder ante lo que vea. Depende de ti, Greta, asegurarte de cumplir con tus deberes como operadora de radio, mensajera y observadora de la presencia militar nazi, y no dejar que una familia se interponga en el camino. Debes mantener a Hanna a salvo y alejada de cualquier apego emocional indebido. —Sacó un cigarro de la cigarrera y arrojó la punta al fuego. Inclinándose hacia atrás, inhaló, haciendo que la punta brillara.

—Entiendo —respondió Hanna, sabiendo que su yo enterrado no quería escuchar esas palabras. Greta tenía que endurecer su corazón ante cualquier cosa que se interpusiera en su camino. El deber era primordial, la familia vendría después. Ella representaba a Inglaterra y a los Aliados, ahora que Estados Unidos había entrado a la guerra. Estaba al servicio de millones de personas oprimidas, no sólo de los Majewski de Varsovia. Hanna sintió como si una mano le apretara el corazón—. Será difícil, pero la mantendré a salvo.

—Sé que lo harás —dijo Rita, volteando hacia el fuego, con melancolía en su voz—. Son estos largos días y estas noches de oscuridad los que destruyen el alma. En una noche como esta, daría cualquier cosa por estar en una isla tropical, escondiéndome del sol abrasador a la sombra de una palmera, viendo a los peces jugar en las aguas turquesas. —Ella rio—. Es un sueño, ¿no es así, Greta? Escapar de la guerra, de esta guerra furiosa de la que no hay escapatoria, sin importar cuánto lo intentemos.

—Sí, señora —respondió ella, luchando contra un repentino impulso de llorar—. Viviremos para verla llegar a su fin.

Rita arrojó los restos de su cigarro al fuego y se levantó de la silla.

—Me voy a la cama. Cuando mejore el clima, prepárate para entrenar en Ringway con cuatro saltos, uno por la noche. No diré que es fácil, porque no lo es. Te dejará sin aliento, pero la experiencia de caer por el aire podría prepararte para lo que estás a punto de enfrentar. Si puedes saltar desde un Dakota, puedes enfrentarte a los nazis en su propio terreno. —Tocó suavemente el hombro de Hanna y se alejó.

Hanna se sentó, mirando el fuego por un tiempo, y luego bajó la cabeza en oración. Hacía mucho tiempo que no rezaba, y no sabía si recurrir a las palabras de su padre, pronunciadas desde hacía mucho tiempo, o recitar el Padrenuestro que había aprendido en Croydon.

Se dio por vencida después de unos minutos porque, por más que lo intentó, la oración no salía. Borrar los recuerdos de su vida en Varsovia y los rostros de su familia era imposible.

El invierno fue duro en Varsovia. Habían ocurrido tantas muertes en el suelo helado, tantos rumores de matanzas e informes de asesinatos, incluidos los quince que habían muerto en el patio de la prisión el diciembre anterior. Los nervios de todos estaban destrozados, incluidos los de Stefa. Cuando pensó que las cosas no podían empeorar, lo hicieron.

Todos sufrieron durante los meses fríos; tenían poco que celebrar y poca alegría en sus vidas. El dinero era escaso; incluso habían guardado el salario de Izreal detrás del panel del pasillo, en caso de que fuera necesario en algún momento.

Stefa pasaba junto a los cadáveres enterrados en la nieve de camino al comedor social de la calle Leszno. A veces, eran recogidos por los hombres pagados para transportar los cuerpos en carros de madera, pero a menudo, permanecían enterrados bajo la manta congelada, sin ser perturbados hasta que una mano, un brazo envuelto en harapos o un rostro congelado de color negro azulado aparecía en el deshielo bajo la luz del sol. Todos los que caminaban por las calles del gueto sabían lo que contenían estos montículos blancos de muerte, y se entristecían porque no podían hacer nada más que llorar.

A Stefa le esperaba otro día de servir sopa aguada mientras cruzaba el puente de madera de tres pisos que separaba el pequeño gueto, donde vivía su familia, del gran gueto, donde se encontraban la cocina y el departamento de la señora Rosewicz. Los nazis habían construido el puente sobre la calle Chłodna y lo abrieron en enero. El Gobierno General había decidido que la calle dentro de los muros del gueto era demasiado importante para permanecer cerrada al tráfico de Varsovia.

Miles de judíos, abrigados contra el frío, lo cruzaban a diario para ir de un lugar a otro; subían los escalones de madera y tenían una vista del gueto que estaba reservada para quienes vivían en los pisos superiores de los edificios de viviendas. Sus ojos recorrían cuidadosamente los arcos de los cables eléctricos que colgaban en el aire y deseaban poder volar libremente. Algunos habían saltado del puente y se habían roto las piernas sólo para recibir un disparo de los guardias que patrullaban la calle como gatos callejeros las veinticuatro horas del día.

A Stefa se le ocurrió que el puente sobre la calle Chłodna era una forma obvia de escapar al lado ario, demasiado obvia y peligrosa para intentarlo. Una vez soñó con saltar de sus barandillas de madera, pero, en su ensoñación, le brotaban alas translúcidas y nacaradas que la alejaban del peligro, muy por encima del gueto, en la sombría dureza de un frío día de febrero, con los nazis y la Policía Azul al acecho. Sin embargo, ese sueño no tenía sentido.

El puente había sido el tema de conversación de la cocina durante varias semanas, junto con las muertes invernales y la disminución de los suministros de alimentos. Incluso en el mercado negro se estaban agotando.

Pero ese día, cuando Stefa llegó poco antes de su turno, las conversaciones giraban alrededor de un hombre que estaba sentado en una mesa cerca del centro de la habitación. Parecía afortunado de estar vivo. Sus ojos grandes, labios resecos y una mata de cabello negro rebelde le daban la apariencia de un animal acosado, un hombre que había estado huyendo. Su ropa, manchada y apelmazada con suciedad, contaba su propia historia, la de un escape angustioso. Stefa calculó que tendría unos treinta años, pero su rostro demacrado lo hacía parecer mayor. Olía como si no se hubiera bañado en semanas, pero el olor corporal no era raro en la cocina, porque el agua y los baños escaseaban.

—¡Les digo que es verdad! —gritó al grupo de hombres y mujeres reunidos a su alrededor que sujetaban sus tazones de sopa.

—No lo creo. No puedo creerlo —exclamó un anciano con una corta barba gris—. Es una ofensa a Dios.

El joven clavó la punta de su cuchara en la mesa.

—Claro que es una ofensa contra Dios, tonto. Nos están matando.

—¡Bah! —El anciano se abotonó el abrigo, sonrió con suficiencia y se alejó.

El joven apuntó su cuchara hacia el techo.

—Lo escribiré, y cuando se enteren de lo que ha sucedido, verán que digo la verdad.

Sus palabras llamaron la atención de Stefa. «Escribirlo». Fue a la cocina, se quitó el abrigo y los guantes, saludó a sus compañeros de trabajo y se acercó al hombre, quien se estaba metiendo una cucharada de sopa en la boca; su rostro se inclinó cuando la vio.

—Escuché —dijo Stefa—. Vamos a sentarnos en la mesa de la esquina.

El hombre alzó sus pobladas cejas.

—¿Me creerás? Nadie lo hace, excepto un rabino en Grabów. Le conté mi historia y, desde entonces, ha orado sin cesar al Creador del Mundo. —Con el cuenco en mano, se levantó de su asiento y la siguió. Les preguntó a las dos mujeres que estaban sentadas allí si no les importaría intercambiar lugares y, después de mirar al hombre, aceptaron.

—Por favor, siéntate. —Stefa acercó una silla para él—. ¿Cuál es tu nombre?

—No sé si debería decírtelo.

—Puedes confiar en mí.

—Está bien. Llámame Yakov. Vengo de Izbica Kujawska, al norte de Kolo.

—Te escuché algo sobre escribir —indicó ella, mientras tomaba asiento frente a él—. Tal vez pueda ayudar.

Él se llevó una cucharada de sopa a la boca.

—¿Me creerás?

—Creo que los nazis son capaces de cualquier cosa. Llevo un diario, pero conozco a un hombre que podría estar interesado en lo que tienes que decir.

Sus ojos se nublaron. Miró a la mesa, como si tuviera miedo de contar su historia.

—Mi familia está muerta, junto con los judíos de mi pueblo. Fueron gaseados por los nazis.

«¿Gaseados?». Su cerebro tardó un momento en procesar la palabra, porque nunca había imaginado una muerte así. Golpes, azotes, fusilamientos; ella había visto esos actos por parte de los alemanes, pero, ¿gaseados? ¿Cuántos judíos podrían matar los nazis con este nuevo método? Cientos, tal vez miles al día. Qué terrible y trágica eficiencia.

—Me enviaron a Chełmno. ¿Sabes dónde está?

Stefa negó con la cabeza. Había tantos pueblos y aldeas en Polonia, cada uno con su forma de vida distintiva.

—A unos cincuenta kilómetros al norte de Łódz. —Tomó el cuenco, bebió el resto de la sopa y luego apoyó la cuchara en el cuenco—. Fui sepulturero de los nazis. Me obligaron a hacerlo. —Su cuerpo se estremeció como si las palabras lo apuñalaran y violentaran su alma.

Stefa lo instó gentilmente a continuar.

—Todo lo que vi fue a los oficiales de las SS con sus uniformes: seleccionaron a quince de nosotros y nos llevaron al sótano del castillo. La primera noche, nos dieron sólo café y nada de comida. Lloramos y oramos, porque temíamos que nunca saldríamos de nuestra prisión. —Respiró profundamente—. A la mañana siguiente, nos recibieron otros catorce sepultureros. Saqué dos cuerpos del sótano que fueron arrojados al camión. Luego nos llevaron al bosque y un hombre de las SS nos ordenó cavar. Estábamos helados, en pleno enero, vestidos sólo con nuestros zapatos, pantalones y camisas. Luego, llegó otro camión. Fue entonces cuando vi lo que estaban haciendo.

Stefa también tembló, mientras construía la imagen en su mente.

—Las paredes del camión eran de acero, pero, curiosamente, el piso era una rejilla de madera cubierta por esteras. Dos tubos corrían desde la cabina, para esparcir gas en la parte trasera. Nos quedamos cerca de la zanja hasta que se abrieron las puertas: eran gitanos, muertos, con sus pertenencias esparcidas dentro. Uno de los hombres de las SS cogió un látigo y nos gritó que sacáramos todo para poder empezar de nuevo: conseguir más víctimas. Golpeaba a todo el mundo y, si no seguías el ritmo, te disparaban.

Se detuvo un momento.

—Los tiramos encima de los demás en la zanja, y dos hombres los empaquetaron como sardinas enlatadas. Los niños entraban en cualquier espacio vacío. Doscientos cuerpos en una zanja. Más tarde, ese día, miembros de las SS dispararon contra los hombres que trabajaban con los cadáveres. Esto continuó durante dos semanas, judíos, gitanos, hombres, mujeres, niños, hasta que escapé; tuve que saltar de un autobús de transporte. No sé cómo pude sobrevivir. —Levantó las manos en carne viva—. Perdí la piel cuando golpeé el suelo. Mis heridas fueron menores en comparación con las de los demás. —Se detuvo, incapaz de continuar.

Stefa apenas podía creer la historia.

—¿Estás seguro de lo que pasó en los camiones?

Sus ojos ardieron con un fuego inesperado.

—¿Seguro? ¡Escuché sus gritos mientras morían! Los vi caer de las trampas mortales. Los cuerpos eran arrojados por las puertas al suelo. El olor a gas y a muerte. Los collares arrancados del cuello de las mujeres muertas. Vi cómo registraban los cadáveres, cada parte íntima, por si había algo escondido dentro. Los nazis quieren todo ese dinero ensangrentado.

—Lo siento —dijo Stefa—. Te creo, pero entiendo por qué la gente no. —Miró los rostros tristes a su alrededor, hundidos bajo el peso del hambre, y los ojos oscurecidos por el dolor, los brazos y dedos delgados levantando tazones de sopa que ofrecían escaso sustento, casi nada. Se sentó durante unos minutos, procesando lo que Yakov había dicho antes de hablar—. Conozco a un hombre que estará interesado en tu historia. Incluso podría querer que lo escribas. ¿Podrías hacerlo?

—Sí —respondió sin dudarlo—. Cuando le dije al rabino en Grabów, los judíos vinieron y lloramos juntos, comimos y oramos. Si no se cuenta mi historia, no habrá memoria, ni honor para los que han muerto. Lo escribiré con honor.

—Bien —agregó Stefa—. No sé dónde vive el hombre que puede ayudarte, es mejor así para todos, pero haré que mi padre lo contacte. Ven a la cocina cualquier día y te diré su decisión.

Se levantó de su silla.

—Mi nombre es Szlamek Bajler, pero escribiré como Yakov Grojanowski para evitar el arresto. Quiero que el mundo recuerde.

Stefa lo vio desaparecer entre la multitud en la calle Leszno. Deseaba haberle advertido que no repitiera su historia hasta que se encontrara con Emanuel Ringelblum. Las condiciones ya eran bastante malas sin que se produjera pánico en el gueto. Recogió el tazón y regresó a la cocina donde los demás estaban dedicados a sus deberes: otro día en sus vidas cotidianas, pero extraordinarias. El mundo se cerraba rápidamente a su alrededor.

Tendría que decirle a su padre y a Daniel lo que Yakov le había dicho. El recuerdo debía ser contado. Era justo que los hombres lo supieran. No quería molestar a su frágil madre ni a los padres de Daniel con malas noticias. Había demasiada tristeza durante los largos meses de invierno.

Alguien empacó el paracaídas de Hanna en Ringway, alguien a quien ella nunca conocería.

Bajo el velo del anonimato, no se podía culpar a nadie si algo salía mal. Hanna se convertía en un conejillo de Indias, que podía caer y morir por alguna falla del paracaídas o alguna otra tragedia imprevista con el equipo. Los militares y la SOE conocían la ventaja del procedimiento. ¿Qué pasaría si alguien le guardaba rencor a uno de los que saltaban? Qué fácil sería manipular el paracaídas para que fallara. En el hangar donde los empaquetaron, un gran letrero tenía escrito: «La vida de un hombre depende de cada paracaídas que empaque». En este caso, la vida de una mujer dependía de un trabajo bien hecho.

Ella había aprendido a rodar con una mochila y a saltar desde una plataforma de unos quince metros de altura en el hangar. Todo abajo parecía tan pequeño, particularmente los hombres y las mujeres en el suelo. El operador controlaba la velocidad de caída del saltador y el ángulo de descenso. Dolores, que había estado bien con el tobogán, palideció en la torre del hangar, pero se armó de valor y siguió adelante con el ejercicio.

Practicaron dejarse caer a través de un agujero para que, cuando ocurriera el salto real, no se estrellaran contra el cuerpo del avión que se movía rápidamente y quedaran noqueadas o sufrieran alguna lesión grave.

En los raros días soleados de marzo, un globo plateado elevaba a los alumnos hacia el cielo un par de cientos de metros. Allí, mientras la brisa subía y bajaba, el instructor ajustó el arnés de Hanna y enganchó la correa de salto; le aseguró que caer al suelo a una velocidad inmensa era pan comido.

«¿Lista?, ¡vamos!». Estaba por empujarla, pero ella saltó antes y lo rápido de su salida hizo que el paracaídas se abriera inmediatamente; se le revolvió el estómago tan fuerte como el viento que le golpeaba el rostro. El arnés, entonces, lanzó su cuerpo hacia arriba, en un firme jalón, mientras el aire terminaba por hechir la tela. Se encontró flotando, como en un sueño, mientras el suelo se acercaba para encontrarse con ella, suavemente, sin malicia, poniendo en práctica lo aprendido en las sesiones previas de entrenamiento. Cuando golpeó el suelo, la maniobra de rodar fue tan fácil como saltar de un mueble cuando era niña, lo que sólo podía hacer cuando Perla desviaba su atención por unos instantes.

Después de una serie de saltos, los combatientes polacos, Dolores, Hanna y los paracaidistas en entrenamiento estaban listos para dar su último salto, por la noche, con el uniforme completo y la mochila. Para este ejercicio, necesitaba doblar su paracaídas al aterrizar, ponerse un vestido y esconder su equipo en cinco minutos. Una fila de Dakotas de doble motor se encontraba en el campo, pero sólo uno estaba en uso esa noche.

El sol se había puesto con un resplandor rosa detrás de las nubes bajas del oeste. El color bronce del fuselaje del Dakota se mezclaba con el horizonte cada vez más oscuro. El rugido ahogado de sus motores no podía confundirse, lo que no dejaba duda alguna de que la operación estaba en marcha según lo planeado.

Hacía buen tiempo para dar un salto, pero, a pesar de los cielos acogedores, Hanna deseaba que la operación se hubiera pospuesto. Los nervios y las mariposas en el estómago la habían molestado tanto que no quiso cenar e, incluso, inició una conversación con Dolores como antídoto para su ansiedad.

—¿Cómo te sientes? —preguntó ella mientras caminaban frente a un hangar hacia el avión inactivo.

Su antigua compañera de cuarto la miró con una sonrisa calculadora.

—Mejor que tú, parece. ¿Nerviosa?

—Recuerdo que tuviste algunos problemas con los saltos anteriores.

—Sí, pero ya lo superé. Digo una oración y caigo por el cielo azul, directamente en las manos de Dios.

—No sé qué me pasa esta noche.

—Quizás él esté allí, cerca de la puerta del hangar.

Hanna giró y vio la figura, a mitad de camino en las sombras.

—¿Phillip?

—Sí, y sé a quién vino a ver.

Hanna no mencionó el accidente que casi sucedió frente a Briggens House, o la conversación con Phillip en aquella banca, pero ella y Dolores habían sido entrenadas para leer las emociones. Puede que no fuera obvio para el observador casual, pero la mujer que estaba junto a ella había sacado sus propias conclusiones.

—Ve a verlo —dijo Dolores—. Tenemos unos minutos. El avión no se irá sin ti.

Caminó hacia Phillip, el peso de la mochila ralentizaba su paso. Él se movió para encontrarse con ella.

Hanna extendió su mano en una bienvenida marcial.

—Qué gusto verte. ¿Qué estás haciendo aquí?

Él sonrió y tomó sus brazos.

—No puedo decirte, pero estoy sumamente feliz de verte.

—Estoy a punto de saltar, mi último salto.

—Buena suerte.

Él se veía igual, excepto por una nueva gorra de oficial que usaba sobre su cabello negro ondulado. Aun así, las órdenes de mantenerse al margen y la reticencia que experimentaron en Briggens House moderaron su entusiasmo.

—Debo irme —comentó ella y retrocedió sin saber qué más decir.

Él la acercó a su cuerpo, casi abrazándola.

—No quiero estropear tu equipaje. Estoy orgulloso de ti. Estuve en Ringway un par de días, pero me llegó la noticia de que el salto iba a ocurrir esta noche, así que tenía que estar aquí, para decirte adiós.

—Adi...

Phillip presionó sus labios firmemente contra los de ella. Ella se fundió en su beso, renunciando a cualquier esfuerzo por retirarse. Había pensado en él muchas veces desde que dejó Briggens House, siempre con cariño y con la sensación de que, si la paz reinara en el mundo, podrían estar juntos.

Los dos estaban sin aliento al separarse.

—Prométeme esto: enviarás mensajes al nombre en clave Romeo. Romeo estará pensando en ti en su peligrosa patria y esperando tu regreso. Cuídate.

—Tú también. Llamaré por radio cuando pueda.

Una voz ronca gritó desde encima del rugido de los motores.

—Vamos, cariño, no tenemos toda la noche.

Ella dio media vuelta y corrió hacia el avión.

—Bueno, esa fue toda una muestra de afecto —dijo Dolores, cuando Hanna se encontró con el grupo—. Qué suertuda.

—No es nada, sólo nos salimos un poco del protocolo.

—Parece que ya podrías estar volando. Guarda tus alas, Campanita. Guárdalas para el salto.

Mientras subía la rampa del Dakota, miró por encima del hombro. Phillip todavía estaba allí, animándola con un movimiento de la mano. Quizá no era una noche tan mala para volar, después de todo.

El hombre que la había llamado se sentó frente a Hanna, con la espalda recargada al fuselaje y a una parte de la ventana oscurecida; la miró fijamente durante el rodaje y el despegue, lo que la hizo sentir incómoda. Tenía un bigote rojizo y una mata de cabello del mismo color que brotaba debajo de su gorra de salto, era como una barba rojiza de dos días que parecía fuego en su piel blanca. Su tío lo habría llamado pelirrojo. La insignia de su uniforme lo identificaba como sargento.

—¿Vas a Polonia como los demás? —gritó cuando sus miradas se cruzaron. El cuerpo del avión amortiguaba el rugido de los motores, pero, aun así, había que hablar en voz alta.

Hanna asintió.

—Cuando llegues allí —continuó—, mantén la cabeza agachada, y asegúrate de saber lo que haces.

Ella asintió de nuevo, no quería gritar desde el vientre del Dakota.

—Eres judía, ¿verdad? Como los demás. —No había animosidad en su pregunta, pero ella podía notar, por su tono, que estar cerca de judíos era una experiencia nueva. Lo más probable es que viniera de la parte episcopal de Londres.

—Mi nombre es Greta —gritó ella, sintiendo que podría estar poniéndola a prueba.

—Sí, claro, claro, más *Kraut* no puedes ser, con pelo rubio y toda la cosa. —Asintió—. Eres más útil trabajando para nosotros que muerta en un gueto.

Él agachó la mirada y no dijo nada más mientras el avión ganaba altura, pero sus palabras la dejaron inquieta. ¿Qué sabían los oficiales y soldados sobre lo que estaba pasando en Polonia? ¿Acaso era tan fácil ver a través de su disfraz, o era porque él sabía que tenía que ser judía? Una vez más, la realidad de la guerra y su misión la golpearon como una bofetada.

La correa se fijó y la luz verde fue dada.

Cuando llegó su turno, cerró los ojos, agarró el arnés como si su vida dependiera de ello y saltó con los pies por delante. El viento la golpeó con una fuerza que le desgarró el rostro y le arrancó el aire de los pulmones.

En escasos segundos, el paracaídas se desplegó, eliminando la desagradable sensación de caer de su sistema. Abrió los ojos, con el mundo a la deriva debajo de ella, mayormente oscuro. Los campos lucían del color de las cenizas, los setos distantes habían cambiado del verde de marzo al negro a causa de la noche. Sobre el horizonte brillaban estrellas lejanas y, a lo lejos, divisó el contorno de un pueblo a oscuras.

Su mente viajó al momento en que tuviera saltar en paracaídas a Polonia en la penumbra, en una noche iluminada por una media luna. Todo tendría que estar perfectamente sincronizado: su salto, los contenedores de suministros, incluido el equipo más preciado de todos, el transmisor de radio.

Sus piernas estaban bien ahora, lo habían estado durante algún tiempo, completamente recuperadas de la explosión en Croydon. Pensó en sus tíos y se preguntó si estarían orgullosos de ella. También pensó en Phillip. ¿La estaría esperando cuando terminara la guerra? ¿Estarían vivos los dos?

La vida le había dado demasiadas preguntas y pocas respuestas.

La tierra se acercaba para encontrarse con ella y no había tiempo para ensoñaciones. Estaba en camino.

CAPÍTULO 16

Stefa lo vio con sus propios ojos la noche del 17 de abril de 1942, en la víspera del *sabbat*. Su padre, su madre, su hermano y los Krakowski habían celebrado en el departamento, encendiendo una vela, recitando bendiciones y comiendo sopa aguada y pan. Sus festividades estaban muy alejadas de las que habían tenido en el pasado. Miles morían de hambre en el gueto y ambas familias eran muy conscientes de lo bendecidas que eran, por el momento.

El propietario polaco del Palais había sido amable, y concedió la solicitud de Izreal de no trabajar el *sabbat* durante los últimos dos años, pero al final, como un reloj cruel, los nazis cambiaron todo. Stefa sabía que a los alemanes no les importaba si la comida era *kosher*, sólo que fuera excelente. Pronto, pensó, el dueño haría que su padre también trabajara durante el *sabbat*.

Mientras las familias se preparaban para dormir, Izreal vio un borde de papel enroscado en la parte del colchón de Aaron. Su padre se abalanzó sobre la cama, volteó la esquina y sacó un periódico clandestino impreso por la resistencia judía.

—¿De dónde sacaste esto? —preguntó Izreal, al borde de otra diatriba contra su hijo—. Harás que nos maten. —Tropezó mientras se levantaba del colchón, luchando por mantener el equilibrio, y luego, se derrumbó en una silla cerca de la estufa. Stefa rodeó a su padre con el brazo mientras Aaron permanecía desafiante, con los brazos cruzados, al centro de la habitación.

Los Krakowski, separados sólo por la puerta, no pudieron evitar escuchar la conmoción.

Daniel, ya en camisón, entró en la habitación en su papel de pacificador, con mirada firme y voz tranquila.

—Están por todas partes, señor Majewski, el gueto está siendo bombardeado con ellos. Hay muchos llamados a resistir, pero ningún esfuerzo coordinado. —Bajó la mirada y Stefa se preguntó si escondía algo.

—Me lo dio un hombre en la calle Twarda —dijo Aaron—, que creyó que soy lo suficientemente mayor para pelear.

Izreal estalló en lágrimas. Perla se apresuró a consolarlo, murmurando algo sobre su salud. Stefa no podía recordar un momento en que su padre hubiera llorado frente a ella, mucho menos frente a otros. Él sollozó, con los ojos enrojecidos, y sus pálidas mejillas cubiertas por un rubor carmesí. Estaba más delgado ahora.

—No…, no sé qué… hacer. —Su voz tembló—. Mi familia me pide ayuda… Siempre dicen: «Papá sabrá qué hacer… Izreal sabrá qué hacer». —Se cubrió el rostro con las manos y gritó—. ¡Le suplico a Dios todos los días, porque no sé cómo salvarnos!

Aaron se arrodilló ante su padre y lo tomó suavemente de las manos.

—Es por eso que debemos luchar. No tenemos otra opción, padre. Por eso leo los periódicos. Por eso me uniré a la resistencia.

Izreal se tambaleó hacia delante.

—No debes, no puedes matar y ser salvado. Piensa en lo que ya hemos hecho. —Agachó la cabeza.

—¿Qué han hecho? —preguntó Perla alarmada.

Izreal negó con la cabeza.

—Nada, nada.

—Unos soldados alemanes fueron asesinados cerca del muro del gueto en el lado ario —dijo Daniel—. El rumor es que los nazis buscarán venganza. Incluso pueden estar armando una lista de posibles blancos.

Sus padres asintieron.

—Escuché el mismo rumor en la cocina —añadió Stefa—. Está por todo el gueto. —Se preguntó si Daniel sabía algo que ella no conocía sobre su padre y Aaron. Nadie le había confesado ningún asesinato.

Perla se sentó en el suelo junto a su esposo.

—Dios mío... No puedo soportarlo más. No sé qué pensar.

Daniel dijo:

—Tenemos que seguir adelante, ser fuertes.

—Conozco un escondite, como el salón, sólo que más grande —le dijo Aaron a su padre—. Los llevaré allí cuando sea seguro.

Stefa se dirigió hacia él.

—¿Cómo encontraste ese santuario?

—Dejé de ir al muro porque es demasiado peligroso, así que he estado buscando. Lo encontré en el corredor que conecta con el edificio detrás de nosotros. Deberá ser un secreto que sólo nosotros conozcamos.

Daniel asintió.

—Debes mostrarme a mí también.

—Lo haré. —Aaron besó las manos de su padre—. Padre, yo te protegeré. Te debo la vida.

En ese momento, algo invisible, pero poderoso, se movió como una corriente eléctrica entre Izreal y Aaron, padre e hijo, haciéndolos temblar a ambos. Stefa vio el momento con tanta claridad y fuerza como nunca antes lo había presenciado. Todos miraron a Aaron, pero nadie lo cuestionó.

La idea de Aaron de luchar contra los nazis aterrorizaba a Stefa, pero también le daba esperanza para el futuro. Quizá con Estados Unidos en la guerra y una resistencia armada en el gueto, no todo estaba perdido. Quizás ella y Daniel tendrían un futuro juntos cuando sus captores fueran derrotados.

Eso era lo mejor que podía esperar mientras se dirigían a la cama.

El hombre del piso de abajo gritó cuando la puerta se hizo añicos.

Stefa se sentó en el colchón. Perla, que estaba durmiendo a su lado, hizo lo mismo; se llevó las manos a la garganta y jadeó como si despertara de una pesadilla. Daniel saltó de la cama y se puso la gorra de policía y los pantalones, debajo del camisón.

Una voz al pie de las escaleras exhortaba al hombre en el departamento de abajo: «Venga, en silencio..., traiga sus documentos y un cepillo de dientes: será reubicado».

Aaron corrió hacia la puerta, pero Izreal lo atrapó y lo empujó de regreso a su rincón en el colchón.

Daniel asomó la cabeza dentro de la habitación y se llevó un dedo a los labios, advirtiendo a todos que permanecieran en silencio. Salió al pasillo y cerró la puerta rápidamente.

Stefa corrió tras él, sin salir del departamento y escuchando el ruido de abajo. Izreal se deslizó detrás de ella y colocó sus manos sobre sus hombros.

Estalló una lucha cuando el vecino se resistió.

—Sube al auto —ordenó una voz en alemán.

—¿Shimon? ¿Qué estás haciendo aquí? —preguntó Daniel.

Alguien subió corriendo las escaleras.

—¿Tu familia está aquí esta noche?

—Sí —respondió Daniel.

—Quédense aquí y dejen pasar a las SS. Yo me encargo. Sólo están buscando a un hombre.

La puerta del edificio se abrió y se cerró, más hombres subieron las escaleras.

Stefa no entendió todo lo que decían en alemán, pero los hombres interrogaron a Daniel, una pregunta tras otra, mientras él respondía a la velocidad del rayo: su nombre, quién vivía en los departamentos y una última pregunta inquietante: «¿Por qué no estás participando en el Aktion?».

La voz de Shimon interrumpió:

—Porque sólo sabe un poco de alemán. Querían judíos que hablaran alemán.

Después de algunas protestas, los hombres subieron las escaleras hasta el siguiente departamento. Un estruendo y el astillado de la madera resonaron por el pasillo cuando nadie respondió. Después de un momento de silencio, se oyeron unos pasos junto a Daniel bajando las escaleras.

La puerta se abrió lentamente y Daniel entró, sudando a través de su camisón, con la gorra de policía inclinada sobre su cabeza, como si alguien hubiera tratado de quitársela.

—¿Qué está pasando? —susurró Stefa.

—No lo sé —respondió él, y corrió hacia la ventana.

Aaron le hizo espacio mientras levantaba el marco y se asomaba, dejando que el aire fresco entrara en la habitación. Stefa e Izreal miraron por encima de su hombro.

Los alemanes obligaron a su vecino a subir a un sedán. El vehículo se alejó del edificio y se detuvo en el extremo occidental del muro de Krochmalna.

—¿Qué está sucediendo? —preguntó Stefa.

—Entra. No mires. —Daniel se agachó cuando sonó un disparo.

—Oh, Dios, danos fuerza —dijo Perla, doblándose en la cama.

Stefa jadeó y se hundió cerca de su hermano.

—¿Por qué lo mataron? Era sólo un anciano que ayudaba a limpiar el edificio.

—Para demostrar su poder sobre nosotros —respondió Daniel—. Lo tiraron de cara contra la pared y le dispararon en el cuello. Al menos fue una muerte rápida. Los nazis estaban reclutando policías judíos que hablaran alemán esta tarde, pero no sabía para qué. Les dijeron que se presentaran esta noche en la prisión de Pawiak.

—Ha comenzado, ¿no es así? —dijo Aaron, en voz baja—. Los asesinatos sistemáticos.

—No me rendiré —dijo Daniel—. Me golpearon una vez por no matar y ahora le están dando a la policía judía el poder de quitar vidas como si no importara.

—Nos mantuviste a salvo —dijo Izreal.

—Recogeremos los cuerpos de nuestros vecinos —exclamó Daniel, deslizándose de la cama—. Tengo que dormir —agregó, y se arrastró de nuevo a la habitación contigua.

Esa noche, su descanso fue interrumpido por el sonido de disparos y gritos. Stefa trató de dormir, pero no podía quitarse de la cabeza la cara de terror de su vecino mientras lo arrojaban contra la pared, a pesar de que no había presenciado su ejecución. Deseaba poder sostener la mano de Daniel.

Al día siguiente, Adam Czerniaków, presidente de Judenrat, emitió una declaración que Daniel trajo a casa: el Aktion había sido diseñado para castigar a aquellos que no se ocupaban de sus propios asuntos. Ninguna actividad de este tipo volvería a ocurrir, escribió Czerniaków, si la gente se ocupaba de sus asuntos diarios con calma.

Daniel les dijo que cincuenta y dos hombres y mujeres, entre ellos, banqueros, impresores, conserjes, presuntos miembros de la resistencia e incluso un destacado economista, fueron ejecutados en una noche sangrienta.

—Estamos marcados para la extinción —dijo él rotundamente, después de quitarse las gafas para leer—. Todo judío que no esté ya medio muerto lo sabe.

Por primera vez, Stefa sintió en los huesos, tal vez en el alma, que la única salida del gueto era en una carreta hasta el cementerio judío.

Los días 7, 8 y 9 de mayo de 1942 fueron las fechas óptimas para el lanzamiento. Si no, tendrían que esperar otro mes antes de que la fase lunar fuera favorable. Después de una semana de niebla y lluvia, el Dakota pintado de negro estaba listo para volar. Dolores —ahora conocida como Maria —, Hanna y dos combatientes de la resistencia polaca estaban programados para volar esa noche y saltar en la mañana, temprano, sobre Polonia. La misión tenía que aprovechar el buen tiempo.

El capitán de la Real Fuerza Área que piloteó la nave durante la primera mitad del viaje les dijo que las nubes bajas sobre Mánchester darían paso a un viento de cola sobre el Mar del Norte. El avión estaba programado para aterrizar en una base secreta en el sur de Suecia, cerca de Malmö.

—¿Vamos al norte en lugar de ir hacia el sur? —preguntó Dolores.

El capitán puso los ojos en blanco.

—Noreste, para ser exactos.

—No me mire como si fuera una idiota —respondió ella—. Sé que hay más de una ruta para el salto.

— Sí, pero el clima del sur no es favorable —dijo el capitán, abriéndose paso por el pasillo inclinado hacia la cabina—. Abróchense el cinturón y relájense, tenemos un vuelo de cuatro horas por delante. Espero que hayan traído un libro.

Dolores negó con la cabeza.

—Por supuesto, tenemos un comediante de la Real Fuerza Aérea (RFA). —Su cabello había sido aclarado un poco y su rostro no llevaba el maquillaje y el lápiz labial habitual.

Además de los pasajeros, los contenedores de carga que lanzarían estaban alineados en el centro del fuselaje. El de Hanna contenía su radio, ropa y *zlotys* falsificados con un valor de casi cien mil libras esterlinas. Sus documentos falsificados estaban asegurados en su uniforme.

—Una vez que lleguemos a la base, cambiarán de avión para otro viaje de tres horas. Será mejor que duerman un poco. —Señaló a Hanna—. Tú serás la última en saltar; cero trescientas horas.

¿Tres de la mañana? Otras siete horas antes de que pudiera lanzarse en paracaídas. Parecía una eternidad.

Los motores gemelos del Dakota se encendieron y chisporrotearon antes de acelerar. Pronto, el avión se inclinó hacia el este y Hanna se instaló, poniéndose lo más cómoda posible en el transporte militar desmantelado. El avión traqueteó sobre Inglaterra y luego se topó con turbulencia sobre el Mar del Norte cuando un frente frío lo empujó hacia delante. Ella no habría sabido esto, de no ser porque uno de los polacos impasibles alzó la mirada y dijo:

—Baja presión sobre el agua. —El balanceo, que parecía intensificado por la oscuridad y la cabina a oscuras, duró unos treinta minutos antes de que el avión recuperara un ritmo suave.

Hanna dormitaba cuando podía, pero un golpe al azar, o algún cambio en el ronroneo de los confiables motores, la despertaba de vez en cuando. En realidad nunca dormía, sino que repasaba los planes de la operación una y otra vez en su cabeza. Hasta el último detalle tenía que funcionar para que la misión tuviera éxito: la caída de la carga, su salto, quitarse el uniforme lo más rápido posible, ocultar el conducto y los contenedores y dirigirse a la casa de seguridad donde se refugiaría. Ni siquiera sabía dónde estaba, probablemente en algún lugar dentro de los cincuenta kilómetros de Varsovia.

El Dakota aterrizó en Suecia pasadas las 23:30, tras haber salido un poco después de las 20:00 desde Mánchester. El capitán saludó a todos mientras desembarcaban. Un equipo de tierra corrió alrededor del avión, mientras Hanna y los demás caminaban hacia otro avión igualmente oscuro que los llevaría a Polonia. Ella escudriñó el horizonte, pero no podía ver mucho, excepto la extensión plana excavada usada como pista de aterrizaje, cuyas luces ahora se habían extinguido, y la línea distante de árboles que rodeaban el aeródromo. La media luna colgaba en un cielo negro lleno de estrellas.

Después de media hora en tierra, estaban nuevamente en el aire, esta vez, volando bajo los auspicios de un piloto de la RFA y dos miembros de la tripulación.

Uno de los oficiales, un hombre afable que le dedicó una cálida sonrisa, se acercó y se arrodilló frente a ella mientras el avión se balanceaba suavemente en el aire.

—¿Tienes tus documentos de identificación?

Hanna palmeó el bolsillo abotonado de su uniforme.

—Bien. Esto debería ir allí también, pero echa un vistazo primero —indicó mientras le entregaba un paquete.

—¿De dónde eres? —preguntó ella, mientras tomaba el paquete.

Él sonrió de nuevo.

—Londres, Highgate. ¿Y tú?

—Yo vivía en Croydon. Mis tíos murieron en los bombardeos.

—Siento escuchar eso. —Parecía como si quisiera tocar su mano, pero se contuvo.

—Highgate es agradable, ¿no? Mi tío lo mencionó. Era banquero. Creo que le hubiera gustado vivir allí.

Él levantó un poco la cabeza, y adoptó una mirada melancólica.

—Todo lo que podrías desear. Tengo una esposa y dos hijos. Espero volver algún día.

—Lo harás —dijo ella, y en verdad sentía que así sería—. ¿Conoces a *sir* Phillip Kelley?

Él se recostó.

—¿Ese descarado? Sí, pero no antes de entrar en el servicio. Él hace tu tipo de trabajo.

Ella asintió.

—Si lo ves, dile que Greta le manda saludos. —Un dolor agudo golpeó su pecho; no era sentimental ni melancólico, sino de anhelo. Esa noche, más que ninguna otra, extrañaba la confianza y la alegre compañía de Phillip.

El oficial volvió a sonreír.

—Me aseguraré de decírselo. Será mejor que revises esas órdenes.

Ella abrió el paquete y sacó los papeles doblados dentro.

—¿Nerviosa? —preguntó él.

—Sí. Mentiría si dijera que no. Hice todos los saltos de entrenamiento, pero esto es real…; mis padres, mi hermano y hermana están en Varsovia y no sé si están a salvo. —Se recostó contra el fuselaje—. No debí haber dicho eso.

—No lo repetiré.

Ella desdobló los papeles, las órdenes, y los leyó para sí misma, memorizándolas a medida que avanzaba.

Leoncin, a unos cuarenta kilómetros al noroeste de Varsovia. La granja de Eryk y Julia Rybak. Caer a medio kilómetro de la casa en un campo iluminado por una pequeña fogata. Ejecute el aterrizaje entre el fuego y los árboles que bordean el campo. La vegetación dará buena cobertura. Asegure la carga antes de dirigirse a la casa. Utilice la pila de leña en el lado sur del campo. Recuperar más tarde. Eryk, treinta y cinco; esposa, Julia, treinta y dos. Es alto con cabello negro. Ella un poco más pequeña, cabello oscuro también. Católicos. Miembros de la resistencia polaca. Su alojamiento es en un desván al que sólo se puede acceder mediante una escalera que se retira durante el día. Hay un transmisor seguro allí. Comunicarse semanalmente. Estar preparada. Las acciones nazis han tenido lugar en los pueblos y ciudades de los alrededores desde 1939. Hay guetos y campos cercanos. Eryk lleva verduras al mercado de Varsovia de vez en cuando. Él la transportará de dos a tres kilómetros fuera de la ciudad. Camine el resto del camino. Las órdenes estándar se aplican a la misión. Memorizar y destruir. Conoce su deber. Buena suerte.

El oficial la miró.

—¿Todo en orden?

—Sí. —Le devolvió los papeles al oficial. Si le disparaban durante el descenso, los alemanes acabarían con Eryk y Julia.

—Ya tengo que saltar.

—Esa es la parte fácil —comentó él, mientras se ponía de pie—. Te admiro. Tienes...

—... agallas, que están temblando como una hoja.

Él la saludó y se dirigió a uno de los hombres polacos.

Hanna cerró los ojos y enderezó la espalda contra el frío metal. El balanceo del Dakota le dio algo de consuelo, como un bebé acunado. En tres horas más estaría en el suelo.

Los dos combatientes polacos cayeron cerca de Płońsk, una ciudad que, según los rumores, era un hervidero de actividad de la resistencia. El Dakota descendió en picada, inclinando a Hanna y a Dolores en un ángulo precario en sus asientos antes de quedar plano. Los dos hombres desaparecieron como fantasmas de un sueño interrumpido: estaban en el avión un segundo y, al siguiente, ya no. Su cargamento, con elementos esenciales y armas, había sido empujado momentos antes.

—Yo soy la siguiente —dijo Dolores, mientras uno de los oficiales ajustaba su arnés y su correa.

—Suerte, Maria. ¡Acaba con ellos! —gritó el hombre y su excompañera de cuarto desapareció en el pueblo de Załuski. Hanna no estaba segura de cuál era la tarea de Maria, pero ahora, los mensajes de radio serían su único medio de comunicación.

—Vamos —ordenó el oficial, guiando a Hanna hacia la puerta abatible en la parte trasera del avión. Ella miró su reloj. Era poco después de las tres de la mañana.

Por primera vez desde que despegó de Suecia, Hanna pudo observar la noche. El Dakota voló suavemente sobre Polonia, sobre una oscura extensión de tierra antes de cruzar la cinta negra de un río. Semicírculos proyectados por la luna brillaban en el agua.

—¿A qué altura estamos? —preguntó Hanna, mientras el hombre revisaba su paracaídas, arnés y correa.

—Doscientos metros aproximadamente —respondió él—. Suficiente para ponerte en el suelo.

En saltos tan bajos nunca había paracaídas de reserva, ni tiempo para que se abriera si algo salía mal. El paracaidista estaría muerto.

—Cuando tengamos luz verde, el cargamento será trasladado primero, para que no caiga sobre tu cabeza, y luego tú. Debería ser cuestión de minutos.

Él sonrió y le deseó buena suerte. Ella asintió en agradecimiento. De pronto, estuvo consciente de cómo su corazón latía tan rápido en sus sienes que podría desmayarse. Entonces, los recuerdos de su familia llenaron su cabeza. ¿Cómo se verían ahora? ¿Seguirían vivos? En las próximas semanas, intentaría contactarlos mientras recopilaba información y ayudaba a la resistencia. ¿Era un trabajo más importante que el otro? Ella respondería esa pregunta cuando fuera el momento.

El avión hizo un giro pronunciado y entró plano sobre la zona de caída. Hasta el momento, todo iba según lo planeado. Hanna se paró detrás de los dos contenedores que eran las semillas de su nueva existencia como Greta Baur. La luz verde adjunta a la puerta de carga se encendió. El oficial no perdió tiempo en sacar los contenedores.

—Dios te bendiga —dijo el hombre, mientras Hanna, segundos después, y siguiendo a los contenedores, saltó al cielo abierto.

El aire era más frío de lo que imaginaba, y la fuerza de este golpeaba las partes desprotegidas de su rostro como lo había hecho en saltos anteriores, pero, una vez más, la familiar sacudida del paracaídas la lanzó hacia atrás, y pronto estaba flotando en lugar de caer. El Dakota se alejó rugiendo, pero ella no pudo verlo porque el paracaídas negro obstruía su visión. La primera luz del amanecer surcaría el horizonte en aproximadamente una hora y media. Tenía mucho que hacer en ese tiempo.

Miró hacia abajo y vio un punto en llamas en un campo al sur. El viento era ligero, lo que le permitió guiar el paracaídas hacia el fuego, usando sus piernas como mecanismo de dirección. Los árboles que rodeaban el campo aparecieron, tal como habían indicado las órdenes. Al este, vio los tejados de Leoncin. No podía creer que después de cuatro años de estar fuera, estuviera tan cerca de casa. Una emoción, nacida de la excitación de su salto y de un futuro incierto, la invadió.

La tierra se acercaba a ella rápidamente y, cuanto más se acercaba al fuego, más se daba cuenta de que llegaría a Polonia. Se deslizó sobre la línea de árboles, a través de una amplia extensión de campo, a la izquierda del fuego. Cuando sus pies tocaron el suelo, caminó por el rellano, en lugar de rodar por la tierra como en su entrenamiento. El paracaídas se desinfló como un globo sin aire y cayó cerca del fuego.

Sus sentidos se intensificaron; sus ojos exploraron el horizonte en busca de alguien que pudiera estar al acecho cerca de la línea de árboles o en los arbustos dispersos; sus oídos captaron el crepitar del fuego, el susurro de las hojas. El aire olía a rocío fresco. A través de una brecha en la vegetación, vio el contorno gris de una sencilla casa de campo asentada en la llanura del Vístula; debía de ser el río sobre el que voló el avión, el que atravesaba Varsovia.

Desenganchó su equipo, recogió su paracaídas y empezó a buscar los contenedores que habían caído antes que ella. Entonces, los vio: uno estaba cerca de la línea de árboles al sur y el otro a la derecha del fuego. A la luz de lo que parecía ser una fogata —varios troncos grandes ardiendo en un círculo de tierra rodeado de piedras blancas y planas—, dobló su paracaídas, recuperó los dos contenedores y los arrastró hasta la pila de leña al final del campo. Reunió los *zlotys* falsificados y sus papeles, el maletín con el comunicador, la ropa de civil y la pistola Browning; se puso un vestido y un suéter y escondió los contenedores dentro de un hueco en la pila de madera. Reemplazó los troncos para cubrir todo rastro de su aterrizaje.

La granja, una estructura de piedra con un techo de tejas, yacía como un cadáver detrás de los arbustos. Un pensamiento extraño la asaltó. ¿Y si fuera la casa equivocada? No, no podía ser, todo había sucedido de acuerdo al plan. Con la pistola, el estuche inalámbrico y una bolsa que contenía el dinero y los elementos esenciales, se armó de valor y caminó por el sendero pedregoso que conducía a la puerta.

Había pasado menos de una hora desde su salto, pero el este ya había comenzado a aclararse. Cruzó los brazos para ocultar la pistola y llamó a la puerta, sin saber qué esperar.

Ninguna luz eléctrica brillaba, ninguna vela o llama parpadeaba más allá de las cortinas, pero después de un segundo golpe, un hombre abrió la puerta con un rifle colgado del hombro. Se veía exactamente como el hombre descrito en las órdenes, pero con espíritu más oscuro de lo que Hanna había imaginado, como si la guerra lo hubiera templado como acero forjado. Su barba cubierta de hollín y su cabello negro contrastaban con su piel pálida.

Hanna lo miró por un momento, esperando que él hablara, pero no lo hizo; en cambio, reveló la gran sala central de la granja.

Una mujer con un vestido azul oscuro estaba sentada cerca de unas brasas rojizas que parpadeaban en la chimenea de piedra frente a la entrada. Miró a Hanna sin reflejar algún tipo de sentimiento o entusiasmo, salvo por el curioso juego de luces en sus ojos. Su largo cabello negro ondeaba sobre su vestido mientras se giraba.

—Adelante —dijo el hombre en polaco.

—Antes de hacerlo —respondió Hanna—, dime tu nombre.

—Eryk, ¿cuál es el nombre de mi esposa?

Hanna recordó.

—Julia.

—Entra, Greta, y come algo antes de descansar.

—Hay mucho que hacer —respondió ella.

—Después de que descanses y comas. Yo me ocuparé de los contenedores y del fuego. Puedes llamar por radio esta tarde desde el desván.

—Gracias.

Él cerró la puerta, colocó su rifle contra la pared y se sentó cerca de su esposa.

—Tenemos sopa y pan. Somos afortunados… Los judíos de Varsovia no pueden decir lo mismo.

—Lo sé. —Le habían preparado un lugar en la mesa de madera y comenzó a comer. Luego, un repentino cansancio inundó su cuerpo—. Me gustaría descansar después de comer.

—Por supuesto —dijo él—. Te quedarás ahí. —Señaló el techo en el extremo oeste de la casa. Una escalera de madera descansaba contra la pared.

—Cuando comas y duermas, nuestros caminos se cruzarán. Debemos ser cautelosos, pero ayudaremos en todo lo que podamos.

—Por supuesto. —Miró alrededor de la habitación. Había estado en algunas granjas polacas durante su vida, incluida la de sus abuelos. La de los Rybak se parecía. Las ventanas estaban protegidas contra el frío por resistentes postigos interiores. Una cama con estructura de roble estaba colocada contra la pared, al lado de la chimenea, con el pie hacia las llamas. Una mesa, sillas y un sofá acolchado, que parecía fuera de lugar, llenaban el resto de la habitación. El crucifijo que colgaba sobre la cama en la mayoría de los hogares católicos había sido reemplazado por una fotografía enmarcada de Hitler, un retrato que mostraba su superioridad aria.

Eryk notó que Hanna miraba la foto.

—Por seguridad —dijo él—. Sólo lo colgamos cuando lo necesitamos, como esta noche, en caso de que algo saliera mal. —Se inclinó sobre la cama y giró el cuadro hacia la pared.

—Gracias —expresó Hanna—. Me estaba quitando el apetito.

—Será mejor que te acostumbres —añadió él—. Los nazis están en todas partes: en la carretera, en las puertas de Varsovia, patrullando las calles, en los muros del gueto. Dondequiera que uno mire. No hay escapatoria.

—Greta no quiere hablar de eso ahora —intervino Julia—. Deja que se relaje.

—Ya casi amanece, es hora de trabajar —dijo Eryk—. Aseguraré los contenedores antes de que haya demasiada luz. ¿Tienes todo lo que necesitas?

—Creo que sí. No hay nada adentro, excepto mi uniforme y el paracaídas.

Eryk se puso el abrigo y abrió la puerta. Una brisa fresca sopló a través de la habitación; los carbones de la chimenea chisporrotearon.

—Cuando estés lista, te mostraré tu habitación y dónde puedes asearte —indicó Julia, levantándose de la silla. Era una mujer hermosa, de tez pálida como la de su marido; se comportaba con elegancia y con esa serenidad que es innata a algunas personas. Hanna se sentía tranquila con sólo estar cerca de ella.

Después de que Hanna terminó de comer, Julia la condujo al lavabo interior y, después de abrir una ventana, señaló la letrina detrás de la granja. Una gran fatiga, similar a una enfermedad, la arrastraba hacia abajo como si sus brazos y piernas estuvieran más pesados. Se excusó para usar la letrina y regresó adentro.

Julia subió por la escalera y levantó el panel del techo que daba al desván.

—Hace frío en invierno y calor en verano —le dijo—. No hay ventanas, sólo rejillas de ventilación para el aire fresco. Puedes ver a través de las tablillas. Si hubiera una ventana, los nazis seguramente la descubrirían. Si estás dentro y llega un visitante inesperado, uno de nosotros golpeará dos veces el techo. Entonces, deberás guardar silencio hasta que todo esté despejado.

—Gracias.

Tan pronto como estuvo en el desván con su bolso y la radio, la oscuridad se cerró a su alrededor a pesar del amanecer. El panel del techo se cerró y la escalera se movió de sitio. Julia le había pasado una vela en un candelabro de latón y le había dicho a Hanna que tuviera cuidado, porque el lecho de paja sería una pira perfecta. No podía ver en los rincones oscuros de la habitación, tipo ático, que se extendían a lo largo de la casa. Deslizó el radio debajo de la cama y se derrumbó sobre el cobertor sorprendentemente firme. El sueño la acarició con su mano suave.

Una tarde, Aaron condujo a Daniel y Stefa por las escaleras del departamento, pasaron la letrina y entraron al pequeño patio detrás del edificio. Un panel de madera separaba el patio del edificio que había detrás y les impedía seguir adelante.

—Si fueras nazi, ¿qué harías? —le preguntó Aaron a Daniel al detenerse.

—Bueno, primero vería si ese panel está asegurado o si puedo pasar por encima —respondió Daniel—. Luego, buscaría formas en que alguien podría escapar.

—Adelante —indicó Aaron.

—No hay salida —dijo Stefa.

Examinando el área, Daniel se acercó al panel. Lo sacudió y luego saltó tan alto como pudo, intentando mirar por encima. Aterrizó, un poco sin aliento.

—¿Entonces…? —preguntó Aaron.

—El panel está asegurado en ambos lados. No puede moverse y no hay nada allá más que una pared de ladrillos.

—Bien, eso es lo que quería escuchar. —Aaron se inclinó y miró debajo de las tablillas—. ¿Notaste algo más?

Daniel negó con la cabeza.

—¿Qué se supone que estoy buscando?

Aaron metió la mano por debajo de la pequeña abertura entre la madera y el suelo y sacó un trozo de cuerda.

—Esto —respondió con aire triunfante. Tiró de él y el panel se levantó, revelando el callejón sin salida.

—Vaya —dijo Daniel.

—¿Cómo descubriste esto? —preguntó Stefa.

—Sólo husmeando, vigilando, como siempre, por la familia…, pasaron meses antes de encontrarlo, así que asumo que los nazis deberían tener el mismo problema. Este patio es deprimente, ¿no? No hay suficiente luz para cultivar hortalizas y es demasiado húmedo en verano y helado en invierno. Afortunadamente, una vez que pasas el panel, nadie puede verte. —Se rio—. Esperen a ver qué más he encontrado.

Pasaron por debajo del panel, que aún descansaba en su posición horizontal. Sólo después de aventurarse en el pasillo, Stefa vio las dos poleas negras sujetas a los lados opuestos de la pared; su color era tan oscuro que había que estar frente a ellas para notarlas.

Aaron tomó el panel y empujó. Se balanceó hacia abajo y lo selló, tal como había dicho.

El aire olía a humedad y se sentía espeso contra la piel. Stefa pasó un dedo por el musgo resbaladizo que había crecido en las paredes.

—Aquí abajo —instruyó Aaron, aventurándose más profundamente en el turbio hueco. Finalmente, se detuvo y empujó una sección de madera que había sido pintada para que pareciera parte del ladrillo. Se abrió una pequeña puerta, revelando un espacio oculto.

—¿Tienes una linterna? —preguntó Daniel.

Aaron metió la mano en su bolsillo y sacó una caja de cerillas. Encendió una y la llama iluminó un espacio en el que podrían caber fácilmente los siete miembros de la familia si se apiñaban. La cerilla se apagó, sumergiéndolos en la oscuridad.

—Entren —dijo Aaron.

Daniel sujetó la mano de Stefa mientras se agachaban y entraban a tientas. Aaron encendió otra cerilla y cerró la puerta.

—Es nuestro secreto —dijo Aaron—. Otras personas tienen salidas ocultas y pasadizos secretos entre los áticos, así que sabía que debíamos tener algo. Lo descubrí por accidente; tal vez se utilizaba para guardar objetos de valor o muebles antiguos. No creo que nadie haya estado aquí en años.

—Está incrustado en el edificio detrás de nosotros —dijo Daniel—. Tal vez los antiguos residentes lo usaban como almacén.

La segunda cerilla se apagó y la oscuridad total descendió sobre ellos. Incapaz de ver, incluso a Daniel que estaba de pie junto a ella, Stefa se estremeció ante la ausencia absoluta de luz.

Su hermano encendió otra cerilla.

—Esta tabla baja como el cerrojo de una antigua puerta de castillo. —Demostró cómo funcionaba, sujetando la madera—. Nadie sabrá que estás dentro y no podrán entrar tampoco. Sólo hay que sentarse a esperar y luego escapar.

—¿Nadie más sabe sobre esto? —le preguntó Daniel a Aaron.

—No. He estado colocando una piedra frente al panel durante los últimos meses y nunca la han movido.

—Podría besarte, hermanito —dijo Daniel—. No sabes lo maravilloso que esto podría ser para todos nosotros.

—Vámonos de aquí —dijo Stefa mientras se apagaba la cerilla.

Aaron levantó la tablilla y empujó la puerta para abrirla; la luz fangosa del patio los bañó. Su hermano trabajó a toda prisa, empujando la puerta hacia atrás, en su lugar, reabriendo el panel de madera, cerrándolo y asegurando la cuerda para que no se viera.

—Todavía no puedo creerlo. —Daniel casi iba silbando mientras caminaban de regreso al departamento.

La alegría inesperada que se apoderó de su novio puso nerviosa a Stefa.

—¿Qué tan maravilloso puede ser este lugar, aparte de servirnos para escondernos de los alemanes? —preguntó ella.

Daniel se detuvo mientras Aaron subía las escaleras.

—Confía en mí.

Una miríada de pensamientos pasó por su cabeza, pero uno destacaba entre los demás: la resistencia. Aaron no era el único que pensaba en el futuro. Recordó cómo Daniel había anunciado, sin previo aviso, el día que caminaron en el parque Saski, que se uniría a la Policía del Gueto Judío para ayudar a la familia. Había tenido razón en ese aspecto, pero también había costos personales asociados con su trabajo policial.

—¿Tengo que confiar en ti? —preguntó ella, algo desconcertada por su respuesta.

—Sí.

—Está bien…, pero sé que estás tramando algo.

Él no dijo nada mientras subían al departamento. En cuanto Daniel cerró la puerta, Stefa se imaginó a las dos familias, los Majewski y los Krakowski, encogiéndose en silencio en el escondite mientras los nazis arrasaban el edificio. La imagen la horrorizó. Se obligó a sacarla de su mente mientras se preguntaba qué peligro traería Daniel a sus vidas.

CAPÍTULO 17

Mayo de 1942

Stefa escuchó gritos muchas veces después de la noche sangrienta de abril.

Los nazis continuaron con su ataque sistemático contra el gueto, abriéndose paso en departamentos abarrotados, golpeando a los residentes, a veces disparándoles y arrojando sus cuerpos por las ventanas a la calle, donde sus cadáveres se unían a los que habían muerto de hambre.

Si miraba hacia otro lado e ignoraba lo que sucedía a su alrededor, podía caminar con los demás por las calles convulsas: hombres con sus abrigos cruzados, sombreros y maletines de cuero; mujeres vestidas con sus finas ropas de abrigo, algunas con joyas, sujetando sus bolsos como si nada pudiera detener su avance, ni siquiera el cuerpo desnudo de una joven tirada en la acera, con piernas y brazos tan frágiles y delgados como palos podridos. Pero Stefa no podía mirar para otro lado, a pesar del esfuerzo de algunos —especialmente de los que aún tenían dinero— por hacer la vida lo más normal posible en el gueto.

También se preocupaba por Daniel, quien, tras negarse a aceptar las tácticas más brutales de la policía judía, se estaba ganando la reputación entre sus compañeros oficiales del eslabón débil. Él hablaba con las ancianas que necesitaban retirarse de alguna puerta, o que obstruían el tránsito vendiendo trapos, en lugar de golpearlas con su porra, darles puñetazos o patadas. No aceptaba *zlotys* por favores: era como cualquier otra persona, tratando de sobrellevar la situación, le decía a los pobres y hambrientos. Otros policías no tenían objeciones en desatar la violencia contra su propia gente; de hecho, parecían orgullosos de ello. A medida que esta fiebre dentro de la fuerza contra Daniel aumentó, también lo hizo su odio por sus compatriotas indiferentes y sus supervisores nazis. Nunca le hablaba a Stefa de su ira, pero ella podía ver la amargura en sus ojos acerados, la tensión consumidora que llenaba su cuerpo. A menudo, durante una noche de pesadillas, gritaba.

Cuando llegó mayo, un equipo nazi ingresó al gueto para filmar lo que Daniel describió como propaganda. No sabía si era para mostrar el gueto de una manera buena o mala, o de alguna manera en particular, pero Stefa había visto a los hombres camino al comedor de beneficencia y se detuvo para observarlos.

Cuatro soldados alemanes, con dos hombres de las SS como guardias, maniobraban un carro con la cámara más grande que jamás había visto. Buscaron rostros demacrados, ojos escrutadores desprovistos de sentimiento y pelo corto para mantener alejados a los piojos. A los hombres los filmaron de frente y de perfil, para que los alemanes de sangre pura en Berlín pudieran obtener una buena imagen de cómo era un judío. ¿Se suponía que la película mostraría que los nazis habían maltratado a los judíos o que los judíos se habían maltratado entre ellos? Stefa creía que la máquina de propaganda difundiría la idea de que los judíos del gueto no se preocupaban unos por otros. Después de todo, las imágenes de esas damas y caballeros judíos bien vestidos pasando cortésmente por encima de los muertos beneficiarían a los nazis en Berlín.

Ella había visto los carros cargados de cuerpos que eran empujados a un foso en las afueras del gueto. La pila de cadáveres, filmada por los nazis, caía por un tobogán de madera hasta un pozo, mientras los rabinos ancianos ofrecían oraciones silenciosas por los muertos. Otros judíos habían sido reclutados para cubrir los cuerpos con una mezcla de tierra y cal.

Los alemanes llevaron a los miembros del Judenrat al edificio del consejo, presuntamente para filmar el arduo trabajo de los administradores. La artimaña de todo esto era transmitir cómo vivían los judíos comunes por su propia voluntad, cuando en realidad, no vivían en absoluto. Las escenas mostraban a multitudes de hombres; niños, con sus gorras planas, y mujeres con abrigos y bufandas siendo empujados por la policía judía hacia algún destino desconocido para el beneficio de la cámara. ¿Acaso este sería un ejercicio de entrenamiento para algo más terrible que estaba por venir?

Daniel le dijo que los alemanes filmaban la miseria a través de las puertas abiertas, pero lo contrastaban con judíos adinerados cenando, bebiendo y teniendo una velada social en un restaurante como el Palais. ¿Qué creerían los nazis en Múnich al ver cómo sufrían las masas pobres mientras los ricos las ignoraban para darse un festín? ¿Podía el alemán corpulento y de rostro rubicundo, que acababa de salir de una cervecería, realmente creer que estaba viendo la verdad en una película? Todo había sido escenificado para su beneficio: la gente caminando por el puente de la calle Chłodna, que unía la vida entre el gueto pequeño y el grande; el interior de un departamento resplandeciente, que le recordaba al espectador que no todos los judíos vivían como animales.

Nada de eso era real.

Varios días después de que comenzó la filmación, Stefa se dirigía al comedor de beneficencia cuando una voz gritó en alemán:

—Niña, ven aquí.

Todos sabían que debían mantener la cabeza agachada y los ojos apartados cuando se les daba tal orden. Tal vez, si se ignoraba, la orden se desvanecería en el aire y llamarían a otro desafortunado.

Una mano pesada sobre su hombro le impidió avanzar.

—¿Me escuchaste, judía? —le preguntaron con brutalidad.

Ella hizo una mueca y se volteó para ver a un joven nazi del equipo de filmación, quien esbozaba una sonrisa maliciosa que revelaba su verdadera naturaleza, a pesar de su rostro redondo y agradable. La agarró del brazo y la empujó hacia delante, a través de una multitud que se abrió a su alrededor.

—Contigo bastará. Joven y bonita. Vas a salir en el cine.

Todos se quedaron mirándolos: una mujer joven obligada a caminar con un oficial alemán generalmente era el resultado de una infracción, pero esta vez no hubo altercado ni quebrantamiento de la ley nazi.

—¿Qué? —No sabía qué hacer ni qué decir.

—Serás famosa en los cines de toda Alemania.

No tenía idea de adónde la estaba llevando, pero cruzaron el puente a grandes zancadas hacia el gran gueto, y luego hacia el norte, hacia la prisión. Al pasar esa estructura de mal agüero, Stefa comenzó a temer por su vida.

Otra voz, una que ella reconoció, interrumpió su ritmo frenético. Era Daniel.

—¿A dónde la llevan? —gritó, alcanzando el brazo del alemán.

—No. Estaré bien. Vete. —Él traía su uniforme de policía, y lucía más oficial que nunca. El brazalete con la estrella blanca de David en su brazo derecho brillaba bajo el sol.

—Una chica inteligente —dijo el alemán—. Sería prudente que siguieras su consejo porque si te acercas un paso más, te mataré. No me importa si eres policía judío. —Se llevó la mano que tenía libre a su pistola y escupió a los pies calzados con botas de Daniel.

El rostro de Daniel enrojeció. Estaba reprimiendo su furia como un boxeador esperando para golpear a un enemigo. Sin embargo, no había nada que pudiera hacer.

—Vete —ordenó Stefa, con el corazón latiendo rápidamente.

Murmurando, Daniel dio media vuelta y se alejó.

El oficial la arrastró y pronto llegaron a la *mikve*, uno de los baños rituales que había estado cerrado desde la invasión. El baño tenía demasiada importancia en la vida judía como para permanecer abierto, según el Alto Mando. Normalmente, por pureza, los hombres se bañaban allí en preparación para el *sabbat* y los días festivos, así como las mujeres después del parto y la menstruación. A veces, los utensilios de cocina eran purificados en la fuente natural de las aguas. Por modestia, hombres y mujeres siempre se bañaban por separado bajo la guía de un observador, quien se aseguraba de que se realizara una inmersión adecuada.

El castigo nazi por usar la *mikve* era de diez años de prisión o la muerte. Stefa había oído que algunas operaban en secreto. Izreal le había prohibido a la familia ir, por el peligro que esto implicaba.

Cerca de la entrada, cuatro mujeres y cinco hombres que no conocía habían sido detenidos. Eran de diferentes edades y estaban levemente afectados por el hambre que tantos habían soportado. Estos hombres y mujeres también habían sufrido, pero habían sobrevivido tres años de gobierno nazi con poco daño físico aparente.

Stefa nunca había puesto un pie en esta *mikve*. Estaba claro, por los guardias que rodeaban la entrada y la rampa que sobresalía más allá de la puerta, que el equipo de filmación pesado había sido arrastrado adentro. Sintió un pinchazo de terror. ¿Los alemanes iban a filmarlos dentro del baño, a los hombres y a las mujeres juntos? Miró a su alrededor, con la esperanza de que alguien, incluso Daniel, pudiera ir a rescatarla.

El oficial que la había detenido estaba ocupado con los miembros del equipo de filmación. El sol de mayo era brillante y cálido, pero ella estaba helada hasta los huesos por lo que acechaba detrás de la puerta de la *mikve*.

—Adentro —ordenó uno de los hombres.

Miró por encima del hombro y vio a Daniel entre los que estaban en la calle. Su expresión de dolor creció debajo de su gorra, como si fuera a matar a cualquiera que se cruzara en su camino. Ella no dudaba que lo haría si tenía la oportunidad.

Fueron conducidos al interior por los guardias de la puerta. El equipo de filmación, incluido el hombre que se la había llevado, los dirigió a dos habitaciones, una para hombres y otra para mujeres. La luz deslumbrante utilizada para filmar rompió la oscuridad. El edificio había estado cerrado durante tanto tiempo que el aire estaba viciado y áspero por el polvo, sin embargo, no muy lejos de ella, el agua fluía. De pronto un fino velo de humedad se abrió paso en la habitación. Stefa se preguntó si los alemanes acababan de llenar la palangana. Seguramente, el agua adentro estaba sucia.

—Desnúdense —ordenó el oficial.

—Qué humillación —susurró una mujer mayor.

—Cállate —respondió el oficial y sacó un largo látigo.

Por tradición, no se usaba nada en el baño y Stefa juró honrar esa práctica quitándose la ropa, el collar y los aretes sencillos que solía usar en el comedor de beneficencia. Las mujeres colocaron su ropa en los bancos de madera y se quedaron de pie, esperando, cubriéndose los senos y los genitales con los brazos y las manos bajo el resplandor de la luz. En algún lugar, detrás de la cegadora incandescencia, zumbaba una cámara.

La sala se llenó de movimiento y oyeron el chapoteo del agua. Los hombres se habían desnudado, los habían sacado de su habitación y los habían filmado sumergiéndose en el baño, pensó ella. Las mujeres serían las siguientes.

La luz en el pasillo se hizo más estrecha, y apareció un hombre. Stefa giró la cabeza, evitando ver su cuerpo desnudo.

«Qué degradante. Si Daniel supiera lo que estaba pasando, los mataría. Gracias a Dios, no lo trajeron a él. Una mujer nunca debería ver así a su potencial esposo…».

El pensamiento casi la hizo reír. Humillación, degradación, terror nazi tras terror nazi, ¿y le preocupaba ver a Daniel desnudo? Eso reforzaba cuán profundamente la tradición y la cultura habían sido arraigadas en ella. De esto es de lo que su hermana había tratado de escapar. Su padre se había esforzado mucho por santificar el *sabbat* y por honrar las festividades a pesar de las prohibiciones y la constante amenaza de violencia que se cernía sobre todas las familias. Izreal había empezado a reconocer el valor de Daniel, a apreciarlo. Ella rezaba para que le diera su bendición a su matrimonio. Con mucho gusto se casaría con Daniel ese mismo día, sin importar cuánto tiempo les quedara.

—*Schnell bewegen. Schnell!* —El oficial chasqueó los dedos y sujetó el látigo a su costado, incitando a las mujeres, mientras los hombres regresaban corriendo a su habitación. Stefa fue la última en salir y el oficial la golpeó con el látigo en la parte posterior de las piernas.

—Vayan…, sumérjanse como si estuvieran siendo bautizadas. —Él se rio de su propia broma.

Las mujeres mayores encabezaron el camino por las escaleras hacia el lavabo; las luces y la cámara las enfocaban desde arriba.

Stefa las siguió mientras se sumergían en el agua. Le dolían los dedos de los pies por el frío, pero el agua se sentía bien contra el escozor en sus piernas. Se agachó, temblando de frío, cerró los ojos y se sumergió bajo la superficie. Todo estaba en silencio bajo el agua, y casi anhelaba que la muerte llegara y prolongara aquel silencio.

Permanecieron de pie durante minutos, frotándose los brazos y protegiéndose lo mejor que pudieron del ojo intruso de la cámara. Un hombre de las SS chasqueó los dedos y el guardia con el látigo se alejó por un momento, pero pronto regresó con los hombres desnudos.

—¡Entren! —gritó el alemán mientras su látigo azotaba sus espaldas.

Ellos se zambulleron en la palangana, todos amontonados, mirando el agua para evitar mirarse a los ojos. La cámara empezó a rodar de nuevo después de un cambio de película.

El equipo de filmación discutió por un momento antes de que el oficial de las SS gritara:

—¡*Fick*…, *fick*…! —Siguió repitiendo la orden, pero nadie se movió; estaban congelados en sus lugares, hasta que el látigo cayó sobre ellos. El nazi sacó su pistola y la agitó en el aire—. Obedezcan o los mato.

La orden alemana sólo podía significar una cosa: obscenidad…, intimar. Stefa se quedó de pie, temblando, mirando a los hombres y las mujeres forzados a meterse en la palangana, sintiendo como si estuviera flotando fuera de su cuerpo.

El hombre de las SS disparó al techo. Una lluvia de yeso cayó sobre ellos. Una de las mujeres gritó. Un hombre con *peyets* avanzó chapoteando hacia ella. La tomó en sus brazos y susurró:

—No me mires. Finge que no estoy aquí. Lo siento, hermana.

Ella miró sus ojos marrones y, luego, cerró los suyos.

Stefa sintió como si hubiera muerto cuando salió de la bañera; su cuerpo se sentía pesado, su respiración superficial y forzada. Su vestido, zapatos y abrigo se sentían como cargas sobre sus miembros. Se estremeció de frío porque los nazis no les habían dado toallas; su ropa estaba empapada.

¿Por qué? Esa era la única pregunta que pasaba por su mente. ¿Fue para mostrar cuán depravados eran los judíos? ¿Cómo podrían burlarse de las leyes de Dios en un lugar sagrado? ¿Acaso fue filmado por alguna excitación perversa?

Caminando como si estuviera muerta, con el estómago adolorido, salió a la luz cálida del sol, sintiéndose hueca y sucia. Estaba segura de que el hombre no había entrado en ella, aunque él había hecho todo un espectáculo, frotándose contra ella para salvar sus vidas. De eso sí estaba segura.

No tenía intención de ir a trabajar. Su único objetivo era llegar a casa, acostarse y asegurarse de que no hubiera sufrido lesiones graves.

La última persona a la que quería ver era a Daniel. Sin embargo, él corrió hacia ella, al haber dado, apenas, unos pasos de distancia. Estaba demasiado entumecida para pensar. Él quería tomarla entre sus brazos, pero ella lo empujó.

—¿Qué sucedió? —preguntó él; su voz denotaba preocupación—. Estuviste horas ahí.

—No puedo hablar de eso —dijo ella.

Él notó que todavía estaba mojada.

—¿Estás herida?

—¡No sé!

—Déjame llevarte a casa.

Ella se detuvo en la calle llena de gente, con lágrimas en los ojos.

—¡Déjame sola! Caminaré a casa sola. —Metiendo las manos en los bolsillos, se alejó rápidamente.

—¡Stefa!

Ella se dio la vuelta.

—¡Vete! —Su ira explotó. Ningún hombre debería tocarla ahora, tal vez nunca más.

Los ojos de Daniel se llenaron de lágrimas.

—Te amo —logró decir él cuando la alcanzó—. Podemos hablar esta noche.

—No, quiero dormir. —Siguió avanzando. El gueto que la rodeaba parecía muy lejano, los aparadores de las tiendas, la gente dentro de sus paredes tan delgada como recortes de cartón. El calor en sus hombros le pareció extraño, como si nunca antes hubiera sentido el sol. Las piernas que la cargaban bien podrían haber pertenecido a otra persona.

Cuando llegó a casa, subió las escaleras y encontró a su madre en su lugar habitual. Perla trató de entablar conversación, pero Stefa la interrumpió y se acostó en el colchón que había sido su cama durante tantos meses. Giró la cabeza hacia la ventana, miró el cielo todavía azul y sollozó. Su madre se quedó sentada, en silencio en la silla cerca de la estufa.

Hanna transmitió distintos mensajes en muchas ocasiones desde que aterrizó en la granja de los Rybak; había emprendido estas comunicaciones después de establecerse en su escondite. A veces, ayudaba a Eryk en los campos para que pudieran conversar sobre las instalaciones alemanas cercanas, o daba un paseo hasta el cercano río Vístula, la franja negra de agua que había visto desde el Dakota antes de su salto. Desde su punto de vista en la orilla sur, podía observar casualmente tropas o cualquier movimiento sospechoso a lo largo de los caminos que discurrían cerca del río.

Sólo hacía transmisiones en código morse de no más de dos minutos, ya que Eryk le había dicho que había radiogoniómetros que operaban alrededor de Varsovia y que podían rastrear la señal. A veces, sólo era cuestión de minutos después de enviar un mensaje para que aparecieran los nazis. También era más seguro transmitir un aviso en los cambios de turno, cuando los alemanes estaban distraídos y era menos probable que detectaran alguna señal.

El maletín del radio era voluminoso, pero lo suficientemente pequeño como para caber debajo de la cama. La parte más conspicua e importante para el proceso de transmisión era colocar la antena larga que Hanna insertaba a través de las rejillas de ventilación y por el costado de la casona. Había que salir después de la casa para estirar la antena con cuidado sobre las copas de los arbustos; ésta podría retirarse rápidamente si era necesario, siempre y cuando no quedara atrapada en la vegetación. El camino del mensaje era complicado debido a la distancia entre Londres y Varsovia. Según las órdenes, el código se transmitía a una serie de operativos partisanos y agentes de la SOE desde Praga, hasta Bruselas y, finalmente, Londres. Las posibilidades de errores en medio de múltiples contactos se magnificaban con este arreglo en forma de V, pero la SOE no tenía otra opción que depender de una red de comunicaciones que, en el mejor de los casos, alcanzaría los ochocientos kilómetros. La interferencia y el clima también dificultaban la capacidad de difundir información.

Hanna estaba adentro, ayudando a Julia a preparar el almuerzo, cuando Eryk gritó a través de la ventana.

—Saquen a Hitler: vienen los alemanes. Métete en el desván y luego pásame la escalera, rápido.

Hanna dejó caer las remolachas en el fregadero y corrió a colocar la escalera. Julia volteó el retrato y luego sostuvo la escalera mientras Hanna abría el panel del techo y se impulsaba hacia el desván. El día era cálido y bochornoso, y el escondite del ático había comenzado a calentarse. Tuvo que acostarse en la cama sin hacer ruido.

El panel cayó en su lugar y el desván se oscureció, excepto por los brillantes rayos de luz que se filtraban a través de las tablillas.

Oyó movimientos frenéticos abajo: la puerta de la granja que se abría y se cerraba, pasos apresurados hacia el fregadero y, finalmente, silencio. Un automóvil ronroneó cerca de la puerta principal y Hanna sólo se atrevió a mirar rápidamente por temor a que la vieran. No vio nada, excepto los arbustos al costado de la casa y la mitad inferior de los troncos de los árboles que bordeaban los campos. La Browning yacía debajo de la cama. La recogió y la apretó contra su pecho como si fuera un objeto sagrado, un arma sacramental que no dudaría en disparar.

La voz de un alemán, en beligerancia estática, retumbó a través de la granja. Eryk respondió en alemán, al igual que Julia y un coro de «Heil Hitler» llegó a sus oídos. Los nazis habían profesado su devoción por el retrato.

A partir de ese momento, pudo distinguir poco más que unos pasos arrastrados, como si se estuviera realizando una inspección. Uno de los hombres mencionó a Załuski, el objetivo sobre el que Dolores se había lanzado en paracaídas. Unos minutos después, el auto se alejó y la casa quedó en silencio.

Hanna se preguntó si Eryk y Julia habían sido arrestados; sin embargo, después de unos minutos insoportables de respiración superficial, la escalera raspó contra el techo.

El panel se movió y Julia asomó la cabeza desde el desván.

—Puedes bajar. Ya cruzaron el río.

Hanna colocó la Browning junto a la radio y descendió por la escalera.

Eryk estaba sentado en el sofá, secándose el sudor de la frente.

Hanna lo miró expectante.

—Estuvo cerca —dijo él—. Apenas tuve tiempo de sacar la escalera cuando llegaron.

—¿Qué querían? —preguntó ella. Los alemanes no habían ido a la granja para una visita social.

—Había cuatro de ellos. Te quieren a ti —respondió él—. Recibieron señales cerca de aquí y fuera de Załuski.

Hanna pensó en Dolores de inmediato, pero sabía que su compañera agente era una mensajera, no una operadora de radiocomunicación.

Eryk se guardó el pañuelo en el bolsillo y se levantó del sofá.

—Eso fue una advertencia. Están confundidos en este momento, pero si detectan otra señal cerca de aquí, volverán y no serán tan amables la segunda vez. Destruirán el lugar piedra a piedra.

—Sé qué hacer —dijo Hanna—. Reposicionaré el sitio del transmisor.

—Los nazis son rápidos y siempre están al acecho. Creo que debes suspender las comunicaciones hasta que podamos encontrar una forma de enviar mensajes de forma segura, sin ponernos en peligro a todos.

Hanna asintió. No tenía interés en poner sus vidas en peligro.

—Deja que se enfríen unos días. Todo lo que he transmitido hasta ahora es «buen tiempo», lo que significa que no he visto nada importante.

—Puedo dejarte en Varsovia mañana, mientras hago una entrega.

—Quiero ir, pero tengo miedo de lo que veré.

—Varsovia no es lo que solía ser —expresó Julia—. La destrucción sigue siendo evidente y, por supuesto, está el gueto…

—Mi padre solía trabajar en el Palais. Me pregunto si todavía está empleado allí.

Eryk sonrió.

—Podrías averiguarlo mientras tengas tus papeles, Greta. Prepárate para adherirte a un horario estricto.

Ella miró sus piernas; las cicatrices del bombardeo apenas eran visibles bajo el dobladillo de su vestido.

—Estoy lista. ¿Inspeccionaron?

—Sólo movieron algunas cosas, más por curiosidad que por otra cosa —contestó Eryk, y luego, señaló la imagen—. Creo que Hitler nos salvó la vida, el bastardo asesino.

Hanna saboreó la ironía. El retrato del Führer había apaciguado tanto a los hombres que tenían poco interés en una búsqueda exhaustiva, por lo que pasaron por alto a una sudorosa agente de la SOE en una cama sobre sus cabezas.

Hanna pasó dando vueltas en la cama y durmió poco esa noche, porque el calor del desván tardó horas en disiparse. Estaba ansiosa y, al mismo tiempo, emocionada por estar en casa. Sin embargo, la palabra le parecía tan extraña como el lecho de paja que ahora anclaba su vida. Un grave caso de nervios prendió fuego a su piel a medida que las horas pasaban en cámara lenta.

Se recordó a sí misma que su deber principal, como lo había definido Rita, era con la SOE, pero no podía evitar preguntarse qué era de sus padres y sus hermanos, cuál había sido su destino. Si se los encontraba ahora en la calle, seguramente se disculparían y seguirían su camino, sin reconocer el tono más claro de su cabello peinado hacia atrás, o su ropa alemana de clase media. Ella era mecanógrafa y su esposo, Stefan, era chofer de los nazis, cuyos deberes lo alejaban constantemente de su lado. A pesar de que le habían inculcado una identidad, tenía que recordarse a sí misma que el enemigo estaba entrenado para detectar traidores y espías. Pero, si pudiera entrar en Varsovia sin ser detectada, el primer lugar que visitaría sería su antiguo hogar en Krochmalna, en busca de la mujer mencionada en la carta, quien, quizá, podría ayudarla a encontrar a sus padres. Pero la ciudad era grande y tenía pocas esperanzas de ese milagro. Podría tener mejor suerte yendo al Palais, en busca de su padre. Se preguntaba si verla sería demasiado impactante, o si aún la repudiaría, como si estuviera muerta.

Se dio la vuelta y hundió la cara en la almohada. Había tantas preguntas que no podía responder.

La luz rosada del amanecer se filtró por las tablillas y la despertó después de unas horas de sueño agitado. El roce familiar de la escalera contra el techo la sacó de la cama. Sintiéndose letárgica, se puso el vestido y bajó.

Su peine y el polvo facial descansaban junto al fregadero cerca de los cosméticos de Julia. Después de ir al baño, regresó y encontró una olla de café sobre el fuego.

—Una ocasión especial —dijo Julia. Lucía mucho más animada que Hanna—. Al verte esta mañana, pensé que podrías necesitarlo. No está muy cargado, pero es mejor que nada. —Removió las brasas de la chimenea y las chispas anaranjadas volaron, vertió el brebaje y le entregó una taza—. Últimamente, el café es tan difícil de conseguir como la gasolina. Los nazis han desviado todo para ellos y las familias alemanas puras que se han reasentado aquí, mientras que a los polacos sólo nos tocan las sobras. Eryk sólo recibe gasolina porque la comida que vendemos termina alimentando a las tropas alemanas.

—Entonces, ¿mantienen a la Wehrmacht? —preguntó Hanna, sospechando que había más detrás de la historia que vender vegetales.

Julia la ignoró y regresó al fregadero.

—Lo siento —añadió Hanna—. Fue una mala pregunta. No quise decirlo literalmente.

Julia se dio la vuelta; sus ojos marrones brillaban con amargura.

—Tú, más que nadie, deberías saber elegir tus palabras con cuidado.

Hanna se sentó en la silla, sosteniendo su taza.

—Sí… Entiendo. Es difícil ser otra persona todo el tiempo y no caer en el sarcasmo de vez en cuando, por lo menos. Por eso me fui de Varsovia. Mi vida se había vuelto demasiado rutinaria, demasiado predecible, demasiado atrapada en… el judaísmo. —Tomó un sorbo de café—. Y mira lo que obtuve: un viaje de regreso gratis.

Julia se apoyó en el fregadero.

—Le vendemos a personas que antes eran mayoristas en el mercado, ahora son traficantes individuales dominados por los nazis. Se han apoderado de los negocios de todos. Parte de lo que vende Eryk se destina a alimentar a las tropas alemanas, pero no podemos hacer nada al respecto. También va a restaurantes en la sección aria de Varsovia.

—¿Dónde está Eryk?

—En el campo…, cargando la camioneta. El viaje es rutinario, el mismo todas las semanas, pero eso lo hace seguro. Algunos de los guardias lo conocen.

Hanna tomó un sorbo de su café; el sabor era algo entre agua caliente y una infusión.

—¿Cómo te metiste en el peligroso negocio de albergar a personas como yo? Mucha gente no se atrevería.

—Amamos a nuestro país, lo suficiente como para morir por él. ¿No amas a Polonia?

—Ahora más que nunca, pero por un tiempo no fue así.

La luz del sol entraba a raudales por la ventana de la cocina; los rayos amarillos iluminaban los arbustos que rodeaban la granja y los frondosos árboles que bordeaban los campos. Unas altas nubes blancas, libres de lluvia, navegaban por encima. El clima le recordó a Hanna su infancia, cuando no podía esperar a que terminara la primavera y empezara a hacer más calor para poder correr o nadar.

—Todo lo que quería, una vez que fuera mayor de edad, era irme de Varsovia —continuó—. No sé por qué te digo esto, se supone que debemos guardar el pasado para nosotros, pero ahora que estoy aquí, sola, no parece importar.

Julia se acercó al fuego, se sirvió una taza de café y se sentó en el extremo opuesto del sofá.

—Lo que importa es la vida…, y puedes decirme cualquier cosa. De hecho, creo que te haría bien.

Hanna miró a Julia.

—Nunca he hablado de esto con nadie, ni siquiera con mi hermana. —Agachó la mirada brevemente—. Nuestras tradiciones, nuestra cultura, me sofocaron. Si quería hacer algo tan simple como nadar, tenía que escabullirme para asegurarme de que nadie se enterara. Mis padres menospreciaban mis actividades, particularmente mi padre. Mi madre siempre fue una esposa muy devota. Nunca fui la hija que él quería. Nos peleamos, a nuestra manera. Por supuesto, eso significaba que no podía expresar nada como ira o mi desprecio. Odiaba cómo me gobernaban y cómo querían verme casada con un hombre al que, estoy segura, no iba a amar. A mi hermana no parecía importarle, lo cual era exasperante.

—Debe de haber sido difícil irse.

—Lloré tantas veces. Sólo quería ser yo misma, y no podía. —Una tristeza que no había sentido en años la invadió, como si estuviera tomando la decisión de irse nuevamente—. Entonces decidí que me alejaría de todos, que renunciaría a todo lo que había sido. Por suerte, tenía una tía en Londres que había pasado por lo mismo. Ella accedió a acogerme. —Hanna respiró hondo—. Ella fue asesinada en el Blitz.

—Lo siento —dijo Julia, inclinándose hacia ella—. ¿Cómo te sientes ahora?

Hanna suspiró.

—Estoy aquí para hacer mi trabajo, y lo haré, pero no puedo dejar de pensar en mi familia. Esas preocupaciones están nublando mis pensamientos, y debo tener cuidado.

Julia ladeó la cabeza.

—No debí decir eso. Cumpliré con mi deber, tengo una deuda con mis padres y con mi patria: ellos me hicieron lo que soy.

—A menudo pensamos en el hermano de Eryk, que murió luchando contra los alemanes durante la invasión, y en sus padres, que murieron en los bombardeos de Varsovia.

—Lo siento —exclamó Hanna, reconociendo una conversación llena de tristeza y poca esperanza—. Todos sabemos lo que tenemos que hacer.

—Mi esposo y yo daremos todo lo que podamos a la resistencia. Entendemos cómo se siente la pérdida. Sé que estaría orgulloso de ayudar a su familia.

La camioneta avanzó desde el campo y se detuvo frente a la granja. Eryk entró por la puerta con toda la energía de un joven.

—Estoy listo para el desayuno. Luego, nos iremos.

Julia tomó la mano de Hanna.

—Estará listo en un momento. —Se levantó del sofá y comenzó a cortar pan para tostarlo y comerlo con mermelada.

A las ocho de la mañana, el sol caía sobre ellos. Hanna se había tomado unos momentos para mirar las cestas de verduras cuidadosamente empacadas en la parte trasera de la camioneta: las hojas verdes de acedera, que se usaban en sopas y como guarnición; los pequeños y blanquecinos bulbos de colinabo, aún adheridos a sus tallos; el ruibarbo picante que, cocinado con azúcar, se usaba para hacer golosinas que le recordaban a su infancia, y la remolacha roja, un ingrediente básico de las sopas y espárragos verdes.

—¿Qué te parece? —preguntó Eryk.

—Me preguntaba si los soldados inspeccionan la camioneta.

—¿Tú qué crees? —Eryk dio un último vistazo a los productos—. Los guardias se inclinan, echan un vistazo rápido y te despachan. No puedes esconder rifles en cestas de verduras.

—Podrías, pero sólo un tonto lo haría. Vamos.

Ella se subió al asiento del pasajero e hizo una última inspección de su bolso antes de irse. Se había llevado varios cientos de *zlotys* falsos, pero dejó la Browning debajo de la cama. Era demasiado peligroso llevar un arma.

Eryk puso en marcha la camioneta y se dirigió hacia el noreste, siguiendo el curso del río antes de girar hacia el sur en un área densamente arbolada.

Hanna bajó la ventanilla, asomando la cabeza al aire de la mañana, aspirando el olor húmedo del bosque, y vio algunos alisos y hayas. La tierra estaba marcada por cortes profundos donde los árboles de hoja caduca habían sido arrancados.

—Han sido enviados al frente —comentó Eryk, por encima del silbido de aire que entraba en la camioneta.

Hanna echó la cabeza hacia atrás.

—¿Qué me dices de las granadas de mano?

—¿Qué?

—¿Podrías esconder granadas de mano en las canastas?

Él se rio.

—Sí… Pero se nota que no has estado cerca de un verdadero nazi. Son meticulosos. Es un rasgo de su carácter, y seguirá siéndolo hasta que sean derrotados. No los hagas enojar ni los subestimes. —Apartó la vista del camino por un momento y la miró con la misma seriedad que había mostrado su esposa unas horas antes.

—No los subestimaré.

—No pretendo decirte cómo hacer las cosas, pero mantente en guardia. Puede que no veas mucho desde nuestra granja, tal vez un pequeño convoy de vez en cuando, pero el peligro se vuelve más real al entrar en Varsovia. Te dejaré unos kilómetros después de pasar Blizne, al oeste de Varsovia. Entregaré las verduras y luego te recogeré. ¿Cuánto tiempo necesitarás?

Hanna había oído hablar del pueblo, pero nunca lo había visitado.

—¿Cuánto tiempo tarda uno a pie?

—Desde el punto de entrega, una hora, tal vez un poco más, hasta el centro de la ciudad.

—¿Puedes mantenerte ocupado hasta la una?

Él asintió.

—Hablaré con mis distribuidores, con calma, y regresaré a la una. Eso te da unas tres horas.

Condujeron hacia el este, a través del pueblo, hasta que Hanna pudo ver Varsovia acercándose cada vez más. La ciudad no era la que ella recordaba. Incluso desde esa distancia podía ver los armazones quemados de los edificios, la parte superior de los que habían sido arrasados por los bombardeos y los que aún estaban en pie, como los restos de un bosque quemado.

Eryk detuvo la camioneta en un camino lateral aislado y protegido por árboles.

—Buena suerte, Greta —le dijo—. Recuerda ese poste de referencia y este camino. Toma un tranvía cuando llegues a la ciudad, si es que puedes encontrar uno que esté funcionando. Tendrás más tiempo de esa manera. Esperaré media hora después de la una. Si no apareces, estarás sola hasta que te veamos en la granja.

Ella bajó de la camioneta mientras Eryk retrocedía. Hanna agitó su mano para dispersar el humo del escape. Un cartel de madera en forma de flecha apuntaba hacia Varsovia.

Iba a casa.

CAPÍTULO 18

Había cuatro guardias en la entrada del gueto cerca de la calle Krochmalna: dos policías azules afuera de la puerta y dos soldados alemanes adentro, con sus cascos verdes en forma de cuenco cubriéndoles la cabeza.

Janka estaba de pie bajo el sol de la mañana a una buena distancia de ellos, tratando de determinar cuál de estas autoridades sería la más amable, cuál de los cuatro podría tener más respeto por su situación. De las dos combinaciones frente a ella, una a cada lado de la puerta, ninguna parecía fácil. De la pareja de la izquierda, el policía polaco parecía el más duro, con labios delgados y una mirada oscura, como un gato al acecho. Su compatriota alemán al otro lado de la cerca, un joven con el rifle colgado del hombro derecho, charlaba y sonreía, mientras fumaba un cigarro e intentaba conversar con los inflexibles polacos. La pareja de la derecha parecía medianamente interesada en todos los que pasaban, pero nunca sonreían ni hablaban entre ellos. Decidió probar con el policía polaco de la izquierda, con la esperanza de que el joven alemán pudiera verla a través de la puerta.

Todo estaba en su lugar: la carta del doctor Josef Bühler, secretario del Estado del Gobierno General. Janka la había falsificado en un papel que dejó su asistente, *Herr* Mueller, después de una de sus reuniones de borrachera con Karol. Mueller cargaba documentos importantes, en un esfuerzo por impresionar a Karol, y a veces compartía planes nazis, pero a veces no. A Janka no le sorprendía que el papel membretado se hubiera caído al suelo, debajo de la mesa de café.

Había pensado en todo: sus documentos de identificación cuidadosamente doblados; el pretexto que se le había ocurrido para visitar a los Majewski. Había trazado y elaborado su plan cuidadosamente. Aun así, tenía la boca seca y trató de controlar las ganas de huir; el peligro acechaba a unos pasos de distancia.

Habían pasado meses desde que tuvo contacto con la familia. Después de varias menciones de Herbert Mueller de la «solución final» que ocurriría pronto, sintió que era necesaria otra advertencia.

Armada de valor, respiró hondo varias veces y reunió todo su coraje. La puerta estaba a sólo diez metros de distancia. Era hora de actuar, en lugar de llamar la atención sobre sí misma.

Cuando se acercó, el policía se giró y levantó la mano para que se detuviera.

—¿Qué quieres? —Escupió las palabras en polaco; sus ojos parecían agujeros de ébano sin sentimiento.

Izreal la había llamado una mujer de la guerra. Se armó de valor para estar a la altura de esa expectativa.

—¿Cómo te atreves a hablarme en ese tono? —espetó ella, en respuesta a su pregunta. El joven alemán se giró, prestando atención al pequeño altercado fuera de la puerta.

La expresión en el rostro del polaco cayó, como si hubiera sido atacado, ¡y por una mujer! Janka se dio cuenta de que no esperaba una respuesta así.

—Estoy aquí para observar —continuó ella con fuerza—. Más te vale que me dejes entrar, a menos que desees desobedecer al doctor Bühler, el secretario de Estado del Gobierno General. Tengo una carta firmada aquí. —La sacó de su bolsillo.

El polaco la miró con frialdad, tomó el papel y miró al alemán en busca de orientación.

—Yo me encargo de esto —dijo el joven nazi, caminando hacia la puerta. Él la abrió y le indicó que entrara.

Janka le arrebató la carta al policía y entró en el gueto.

El alemán cerró la puerta y la llevó a un lado. El aire olía diferente del otro lado del muro: apestaba a muerte y a enfermedad. Una plaga había descendido sobre la atestada prisión de Varsovia.

—La carta —indicó el guardia en alemán, mientras la tomaba de sus manos. La leyó y luego preguntó—: ¿Conoce al doctor Bühler?

«Concéntrate, Janka. Responde con seguridad en alemán».

Hablaba un alemán entrecortado, pero el guardia agradeció su esfuerzo.

—Mi esposo y yo conocemos a Herbert Mueller, su asistente. *Herr* Mueller ha estado en nuestra casa varias veces. La solicitud vino del secretario de Estado, a través de él.

—Sus documentos de identificación y bolso para inspección.

—Por supuesto. —Abrió su bolso y le entregó ambos.

Él los revisó antes de decir:

—Bienvenida, señora Danek. No habrá nadie que la escolte; debe regresar a esta puerta cuando se vaya.

—No tardaré mucho —respondió ella, recuperando su bolso—. Sólo hago esto por insistencia del secretario. Estoy ansiosa por salir de este apestoso muladar.

Los ojos del guardia se iluminaron.

—Tiene suerte de poder irse. Mi puesto está aquí.

—Lo siento. —Se dio la vuelta para irse, pero el hombre la detuvo con otra pregunta.

—Dígame una vez más, ¿cuál es el propósito de su visita?

Dio un paso adelante, mostrando algo de exasperación por su pregunta y habló en polaco. El policía se acercó a la puerta para poder oír.

—¿Entiendes polaco?

—Un poco.

—Todo está claramente escrito. No puedo decir más, debo juzgar la actitud de los judíos en el gueto para ayudar al secretario a comprender qué tan rápido se pueden implementar los planes.

El joven alemán asintió, como si entendiera lo que Janka estaba insinuando, aunque ella misma no lo supiera.

—Sí. Los planes… que están por implementarse. ¿Por qué no vinieron el secretario de Estado o *Herr* Mueller?

Janka se pellizcó la nariz.

—¿A este lugar? Les estoy haciendo un favor. No tienen ningún deseo de entrar en este infierno. —Ella sacudió la cabeza con disgusto—. Me bañaré tan pronto como llegue a casa.

Ella lo dejó atrás, cerró los ojos por un segundo y exhaló. Se sentía agotada, pero había logrado pasar la puerta. Ahora, sólo tenía que encontrar el departamento de Krochmalna cuyo número había memorizado antes de quemar la nota de Izreal.

Janka se aseguró de estar bien alejada de la puerta antes de girar hacia el sur, hacia el tramo cortado de Krochmalna. Todo parecía tan normal a primera vista: los tranvías corriendo por las vías, los *rickshaws* que transportaban a los que podían pagar, las calles llenas de gente. Pero una inspección más cercana reveló una estrella de David en el carrito: sólo para judíos. Había un lamentable café callejero instalado por una mujer pobre que usaba una pequeña mesa de madera para servir a sus clientes; un niño que vendía brazaletes judíos y periódicos del gueto; un mendigo vestido con harapos, esperando una limosna; los rostros hundidos de las personas que caminaban por las calles con ropa desgastada. Había algunas excepciones: hombres y mujeres vestidos con mejores atuendos.

Pronto estuvo de pie frente al monótono edificio de departamentos. Los escalones de piedra desmoronados necesitaban ser reparados, y la puerta principal no estaba cerrada con llave; incluso, parecía como si hubieran forzado la cerradura; la madera alrededor, expuesta y blanca. Las pocas ventanas que no estaban rotas, o cubiertas con madera, estaban ennegrecidas por la mugre. Antes de la guerra, ningún polaco que se preciara de serlo habría dejado que un edificio cayera en ese estado.

El olor rancio y execrable del pasillo casi la derribó. Se tapó la nariz con un pañuelo para no tener arcadas. La puerta del departamento a su izquierda colgaba en un ángulo extraño de sus bisagras. Ella miró dentro. La habitación estaba en desorden: la cama inclinada contra una pared, fragmentos de vidrio y platos rotos esparcidos por el suelo. Claramente, algo horrible había sucedido. Janka esperaba que los Majewski no hubieran vivido en ese sitio.

Subió las escaleras hasta el siguiente rellano y llamó a la puerta con la sensación de que no había nadie en casa. Sin embargo, el silencio podía ser engañoso durante la guerra.

Después de un segundo golpe, escuchó la voz de una mujer, baja y suave.

—¿Quién es?

—Janka Danek.

La puerta se abrió con un crujido, y un par de ojos hundidos se asomaron por el borde.

—¿Stefa?

La mujer tartamudeó y retrocedió para dejar entrar a Janka. Si alguien le hubiera contado cómo vivía la familia, le habría resultado difícil de creer: colchones en el piso; una tina para lavar ropa y platos; una estufa destartalada que se usaba para cocinar y calentarse; ventanas manchadas de mugre que daban al maltratado extremo de Krochmalna; maletas y ropa esparcidas por el suelo.

Janka lanzó sus brazos alrededor de Stefa, gritando de alivio, pero también de lástima por su condición. Su amiga había adelgazado considerablemente, tenía el rostro demacrado y pálido, y las mejillas hundidas como cuencos. Stefa llevaba un vestido azul desteñido que estaba hecho jirones en el dobladillo y las mangas por las muchas lavadas a mano. Sus zapatos de cuero negro se habían vuelto grises y estaban a punto de perder las suelas.

Un hombre joven, que mostraba un semblante similar, estaba de pie con su uniforme de policía judío y su bastón listo en la mano derecha. Una anciana encorvada estaba acurrucada en una silla cerca de la estufa. Tenía que ser Perla; ella era la más cambiada. El cabello de la mujer estaba gris, ralo y colgaba en mechones lacios de su pañuelo. Tenía los ojos tan oscuros como el carbón.

—Es bueno verla —dijo Stefa—. Esta es nuestra amiga, la señora Danek —le dijo a Daniel, quien bajó el único instrumento de fuerza que podía llevar.

—Nos tomó por sorpresa —expresó Daniel.

Perla levantó la vista con una débil sonrisa.

—Siéntate, amiga mía.

—Claro. —Janka se sentó en la silla frente a Perla.

Stefa y Daniel se sentaron en el colchón, mirándola expectantes. ¿Cómo podría darles la noticia de una solución final? Eran meras especulaciones. Sin embargo, los pronunciamientos embriagados de *Herr* Mueller y la ansiosa servidumbre de su esposo parecían razón más que suficiente para expresar sus temores.

Al principio, hablaron de las preguntas que surgieron inmediatamente: ¿Cómo pasó Janka por la reja? ¿Quién era el policía judío que vivía en sus habitaciones? ¿Cómo estaban sobreviviendo, especialmente porque la falta de alimentos ahora afectaba a todas las clases sociales? Janka se levantó y se paró frente a Stefa y Daniel.

—No quiero preocupar a tu madre —susurró—. ¿Cómo están tu padre y tu hermano?

—Nos preocupan —respondió Stefa en voz baja—. Todavía trabajan en el Palais, pero casi ningún judío o polaco come allí estos días. El restaurante subsiste con lo que gastan los nazis. Creemos que, si hay problemas, cerrará.

—Lo siento —exclamó Janka.

—Mis padres trabajan en las fábricas alemanas —dijo Daniel—. Yo trabajo para la Policía del Gueto Judío, pero he llegado a odiarlo. Hay tanta brutalidad.

—Daniel se niega a ser cruel —agregó Stefa.

Janka suspiró, se sentó frente a ellos y luego miró por encima del hombro a Perla. La mujer estaba sentada mirando al techo, meciendo su cuerpo en la silla fija.

—¿Qué se puede hacer por ella?

—Pierde un poco más de sí misma cada día —dijo Stefa—. Nos comunicamos con ella tanto como podemos, pero, a menudo, está alejada de nosotros.

—Tengo noticias inquietantes —musitó Janka—. No entren en pánico, pero he escuchado, de una autoridad dentro del Gobierno General, que pronto se tomarán medidas.

—¿Qué medidas? ¿Cuándo? —preguntó Daniel.

—Si supiera, te lo diría, pero prepárense tanto como puedan.

—¿Qué has oído? —preguntó Stefa.

Janka negó con la cabeza.

—El Reich está buscando una solución final para los judíos y Polonia será una de las primeras naciones en presenciarlo.

Los ojos de Stefa se agrandaron.

—¿Que significa eso?

Daniel, cada vez más furioso, habló demasiado alto.

—Sé lo que significa: quieren matarnos…, borrarnos de la faz de la Tierra.

—Silencio —exclamó Stefa—. Mi mamá no debería escuchar esas cosas.

—Podría suceder en cualquier momento —continuó Janka, mirando a Stefa—. ¿Has tenido noticias de tu hermana?

—No desde hace meses.

—Por favor, dale mi dirección si alguna vez regresa. Tal vez, juntas, podamos ayudarlos a salir. Si tuviera más amigos y recursos…

—No se culpe —dijo Stefa, sacudiendo la cabeza—. Ha sido buena con nosotros. No sé si volveré a ver a mi hermana. Espero que sea feliz en Londres.

—No puedo quedarme más tiempo, o sospecharán —comentó Janka, mirando su reloj—. Dios los bendiga. Por favor, cuídense. —Después de despedirse de ellos, salió del departamento. Los Majewski estaban vivos, pero vivían como ratas. Si tan sólo tuviera más que ofrecer. Ella no tenía ni el dinero ni las conexiones para ayudarlos. Karol y sus amigos nazis eran como pesas sobre su cuerpo, mientras luchaba por nadar en un lago fétido. Su esposo siempre la estaba observando, aunque su juicio por lo general se veía afectado por el alcohol. A veces eso lo hacía más peligroso que un hombre sobrio. Cuando la bebida hablaba por él, sospechaba de ella y la acusaba.

El joven alemán todavía estaba en la puerta, aunque, debido a una rotación operativa, se había movido al extremo opuesto. Ella hizo lo que le ordenó y caminó hacia él.

—¿Puedo ver su bolso de nuevo? —Extendió la mano.

—Por supuesto —respondió ella.

—¿Encontró lo que buscaba? —Él tomó su bolso.

—Los judíos están listos.

Asintiendo, lo inspeccionó y luego se lo devolvió.

—Creo que sí.

Abrió la puerta, y caminó tranquilamente, junto al malhumorado policía polaco, hacia las calles arias donde, a pesar de la miseria general a causa de la ocupación, la vida se sentía diferente. Incluso el pequeño sabor de la libertad al otro lado de la pared le permitió relajarse mientras caminaba; pudo respirar mejor.

Pasó por su departamento y siguió hasta la iglesia donde ofreció una oración: «Cambia el corazón de mi esposo y ayúdame a descubrir una manera de ayudar a mis amigos». Sentada en los fríos confines de la nave, no estaba segura de si Dios le concedería alguna de las dos peticiones.

Hanna iba por un camino lleno de surcos y marcas causadas por los tanques y las tropas alemanas. Notó que el campo se había fusionado con lo que quedaba de Varsovia y cómo el vibrante rugido del comercio parecía silenciado, tanto que durante los veinte minutos de su caminata sólo escuchó el silbato de un tren solitario.

Al llegar a las afueras de la ciudad, pasó junto a algunos centinelas armados. Le dieron una mirada y uno de ellos le silbó. Para apaciguarlo, ella sonrió y siguió caminando. Ninguno pidió sus papeles. ¿Acaso esta entrada a Varsovia era menos transitada y, por lo tanto, menos sujeta al escrutinio nazi? Por supuesto, uno nunca podría contar con accidentes tan afortunados. La próxima vez, el camino podría estar bloqueado por un puesto de control fuertemente vigilado. Sus entrenadores de SOE le habían dicho que era una buena idea cambiar de ruta.

Cerca de un cementerio, encontró un tranvía en funcionamiento y pagó la tarifa con dinero falso. Viajó hacia el este y luego, después de la transferencia, continuó hacia el norte, hacia Krochmalna.

A pesar de las advertencias de Julia y de su propia sensación de cómo se veía la devastación, nada la preparó para la vista desde la sucia ventana del tranvía. Bloques enteros convertidos en escombros después de una invasión, que había ocurrido casi tres años atrás. Tanto el olor a madera quemada y a petróleo, asqueroso como el polvo de los restos, permanecían en el aire. Por cada cuadra destruida, había otra cercana que había escapado a la destrucción, aunque no lucía tan brillante como recordaba. Todo parecía estar cubierto por una película de suciedad, como si el mundo estuviera fuera de foco, borroso bajo la sombría luz del sol.

Los guardias nazis ocupaban la mayoría de las esquinas de las calles; algunos parecían aburridos, otros tal vez molestos porque su deber los había llevado a una ciudad destruida con poca o nada de acción. Hanna tomaba notas mentales para su informe a la SOE. Vio tanques y otros equipos militares pesados en las calles principales, pero no tantos como había imaginado. Los polacos se dedicaban a sus asuntos normales. Muchas tiendas estaban cerradas. Ver los horribles símbolos y eslóganes por primera vez, en una tienda judía, la conmocionó: la pintura blanca ahora se desvanecía, los carteles se despegaban del vidrio, condenando al dueño y a quienes la frecuentaban. Todos deambulaban bajo la atenta mirada de los guardias, las SS o la sigilosa Gestapo. Varsovia, ahora una ciudad sometida, había sido aplastada por los nazis.

Mostrar emoción por lo que veía sería un error. Sabía que ningún nacionalsocialista endurecido debería verse conmocionado por la fuerza destructiva de la Wehrmacht; debería estar acostumbrada a tales espectáculos. «Mézclate en la ciudad, en la vida de Varsovia tal como es. Nadie debe verte llorar».

El tranvía pasó cerca del Palais. Hanna alcanzó a verlo, pero se sintió congelada, incapaz de reconciliar sus deberes con la SOE con la preocupación por su familia. Tal vez alguien la reconocería. Una reunión inesperada podría ser demasiado para su padre. También existía la posibilidad de que él la reconociera y la ignorara. No estaba lista para enfrentar el aguijón de su rechazo, de nuevo.

Se bajó del tranvía unas paradas más adelante, cerca del límite sur del gueto. La pared era claramente visible a través del vidrio frontal. Su estómago se contrajo mientras caminaba cerca del muro; era imponente, con alambre de púas y vidrios rotos en la parte superior. Las puertas estaban bien protegidas por la policía polaca y los guardias nazis. Luego, vio el puente y la fila serpenteante de personas que iban en ambas direcciones, de una sección del gueto a la otra; el movimiento era anónimo, sus posturas desplomadas, un signo palpable de dolor, como si una interminable procesión fúnebre se llevara a cabo para divertir a los nazis.

Sus padres, su hermano y su hermana, la anciana señora Rosewicz estaban detrás de ese muro, tal vez en la corriente de peatones del puente. Luchó contra un creciente malestar estomacal.

Una ráfaga de frío se apoderó de ella, acompañada de una oleada de náuseas que golpeó su estómago. Se detuvo bajo la sombra de un roble medio demolido. ¡Hasta los árboles habían desaparecido! Las fuentes estaban secas también. Si pudiera aplastar la ciudad en su mano, se desmoronaría en polvo por su fragilidad.

El vidrio a lo largo de la parte superior de la pared brillaba, como si se burlara de la belleza. ¿Por qué seguir? Había visto todo lo que necesitaba de la fortaleza impenetrable. La muerte residía allí, mientras la vida se refugiaba del otro lado.

Se giró hacia Krochmalna; de nuevo, el dolor de las tiendas cerradas y la burla del lado ario se apoderaron de ella. Los peatones avanzaban: un hombre esquivó un coche en la calle y una mujer bordeó un carro tirado por caballos al pasar.

Pronto, llegó cerca del departamento donde creció. Fingiendo tener problemas con su zapato, se detuvo sobre los escombros de una vivienda cercana. El viejo edificio se veía igual, pero más gastado por el clima y más monótono de lo que recordaba. La amiga que estaba buscando era una vecina, pero no tenía idea de dónde podría vivir esta persona. Supuso que esta conocida era joven, probablemente una mujer que Stefa conocía. Sus padres no eran mucho de hacer amigos y Aaron era demasiado joven en el momento de la invasión para conocer a alguien que pudiera ayudarlos.

Cruzó la calle, mirando casualmente hacia arriba, fijándose en la fachada. El balcón que su hermano amaba todavía estaba allí. El departamento era demasiado alto para mirar por las ventanas, pero habían cambiado las cortinas: rojas, mucho más decorativas y caras que las sencillas cortinas que tenía su madre.

Después de cruzar otra vez, caminó hacia la puerta. La mezuzá se había ido y los nombres en la placa de dirección eran alemanes. Alguien llamado Schiller ahora vivía en su antigua casa.

Ella miró su reloj. Se le acababa el tiempo. Caminar de regreso al punto de entrega le llevaría el resto del día.

Mientras estaba allí, notó a una mujer en el lado opuesto de la calle que se acercaba desde el oeste. La mujer era casi de mediana edad, lucía un poco monótona, ciertamente no rica, pero tampoco pobre. Sus miradas se encontraron brevemente, y luego, la mujer desvió la mirada, abrió una puerta al otro lado de la calle y desapareció escaleras arriba.

«Cualquiera podría ser la amiga», pensó Hanna. No tenía tiempo de averiguarlo.

La camioneta de Eryk estaba estacionada debajo de un árbol. Hanna se subió; empezaba a tener calambres en las piernas por la larga caminata por Varsovia. El motor se encendió con un chasquido y, durante varios kilómetros, ella no dijo nada, sino que se limitó a mirar cómo los verdes bosques y los campos pasaban volando.

Él habló primero, sonando un poco tímido.

—¿Algo que valga la pena informar?

Ella sacudió su cabeza.

—Nada fuera de lo común, nada que la inteligencia no sepa ya.

La camioneta siguió rodando varios kilómetros más antes de que volviera a hablar.

—Los mensajes codificados no dan mucha libertad, pero cualquier pequeño detalle podría ser útil.

—Lo sé.

—¿Estás bien?

Ella se giró, estudiando su perfil barbudo y las ondas despeinadas de cabello negro, pensando que él y Julia eran los verdaderos héroes de esta guerra, no ella.

—No sé lo que esperaba. Varsovia es la mitad de una ciudad, gran parte de ella destruida, gran parte aún en pie. Casi me enfermo del estómago cerca del muro del gueto, sabiendo que mi familia está encarcelada detrás de esa asquerosa barrera.

—Eres fuerte, pero eres humana —comentó él, con una media sonrisa.

—No, tú y Julia son los fuertes. Hoy, por primera vez, dudé de la decisión de dejar a mi familia. Mientras caminaba por el gueto, me sentí como una cobarde por abandonarlos y dejárselos a los lobos. —Miró por la ventana mientras giraban hacia la granja—. ¿Cómo has lidiado con la guerra? Los últimos tres años deben de haber sido un infierno.

—Ha sido un infierno, pero Julia y yo decidimos hace mucho tiempo que tomaríamos una posición, de la mejor manera que pudiéramos. Lucharíamos contra ellos hasta la muerte si fuera necesario. Decidimos no tener hijos porque no queríamos traerlos a este mundo y, si nos pasaba algo, o al bebé… Bueno, puedes imaginar lo difícil que ha sido.

—Los respeto a ti y a Julia —dijo ella.

—Tuve algo de tiempo para pensar mientras te esperaba. Para que podamos evitar el pelotón de fusilamiento, puedes tomar la bicicleta vieja que tengo en el establo y pedalear hasta una casa desierta a unos cuatro kilómetros de la granja. El viaje es fácil…; terreno bastante plano. Puedo construir dos portadores en cada lado para esconder la radio inalámbrica y la batería. Podríamos hacer compartimentos secretos con fondos falsos y cubrirlos con vegetales o flores. Quizás queso. Si los alemanes te detienen, lo entregas. Y si quieres evitar la carretera, usas la bicicleta. Ella asintió. Sería menos arriesgado que transmitir desde la granja. Si la atrapaban en otro lugar, sólo le costaría la vida a ella y no la de los Rybak.

Después de que Eryk detuviera la camioneta frente a la granja, Hanna notó que la caja estaba vacía, excepto por las canastas de vegetales.

Julia estaba en el sofá bebiendo vino cuando entraron. Hanna pensó que se veía particularmente sombría, con los ojos agachados y ambas manos sujetando la copa con fuerza.

—¿Quieres algo de beber? —preguntó Eryk—. Nos queda un poco de vino blanco y un poco de vodka polaco. No mucho, pero lo suficiente para beber a nuestra salud.

Julia había encendido una pequeña lumbre, aunque el día aún era cálido. La habitación olía a humo con un toque de sequedad.

—Siéntense —les dijo Julia, llevándose la copa a los labios—. Tengo algo que decirles. Un amigo me visitó esta tarde, no necesitan saber su nombre. —Eryk se sentó a su lado.

—¿Conocías a una mujer llamada Maria Zielinski? —preguntó Julia.

El cuerpo de Hanna se tensó al pensar en Dolores.

—Sí.

—Está muerta —dijo Julia rotundamente—. Los nazis la capturaron en la casa de un operador cerca de Płońsk. Fue torturada durante dos días y luego ahorcada en la plaza. Nuestro amigo no sabe si habló.

—Otra razón para ser cautelosos —comentó Eryk, sin mostrar emoción.

De pronto, Hanna se dio cuenta de cómo se habían enfrentado a la guerra los Rybak: distanciándose de ella. Otra muerte era simplemente otra muerte, un hecho cruel de la vida bajo el Tercer Reich. Ese tipo de distanciamiento personal era exactamente lo que la SOE había estado inculcando a sus agentes.

Ansiaba contarles sobre Dolores y su personalidad coqueta, su amor por el maquillaje y su gran fuerza interior, pero eso no era necesario ni importante para los Rybak. Ella no creía que «Maria» se hubiera quebrado por la tortura, pero ¿y si los nazis habían logrado sacarle algo a la fuerza? Los dos combatientes de la resistencia se habían lanzado en paracaídas sobre Płońsk. ¿Por qué estaba Maria allí, en lugar de estar en su punto de entrega en el pequeño pueblo del sur? Tal vez tenía información importante que necesitaba llegar a la SOE; después de todo, Maria era mensajera. El frío que la envolvía disminuyó un poco mientras consideraba qué hacer a continuación. ¿Estaban las SS o la Gestapo aguardando el momento oportuno, esperando tender una trampa o planeando cuándo irrumpirían en la granja?

Se levantó de su silla y miró a Eryk.

—Me gustaría un vodka…, y por favor, llévame a la casa abandonada al atardecer. Necesito ver el nuevo punto de transmisión.

Eryk asintió y sirvió el licor.

Hanna tomó un sorbo y miró hacia el fuego, preguntándose cuánto sabían los alemanes sobre ella. Con la muerte de Dolores, la situación se había vuelto más apremiante.

Un gran cuervo se sentó encima de un poste de luz que colindaba con el lado ario de la pared. Perla no se habría dado cuenta, pero era muy raro ver algún animal esos días en el gueto, o cerca del mismo, en las últimas horas de un mes de julio menguante. Incluso los perros y gatos callejeros habían desaparecido.

El pájaro se sentó por un momento bajo la lluvia, sacudió su cuerpo y el agua de sus resbaladizas plumas negras y se elevó en dirección al noreste, hacia el Vístula.

«No pueden ocultarme esto. Tengo cerebro. Tengo ojos».

Tisha b'Av había pasado, el día de ayuno anual de luto y contemplación que conmemora la destrucción del Primer y Segundo Templo en Jerusalén. Cada día era como un ayuno ahora y, además de decir algunas oraciones, la fecha pasó casi desapercibida para ella y el resto de la familia.

Habían tratado de ocultarle la noticia, pero ella podía escuchar, incluso cuando pensaban que estaba dormida, incluso cuando creían que no prestaba atención. Perla había aprendido a engañarlos.

Todo el mundo en el gueto estaba aterrorizado, le había susurrado Daniel a Stefa. Las tiendas estaban cerradas. Los judíos corrían por las calles como pollos, tratando de escapar de la mano del carnicero. Hombres y mujeres, niñas y niños habían sido detenidos y llevados a la Umschlagplatz, una plaza junto a los apartaderos del ferrocarril, antiguamente utilizada para el comercio.

Ella escuchó cómo los alemanes habían sacado judíos de un carro y los habían ejecutado como si fueran ganado para ser sacrificado. La gente lloraba, se arrancaba el cabello y metía lo que podía en una maleta antes de ser conducidos a la Umschlagplatz, donde los detenían antes de… «¿Antes de qué?».

Sus pertenencias: ropa, libros, utensilios, alhajeros, sartenes, platos, lámparas, incluso los muebles que creían poder cargar sobre sus espaldas, cubrían las calles. La policía judía estaba involucrada y Daniel había dicho que no quería tener nada que ver con lo que estaba sucediendo. Habían disparado a policías por enfrentarse a los nazis, pero él insistía en no golpear a nadie ni llevar a la gente a su muerte. Se quitaría el uniforme antes de volverse como ellos. Izreal, sin embargo, lo había instado a no renunciar a su trabajo, sino a ayudar, tal vez podría salvar a algunos en el camino mientras ocurría el horror.

«Pero ¿qué horror? El lugar donde los detenían antes de…, ¿antes de qué?». Nada de eso tenía sentido, excepto el terror, y eso hizo que su cerebro diera vueltas.

Stefa había ido al comedor social, Izreal y Aaron al Palais, y Daniel, de mala gana, a trabajar. Perla estaba sola en su habitación, mirando por la ventana al cuervo y las pesadas nubes de lluvia que separaban a Varsovia del cielo.

«Perla», había susurrado Izreal. «Debo ir al trabajo. Si vienen los alemanes, ve al escondite en el descansillo».

Ella asintió, pero ya había decidido que nunca más se aventuraría en ese terrible lugar de oscuridad y olores rancios, donde sentía como si fuera a caer en picada en el pozo negro de una letrina. Daniel le había susurrado a su padre sobre otro escondite descubierto por Aaron, pero le advirtió que era peligroso ir allí a menos que fuera absolutamente necesario, porque allí habían escondido secretos, secretos tan mortales que no podía hablar de ellos hasta que fuera seguro que todos lo usaran. Todo parecía tan complicado como un sueño retorcido. De todos modos, Perla no estaba segura de poder encontrar el camino, o abrir el panel del que Daniel le había hablado a su padre.

Una tos, seguida de un gemido, se elevó de la habitación vecina. Wanda estaba enferma de nuevo, tan enferma que Jakub se había quedado en casa para estar con su esposa. Él aseguraba que la causa de su enfermedad era un caso leve de disentería, pero Perla sabía que Wanda había estado pálida y demacrada durante meses, sin mejorar, y que había faltado uno o dos días de trabajo cada semana.

La puerta entre las dos habitaciones había sido cerrada por privacidad, y el colchón en el que dormían Daniel y su padre había sido apartado. Perla caminó hacia la ventana y miró la lluvia de la mañana caer en grandes gotas, con la esperanza de encontrar algo volando por los cielos, alguna señal de un mundo más allá del gueto. Miró hacia la calle y jadeó. Un camión verde con una esvástica se había detenido frente al edificio.

La puerta principal se resquebrajó cuando un pie calzado con una bota la abrió de una patada. El aterrador pisoteo resonó escaleras arriba, seguido de otra bota contra su puerta. Jakub apareció, asomado entre las habitaciones, con el horror grabado en su rostro.

—*Aussteigen!* —gritaron los dos nazis, con rostros enrojecidos por los gritos, y con voces llenas de ira—. *Komm mit uns!*

Ella se puso de pie, clavada en el suelo por un momento, hasta que uno de los hombres se arrojó sobre ella y tiró de su cabello, debajo de su pañuelo. Había dos ucranianos en la puerta, observando el proceso con los rifles preparados. Ellos la miraron, mostrando más odio en sus ojos que los alemanes, como si fueran los ocupantes. El otro nazi entró en la habitación de los Krakowski y les ordenó que se fueran. Jakub no tardó en llegar a la puerta con una Wanda pálida y temblorosa, que vestía un camisón y un abrigo sobre los hombros.

—Déjenme llevar algunas cosas —dijo Perla, alcanzando su maleta.

El alemán golpeó su mano con la culata de su rifle, rasgando la frágil piel.

Ella gritó de dolor y miró sus dedos ensangrentados.

—Trae una toalla, perra judía —ordenó en alemán—. ¿Sólo son ustedes tres? ¡Necesitamos más! ¿Dónde están los otros?

—Están en el trabajo —dijo Jakub—. Permítame mostrarle nuestros papeles de trabajo…, puedo darles dinero. —Sostuvo a Wanda cerca de su costado.

—No quiero tu sucio dinero —dijo el nazi—. Y adónde vas no lo necesitarás.

—¡Muévanse! ¡Rápido! —El otro alemán los hizo avanzar con su rifle.

Perla envolvió una toalla alrededor de su mano y miró el departamento, preguntándose si alguna vez volvería a ver la habitación. La menorá, la plata y las joyas quedaron atrás. Seguramente, alguien compraría la plata si Izreal tuviera que venderla.

«Adiós, mi amor».

Un ucraniano la golpeó en la espalda con su rifle cuando pasó.

Wanda luchó por ponerse de pie mientras los nazis la empujaban a ella y a su esposo por las escaleras.

La lluvia caía cuando los guardias los condujeron a la calle. Normalmente, agradecían el sonido del agua golpeando los adoquines. Hoy, el chapoteo constante sonaba como una sentencia de muerte. Mientras caminaban por el puente Chłodna, Wanda comenzó a sollozar y Perla la consoló lo mejor que pudo. Estaban mojados, temblando en sus ropas empapadas. Wanda llamó a su hijo con la esperanza de que escuchara sus gritos de ayuda. Perla dudaba que Daniel pudiera hacer algo ahora que habían sido elegidos…, «¿para qué?».

Otros se unieron a ellos mientras eran conducidos al norte. Los guardias se detuvieron en Leszno y Pawia, y sacaron a la gente de sus casas, empujándola hacia la calle y arreándola con golpes antes de seguir avanzando por la calle Zamenhofa. Parecía que el mundo estaba clamando por misericordia mientras las súplicas de ayuda se elevaban de la multitud a oídos sordos. Escuchó disparos y gritos, y un guardia exclamó:

—Eso es lo que pasa cuando intentan escapar. —Perla no tuvo fuerzas para huir mientras se aferraba a Wanda. Una ola de personas los impulsó hacia delante hasta que, por fin, llegaron a una plaza lúgubre sellada por el muro del gueto, una valla y los edificios de piedra que lo rodeaban.

El olor a humanidad apiñada perduraba en la plaza, contaminando a todos con la toxicidad del vómito, las heces y el olor acre de la carne sucia. Unos cuantos policías judíos estaban en el borde de la plaza observando a la multitud, manteniendo a la oleada de gente dentro de la Umschlagplatz. Perla, a su vez, los observaba, buscando cualquier señal para ver si los oficiales estaban aceptando sobornos o ayudando a los judíos a escapar. No vio nada que indicara que podían ayudarla.

Otros habían llegado antes; todo estaba en silencio, excepto por el llanto ocasional de un niño. La madre, temiendo que los guardias lo mataran, lo hizo callar rápidamente. Diez filas de judíos, incluidos polacos relegados al gueto debido a su herencia judía, estaban sentados sobre las piedras en estrechas filas grises, negras y blancas, bajo el cielo empapado. Perla, Wanda y Jakub ocuparon sus lugares cerca del frente y esperaron mientras los nazis, con sus cascos y abrigos resbaladizos por la lluvia, paseaban de un lado a otro de la plaza.

El silencio y la espera pasaron factura y Perla podía sentir que su mente se escapaba. La toalla que tenía alrededor de la mano se había puesto roja y los bordes se habían oscurecido a medida que la sangre se coagulaba. ¿Algo de esto era real? ¿En verdad estaba sentada sobre piedras frías bajo la lluvia, esperando lo desconocido? Nadie podía hacer sus necesidades, nadie tenía agua si no abría la boca al cielo. ¿Dónde estaban Izreal —que siempre sabe qué hacer— y Daniel?

Una voz débil, varias filas detrás de ella, la llamó por encima de un grito ahogado.

—¿Perla? —La pregunta llegó de nuevo, antes de que un guardia se volviera en su dirección.

Después de que pasó, Perla giró la cabeza y vio un rostro pálido que no había visto en meses.

—¿Kachna?

La señora Rosewicz asintió.

Se quedaron horas sentadas, mirándose mutuamente, sin poder hablar. Perla decidió que, adondequiera que fueran, se irían juntas.

La lluvia había amainado un poco cuando el sonido de una locomotora y el roce metálico de sus ruedas atravesó la plaza.

—Levántense, levántense —corearon los guardias, apuntándoles con sus rifles.

Todos obedecieron como cadáveres que cobraban vida, tomaron sus bolsas y las manos de sus hijos mientras los látigos golpeaban sus espaldas. Perla se abrió paso entre la multitud, dejando a Wanda y Jakub para alcanzar a la señora Rosewicz.

—¡Kachna! —gritó, sujetando a la anciana, que se sentía como un esqueleto en sus manos. Su amiga lloró sobre su hombro.

Los guardias los empujaron hacia el norte, a otra sección de la Umschlagplatz, donde había vagones de madera detrás de una locomotora. Unas carretas, custodiadas por las SS, también los aguardaban. Los vagones estaban cargados de ancianos que estaban débiles o parecían enfermos. Perla no sabía hacia dónde se dirigían, pero los hombres portaban ametralladoras. Uno de los guardias sujetó a la señora Rosewicz y dijo que «no era apta para el transporte», pero cedió, después de ver que los vagones estaban llenos y la dejó ir. Los otros nazis les gritaron que subieran a los vagones, con o sin sus maletas. Algunas bolsas cayeron al suelo, esparciendo su contenido sobre la tierra mojada.

—No tengo nada —dijo la señora Rosewicz—. Es hora de que esto termine.

—No dejaré que te vayas sola, Kachna —dijo Perla—. Toma mi mano.

Wanda y Jakub habían sido empujados más adelante, en las vías. Perla los vio desaparecer en una de las carretas mientras otros las ayudaban a subir.

Varias manos enguantadas las empujaron hacia delante, hasta que llegaron a la puerta de un vagón repleto de hombres, mujeres y niños. Dos hombres se agacharon y las levantaron hasta las tablas del suelo.

Un guardia le gritó algo en alemán a otro y la puerta se cerró, esquivando los pies de Perla por poco. La cerradura hizo clic con una finalidad ominosa.

Se abrazaron unos a otros; sus cuerpos temblorosos se adaptaron al hedor agobiante de la carne y la sangre mojadas y hacinadas en el coche. Una mujer clamaba a Dios para que los salvara y otra gritaba:

—¿Adónde nos llevan?

«El tren avanza, pero no veo nada a través de las grietas, excepto algunos edificios que quedan en mi amada Varsovia. Nos dirigimos hacia el este, a través del Vístula y hacia el campo.

»El aire es espantoso y apenas puedo respirar. Me mojé el vestido porque no tenía dónde ir al baño. El olor es repugnante y estamos tan apretados que algunos se han desmayado. La pobre señora Rosewicz se aferra a mí como la última rosa del verano en la vid. Ella tiene razón, es hora de que esto termine.

»He perdido a mi esposo, mi hijo y dos hijas. Quizá sea mejor así. Que Dios los bendiga con largas vidas, lejos de aquellos que nos destruirían. Estoy demasiado débil para luchar. Tomaré la mano de Kachna para que podamos morir juntas, si eso es lo que Dios ordena. Algunos dicen que vamos a un campo donde trabajaremos, pero ¿qué puedo hacer? ¿Qué puede hacer Kachna? Somos ancianas maltratadas por nuestros opresores, no servimos para nada. Supongo que podría encontrar trabajo si tuviera que hacerlo, pero ¿Kachna?

»Nos detuvimos en algún lugar por un momento, pero todo lo que veo a través de la grieta es un trozo de tierra vacío y un cielo opaco. ¡Imagina si saliera el sol! Todos nos asfixiaríamos. Algunos claman que aquí es donde bajaremos del tren, pero no veo nada más que otra fila de vías oxidadas.

»Hemos comenzado a avanzar de nuevo, arrastrándonos. Ojalá la puerta estuviera abierta para que pudiéramos respirar el aire fresco».

El tren silbó hasta detenerse por segunda vez y los que aún tenían voz para hablar gritaron. Alguien preguntó:

—¿Dónde estamos? Por favor…, alguien… díganos.

Perla acercó el ojo a una rendija y se asomó. Un letrero azul y blanco cerca de las vías señalaba la dirección a la que se dirigía el tren.

—¡Hay un poste indicador! —gritó Perla.

—¿Qué dice? —preguntó una mujer.

—Es un pueblo, una aldea, pero nunca he oído hablar de ella.

Perla hizo una pausa para asegurarse de que lo había leído correctamente.

—Treblinka —dijo.

CAPÍTULO 19

Stefa llegó a casa del comedor social antes de las siete. La puerta estaba abierta: sin duda una señal siniestra.

Su padre, con la cabeza entre las manos, estaba sentado en la silla cerca de la estufa que su madre ocupaba con más frecuencia durante el día y siempre por la noche. Sollozaba incontrolablemente.

Aaron estaba acurrucado en la esquina cerca de la ventana, mirando al cielo cenizo. La espalda de su hermano estaba recta, con los brazos firmemente plantados a los costados, como si desafiara a los nazis afuera.

Daniel estaba de pie en la puerta de su habitación, vestido con ropa que podría usar para ir a la sinagoga, con la kipá coronando su cabeza. Sus ojos estaban rojos y sus manos sujetaban su libro de oraciones con tanta fuerza que parecían las garras de un pájaro sosteniendo a su presa.

Se quedó parada por un momento, preguntándose qué decir, sabiendo que algo terrible había sucedido.

—¿Dónde están? —preguntó, porque su madre y los padres de Daniel siempre estaban en casa a esta hora.

Izreal levantó la cabeza.

—Se han ido.

—No —dijo ella, sacudiendo la cabeza, aunque sabía que era verdad—. ¿Cómo que se han ido? —Corrió hacia su padre y se arrodilló ante él; las lágrimas brotaron.

351

—Vi a los guardias conduciendo a la gente esta mañana hacia las vías, me mantuvieron alejado —dijo Daniel en voz baja—, en la comisaría, haciendo trámites. Sabían que nunca permitiría que sucediera, no mientras yo viviera.

Stefa se desplomó a los pies de su padre, gimiendo:

—Se han ido… Dios…, ¿por qué? ¿Por qué?

Aaron se giró, como si estuviera muerto.

—Sabes por qué.

Izreal puso una mano sobre la cabeza de Stefa.

—Debemos ser fuertes…; uno para el otro.

—Debemos luchar —exclamó Aaron con fuerza, contrarrestando a su padre.

Izreal agachó la cabeza.

—No puedo pensar en pelear ahora. Tengo que creer que están vivos, que lo que dicen los alemanes es cierto y los han enviado a un campo de trabajo.

Daniel se paró frente a ellos.

—Czerniaków, el jefe del Judenrat, está muerto…; tomó cianuro en su oficina después de enterarse de que los nazis quieren deportar a seis mil personas por día. Dejó una nota: «Me exigen que mate a los niños de mi nación con mis propias manos… No tengo nada que hacer más que morir… Ya no puedo soportar todo esto». —Daniel bajó la voz—. Czerniaków entendió que la deportación significaba la muerte.

Stefa quería clamar con voz feroz a Dios, por la liberación de su madre y de los padres de Daniel, para que azotara a los nazis, pero la rabia y el odio eran inútiles ante tan temible enemigo.

—El gueto se reducirá a medida que nos reubiquen —continuó Daniel—. Nos obligarán a mudarnos, otra vez.

Stefa lo miró.

—¿No puedes hacer nada como policía?

Daniel suspiró.

—Renuncié hoy. Les dije que no volvería. Como Czerniaków, ya no puedo soportarlo. Si no puedes sobornarlos: a la policía del gueto, los azules y los nazis, no hay esperanza de evitar la Umschlagplatz. Y, a la larga, el dinero se acabará.

Ella luchó en contra del pánico, que fue su primer instinto, mientras se desvanecía otro medio de escape. Sin embargo, se levantó del suelo.

—¿Qué puedo hacer?

—Puedes estar a mi lado, con el permiso de tu padre.

—Debemos escapar —dijo Izreal, con voz agitada—. Nos llevaré a todos al lado ario.

—¿Cómo? —preguntó Stefa.

—Venderé lo que tenemos…, sobornaré a los guardias…, nos sacaré de contrabando. —Miró a Aaron—. Tal vez mi hijo haya encontrado otra ruta de escape.

—¿Ahora acudes a mí? —preguntó Aaron.

—No seas así, no esta noche —le dijo Daniel.

—El muro es seguro ahora más que nunca —agregó Aaron—, en especial ahora que el Aktion ha comenzado. Si no podemos escapar, hay que luchar.

—¿Luchar? ¿Luchar? —Los ojos de Izreal brillaban como los de un hombre enloquecido—. Dios debe salvarnos.

—No —le dijo Aaron—. Entra en razón. ¡Dios no vendrá a levantarnos!

Izreal se desplomó y volvió a llorar.

Daniel puso sus manos sobre los hombros de Izreal.

—Aaron tiene razón. Dios nos cuida, pero no tiene control sobre los nazis ni sobre sus formas de matar. Tenemos que salvarnos a nosotros mismos.

—¿Qué hay de la mujer que vive en Krochmalna? —preguntó Izreal—. A quien le di la carta.

—¿La señora Danek? —respondió Stefa.

Izreal asintió.

—Su esposo odia a los judíos —dijo Aaron—. Me escondió en el armario para que no me viera. No puede ayudarnos.

—Encontraremos una manera —expresó Daniel—. Oremos por nuestros seres queridos.

Aaron se giró hacia la ventana, donde la luz se desvanecía de gris a negro. Izreal y Daniel se pararon juntos, mientras que Stefa se sentó en la silla.

Después de la oración, Daniel le dijo a Izreal:

—Venga, tengo algo que mostrarle. Aaron lo encontró y podemos usarlo como escondite, pero ahora es peligroso, está lleno de armas. Soy parte de una organización que no se quedará tan tranquila como la policía.

Siguieron a Daniel al pasillo; Stefa fue la última en salir del departamento. Sus pasos en las escaleras sonaban tan huecos como ella se sentía. ¿Cómo viviría sin su madre? ¿Cómo se las arreglaría su padre sin su esposa? A pesar de su papel como líder de la familia, Izreal siempre había dependido de que Perla estuviera allí para él, para ser la fuerza silenciosa y, a veces, el ancla, o el contraste, en su relación. Ahora se había ido. Se imaginó lo peor. ¿Para qué los habrían llevado a la Umschlagplatz? ¿Harían trabajar a su madre hasta la muerte? ¿Y si los nazis no le encontraban alguna ocupación? ¿Qué harían entonces? La salud de Perla se había desvanecido desde que los obligaron a entrar en el gueto. Por un momento, pensó en Hanna y en dónde podría estar. En Londres, desde luego, preocupada por su familia. Eso era lo mejor que Stefa podía esperar. Al menos, su hermana estaba a salvo.

Daniel los condujo al escondite, levantó el panel y abrió la puerta que conducía al recinto.

—Dense prisa —dijo Daniel—. Los nazis están en todas partes. —Sacó una pequeña linterna eléctrica de su bolsillo y alumbró la cavidad.

Stefa estaba asombrada, pero asustada por lo que vio. Cuatro rifles estaban apoyados contra la pared, y muchas cajas, grandes y pequeñas, llenaban gran parte del espacio. Antes, el lugar habría bastado para ambas familias si se hubieran apiñado; ahora, tal vez dos adultos podrían caber, con trabajos.

—¿Sabías sobre esto? —le preguntó Izreal a Aaron.

—Sí. Daniel y yo nos hemos unido a una organización…

Daniel apagó la linterna y cerró la puerta.

—Yo no recluté a su hijo, quiero que lo sepa, señor Majewski. Aaron encontró al grupo por su cuenta. Tres movimientos juveniles sionistas se han unido para formar un grupo. La resistencia se está movilizando para protegernos.

—No he oído de estos grupos —dijo Izreal.

—¿Por qué lo harías, padre? —preguntó Aaron—. Servimos a los nazis en el Palais. El restaurante es tu vida. Era mejor que no lo supieras. Incluso mi amigo Zeev se ha convertido en parte de la clandestinidad polaca. La gente se está levantando contra los alemanes.

—Mi vida… —dijo Izreal, algo avergonzado por la evaluación de su hijo.

—¿Que hay ahí? —preguntó Stefa.

—No hay lugar ni para un cigarro —respondió Daniel—. Los rifles son difíciles de conseguir, tenemos cuatro pistolas, dos cargadores para cada una, municiones, dos cajas de granadas y materiales para bombas incendiarias.

—Me daría miedo hasta respirar —expresó Stefa.

Daniel aseguró el panel, corrieron por el patio y regresaron al pasillo. Volvieron a ocupar sus lugares en el departamento. Izreal parecía aturdido mientras reflexionaba sobre lo que había visto.

Stefa se sentó junto a su hermano en el colchón, mirando a Daniel. ¿Por qué no le había contado sobre sus actividades secretas? Una vez más, la había sorprendido con la guardia baja. Quizás era lo mejor, pero su secreto la dejó ansiosa y herida.

—Entiendo por qué no has hablado de este lugar —comentó Izreal, como si canalizara los pensamientos de Stefa—. Pero dos personas, tus padres, podrían haberse salvado.

—No —dijo Daniel, sacudiendo la cabeza—. Es demasiado peligroso, podrían haber volado en pedazos. Además, no lo habrían encontrado a tiempo. El Aktion se lleva a cabo con la velocidad del rayo. Si descubrieran las armas, todos en este edificio habrían sido ejecutados. Era mejor que no lo supieran. —Se paró al lado de Izreal—. Pero la batalla apenas comienza. Czerniaków sabía exactamente lo que los nazis habían planeado, y ahora nosotros también lo sabemos. Él no vio salida.

Izreal se sentó en la silla de Perla cerca de la estufa, y Daniel se arrodilló ante él.

—Quiero llamarlo padre porque estamos juntos como una sola familia —exclamó Daniel.

Izreal le dirigió a Daniel una mirada inquisitiva.

—…Estoy enamorado de su hija. Quiero casarme con ella. No ahora…, no en este momento…, cuando sea el momento adecuado. Espero que me acepte como su hijo.

Izreal se giró hacia Stefa y la miró con ojos dulces.

—¿Eso deseas tú? ¿Ser la esposa de este hombre?

Ella se levantó del colchón, caminó hacia Daniel y le puso la mano en el hombro.

—Sí, padre, más de lo que jamás he deseado algo.

—¿Hay algo de alegría en este momento de tragedia? —preguntó Izreal, y colocó su mano sobre la cabeza de Daniel—. Mi esposa se ha ido y deseas casarte con mi hija. Apenas puedo pensar, pero debemos mirar hacia el futuro. No tenemos nada más. No tengo objeción, pero me mantendrás informado. No más secretos.

—No más secretos —prometió Daniel, tomando la mano de Stefa.

—Desaparecerán más personas mañana —dijo Aaron—. Debemos tener un plan.

—Vayan a trabajar —agregó Daniel—. Allí estarán más seguros.

—¿Y en la noche? —preguntó Aaron.

—El escondite, si podemos llegar a él —respondió Daniel—. Tendremos que sentarnos sobre explosivos.

—O disparar para salir —expresó Aaron.

Stefa quería creerle a su padre, que Dios los estaba cuidando, pero su día con el equipo de filmación nazi y la desaparición de su madre y los padres de Daniel la habían convencido de lo contrario. Podía perder la fe, pensó, pero nunca su identidad. Era judía y lo seguiría siendo hasta su muerte.

Una sorprendente sensación de libertad se apoderó de Hanna mientras pedaleaba por el campo hasta la granja abandonada que Eryk le había mostrado. Las ricas amapolas rojas y un arcoíris de lirios silvestres salpicaban los campos. El trigo había sido cosechado en algunos campos, dejando los surcos fangosos y marrones después de las lluvias de verano.

Fiel a su palabra, Eryk había construido dos portadores para la radio y su equipo. Había terminado las cajas tan bien que prácticamente no tenían costuras. «Una cerradura o cerrojo no servirá», había dicho él. Además de las papas y otras verduras, llevaba trozos de queso por si tenía que vérselas con alemanes inesperados.

El aire estaba denso y húmedo. Hanna sudaba a pesar de que el camino de tierra a la casa era casi plano. Había variado su horario de transmisión para evitar ser detectada y viajaba principalmente antes del amanecer o alrededor del atardecer, forjando caminos por su cuenta, avanzando a través de la hierba alta, ahuyentando a los mosquitos y las moscas que pululaban por el bosque.

La casa abandonada parecía lo suficientemente sólida desde el exterior, pero el interior estaba destrozado. La madera había sido arrancada, aparentemente para leña, lo que provocó grandes brechas en el techo. Lo que quedaba de los armarios y muebles de madera yacía hecho añicos en el suelo. Todo lo que era valioso, en términos de alimentos u otros productos útiles, había sido sustraído. Hanna se preguntó quién habría vivido ahí: ¿tenían hijos? ¿Eran nacionalistas polacos o judíos? ¿Habían muerto? Si acaso Eryk y Julia conocían la historia, sólo habían dicho que la casa estaba desierta antes de que llegaran los alemanes.

Transmitir desde la nueva ubicación fue bastante fácil. Una vez que el equipo estaba conectado, la antena quedaba colgada a través de una ventana rota, entre las ramas de una haya envejecida. Hanna se comunicaba durante cinco minutos, para luego empacar todo rápidamente.

Informó a la SOE de los movimientos de tropas alemanas a lo largo de la carretera que corría paralela al Vístula; les envió un mensaje sobre la visita sorpresa de los nazis a los Rybak y la creciente necesidad de precaución; ordenó una lista de suministros que serían necesarios dentro de dos semanas y, lo más importante, les avisó de los rumores de un reasentamiento masivo de los judíos de Varsovia. Al final incluyó un guiño codificado a «Romeo».

Eryk no la había llevado a Varsovia en varias semanas. Después de enterarse de las deportaciones, decidió que era hora de contactar a su padre o, de lo contrario, podría ser demasiado tarde.

Una mañana de agosto, Eryk cargó la camioneta con productos de verano. Salieron de la granja, recorriendo la misma ruta a

Varsovia que habían tomado antes. Después de no tener contacto con los guardias alemanes, Eryk la dejó un kilómetro más allá del primer punto de encuentro. Esta vez, ella llevaba más dinero, y le informó que buscaría una habitación para pasar la noche y regresaría a la granja, incluso si tenía que viajar en carreta o a pie.

—¿Qué estás planeando? —preguntó Eryk con preocupación en su voz.

—Vuelvo en dos días —respondió ella, sin revelar nada más.

—De acuerdo. Buena suerte. —La camioneta se alejó chisporroteando mientras ella caminaba bajo el calor de la mañana.

Cuando llegó a la ciudad, fue detenida por un joven alemán que le pidió sus papeles. Parecía incómodo; el sudor goteaba por sus mejillas debajo de su gorra y el uniforme de lana caliente mantenía su rostro y cuello sonrojados por el calor.

—¿Su esposo es chofer? —preguntó en alemán después de inspeccionar los documentos.

—Sí —respondió ella—. Stefan está muy ocupado, así que no nos vemos mucho.

—Me encantaría estar en un sedán, con el aire corriendo por el compartimiento.

—Estoy de acuerdo —dijo ella—, pero no hay suficiente espacio para mí y los oficiales que transporta. —Ella se rio—. Entonces, ¿adivine quién tiene que caminar? Deberían darle un uniforme de verano.

—Esos van a África. —Él sonrió y le deseó un buen día.

Hanna evitaba el sol cuando podía, caminando a la sombra, hasta que llegó al Palais. Su estómago rugió y se reprendió a sí misma por no traer algo de comer mientras buscaba a su padre. Había ideado un plan para caminar cerca del hotel, vigilando la puerta hasta las once. Si no veía a su padre para entonces, se arriesgaría a entrar.

Poco después de las diez, un hombre dobló la esquina, y aunque estaba a media cuadra de distancia, su forma de caminar lo delató como el hombre que ella buscaba. Parecía mayor, más delgado, y mostraba un ligero encorvamiento en su postura. No era el hombre robusto que ella había dejado atrás.

Lo alcanzó en la puerta y le preguntó en polaco:

—Disculpe, señor, ¿puedo hablar con usted un momento?

Él la miró fijamente, algo sorprendido por la repentina intrusión; sus ojos se agrandaron en un reconocimiento elemental y luego se contrajeron en una mirada burlona, como si se hubiera equivocado.

Ella tocó su brazo.

—Camine conmigo. Por aquí, por favor.

Al principio, él se resistió, pero, luego, la siguió un paso atrás, como si fuera un perro atado con una correa.

—¿Quién es usted? —preguntó por fin.

Hanna se detuvo frente a la ventana de una tienda; el vidrio mostraba sus reflejos. Él tenía puesto un traje y un abrigo a pesar del calor, y la banda con la estrella de David firmemente sujeta a su brazo derecho. El cabello de ella era más claro y corto y su cuerpo más pesado que cuando se fue de Varsovia. Tal vez él realmente no sabía quién era ella.

—Soy Greta —respondió ella, mirando a la ventana—, pero tal vez usted me conozca por otro nombre.

—Ha… Han… —Bajó la voz.

Ella asintió.

—Sí. No me mires…; camina delante de mí para que pueda hablar contigo.

Así lo hizo, caminando a paso lento mientras pasaban por las tiendas incendiadas, y otras que operaban como lo habían hecho antes de la guerra.

La voz de su padre llegó a sus oídos desde adelante.

—¿Realmente estás aquí? ¿Mi hija?

—Debes llamarme Greta Baur, nunca con otro nombre. Soy alemana y tengo un esposo llamado Stefan que conduce para el Alto Mando.

—¿Un esposo?

—No es importante. ¿Puedes recordar mi nombre?

Él asintió y siguió avanzando. Cuando llegaron al final de la manzana, él cruzó al otro lado de la calle y lo siguió.

—Nos dejaste —dijo él, con una frialdad repentina en su voz. Se detuvo frente a una tienda de productos secos—. Sólo tengo una hija.

Ella se paró a unos metros de distancia, y esperó a que todos en la calle pasaran para hablar.

—No, tienes dos. No dejaré que lo olvides.

—Tu madre se ha ido, se la han llevado. Ha comenzado.

Sintió como si alguien le hubiera dado un puñetazo en la garganta. La fría reserva que había practicado durante más de un año la abandonó mientras luchaba por mantener la compostura. La rabia ardía en su pecho y parpadeó para quitarse las lágrimas, sin atreverse a llevarse las manos al rostro.

—Tengo que sacarlos de aquí.

Él siguió caminando.

—¿Cómo?

—Déjamelo a mí. ¿Quién es la amiga a la que puedo contactar en la ciudad?

—Janka Danek. Vive en el edificio que está en diagonal frente a nuestro antiguo departamento en Krochmalna…, en el segundo piso.

—Janka Danek. Segundo piso.

—Sí.

Caminaron hasta que estuvieron frente al Viceroy.

—Tengo que trabajar hasta tarde esta noche. No es seguro que me vean con nadie.

—Me quedaré a pasar la noche y luego regresaré a mi base.

Él se volteó.

—No hablemos del pasado, Greta…, tus hermanos necesitan tu ayuda.

—¿Y qué hay de ti, papá?

Sus labios temblaron y luego cruzó la calle. Sin mirar atrás, entró en el hotel.

Ella se pasó las palmas de las manos por el estómago, con la esperanza de calmar sus nervios. Al menos sabía el nombre de la mujer que podía contactar. Ahora, podía continuar con el siguiente paso del plan.

Janka estaba de pie junto a la ventana, mirando el brillante día de verano, no muy diferente a otros que había vivido antes. Sin embargo, cada día que se prolongaba la guerra, circulaban informes de nuevos horrores, lo que la dejaba emocionalmente agotada. *Herr* Mueller había tenido razón. La Aktion había comenzado. Todos los polacos en Varsovia parecían saberlo, pero muchos tenían diferentes puntos de vista. Algunos celebraban la expulsión de los judíos del gueto; Karol podía dar fe de ello. Otros, como ella, temían por los Majewski, por los niños, los ancianos y los enfermos. Las personas que no eran lo suficientemente fuertes para trabajar fueron de las primeras en ser reasentadas en el este, pero la selección también había sido aleatoria. Los rumores sobre lo que les estaba pasando a los que reasentaron circulaban por todas partes, incluidos horribles informes de que estaban siendo gaseados.

Janka sólo podía pararse en la ventana y preguntarse. Su único viaje al gueto la había sacudido. Había recurrido a sus reservas de valor, sólo para derrumbarse en la cama y llorar cuando regresó a la seguridad de su departamento. Durante semanas, se preguntó si los nazis, y Mueller en particular, podrían alcanzarla. ¿El joven guardia alemán que había sido tan servicial en la puerta podría haber pensado en entregarla? Temiendo por su propia seguridad y denunciando su propia cobardía y culpa, se había mantenido aislada en el departamento, sólo salía cuando era necesario ir por comida o agua, o cuando el agua de los grifos se reducía a un goteo.

La vida con Karol se había vuelto aún más intolerable desde que su esposo se hizo amigo de Mueller. Karol la había olvidado: el nacionalsocialismo, el dinero mal habido y el alcohol se habían convertido en las tres amantes de Karol.

Cuando se paró frente al espejo del baño por la mañana, mirando un rostro que cada día parecía tener más líneas, carne suelta, círculos oscuros debajo de los ojos y mechones de cabello gris, se preguntó cuál era el punto de todo. ¿Por qué no pasar el día en la cama y dejar que el mundo resolviera sus terribles problemas? ¿No era así como sobrevivía la mayoría de la gente, ignorando lo que sucedía a su alrededor, simplemente llevando vidas tranquilas, esperando que no les ocurriera ninguna tragedia? Eso es ciertamente lo que muchos de los judíos pensaban antes de que los nazis invadieran. Hitler era sólo un chiflado, pensaron que nunca tendría ningún poder real. Janka incluso había buscado el arma de Karol, con la esperanza de que él la hubiera olvidado en casa. El coraje para usarla con su esposo había disminuido, ya que el pecado del asesinato pesaba sobre ella, pero ¿y usarla en ella misma? ¿Sería el pecado del suicidio de alguna manera menos grave que el asesinato a los ojos de Dios?

Esos eran los pensamientos que pasaban por su mente todos los días frente a la ventana, mirando el antiguo departamento de los Majewski, decidiendo si quería pasar otro día en un planeta tan miserable.

Cuando llamaron a la puerta, no tenía idea de quién estaba al otro lado; no había escuchado pasos en las escaleras.

Janka caminó lentamente hacia la puerta, pendiente de cualquier movimiento. Después de un segundo golpe, preguntó en polaco:

—¿Quién está ahí?

—¿Puedo pasar? —respondió una voz de mujer—. Tengo noticias de un amigo.

—¿Quién es usted?

—Greta Baur. Conozco a los Majewski —brotaron las melancólicas palabras.

Janka dudó si abrir la puerta, pero volvió a reunir valor. Además, ¿quién sino una amiga podría conocer a la familia de cualquier modo?

Una joven alta, vestida como las mujeres alemanas que ahora caminaban por las calles de Varsovia, estaba de pie frente a ella. El vestido estampado de campanillas blancas sobre un fondo azul, con mangas cortas y cuello blanco, estaba de moda, pero no era llamativo. La visitante tenía el cabello del color del trigo de verano y un rostro bronceado que sólo aumentaba su atractivo. Janka pensó que la mujer debía haber pasado mucho tiempo al aire libre en los últimos meses, lo cual contrastaba con su propia tez pálida y su figura menos vigorosa.

Se quedaron mirándose la una a la otra por un momento, antes de que la joven preguntara:

—¿Puedo pasar?

—Por supuesto —contestó Janka, alisando la tela de su vestido. Ella quería agregar: «Por favor, no se fije en el departamento, no he sido la mejor ama de casa últimamente»; pero ¿era necesario disculparse con una desconocida durante una guerra?

Janka quitó una de las camisas de Karol del sofá y le ofreció un asiento a la mujer.

—Le ofrecería algo de beber, pero no tengo mucho. ¿Té?

—En realidad, me encantaría una taza, si tiene.

Janka se acercó arrastrando los pies a la estufa, deseando que sus pasos no fueran tan deliberados... y viejos. Todo le quitaba energía. El mechero estalló a causa de la cerilla. Vertió agua fresca en la tetera y la colocó sobre la estufa

—¿Qué puedo hacer por usted? —Las llamas azules lamieron el metal gris.

—Me llegó una carta que me hablaba de una amiga a la que debía contactar, Janka Danek.

Por supuesto, pensó...: la carta que Stefa envió a su hermana. ¿Podría ser realmente ella? ¿Cómo se llamaba?

—La hermana de Stefa en Londres, ¿Hanna?

La visitante asintió.

—Sí, pero debe llamarme Greta Baur..., llamarme Hanna sería peligroso para las dos.

Janka apenas podía creer que «Greta» estuviera sentada frente a ella, y se sintió un poco tonta e indigna, considerando el valor que debió haber necesitado esta joven para viajar de Londres a Varsovia. Sin embargo, la presencia de la visitante era como una luz brillante que resplandecía a través del triste departamento. Por primera vez en meses, Janka sintió una incipiente sensación de propósito, de esperanza.

—¿Qué puedes decirme? —preguntó Janka, mientras le llevaba el té.

—Muy poco, pero espero que pueda brindarme información.

Hablaron durante mucho tiempo sobre todo lo que Janka había experimentado desde que comenzó la guerra: lo que sabía de los Majewski; cómo había rescatado a Aaron dos veces de los guardias nazis; cómo habían obligado a la familia a abandonar el departamento; cómo había conocido al amigo de su hermano,

Zeev; cómo había visto al guardia matar a una mujer que arrojó pan por encima del muro; la relación fallida con su esposo y su estrecha asociación con los nazis, incluido *Herr* Mueller y, lo más angustioso, su última visita al gueto y el Aktion nazi.

Hanna le dio las gracias después de que Janka terminó.

—Cuénteme lo que pueda sobre usted —suplicó Janka.

Hanna le contó historias de cómo creció en Varsovia: cuando nadaba en el Vístula; cuando iba de compras en Krochmalna con su madre y su hermana; las visitas a la sinagoga y de la vida a la que le había dado la espalda, pero concluyó con:

—No puedo contarle nada de lo que ha ocurrido desde que me fui.

Janka, que había tomado su lugar en el sofá junto a Hanna, tomó las manos de la visitante.

—Tenemos que ayudarlos.

—Lo sé. Por eso estoy aquí. Tengo un plan, pero llevará tiempo.

—Haré lo que pueda —expresó Janka.

Antes de que pudiera decir algo más, fueron interrumpidas por una conmoción en las escaleras. Karol le gritó a un vecino:

—¡Fuera de mi camino!

Janka podía notar, por su dificultad para hablar, que estaba borracho.

—Es mi esposo —le dijo a Hanna, con los nervios de punta. No había tiempo para esconder a su visitante, como había hecho con Aaron. ¿Qué pensaría Karol de la mujer extraña sentada en el sofá?

—Déjeme hablar —comentó Hanna—. Y mantenga la calma. Recuerde…, Greta Baur. —La chica palmeó su bolso negro, como si llevara algo confortante en su interior.

La llave se deslizó en la cerradura y la puerta se abrió. Karol estaba de pie en la entrada, con la cabeza agachada; emanaban breves jadeos de su boca por haber subido las escaleras, y traía una pistola empuñada en la mano derecha.

Janka dio un grito ahogado y se tapó la boca con las manos. La camisa de trabajo azul de su esposo estaba abierta, revelando una camiseta blanca salpicada de sangre. Janka miró a su visitante, quien parecía imperturbable ante la imagen.

Karol, con el cabello negro alborotado por la pomada resbaladiza habitual, se apoyó contra el marco de la puerta y las miró fijamente.

—¿Quién es esta? —Agitó la pistola en el aire de manera caótica. Janka temía que se disparara accidentalmente—. ¿Y qué está haciendo aquí? —preguntó con una voz insistente al borde de la ira.

Hanna se levantó del sofá.

—Soy Greta Baur. Estaba hablando con Frau Danek sobre los residentes de este edificio. Puede ser que mi familia se mude cuando otros sean desplazados.

—¿Desplazados? —Karol se deslizó alrededor de la puerta como una serpiente y se desplomó contra ella, cerrándola de golpe.

—Yo le abrí la puerta a Greta cuando la oí tocando —agregó Janka, acercándose a él—. ¿Qué diablos pasó, Karol? ¿Estás herido?

Karol le hizo señas para que se alejara.

—Déjame solo. Necesito sentarme. —Se tambaleó hacia el sofá. Hanna levantó su bolso, apretándolo contra su costado y permitiendo que Karol tomara su lugar. Él agitó la pistola en dirección a Hanna—. No estoy herido, son los judíos los que están sufriendo.

—Preferiría que guardara el arma —dijo Hanna.

—¿Quién crees que eres? —Karol se enfureció—. Diciéndome qué hacer en mi propia casa…, si no estuviera tan… —Intentó levantarse del sofá, pero cayó hacia atrás—. Déjame ver tus papeles.

Hanna abrió su bolso.

—No tiene ninguna razón ni autoridad para pedir mis papeles. Sólo porque su esposa ha sido tan amable… —Se los entregó a Karol.

Deslizó la pistola entre un cojín y el respaldo del sofá y miró los papeles con los ojos entrecerrados.

—Greta Baur, ¿por qué estás aquí? —Karol empezaba a relajarse un poco ahora que estaba tranquilo y la bebida había vuelto a apoderarse de su mente.

—Mi esposo, Stefan, es chofer del Alto Mando. Con todos los reasentamientos, hay más departamentos desocupados, incluso entre los polacos. Deseamos asentarnos en la ciudad. Este parece un buen edificio.

—No nos vamos a mudar —dijo Karol, arrojando los papeles.

—Eso me comentó su esposa. Parece que están bien ubicados aquí. Me alegra saber que todos estamos al servicio del Reich. Otros en este edificio no son tan afortunados.

Janka estudió a Hanna. Estaba tranquila, serena, segura de su historia, preparada para este momento de una manera que la convenció incluso a ella.

—Deberías irte —indicó Karol—. Necesito dormir.

—Estaba saliendo cuando llegó —añadió Hanna—. Lamento lo de su accidente.

Karol sonrió.

—No fue un accidente.

Hanna estrechó la mano de Janka y le dijo:

—Puede que nos veamos en el futuro.

—No si yo tengo algo que decir al respecto —afirmó Karol, estirándose en el sofá.

—Buen día, *Herr* Danek.

Estaba sola de nuevo con su marido. «Greta» le había dado la inyección de valor que necesitaba, pero esta se disipó rápidamente en el aliento empapado de licor y la figura salpicada de sangre de su esposo.

Karol se levantó sobre los codos.

—Maldita *Kraut*... Entrar aquí como si fuera la dueña del lugar. No vuelvas a hablar con ella. Mándala lejos si regresa.

Janka se quedó de pie junto a la estufa, sujetándose de ella, tratando de controlar su temperamento.

—Primero fueron los judíos, y ahora los alemanes. ¿Con quién se supone que debo hablar?

—¡Cállate y sírveme un trago!

Janka encontró la botella de brandy, que estaba casi vacía. Era más fácil complacerlo que pelear. Sirvió lo que quedaba en un vaso y se lo llevó, mirándolo con lástima.

—¿Qué sucedió?

Él se dio la vuelta, metió la mano en el bolsillo del pantalón y sacó un puñado de *zlotys* doblados que agitó en su cara.

—Esto es lo que sucedió, lo que nos permite seguir adelante.

—No quiero escucharlo.

—Te lo diré de todos modos —dijo con sarcasmo—. Cuando acorralan a los judíos en la Umschlagplatz, algunos de ellos intentan escapar. Es como dispararles a ranas en un estanque de nenúfares. Los ucranianos y yo somos buenos tiradores. Arrastramos los cuerpos lejos. —Señaló las manchas en su camisa.

Ella se alejó.

—Me das asco.

—¡Vete a la mierda! Te estoy manteniendo con vida. Deberías ponerte de rodillas.

Ella se giró hacia él.

—¡No! Si estuviera en mi poder, te echaría de esta casa.

Él alcanzó la pistola.

—Pero no está en tu poder.

Ella corrió hacia la puerta, la abrió de golpe y bajó corriendo las escaleras hasta que llegó a salvo a la calle, mientras escuchaba los bramidos de su esposo.

Se fue corriendo al único refugio que conocía, la iglesia; se sentó en un banco y lloró. Nadie la molestó y nadie le preguntó qué le pasaba, ni siquiera el sacerdote que la conocía desde hacía años. Pensó en confesarse, pero incluso eso le revolvió el estómago. ¿Qué necesitaba confesar? No había hecho nada malo, excepto querer dejar atrás a su esposo y a Varsovia.

Janka se sentó durante varias horas en la tranquila iglesia antes de reunir el valor para regresar a casa. Cuando llegó a la puerta del departamento, oró a Dios para que Karol se hubiera desmayado por la bebida o estuviera muerto.

CAPÍTULO 20

Septiembre de 1942

Hicieron un pacto para mantenerse con vida, por su propio bien, con la pequeña esperanza de que Hanna los rescatara. Izreal les dijo que estaba en Varsovia, trabajando para sacarlos del gueto. ¿Por qué no aferrarse a ese anhelo frágil en tiempos difíciles?

Stefa lloró mientras su padre les informaba estoicamente del breve reencuentro. Daniel y Aaron lo miraron con incredulidad, casi escépticos de la historia que les contó. ¡Qué orgullosa se habría sentido su madre al saber que Hanna había regresado! Stefa y Daniel estaban llenos de preguntas, pero su padre se cansaba fácilmente desde la desaparición de Perla y no hablaba más. Para él, recordar el encuentro con la hija que había rechazado aparentemente era como abrir una herida supurante.

Los horrores nazis continuaron a un ritmo implacable. Stefa no tenía la energía emocional ni el tiempo para llorar adecuadamente la muerte de su madre, lo que, a mediados de septiembre, parecía casi seguro. El trabajo era todo lo que tenían para mantenerse a salvo: ella en el comedor social y Aaron y su padre, quienes todavía se aferraban al restaurante lleno de nazis en el lado ario, con la esperanza de que sus trabajos se salvaran. Su padre había estado satisfecho de lavar platos y limpiar mesas en su capacidad reducida, y de que los nazis no necesitaran comidas *kosher*. Después de que se llevaron a Perla, Izreal le dijo a su familia que no desaparecería, como habían hecho algunos, porque trabajaba del lado ario, al igual que su hijo. No podía pensar en nada peor que abandonar a sus hijos. Desde que Daniel renunció a la policía del gueto, se comportaba como un hombre buscado, permanecía oculto durante el día y movía las municiones de la resistencia por la noche: un trabajo peligroso. En esas noches, Stefa yacía despierta esperándolo, rezando para que regresara a salvo, apretando el borde del colchón como si fuera la mano de Daniel.

A principios de agosto, Stefa fue testigo de un evento que la hizo llorar, pero que la llenó de una determinación adicional para hacer frente a los opresores de cualquier manera que pudiera. Ese día, los nazis, decididos a continuar con su Aktion, forzaron a Janusz Korczak y a los doscientos huérfanos bajo su cuidado a ir a la Umschlagplatz. Ella había visto desde una puerta apartada cómo Korczak, maestro y director del orfanato judío, barbudo y con anteojos, recorría los cinco kilómetros hasta los trenes con sus niños. Korczak consolaba a sus protegidos, diciéndoles que no tuvieran miedo del viaje que estaban a punto de emprender. Se formaron en filas de cuatro, vestidos con sus mejores galas y con sus mochilas a la espalda; el director a la cabeza, mirando al frente, tomando de la mano a los niños que caminaban a su lado. Stefa quería gritar, matar a los guardias que enviaban a estos inocentes al mismo destino de su madre. Sin embargo, tales acciones eran inútiles. Con todo lo que había pasado, esta vista, más que cualquier otra, la hizo más fuerte, aprovechando la fuerza de su hermana y la creciente resistencia de Daniel y Aaron.

Sorprendentemente, Emanuel Ringelblum la visitó un día en la cocina. Caminar a plena luz del día se había vuelto peligroso porque los nazis disparaban al azar a la gente en la calle. Incluso ella era detenida por los guardias ahora, para que presentara sus papeles y permiso de trabajo y demostrara su afiliación con una agencia de servicios; incluso había llegado a coquetear con uno de los guardias, ofreciéndole un beso en la mejilla. Ese día, cuando ya no podían verla, escupió rápidamente y se limpió los labios. Ahora sólo tres personas trabajaban en la cocina y la sopa no era más que agua caliente con unos cuantos trozos de papa o una cáscara de zanahoria. Su trabajo se había ralentizado debido a las deportaciones. Sabía que la cocina cerraría pronto y su seguridad se evaporaría.

Ringelblum se veía tan melancólico y desaliñado como los demás residentes del gueto. Sus zapatos estaban desgastados y los dedos de sus pies casi salían a través del cuero gastado. Su chaqueta andrajosa estaba salpicada de abrasiones y pequeños mechones de tela azul sobresalían de los hombros y las mangas. Sus ojos se notaban aún más oscuros.

Ella no tenía nada que ofrecer excepto agua caliente. Él se hundió en una silla y sacudió la cabeza.

—He venido a despedirme, en caso de que nunca nos volvamos a ver.

Stefa se sentó a su lado en la gastada mesa que había contenido innumerables tazones de sopa.

—Por favor, no diga eso.

—¿Qué más puedo decir? Nos están disparando en la calle, llevándonos a los trenes. ¿Viste lo que les pasó a los huérfanos?

Stefa asintió.

—Esa no fue una marcha de la muerte, fue una protesta organizada y sin palabras contra el asesinato. Con las cabezas en alto.

—Lloré —dijo Stefa—, porque no había nada que pudiera hacer.

—Los combatientes de la resistencia dispararon contra el comandante de la policía judía, pero el viejo traidor vivió.

—Lo sé. —Daniel se lo había dicho, pero no le había mencionado si estaba involucrado en la planificación del asesinato. Ella tenía miedo de preguntar.

—Cuatro mil ochocientos judíos fueron deportados hace apenas unos días. Nuestras vidas se cuentan en segundos, no en años, meses, días ni horas. Hemos grabado el testimonio de un sobreviviente que escapó de Treblinka. Sabemos lo que los nazis están haciendo allí. —Tamborileó con los dedos sobre la mesa—. Escondí la primera parte de mi diario a principios de agosto. No tenemos mucho más. ¿Tienes alguna salida?

—Posiblemente, pero nada es seguro todavía.

—Tu padre y tu hermano podrían escapar, simplemente desaparecer en el lado ario, pero también hay problemas ahí.

Stefa suspiró.

—Sí, los polacos nos entregarían a cambio de una recompensa; no hay lugar seguro para esconderse. Mi padre ha dicho que no nos dejará atrás.

Él tomó su mano.

—Es un hombre honorable a quien Dios favorecerá. —Hizo una pausa—. Quiero que tu diario quede escondido con los demás. ¿Has estado escribiendo?

Ella lo miró a los ojos, y vio un fuego que se encendió dentro de ellos al mencionar esas palabras.

—Me ha resultado difícil escribir desde que mi madre desapareció. Debe de estar muerta, pero no quiero creerlo. Cuando tomo una pluma, lloro. Me tiembla la mano y no puedo continuar.

Él apretó sus dedos.

—Escuché sobre el equipo de filmación, qué acto tan despreciable en un lugar santo. Debe de haber sido horrible. Sin embargo, trata de continuar. Escribe con todo el coraje que puedas reunir. Tus palabras, mis palabras, deben sobrevivir. Debemos decirle a la gente lo que realmente les sucedió a los judíos de Varsovia. Si estamos vivos, vendré por tu diario cuando sea el momento adecuado. Tengo planes de irme, pero todavía no.

—Siento que el mundo nos ha abandonado, que estamos solos en una isla sin comida ni agua, rodeados de tiburones.

—La oscuridad del alma puede ser devastadora; los nazis han desatado su arma más cruel contra nosotros. Nos han quitado la esperanza…, nuestra luz. —Se levantó de la mesa—. Por favor, cuídate. Comunícate conmigo de alguna manera, o a través de tu padre, así sabré dónde estás y que estás a salvo. Ve con Dios, Stefa.

Observó cómo se marchaba, encorvado sobre los adoquines, observando las puertas y los tejados en busca de alemanes escondidos. Así vivían todos en esos días, desde que comenzó el Aktion. Después de que se fue, una de las mujeres en la cocina puso su mano sobre el hombro de Stefa.

—Vamos a cerrar hoy —le dijo—, al mediodía…; no nos queda comida… y hay pocas personas a quienes servir. Hemos sido bendecidos hasta ahora, pero ahora debemos cuidarnos.

Stefa abrazó a la mujer.

—Entiendo. —Lloraron juntas y sus delgados cuerpos temblaban como cascabeles uno contra el otro.

El desván era sofocante durante el verano. Hanna tenía la sensación de estar durmiendo sobre toallas mojadas, y mantenía el panel del techo abierto en esas noches cálidas, que le ofrecía el único alivio refrescante cuando una brisa circulaba por la granja. Quería dormir en el granero, pero Eryk y Julia dijeron que no era seguro, en caso de que los alemanes hicieran una inspección sorpresa.

Durante esas noches de insomnio, varias imágenes vívidas llenaban su mente: vadeando las orillas del Vístula, con los pies hundidos en el barro, tenía visiones de su madre y de su padre en el balcón del antiguo departamento de Krochmalna. Cuando se movía, sus pies se sentían como si estuvieran atrapados en concreto. Se despertaba ansiosa y cansada, incapaz de llegar a sus padres.

Después de su encuentro con Janka y la desagradable experiencia con Karol, durmió en un hotel antes de regresar con los Rybak a la mañana siguiente. En las afueras de la ciudad, un granjero la había llevado en su carreta tirada por caballos. Cuando el camino lateral viró hacia el oeste, hacia la granja, caminó el resto del trayecto mientras el carro continuaba. El polaco marchito y endurecido por años en el campo había rechazado su oferta de dinero. Hanna, además de todo su agradecimiento, estaba dispuesta a ofrecerle monedas reales, y no las falsas que traía consigo.

Durante varias semanas siguió monitoreando las actividades nazis alrededor de Leoncin, pero había poco que informar. El verdadero problema estaba en Varsovia y el gueto. No podía ir a la ciudad todos los días: la creciente presencia de tropas alemanas lo hacía más arriesgado que nunca.

El primer lanzamiento desde su llegada ocurrió poco después de la medianoche del 17 de septiembre, bajo un cielo parcialmente nublado y una luna creciente. Ella había vigilado la hoguera para el avión. La entrega había sido impecable, y ella y Eryk habían descargado los contenedores y luego los habían quemado. Incluyeron otra botella de tinte de cabello, lo cual era necesario, porque se le estaba acabando el suministro. También enviaron más *zlotys* falsificados, ropa de invierno y un mensaje codificado de Rita Wright, felicitándola por un trabajo bien hecho y ofreciendo sus condolencias por la muerte de Dolores. No se hizo mención del mensaje de Hanna a «Romeo». Siguiendo las instrucciones de Rita, Hanna leyó la nota, la arrojó al fuego y vio cómo se enroscaba sobre las llamas.

Rescatar a su familia pesaba en su mente, mientras Polonia se deslizaba hacia el otoño. Un plan viable presentaba una serie de dificultades. Estaba el tema de los documentos. No podía pedirle a la SOE que los falsificaran para su padre y sus hermanos sin avisar a la organización que estaba trabajando para sacarlos de Varsovia. Rita rechazaría esa idea y la consideraría una violación directa de sus órdenes. Se suponía que el personal militar aliado, los pilotos y los soldados eran su prioridad, en caso de necesitar ayuda. También estaba la cuestión de qué fotos podría usar su familia. Los documentos de identificación sin fotografías darían lugar a sospechas inmediatas y, muy probablemente, a su arresto. Una imagen sencilla pegada en la página sería un aviso obvio. Los hombres polacos de Briggens House eran falsificadores además de combatientes, pero recurrir a ellos violaría sus órdenes y podría dar lugar a un informe desagradable para su jefe.

¿Cómo sacaría a su familia? ¿Cuál era el modo más seguro de viajar? ¿A dónde irían? Tantas preguntas que necesitaban respuesta. Lentamente ideó un plan. Se necesitaría la ayuda de Janka. La próxima vez que Eryk viajara a Varsovia, regresaría al departamento de su nueva amiga, durante el día, cuando, con algo de suerte, Karol no estuviera en casa.

Todos los días, especialmente después de las transmisiones en la casa abandonada, se preguntaba si su familia aún estaría viva. A veces, la tensión se apoderaba de ella como un tornillo de banco y no la soltaba. Cuando era demasiado, vagaba por los campos circundantes, ahora teñidos de marrón por la primera helada, y pensaba en Phillip. En su mente, él estaba con ella, tomándola de la mano y besando su mejilla. Por un breve tiempo, esos pensamientos íntimos le levantaron el ánimo.

Convenció a Eryk para que la llevara a Varsovia un día nublado de octubre, conduciendo lo más lejos que pudieran sin despertar sospechas. Ataviada con su ropa nueva, más que nunca, lucía como una alemana bien vestida. Después de un enérgico «*Guten Tag*», pasó junto a los soldados —que estaban más interesados en su apariencia que en sus documentos de identificación— y llegó al departamento de Janka.

No tenía idea de si Janka estaba en casa, pero había que arriesgarse, llena de incertidumbre, ya que tenía el tiempo en su contra. Subió las escaleras con vigor y llamó a la puerta.

Janka no ofreció resistencia. La mujer, con su vestido sencillo y sus zapatos sucios, parecía a punto de renunciar a la vida. Hanna sospechó que tendría que usar todos sus poderes de persuasión para involucrarla en el plan, que requeriría su compromiso total. Si cometían algún error, todos estarían condenados.

—¿Su esposo está en el trabajo? —preguntó Hanna, y se sentó en la pequeña mesa.

Janka la estudió con ojos tristes, bordeados de rojo, como si hubiera estado llorando esa mañana.

—¿Qué le ha hecho?

—Greta Baur —respondió Janka solemnemente—. Se supone que no debo verla. Karol me golpeará si la encuentra aquí, tal vez incluso me mate. —Se llevó a los labios una taza fría de café aguado y tomó un sorbo—. Salí corriendo de la casa después de que usted se fue y fui a la iglesia donde nos casamos. Recé para que a mi esposo se lo llevara el licor o la muerte. Nunca he deseado la muerte de una persona… Sin embargo, cuando lo vi en el sofá, inmóvil… —Cogió un pañuelo de su regazo y se sonó la nariz—. Se había desmayado cuando llegué a casa. Todavía temía por mi vida. Me fui a la cama y, poco tiempo después, cuando él despertó, vino a la habitación y se durmió. A la mañana siguiente, fue como si nada hubiera pasado. Se bañó, se vistió y se fue a trabajar, casi sin hablarme…, pero ahora sé que es capaz de asesinar.

Hanna se inclinó sobre la mesa y tomó la delgada muñeca de Janka. La carne que la rodeaba estaba suelta, como la de una mujer mucho mayor.

—Tengo un plan —dijo Hanna—, pero necesito su ayuda y su determinación inquebrantable para llevarlo a cabo.

Janka agachó la mirada hacia la mesa gastada y manchada, pero asintió.

—Se está poniendo en peligro extremo, como yo —continuó Hanna—. Voy en contra de mis órdenes, pero no puedo dejar que mi familia muera. Lo supe desde la primera vez que conocí a mis superiores en Londres, incluso cuando me estaba preparando para esta tarea. Todavía estoy haciendo mi trabajo y, una vez que mi familia esté a salvo, volveré a mis deberes. He tomado esa decisión.

—¿Qué quiere que haga?

—Déjeme explicar. ¿Tiene más café frío?

—Media olla en la estufa —dijo Janka—. Déjame calentarlo. —Se levantó de la mesa y Hanna la estudió. Los movimientos de Janka eran lentos, metódicos, como si la hubieran drogado; su estado general preocupaba a Hanna. Era tan diferente a Dolores, una agente llena de energía y compromiso hasta el final de su vida. Janka encendió el quemador y volvió a la mesa.

—¿Está bien? —preguntó Hanna.

Janka exhaló, un suspiro nacido del agotamiento y la derrota.

—Estoy tan cansada y no veo salida…, para mí o para los judíos. ¿Sabía que su hermana me llamó una chica de la guerra?

Hanna reprimió una risa y se recostó en el respaldo de la silla.

—Mi jefa me llamó así y el nombre se me quedó. Creo que es un buen ejemplo.

Fue el turno de Janka de reír.

—Siento que he fracasado en la vida, en mi matrimonio, en mi fe, en mi capacidad para ayudar a una familia que ha sido amable conmigo.

—Tal vez mi plan le levante el ánimo.

La cafetera siseó. Janka apagó la estufa y regresó con una taza. Hanna sopló el vapor y el leve olor del brebaje diluido llegó a sus fosas nasales. De todos modos, la bebida la animó bajo el cielo nublado y los confines turbios del departamento.

—Aún debo descifrar gran parte de eso —continuó Hanna—, pero mantenga la mente abierta. —Apoyó los brazos sobre la mesa y se inclinó hacia Janka—. Tenemos que sacar a mi familia. Creo que la mejor manera es sobornar a un policía, tiene que ser polaco, un guardia nazi sería más difícil de convencer y probablemente me entregaría a cambio de una recompensa.

—¿Qué hay del novio de tu hermana?

Hanna la miró fijamente.

—¿Qué novio?

—Daniel; es un policía del gueto…, o al menos lo era cuando lo conocí.

«Otra posible llave inglesa atorando el mecanismo», pensó; era una frase que su tío usaba a menudo.

—No sabía que mi hermana tenía novio.

Janka tamborileó los dedos contra la taza.

—Entonces, ¿sobornar a un policía polaco para que podamos sacarlos por la puerta? Cuando visité el gueto, el guardia alemán se veía más relajado que el policía polaco.

—¿Ha estado en el gueto? Eso es aún mejor. ¿Cómo lo hizo?

Hablaron durante la siguiente hora; Janka le explicó cómo entró en el gueto y Hanna reveló los conceptos básicos de su plan. Janka escuchó atentamente, asintiendo en la mayoría de los puntos y ofreciendo sus propias sugerencias. Cuando terminó su tiempo, acordaron que el esquema era el mejor que tenían, pero aún requeriría varias semanas de planificación antes de que pudiera llevarse a cabo.

—Debemos fijar una fecha, y dos o tres más, en caso de que no funcione —dijo Hanna.

—Hay tanto que hacer —agregó Janka—, pero podría funcionar. —Una chispa de vida brilló en sus ojos, junto con una leve sonrisa.

—Eso es lo que quería ver —dijo Hanna, levantándose de su silla—. Ya me he tomado demasiado tiempo y no quiero otro encuentro desafortunado con su esposo.

Janka llevó a Hanna a la puerta, pero luego se detuvo, con la mano apoyada en el pomo.

—Tengo una pregunta que no hemos considerado.

—¿Sí?

—¿Qué hay de mí?

Al principio, Hanna no estaba segura de a qué se refería, pero luego se dio cuenta. Janka tenía razón, había otro punto en el que no había pensado. La mujer buscaba una respuesta específica: cómo deshacerse de Karol.

—¿Quiere dejar a su marido?

Su respuesta fue inmediata.

—No quiero quedarme aquí. Quiero desaparecer.

Ella abrazó a Janka, conmovida por un alma buena que había sido maltratada y, ahora, ofrecía su vida, con gran riesgo, por una familia judía.

—Se nos ocurrirá algo.

Hanna descendió las escaleras. «Por eso Rita no quería que me involucrara con mi familia. Ahora tengo cuatro vidas en mis manos, además de la mía. Mi madre siempre decía: "Tu padre sabrá qué hacer". Ahora tengo que ser más astuta que Rita, mi padre y el esposo de Janka».

Salió al aire fresco, contenta de estar fuera del departamento. A poca distancia de Krochmalna, dos guardias alemanes estaban parados en una intersección. «¡Confianza! La confianza y un buen plan nos sacarán adelante». Pensando en alemán, caminó hacia los hombres.

—Guarda silencio y escucha —le advirtió Daniel.

Stefa ladeó la cabeza, escuchando mientras el silencio se apoderaba del ático.

—Es sólo un perro aullando. —La temperatura exterior estaba cerca del punto de congelación, pero proporcionaba un bendito alivio para el trabajo que estaban realizando en el espacio mohoso. El viento golpeaba contra el techo.

—Exactamente —dijo Daniel—. ¿Cuánto tiempo ha pasado desde que escuchaste a un perro? Escucha…

El horrible sonido le desgarró el corazón. El grito que se elevaba y bajaba no era el de un animal adolorido, sino el de uno perdido para el mundo, como si fuera el único de su especie que quedaba en la Tierra: un lúgubre grito de pérdida que atravesó su cuerpo y su alma. Entonces, el sonido agudo pero lejano del silbato de un tren llegó a sus oídos, recordándole la pérdida de su madre, los padres de Daniel y, como acababan de enterarse por un policía judío, de la señora Rosewicz, que había sido secuestrada en la calle Pawia.

Daniel inclinó la cabeza y miró hacia otro lado, como si luchara contra las lágrimas.

—El perro se está muriendo…; como nosotros lo estamos haciendo: solos. —Se desplomó contra la línea del techo inclinado—. Lo siento. Estoy tan cansado de aguantar.

—Terminemos por hoy —dijo ella, tratando de calmarlo—. Es tarde.

—Este tablón tiene que caber entre los dos áticos para que podamos conectarlos. Tenemos que asegurarnos de que los nazis no puedan verlo.

—¿Eso es todo? —preguntó Stefa, tratando de hacerlo sonreír. Se volteó. Como todos los demás en el gueto, a excepción de los pocos que se inclinaban ante los alemanes, Daniel había adelgazado más, tenía los ojos más oscuros, el cabello negro más espeso y tupido que nunca. Había poco tiempo para acicalarse estos días. Incluso ella había dejado el bote de crema facial en el antiguo departamento del gueto cuando lo abandonaron.

Después de que los alemanes facilitaran las deportaciones por razones desconocidas, la familia se mudó a una habitación grande en la parte superior de un edificio de tres pisos en el extremo oeste de la calle Miła. Aparentemente, los inquilinos anteriores habían encontrado su destino en la Umschlagplatz. Izreal y Aaron todavía trabajaban y tenían que mostrar sus permisos todos los días. Stefa y Daniel habían escapado de los dos trenes diarios a Treblinka, evadiendo a los alemanes, manteniéndose un paso por delante y ocultándose con éxito con otros miembros en la clandestinidad. Vivían como topos, manteniéndose lo más apartados posible, escondiéndose para escapar de la detección.

El área original de 3.4 kilómetros cuadrados del gueto se había reducido más de la mitad cuando los judíos fueron reasentados en el este. Los nazis habían animado a todos a mudarse a las nuevas áreas designadas mediante tácticas de mano dura y asesinatos brutales. De esa manera podrían controlar mejor a la menguante población judía. Daniel había anticipado esto y encontró un nuevo espacio, y le advirtió a la familia que llevaran sólo lo que pudieran cargar a su nuevo hogar para no despertar sospechas. Con acceso al ático y a un espacio de rastreo al aire libre semicubierto hasta el edificio de al lado, podrían evadir las incursiones nazis. Al menos eso era lo que esperaba.

Daniel le entregó la lámpara de aceite a Stefa.

—El truco es hacer que parezca que no pasa nada extraño con el edificio. —Abrió la ventana solitaria y una ráfaga de aire frío se derramó sobre ellos—. Protege la lámpara. El edificio miraba al suroeste, pero el viento del norte envolvía su esquina. El ático sin calefacción estaba tan helado como la noche.

Stefa ahuecó sus manos alrededor del globo que sostenía el preciado aceite. Daniel agarró una tabla y, alzándola, estiró su cuerpo por la ventana. Colocó la madera hacia la casa al este y trabajó varios minutos antes de volver a entrar. Sus mejillas y nariz brillaban con un tono carmesí por el frío.

—Gracias a Dios, este edificio tiene cornisa y alero. De lo contrario, no podríamos salir de este ático. Eso es suficiente por esta noche. Lo probaré mañana.

—¿Estás seguro de que es lo suficientemente resistente como para sostenernos?

—Habrá que gatear, no podemos ponernos de pie. El único que me preocupa es tu padre. Si te resbalas por el alero, es una larga caída hasta la calle.

Ante la mención de su padre, el estado de ánimo de Stefa cambió a la desesperación. Había estado preocupada por su comportamiento reciente desde que se llevaron a Perla. Todos sabían lo que estaba pasando en Treblinka. Sólo aquellos que tuvieron la suerte de escapar, que regresaron al gueto porque era el único lugar que conocían, vivieron para relatar los asesinatos y los gaseamientos que tuvieron lugar a los pocos minutos de bajarse del tren. Izreal se había vuelto más callado a medida que pasaban los meses. Hablaba poco, no tenía interés en el *sabbat* ni en la ceremonia y no ofrecía ayuda ni consejo a nadie. Se vestía para el trabajo y luego regresaba a casa, día tras día. Stefa estaba segura de que había perdido las ganas de vivir.

El nuevo departamento tampoco ayudaba. Había sido despojado de casi todo. Lo único que quedaba era inútil. Una chimenea calentaba la habitación. Tenían que cocinar en ollas colocadas en el fuego, si podían encontrar suficiente combustible. Vivían de los desechos que Aaron lograba sacar de contrabando del Palais, e incluso esos estaban escaseando a medida que los nazis presionaban al propietario polaco para que se deshiciera de sus judíos.

Dos ventanas daban a la calle Miła, y una buena cantidad de sol se filtraba a través de ellas en los días sin nubes. Sin embargo, Daniel había elegido el departamento por sus posibilidades, no por su luz o su diseño interior. Una pequeña escalera plegable, que estaba unida a un panel del techo, conectaba el ático con la habitación principal. A través de la única ventana del ático, uno podía arrastrarse una corta distancia por los aleros y emerger al ático de al lado entrando por una ventana sin llave. Y si uno lograba bajar las escaleras de ese edificio, lo esperaba un búnker secreto en construcción. Daniel había descubierto todo esto gracias a sus contactos en la Organización de Combate Judía, la ŻOB.

Tan pronto como abandonaron su departamento anterior del gueto, la ŻOB había sacado las municiones del escondite del patio. Nada de eso se había usado. Todas las armas se habían transferido de manera segura a otros sitios, con sólo una víctima: un miembro valiente que los alemanes mataron a tiros cuando lo atraparon con un alijo de pistolas.

Stefa esperaba que la promesa que Hanna le había hecho a su padre se cumpliera, pero cada día era como un reloj de arena, cayendo en una catarata hacia la perdición. Las deportaciones habían disminuido, pero la violencia aleatoria y los asesinatos no. Nadie estaba a salvo.

—Escucha —le indicó Daniel de nuevo—, apaga la lámpara.

Stefa giró el botón del quemador y la llama se apagó, sumergiendo el ático en la oscuridad.

Súplicas en polaco. Órdenes en alemán. Pasos apresurados. Una andanada de tiros entrecortados.

Silencio, después de los gritos.

Se acercaron el uno al otro, Stefa apenas podía respirar debido al pánico que se apoderaba de ella como una parálisis.

Daniel hizo un gesto hacia la ventana y la abrió lentamente con un ligero crujido.

Los pasos que habían escuchado en la calle subían las escaleras y pronto estarían en el departamento. Afortunadamente, su padre y su hermano estaban en el trabajo. Había tan poco en la habitación que los alemanes podrían suponer que nadie vivía allí. Habían estado durmiendo en el piso, cubiertos solo por delgadas mantas y usando ropa enrollada como almohadas. El hogar estaba frío. Sólo encendían un fuego antes de acostarse para no morir congelados.

Nadie llamó. Los nazis abrieron la puerta y entraron; sus pesadas botas resonaban en la habitación.

«Dios, por favor, no dejes que miren al techo». Stefa rezó, juntando las manos. Daniel, en cambio, visible sólo por la luz pálida que se filtraba a través de la ventana, parecía tranquilo; su rostro era severo e imperturbable por el miedo. Se preguntó si él estaba tan nervioso por dentro como ella.

Los hombres caminaron y se detuvieron. Los alemanes no tenían cómodas ni armarios para hurgar, ni mesas ni sillas que volcar, por lo que la inspección fue tranquila, sin encono. Quizá creían que las pocas pertenencias que quedaban en la habitación pertenecían a gente que ya había sido enviada a la Umschlagplatz. Izreal había escondido la plata de la familia, el dinero del escondite del hueco de la escalera, la menorá y sus cuchillos debajo de una tabla del suelo.

Un oficial alemán gritó desde la calle. Los hombres salieron de la habitación y descendieron las escaleras. Stefa y Daniel se sentaron durante media hora, escuchando y esperando a que regresaran los soldados. Pero no lo hicieron.

Cuando por fin pudieron respirar un poco más tranquilos, Daniel cerró la ventana y se arrastró en la oscuridad hacia la escalera.

—Se fueron, por ahora —dijo.

—Volverán —respondió Stefa—. ¿Cómo podemos seguir así?

—Al menos tenemos un plan de escape, junto con otros como nosotros, trabajando para salvar nuestras vidas.

Ella había conocido a esos otros varias noches atrás, cuando Daniel la había invitado a reuniones clandestinas. Estaba Mordechai, que parecía tener el control del grupo, un apuesto joven con ojos inquisitivos muy separados, labios sensuales y una cabellera negra tan rica y espesa como la de Daniel; una joven conocida como Sarenka, de pómulos altos y pestañas finas sobre ojos oscuros, que también parecía estar al mando; Moshe, Antek y otros cuyos nombres no recordaba. Los nombres no eran importantes, la causa, el deseo de vivir y la voluntad de resistir alimentaban su fervor.

Sarenka le había declarado de manera desafiante al grupo: «No iremos como ovejas al matadero». Stefa se había animado por sus palabras, pero se estremeció ante el significado detrás de ellas. Todos querían creer que había una salida, que los Aliados vendrían a rescatarlos, pero a finales de 1942, la guerra llevaba más de tres años, y había pocos indicios de que Hitler abandonaría su búsqueda del poder o su plan para exterminar a los judíos.

Daniel pegó la oreja al panel y escuchó antes de bajar la escalera. Al no escuchar nada, descendió, pero la dejó extendida en caso de que tuvieran que usarla nuevamente. Aferrándose a la lámpara, ella lo siguió en la fría oscuridad. Daniel trataba de asegurarle que todo estaría bien, que encontrarían la manera de salir del gueto que los había atrapado.

Ella no le creía. Incluso mientras hablaba, sus palabras sonaban falsas, como si las hubiera inventado para calmarla. Cuando lo miraba a la luz del día, cuando podía ver a sus ojos y observar realmente dentro de su alma, descubría más que una lucha por sobrevivir. El fuego de la venganza ardía profundamente dentro de él, al igual que la voluntad de vivir. Daniel buscaba combatientes que se vengaran y salvaran vidas a la vez.

Los pasos volvieron a sonar en las escaleras, pero el primero de ellos era fatigoso, seguido de uno más ligero. Stefa los reconoció: pertenecían a su padre y a su hermano. Daniel encendió la lámpara cuando llegaron a la puerta.

Izreal quedó bañado en la luz amarilla parpadeante, con Aaron detrás de él.

Algo andaba mal, y Stefa lo sabía por la expresión de dolor de su padre, que últimamente se mostraba plácida hasta la locura.

Aaron dio un paso alrededor de él y, suspirando, se hundió en el suelo cerca de ellos.

—Nos despidieron, y nos dijeron que nunca volvamos al Palais.

Stefa miró fijamente a su hermano. Sabía muy bien las consecuencias de su despido: no más migajas, dos cuerpos más para esconder de los nazis.

—Después de todos mis años de servicio, me dijeron que los alemanes no quieren que los judíos toquen su comida —dijo Izreal. Entró sigilosamente en la habitación y se acomodó cerca de su manta.

A Stefa se le ocurrió una idea mientras trataba de ver algo bueno en la situación.

—Padre, ahora tú y Aaron pueden salir del gueto hacia el lado ario. Los nazis nunca notarán la diferencia porque los alemanes no te extrañarán en el restaurante. —Sabía que la oportunidad había estado ahí todo el tiempo, pero su padre regresaba a casa todos los días después del trabajo. Stefa nunca dudó que su hermano se quedaría porque tenía muchas ganas de pelear.

—Nunca los dejaría a ti y a Daniel —exclamó—. Nunca abandonaría a mi familia.

—Yo tampoco lo haría —agregó Aaron—. Me alegro de que hayas encontrado este lugar —le dijo a Daniel—. Es una bendición.

—Y una maldición —replicó Daniel—. Los nazis estuvieron aquí esta noche. Nos escondimos en el ático.

Izreal contuvo el aliento y ahogó un sollozo. Stefa se deslizó junto a su padre y lo abrazó.

En el pasado, ella le habría preguntado qué hacer, qué solución se le ocurría para aliviar su dolor o liberarlos de su situación. Nunca lo había visto tan cansado, débil y derrotado.

No tenía más lágrimas y sólo podía apoyar la cabeza en su hombro y rezar para que Dios le diera la respuesta, ya fuera una forma de salir del gueto o…, no, no quería pensar en «eso».

Se preguntó si seguirían a su madre en un último viaje a Treblinka.

CAPÍTULO 21

Enero de 1943

Janka caminaba por Krochmalna un domingo por la mañana a mediados del mes cuando alguien le tocó el hombro. El contacto fue inesperado y ella se estremeció, girándose bruscamente para ver quién estaba detrás de ella.

El hombre se detuvo y la observó, esperando alguna señal de reconocimiento, pero como no sucedió, se acercó y susurró:

—Señora Danek...; soy yo, Zeev.

Ella retrocedió, lo observó bajo la luz gris. Los copos de nieve se arremolinaban a su alrededor como cenizas en el viento. Esperaba tener noticias de Hanna, pero nunca esperó ver al chico al que le había comprado dulces hacía tanto tiempo.

Él era diferente ahora, un poco más alto y fuerte de lo que recordaba. A pesar de que su cuerpo y rostro estaban oscurecidos por una chaqueta pesada y una gorra de ala ancha, parecía más fuerte y en mejor forma. Sus ojos marrones brillaban, llenos de vida. Un tono rosado enrojecía lo que podía ver de su rostro, y una barba clara trazaba su barbilla y sus mejillas.

—Camine conmigo —prorrumpió él, como si le estuviera dando una orden. Cuando se conocieron, ella le había pedido exactamente lo mismo.

—Voy de camino a la iglesia —comentó ella—, pero caminaré contigo hasta allí.

—Está bien —respondió él, y empezó a avanzar cerca de la acera con un paso lento y deliberado, como un soldado.

—Te ves bien —dijo ella—. Mucho mejor que la última vez que te vi.

—Me tratan bien.

Janka sabía que estaban hablándose con cautela; él la estaba poniendo a prueba y ella desconfiaba de él. Había pasado tanto tiempo…, ¿habría cambiado su lealtad?

—¿Te tratan…? —preguntó ella, mientras pasaban por varias tiendas vacías.

—¿Cómo está? —respondió él, evitando su pregunta—. ¿Ha visto a los Majewski?

—Sí, hace algunos meses.

Una amplia sonrisa se extendió por su rostro.

—Entonces lo ha hecho mejor que yo. He visto a Aaron a la distancia, incluso nos saludamos una vez, pero él estaba con su padre. Han desaparecido, pero creo que están vivos.

Janka se detuvo cerca de la entrada de un taller de reparación de relojes y se paró frente a él.

—¿Podemos hablar libremente?

Zeev se llevó la mano al corazón.

—Estoy trabajando con partisanos ahora, a veces en Varsovia, pero sobre todo en el bosque de Parczew. Es un buen trabajo a cambio de comida y techo. —Hizo una pausa—. Estoy acostumbrado a llevar una pistola debajo de mi abrigo, pero hoy no. Si los nazis me registraran, estaría muerto. Me siento desnudo sin ella.

—¿Tienen armas?

—Rifles, pistolas, granadas, bombas incendiarias. Lo que podamos conseguir. Estamos suministrando armas al gueto, pero es un proceso lento y difícil.

—Ruego a Dios que los Majewski sigan vivos, pero muchos han sido deportados.

—A un lugar llamado Treblinka. Sacan a miles de personas de los trenes y las gasean.

Ella cerró los ojos y exhaló. ¿Estarían muertos sus amigos? Tal vez esa era la razón por la que Hanna no la había contactado.

—Entonces, ¿no sabe si están vivos? Por eso quería verla. —Su voz se redujo a un susurro, pero ella podía escucharlo claramente—. Los combatientes están construyendo túneles fuera del gueto. Algunos incluso han escapado por las alcantarillas, otros han sido capturados y asesinados. Pero a los alemanes no les gusta meterse en las alcantarillas. Prefieren atrapar a nuestros amigos cuando salen a la superficie.

—¿Hay algún policía polaco que pudiera aceptar un soborno para sacar a la gente?

—Quizás. ¿Por qué?

—No puedo decirte por qué, porque no estoy segura del plan, pero se trata de los Majewski.

Él pensó por un momento.

—Un polaco llamado Jan, miembro de la Policía Azul —dijo Zeev—. He oído rumores. Pide un alto precio, pero puedo contactarlo.

Janka extendió la mano y Zeev se la estrechó, un gesto que se sintió como el cierre de un trato entre ellos.

—Debe estar en una de las entradas más pequeñas, no en la puerta principal —dijo Janka.

Zeev asintió.

—Lo encontraré.

—Deja una nota con su nombre y el precio que pide en la iglesia —continuó ella—. Deslízala debajo del pie de madera del penúltimo banco. Lo revisaré todos los días.

—No. —Sus ojos se centraron en ella, con una expresión marcada por la determinación.

—¿No? —respondió ella, sorprendida por su negativa.

—Lo haré con una condición. Tiene que decirme el plan. Quiero ayudarlos a salir.

Sabía que Zeev acudiría en su ayuda.

—Está bien. Búscame en la calle o en la iglesia. Nunca estoy lejos del departamento. Me pondré en contacto contigo tan pronto como sepa lo que está pasando.

—Estaré al pendiente de usted. Busque la nota pronto.

Salieron de la tienda de relojes. Zeev caminó hacia el departamento de Janka, mientras ella se dirigía a la iglesia.

Stefa se preguntó cómo alguien fuera del gueto, incluso los polacos como Janka que vivían a poca distancia, podía tener idea de lo que estaba pasando dentro de su infernal prisión.

El invierno llegó con fuerza y los judíos que quedaban vivían de las posesiones de los que habían sido desplazados durante el Aktion, incluso de los pocos paquetes de comida que quedaron atrás. Vendieron las prendas, la ropa de cama, los libros o artículos del hogar que habían confiscado. Incluso se habían creado palabras para describir estas actividades: *shabreven*, tomar los objetos de valor, y *tshukhes*, venderlos a otros judíos o personas fuera del gueto, una operación que implicaba un gran riesgo para el vendedor. Ahora, era ilegal estar en las secciones antiguas del gueto. Los judíos atrapados en esas calles eran fusilados.

Los edificios de madera desaparecieron casi de la noche a la mañana, para usarlos como leña. A los alemanes no les importaba la destrucción. Sabían que la autoconservación en el gueto era un ejercicio inútil. Nadie sabía cuántos judíos quedaban después de las deportaciones del año anterior. Algunos decían que cincuenta mil; otros pensaban que la cifra era menor, quizá treinta mil. Sin embargo, nadie podía negar que el gueto era más pequeño, y que las calles estaban más vacías que nunca desde que los judíos de Varsovia y los del campo fueron forzados a vivir en el gueto en 1940.

La desesperación reinaba en ese pequeño lugar de Varsovia, agotando a Stefa y a quienes la rodeaban. Los rostros pálidos y los cuerpos demacrados aparecían como fantasmas cuando caminaban por las calles, meras sombras de sí mismos, mezclándose con el cielo lúgubre y los edificios monótonos. El tifus todavía hacía estragos, y la gente moría a diario de hambre y frío. Por deporte, los nazis disparaban a quienes les desagradaban, sin importar cuán pequeña fuera la infracción.

Izreal sacó la menorá de su escondite a principios de diciembre para celebrar Janucá, pero la ocultaba durante el día por temor a que los nazis la destruyeran. Apagaban las velas, rescatadas del restaurante, si escuchaban algún ruido en la calle por la noche. Todos estaban en el departamento cada noche para encenderlas.

Izreal recitaba las oraciones, pero su voz era apagada y tímida, a diferencia de las dedicatorias pronunciadas en años anteriores. Vacilaba en sus palabras: «Condúcelos a salvo a través de todos los peligros», y sollozó al decir: «Te damos gracias también por los milagros, por la redención, por las obras poderosas y los actos de salvación que Tú realizaste, así como por las guerras que hiciste por nuestros padres en los días antiguos, en esta época». Cuando su padre no pudo continuar, Aaron terminó la oración que él y su familia habían escuchado tantas veces antes. Daniel había rescatado media botella de vino, que todos compartieron, y hasta ahí llegó la celebración.

Una noche durante el festival, por orden de Mordechai, Daniel recuperó dos metralletas Błyskawica hechas con piezas de repuesto, así como cargadores y tres granadas. Subieron las armas a través de una ventana trasera usando una cuerda y una canasta provistas por un miembro de la resistencia. Daniel quitó otra sección del piso y las guardó junto a la plata escondida.

Durante días y noches, se sentaron con poco que hacer excepto esperar, escuchando los sonidos de los disparos que resonaban en la calle, aguardando ansiosamente la próxima deportación mientras corrían los rumores. Aaron trajo algunas papas al departamento, junto con harina que Stefa horneó para hacer pan. Su hermano no quiso decir dónde las había conseguido. Ella se preguntó si habrían venido de su amigo Zeev.

Su espera terminó en la mañana del 18 de enero.

Estaban terminando de desayunar cuando los alemanes llamaron a todos a reunirse en el patio detrás del edificio. El fuego todavía crepitaba en la chimenea. Dejaron caer sus latas de sopa y corrieron a la escalera del ático. Daniel tiró de la cuerda y los escalones descendieron.

—¿Y las armas? —preguntó Aaron.

—No hay tiempo —respondió Daniel. Dirigió a Stefa a la escalera primero y luego a Izreal. Aaron lo siguió y Daniel fue el último en ascender. Cuando estuvieron todos en el ático, levantó la escalera y aseguró la cuerda para que no la vieran los que estaban abajo. Se acurrucaron cerca de la ventana por si tenían que arrastrarse por el alero hasta el edificio de al lado. Daniel había probado los tablones varias veces, siempre asegurándose de que la ventana contigua estuviera abierta.

Stefa permaneció extrañamente tranquila: esconderse se había convertido en una rutina. Se había preparado para esos momentos, al igual que la práctica de ir a un refugio antibombas. Para su sorpresa, los nazis corrieron por el edificio, pero no se detuvieron a examinar los departamentos. «Qué frustrados deben de estar», pensó, «que la gente no vaya voluntariamente a morir».

Desde la ventana del ático, podían ver el edificio al otro lado de la calle y los tejados al sureste. De pronto, se escucharon más protestas y gritos, ya que las personas estaban siendo reunidas indiscriminadamente.

—No podemos simplemente sentarnos y mirar —susurró Aaron—. Esto tiene que parar.

—Así será…, así será… —dijo Daniel—. Mordechai dijo que se acerca el momento.

Izreal bajó la cabeza como si rezara. La tenue luz de enero se extendió por su rostro.

Stefa estudió el círculo formado alrededor de la ventana, como si estuviera mirando un cuadro: su hermano, fogoso, listo para ir a la batalla contra los nazis; Daniel, cauteloso, esperando el momento adecuado, como un comandante planeando un ataque; su padre, encorvado, todavía inseguro del plan que Dios tenía reservado para los judíos y sin saber si la gente debería pelear, convencido de que el Creador podría mirar desfavorablemente a sus hijos si se convertían en asesinos. ¿Qué secretos albergaba su padre? Aaron había insinuado que su padre le había salvado la vida, pero no le había contado la historia.

Se sentaron durante una hora mientras los gritos y los disparos resonaban por todo el gueto. Entonces, la voz de un hombre gritó desde abajo.

—Daniel…, ¿estás aquí? —Era Mordechai.

Daniel bajó la escalera y lo encontraron; lucía alterado pero regocijado, sus ojos separados ardían con intención y había sudor en su frente a pesar del día frío.

—Vamos tras ellos. No más sacrificios. Los alemanes verán derramada su propia sangre.

Daniel arrancó las tablas del suelo y cogió las dos metralletas y los cargadores, entregándole una a Aaron.

—Cárgala. Dásela a Stefa. Tengan cuidado, no tiene seguro.

Aarón se estremeció.

—¿Por qué Stefa? Yo debería llevarla.

—Tú toma dos granadas —le ordenó Daniel—. Puedes lanzar más lejos que ella.

—Los veré en la calle —dijo Mordechai—. Los nazis están haciendo una redada, obligándonos a ir a la Umschlagplatz. Estén atento a los portales y edificios desiertos. —Salió corriendo por la puerta y bajó las escaleras.

Aaron cargó el arma y se la entregó de mala gana a Stefa, indicándole que no apretara el gatillo.

—No sé qué hacer con esto —dijo ella.

—Mantén las manos lejos del gatillo hasta que estés lista para disparar —le explicó Aaron—. Colócala firmemente sobre tu hombro, apunta y dispara. Tiene un poco de fuerza, pero no te derribará si te mantienes firme. Apunta al corazón… o a la cabeza. Eso es todo el entrenamiento que vas a recibir.

Daniel le dijo a Izreal:

—Coloque las tablas. Escóndase en el ático si es necesario, pero asegúrese de que la cuerda esté oculta. Si los nazis lo persiguen, arrástrese por el alero hasta el siguiente edificio. —Abrazó a Izreal y luego lo besó en la mejilla—. Ore por nosotros.

Aaron tomó dos granadas y colocó una en cada bolsillo del abrigo. Daniel y Stefa se pusieron los abrigos y cargaron las armas a los costados, ocultándolas parcialmente con los brazos.

—Iré primero —dijo Daniel—. Stefa detrás de mí. Aaron, mantén los ojos abiertos arriba y detrás de nosotros.

Cuando se dirigían a la puerta, Izreal los llamó, con los ojos llenos de lágrimas.

—Debo despedirme de mi hijo y mi hija. Recé para que este día nunca llegara, pero hombres más sabios que yo, rabinos de hecho, se han preguntado si Dios nos ha abandonado. ¿Cómo podríamos haber detenido la matanza? Otro rabino dijo que te-

nemos un nuevo mandamiento: «Salvar nuestras propias vidas».
—Miró a Aaron—. Tienes razón, hijo mío. Dios no va a salvarnos, a menos que lo ayudemos. —Abrazó a sus hijos y luego se puso a trabajar, colocando las tablas del piso.

Daniel abrió el camino escaleras abajo.

Pronto, estaban en la calle Miła, en dirección a la Umschlagplatz. Stefa mantuvo la mano en alto mientras avanzaban a toda prisa. Tanto Daniel como Aaron estaban haciendo su trabajo: Daniel miraba hacia las puertas y hacia la calle, y su hermano buscaba nazis en los tejados o que se acercaran por detrás.

Mientras Stefa caminaba y medio corría por Miła, sintió como si hubiera dejado su cuerpo, un sentimiento que había experimentado sólo unas pocas veces antes, cuando la familia estaba en oración profunda y su alma, su ser interior, se había levantado de su cuerpo y flotado en el éter. Los edificios pasaban a toda velocidad, y sus pies se movían de forma independiente. Aunque conocía el barrio, era como si lo viera por primera vez, y todo le resultaba extraño y nuevo.

Cuando llegaron a la intersección de Miła y Zamenhofa, Daniel agitó su mano, dirigiéndolos a un callejón angosto entre dos edificios. Aproximadamente una docena de soldados alemanes aparecieron en una calle lateral y corrieron hacia el norte por Zamenhofa hacia la Umschlagplatz. Daniel les indicó que guardaran silencio mientras se apiñaban en el estrecho pasillo.

Al principio, un silencio vacío los cubrió. Todos, excepto la resistencia, estaban escondidos, manteniéndose lo más lejos posible de los nazis. Después de un minuto, cuando Daniel estaba a punto de avanzar, estallaron gritos y disparos desde la dirección del patio de trenes.

Stefa se paró detrás de Daniel y miró por encima de su hombro, más allá de los ladrillos y las piedras que los protegían. Más soldados alemanes pasaron corriendo junto a ellos en respuesta a la lucha, sin darse cuenta de su escondite.

—Es una masacre —susurró Daniel. Se escuchaban ráfagas de disparos, seguidos de periodos de silencio.

—Tenemos que ayudarlos —dijo Aaron, empujando hacia delante.

Daniel lo detuvo.

—¿Quieres morir? Nos superan en número. Estaríamos caminando hacia una trampa mortal.

Aaron apartó las manos de Daniel.

—Iré solo. Dame el arma.

Stefa apretó el arma contra su cuerpo.

—No. Piensa en nuestro padre, perdería a todos sus hijos en un día. —Sacudió la cabeza y miró a su hermano, que estaba ansioso por unirse a la lucha. ¿Qué había del futuro de Aaron? Él sería el hombre que continuaría con el apellido—. Debes proteger a papá y mantener con vida a los Majewski. Sólo tú puedes hacer eso.

Trató de juzgar lo que su hermano estaba pensando y si lo que le estaba diciendo tenía algún sentido para él. Su rostro se retorció mientras reflexionaba, con una mezcla de ira, frustración y remordimiento.

Los disparos se detuvieron por un momento, pero fueron seguidos por gritos, todos en alemán.

—Lucharemos otro día —añadió Daniel, mirando alrededor de las piedras, luego salió y los guio de regreso al departamento.

La adrenalina que la impulsaba había disminuido un poco y era más consciente de lo que la rodeaba. Estaban en Miła, a medio camino de casa, cuando escucharon:

—*Halt. Hände hoch.*

—No. —exclamó Daniel, empujándolos a ambos hacia la entrada de un edificio de departamentos. Los alemanes no podían verlos, a menos que estuvieran parados frente a la estructura.

Una lluvia de balas golpeó la madera sobre sus cabezas, esparciendo polvo de yeso y astillas sobre ellos. Una astilla golpeó la piel debajo del ojo derecho de Stefa y le cortó la mejilla. Ella se limpió la sangre.

—Arrodíllense —les indicó Daniel—. Y disparen cuando yo lo haga.

Ella asintió e hizo lo que le ordenó, presionando la Błyskawica contra su hombro.

Otra ronda de balas pasó zumbando junto a ellos; la puerta que los rodeaba aún los protegía. Daniel se dirigió a Aaron.

—Lanza una hacia el este.

—Con gusto —respondió Aaron. Tomó una de las granadas de impacto y, estirando el brazo por encima de ellos, la arrojó por el aire hacia los nazis.

Los alemanes desprevenidos, más conscientes del dispositivo que se precipitaba hacia ellos que de sus enemigos, se lanzaron hacia delante cuando la granada explotó detrás de ellos. Tres de ellos, asombrados y algo asustados, corrieron hacia delante, confundidos de que los judíos tuvieran tales armas y temieron contraatacar.

La onda expansiva los empujó a la vista de Stefa. Antes de que Daniel tuviera la oportunidad de disparar, ella apretó el gatillo y el cargador disparó su ráfaga mortal, atravesando a los tres hombres por el pecho. Temblando como marionetas, con los abrigos destrozados, se desplomaron en la calle. Uno levantó la cabeza, tratando de disparar a la puerta. Daniel lo remató con dos tiros en la cabeza antes de que lo hiciera.

Daniel instó a Stefa y Aaron a salir a la calle, mirando los cuerpos a su paso. El humo acre de la granada permanecía en el aire, oscureciendo su escape hacia el este. Corriendo lo más rápido que pudieron, llegaron al departamento en poco tiempo.

Izreal estaba sentado cerca de la escalera, con la cabeza inclinada.

La sangre del corte de Stefa le había manchado la mejilla y el abrigo.

Su padre la miró con pena y señaló la ventana.

—Vi lo que pasó, después de la explosión.

Stefa se desplomó en el suelo mientras Daniel y Aaron ocultaban las armas. Estaba entumecida y su lengua se sentía tan gruesa que se preguntó si podría hablar. Al fin dijo:

—Maté a tres hombres, papá.

Él la miró y la lástima en sus ojos se convirtió en incertidumbre. Izreal había visto las acciones mortales de su hija, la ráfaga de disparos…, la verdad de la confesión de su hija.

—Lo sé —le respondió—. Dios nos juzgará como Él quiera. Ahora vivimos como debemos.

Se levantó, se acercó a ella y la rodeó con sus brazos.

Stefa lloró en su hombro como nunca antes lo había hecho.

Janka había ido a la iglesia durante varias semanas después del encuentro con Zeev hasta que por fin fue recompensada con una hoja de papel debajo del pie del banco. Janka imaginó al joven luchador de la resistencia, sentado en el reclinatorio, un judío haciendo todo lo posible por imitar a un católico, inclinando la cabeza y deslizando furtivamente la mano hasta el suelo. Quizá también había aprendido a hacer la genuflexión y a rezar el rosario.

La nota estaba escrita en polaco y decía sólo dos cosas: Jan y un pago obligatorio de veinte mil *zlotys* por cada persona que abandonara el gueto. Habría que fijar la hora y la fecha. La puerta de la calle Gęsia frente al cementerio judío en el lado noroeste del gueto sería el punto de partida. Janka sabía que estaba cerca. Un rápido paseo por la calle Okopowa llevaría a los fugitivos a Krochmalna y a su departamento. A partir de ahí, no tenía idea de lo que sucedería.

Un día de febrero, Janka vio a Hanna, que la seguía al otro lado de la calle. La agente de la SOE atravesó y pronto estuvo a su lado. Caminaron juntas un rato sin hablar, observando la vida muda de la ciudad aún en pleno invierno.

Hanna vestía un sombrero y un abrigo de lana, sus manos enguantadas estaban protegidas por un manguito de piel. Janka se preguntó si escondería una pistola en su interior. El viento frío alborotaba sus abrigos, cortaba sus rostros y enrojecía sus mejillas. Estar afuera era incómodo, pero era el lugar más seguro para hablar.

—Me preocupaba no volver a saber de usted —comentó finalmente Janka.

—Lo siento, pero no pude escaparme antes —respondió Hanna—. No puedo decirlo todo, pero hay algunas cosas que debe saber. —Hizo una pausa—. Han llegado algunos informes del gueto y no son buenos. Varios miembros de la resistencia murieron en una pelea en enero. Creemos que el líder, un hombre llamado Mordechai, sobrevivió. Varios nazis fueron asesinados y, en represalia, más judíos fueron deportados.

Jugando con el cuello de su abrigo, Janka lo subió para cubrirse.

—¿Ha tenido noticias de su familia?

—No. —Hanna se detuvo y miró por la ventana de una tienda de productos secos. Sólo se exhibían unos cuantos rollos de tela de colores. Ella inclinó la cabeza hacia Janka—. Los alemanes están acumulando tropas cerca de Varsovia. Supongo que la Wehrmacht se ocupará de los judíos restantes antes de ser transferida al frente oriental. Hitler luchará hasta el último minuto. El Ejército Rojo ha derrotado a los alemanes en Stalingrado.

Janka tocó el hombro de Hanna.

—Es una excelente noticia.

—Sí, pero si fallan, los nazis destruirán todo lo que dejen atrás, incluida Varsovia.

Se alejaron de la ventana y caminaron hacia la iglesia. Janka llevó a Hanna al banco donde Zeev había dejado la nota y bajó el reclinatorio.

—Haga lo que yo haga —le indicó Janka.

Se arrodillaron una al lado de la otra, mirando el altar sencillo y el gran crucifijo de madera que colgaba sobre él. Otras dos mujeres, ambas mayores, estaban orando cerca del frente de la iglesia.

Janka susurró:

—Tengo un contacto. Ha encontrado a un policía llamado Jan que puede sacar a su familia.

—Sí.

—Veinte mil *zlotys* cada uno, en la puerta de la calle Geòsia. Eso es una fortuna.

Hanna se giró; su mirada era intensa y determinada.

—El dinero no es importante. ¿Confías en este contacto?

—Su nombre es Zeev. Es amigo de su hermano y miembro de la resistencia polaca. Me buscó hace mucho tiempo.

El sacerdote de cabello plateado entró en la nave por una puerta cerca del altar. Janka lo conocía desde hacía años de misa y confesiones, pero se preguntaba si le parecería raro verla sentada junto a una extraña. No podía preocuparse por eso ahora, cualquier incomodidad obvia o partida repentina parecería sospechosa. Pasó junto a ellas con las manos cruzadas, y saludó a Janka de camino al nártex.

—Escuche atentamente —dijo Hanna—. Dos fechas: 20 de marzo, el inicio de Purim, o el 17 de abril, antes de la Pascua, poco después de la medianoche. Si en el primer día no funciona por alguna razón, probaremos en el segundo. Pagaré por su liberación y los escoltaré desde la puerta hasta su departamento, donde podrán cambiarse y ponerse ropa limpia. Mi compañero Eryk y yo los esconderemos en la parte trasera de su camioneta y los transportaremos lo más que podamos al sur de la ciudad. A partir de ahí, seguirán a pie hasta contactar con partisanos eslovacos. Regresaré a la granja con Eryk o a Varsovia a buscarla.

Janka se puso tensa.

—Karol estará allí.

—Karol dormirá en los brazos de una buena botella de coñac francés que me entregaron hace una semana, junto con polvos para dormir.

Janka se quedó mirando el crucifijo. El altar estaba oscuro, excepto por la luz de unas pocas velas a cada lado, el cuerpo tallado de Cristo parpadeaba dentro y fuera de las sombras en la luz vacilante.

—Suena peligroso.

—Lo es, pero tiene que funcionar. —Hanna presionó su mano contra la de Janka—. Es peligroso, pero tendrá un arma.

—¿Yo?

—Su esposo tiene un arma. Róbela. —Hanna hizo una pausa—. Debo contactar a mi familia. Tienen que saber las fechas y adónde ir.

—Zeev lo hará —dijo Janka—. Y estoy segura de que le ayudará a rescatarlos del gueto. Lo encontraré. —El plan se estaba formando lentamente en su mente, sin embargo, Janka aún no tenía respuesta a la pregunta sobre qué debía hacer después de que liberaran a los Majewski. Conseguir que Karol bebiera el coñac sería fácil, pero ¿y si de alguna manera se despertaba y encontraba a los fugitivos en el departamento? Por mucho que lo odiara y a menudo deseara su muerte, nunca podría matarlo. Cuando finalmente despertara, a la mañana siguiente, sabría que lo habían drogado, que ella había hecho algo terrible. Tal vez podría recorrer la larga distancia hasta la casa de sus padres, pero estar allí también sería peligroso.

Las velas se iluminaron, empujando sus llamas hacia los lados, parpadeando y chisporroteando como si una brisa las hubiera azotado desde una puerta abierta.

No podía quedarse en casa después de ayudar a los Majewski, no con Karol, no con nazis como *Herr* Mueller merodeando. ¿Y la iglesia?

Janka miró la cruz y buscó una respuesta.

—Dígale a Zeev que le pagaré —indicó Hanna—. Mucho dinero. —Luego le dijo a Janka que el dinero era falsificado.

Unos días después, Zeev estaba parado en Krochmalna, con la esperanza de saber si Janka había recibido su mensaje. No la había encontrado en la iglesia, así que caminó hacia el departamento y la vio llegar desde el gueto.

Ella sonrió cuando se acercó, lo que le pareció extraño a él. Janka siempre había sido tan seria, tan derrotada por la vida, y se preguntó qué había causado el cambio.

Se encontraron cerca de su departamento, como si fueran dos amigos conversando casualmente.

—Al fin estoy haciendo algo bueno por este mundo, algo de lo que puedo estar orgullosa —le dijo—. Me alegra que estés cuidando de mí. Otras personas también me están cuidando. —Ella tomó su mano y la estrechó.

—Recibió mi mensaje.

—Sí, y tenemos que informar a los Majewski sobre el plan. No puedo arriesgarme a volver al gueto otra vez. ¿Puedes hacerlo?

Él se rascó la ligera barba incipiente de su barbilla, inseguro de poder comprometerse.

—Es peligroso, ahora más que nunca.

Una sombra cruzó el rostro de Janka.

—¿Cuánto dinero vale tu vida? ¿Cuánto vale la vida de cualquiera? —Se pasó el pulgar por la parte superior de los dedos, como si estuviera alisando dinero en la palma de la mano—. Se te pagará más dinero del que jamás hayas visto.

Su rostro se iluminó.

—Sólo hay un problema: es falsificado.

Zeev se obligó a contener una risa que podría haberlo doblado en dos, si hubiera tenido la oportunidad de ser tan audaz. Luego, recuperó la compostura.

—Eso no es problema. Estoy feliz de hacer cualquier cosa que arruine la economía del Gobierno General.

Permanecieron al sol, saboreando el calor que los acariciaba. Janka le dijo las fechas y los detalles del plan. Él lo absorbió todo, elaborando estrategias sobre cómo entrar en el gueto y encontrar a los Majewski. Necesitaba dinero para sobornos.

Dejó a Janka y siguió su camino hacia el gueto: era hora de volver a ponerse en contacto con Jan, si podía. La mejor manera de llegar hasta el policía era pasarle *zlotys*.

Mientras se alejaba, se encontró sonriendo también. «Estoy haciendo algo bueno, algo de lo que puedo estar orgulloso».

Aceleró el paso cuando el muro del gueto apareció a la vista.

CAPÍTULO 22

La familia estaba sentada en su departamento bajo la tibia luz invernal, tomando un descanso de los trabajos de construcción en el búnker de al lado. Comieron pan recubierto con una fina capa de mermelada de grosellas y se alegraron de haber rescatado la golosina de una mujer que escapó del gueto.

Las paredes del búnker eran de ladrillo y, a veces, estaban cubiertas de lo que Stefa describió como limo, como si la cal, blanca y viscosa y alimentada por la humedad, se filtrara por las grietas del cemento. Los restos de un librero de madera que llegaba hasta la altura del vientre de un adulto formaban una pantalla entre una pared exterior y el inodoro que había sido instalado en las tuberías del edificio. Cuando uno se sentaba ahí, podía ver a los demás en la habitación; lo mejor era inclinar la cabeza y mirar hacia otro lado. El mundo abarrotado de búnkeres, departamentos y furgones carecía de privacidad.

Los colchones esparcidos por todas partes y los armazones de madera de los catres, unidos con tela áspera, constituían las camas en las que dormían. Una pequeña placa eléctrica proporcionaba la única superficie para cocinar, y debía enchufarse en uno de los conductos que proporcionaban electricidad al edificio. A veces, la corriente estaba cortada, pero ocasionalmente se encendía. Una estufa tosca, con ventilación en la pared, era la otra alternativa para cocinar, pero el humo a menudo nublaba la habitación, causando que todos se ahogaran. Alguien había traído una docena de huevos que estaban en un tazón cerca de la placa caliente.

Las mantas abandonadas y las telas que cubrían los colchones y las sillas eran las únicas comodidades, pero incluso ellas sucumbieron a la humedad mohosa. Un residente podría encontrar libros sobre una mesa o mirar carteles políticos arrugados adheridos a las paredes húmedas. Esos artículos y la conversación en silencio eran todo el entretenimiento.

Asegurar el búnker era la tarea en la que los cuatro, incluido Izreal, habían estado trabajando durante un par de semanas. Los moradores emergían empujando a través de un piso de madera, después de hacer un túnel debajo de paneles similares, colocados en el estrecho pasillo entre los edificios. El descenso era húmedo, oscuro y no apto para claustrofóbicos. La sensación era como deslizarse en una cueva negra sobre tu vientre, sin saber a dónde ibas hasta que el cráneo golpeaba contra una pared de tierra compactada o la cabeza tocaba las tablas.

Mientras trabajaba en el búnker, Stefa solía pensar en lo mucho que había decaído su familia desde que abandonaron el hogar de su infancia en Krochmalna. Pero luego se reprendía a sí misma por siquiera considerar tales pensamientos: ella había sufrido, su familia había sufrido, pero a muchos les había ido peor. Familias enteras habían sido aniquiladas por los nazis.

Su sufrimiento actual era el peor que habían experimentado durante todos sus años de encarcelamiento en el gueto: un tedioso deslizamiento hacia el olvido, mezclado con un terrible coctel de aburrimiento, ansiedad y terror.

Cuando escucharon pasos débiles en las escaleras, nadie entró en pánico. Ningún nazi, ningún miembro de las SS caminaría con un paso tan lento y silencioso. Sonó un diminuto golpe en la puerta. Daniel abrió.

Emanuel Ringelblum estaba allí, con la barba un poco más espesa que la última vez que Stefa lo había visto. Su ropa, aunque estaba en mejor forma que la de la mayoría en el gueto, reflejaba los años de uso que amortiguaban su brillo. Sin embargo, un aire de tranquila dignidad infundía su persona, una cualidad que los nazis no habían podido extinguir de su alma.

—¿Puedo pasar? —preguntó, como si fuera realmente necesario. La pregunta era un requisito de su crianza y un testimonio de su espíritu.

Izreal se levantó del suelo y abrazó al hombre que había conocido hacía años, pero que había visto con poca frecuencia.

—Bienvenido, amigo —le dijo y lo invitó a pasar—. No tenemos sillas, así que tendrás que sentarte en el piso.

—Gracias, Izreal. Bendiciones para ti y tu familia, pero no puedo quedarme mucho tiempo. He venido por el diario de Stefa.

Stefa se limpió las migas de pan de los dedos, algo sorprendida de que Ringelblum apareciera por su diario. Sus labios fruncidos, sus puños apretados y sus ojos oscuros le informaron que algo desafortunado estaba sucediendo.

—Ha llegado el momento de ocultarlo con los demás —continuó—. Todos sabemos lo que está pasando. —Agachó la mirada, como si admitiera la derrota—. He hecho arreglos para que mi familia abandone el gueto. Una pareja del lado ario ha accedido a acogernos.

—Puede que nosotros también nos vayamos —dijo Daniel—, pero no podemos estar seguros. Mientras tanto, estamos trabajando en un búnker.

—Los admiro —exclamó Ringelblum—. Mi familia…

—Hagan lo que deban hacer —intervino Izreal—. Dios los ayudará.

Aaron tosió desde su rincón cerca de la ventana y mordió su pan.

—Voy a buscar mi diario —dijo Stefa, caminando hacia las tablas del piso donde estaban escondidos los rifles. Las levantó, sacó el diario y se lo entregó a Ringelblum—. ¿Sabes dónde estará escondido?

—Sólo yo y algunos otros lo sabremos, por razones obvias, pero probablemente en la calle Nowolipki.

Stefa asintió.

—Todos deseamos bendiciones para su familia. —Besó el diario—. Y sobre este diario, para que viva para siempre y cuente la historia de los judíos de Varsovia.

Él lo tomó.

—Es un honor. Te tendré en mis oraciones.

Fue interrumpido por un rostro que se asomó por la puerta entreabierta.

—¡Por Dios, Zeev! —Aaron saltó del suelo y corrió hacia él. Cayeron en los brazos del otro, y después de un largo abrazo, Aaron se dirigió a su familia con una sonrisa, palmeando los hombros de su amigo—. Todos, les presento a Zeev. —Apenas podía recuperar el aliento mientras estudiaba a su amigo de pies a cabeza—. Te ves maravilloso…, mucho mejor que el resto de nosotros. ¿Qué has estado haciendo?

Zeev dio un paso atrás, algo aprensivo al principio hasta que Aaron lo presentó con cada uno, disipando así sus temores. A Emanuel, Zeev le dijo:

—Señor Ringelblum, es un placer conocerlo. He oído hablar de su trabajo en el gueto.

—¿Y qué hay de tu trabajo? —preguntó Ringelblum.

—Soy un combatiente ahora —respondió Zeev, enderezándose y manteniendo la cabeza en alto—. Conozco el bosque y todas las calles del gueto. Yo también estoy haciendo algo importante.

Stefa pudo ver que Aaron se aferraba a las palabras de Zeev como si fueran oro que salía de su boca. Izreal tendría que impedir que se uniera a Zeev como combatiente.

—Siéntate —indicó Aaron—. Cuéntanos.

—Yo los dejo —dijo Ringelblum, metiendo el diario de Stefa bajo su abrigo—. Espero que nos volvamos a encontrar, liberados de esta atadura.

Izreal abrazó al hombre.

—Gracias, a la vida.

Ringelblum caminó tras la puerta y su sombra desapareció con él. Stefa se preguntó si alguna vez lo volvería a ver.

—¿Cómo entraste al gueto? —preguntó Aaron—. ¿Cómo nos encontraste?

Mirando a su alrededor, Zeev se quitó la gorra y la colocó en el suelo a su lado.

—No es tan malo aquí. —Intentó sonreír, pero la expresión se desvaneció de sus labios—. Pero no durará. Vivo en el bosque y en casas seguras; lo peor es un cobertizo no muy lejos de aquí, pero la familia es amable y no es amiga de los nazis.

—Como la señora Danek —dijo Stefa.

Esta vez, Zeev logró sonreír, y sacó una pila de *zlotys* del bolsillo de su abrigo.

Aaron se quedó sin aliento al ver el gran fajo unido por una banda elástica.

—No voy a preguntar cómo lo conseguiste.

Zeev puso el dinero encima de su gorra.

—Todos debemos bendecir y orar por la señora Danek y por una mujer llamada Greta, que es su amiga.

Izreal se inclinó más cerca.

—Mi hija.

—Sí, Greta —contestó Zeev—. Todavía no la conozco, pero Janka dice que es la mujer más inteligente, decidida y valiente que jamás haya conocido. Ella la llamó una mujer de la guerra. Greta le dio a Janka el dinero que usé hoy para pasar por la reja, y parece que toda la policía del gueto conoce la dirección de Daniel Krakowski.

Daniel hizo una mueca.

—Muchos miembros de la Policía Azul aceptan sobornos, pero hay uno en especial al que le gusta aceptar dinero a cambio de favores —continuó Zeev, pasando un dedo por los *zlotys*—. Los billetes son falsos, hechos en Inglaterra. Lo que no sepa no le hará daño.

—¿Mi hermana tiene un plan? —preguntó Stefa.

—Sí. Es por eso que estoy aquí.

Escucharon atentamente durante la siguiente media hora mientras el joven delineaba los pasos: las dos fechas, una en marzo, la otra en abril; su escolta fuera del gueto por Zeev y Hanna; el punto de cambio en el departamento de Janka, el viaje fuera de la ciudad en camioneta y la caminata hasta el campamento guerrillero.

—A Greta le preocupa la fecha de marzo. Estarán escondidos en la parte trasera de la camioneta, cubiertos por una lona y ramas de árboles. Si la temperatura es muy baja, al punto de congelación, la comida que les empaque puede estropearse, las armas fallar o hacer demasiado frío para continuar el viaje. Muchas cosas pueden salir mal.

Los labios de Stefa se abrieron con asombro.

—Ella ha pensado en todo. Si alguien puede hacer esto es Hanna.

Zeev se guardó el dinero en el bolsillo, miró el reloj y se puso la gorra.

—Tengo que salir de aquí en media hora o mi contacto se habrá ido. La idea es que regrese aquí justo después de la medianoche en los dos días que he mencionado. Si no vengo por ustedes, es que el plan se canceló.

Aaron ayudó a su amigo a levantarse del suelo.

—Te envidio. Estás luchando contra nuestros enemigos y no necesitabas el permiso de Dios. —Miró a su padre.

—No, pero rezo todos los días por ti y por mi vida. —Zeev caminó hacia la puerta y se detuvo—. Tuve un sueño la otra noche en el que estaba peleando en un bosque. La nieve estaba cayendo. El bosque estaba en silencio excepto por el sonido de los disparos. Mis amigos habían muerto y yacían en los bancos de nieve; su sangre corría sobre el blanco helado. Eran como ángeles, con los brazos extendidos como alas, tan silenciosos en la muerte como la nieve que caía sobre las ramas de los pinos. Los alemanes corrían hacia mí cuando una luz cegadora brilló desde el cielo y me envolvió en su calor. Las balas rebotaron en el rayo y cayeron al suelo sin causar daño, como puntos negros en la nieve. —Hizo una pausa y se tocó el borde de la gorra—. Creo que el sueño significa que voy a vivir. Rezo para que tengas el mismo destino. Dios los bendiga a todos. —Desapareció por las escaleras.

Atónita por sus palabras, Stefa tembló ante el poder de ellas, y deseó haber tenido ese sueño.

Aaron, con el ceño fruncido y consternado por no poder unirse a su amigo, volvió a su manta cerca de la ventana. Tal vez algún día su hermano pelearía, pensó Stefa, si la maldita guerra no terminaba pronto. Pero ella se preocupaba más por Daniel. No dijo nada mientras Zeev describía el plan, sólo miró sus manos cruzadas. Ella tendría que averiguar qué estaba pensando.

Mientras tanto, su descanso laboral había durado mucho más de lo habitual. Los demás estarían preocupados.

—Tenemos que irnos —apuró Stefa.

Daniel no dijo nada mientras él y los demás la seguían por las escaleras.

Hanna trataba de imaginar por lo que estaba pasando su familia y cada día que pasaba sin hacer nada la atormentaba. Esperar era como una locura a fuego lento. Sin embargo, la estrategia para salvar a su familia no era como asistir a un concierto. Uno no podía comprar un boleto y luego sentarse cómodamente para esperar el espectáculo. Como en una batalla, cada detalle tenía que resolverse, cada contingencia anticiparse, cada medida y cada movimiento tenía que encajar, incluso el clima.

La fecha de marzo fue cancelada. No se presentó en el departamento de Janka ese día, una señal de que el plan había sido pospuesto. La nieve había caído durante dos días junto con un viento gélido, y el viaje era demasiado arriesgado para los neumáticos desgastados de la camioneta de Eryk. Además, Aaron y Daniel podrían navegar por los campos nevados y los ríos helados con cierta facilidad, pero su padre y su hermana se quedarían atrás. El frío cortante los expondría a la congelación en cuestión de minutos.

En retrospectiva, se preguntó por qué había considerado ese mes. Cualquier día de marzo era susceptible a los cambios de clima, pero la respuesta fue fácil: esperaba sacar a su familia más temprano que tarde. Hanna se encontró llorando en momentos extraños durante el día y por la noche, antes de retirarse al desván de los Rybak, debido a la presión de sus compromisos. Ella siguió adelante lo mejor que pudo. Sus entrenadores le habían advertido que podría experimentar tales sentimientos.

Debido a que Eryk había preparado la bicicleta para transportar equipos, alternaba las transmisiones entre la granja abandonada y los campos apartados, y a menudo enviaba mensajes desde las zarzas o al abrigo de los árboles caídos. Los alemanes aún monitoreaban las transmisiones, por lo que no se podía subestimar la precaución. De hecho, llegaban informes de otros agentes de que la Wehrmacht avanzaba hacia Varsovia en grandes cantidades, incluidos ucranianos que habían jurado lealtad a los nazis.

Abril parecía más prometedor, con días soleados y un clima más cálido, pero como recordaba de su infancia, esos días solían estar seguidos por una lluvia fría y, a veces, nieve. El pronóstico del tiempo para el día 17 estaba nublado con periodos de lluvia durante la noche. La lluvia era buena y obligaba a todos a entrar, excepto a aquellos que tenían que permanecer afuera. La lluvia oscurecía los rostros y las formas de los resistentes detrás de sus velos acuosos.

En ese día nublado, ella y Eryk cargaron la camioneta con provisiones para las cuatro personas que harían el largo viaje a través de Polonia, hasta el centro del floreciente movimiento de resistencia en Eslovaquia. A partir de ahí, esperaba que su familia encontrara el camino a Inglaterra en barco, de Grecia a Portugal y luego a Inglaterra. Hanna también consideró la posibilidad de que tuvieran que viajar a través del territorio ocupado por los nazis a España y luego a Lisboa, o permanecer con los partisanos hasta que pudieran obtener documentos falsificados y garantías de seguridad antes de continuar.

Estaba más nerviosa que nunca. Saltar en paracaídas a Polonia no fue nada comparado con la angustia desgarradora que sentía. Picoteó el desayuno que Julia había preparado, mientras un miedo paralizante invadía cada poro, nublando su mente y ralentizando sus movimientos. Eryk intentó calmarla mientras cargaban la camioneta. Había construido una tarima falsa que se elevaba unos escasos centímetros sobre los rostros de los fugitivos. Con comida y armas escondidas en la cama también, tendrían que acostarse con los brazos cruzados sobre el pecho, con rifles a su lado, mientras la lona, las ramas de árboles y algunos sacos de papas los ocultaban de los nazis. Eryk perforó unos pequeños agujeros en la madera para que entrara aire fresco.

—Mientras todos estén tranquilos y los alemanes no se pongan demasiado entrometidos, todo debería salir según lo planeado —explicó él, mientras levantaba la lona y le mostraba qué tipo de inspección tendrían que hacer los alemanes para descubrir su carga ilícita. Si los encontraban, dispararían contra los nazis. No había otra salida.

—Gracias —dijo ella. Eryk había dado su pleno consentimiento para llevar a cabo el plan, excepto por sus dudas sobre un detalle—. ¿Estás segura de regresar por Janka Danek?

—Si hay otra manera, sería mejor —respondió ella—. Significaría otro viaje dentro y fuera de la ciudad, y si algo sale mal… no sería bueno para ninguno de nosotros.

Ella percibió por el tono de su voz que no estaba entusiasmado por ocultar a la mujer polaca, que el riesgo podría no valer la pena. Hanna repasó los detalles una y otra vez en su mente. Todos los desastres posibles se formaron en sus pensamientos mientras intentaba concentrarse en la tranquila determinación que exigían Rita Wright y sus entrenadores de la SOE. Se preguntó cómo estaría Phillip; la posibilidad de volver a verlo, de una vida más allá de la guerra, aquellos pensamientos le quitaron un poco los nervios, aunque los mismos eran derrotados fácilmente por los escenarios catastróficos.

La primera prueba llegó pronto cuando Eryk tomó una ruta secundaria a Varsovia y fueron detenidos por guardias afuera de la ciudad.

Los alemanes detuvieron la camioneta con sus rifles en alto y les hicieron señas para que se bajaran. Como Eryk había hecho el viaje tantas veces, conocía a algunos guardias, pero hoy era diferente. Un grupo de hombres que no reconoció estaba frente a ellos. Hanna se armó de valor.

—Salgan de la camioneta —ordenó uno. Era un hombre brusco, bajo, de mejillas rubicundas y obviamente orgulloso de su poder sobre los demás. Su abrigo estaba abierto, pero las capas de insignias que decoraban su uniforme indicaban que era un oficial superior.

Hanna tomó su bolso y bajó del vehículo. El cuerpo del camión ahora la separaba de Eryk. «Divide y vencerás».

Otro alemán se acercó a ella desde la parte delantera del camión.

—Documentos.

Ella abrió su bolso, permitiendo que el guardia mirara dentro, y luego sacó sus documentos. Él los estudió cuidadosamente, mirando cada página, y luego se los devolvió.

—¿Su esposo trabaja como chofer para el Reich?

Ella respondió en alemán.

—Sí. Stefan. Voy a encontrarme con él.

—¿Por qué estás con este hombre?

—Mi esposo se fue a trabajar temprano desde Leoncin. *Herr* Rybak, siendo un buen amigo del Reich, se ofreció a llevarme a la ciudad. Con la cantidad de oficiales estos días, mi esposo está muy ocupado. —Apretó la mandíbula, pero le agradó que su respuesta sonara realista y no forzada.

—Ya veo. —El soldado miró dentro de la cabina antes de unirse al oficial superior, que estaba inspeccionando la caja de la camioneta.

—¿Por qué tienes todo esto? —preguntó el oficial, levantando la lona e inspeccionando la madera debajo.

—He estado limpiando en mi granja, no tuve tiempo de sacarlos. Greta me pidió que la llevara a la ciudad para encontrarse con su esposo. Otros soldados me conocen, pero no están aquí hoy. Cultivo y entrego alimentos para las tropas.

El oficial miró al otro soldado y asintieron.

—Está bien. ¿Regresarás por aquí?

—Sí, pero no hasta la noche. Es mi día de hacer rondas y recolectar pedidos.

—Continúen —dijo el hombre bajo, haciéndoles señas para que avanzaran.

Ambos subieron a la camioneta y se acomodaron contra el asiento. Mientras se alejaban, Hanna exhaló y observó a través de la ventana trasera cómo los soldados se desvanecían a la distancia.

Eryk se giró hacia ella.

—¿Lo ves? No había nada de qué preocuparse.

Ella asintió, aliviada de haber pasado el puesto de control.

Eryk la dejó en Krochmalna después de confirmar su cita en el departamento de Janka Danek, treinta minutos después de la medianoche. Después de hacer sus rondas, planeó pasar la tarde en la casa de un partisano en la ciudad, asegurando la camioneta detrás de una puerta.

La ejecución del plan tenía que ser impecable, y todas sus facultades debían estar agudizadas cuando llegara el momento. Era peligroso estar en la calle. Los alemanes seguían aplicando un toque de queda en el lado ario, aunque los residentes polacos podían evitar la detención si su comportamiento no era sospechoso o si iban acompañados por un residente alemán. Si era necesario, Hanna se jugaría esa carta.

El día pasó lentamente. Janka tenía en sus manos el coñac y el polvo para dormir, junto con los *zlotys* falsos. Las instrucciones de Janka eran abrir la botella cuando Karol llegara a casa del trabajo. Probablemente estaría medio borracho para ese momento de todos modos. Si *Herr* Mueller estaba con él, también tomaría una copa.

Pasó la mañana vagando por la ciudad, recorriendo el gueto para estudiar la entrada de la calle Geòsia, buscando guardias y lugares donde su familia pudiera esconderse. Hanna se recompensó con un almuerzo tardío en una cafetería en la sección alemana de Varsovia, mientras intentaba sacudirse los nervios. Los cielos se estaban oscureciendo debido a una lluvia ligera cuando finalmente se aventuró a salir, buscando la vela en la ventana delantera de Janka que indicaba que todo estaba despejado.

Hanna la vio poco después de las nueve.

Subió los escalones despacio, pendiente de cualquier sonido que pudiera indicar peligro. Al no escuchar nada sospechoso, llamó a la puerta.

Janka abrió un poco la puerta y la arrastró adentro rápidamente. Karol yacía despatarrado en el sofá verde, con la cabeza echada hacia atrás, drogado, con los brazos flácidos a los costados. La botella de coñac, tres cuartos menos llena, estaba sobre la mesa.

—Lo hice —susurró Janka—. Se bebió dos vasos, rápidamente.

—Eso debería dejarlo noqueado hasta la mañana —dijo Hanna—. ¿Dónde está su pistola?

—Donde suele guardarla cuando está en el sofá: entre los cojines. No he querido tocarla.

El cuerpo de Karol bloqueaba la hendidura donde descansaba el arma. Hanna levantó su brazo y luego lo dejó caer hacia atrás como si el hombre estuviera muerto.

—Realmente lo noqueó. Se despertará con un fuerte dolor de cabeza. —Hanna hizo rodar a Karol sobre su costado, metió la mano entre los cojines y encontró el arma—. Me llevaré esto. —Comprobó si estaba cargada y luego la guardó en su bolso.

Janka se hundió en una silla en la mesa de la cocina y juntó las manos.

—¿Está bien? —preguntó Hanna—. Quince minutos es todo lo que pido, y luego nos vamos. Estaré fuera de su vida para siempre, si así lo desea.

—Eso es lo que temo. —Una tristeza repentina oscureció su rostro—. Estas son mis últimas horas en este departamento. He tomado mi decisión.

Hanna se sentó frente a ella y observó cómo los dedos de su amiga tiraban nerviosamente.

—Buscaré refugio en la iglesia por la mañana —dijo Janka—. Si mi sacerdote no me acoge, encontraré un hotel. Tengo un poco de dinero extra.

Hanna se inclinó hacia ella.

—Después de que ejecutemos el plan, puede venir a la granja de los Rybak conmigo. Será peligroso, pero hay suficiente espacio en el desván para dos. No puede quedarse aquí. ¿Tiene amigos o parientes que pudieran acogerla?

Janka negó con la cabeza.

—No. Eso sería más peligroso que ir a casa de los Rybak. Karol me localizaría. —Miró a su marido, que gimió levemente y movió las piernas—. Primero, probaré en la iglesia. Si eso falla, le enviaré un mensaje de algún modo.

—Bueno, sólo tenemos que esperar dos horas y media más y luego rezar para que todo salga bien.

—Zeev me dijo que le dieron permiso para acompañar a su familia a la frontera. Es un joven generoso y un verdadero patriota.

Un pinchazo de alarma apuñaló a Hanna. No había considerado que el combatiente de la resistencia los acompañaría, pero, en general, su presencia sería bienvenida. Zeev sería una protección adicional para su familia, así como una guía competente. El truco sería ocultarlo, muy probablemente bajo los adornos y la lona.

Hanna ayudó a Janka a recoger sus cosas mientras vigilaban a su esposo. El tiempo pasó mientras trabajaban.

Se aproximó a la ventana cuando se acercaban las 11:30 y contempló su antiguo edificio de departamentos, enmarcado por el oscuro vacío de los edificios destruidos. La lluvia golpeaba contra la ventana y caía en gotas a través de la neblina de las farolas.

—Es hora —le dijo a Janka—. Si no regresamos en una hora, significa que algo salió terriblemente mal. Sólo tendremos unos minutos en la puerta. Se cambiarán aquí y luego nos iremos de la ciudad.

—Preparé uno de mis vestidos para Stefa y algunas camisas y pantalones de Karol para los hombres.

Besó a Janka en la mejilla.

—Sé valiente…, y gracias. —Miró a Karol; su pecho subía y bajaba en un profundo sueño—. Es un hombre triste. No tiene idea de lo que está a punto de perder.

Janka cerró la puerta tan silenciosamente como la había abierto.

Hanna huyó en la noche lluviosa, adentrándose en las sombras mientras corría hacia el gueto.

—Les dije a los alemanes que fumaran dos o tres cigarros —le explicó el alto policía polaco mientras la lluvia goteaba de su gorra—. Tenemos veinte minutos, pero yo sólo contaría con diez. ¿Tienes el dinero?

—Ochenta mil *zlotys* en billetes de quinientos.

—¡Quinientos! —exclamó el policía—. ¿Qué voy a hacer con esos billetes grandes?

—Romperlos —respondió Hanna, mirando hacia el edificio del gueto donde los oficiales alemanes invisibles fumaban fuera de la lluvia, y luego buscando en las calles cualquier señal de su familia—. No obtienes nada si te echas para atrás. —Levantó el doble fondo de su bolso, sacó los billetes envueltos en las cantidades requeridas y los agitó frente a él.

—¿Dónde están? —preguntó él nervioso—. El chico lleva media hora ahí.

Sabía que se refería a Zeev.

—¿Cuánto te pagó?

—Dos mil, pero la mayor parte fue para los alemanes por abrir la puerta y mirar hacia otro lado. Obtendrán más dinero cuando regresen. Les dije que dejaría que un polaco rico abandonara el gueto.

Hanna asintió.

—No es un mal salario para una noche. —Captó algo con el rabillo del ojo, y una sonrisa apareció en su rostro cuando cinco figuras oscuras se acercaron bajo la lluvia. Tenía que controlar sus sentimientos. Ahora no era el momento para un regreso a casa lleno de lágrimas. Su trabajo consistía en sacarlos por la puerta y llevarlos al lado ario lo más rápido posible.

El policía también los vio y abrió las dos puertas que los conectaban. En cuestión de momentos, estaban parados frente a ella en el lado ario. No podía creer que su padre, su hermano, su hermana y aquellos hombres que realmente no conocía estuvieran frente a ella. La velada no había terminado, pero ella los había liberado del gueto.

—¡Váyanse rápido! —dijo el policía.

Stefa abrazó a Hanna; el rostro de su hermana lucía pálido en la luz turbia.

—Daniel y yo nos quedamos.

—Yo también debería —dijo Aaron—. No es justo. Zeev, diles.

—No hay nada que decir —dijo Stefa—. Debes cuidar a papá y vivir para continuar con el nombre de la familia. Esa es tu tarea.

Aaron abrazó a Daniel y Stefa.

—Lucharé, lo prometo. Volveré por ustedes.

—Váyanse —los instó Stefa; la lluvia goteaba por su rostro y ocultaba su dolor.

Hanna tomó a su hermana.

—¿Por qué? Tienes que venir, te matarán, he trabajado durante meses para sacarlos.

—No puedes entender lo que ha pasado aquí —dijo Daniel—. El dolor y el horror que hemos visto, tenemos que luchar para honrar a los muertos.

—Tienes que irte, Stefa —exclamó Hanna, conteniendo las lágrimas.

Su hermana se apartó.

—Me quedo con mi futuro esposo. Vayan con las bendiciones de Dios.

—Dense prisa —susurró el policía con dureza, mientras Daniel y Stefa volvían a cruzar las puertas que, inmediatamente, se cerraron,

En segundos, luego de despedirse brevemente de su hermana, la pareja desapareció en la oscuridad.

Hanna le entregó al hombre cuarenta mil *zlotys*.

—Acordamos ochenta mil —exigió, llevándose un silbato a la boca y amenazando con hacerlo sonar.

—Veinte extras por tu esfuerzo y eso es todo —replicó Hanna, empujando los billetes adicionales en sus manos—. Ni una palabra. La Gestapo estaría muy interesada en lo que has estado haciendo.

El policía guardó el dinero en el bolsillo y regresó a la puerta.

Hanna se los llevó, conmocionada por la negativa de su hermana a marcharse. Zeev los siguió mientras se dirigían hacia el sur, hacia Krochmalna, entrando y saliendo de las sombras, usándolas, en la noche húmeda, como protectores. Nunca había estado tan contenta de ver llover. Las gotas ocultaron sus lágrimas.

El viaje al departamento de Janka fue muy parecido a un juego de escondidillas para niños. Observó guardias en los mismos lugares que había descubierto el día anterior. Los fugitivos corrieron a través de los escombros de los edificios destruidos; un camino difícil, pero los escombros los ocultaban a los ojos de los alemanes. Zeev tomó la delantera, fungiendo como observador mientras Hanna lo seguía.

Después de correr a través de Krochmalna, llegaron a casa de Janka pasada la medianoche. Hanna miró su reloj. Se suponía que Eryk llegaría en quince minutos y se pondrían en marcha. Karol farfulló en el sofá, de espaldas a la habitación.

Janka les dio pan tostado y agua. Izreal y Aaron se cambiaron con la ropa que Janka había dispuesto, y estuvieron listos en minutos. La ropa de Stefa y Daniel se quedó sobre la cama.

—Llévanos hasta el río Pilica y los llevaré a Ostrava —le dijo Zeev a Hanna mientras esperaban en la mesa de la cocina—. Es más seguro cerca del agua.

En el tiempo que les quedaba, Hanna estudió a su padre y a su hermano y la vista le resultó inquietante. Era como si estuviera mirando a dos personas que eran sombras de sí mismas. Ambos eran delgados, casi irreconocibles. Su padre había perdido más peso desde que lo había visto en la calle cerca del Palais. Los dos hombres engulleron la comida que Janka les había dado y luego se sentaron a la mesa de la cocina con la cabeza agachada, como animales desorientados liberados de una jaula.

La frágil dureza que había crecido entre Hanna y su padre a lo largo de los años seguía presente. Quería abrazarlo, pero no estaba segura de si aceptaría el gesto o incluso si lo apreciaría. Su hermano se había convertido en un hombre; solía ser un niño no hacía mucho tiempo.

—Gracias por esto —le dijo Izreal a Janka, levantando la mirada brevemente de la mesa.

—De nada… Conocer a su familia ha sido el único punto brillante para mí en esta guerra tan oscura.

—Es hora —dijo Hanna—. Hay que ir bajando. Regresaremos.

—No. —Los ojos de Janka estaban llenos de una determinación ardiente—. Debe hacer su trabajo, no se molesten por mí. Iré con mi sacerdote. Yo oraré por usted y usted orará por mí.

Hanna sabía que no debía rogarle a su amiga; se había preparado para enfrentar esta pérdida, si era necesario. Abrazó a Janka y la dejó con su marido dormido.

Hanna y los hombres bajaron sigilosamente las escaleras. Ella abrió un poco la puerta y vio a Eryk sentado en la camioneta mojada por la lluvia, con el motor y las luces apagadas.

—Hay un escondite incómodo en la plataforma de la camioneta —les indicó a su padre y a Aaron—. Hemos empacado mochilas y armas allí también.

Tan pronto como abrió la puerta, Eryk salió y corrió hacia la parte trasera de la camioneta. Abrió el panel de madera y ayudó a Izreal, que había endurecido su cuerpo, delgado como una tabla, a maniobrar hacia el escondite. Su padre gimió un poco, mientras se retorcía sobre su espalda. Aarón lo siguió de la misma manera.

—¿Qué pasó con los otros? —preguntó Eryk.

—Se quedan —respondió Hanna tan estoicamente como pudo—. Zeev acompañará a mi padre y a Aaron.

—Me quedaré debajo de la lona —dijo el joven partisano. Pásenme uno de los rifles.

Eryk tomó una de las armas que recubrían el compartimiento y se la entregó a Zeev. El joven combatiente apartó las ramas de los árboles y se colocó con la cabeza cerca del extremo de la camioneta. Eryk selló el panel, ocultando a Izreal y Aaron. Él y Hanna se subieron al cálido transporte.

Eryk hizo girar la camioneta desde el bordillo, encendió las luces y aceleró hacia el oeste por Krochmalna.

—Tendremos suerte de lograrlo —dijo él.

—Lo lograremos. —Hanna miró a través del parabrisas mientras la lluvia caía sobre él. Pasaron unos cuantos guardias alemanes tan rápido que los hombres no tuvieron tiempo de reaccionar. Eryk giró por varias calles laterales para variar la ruta antes de regresar a Krochmalna.

Pronto estuvieron en el puesto de control donde los habían detenido la mañana anterior.

—Problemas —dijo Eryk—. Pensé que ya se habrían ido.

—Los subestimas.

Una barricada de madera bloqueaba el camino, una estructura sobre cuatro patas de madera que el camión podía derribar fácilmente.

—Será mejor que nos detengamos —comentó Eryk—. Nos perseguirán si lo atravesamos.

—Déjame manejar esto —respondió Hanna, sacando la pistola de Karol de su bolso y colocándola a su lado.

Cuando se acercaron a la barrera, tres soldados salieron de un sedán estacionado al costado de la carretera. Uno de ellos era el oficial bajito y de mejillas rubicundas que habían visto antes.

El alemán se acercó a la ventana. Hanna bajó el vidrio.

—*Hallo, Offizier* —dijo, y le sonrió al hombre.

Él los recordaba.

—Regresaron, pero llegan tarde. —Agitó la luz de su linterna eléctrica hacia la cabina—. Bajen de la camioneta. Inspeccionaremos todo. —Dio un paso hacia atrás.

Hanna se asomó por la ventana.

—*Offizier?*

—*Ja?* —preguntó él, mientras volteaba a verla.

Ella sacó la pistola de su costado y le disparó un tiro en la cabeza. La sangre salpicó cuando el hombre cayó al suelo. Tomado por sorpresa, un segundo soldado corrió hacia ella, levantando su rifle. Ella disparó primero, dándole dos veces en el pecho. Zeev se levantó de su posición bajo la lona y le disparó a un tercer alemán en la nuca, quien cayó de bruces en el camino.

—Perfecto —dijo Eryk. Golpeó con el puño el cristal trasero y Zeev se metió debajo de la lona. Movió la camioneta lentamente hacia delante, apartando la barrera del camino hasta que pudo acelerar. Cuando estuvieron bien alejados del tranque, agregó: Tendremos que regresar por los caminos secundarios a la finca. Espero que estén todos muertos.

—Lo están —contestó Hanna. No sentía culpa, ni remordimiento, ni dolor en el estómago más que por el hambre. Había sido entrenada para matar, y su primer asesinato fue más fácil de lo que pensaba, como aplastar un molesto insecto, o librarse de alimañas: una acción desagradable pero necesaria.

Aceleraron hacia el sur unos cincuenta kilómetros hasta que llegaron a un punto donde el camino era paralelo al Pilica. El río yacía en la distancia, una franja negra como la tinta que atravesaba un terreno llano flanqueado por hierbas muertas, árboles y arbustos salpicados de motas negras de hojas en ciernes.

Eryk apagó las luces del camión, se detuvo en un campo y bajó de la cabina. Zeev ya se había arrastrado debajo de la caja. Eryk abrió el panel e Izreal y Aaron salieron.

—Las mochilas contienen comida para aproximadamente una semana, si la administran con prudencia —les indicó Eryk—. Tienen sus armas. Llévense las extras también.

—Padre —exclamó Hanna—, ojalá tuviéramos más tiempo.

Izreal abrió los brazos y ella cayó en su abrazo.

—Después de la guerra —dijo—, tendremos más tiempo. ¿Dónde deberíamos encontrarnos?

—En Londres, espero. Los agentes te llevarán allí.

Aaron besó su mejilla.

—Es bueno verte de nuevo, Hanna. Me aseguraré de que papá esté a salvo, pero de alguna manera, en algún lugar, lucharé.

—Ya llegará tu momento —respondió ella—. Cuídalo bien. —Volteó hacia Zeev—. Contáctame cuando lleguen a Ostrava. Vayan a través del contacto de la SOE en Praga si es necesario. Y gracias por tu ayuda.

Él asintió.

—No tienes que agradecerme. A esto me dedico. Deberíamos irnos.

Le entregó a Zeev los veinte mil *zlotys* extra y luego volvió a la camioneta. Ella y Eryk observaron cómo los tres hombres atravesaban el campo lóbrego y desaparecían entre las siluetas oscuras de los árboles que bordeaban el río.

—Dios esté con ellos —susurró para sí misma, y luego, por primera vez en muchos años, lloró por lo que había perdido en Varsovia.

CAPÍTULO 23

Abril de 1943

Janka se había envuelto en mantas calientes y había dormido hasta el amanecer. Karol se agitaba en el sofá, pero parecía incapaz de mover la cabeza sin estremecerse.

Era hora de irse. Recogió su bolso y, sin preocuparse por el desorden que había dejado en el dormitorio, o las ollas sucias que aún estaban en la estufa, besó a su esposo en la frente y salió por la puerta. Qué guapo había sido cuando se casaron, y en qué monstruo se había convertido. Pero ella no tenía ningún deseo de matarlo, o incluso de odiarlo más. Dios la estaba llamando a la iglesia. Su vida, de ahora en adelante, estaría dedicada a alguna forma de servicio en Su nombre, si el sacerdote aceptaba su oferta.

Por primera vez en años, caminó por Krochmalna con la cabeza en alto, sin importarle si los guardias alemanes la detenían. Tenía sus papeles y una razón para estar fuera. No la derrotarían.

«Voy a dar un paseo. Mi esposo conoce a *Herr* Mueller. Ahora, váyanse».

Nadie la detuvo mientras salía el sol, y su paso era confiado y seguro mientras se dirigía a la iglesia. Incluso su golpe en la puerta de la rectoría tan temprano en la mañana resonaba, lleno de vida.

El sacerdote que había conocido durante muchos años respondió, abriendo lentamente la puerta hasta que pudo ver su rostro asomándose por el borde.

—¡Janka! —exclamó con sorpresa—. Estoy en camino a hacer mis oraciones matutinas. ¿Pasa algo malo?

—¿Puedo pasar?

—Por supuesto —dijo él, abriendo la puerta para dejarla pasar, y revelando su sotana negra y su cabello gris recién peinado. Él la dirigió a un asiento en el pequeño departamento. Se sentó en una silla rígida de madera frente a una pequeña chimenea de piedra. La habitación estaba oscura, iluminada por algunas velas. De las paredes colgaban los sombríos cuadros de San Sebastián acribillado por flechas y San Miguel pisoteando a Satanás. Un crucifijo yacía en lo profundo de la penumbra.

—He venido a pedirle un favor, padre. —Hizo una pausa, repentinamente insegura de cuál sería su respuesta. ¿Y si él se negaba?

—¿Sí? —Se sentó frente a ella, junto a una mesita en la que había una licorera de cristal y dos copas de brandy.

—Necesito asilo…; un hogar…

—¿Por qué? ¿Dónde está tu marido? ¿Cuál es su nombre? ¿Karol? No lo he visto en la iglesia en muchos años.

—Karol quiere matarme.

El sacerdote pronunció:

—Nunca. —Se inclinó hacia ella—. Qué cosa tan terrible dices sobre tu esposo. ¿Estás segura? ¿Qué te hace pensar eso?

—Él odia a los judíos. Me entregará a los nazis si vuelvo a casa…, me matará o moriré en manos de los alemanes. —Se miró los dedos temblorosos—. Ayudé a unos judíos a escapar del gueto.

Él la miró como si no creyera lo que estaba diciendo. Entonces, su escepticismo se convirtió en un ceño fruncido. Ella le contó sobre su asociación con una mujer que rescató a la familia judía y cómo había drogado a su esposo casi hasta el punto de envenenarlo. Ella describió a los socios comerciales nazis de Karol y cómo había matado judíos en la Umschlagplatz… por dinero…, por deporte.

—¿Me ayudará, padre? —preguntó cuando terminó.

Él cruzó las manos y miró hacia el suelo.

—Debo rezar por esto.

—Trabajaré para la iglesia. Haré cualquier trabajo.

Él se levantó de su silla y se paró frente a ella, poniendo una mano suavemente sobre su hombro.

—Algunos católicos están preocupados por lo que les está pasando a los judíos. Debes guardar este secreto en lo más profundo de tu corazón y estar segura de tu decisión, no porque tengas miedo o no tengas a dónde ir. Hay otros lugares para esconderse.

Ella sujetó su mano.

—Padre, esto es lo que quiero.

Él soltó su mano, volvió a su silla y se sentó a meditar en silencio durante unos minutos.

—Hay una hermana de Dios llamada Marejanna Reszko en Ignaców. He oído que ella ha hecho sacrificios similares a los tuyos al servicio de Nuestro Señor. Puede que ella te acoja y, bajo su cuidado, podrías servir en su hogar. Eso es lo mejor que puedo ofrecer. No hay lugar para ti en el noviciado.

Janka sintió que su espíritu se aligeraba, y la habitación pareció llenarse de alegría y luz del sol.

—Entiendo. Los placeres carnales me han manchado. El divorcio sería el menor de los castigos de Karol sobre mí, pero si puedo ayudar a las hermanas, estaría feliz y agradecida por el refugio.

—Rezaré por ti. Mientras tanto, debes permanecer escondida aquí. Hay una habitación en el sótano. Traeré comida y agua. Quédate aquí hasta que yo regrese.

Salió por una puerta que conducía a la iglesia, dejándola sola, mirando las velas parpadeantes y las pinturas místicas que adornaban la habitación.

Se tapó la boca con las manos y lloró cuando una liberación inesperada se apoderó de ella. Estaba a salvo y libre, y nunca volvería con su marido. Le esperaba una nueva vida, tal vez un nuevo nombre. Eso lo sabía, tan cierto como que Cristo era su salvador.

Cuando despertó el domingo por la mañana, Stefa sintió como si haber visto a su hermana hubiera sido un sueño. Ella y Daniel se

420

habían escabullido al ático bajo el escudo de la lluvia y la oscuridad, y se habían refugiado cerca de la ventana del ático en lugar de despertar a los que estaban en el búnker.

Habían dormido separados, como de costumbre. Mientras el amanecer se filtraba, ella pudo estudiar su rostro y recordó la fuerza que él, como su futuro esposo, le había dado. Hoy sería el día de su boda. El rabino Meisel los casaría en la habitación debajo del ático y serían marido y mujer para siempre, hasta la muerte.

Cuando le dijo a su padre que iban a casarse, Izreal no puso objeciones y les tendió las manos a los dos, ofreciéndoles su bendición. Ella derramó lágrimas sobre sus dedos y los besó.

Daniel había decidido, semanas antes, que se quedaría en el gueto. Quería luchar o morir como judío, y ayudar a los que quedaban. Stefa lo había sospechado cuando Zeev les contó sobre el plan de Hanna y Daniel se quedó en silencio. Aunque no lo dijo, sobre él pesaba la venganza por la muerte de sus padres. Él no la presionó para que se quedara, pero después de la bendición del matrimonio, no tuvo otra opción. Después de su propuesta, ella nunca lo habría dejado, sin importar lo que pasara.

Izreal había llorado cuando anunciaron que se quedaban para luchar, pero su padre estaba demasiado débil, demasiado abatido por los crueles años del gueto, para expresar una objeción. A Aaron, por otro lado, tuvieron que convencerlo, una vez más, de dejar el gueto, para proteger a su padre, para continuar con el apellido familiar, para tener su propia vida como esposo y padre. Nunca dudó que su hermano lucharía contra los nazis después de que salvaran a su padre, si no en el gueto, en algún lugar del mundo.

Lamentaba haber tenido tan pocos minutos con Hanna, pero el destino así lo había decidido. Tal vez, después de que terminara la guerra, se encontrarían y hablarían de matrimonio e hijos, e incluso de los años perdidos después de que Hanna los dejó para irse a Inglaterra.

La luz cayó sobre la cabeza de Daniel y ella se acercó, acariciando su mejilla barbuda y su cabello, hasta que él se despertó sobresaltado.

Después de que el impacto pasó, se estiró y le sonrió.

—Hola, esposa mía. ¿Lista para casarte?

Ella quería besarlo, pero en cambio, puso su mano sobre la de él.

—Sí.

—Después de comer, nos prepararemos para la boda.

—No hay mucho que hacer. Usaremos la misma ropa vieja. —Se pasó las manos por el vestido azul con manchas que había usado tantas veces el año pasado, cuando otras prendas habían envejecido sin posibilidad de repararlas.

—Tu padre nos dejó un poco de dinero, además de la plata y sus cuchillos en caso de que necesitemos venderlos. ¿Te gustaría usar alguna pieza de la joyería de tu madre?

—Sólo una pieza, un broche de plata en forma de pájaro.

—Sí —añadió él, levantándose sobre los codos—. Póntelo. Es el espíritu que necesitamos mientras observamos la Pascua, nuestro vuelo hacia la libertad.

Las lágrimas llenaron sus ojos y nublaron su visión.

—Te amo. Me siento tan feliz, pero tan triste. Estoy lista para una nueva vida contigo, y estoy dispuesta a enfrentarlos, a luchar.

Él secó sus lágrimas con suavidad.

—Aprecia lo que tenemos ahora, nada más. Dejemos el mañana para mañana.

—Está bien, comencemos con el festín de la boda —dijo ella, plenamente consciente de la ironía de sus palabras.

Bajaron la escalera y descendieron a la habitación que llamaban su departamento. Un combatiente de la resistencia les había dado una pequeña tetera con sopa de papa y pan sin levadura.

Stefa calentó la comida y Daniel la bendijo. Comieron con una sonrisa en sus rostros, esperando su matrimonio esa tarde.

La boda que había imaginado era imposible y, aunque contenía las lágrimas y luchaba contra el pesar que ardía en su corazón por su familia desaparecida, alabó a Dios por sus bendiciones y el regalo del matrimonio con su esposo elegido.

El sol había atravesado las nubes. El día era brillante y alegre si uno imaginaba una existencia más allá del gueto, en una nación que todavía disfrutaba de la libertad. Aunque en el calendario ya había pasado el mes de Adar, la promesa de la primavera y de la nueva vida se mantenía constante, sin importar lo que planearan los nazis. La muerte no podía evitar que el mundo siguiera girando, el cambio de las estaciones, la siembra y la cosecha. Se imaginó los mirlos revoloteando en las hojas verdes nuevas del parque Saski, dirigiendo sus ojos amarillo pálido al suelo en busca de semillas.

Si no hubiera sido prisionera en el gueto, la ceremonia de la boda habría tomado un rumbo más feliz: días de baile y canto, adornados con solemnidad y juegos. Se habrían servido abundantes raciones de vino y comida. Sus padres ya habrían decidido el destino de sus hijos y asuntos importantes como la dote, una pensión para el novio y el *kesubah*, el contrato de matrimonio. En épocas anteriores, esos artículos se habrían dejado al *shadchan*, el casamentero, con la aprobación de los padres. Ese emparejamiento era una de las razones por las que su hermana había abandonado a la familia.

Habría elegido su vestido de novia después de los comentarios, sugerencias, argumentos y aprobaciones finales de Perla y Hanna. El traje, los zapatos y el sombrero nuevos de Daniel serían la envidia de la multitud. Ella aceptaría su anillo de oro como símbolo del círculo duradero de su matrimonio; la copa de boda simbólica se rompería; un coro de *mazel tovs* estallaría en el salón; el arroz caería sobre ellos y luego, bailarían y cantarían en familia antes de consumar su unión.

Pero nada de eso había ocurrido. Se encontraba sola en el ático, mirando los restos de un espejo roto mientras Daniel se vestía abajo. Stefa se había lavado con un paño mojado en un balde de agua fría y también había logrado quitar algunas de las manchas de su vestido. Se secó en la ventana. El gueto estaba tranquilo, pero las calles sin ruido le recordaron que esa serenidad era temporal, una fachada que se desmoronaba; los terribles rumores que circulaban prometían más muertes y represalias por parte de los alemanes. La extinción de los judíos del gueto estaba en manos de los nazis.

Voces apagadas se alzaron desde el piso de abajo, seguidas de un golpe en el techo: la señal de que era momento de que comenzara la ceremonia.

Stefa bajó la escalera y descendió de espaldas a los que estaban en la habitación. Se dio la vuelta para encontrar a Daniel usando un chaleco negro sobre una camisa blanca, y una kipá que cubría la coronilla de su cabeza. De pie junto a él estaba el rabino Meisel, un hombre delgado pero ágil de más de sesenta años. Stefa pensó que sus rasgos eran algo severos y se preguntó si siempre había sido así, o si los años en el gueto lo habían endurecido, como a otros. Su larga barba blanca oscurecía su cuello y descansaba sobre su pecho; había arriesgado mucho para mantener una barba que provocaba la ira de los nazis. Un sombrero negro con una parte superior redondeada y un borde tipo fedora descansaba sobre su cabeza. Un hombre que no conocía, que parecía tan religioso como el rabino, estaba de pie junto a Daniel.

Stefa encendió una pequeña vela y se la llevó a Daniel.

—Encontraste el broche —dijo él, con los ojos fijos en ella.

—Sí, es una paloma. —Ella tocó la figura plateada en pleno vuelo y le sonrió.

—Ha llegado el momento —indicó el rabino, mientras los llamaba hacia delante.

Ella deseaba poder flotar en olas de alegría, como la mayoría de las novias. Colocó el cirio en el suelo, dejando que la llama se extinguiera cuando comenzaron las palabras y las oraciones. Su futuro estaba en la vela, tan breve, tan parpadeante, tan temporal como el día antes de que descendiera a la noche. Incluso el suelo en el que se encontraban contenía la evidencia de vidas perdidas: la menorá, la plata familiar y las armas escondidas debajo de la madera. ¿Qué había pasado con la felicidad? ¿Podría olvidar por un momento lo que estaba pasando fuera de la habitación donde estaban?

El rabino y el hombre, un maestro en estudios rabínicos, crearon una jupá improvisada.

—Tendrá que bastar —les dijo, mientras la pareja levantaba una sábana blanca sobre sus cabezas, que revoloteó brevemente sobre ellos antes de flotar hasta el suelo en un montón blanco.

El rabino continuó y los sorprendió con el obsequio de un anillo de oro. Se lo presentó a Daniel, quien lo deslizó en el dedo de Stefa después de que ella lo aceptara. Se le hizo un nudo en la garganta cuando miró el rostro de Daniel, el atractivo hombre que la había ayudado, montada sobre las alas de amor, a atravesar esos años difíciles. No ofreció ninguna explicación de cómo obtuvo el anillo, y Stefa sabía que no debía preguntar. Demasiados habían muerto, dejando atrás sus preciadas posesiones.

—Alabado seas Tú, oh, Señor, Nuestro Dios, Rey del Universo, que creaste el gozo y la alegría, al novio y la novia. Alabado seas, oh, Señor, que alegraste al novio y a la novia. —El rabino ofreció siete bendiciones mientras ellos estaban de pie con la cabeza inclinada.

Puso un pañuelo sobre la cabeza de Stefa.

—Haz un círculo alrededor del novio siete veces. —Así lo hizo, bebiendo del amor que emanaba de Daniel al presentarse ante él.

Stefa se quitó el pañuelo de la cabeza. Daniel puso un vaso debajo de él y lo aplastó con un paso bien colocado. Luego, molió los fragmentos en el suelo.

—Durante estos tiempos oscuros, recordamos las tragedias pasadas —enunció el rabino—. A pesar de nuestra alegría, recordamos esos momentos de tristeza, conscientes de que no duran para siempre. La esperanza y el amor permanecen incluso cuando sentimos que Dios nos ha abandonado. —Levantó la cabeza hacia el cielo y murmuró una breve oración—. Y te desposaré conmigo para siempre. Sí, te desposaré conmigo en rectitud y justicia, y en amorosa bondad y compasión. Y te desposaré conmigo en la fidelidad. Y conocerás al Señor. Así ha dicho Oseas.

El rabino los miró y se quedaron un momento escuchando el silencio del día. Más allá de la ventana, el sol brillaba y se desvanecía mientras jugaba entre las nubes. Una brisa primaveral llenó la habitación y la vida parecía casi normal, casi vivible. Ella era una mujer casada.

El maestro sacó una botella de vino medio llena. El rabino les estrechó la mano y les deseó *mazel tov*. Daniel les agradeció su generosidad mientras él y Stefa bebían de la misma copa. Cuando terminaron, los dos hombres también bebieron y brindaron por una vida mejor.

Sin embargo, los ojos del rabino se volvieron sombríos cuando terminó su copa.

—Lamento tener que darles esta noticia; los ucranianos y los alemanes han rodeado el gueto. Los rumores son ciertos. No hay salida. Tienes suerte, Stefa, de que tu padre y tu hermano hayan podido escapar. Ahora sólo se puede confiar en aquellos que luchan. Deben empacar y venir al búnker por su seguridad, en su noche de bodas.

—Sí, rabino —dijo Daniel—, haremos lo que dice.

El rabino dijo una bendición final y los dos hombres se fueron después de que Daniel les pagara una pequeña cantidad de dinero.

Daniel caminó hacia la ventana y golpeó sus palmas contra el marco.

—Los nazis vienen por nosotros. Sabíamos que lo harían. No tenemos más remedio que luchar o morir.

Stefa se paró detrás de él y colocó sus manos sobre sus hombros.

—Deberíamos recoger nuestras cosas. Podrían entrar por la fuerza en cualquier momento.

—Sí —contestó él, girándose hacia ella, y levantándole la barbilla con el dedo—. Te amo.

—Yo también te amo.

Los ojos de Daniel se enrojecieron.

—Lo lamento. —Una lágrima rodó por su mejilla.

—¿Por qué? —preguntó ella, esforzándose por ser fuerte para él.

—Que sólo tengamos el ahora y no el mañana.

—Está bien —respondió ella, y lo besó—. Nos tenemos el uno al otro y siempre seré tu esposa.

Trabajaron toda la tarde en la calma que aún prevalecía, transportando las armas y los pocos elementos restantes que poseían al búnker. Se pusieron ropa sucia para el trabajo sucio, lo que significaba atravesar las escaleras varias veces y maniobrar con las armas, la plata y su ropa entre los edificios y a través del estrecho túnel. Cuando terminaron, el sol estaba bajo cielo, y Stefa estaba cubierta de mugre. Anhelaba otro balde de agua fría para bañarse.

Daniel abrió un espacio en la esquina del búnker. No era mucho, pero como no dormirían juntos como marido y mujer, el arreglo no le preocupaba. No tenían privacidad para consumar su matrimonio. El punto más importante, un metro cuadrado de espacio, estaba resuelto. Los otros ocupantes habían reclamado lo suyo: dos jóvenes que eran miembros de la ŻOB, un hombre mayor y su frágil esposa, y una mujer joven de cabello largo y negro y su bebé de seis meses.

Al caer la noche, Daniel y Stefa hicieron un viaje más al departamento para asegurarse de que no se les hubiera olvidado nada de lo que necesitaban.

Cuando emergieron entre los edificios, Stefa fue impactada por la luz de una luna casi llena que bañaba la calle. Miró los rayos plateados que caían sobre sus brazos y sintió como si hubiera salido al sol o hubiera sido liberada de la prisión del búnker. La idea de la libertad la sumió en la desesperación. Después de unos momentos, estaba sollozando al lado de Daniel. Él la hizo callar y escucharon los sonidos de la gente corriendo, haciendo preparativos mientras sus captores esperaban afuera de los muros. Todo el mundo estaba aprovechando la calma.

Subieron las escaleras hasta su antigua casa, bajaron la escalera que conducía al ático y salieron al alero. Los restos del gueto se extendieron hacia el sur, un lienzo sin sol, de edificios monótonos, bloques y recuerdos perdidos. Las almas de los muertos se habían reunido en esa noche. Stefa sintió que la arañaban mientras miraba las estrellas que se cernían sobre ella en el cielo negro. Las estrellas perdurarían durante milenios después de que Stefa se hubiera ido, pero la idea no la consolaba.

Sujetó el brazo de Daniel mientras él probaba la tabla en lo alto de la acera que conectaba los dos edificios.

—Todo bien —dijo él—. Podemos cruzar si es necesario.

—Es inútil. —Se secó los ojos con la mano—. Nunca tendremos hijos, ni siquiera deberíamos intentarlo. —Ella volteó a verlo; sus rasgos brillaban a la luz de la luna—. ¿Por qué la mujer en el búnker tendría un hijo en un momento como este? ¿Cómo puede traer un niño a este mundo, sabiendo…?

Daniel se acomodó contra la piedra.

—¿Porque estaba enamorada? ¿Se llevaron a su esposo? Nada es normal. No estamos viviendo de la forma en que se supone que deben vivir los judíos. Nos han llevado a esto. —Se apoyó contra ella—. Cuando salgamos de esto, tendremos hijos, muchos…, tantos que dirán que Dios nos bendijo más que a todas las personas. Pero no ahora.

—Sí, muchos niños —coincidió ella, tratando de ocultar su decepción.

Algo brilló en el cielo, algo demasiado pequeño para un proyectil, demasiado rápido para un avión, probablemente un grano de arena del cielo. Primero rojo y luego blanco. La cola se volvió verde cuando se evaporó en el oeste.

—Un destello, como nosotros —dijo ella.

Daniel no dijo nada, pero tomó sus manos. Más allá de los tejados, los alemanes y los ucranianos estaban reunidos…, esperando. Daniel y Stefa se sentaron durante horas en el alero, mirando el gueto, como si tuvieran todo el tiempo del mundo.

Al amanecer del 19 de abril de 1943, la víspera de la Pascua, las tropas alemanas entraron por una puerta abandonada en la calle Nalewki. Todos en el búnker se despertaron por los golpes en una pared exterior. Los dos combatientes, Daniel y Stefa, se pusieron de pie de un salto y tomaron sus armas mientras los demás se quedaban atrás.

Se arrastraron por el túnel; los dos combatientes emergieron en la calle Miła con sus pistolas y granadas, y desaparecieron hacia el este. Miła seguía desierta, y Daniel y Stefa irrumpieron en el edificio contiguo y pronto estuvieron en el alero que daba a la calle. Los disparos, así como el rugido de tanques y motocicletas, llenaron sus oídos.

—Ya comenzó —dijo Daniel, enganchando sus manos sobre el borde del techo de arriba. Era lo suficientemente alto para alcanzarlo. Se incorporó y logró apoyar la mitad de su cuerpo. Con fuertes patadas, salió a la superficie.

—Dame las armas —ordenó.

Stefa obedeció y empujó las dos Błyskawicas, con la culata por delante, hacia él.

—Toma mis manos. —Él se tumbó, se estiró por encima del techo con ambos brazos y tiró de ella a su lado. Se pararon con cautela, porque el sonido de los disparos y las explosiones había aumentado, y luego se refugiaron detrás de un pequeño cobertizo. Desde su punto de vista, podían ver la mayor parte del gueto, la Gran Sinagoga y los edificios más altos de Varsovia.

Los alemanes gritaron órdenes:

—¡Dejen sus hogares para el reasentamiento! —Nadie se aventuraba a salir a la calle. Todos sabían que obedecer ese mandato conduciría a la muerte. Poco tiempo después, un hombre de las Waffen-SS en una motocicleta llegó por la calle, como si estuviera dando una vuelta tranquila en su vehículo. Lo siguió un pequeño grupo de soldados y un tanque.

Daniel tomó la mano de Stefa.

—Ahora. —Le entregó la metralleta que había usado antes y se deslizó hasta el borde del techo. Ella lo siguió.

Las tropas se acercaban. Daniel se llevó un dedo a los labios.

De repente, una granada de impacto, lanzada desde el techo de otro edificio, explotó sobre el tanque. El vehículo se desvió y se estrelló contra una farola. La escotilla se abrió en medio de los gritos de la tripulación cuando las llamas abrasaron el tanque.

Daniel asintió.

Abrieron fuego juntos. El hombre de las SS, golpeado varias veces en el pecho, cayó cuando la motocicleta se salió de control. Las tropas sorprendidas respondieron, pero no sabían a dónde disparar y apuntaban al azar a edificios y techos mientras se agazapaban como patos en una galería de tiro.

Otro soldado cayó y lo que quedó de la unidad corrió calle abajo, dejando el tanque y a los muertos atrás.

—Se están retirando —exclamó Daniel. Besó a Stefa.

Una extraña sensación, algo así como euforia, se apoderó de ella, y se regocijó interiormente por los hombres muertos que yacían abajo. Se había derramado sangre alemana y estaba contenta. «Nunca más como corderos al matadero. ¡Nos levantaremos!».

Mantuvieron su posición mientras el sol se elevaba, pero, después de un tiempo, los disparos cesaron y volvió a reinar la tranquilidad. Daniel la ayudó a bajar del techo y descendieron a la calle.

—Mantén los ojos abiertos —indicó él, mientras Stefa estaba de pie en la alcantarilla, con una metralleta sobre el hombro. Su esposo pateó al hombre de las SS muerto y le quitó la pistola y el rifle. Las llamas llenaban el interior del tanque y la amenaza de una explosión era posible. Un hombre terriblemente quemado, que había tratado de escapar de la muerte, yacía tendido sobre la escotilla.

Cuando regresaron al búnker, el anciano y la anciana estaban celebrando con vino mientras la joven intentaba silenciar a su bebé.

—Nos va a meter en problemas —dijo el anciano—. Los nazis lo escucharán.

—No te preocupes —respondió Daniel, tomando su propio vaso—. Nos ocuparemos de los alemanes como lo hicimos hoy.

Daniel y Stefa se arrastraron hasta su rincón, agotados por el día. Cerraron los ojos y se quedaron dormidos abrazados.

Cuando despertaron, la mesa del Séder, tan básica como era, había sido puesta por la pareja. Los combatientes habían regresado. Un mantel blanco había sido extendido sobre las tablas, dos velas pequeñas y las copas que contenían vino. De alguna manera, uno de los combatientes también había logrado obtener matzá.

El Séder no se parecía en nada a los de años anteriores, cuando los platos se lavaban y apilaban, y los cubiertos y las ollas se *kosherizaban* para su uso. Su padre era un fanático del ritual. Perla habría limpiado la casa a la perfección, incluso mientras colocaba pedazos de pan para que Izreal y sus hijos los encontraran, limpiando el departamento de comida con levadura prohibida. El plato del Séder habría sido preparado meticulosamente. Este año, no hubo hueso de pierna, ni hierbas amargas, ni la mezcla de frutas y nueces, llamada *jaroses*, que adornaran la mesa, sólo los huevos asados.

A Daniel se le concedió el honor de cantar el *kiddush* después de llenar la copa. Pasaron un cuenco de agua fría para que los hombres se lavaran las manos. Después de una bendición, comenzó la lectura de la Hagadá. La joven, con el niño en el regazo, hizo las cuatro preguntas sobre la huida de Egipto, y el anciano contó la historia de las plagas.

El Séder fue interrumpido por explosiones que sacudieron la calle, haciendo temblar las paredes y que cayera polvo a su alrededor. Los alemanes habían regresado. No muy lejos, se dispararon armas y más explosiones sacudieron el búnker.

—Vamos a subir —dijo Daniel, mientras bebía un último sorbo de vino.

—Nosotros también iremos —añadió uno de los jóvenes combatientes.

Se arrastraron por el túnel y entraron en su antiguo departamento. Pronto, los cuatro estaban en el techo con sus armas.

La luna volvió a brillar sobre ellos, como si estuvieran parados frente a un reflector, pero no podían escapar de sus rayos. Los disparos estallaron y los tanques retumbaron por las calles. A pocas cuadras de distancia, el humo y las llamas saltaban de un edificio, tiñendo el cielo de naranja y negro.

Stefa señaló algo en la distancia, algo débil en medio de la luz ardiente.

—¿Qué? —preguntó Daniel.

—Allí, en la calle Muranowska. Dos banderas.

Se cubrió parcialmente los ojos con las manos, atenuando la luz del fuego. Una bandera era azul y blanca, y la otra roja y blanca.

—¡Dios mío! —exclamó uno de los combatientes—. Las banderas de los sionistas y de nuestra patria.

Se maravillaron ante la vista, tan simple, pero tan poderosa. Ninguna bandera polaca se había colgado en Varsovia desde 1939. Habían pasado casi cuatro años desde que había presenciado tal espectáculo. Su corazón se llenó de orgullo mientras miraban las banderas ondear contra los edificios. Los alemanes no habían podido derribarlas.

Las balas silbaron sobre sus cabezas, por lo que se agacharon en el techo. No sabían de dónde procedía el fuego enemigo. Se arrastraron hasta el borde y vieron sus armas en la calle.

—Les contaremos a nuestros hijos sobre esto —le dijo Daniel a Stefa.

—Dios, guíanos fuera de Egipto —exclamó ella—. Guíanos fuera de esto.

Se tomaron de la mano, a la luz de la luna, mientras esperaban para atacar a las tropas alemanas en la calle Miła.

CAPÍTULO 24

Mayo de 1943

«Dos lobos han sido capturados, pero uno escapó».

Ese era el mensaje críptico de Praga que indicaba que Aaron e Izreal habían llegado a la frontera con Eslovaquia y que Zeev había regresado al bosque en las afueras de Varsovia. Hanna había llorado cuando lo leyó, pero sus lágrimas de alegría se habían atenuado debido a la preocupación por su hermana.

El levantamiento del gueto, como se le llamó, había hecho imposible el contacto con cualquier persona dentro de él. Incluso viajar a Varsovia era arriesgado. Los controles eran estrictos, los documentos de identificación se escudriñaban en lugar de pasarse por alto. Eryk decidió no viajar sino hasta que la resistencia colapsara. Tenía pocas esperanzas de tener éxito.

Mientras tanto, Hanna andaba en bicicleta por Leoncin, informando a la SOE sobre las pocas cosas que sabía. Aunque sentía culpa por sus acciones, informó en código que había rescatado a su padre y a su hermano del gueto y que se dirigían a Londres. Quería que Rita Wright supiera que había tomado el asunto en sus propias manos, que había ideado la operación y la había completado con éxito. Un incentivo adicional para la transmisión fue la inclusión de Aaron, y la perspectiva de un servicio útil que podría brindar a la SOE si terminaba en Inglaterra. Hanna no estaba segura de si llegaría a Londres, porque sabía la propensión de su hermano a pelear, pero estaba segura de que antes de cualquier cosa, se aseguraría de que su padre estuviera a salvo.

Las noticias del gueto le llegaban en partes y nunca eran buenas. Eryk y Julia habían oído por medio de uno de sus contactos que un despiadado nazi, el general Jürgen Stroop, había sido puesto a cargo de sofocar el levantamiento. Estaba arrasando el gueto, prendiendo fuego a varios bloques a la vez, obligando a los judíos restantes y a los combatientes de la resistencia a saltar de los edificios en llamas o ser incinerados en sus escondites.

A mediados de mayo, el problema judío parecía estar resuelto bajo la dirección de Stroop, por lo que ella y Eryk se aventuraron a Varsovia. Ante todo, Hanna quería recibir noticias de primera mano sobre su hermana, y sólo había una forma de hacerlo.

Eryk tomó prestado un automóvil de un agente que se quedó con Julia mientras iban a la ciudad. Era más seguro, pensó, tomar un sedán en lugar de la camioneta. Los puestos de control aún existían, pero los documentos de identificación de Greta los llevaron a la ciudad sin problemas. Su esposo, Stefan, se había vuelto más cercano a varios funcionarios nazis de alto rango, incluido el general Stroop: una historia impresionante que, utilizada sabiamente, llamaba mucho la atención, en el buen sentido.

Él la dejó en Krochmalna mientras se ocupaba de sus propios asuntos con sus contactos. Primero, Hanna fue a la iglesia donde ella y Janka habían celebrado sus reuniones secretas. No tuvo que esperar mucho antes de ver al sacerdote canoso que había pasado junto a ella meses atrás.

—Disculpe, padre —dijo Hanna. El sacerdote se detuvo y la miró con ojos cautelosos—, estoy buscando a Janka Danek. ¿Sabe dónde podría estar?

—¿Por qué? —preguntó, con bastante tosquedad para un sacerdote—. No sé nada de ella.

—Pensé que tal vez sabría dónde está.

Él agachó la cabeza como si estuviera cansado de todo en la vida, incluidas las preguntas sobre Janka.

—¿Quién es usted?

—Ella me ayudó.

Él levantó la cabeza y sus labios se abrieron en señal de reconocimiento.

—¿Cómo?

—¿Le contó de algún escape?

Sus ojos brillaron por un momento.

—Camina conmigo.

La dirigió al frente, cerca del altar, y le dijo que se sentara en un banco, como si hubiera acudido a él por algún asunto espiritual. Él oró por ella por un tiempo y luego susurró:

—¿Qué escape?

—Del gueto.

—La señora Danek está con una mujer de Dios en Ignacòw y está a salvo. —Se santiguó—. Ve con Dios. —Asintió y salió del santuario.

Ella salió de la iglesia y se dirigió hacia el gueto. Pasó por la casa de su infancia y el antiguo departamento de Janka al otro lado de la calle. Una vez que tuvo el muro a la vista, se le cortó el aliento. Por lo que podía ver sobre su límite divisorio, los edificios que había conocido desde su juventud se erguían como tumbas carbonizadas, monumentos desmoronados a la destrucción nazi. Ninguna bomba aliada había caído sobre el gueto: los nazis lo habían destruido. La extensión de la destrucción, y el persistente olor a humo en el aire, la golpeó con fuerza. La intuición le decía que lo más probable era que Stefa y Daniel estuvieran muertos.

Hanna caminó hacia el muro y le habló en su mejor alemán a un joven soldado que estaba cerca de una reja de alambre.

—Buenos días —dijo ella.

Él devolvió el saludo con voz monótona.

—¿Podría decirme qué está pasando aquí? Acabo de llegar de Berlín. Mi esposo es chofer del Gobierno General.

—Son los sucios judíos —respondió, levantando ligeramente el rifle del hombro—. Están todos muertos, o deberían estarlo.

—Vaya, consiguieron lo que el Führer anunció para ellos. —Presionó su mejilla con un dedo, como si se limpiara una mancha de maquillaje—. ¿Alguno de ellos sobrevivió?

—Tal vez algunos. Han sido gaseados y quemados. Nuestras tropas encontraron el búnker de comando. Lo gasearon y luego lo volaron.

Sus nervios se crisparon antes de responder.

—Bueno, Stroop ciertamente sabe cómo hacer su trabajo. Buenos días. —Se alejó, tratando de no apresurarse mientras luchaba por contener las lágrimas. «Los malditos nazis realmente saben cómo hacer su trabajo. Hijos de puta».

El soldado la llamó.

—Stroop terminará el trabajo hoy. Hará explotar la Gran Sinagoga.

Se dio la vuelta, con un poco de fuego iluminando su mirada.

—¿En serio? Debo ver eso.

Se marchó y se dirigió al parque Saski. Primero, se sentó en un banco, y luego caminó hacia la esquina noroeste, donde podía ver la cúpula ornamentada que se alzaba sobre las volutas y el frontón de la fachada clásica. Debajo de las columnas de soporte había grandes escalones flanqueados por menorás esculturales gigantes a ambos lados de la pasarela.

No muy lejos, había una multitud de soldados alemanes, todos mirando hacia la sinagoga con los ojos en alto. Por sus movimientos emocionados, se dio cuenta de que la demolición ocurriría pronto, incluso cuando los fuegos mortales aún brillaban en el gueto.

No estaba preparada para lo que estaba a punto de ver. Una voz gritó «*Heil* Hitler», y un estallido rompió el aire. El edificio pareció elevarse desde sus cimientos antes de ser tragado por un estallido de fuego. El humo se elevó hacia el cielo, mientras las llamas rugían y el polvo se asentaba en la tierra.

Asqueada, Hanna se volteó.

El gueto estaba acabado, pero ella no. Miró su reloj. Pronto sería hora de encontrarse con Eryk para el viaje de regreso a la granja. Se alejó rápidamente de la sinagoga en llamas hasta que estuvo de nuevo en Krochmalna.

Se detuvo en una tienda desierta, fuera de la vista de todos, y lloró por su hermana y por el hombre con el que quería casarse. Sus lágrimas eran amargas y duras. Después de recuperar la compostura, se preguntó si Rita estaría enfadada con ella por haber salvado a su padre y a su hermano, o si aplaudiría su iniciativa. Ya se enteraría más tarde. Phillip entró en su mente. Tal vez volvería a verlo en suelo inglés, y tendrían muchas historias que contar.

Mirando hacia el edificio de departamentos, donde había vivido durante tantos años, hizo un juramento en silencio.

«Viviré para ver el final de esta guerra».

EPÍLOGO

Finales de mayo, 1946

Sir Phillip Kelley había visto por última vez a Hanna subirse a un avión para su salto a Polonia. De alguna manera, ella había regresado a su vida como un fantasma, una sombra en movimiento que sólo reconoció después de que pasó cerca de él.

Pensó que la había visto en Baker Street y luego en una de las oficinas administrativas en otras partes de Londres. Si Hanna se había reunido con Rita Wright, su superior no había dicho nada al respecto. Esa clase de comportamiento era lo estándar en la SOE.

Los espías, mensajeros, personal del ejército y administradores seguían con sus vidas, ahora que la guerra mundial había terminado hacía casi un año. Hitler se había suicidado en su búnker de Berlín. Las bombas nucleares habían caído sobre Hiroshima y Nagasaki.

Husmeando un poco, pudo encontrar un número de teléfono en Croydon. Un hombre mayor y con acento, al que no se le entendía mucho, había contestado. Tiempo después, pudo comunicarse con Hanna y concertar una reunión en Stag's Horn, el *pub* donde se encontraron por primera vez.

Mientras abordaba el tren de la tarde en Londres, se preguntó cómo sería Hanna ahora, si estaría dispuesta a retomar lo que habían dejado pendiente a pesar de los años transcurridos desde su último encuentro. En la breve conversación que habían tenido por teléfono, ella parecía algo reacia a hablar. La guerra cambiaba a la gente; ciertamente, lo había cambiado a él. No había resultado herido físicamente, pero el conflicto había cobrado su precio emocional. Hombres y mujeres a los que había entrenado habían sido asesinados o mutilados, y en su mente, imaginaba lo que habían pasado, cómo habían sufrido. Se había encontrado con soldados discapacitados, viudas devastadas y niños con los ojos llorosos. Cuando ofrecía sus condolencias, a menudo pensaba que sonaba como una grabación, soltando frases de simpatía y dolor de parte de la SOE para aliviar el sufrimiento de la familia por la pérdida de sus seres queridos. La perorata lo agotaba hasta el punto de la extenuación.

Caminó desde la estación de Croydon hasta el *pub*, bajo el cálido sol, bajo un cielo azul sedoso; un hermoso día, raro en Inglaterra. El Stag's Horn se erguía sólidamente en la esquina; su techo de pizarra y sus piedras no habían sido dañadas por el Blitz. Su mano tembló un poco cuando abrió la puerta.

Se sentó en la misma cabina, en el mismo lugar donde se había sentado a su lado. Por supuesto, faltaban Betty Martin y Rita Wright, pero todo lo demás parecía estar igual: la niebla del humo del cigarro que flotaba en el aire denso y las cabinas íntimas que habían escuchado tantas historias, tantas risas y lágrimas.

Hanna lo vio, levantó su taza de café, bebió un sorbo y sonrió.

Se deslizó en la cabina frente a ella. Un silencio incómodo se apoderó de Hanna mientras envolvía sus dedos alrededor de la taza. Una cigarrera dorada, similar a la de Rita, yacía sobre la mesa a su derecha.

—Han pasado algunos años —dijo él después de un tiempo, y esbozó una leve sonrisa.

Ella asintió.

—Sí.

Su figura era más esbelta, su cabello más oscuro, similar a su color original y apartado de su rostro. Las uñas cuidadas estaban pintadas de rojo. Llevaba un vestido azul oscuro, acentuado por una bufanda blanca atada alrededor de su cuello. Todavía la encontraba tan atractiva como en el momento en que se conocieron. Entonces, el deber se había interpuesto en el camino de cualquier relación. Tal vez aún lo haría.

Apareció una camarera y Phillip pidió una cerveza oscura.

—Todavía en el servicio, por lo que veo —dijo ella, levantando un dedo de la taza y dirigiéndolo hacia su uniforme.

—Cumpliendo con mi comisión —respondió él—. Me queda un año más, después, el futuro es mío. —Otro silencio cayó sobre ellos cuando la mesera regresó con su cerveza. Tomó un sorbo del espumoso líquido, que dejó una capa transparente en su bigote—. ¿Fue una mala idea?

Hanna sonrió y negó con la cabeza.

—No. No hablo mucho de la guerra. Después de regresar a Inglaterra, no quería revivirlo.

Él se apoyó contra el alto respaldo de madera de la cabina.

—Mucha gente se siente así. Puedes hablar conmigo, si quieres. —Dirigió su mirada a la cigarrera—. ¿Fumas?

—Algunas veces. Pensé que calmaría mis nervios, como la bebida ocasional. El estuche fue un regalo de Rita. —Hizo una pausa, y sus ojos se iluminaron un poco—. Estoy trabajando en la librería otra vez. El viejo señor Cheever aceptó recontratarme. La SOE no me hizo rica.

—Creí haberte visto en la calle Baker, pero desapareciste antes de que pudiera saludarte. Ni siquiera estaba seguro de que estuvieras allí, como un fantasma.

—Algo que me enseñó la SOE fue a protegerme, y lo he hecho. Lamento no haberme puesto en contacto, pero he pasado mucho tiempo pensando en mi papel en la guerra desde que terminó. —Agachó la mirada—. Maté a un hombre, a varios, de hecho. No estoy orgullosa de ello, pero hice lo que tenía que hacer. —Terminó el café y colocó la taza en el borde de la mesa.

—Me enteré de lo que le ocurrió a Dolores. Tuviste suerte. —Hizo una pausa—. ¿Cómo está tu familia?

—Mi padre vive conmigo en Croydon. Estoy bien con el arreglo por ahora, pero no durará para siempre. —Ella suspiró—. Mi padre se siente, cómo decirlo, incómodo aquí. No ha hecho amigos y se mantiene solo. No le gusta el clima inglés ni sus costumbres. Trato de animarlo, pero no sirve de mucho. Extraña a mi madre. Habla de ir a Palestina a vivir con mi hermano.

—No recuerdo su nombre.

441

—Aaron. Trajo a mi padre aquí desde Grecia y se fue directamente a la SOE. No tenía la edad suficiente, así que mintió. Creo que por esa razón Rita fue tan indulgente conmigo. Más de un Majewski fue a trabajar para ella. Es listo. Aprendió francés rápidamente y lo enviaron al frente. Luchó para salir de una redada nazi y resultó herido en el brazo izquierdo. Se recuperó y reubicó a sobrevivientes judíos de los guetos polacos.

La mesera trajo otra taza de café para Hanna. Ella encendió un cigarro.

—Y hay más que contar.

—¿Los que se quedaron atrás?

—Están muertos, y por mucho que mi padre y yo queramos esperar un milagro, no va a suceder.

Phillip se inclinó hacia delante.

—Lo siento.

—Fracasé en mi misión personal, pero mi hermana y su futuro esposo estaban decididos a permanecer en el gueto. En los pocos minutos que los vi, fueron mucho más valientes que yo. —Hanna miró su reloj, pasó las manos por la mesa y luego miró a los otros clientes que llenaban el bar—. Conocí a las personas más extraordinarias —continuó, como si la hubiera golpeado una revelación repentina—. La pareja polaca que arriesgó su vida por mí. Cuando los nazis se retiraron, dejamos su granja, manteniendo la distancia entre los alemanes y el Ejército Rojo. Fue entonces cuando maté a dos hombres más. Hubo otros igual de valientes: una mujer llamada Janka. Un joven, Zeev, que ayudó a escapar a mi padre y a mi hermano. Espero que haya sobrevivido a la guerra.

Hanna tomó un último sorbo de café, apagó el cigarro, puso la cigarrera en su bolso y se levantó de la cabina.

—Me gustaría dar un paseo en este hermoso día.

Phillip se paró a su lado.

—He pensado en ti muchas veces. ¿Te importa si te acompaño?

—Yo también he pensado en ti —dijo, y le tocó un lado del rostro—. Un poco de canas en las patillas, pero por lo demás, igual. Vamos.

—Bien —contestó él, mientras dejaba algo de dinero sobre la mesa.

Abrió la puerta para Hanna y salieron al sol brillante.

—Puedes contarme tanto como quieras —dijo Phillip, mientras doblaban la esquina. Hanna lo guiaba a un lugar en el que nunca había estado.

—Déjame mostrarte dónde vivían mis tíos. —Se detuvo y Phillip notó las lágrimas que brillaban en sus ojos.

Él tomó su mano.

Ella no se resistió.

NOTA DEL AUTOR

Después de su concepción, *Las chicas del gueto* presentó varios desafíos que terminaron siendo parte de su escritura.

Primero, la gran historia de 2020: la pandemia del coronavirus y sus efectos persistentes en 2021 terminaron mi investigación presencial en los países que esperaba visitar: Inglaterra y Polonia. Normalmente —como hice con *The Irishman's Daughter* y *La traidora* (Planeta, 2021)—, habría viajado a esos lugares para respirar el aire, comer, absorber la cultura y visitar los sitios históricos tan importantes para la novela. Pocos libros publicados permanecen libres de errores. He encontrado errores que se me habrían escapado de no haber hecho esos viajes. Esa fue mi experiencia con *The Irishman's Daughter*. En mis primeros borradores, me había equivocado en la topografía de Westport, Irlanda, a pesar de mi investigación en línea. Sólo al visitar ese hermoso pueblo me di cuenta de los errores que había cometido. En lugar de viajar, he usado libros de referencia y herramientas en línea.

Otra desafortunada nota al pie sobre este tema fue cuando la pandemia cerró recursos que antes estaban abiertos al público. Debido al COVID-19, los museos estaban cerrados. Los funcionarios y los educadores eran imposibles de localizar. Los repetidos esfuerzos para contactarlos quedaron sin respuesta a medida que avanzaba la pandemia.

La cantidad de investigación realizada para este libro superó todo lo que había hecho antes. Más adelante en esta nota, citaré algunas de las muchas fuentes que utilicé. Después de profundizar en la cultura y en la tradición judía, sentí que sólo había arañado la superficie de una religión de cinco mil años. Tengo la suerte de trabajar con lectores y editores beta talentosos que facilitan mi trabajo en muchos niveles, incluida la verificación de hechos. Presento la idea y la escribo, pero busco su experiencia para ayudarme a hacerlo bien. En este caso, tengo una deuda especial de gratitud con las habilidades de corrección de estilo de Marsha Zinberg.

La idea de *Las chicas del gueto* había estado dando vueltas en mi cabeza durante algún tiempo, y se hizo realidad con la bendición del personal editorial de Kensington. Tuve que terminar el trabajo en *The Sculptress* antes de comenzar el nuevo libro, así que comencé mi investigación poco después de que empezara el año 2020, trabajando durante la pandemia y luego poniendo las palabras en papel a partir de fines de septiembre de ese año. A pesar de tener un breve resumen de la trama, no fue sino hasta que completé la mayor parte de la investigación de antecedentes que pude armar una sinopsis.

La novela contenía cuatro categorías investigables distintas: judaísmo, el Blitz, el gueto de Varsovia y operaciones de espionaje, específicamente la Dirección de Operaciones Especiales en Inglaterra. En el transcurso de cinco meses, además de otros trabajos, leí casi dos docenas de libros sobre estos temas y vi muchas horas de videos y presentaciones en internet. Casi todos los libros y videos revelaron más preguntas, lo que, si uno tiene un tiempo infinito para escribir una novela, puede ser una búsqueda de toda la vida por encontrar la verdad. Como he descubierto al hacer esto para otros libros, los hechos a menudo varían según la fuente. En este caso, con información diferente, hice una conjetura educada, con la esperanza de haber elegido bien.

No hay duda de que la Segunda Guerra Mundial contiene más historias de las que se pueden contar. Alguien me preguntó qué hace que este libro sea diferente de cualquier otra novela de la Segunda Guerra Mundial; la implicación es por qué escribir otro libro sobre el mismo tema. Es una pregunta difícil de responder, pero una explicación razonable radica en el desarrollo del personaje y en la intuición de ofrecer algo nuevo al lector a través de la esperanza y las ideas de los personajes que buscan contar una historia. Como saben los escritores, todas las tramas se han hecho ya, pero las historias individuales aún persisten, esperando ser escritas. Por cada *Lista de Schindler*, por cada *El Pianista*, hay innumerables historias que esperan ser desenterradas, y victorias y tragedias que esperan ser contadas. Si sentimos que estas historias de guerra se vuelven trilladas, o que ya no tienen sentido, perdemos nuestra humanidad. A medida que la guerra retrocede hacia el pasado, el mundo pierde la memoria de esa época terrible. No podemos, ni debemos, permitir que eso suceda. Sólo cavando más profundo saldrán más historias.

Las vidas de mis personajes, Hanna, Stefa, Janka, Izreal, Perla, Aaron y Daniel me parecen reales y he hecho todo lo posible para hacer justicia a sus historias. Por aterrador que pueda ser, también debemos recordar que el ascenso de Hitler al poder comenzó hace unos cien años, pero las atrocidades más terribles cometidas por su régimen estallaron después de que asumió el poder en 1933, y continuaron durante una docena de años hasta el final de la guerra europea en 1945. Esos años están mucho más cerca de nuestras vidas de lo que pensamos.

Debo admitir que investigar los terribles eventos de la guerra durante una pandemia fue, en ocasiones, completamente deprimente. Hubo días en que no podía leer otro relato de la muerte y destrucción presenciadas por los sobrevivientes; tuve que mirar hacia otro lado por un día y luego volver a la lectura. Un libro en particular me afectó tan profundamente que sólo podía leer dos capítulos cortos al día, no más de seis páginas. Mi investigación continuó, de libro a libro y de un video al siguiente.

Las atrocidades cometidas contra los judíos durante el régimen nazi están más allá de los límites de la comprensión y la decencia humana. Este simple hecho no puede ser exagerado. Aunque he intentado retratar estos horrores en *Las chicas del gueto*, ninguna obra de ficción puede transmitir adecuadamente el terror y el dolor de aquellos que vivieron durante los años de guerra. Nosotros, en nuestra cultura saturada de medios, tendemos a categorizar nuestros sentimientos o dejar las cosas de lado.

Si no es de nuestro agrado, lo ignoramos. Si nos pone tristes, encontramos algo que nos haga felices. Es fácil. Sin embargo, nada puede ni debe borrar la tragedia del genocidio perpetrado por Hitler. Escribo estas palabras sólo para transmitir al lector que, a menudo, durante ciertos puntos del libro, sentí que mis palabras eran inadecuadas cuando se comparaban con el evento real.

Las fuentes que he citado son principalmente de no ficción, a excepción de dos novelas. Leí esos trabajos porque sentí que podía aprender de esos autores, y así lo hice. Prefiero no leer ficción mientras estoy investigando un nuevo libro porque quiero centrarme en mi propia trama y estilo.

Aquí hay una lista abreviada de los libros que resultaron más útiles en mi estudio:

White House in a Grey City, Itzchak Belfer, Yanuka Books, 2017. Este relato fue escrito por un alumno de Janusz Korczak, maestro y pediatra, quien, en agosto de 1942, murió en Treblinka con niños de su orfanato después de que se negó a abandonarlos. El autor, tomando medidas extraordinarias para vivir, sobrevivió a la guerra.

Rescued from the Ashes, Leokadia Schmidt, traducido del polaco por Oscar E. Swan, Amsterdam Publishers, 2018. Este es el diario de la señora Schmidt, quien sobrevivió al gueto de Varsovia, junto con su esposo y su hijo pequeño. Gran parte de este libro se centra en las tácticas de supervivencia de la familia, incluida la separación y el traslado de un lugar a otro para evitar la captura.

A Cup of Tears: A Diary of the Warsaw Ghetto, Abraham Lewin, editado por Antony Polonsky, Basil Blackwell, Ltd., publicado por primera vez en 1988. Lewin fue miembro de Óneg Shabat, una hermandad dedicada a preservar la historia de los judíos en el gueto de Varsovia, nombre que hace referencia a la costumbre judía de celebrar el *sabbat*. El diario de Lewin fue encontrado escondido en una lata de leche después de la guerra. Fue asesinado en Treblinka.

Voices from the Warsaw Ghetto, editado con una introducción de David G. Roskies, Yale University Press, 2019. Una colección de prosa, poemas y obras de arte de los residentes del gueto.

The Warsaw Ghetto: A Photographic Record 1941-1944, Joe J. Heydecker, IB Tauris & Co. Ltd. Londres, edición de 1990. Heydecker, un soldado alemán en Varsovia que trabajaba como técnico de laboratorio fotográfico, arriesgó su vida para conservar las fotos que había tomado. El relato de Heydecker establece su propia admisión de culpabilidad: «Me paré allí y tomé fotografías en lugar de hacer algo», e incluye la escalofriante respuesta de un guardia armado de las SS cuando se le preguntó qué estaba pasando mientras las deportaciones estaban en proceso. «Se giró con mucho tacto hacia un lado para que sólo yo pudiera escuchar lo que decía: "Deben ser eliminados"». Heydecker creía que la mayoría de los alemanes sabían de los asesinatos —campos de concentración, de exterminio y guetos—, pero optó por ignorar la verdad porque estaban bajo el control de Hitler y no podían hacer nada para detenerlo.

Memory Unearthed: The Lodz Ghetto Photographs, Henryk Ross, colección de la Galería de Arte de Ontario, Yale University Press, 2007.

Blitz: The Story of December 29, 1940, Margaret Gaskin, Harcourt, Inc., 2005.

The Blitz: The British Under Attack, Juliet Gardiner, Harper-Press, 2010.

The Wolves at the Door: The True Story of America's Greatest Female Spy, Judith L. Pearson, Lyons Press, 2005. La historia de Virginia Hall, una extraordinaria directora de actividades de la resistencia.

Spymistress: The True Story of the Greatest Female Secret Agent of World War II, William Stevenson, Arcade Publishing, 2007.

Smithsonian World War II Map by Map, DK Publishing, 2019. Este libro, que muestra los sitios de batalla y las operaciones de combate, está repleto de información histórica.

De los libros de ficción, el primero es *We Were the Lucky Ones*, Georgia Hunter, Viking, 2017.

El segundo: *The World That We Knew*, Alice Hoffman, Simon & Schuster, 2020.

Otro apoyo provino de numerosos sitios web, incluidos Yad Vashem y el Museo Conmemorativo del Holocausto de Estados

Unidos. El relato de Szlamek Bajler, sobreviviente de Chełmno, se basó libremente en el contenido del Equipo de Investigación de Archivos y Educación del Holocausto (HolocaustResearch-Project.org) llamado «Chełmno Diary», al igual que la descripción del entrenamiento de Hanna en paracaídas, que se encuentra en el sitio web de la British Broadcasting Corporation, WW2 People's War, «Ringway, Paratrooper Training».

Debido a las limitaciones de investigación mencionadas, me tomé algunas pequeñas libertades con la historia de vez en cuando; por ejemplo, el lugar y las circunstancias detrás de la ejecución de ocho judíos el 17 de noviembre de 1941, descrita en el libro. Las cuentas a menudo difieren. Hice todo lo posible para reconstruir la verdad en este caso, junto con algunos otros.

Debo incluir una breve nota sobre los apellidos polacos. Estos varían según el caso, la forma plural y las formas masculina y femenina. Pensaba que el uso de estas formas sería confuso para los lectores, así que opté por la ortografía plural estándar que usarían las editoriales inglesas.

De la colección de Robert Pinsky se proporcionaron textos, demasiado numerosos para mencionarlos, sobre las festividades, la cultura y las tradiciones judaicas. Pinsky ha sido un lector beta desde la primera novela que escribí. Decir que él es vital para mi trabajo sería quedarme corto. Es un lector voraz y cuando le entrego un manuscrito, me estremezco y me regocijo al mismo tiempo. Sé que lo desmenuzará, pero sus puntos reflexivos siempre fortalecen mi libro. Es el tipo de lector con el que sueñan los autores.

Como siempre, agradezco a mi comunidad de escritores que me brindan esperanza y apoyo; gracias también a mi agente, Evan S. Marshall; mi editor en Kensington, John Scognamiglio, y a los lectores que han apoyado mis seis libros. Confío en todos ustedes para mantenerme en el teclado. ¡Gracias!